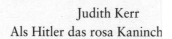

Judith Kerr
Als Hitler das rosa Kaninch

CW00481547

Judith Kerr

Als Hitler das rosa Kaninchen stahl

Eine jüdische Familie auf der Flucht

Band 1–3

Aus dem Englischen von
Annemarie Böll

Ravensburger Buchverlag

Als Ravensburger Taschenbuch
Band 58429
erschienen 2013

3 4 5   17 16 15

Printed in Germany

ISBN 978-3-473-58429-1

www.ravensburger.de

Inhalt

Als Hitler
das rosa Kaninchen stahl

Warten bis der Frieden kommt

Eine Art Familientreffen

Als Hitler das rosa Kaninchen stahl

Anna war mit Elsbeth, einem Mädchen aus ihrer Klasse, auf dem **Heimweg von der Schule.** In diesem Winter war in Berlin viel Schnee gefallen. Er schmolz nicht, darum hatten die Straßenkehrer ihn **auf den Rand** des **Gehsteiges** gefegt, und dort bildete er seit Wochen traurige, immer grauer werdende Haufen. Jetzt, im Februar, hatte sich der Schnee in Matsch verwandelt, und überall standen Pfützen. Anna und Elsbeth hüpften mit ihren Schnürstiefeln darüber weg.

Sie trugen beide dicke Mäntel und Wollmützen, die ihre Ohren warm hielten, und Anna hatte auch noch einen Schal umgebunden. Sie war neun, aber klein für ihr Alter, und die Enden des Schals hingen ihr beinahe bis auf die Knie. Der Schal bedeckte auch Mund und Nase, sodass nur die grünen Augen und ein Büschel dunkles Haar von ihr zu sehen waren. Sie hatte es eilig, denn sie wollte noch im Schreibwarenladen Buntstifte kaufen, und es war beinahe Zeit zum Mittagessen. Aber jetzt war sie so außer Atem, dass sie froh war, als Elsbeth stehen blieb und ein großes rotes Plakat betrachtete.

»Da ist wieder ein Bild von dem Mann«, sagte Elsbeth. »Meine kleine Schwester hat gestern auch eins gesehen und gedacht, es wäre Charlie Chaplin.«

Anna betrachtete die starren Augen, den grimmigen Ausdruck. Sie sagte: »Es ist überhaupt nichts wie Charlie Chaplin, außer dem Schnurrbart.«

Sie buchstabierten den Namen unter der Fotografie:

»Adolf Hitler.«

»Er will, dass alle bei den Wahlen für ihn stimmen, und dann wird er den Juden einen Riegel vorschieben«, sagte Elsbeth. »Glaubst du, er wird Rachel Löwenstein einen Riegel vorschieben?«

»Das kann keiner«, sagte Anna. »Sie ist Klassensprecherin. Vielleicht macht er es mit mir. Ich bin auch jüdisch.«

»Das stimmt nicht!«

»Doch. Mein Vater hat vorige Woche mit uns darüber gesprochen. Er sagte, wir seien Juden, und was auch immer geschähe, mein Bruder und ich dürften das niemals vergessen.«

»Aber ihr geht samstags nicht in eine besondere Kirche wie Rachel Löwenstein.«

»Weil wir nicht religiös sind.«

»Ich wünschte, mein Vater wäre auch nicht religiös«, sagte Elsbeth, »wir müssen jeden Sonntag gehen, und ich kriege einen Krampf in meinem Hinterteil.« Sie betrachtete Anna eindringlich. »Ich dachte, Juden hätten krumme Nasen, aber deine Nase ist ganz normal. Hat dein Bruder eine krumme Nase?«

»Nein«, sagte Anna, »der einzige Mensch in unserem Haus mit einer krummen Nase ist unser Mädchen Bertha, und deren Nase ist krumm, weil sie aus der Straßenbahn gestürzt ist und sie sich gebrochen hat.«

Elsbeth wurde ärgerlich. »Aber dann«, sagte sie, »wenn du wie alle anderen aussiehst und nicht in eine besondere Kirche gehst, wie kannst du dann wissen, dass du wirklich jüdisch bist? Wie kannst du sicher sein?«

Es entstand eine Pause.

»Ich vermute …«, sagte Anna, »ich vermute, weil mein Vater und meine Mutter Juden sind, und wahrscheinlich waren ihre Mütter und Väter es auch. Ich habe nie darüber nachgedacht, bis mein Vater vorige Woche anfing, davon zu sprechen.«

»Also, ich finde es blöd!«, sagte Elsbeth. »Das mit Adolf Hitler ist blöd, und dass Leute Juden sind und alles!« Sie fing an zu laufen, und Anna lief hinter ihr her.

Sie hielten nicht eher an, bis sie den Schreibwarenladen erreicht hatten. Jemand sprach mit dem Mann hinter der Theke, und Annas Mut sank, als sie Fräulein Lambeck erkannte, die in ihrer Nähe wohnte. Das Fräulein machte ein Gesicht wie ein Schaf und sagte: »Schreckliche Zeiten! Schreckliche Zeiten!« Jedes Mal wenn sie sagte »Schreckliche Zeiten«, schüttelte sie den Kopf, und ihre Ohrringe wackelten.

Der Ladeninhaber sagte: »1931 war schlimm genug, 1932 war schlimmer, aber lassen Sie sich's gesagt sein, 1933 wird am schlimmsten!«

Dann bemerkte er Anna und Elsbeth und sagte: »Was kann ich für euch tun, Kinder?«

Anna wollte ihm gerade sagen, dass sie Buntstifte kaufen wollte, da hatte Fräulein Lambeck sie entdeckt.

»Das ist die kleine Anna!«, rief Fräulein Lambeck. »Wie geht es dir, kleine Anna? Und wie geht es deinem lieben Vater? Ein wunderbarer Mensch! Ich lese jedes Wort, das er schreibt. Ich habe alle seine Bücher, und ich höre ihn immer im Radio. Aber diese Woche hat er nichts in der Zeitung – hoffentlich ist er nicht krank. Vielleicht hält er irgendwo Vorträge. Oh, wir brauchen ihn so in diesen schrecklichen Zeiten!«

Anna wartete, bis Fräulein Lambeck fertig war. Dann sagte sie: »Er hat die Grippe.«

Diese Bemerkung rief wieder ein großes Wehklagen hervor. Man hätte glauben können, Fräulein Lambecks liebste Angehörigen lägen im Sterben. Sie schüttelte den Kopf, bis die Ohrringe klirrten. Sie schlug Heilmittel vor. Sie empfahl Ärzte. Sie hörte nicht auf zu reden, bis Anna ihr versprochen hatte, ihrem Vater Fräulein Lambecks beste Wünsche für eine schnelle Besserung zu überbringen. An der Tür drehte sie sich noch einmal um und sagte: »Sag nicht, gute Wünsche von Fräulein Lambeck, kleine Anna – sag nur: von einer Verehrerin!« Dann fegte sie hinaus.

Anna kaufte eilig ihre Stifte. Dann standen sie und Elsbeth draußen im kalten Wind vor dem Schreibwarenladen. Hier trennten sich für gewöhnlich ihre Wege, aber Elsbeth zögerte. Sie hatte Anna schon lange etwas fragen wollen, und dies schien ein geeigneter Augenblick.

»Anna«, sagte Elsbeth, »ist es schön, einen berühmten Vater zu haben?«

»Nicht, wenn man jemandem wie Fräulein Lambeck begegnet«, sagte Anna und machte sich nachdenklich auf den Heimweg, während ihr Elsbeth ebenso nachdenklich folgte.

»Nein, aber abgesehen von Fräulein Lambeck?«

»Es ist eigentlich ganz nett. Zum Beispiel, weil Papa zu Hause arbeitet und wir ihn oft sehen. Und manchmal kriegen wir Freikarten fürs Theater. Und einmal wurden wir von einer Zeitung interviewt, und sie fragten uns, was für Bücher wir gern lesen. Mein Bruder sagte, Karl May, und am nächsten Tag schickte ihm jemand eine Gesamtausgabe als Geschenk.«

»Ich wünschte, mein Vater wäre auch berühmt«, sagte Elsbeth. »Aber das wird er sicher nie, denn er arbeitet bei der Post, und dafür wird man nicht berühmt.«

»Wenn dein Vater nicht berühmt wird, dann wirst du es vielleicht einmal. Wenn man einen berühmten Vater hat, dann wird man fast nie selber berühmt.«

»Warum nicht?«

»Das weiß ich nicht. Aber man hört fast nie von zwei berühmten Leuten aus einer Familie. Das macht mich manchmal ein bisschen traurig.« Anna seufzte.

Sie standen jetzt vor Annas weiß gestrichenem Gartentor. Elsbeth dachte fieberhaft darüber nach, wofür sie vielleicht berühmt werden könnte, als Heimpi, die sie vom Fenster aus gesehen hatte, die Haustür öffnete.

»Du meine Güte«, rief Elsbeth, »ich komme zu spät zum Essen!« – und schon rannte sie die Straße hinunter.

»Du und diese Elsbeth«, schimpfte Heimpi, während Anna ins Haus trat. »Ihr holt mit eurem Geschwätz noch die Affen von den Bäumen!« Heimpis richtiger Name war Fräulein Heimpel, und sie hatte für Anna und ihren Bruder Max gesorgt, seit diese kleine Kinder waren. Jetzt, da sie größer geworden waren, versorgte sie, wenn die Kinder in der Schule waren, den Haushalt, aber wenn sie nach Hause kamen, musste sie sie immer noch bemuttern. »Wir wollen dich mal auspacken«, sagte sie und nahm ihr den Schal ab. »Du siehst aus wie ein Paket, an dem die Kordel sich gelöst hat.«

Während Heimpi Anna aus den Kleidern schälte, hörte diese, dass im Wohnzimmer Klavier gespielt wurde. Mama war also zu Hause.

»Sind deine Füße auch bestimmt nicht feucht?«, fragte Heimpi. »Dann geh schnell und wasch dir die Hände. Das Mittagessen ist gleich fertig.« Anna stieg die mit einem dicken Läufer belegte Treppe hinauf. Die Sonne schien zum Fenster herein, und draußen im Garten konnte sie ein paar letzte Schneeflecken sehen. Von der Küche her stieg der Duft eines gebratenen Huhns herauf. Es war schön, aus der Schule nach Hause zu kommen.

Als sie die Badezimmertür öffnete, hörte sie drinnen eiliges Füßescharren, und gleich darauf fand sie sich ihrem Bruder Max gegenüber, der mit puterrotem Gesicht die Hände auf dem Rücken hielt.

»Was ist los?«, fragte sie, noch bevor sie seinen Freund Günther entdeckt hatte, der ebenso verlegen schien.

»Oh, du bist es!«, sagte Max, und Günther lachte. »Wir dachten, es wäre ein Erwachsener.«

»Was habt ihr da?«, fragte Anna.

»Das ist ein Abzeichen. In der Schule gab es heute eine Rauferei. Nazis gegen Sozis.«

»Was sind Nazis und Sozis?«

»Ich hätte doch gedacht, dass du in deinem Alter das wüsstest«, sagte Max, der gerade zwölf war. »Die Nazis sind die Leute, die bei den Wahlen für Hitler stimmen werden. Wir Sozis sind die Leute, die gegen ihn stimmen werden.«

»Aber ihr beiden dürft doch noch gar nicht wählen«, sagte Anna.

»Aber unsere Väter«, sagte Max ärgerlich. »Das ist dasselbe.«

»Jedenfalls werden wir sie schlagen«, sagte Günther. »Du hättest die Nazis laufen sehen sollen! Max und ich haben einen geschnappt und ihm sein Abzeichen abgenommen. Aber ich weiß nicht, was Mama zu meiner Hose sagen wird.« Er blickte traurig auf einen großen Riss in dem verschlissenen Stoff. Günthers Vater war arbeitslos, und sie hatten kein Geld zu Hause für neue Kleider.

»Mach dir keine Sorgen, Heimpi flickt das schon«, sagte Anna. »Kann ich das Abzeichen mal sehen?«

Es war eine kleine rote Emailscheibe mit einem schwarzen Kreuz mit umgebogenen Ecken.

»Das ist ein Hakenkreuz«, sagte Günther, »alle Nazis haben so eins.«

»Was wollt ihr damit machen?«

Max und Günther sahen einander an. »Willst du es haben?«, fragte Max.

Günther schüttelte den Kopf. »Ich darf nichts mit den Nazis zu tun haben. Mama hat Angst, sie könnten mir ein Loch in den Kopf schlagen.«

»Die kämpfen nicht fair«, stimmte Max zu. »Sie benutzen Stöcke und Steine und sonst allerhand.« Er drehte das Abzeichen mit steigendem Unbehagen in den Fingern. »Ich will es jedenfalls auch nicht.«

»Schmeiß es ins Klo!«, sagte Günther. Das taten sie denn auch. Als sie zum ersten Mal abzogen, wurde es nicht hinuntergespült, aber beim zweiten Mal, als gerade der Gong zum Essen rief, verschwand es zur Zufriedenheit aller.

Als sie nach unten gingen, konnten sie immer noch das Klavier hören, aber während Heimpi ihre Teller füllte, hörte die Musik auf. Einen Augenblick später kam Mama herein.

»Hallo Kinder, hallo Günther!«, rief sie. »Wie war es in der Schule?«

Jeder fing sofort an, es ihr zu erzählen, und das Zimmer war plötzlich voller Lärm und Gelächter. Sie kannte die Namen aller Lehrer und erinnerte sich immer, was sie ihr erzählt hatten. Als Max und Günther ihr erzählten, dass der Geografielehrer wütend geworden war, sagte sie: »Kein Wunder, wo ihr ihn vorige Woche so geärgert habt!« Und als Anna ihr erzählte, dass ihr Aufsatz in der Klasse vorgelesen worden war, sagte sie: »Das ist wundervoll – denn Fräulein Schmidt liest selten etwas in der Klasse vor, nicht wahr?«

Wenn sie zuhörte, so sah sie den, der gerade sprach, mit äußerster Konzentration an. Wenn sie sprach, so legte sie ihre ganze Kraft in das, was sie sagte. Sie schien alles, was sie tat, doppelt so heftig zu tun wie andere Leute; sogar ihre Augen waren von einem strahlenderen Blau, als Anna es je gesehen hatte.

Sie fingen gerade mit dem Nachtisch an, es gab heute Apfelstrudel, als das Mädchen Bertha hereinkam, um Mama zu sagen, es sei jemand am Telefon, und ob sie Papa stören solle. »Was für eine Zeit für einen Anruf«, rief Mama und stieß ihren Stuhl so heftig zurück, dass Heimpi danach greifen musste, damit er nicht umfiel. »Und dass keiner von euch wagt, meinen Apfelstrudel aufzuessen!«

Und sie stürzte nach draußen.

Es kam ihnen sehr still vor, nachdem sie gegangen war, obwohl Anna ihre Schritte hören konnte, die zum Telefon eilten und ein wenig später noch schneller zu Papas Zimmer hinauf. In die Stille hinein fragte Anna: »Wie geht es Papa?«

»Besser«, sagte Heimpi. »Die Temperatur ist ein bisschen gefallen.«

Anna aß zufrieden ihren Nachtisch auf. Max und Günther ließen sich dreimal nachgeben, aber Mama war noch immer nicht zurück. Es war seltsam, denn sie mochte Apfelstrudel besonders gern.

Bertha kam, um abzuräumen, und Heimpi nahm die Jungen mit, um nach Günthers Hose zu sehen. »Es hat keinen Zweck, sie zu flicken«, sagte sie, »sie würde wieder platzen, sobald du Luft holst. Aber ich habe noch eine, aus der Max herausgewachsen ist, die wird dir gerade passen.«

Anna blieb im Esszimmer zurück und wusste nicht, was sie tun sollte. Zuerst half sie Bertha. Sie schoben die benutzten Teller durch die Durchreiche in die Küche. Dann fegten sie mit einer kleinen Bürste und einer Schaufel die Krümel vom Tisch. Als sie dann das Tischtuch falteten, erinnerte sie sich an Fräulein Lambeck und ihre Botschaft. Sie wartete, bis Bertha das Tischtuch fest in den Händen hatte, und lief dann zu Papas Zimmer hinauf. Sie konnte Papa und Mama drinnen sprechen hören. »Papa«, sagte Anna, während sie die Tür öffnete, »ich habe Fräulein Lambeck getroffen …«

»Nicht jetzt! Nicht jetzt!«, rief Mama. »Wir haben was zu besprechen.« Sie saß auf Papas Bettkante. Papa war mit Kissen im Rücken gestützt und sah blass aus. Sie runzelten beide die Stirn.

»Aber Papa, sie hat mich gebeten, dir zu bestellen …«

Mama wurde ganz böse. »Um Himmels willen, Anna«, rief sie, »wir wollen jetzt nichts davon hören! Geh weg!«

»Komm nachher zurück«, sagte Papa etwas sanfter. Anna machte die Tür zu. So war das also. Nicht, dass sie Lust gehabt hätte, Fräulein Lambecks blöde Nachricht zu überbringen. Aber sie ärgerte sich doch. Es war niemand im Kinderzimmer. Sie konnte draußen Stimmen hören. Max und Günther spielten also wahrscheinlich im Garten. Aber sie hatte keine Lust, zu ihnen zu gehen. Ihr Ranzen hing über der Stuhllehne. Sie packte ihre neuen Farbstifte aus und holte sie alle aus der Schachtel. Darunter war ein schönes Rosa und ein ganz schönes Orange, aber am schönsten waren die Blaus. Es waren drei verschiedene Töne, alle schön kräftig, und auch ein Violett. Plötzlich kam Anna eine Idee.

Sie hatte in der letzten Zeit ein paar Gedichte gemacht und sie auch illustriert, und sie waren zu Hause und auch in der Schule sehr bewundert worden. Eins hatte von einer Feuersbrunst gehandelt, eins von einem Erdbeben und eins von einem Mann, der unter schrecklichen Qualen starb, nachdem er von einem Landstreicher verflucht worden war. Sollte sie es einmal mit einem Schiffbruch versuchen? Allerlei Wörter reimten sich auf »See«, und man konnte »Welle« und »helle« reimen, und für die Illustration konnte sie die drei neuen blauen Stifte benutzen. Sie holte sich ein Blatt Papier und fing an.

Bald war sie so in ihre Arbeit versunken, dass sie nicht bemerkte, wie die frühe winterliche Dämmerung sich im Zimmer verbreitete, und sie fuhr hoch, als Heimpi hereinkam und das Licht anknipste.

»Ich habe Plätzchen gebacken«, sagte Heimpi. »Willst du mir helfen, sie zu glasieren?«

»Kann ich das hier zuerst Papa zeigen?«, fragte Anna, während sie das letzte Stückchen blauer See ausmalte. Heimpi nickte. Diesmal klopfte Anna an und wartete, bis Papa »herein« rief. Sein Zimmer sah geheimnisvoll aus, denn nur die Bettlampe brannte, und Papa und sein Bett waren eine erleuchtete Insel mitten in den Schatten. Nur undeutlich konnte sie seinen Schreibtisch mit der Schreibmaschine erkennen und den Stapel Papier, der wie gewöhnlich vom Tisch auf den Boden überquoll. Weil Papa oft noch spät in der Nacht schrieb und Mama nicht stören wollte, stand sein Bett in seinem Arbeitszimmer. Papa sah nicht aus, als ginge es ihm besser. Er saß da und tat überhaupt nichts, sondern starrte nur mit einem angespannten Ausdruck in seinem schmalen Gesicht vor sich hin. Aber als er Anna sah, lächelte er. Sie zeigte ihm das Gedicht, und er las es zweimal durch und sagte, es sei sehr gut, und er bewunderte auch die Illustration. Dann erzählte ihm Anna von Fräulein Lambeck, und sie lachten beide. Er sah jetzt wieder mehr wie sonst aus, darum sagte Anna: »Papa, gefällt dir das Gedicht auch wirklich?«

Papa sagte Ja.

»Meinst du nicht, es sollte fröhlicher sein?«

»Nun«, sagte Papa, »ein Schiffbruch ist ja wirklich nichts Fröhliches.«

»Meine Lehrerin, Fräulein Schmidt, meint, ich sollte über fröhlichere Sachen schreiben, zum Beispiel über den Frühling und über Blumen.«

»Und möchtest du denn über den Frühling und über Blumen schreiben?«

»Nein«, sagte Anna traurig. »Im Augenblick scheine ich nur über Unglücksfälle schreiben zu können.«

Papa lächelte ein wenig schief und sagte, da wäre sie wohl ganz im Einklang mit der Zeit.

»Meinst du denn«, fragte Anna eifrig, »dass es richtig ist, über Unglücksfälle zu schreiben?«

Papa wurde sofort ernst.

»Natürlich«, sagte er. »Wenn du über Unglück schreiben willst, musst du es auch tun. Es hat keinen Zweck, das zu schreiben, was andere Leute hören wollen. Man kann nur dann gut schreiben, wenn man versucht, es sich selbst recht zu machen.«

Anna war von dem, was Papa sagte, so ermutigt, dass sie ihn gerade fragen wollte, ob er wohl glaubte, sie könne eines Tages berühmt werden, aber das Telefon an Papas Bett klingelte laut. Als Papa den Hörer aufnahm, war der gespannte Ausdruck wieder in seinem Gesicht, und Anna fand es seltsam, dass sogar seine Stimme verändert klang. Sie hörte ihn sagen: »Ja ... ja ...« Auch von Prag war die Rede. Dann verlor sie das Interesse. Aber das Gespräch war bald vorüber.

»Lauf jetzt lieber«, sagte Papa. Er streckte die Arme aus, als wollte er sie an sich drücken. Aber dann ließ er sie wieder sinken.

»Ich will dich lieber nicht anstecken«, sagte er.

Anna half Heimpi, die Plätzchen mit einem Zuckerguss zu versehen – und dann aßen sie und Max und Günther sie – alle außer dreien, die Heimpi in eine Papiertüte steckte, damit Günther sie seiner Mutter mit nach Hause nehmen konnte. Sie hatte noch andere Kleidungsstücke gefunden, aus denen Max herausgewachsen war, sodass ein ganz schönes Paket zusammengekommen war, das er nachher mit nach Hause nehmen sollte.

Für den Rest des Abends spielten sie zusammen. Max und Anna hatten zu Weihnachten eine Sammlung von Spielen bekommen. Sie hatten immer noch Freude daran, damit zu spielen. Die Sammlung enthielt ein Mühlespiel, Schach, Ludo, Domino, ein Damespiel und sechs verschiedene Kartenspiele, alles zusammen in einer wunderschönen Schachtel. Wenn man eines Spiels überdrüssig war, konnte man immer ein anderes spielen. Heimpi saß bei ihnen im Kinderzimmer und stopfte Strümpfe und spielte auch einmal Ludo mit. Nur zu bald war es Zeit, zu Bett zu gehen.

———

Am nächsten Morgen lief Anna in Papas Zimmer, um ihn zu besuchen. Der Schreibtisch war aufgeräumt. Das Bett war ordentlich gemacht. Papa war fort.

2 **Annas erster Gedanke** war so schrecklich, dass ihr Atem stockte. Papa war in der **Nacht kränker** geworden. Man hatte ihn ins Krankenhaus gebracht. **Vielleicht ...** Sie rannte blindlings aus dem Zimmer und Heimpi direkt in die Arme.

»Es ist alles in Ordnung«, sagte Heimpi. »Es ist alles in Ordnung! Dein Vater hat eine Reise angetreten.«

»Eine Reise?« Anna konnte es nicht glauben. »Aber er ist doch krank – er hat Fieber ...«

»Er hat sich trotzdem entschlossen zu verreisen«, sagte Heimpi bestimmt. »Deine Mutter wollte es dir alles erklären, wenn du aus der Schule kommst. Ich glaube, jetzt hörst du es besser gleich, und Fräulein Schmidt kann die Daumen drehen und auf dich warten.«

»Was ist denn los? Gehen wir nicht zur Schule?« Max erschien mit hoffnungsvollem Gesicht auf der Treppe.

Dann kam Mama aus ihrem Zimmer. Sie war noch im Morgenrock und sah müde aus.

»Es gibt überhaupt keinen Grund zur Aufregung«, sagte sie. »Aber ich muss euch einiges sagen. Heimpi, können wir noch etwas Kaffee haben? Und ich glaube, die Kinder könnten auch noch ein bisschen frühstücken.«

Als sie erst einmal bei Kaffee und Brötchen in Heimpis Küche saßen, fühlte Anna sich schon viel besser, und sie war sogar imstande, sich darüber zu freuen, dass sie jetzt die Geografiestunde verpassen würde, die ihr besonders verhasst war.

»Die Sache ist ganz einfach«, sagte Mama. »Papa glaubt, dass Hitler und die Nazis die Wahlen gewinnen könnten. Wenn das geschieht, möchte er nicht mehr in Deutschland leben, solange sie an der Macht sind, und keiner von uns möchte das.«

»Weil wir Juden sind?«, fragte Anna.

»Nicht nur, weil wir Juden sind. Papa glaubt, dass dann niemand mehr sagen darf, was er denkt, und er könnte dann nicht mehr schreiben. Die Nazis wollen keine Leute, die anderer Meinung sind als sie.« Mama nahm einen Schluck Kaffee und sah gleich etwas heiterer aus. »Natürlich kann es sein, dass es nicht so kommt, und wenn es so kommt, wird es wahrscheinlich nicht lange dauern – vielleicht sechs Monate oder so. Aber im Augenblick wissen wir es einfach nicht.«

»Aber warum ist Papa so plötzlich weggefahren?«

»Weil ihn gestern jemand angerufen und ihn gewarnt hat, dass man ihm vielleicht den Pass wegnehmen würde. Darum habe ich ihm einen kleinen Koffer gepackt, und er hat den Nachtzug nach Prag genommen – das ist der kürzeste Weg aus Deutschland hinaus.«

»Wer könnte ihm denn seinen Pass wegnehmen?«

»Die Polizei. In der Polizei gibt es ziemlich viele Nazis.«

»Und wer hat ihn angerufen und ihn gewarnt?«

Mama lächelte zum ersten Mal.

»Auch ein Polizist. Einer, den Papa nie getroffen hat; einer, der seine Bücher gelesen hat und dem sie gefallen haben.«

Anna und Max brauchten einige Zeit, um all das zu verdauen. »Nun«, sagte Mama, »bis zu den Wahlen sind nur noch zehn Tage. Entweder die Nazis verlieren, dann kommt Papa zurück – oder sie gewinnen, dann fahren wir zu ihm.«

»Nach Prag?«, fragte Max.

»Nein, wahrscheinlich in die Schweiz. Dort spricht man Deutsch. Papa könnte dort schreiben. Wir würden wahrscheinlich ein Haus mieten und dort bleiben, bis alles vorbei ist.«

»Auch Heimpi?«, fragte Anna.

»Auch Heimpi.«

Es klang ganz aufregend. Anna fing an, es sich vorzustellen – ein Haus in den Bergen ... Ziegen ... oder waren es Kühe? ...

Da sagte Mama: »Und dann noch eins.« Ihre Stimme klang ernst.

»Dies ist das Allerwichtigste«, sagte Mama, »und wir brauchen dabei eure Hilfe. Papa möchte nicht, dass irgendjemand erfährt, dass er Deutschland verlassen hat. Ihr dürft es also niemandem verraten. Wenn euch jemand nach ihm fragt, müsst ihr sagen, dass er noch mit Grippe im Bett liegt.«

»Darf ich es nicht einmal Günther sagen?«, fragte Max.

»Nein, weder Günther noch Elsbeth noch sonst jemandem.«

»Also gut«, sagte Max. »Aber es wird nicht leicht sein. Die Leute fragen immer nach ihm.«

»Warum dürfen wir es denn niemandem sagen?«, fragte Anna. »Warum will Papa nicht, dass es jemand weiß?«

»Sieh mal«, sagte Mama. »Ich habe euch alles erklärt, so gut ich konnte. Aber ihr seid beide noch Kinder. Papa glaubt, die Nazis könnten ... könnten uns Schwierigkeiten machen, wenn sie wissen, dass er weg ist. Darum will er nicht, dass ihr darüber redet. Also, werdet ihr tun, um was er euch bittet, oder nicht?« Anna sagte, natürlich würde sie es tun.

Dann schickte Heimpi die beiden zur Schule. Anna machte sich Sorgen darüber, was sie sagen sollte, falls sie jemand fragte, warum sie zu spät kam, aber Max meinte: »Sag einfach, Mama hätte verschlafen – das hat sie doch auch.«

Aber es interessierte sich niemand sehr dafür. Die Klasse war in der Turnhalle und übte Hochsprung, und Anna sprang höher als alle anderen. Sie war so froh darüber, dass sie für den Rest des Morgens beinahe vergaß, dass Papa in Prag war.

Als es Zeit war, nach Hause zu gehen, fiel ihr alles wieder ein, und sie hoffte nur, dass Elsbeth keine unbequemen Fragen stellen würde – aber Elsbeth hatte wichtigere Dinge im Kopf. Ihre Tante wollte mit ihr am Nachmittag in die Stadt gehen und ihr ein Jo-Jo kaufen. Was für eins sollte sie sich wünschen, was riet ihr Anna?

Und welche Farbe? Die hölzernen taten es, im Ganzen gesehen, am besten, aber Elsbeth hatte ein leuchtend orangefarbenes Jo-Jo gesehen. Es war zwar aus Blech, aber die Farbe hatte es ihr angetan. Anna sollte nur Ja oder Nein sagen.

Als Anna zum Mittagessen nach Hause kam, war dort alles wie gewohnt. Am Morgen hatte sie erwartet, es werde alles anders sein.

Weder Anna noch Max hatten Aufgaben auf, und es war zu kalt, um hinauszugehen. Sie setzten sich darum am Nachmittag auf den Heizkörper im Kinderzimmer und schauten aus dem Fenster. Der Wind rappelte an den Fensterläden und jagte die Wolken in großen Fetzen über den Himmel.

»Vielleicht schneit es wieder«, sagte Max.

»Max«, fragte Anna, »möchtest du gern in die Schweiz gehen?«

»Ich weiß nicht«, sagte Max. Er würde so vieles vermissen. Günther ... die Bande, mit der er Fußball spielte ... die Schule ... Er sagte: »Ich vermute, wir würden in der Schweiz auch zur Schule gehen.«

»Oh ja«, sagte Anna. »Ich glaube, es würde Spaß machen.« Sie schämte sich beinahe es zuzugeben, aber je länger sie darüber nachdachte, desto lieber wollte sie hin. In einem unbekannten Land zu sein, wo alles anders war – in einem anderen Haus zu wohnen, in eine andere Schule mit anderen Kindern zu gehen ... Sie wünschte sich, das alles kennenzulernen, und obgleich sie wusste, dass es herzlos war, lächelte sie.

»Es wäre ja auch nur für sechs Monate«, sagte sie entschuldigend, »und wir wären alle beisammen.«

———

Der folgende Tag verlief normal. Mama bekam einen Brief von Papa. Er war gut in einem Hotel in Prag untergebracht, und es ging ihm viel besser. Dies machte allen das Herz leichter.

Ein paar Leute fragten nach Papa, waren aber ganz zufrieden, als die Kinder sagten, er habe die Grippe. Die Grippe war so verbreitet, dass sich niemand wunderte. Das Wetter blieb kalt, und die Pfützen, die beim Tauwetter entstanden waren, froren wieder fest zu – aber es schneite immer noch nicht.

Am Samstagnachmittag endlich wurde der Himmel dunkel, und plötzlich begann es in dichten, wirbelnden weißen Flocken zu schneien. Anna und Max spielten mit den Kindern der Kentners, die ihnen gegenüber wohnten. Sie hielten inne, um den Schnee fallen zu sehen.

»Wenn es nur etwas früher angefangen hätte«, sagte Max, »ehe der Schnee hoch genug liegt zum Rodeln, ist es dunkel.« Als Anna und Max um fünf Uhr nach Hause gingen, hatte es eben aufgehört zu schneien. Peter und Marianne Kentner brachten sie zur Tür. Der Schnee bedeckte die Straße mit einer dichten, trockenen, knirschenden Decke, und der Mond schien darauf.

»Wir könnten doch beim Mondlicht rodeln«, sagte Peter. »Glaubst du, das würde man uns erlauben?«

»Wir haben es schon früher getan«, sagte Peter, der vierzehn war. »Geht und fragt eure Mutter.«

Mama sagte, sie könnten mitgehen, müssten aber zusammenbleiben und um sieben wieder zu Hause sein. Sie zogen ihre wärmsten Sachen an und machten sich auf den Weg.

Der Grunewald lag nur eine Viertelstunde weit entfernt, und dort bildete ein bewaldeter Abhang eine ideale Schlittenbahn hinunter auf einen zugefrorenen See. Sie hatten hier schon oft gerodelt, aber da war es immer hell gewesen, und man hatte die Rufe der anderen Kinder gehört. Jetzt war nur das Singen des Windes in den Bäumen zu vernehmen, das Knirschen des frischen Schnees unter ihren Füßen und das sanfte Schwirren der Schlitten, die sie hinter sich herzogen. Über ihnen war der Himmel dunkel, aber der Boden glänzte bläulich im Mondlicht, und die Schatten der Bäume lagen wie schwarze Bänder darauf.

Am oberen Rande des Abhangs blieben sie stehen und blickten nach unten. Niemand war vor ihnen hier gewesen. Der schimmernde Schneepfad erstreckte sich unberührt und vollkommen weiß bis ans Seeufer hinunter.

»Wer fährt zuerst?«, fragte Max.

Anna hatte gar nicht die Absicht gehabt, aber jetzt tanzte sie auf und ab und rief: »Oh bitte, bitte, lasst mich!«

Peter sagte: »Also gut – die Jüngste zuerst.«

Damit war sie gemeint, denn Marianne war zehn.

Sie setzte sich auf ihren Schlitten, zog das Steuerseil fest an, tat einen tiefen Atemzug und stieß ab. Der Schlitten setzte sich ziemlich langsam in Bewegung.

»Los«, schrien die Jungen hinter ihr her. »Stoß dich noch mal ab.«

Aber sie tat es nicht. Sie behielt die Füße auf den Kufen und ließ den Schlitten sich langsam beschleunigen. Der pulvrige Schnee stäubte um sie herum in die Höhe. Die Bäume glitten vorüber, zuerst langsam, dann immer schneller. Das Mondlicht tanzte um sie herum. Schließlich war es, als flöge sie durch eine silbrige Masse. Dann stieß der Schlitten gegen die Schwelle am Fuß des Abhangs, schoss darüber hinweg und landete auf dem Eis des Sees. Es war herrlich.

Die anderen kamen kreischend und schreiend hinter ihr her. Sie kamen mit dem Kopf voran, mit dem Bauch auf dem Schlitten liegend, sodass der Schnee ihnen direkt ins Gesicht stäubte. Dann fuhren sie, auf dem Rücken liegend, die Füße nach vorn ausgestreckt, und die schwarzen Wipfel der Tannen schienen nach hinten wegzufliegen. Dann drängten sich alle auf einem Schlitten zusammen und kamen dadurch so in Fahrt, dass der Schlitten beinahe bis in die Mitte des Sees schoss. Nach jeder Fahrt stapften sie mühsam keuchend den Abhang wieder hinauf und zogen die Schlitten hinter sich her. Trotz der Kälte schwitzten sie in ihren Wollsachen.

Dann fing es wieder an zu schneien. Zuerst bemerkten sie es kaum, aber dann erhob sich ein Wind, der ihnen die Flocken ins Gesicht blies. Plötzlich blieb Max mitten auf dem Abhang, den sie gerade wieder mit dem Schlitten hinaufstiegen, stehen und sagte: »Wie spät ist es? Sollten wir nicht zurückgehen?«

Niemand hatte eine Uhr, und sie merkten plötzlich, dass sie keine Ahnung hatten, wie lange sie schon hier waren. Vielleicht war es schon sehr spät, und die Eltern warteten zu Hause. »Kommt«, sagte Peter, »wir wollen uns sofort auf den Weg machen.« Er zog die Handschuhe aus und schlug sie gegeneinander, um den verkrusteten Schnee abzuschütteln. Seine Hände waren rot vor Kälte. Auch Annas Hände waren rot, und sie merkte erst jetzt, dass sie eiskalte Füße hatte.

Auf dem Rückweg war es kalt. Der Wind blies ihnen durch die feuchten Kleider, und da der Mond jetzt hinter Wolken verborgen war, lag der Pfad schwarz vor ihnen. Anna war froh, als sie aus den Bäumen traten und wieder auf der Straße waren. Bald kamen Straßenlaternen, Häuser mit erleuchteten Fenstern, Läden. Sie waren beinahe zu Hause. Das erleuchtete Zifferblatt einer Kirchturmuhr zeigte ihnen die Zeit. Es war doch noch nicht ganz sieben. Sie seufzten erleichtert auf und gingen jetzt langsamer. Max und Peter fingen an, über Fußball zu sprechen. Marianne band zwei Schlitten aneinander, hüpfte wild auf der leeren Fahrbahn vor ihnen her und hinterließ im Schnee ein Netzwerk sich überschneidender Spuren. Anna humpelte hinterher, weil ihr die kalten Füße wehtaten.

Sie konnte sehen, wie die Jungen vor ihrem Haus stehen blieben; sie redeten immer noch und warteten auf sie, und sie hatte sie fast eingeholt, als sie ein Gartentor knarren hörte. Jemand bewegte sich auf dem Gehsteig neben ihr, und plötzlich wurde eine Gestalt sichtbar. Einen

Augenblick war Anna sehr erschrocken, aber dann erkannte sie, dass es nur Fräulein Lambeck in einer kurzen Pelzjacke war. Sie trug einen Brief in der Hand.

»Kleine Anna«, rief Fräulein Lambeck. »Dass ich dir hier im Dunkeln begegne! Ich wollte nur zum Briefkasten gehen und hätte gar nicht erwartet, einen verwandten Geist zu treffen. Und wie geht es deinem lieben Papa?«

»Er hat die Grippe«, sagte Anna automatisch.

Fräulein Lambeck blieb stehen. »Er hat immer noch Grippe, kleine Anna? Du hast mir schon vor einer Woche gesagt, dass er Grippe hat.«

»Ja«, sagte Anna.

»Er liegt immer noch zu Bett? Hat immer noch Fieber?«

»Ja«, sagte Anna.

»Oh, der arme Mann!« Fräulein Lambeck legte ihre Hand auf Annas Schultern. »Wird auch wirklich alles für ihn getan? Kommt der Arzt zu ihm?«

»Ja«, sagte Anna.

»Und was sagt der Arzt?«

»Er sagt … ich weiß es nicht«, antwortete Anna.

Fräulein Lambeck beugte sich vertraulich vor und sah Anna ins Gesicht. »Sag mir, kleine Anna«, sagte sie, »wie hoch ist die Temperatur deines lieben Vaters?«

»Ich weiß es nicht«, schrie Anna, und die Worte klangen gar nicht so, wie sie es eigentlich beabsichtigt hatte. Es war eher eine Art von Quieken. »Verzeihen Sie, aber ich muss jetzt nach Hause!« – und sie rannte so schnell sie konnte auf Max und die geöffnete Haustür zu.

»Was ist los?«, fragte Heimpi in der Diele. »Hat dich jemand aus 'ner Kanone geschossen?«

Anna konnte Mama durch die halb offene Tür des Wohnzimmers sehen. »Mama«, rief sie, »ich hasse es, alle wegen Papa anzulügen. Es ist schrecklich. Warum müssen wir es denn tun? Ich wünschte, das wäre nicht nötig.«

Dann sah sie, dass Mama nicht allein war. Onkel Julius (der nicht wirklich ihr Onkel, sondern ein alter Freund von Papa war) saß in einem Sessel auf der anderen Seite des Zimmers. »Beruhige dich«, sagte Mama in scharfem Ton. »Wir alle hassen es, wegen Papa zu lügen, aber im Augenblick bleibt keine andere Wahl. Ich würde es nicht von dir verlangen, wenn es nicht notwendig wäre.«

»Fräulein Lambeck hat sie sich geschnappt«, sagte Max, der hinter Anna eingetreten war. »Du kennst doch Fräulein Lambeck? Sie ist grässlich. Man kann ihre Fragen nicht beantworten, auch wenn man die Wahrheit sagen darf.«

»Arme Anna«, sagte Onkel Julius mit seiner hellen Stimme. Er war ein sanfter, kleiner und zarter Mann, den sie alle sehr gernhatten. »Euer Vater bittet mich, euch zu sagen, wie sehr er euch beide vermisst, und er lässt euch tausendmal grüßen.«

»Du hast ihn also gesehen?«, fragte Anna.

»Onkel Julius kommt gerade von Prag zurück«, sagte Mama. »Papa geht es gut, und er will, dass wir ihn am Sonntag in Zürich in der Schweiz treffen.«

»Am Sonntag?«, sagte Max. »Aber das ist ja schon in einer Woche. Das ist der Tag der Wahlen. Ich dachte, wir würden abwarten, wer gewinnt?«

»Dein Vater hat beschlossen, dass wir nicht abwarten sollen.«

Onkel Julius lächelte Mama an. »Ich glaube, er nimmt das alles zu ernst.«

»Warum?«, fragte Max. »Was befürchtet er denn?«

Mama seufzte. »Seit Papa davon gehört hat, dass man ihm seinen Pass wegnehmen wollte, hat er Angst, man könnte uns auch unsere Pässe nehmen, und dann können wir nicht mehr aus Deutschland hinaus.«

»Aber warum sollten sie das tun?«, fragte Max. »Wenn die Nazis uns nicht mögen, dann sind sie doch bestimmt froh, uns loszuwerden.«

»Genau«, sagte Onkel Julius. Er lächelte wieder Mama zu. »Dein Mann ist ein wunderbarer Mensch mit einer wunderbaren Einbildungskraft, aber – offen gesagt – ich glaube, in dieser Sache hat er den Kopf verloren. Aber wie auch immer – ihr werdet in der Schweiz herrliche Ferien verbringen, und wenn ihr in ein paar Wochen zurückkommt, gehen wir alle zusammen in den Zoo.« Onkel Julius war Zoologe und ging ständig in den Zoo.

»Lasst mich wissen, wenn ich euch mit irgendetwas behilflich sein kann. Natürlich sehen wir uns noch.« Er küsste Mama die Hand und ging.

»Sollen wir wirklich am Sonntag fahren?«, fragte Anna.

»Am Samstag«, sagte Mama. »Es ist eine lange Reise in die Schweiz. Wir werden unterwegs in Stuttgart übernachten müssen.«

»Dann ist dies unsere letzte Woche in der Schule!«, sagte Max. Es schien unfassbar.

3 **Danach** ging alles sehr schnell, wie in **einem Film,** der **auf Zeitraffer** gestellt ist. Heimpi war den ganzen Tag mit Aussortieren und Packen beschäftigt. **Mama** war fast immer fort oder sie telefonierte. Sie musste sich um die **Vermietung des Hauses** kümmern; die Möbel sollten, wenn sie abgefahren waren, eingelagert werden. Jeden Tag, wenn die Kinder aus der Schule kamen, sah das Haus leerer aus.

Eines Tages halfen sie Mama gerade, Bücher zu packen, als Onkel Julius vorbeikam. Er betrachtete die leeren Regale und lächelte: »Die werdet ihr alle wieder einräumen!«

In dieser Nacht erwachten die Kinder vom Lärm der Feuerwehrwagen. Es war nicht nur einer oder zwei, sondern mindestens ein Dutzend, die mit lautem Schellengeklingel die Hauptstraße entlangkamen. Als sie aus dem Fenster schauten, war der Himmel über der Innenstadt von Berlin leuchtend orangerot.

Am nächsten Morgen redete jeder von dem Feuer, das den Reichstag zerstört hatte, das Gebäude, in dem das deutsche Parlament zusammentrat. Die Nazis sagten, das Feuer sei von Revolutionären gelegt worden und die Nazis seien die Einzigen, die solche Vorkommnisse verhindern könnten – daher müsse ihnen jeder bei den Wahlen seine Stimme geben. Aber Mama hörte, dass die Nazis selber das Feuer gelegt hätten.

Als Onkel Julius an diesem Nachmittag kam, sagte er zum ersten Mal nichts davon, dass Mama in ein paar Wochen wieder in Berlin sein werde.

Die letzten Tage, die Anna und Max in der Schule verbrachten, waren sehr seltsam. Da sie niemandem von ihrer Abreise erzählen durften, vergaßen sie es während der Schulstunden selbst immer wieder. Anna freute sich, als sie eine Rolle in einem Stück bekam, das in der Schule aufgeführt werden sollte, und es fiel ihr erst später ein, dass sie in Wirklichkeit nie darin auftreten würde. Max nahm die Einladung zu einer Geburtstagsgesellschaft an, an der er nie würde teilnehmen können. Dann kamen sie nach Hause in die immer leereren Zimmer mit den Holzkisten und Koffern, zum endlosen Aussortieren von Besitztümern. Am schwierigsten fiel es ihnen zu entscheiden, was von den Spielsachen mitgenommen werden sollte. Sie wollten natürlich die Spielesammlung mitnehmen, aber sie war zu groß. Am Ende blieb nur Platz für ein paar Bücher und eines von Annas Stofftieren. Sollte sie sich für das rosa Kaninchen entscheiden, das ihr Spielgefährte gewesen war, solange sie sich erinnern konnte, oder für ein neues wolliges Hündchen? Es war doch schade, den Hund zurückzulassen, da sie noch kaum Zeit gehabt hatte, mit ihm zu spielen, und Heimpi packte ihn ihr ein. Max nahm seinen Fußball mit. Mama sagte, wenn es sich herausstellen sollte, dass sie sehr lange in der Schweiz bleiben müssten, könnte man jederzeit Sachen nachschicken lassen.

Als am Freitag die Schule aus war, ging Anna zu ihrer Lehrerin und sagte ruhig: »Ich komme morgen nicht in die Schule. Wir fahren in die Schweiz.«

Fräulein Schmidt schien gar nicht so überrascht, wie Anna das erwartet hatte, sondern nickte nur und sagte: »Ja ... ja ... ich wünsche dir Glück.«

Auch Elsbeth schien nicht sehr interessiert. Sie sagte, sie wünschte, sie könnte auch in die Schweiz fahren, aber das wäre nicht sehr wahrscheinlich, weil ihr Vater bei der Post arbeitete. Am schwersten war es, sich von Günther zu trennen. Nachdem sie zum letzten Mal zusammen aus der Schule gekommen waren, brachte Max ihn mit zum Mittagessen, obgleich es nur Butterbrote gab, denn Heimpi hatte keine Zeit gehabt zu kochen. Nachher spielten sie ziemlich lustlos Verstecken zwischen den gepackten Kisten. Es machte keinen Spaß, denn Max und Günther waren so bedrückt, und Anna musste sich Mühe geben, um ihre Aufregung zu unterdrücken. Sie hatte Günther gern und es tat ihr leid, ihn zu verlassen. Aber sie konnte immer nur denken: Morgen um diese Zeit sitzen wir schon im Zug ... am Sonntag um diese Zeit sind wir in der Schweiz ... und am Montag um diese Zeit ...?

Schließlich musste Günther nach Hause. Heimpi hatte während des Packens eine Menge Kleidungsstücke für seine Mutter aussortiert, und Max ging mit ihm, um ihm tragen zu helfen. Als er zurückkam, schien er fröhlicher. Er hatte solche Angst davor gehabt, von Günther Abschied nehmen zu müssen. Nun war wenigstens das vorüber.

Am nächsten Morgen waren Max und Anna fertig, lange bevor es Zeit war zu gehen. Heimpi sah nach, ob ihre Nägel sauber waren, ob beide ein Taschentuch hatten – Anna bekam zwei, denn sie war etwas erkältet – und ob ihre Socken ordentlich durch Gummibänder hochgehalten wurden.

»Gott weiß, wie ihr allein zurechtkommen wollt«, brummte sie.

»Aber in vierzehn Tagen sind wir doch wieder zusammen«, sagte Anna.

»In vierzehn Tagen kann sich ganz schön Dreck auf einem Hals festsetzen«, sagte Heimpi düster.

Dann gab es bis zur Ankunft des Taxis nichts mehr zu tun. »Wir wollen noch einmal durch das Haus gehen«, sagte Max. Sie fingen ganz oben an und gingen von dort nach unten. Alles sah ganz verändert aus. Alle kleineren Gegenstände waren verpackt worden; Teppiche waren aufgerollt, und überall standen Kisten, Zeitungspapier lag herum. Sie gingen von einem Raum in den andern und riefen: »Auf Wiedersehn, Papas Schlafzimmer ... auf Wiedersehn, Flur ... auf Wiedersehn, Treppe ...«

»Werdet mir nicht zu aufgeregt«, sagte Mama, als sie an ihr vorbeikamen.

»Auf Wiedersehn, Diele ... auf Wiedersehn, Wohnzimmer ...« Sie kamen zum Ende, da rief Max: »Auf Wiedersehn, Klavier ... auf Wiedersehn, Sofa«, und Anna fiel ein mit: »Auf Wiedersehn, Vorhänge ... auf Wiedersehn, Esstisch ... auf Wiedersehn, Durchreiche ...!«

Gerade als sie rief: »Auf Wiedersehn, Durchreiche!«, öffneten sich die beiden kleinen Klappen, und Heimpi streckte von der Küchenseite her den Kopf hindurch. Plötzlich zog sich Annas Magen zusammen. Genau das hatte Heimpi manchmal getan, um Anna zu amüsieren, als sie noch klein war. Sie hatten ein Spiel gespielt, das »durch die Durchreiche gucken« hieß, und Anna hatte es geliebt. Wie konnte sie einfach so weggehen? Wider Willen füllten sich ihre Augen mit Tränen, und sie rief etwas ganz Unvernünftiges: »Oh Heimpi, ich will nicht von dir und der Durchreiche weggehen!«

»Ich kann ja wohl schlecht die Durchreiche in meinen Koffer packen«, sagte Heimpi und kam ins Esszimmer.

»Kommst du auch bestimmt in die Schweiz?«

»Ich wüsste nicht, was ich sonst tun sollte«, sagte Heimpi. »Deine Mama hat mir den Fahrschein gegeben, und ich habe ihn in meinem Portmonee.«

»Heimpi«, sagte Max, »wenn du plötzlich feststellst, dass du noch sehr viel Platz in deinem Koffer hast – nur für den Fall, versteht sich –, glaubst du, dass du dann die Spielesammlung mitbringen könntest?«

»Wenn … wenn … wenn …«, sagte Heimpi. »Wenn meine Großmutter Räder hätte, wäre sie ein Omnibus.« Das war das, was sie immer sagte. Dann läutete die Türklingel. Das Taxi war da, und es blieb keine Zeit mehr. Anna umarmte Heimpi. Mama sagte: »Vergessen Sie nicht, dass am Montag die Männer wegen des Klaviers kommen«, und dann umarmte auch sie Heimpi. Max konnte seine Handschuhe nicht finden und hatte sie dann doch in der Tasche. Bertha weinte, und der Mann, der sich um den Garten kümmerte, war plötzlich da und wünschte ihnen gute Reise.

Gerade als das Taxi abfahren wollte, kam eine kleine Gestalt angerannt, die etwas in der Hand trug. Es war Günther. Er drückte Max durchs Fenster ein Paket in die Hand und sagte etwas von seiner Mama, das man nicht verstehen konnte, weil das Taxi gerade anfuhr. Max schrie laut: »Auf Wiedersehn«, und Günther winkte. Dann fuhr das Taxi langsam die Straße hinauf. Anna konnte noch das Haus sehen und Heimpi und Günther, die winkten … sie konnte immer noch ein Stückchen vom Haus sehen … am Ende der Straße fuhren sie an den Kentner'schen Kindern vorbei, die zur Schule gingen. Sie sprachen miteinander und blickten nicht auf. Sie konnte immer noch ein Eckchen vom Haus durch die Bäume hindurch sehen … dann fuhr das Taxi um die Ecke, und jetzt war das Haus endgültig verschwunden.

———

Es war seltsam, mit Mama und ohne Heimpi in einem Zug zu sitzen. Anna war ein wenig besorgt, dass ihr schlecht werden könnte. Als sie klein war, war ihr im Zug immer übel geworden, und selbst jetzt, da sich das ausgewachsen hatte, nahm Heimpi immer für alle Fälle eine Papiertüte mit. Hatte Mama eine Papiertüte?

Der Zug war sehr besetzt, und Anna und Max waren froh, dass sie Fensterplätze hatten.

Sie blickten beide in die graue Landschaft hinaus, die vorüberflog, bis es zu regnen begann. Dann beobachteten sie die Regentropfen, die gegen die Scheibe klatschten und langsam nach unten rannen, aber auch das wurde nach einiger Zeit langweilig. Was nun? Anna betrachtete Mama aus dem Augenwinkel. Heimpi hatte in solchen Fällen immer ein paar Äpfel oder Süßigkeiten bei sich. Mama hatte sich in ihrem Sitz zurückgelehnt. Sie hatte die Mundwinkel heruntergezogen und starrte auf die Glatze des Herrn, der ihr gegenübersaß. Auf dem Schoß hielt sie die große Handtasche, auf der ein Kamel abgebildet war und die sie von einer Reise mit Papa mitgebracht hatte. Sie hielt die Tasche sehr fest. Anna vermutete, weil die Fahrkarten und die Pässe darin waren. Sie hielt sie so fest, dass einer ihrer Finger sich tief in das Gesicht des Kamels hineinbohrte.

»Mama«, sagte Anna, »du zerquetschst das Kamel.«

»Was?«, fragte Mama. Dann merkte sie, was Anna meinte, und lockerte ihren Griff. Das Gesicht des Kamels wurde frei, und zu Annas Erleichterung sah es genauso dumm und hoffnungsvoll aus wie sonst.

»Langweilst du dich?«, fragte Mama. »Wir fahren durch ganz Deutschland hindurch. So eine lange Reise habt ihr noch nie gemacht. Hoffentlich hört der Regen bald auf, damit ihr draußen alles sehen könnt.«

Dann erzählte sie ihnen von den Obstgärten in Süddeutschland – Obstgärten über Kilometer hin. »Wenn wir nur diese Reise später im Jahr hätten machen können«, sagte sie, »dann hättet ihr sie blühen sehen.«

»Vielleicht sind wenigstens ein paar Blüten schon raus«, sagte Anna. Aber Mama meinte, es sei noch zu früh, und der kahle Mann stimmte ihr zu. Dann sagten sie, wie schön es wäre, und Anna wünschte, sie könnte es sehen.

»Wenn die Blüten jetzt noch nicht heraus sind«, sagte sie, »können wir sie denn ein andermal sehen?«

Mama antwortete nicht sofort. Dann sagte sie: »Ich hoffe es.« Der Regen ließ nicht nach, und sie verbrachten eine lange Zeit mit Ratespielen, in denen, wie sich herausstellte, Mama sehr gut war. Obgleich sie vom Land nicht viel sehen konnten, bemerkten sie doch eine Veränderung in den Stimmen der Menschen, jedes Mal wenn der Zug hielt. Manche waren kaum zu verstehen, und Max kam auf die Idee, unnötige Fragen zu stellen, zum Beispiel: »Ist das Leipzig?« oder »Wie spät ist es?«, nur um die Antwort in dem fremden Akzent zu hören.

Sie aßen im Speisewagen zu Mittag.

Es war großartig, mit einer Speisekarte, von der man wählen konnte, und Anna aß Würstchen mit Kartoffelsalat, das war ihr Lieblingsgericht. Ihr war überhaupt nicht übel.

Später am Nachmittag ging sie mit Max durch den ganzen Zug, von einem Ende zum andern. Dann blieben sie im Gang stehen. Es regnete immer heftiger, und die Dämmerung kam sehr früh. Selbst wenn die Obstgärten in Blüte gestanden hätten, hätten sie es nicht sehen können. Annas Kopf schmerzte, und die Nase begann zu laufen, als wollte sie mit dem Regen draußen Schritt halten. Sie rückte sich auf ihrem Platz zurecht und wünschte, sie wären in Stuttgart.

»Warum siehst du dir Günthers Buch nicht an?«, sagte Mama. In Günthers Paket waren zwei Geschenke gewesen. Das eine, das Günther für Max bestimmt hatte, war ein Geschicklichkeitsspiel – eine kleine durchsichtige Dose, auf deren Boden sich das Bild eines Drachen mit offenem Rachen befand. Man musste drei winzige Bällchen in das offene Maul bugsieren. Das war in einem fahrenden Zug sehr schwierig. Das andere war ein Buch für beide Kinder von Günthers Mutter. Es hieß: »Sie wurden berühmt«, und sie hatte hineingeschrieben: »Vielen Dank für all die schönen Sachen – etwas zum Lesen für die Reise.« Das Buch beschrieb die Jugend verschiedener Menschen, die berühmt geworden waren, und Anna, die sich für dieses Thema interessierte, hatte es zuerst eifrig durchgeblättert. Aber es war so langweilig geschrieben, der Ton war so belehrend, dass sie allmählich die Lust verlor. All den berühmten Leuten war es schlecht ergangen. Der eine hatte einen Vater, der trank. Ein anderer stotterte. Noch ein anderer musste Hunderte von schmutzigen Flaschen waschen. Sie hatten alle eine schwere Kindheit gehabt. Offenbar musste man eine schwere Kindheit haben, wenn man berühmt werden wollte.

Sie döste in ihrer Ecke und wischte sich die Nase mit ihren beiden durchnässten Taschentüchern und wünschte, dass sie bald nach Stuttgart kämen und dass sie eines Tages doch noch berühmt würde. Und während der Zug in der Dunkelheit durch Deutschland ratterte, ging es ihr immer wieder durch den Kopf: »Schwere Kindheit ... schwere Kindheit ... schwere Kindheit ... schwere Kindheit ...«

4 **Plötzlich fühlte Anna,** dass sie sanft geschüttelt wurde. Sie musste **eingeschlafen sein.** Mama sagte: »Also, in ein paar Minuten sind wir in Stuttgart.«
Anna zog verschlafen den Mantel an, und bald saßen sie und Max vor dem Eingang des **Stuttgarter Bahnhofs** auf den Koffern, während Mama nach einem Taxi suchte. Es regnete immer noch in Strömen, der Regen trommelte auf das Bahnhofsdach und fiel wie ein durchsichtiger Vorhang zwischen ihnen und dem dunklen Platz vor ihnen. Es war kalt.

Schließlich kam Mama zurück. »Was für eine Stadt!«, rief sie. »Hier ist ein Streik ausgebrochen, und es verkehren keine Taxis. Aber seht ihr das blaue Zeichen dort drüben?«

Auf der anderen Seite des Bahnhofsvorplatzes flimmerte es blau durch die Nacht. »Das ist ein Hotel«, sagte Mama. »Wir nehmen nur mit, was wir für die Nacht brauchen, und laufen durch den Regen, so schnell wir können.«

Das große Gepäck wurde aufgegeben, dann kämpften sie sich über den Bahnhofsplatz hinüber. Anna trug einen Koffer, der ihr dauernd gegen die Beine schlug, und der Regen fiel so dicht, dass sie kaum etwas sah. Einmal trat sie in eine tiefe Pfütze und machte sich die Füße ganz nass. Aber schließlich waren sie doch im Trockenen. Mama bestellte Zimmer, und dann aßen sie und Max etwas. Anna war zu müde. Sie ging sofort zu Bett und schlief gleich ein.

Als sie am Morgen aufstanden, war es noch dunkel.

»Bald werden wir Papa sehen«, sagte Anna, als sie im spärlich beleuchteten Speisesaal frühstückten. Es war noch niemand auf, und der Kellner mit den verschlafenen Augen schien ihnen die altbackenen Brötchen und den Kaffee, den er vor sie hinknallte, zu missgönnen. Mama wartete, bis er wieder in die Küche gegangen war. Dann sagte sie: »Bevor wir nach Zürich kommen und Papa treffen, müssen wir die Grenze zwischen Deutschland und der Schweiz überqueren.«

»Müssen wir aus dem Zug aussteigen?«, fragte Max.

»Nein«, sagte Mama. »Wir bleiben in unserem Abteil, und dann kommt ein Mann und sieht sich unsere Pässe an. Genau wie ein Fahrkartenkontrolleur. Aber« – und sie blickte jedem der Kinder in die Augen – »das ist sehr wichtig: Wenn der Mann kommt, um unsere Pässe anzusehen, dann will ich, dass keiner von euch ein Wort sagt. Versteht ihr? Nicht ein Wort.«

»Warum nicht?«, fragte Anna.

»Weil der Mann sonst sagen könnte: Was für ein schrecklich schwatzhaftes Mädchen, ich nehme ihr lieber den Pass ab«, sagte Max, der immer schlecht gelaunt war, wenn er nicht genug geschlafen hatte.

»Mama«, rief Anna flehend, »das würde er doch nicht tun – ich meine, unsere Pässe wegnehmen?«

»Nein ... nein, vermutlich nicht«, sagte Mama. »Aber für alle Fälle – Papas Name ist recht bekannt – und wir wollen in keiner Weise die Aufmerksamkeit auf uns lenken. Wenn der Mann also kommt – kein Wort. Denkt daran – nicht ein einziges, winziges Wort!«

Anna versprach, daran zu denken.

Es hatte endlich aufgehört zu regnen, und es war ganz leicht, den Platz vor dem Bahnhof zu überqueren. Der Himmel fing gerade an, hell zu werden, und nun konnte Anna überall die Wahlplakate sehen. Ein paar Leute standen vor einem Haus, das als Wahllokal gekennzeichnet war, und warteten darauf, dass es geöffnet wurde. Anna fragte sich, für wen sie wohl stimmen würden.

Der Zug war beinahe leer, und sie hatten ein Abteil für sich, bis an der nächsten Station eine Frau mit einem Korb einstieg. Anna konnte in dem Korb etwas rumoren hören – es musste etwas Lebendiges darin sein. Anna blickte Max an, um herauszufinden, ob es ihm auch aufgefallen sei, aber er hatte immer noch schlechte Laune und schaute mit gerunzelter Stirn zum Fenster hinaus. Auch Anna wurde verdrießlich, und es fiel ihr ein, dass ihr der Kopf wehtat und ihre Stiefel immer noch vom gestrigen Regen feucht waren.

»Wann kommen wir zur Grenze?«, fragte sie.

»Ich weiß nicht«, sagte Mama. »Es dauert noch eine Weile.«

Anna bemerkte, dass ihre Finger sich wieder in das Gesicht des Kamels eindrückten.

»Vielleicht in einer Stunde? Was meinst du?«, fragte Anna.

»Immer musst du Fragen stellen«, sagte Max, obwohl es ihn gar nichts anging. »Warum kannst du nicht den Mund halten?«

»Warum kannst du's nicht?«, sagte Anna. Sie war tief beleidigt und suchte nach etwas, womit sie ihn verletzen könnte. Schließlich platzte sie heraus: »Ich wünschte, ich hätte eine Schwester!«

»Ich wünschte, ich hätte keine«, sagte Max.

»Mama!«, wimmerte Anna.

»Oh, um Himmels willen, hört auf!«, rief Mama. »Haben wir nicht schon Sorgen genug?« Sie umklammerte die Tasche mit dem Kamel und schaute immer wieder hinein, um zu sehen, ob die Pässe noch da waren. Anna zappelte missmutig auf ihrem Sitz herum. Alle Leute waren grässlich. Die Frau mit dem Korb hatte ein großes Stück Brot mit Schinken herausgezogen und aß es.

Lange Zeit sagte keiner ein Wort. Dann begann der Zug langsamer zu fahren.

»Entschuldigen Sie«, fragte Mama, »kommen wir jetzt an die Schweizer Grenze?«

Die Frau mit dem Korb schüttelte kauend den Kopf.

»Da siehst du es«, sagte Anna zu Max, »Mama stellt auch Fragen.«

Max machte sich nicht einmal die Mühe, ihr zu antworten, sondern verdrehte nur die Augen. Anna hätte ihm gern einen Tritt versetzt, aber das hätte Mama bemerkt.

Der Zug hielt und fuhr wieder an, hielt und fuhr wieder an. Jedes Mal fragte Mama, ob dies die Grenze sei, und jedes Mal schüttelte die Frau mit dem Korb den Kopf. Schließlich, als der Zug wieder einmal langsam fuhr und einige Gebäude in Sicht waren, sagte die Frau mit dem Korb: »Ich glaube, jetzt kommen wir gleich hin.«

Sie warteten schweigend, während der Zug in der Station hielt. Anna konnte Stimmen hören und wie die Türen anderer Abteile geöffnet und geschlossen wurden. Dann kamen Schritte den Gang entlang, die Tür ihres eigenen Abteils wurde aufgestoßen, und der Passkontrolleur kam herein. Er trug eine Uniform, die der eines Schaffners glich, und hatte einen großen braunen Schnurrbart.

Er blickte in den Pass der Frau mit dem Korb, nickte, stempelte ihn mit einem kleinen Gummistempel und gab ihn ihr zurück. Dann wandte er sich an Mama. Mama reichte ihm die Pässe und lächelte. Aber die Hand, die jetzt die Tasche hielt, krallte sich wie in einem Krampf in den Kopf des Kamels.

Der Mann prüfte die Pässe. Er schaute Mama an und verglich ihr Gesicht mit dem auf dem Passfoto, dann musterte er Max und Anna. Er zückte schon seinen Gummistempel. Plötzlich schien ihm etwas einzufallen, und er sah sich die Pässe noch einmal an. Endlich stempelte er sie und gab sie Mama zurück. »Gute Reise«, sagte er, während er die Tür aufschob.

Nichts war geschehen. Max hatte sie ganz umsonst erschreckt. »Da siehst du ...«, rief Anna, aber Mama warf ihr einen Blick zu, der sie sofort verstummen ließ.

Der Passkontrolleur schloss die Tür hinter sich. »Wir sind immer noch in Deutschland«, sagte Mama.

Anna fühlte, wie sie krebsrot wurde. Mama steckte die Pässe in die Tasche zurück. Es herrschte Schweigen. Anna hörte wieder das Kratzen im Korb, die Frau kaute an einem zweiten Schinkenbrot, Türen öffneten und schlossen sich weiter hinten im Zug. Es schien ewig zu dauern.

Dann fuhr der Zug wieder an. Er rollte ein paar Hundert Meter weiter und hielt wieder. Wieder wurden Türen geöffnet und geschlossen. Diesmal ging es schneller. Stimmen sagten: »Zoll ... haben Sie etwas zu deklarieren ...?« Ein anderer Mann kam ins Abteil. Mama und die Frau sagten beide, sie hätten nichts zu verzollen, und er machte ein Zeichen mit Kreide auf alle Gepäckstücke, auch auf den Korb der Frau. Noch einmal warteten sie, dann ertönte ein Pfiff, und schließlich fuhren sie wieder. Diesmal erhöhte sich die Geschwindigkeit des Zuges, und schließlich ratterte er gleichmäßig durch die Landschaft.

Nach langer Zeit fragte Anna: »Sind wir jetzt in der Schweiz?«

»Ich glaube ja. Ich bin nicht sicher«, sagte Mama.

Die Frau mit dem Korb hörte auf zu kauen. »Oh ja«, sagte sie gemütlich, »das ist die Schweiz. Wir sind jetzt in der Schweiz – das ist mein Land.«

Es war herrlich.

»Schweiz«, sagte Anna. »Wir sind wirklich in der Schweiz.«

»Es wurde auch Zeit«, sagte Max und grinste.

Mama stellte die Tasche mit dem Kamel neben sich auf den Sitz und lächelte.

»Also«, sagte sie, »jetzt werden wir bald bei Papa sein.«

Anna kam sich plötzlich ganz komisch und wie beschwipst vor. Sie wollte unbedingt irgendetwas Besonderes und Aufregendes sagen oder tun, es fiel ihr aber nichts ein – so wandte sie sich schließlich an die Schweizerin und fragte: »Entschuldigen Sie, aber was haben Sie da in Ihrem Korb?«

»Das ist mein Büssi«, sagte die Frau mit der weichen Stimme. Anna fand das Wort schrecklich komisch. Sie verbiss sich das Lachen, schaute zu Max hinüber und sah, dass er sich beinahe vor unterdrücktem Lachen wälzte.

»Was ... was ist ein Büssi?«, fragte Anna, aber die Frau hatte schon den Deckel des Korbes auf einer Seite hochgeschlagen, und bevor sie antworten konnte, ertönte ein helles »Iiii...« und der Kopf eines struppigen schwarzen Katers streckte sich aus der Öffnung.

Anna und Max konnten sich nicht mehr halten. Sie schüttelten sich vor Lachen.

»Er hat dir geantwortet«, japste Max. »Du hast gesagt: ›Was ist ein Büssi?‹ und er hat gesagt: ...«

»Iiich!«, kreischte Anna.

»Kinder, Kinder!«, sagte Mama, aber es war zwecklos, sie konnten nicht aufhören zu lachen. Sie lachten über alles, was sie sahen, die ganze Fahrt bis nach Zürich. Mama entschuldigte sich bei der Frau, aber die sagte, es störe sie nicht, sie habe nichts gegen gute Laune. Jedes Mal wenn das Gelächter aufhörte, brauchte Max nur zu sagen: »Was ist ein Büssi?«, und Anna rief: »Iiich!«, und wieder platzten sie los. Sie lachten immer noch, als sie in Zürich auf dem Bahnsteig standen und nach Papa Ausschau hielten.

Anna sah ihn zuerst. Er stand neben einem Kiosk. Sein Gesicht war blass, und er betrachtete ängstlich und angespannt die Leute, die mit dem Zug angekommen waren.

»Papa«, schrie sie, »Papa!«

Er drehte sich um und sah sie. Und dann fing Papa, der immer so würdig wirkte und nie etwas in Hast tat, plötzlich an zu laufen. Er legte die

Arme um Mama und drückte sie an sich. Dann umarmte er Anna und Max. Er drückte sie alle an sich und wollte sie nicht loslassen.

»Ich konnte euch nicht entdecken«, sagte Papa. »Ich hatte Angst ...«

»Ich weiß«, sagte Mama.

5 **Papa** hatte im **besten Hotel** von Zürich Zimmer **für sie reserviert.** Im Hotel gab es eine Drehtür, dicke Teppiche und überall viel **Gold.** Da es erst zehn Uhr morgens war, **frühstückten sie** noch einmal, während sie über alles redeten, **was geschehen war,** nachdem Papa Berlin verlassen hatte.

Zuerst schien es so, als hätten sie ihm unendlich viel zu erzählen, aber bald fanden sie, dass es schön war, einfach zusammen zu sein, ohne überhaupt etwas zu sagen. Während Anna und Max sich durch zwei verschiedene Arten von Brötchen und vier verschiedene Sorten von Marmelade hindurchaßen, saßen Papa und Mama einfach da und lächelten einander an. Immer wieder fiel ihnen irgendetwas ein. Papa fragte: »Hast du die Bücher mitbringen können?« Oder Mama sagte: »Die Zeitung hat angerufen, sie wollen, wenn möglich, noch in dieser Woche einen Artikel von dir haben.« Aber dann verfielen sie wieder in ihr zufriedenes Lächeln.

Schließlich hatte Max den letzten Tropfen seiner heißen Schokolade ausgetrunken, sich die letzten Brötchenkrümel von den Lippen gewischt und fragte: »Was sollen wir jetzt machen?« Irgendwie hatte niemand daran gedacht.

Nach einer Weile sagte Papa: »Kommt, wir wollen uns Zürich ansehen.« Sie stiegen zuallererst auf einen Berg. Der Hang war so steil, dass man mit einer Zahnradbahn hinauffahren musste. Das war eine Art von Aufzug auf Rädern, der in einem beängstigenden Winkel nach oben stieg. Anna war noch nie in einer solchen Bahn gewesen. Sie spürte eine Art Erregung, ab und zu warf sie auch ängstliche Blicke auf das Kabel, um zu schauen, ob es Zeichen von Verschleiß zeige.

Vom Gipfel des Hügels konnte man sehen, dass Zürich sich an einem Ende eines riesigen blauen Sees zusammendrängte. Der See war so groß, dass die Stadt im Vergleich dazu klein aussah, und das entfernte Ufer verlor sich zwischen hohen Bergen. Dampfer, die aus dieser Höhe wie Spielzeug aussahen, zogen am Rand des Sees entlang und legten bei jedem der Dörfer an, die am Ufer verstreut waren. Die Sonne schien, und alles sah recht einladend aus.

»Kann jeder mit diesen Dampfern fahren?«, fragte Max. Gerade das hatte auch Anna fragen wollen.

»Möchtet ihr gern fahren?«, fragte Papa. »Dann sollt ihr es auch – heute Nachmittag.«

Das Mittagessen in einem Restaurant mit verglaster Terrasse am See-ufer war prächtig, aber Anna konnte nicht viel essen. Sie hatte ein schwindliges Gefühl im Kopf. Und obwohl ihre Nase nicht mehr lief, spürte sie jetzt ein Kratzen im Hals.

»Ist dir etwas?«, fragte Mama ängstlich.

»Nein, alles in Ordnung«, sagte Anna, die an den Schiffsausflug am Nachmittag dachte. Es kam gewiss nur davon, dass sie am Morgen so zeitig hatte aufstehen müssen, sagte sie sich. Neben dem Restaurant gab es einen kleinen Laden, in dem Ansichtskarten verkauft wurden. Sie kaufte eine und schickte sie an Heimpi, während Max eine an Günther adressierte.

»Ich möchte wissen, wie es mit den Wahlen geht«, sagte Mama. »Glaubst du wirklich, dass die Deutschen in der Mehrzahl für Hitler stimmen werden?«

»Ich fürchte ja«, sagte Papa.

»Vielleicht auch nicht«, sagte Max. »Viele der Jungen in meiner Klasse waren gegen ihn. Vielleicht stellt sich morgen heraus, dass fast niemand Hitler gewählt hat, und dann können wir wieder nach Hause fahren, wie Onkel Julius vorausgesagt hat.«

»Möglich«, sagte Papa, aber es war ihm anzusehen, dass er nicht davon überzeugt war.

———

Die Dampferfahrt am Nachmittag gefiel allen sehr. Anna und Max blieben trotz des kalten Windes auf dem offenen Deck und beobachteten den Verkehr auf dem See. Außer den Dampfern gab es private

Motorboote und sogar ein paar Ruderboote. Ihr Dampfer pufferte am Seeufer entlang, von einem Dorf zum andern. Diese Dörfer sahen alle reizend aus mit ihren sauberen Häusern, die sich zwischen Wälder und Berge duckten. Immer wenn der Dampfer in die Nähe eines Landungssteges kam, tutete er laut, damit jeder im Dorf wusste, dass er kam, und jedes Mal stiegen eine ganze Menge Leute aus und ein. Nach etwa einer Stunde kreuzte der Dampfer plötzlich quer über den See zu einem Dorf am anderen Ufer und fuhr dann nach Zürich zurück.

Während sie durch den Lärm von Autos und Bussen zum Hotel zurückgingen, fühlte Anna sich sehr müde, und ihr war wieder schwindlig. Sie war froh, zurück im Hotelzimmer zu sein, das sie mit Max teilte. Sie hatte immer noch keinen Hunger, und Mama fand, sie sähe so müde aus, dass sie sie sofort ins Bett steckte. Sobald Anna den Kopf aufs Kissen legte, hatte sie das Gefühl, dass ihr Bett in die Dunkelheit davonsegle. Es machte dabei ein tuckerndes Geräusch, das von einem Boot herkommen konnte, von einem Zug oder aus ihrem eigenen Kopf.

———

Als Anna am Morgen die Augen aufschlug, kam es ihr so vor, als ob es viel zu hell im Zimmer sei. Sie schloss die Augen wieder und blieb ganz still liegen. Vom andern Ende des Zimmers hörte sie Gemurmel und ein Rascheln, das sie sich nicht erklären konnte. Es musste schon sehr spät sein, und sicher waren alle schon auf. Sie machte vorsichtig die Augen wieder auf, und diesmal hob und senkte sich die Helligkeit und ordnete sich schließlich zu dem Raum, den sie kannte. Max saß immer noch im Schlafanzug in dem andern Bett, und Papa und Mama standen neben ihr. Papa hielt eine Zeitung in der Hand, und von ihr war das raschelnde Geräusch gekommen. Sie sprachen leise miteinander, denn sie dachten, Anna schliefe noch. Dann schwankte der Raum wieder, und es war Anna, als triebe sie davon, während die Stimmen weiterklangen. Jemand sagte: »... Sie haben also die Mehrheit ...« Dann verstummte die Stimme und eine andere (oder war es dieselbe Stimme?) sagte: »... Genug Stimmen, um zu tun, was er will ...« Schließlich hörte sie unverkennbar Max in ganz unglücklichem Ton erklären: »Wir gehen also nicht nach Deutschland zurück ... wir gehen also nicht nach Deutschland zurück ... wir gehen also nicht nach Deutschland zurück ...« Hatte er es wirklich dreimal gesagt? Anna öffnete mit großer Anstrengung die Augen und rief »Mama!« Sofort löste sich eine Gestalt von der Gruppe und kam auf sie zu, und plötzlich war Mamas Gesicht ganz nah über ihrem. Anna sagte noch einmal »Mama!«, und dann weinte sie plötzlich, weil ihr der Hals so wehtat.

Dann nahm sie alles nur noch undeutlich wahr. Mama und Papa standen neben ihrem Bett und betrachteten ein Thermometer. Papa hatte einen Mantel an. Er musste eigens ausgegangen sein, um ein Thermometer zu kaufen. Irgendjemand sagte: »Fast vierzig Grad«, aber es konnte nicht ihre Temperatur sein, von der sie redeten, denn sie erinnerte sich nicht, dass man sie bei ihr gemessen hatte.

Als sie das nächste Mal die Augen aufmachte, stand da ein Mann mit einem Bärtchen und sah sie an. Er sagte: »Nun, mein Fräulein«, und lächelte, und während er lächelte, hoben sich seine Füße vom Boden, und er flog oben auf den Schrank, wo er sich in einen Vogel verwandelte, der »Influenza« krächzte, bis Mama ihn aus dem Fenster hinausscheuchte.

Dann war es plötzlich Nacht, und sie bat Max, ihr etwas Wasser zu holen, aber Max war nicht da. In dem anderen Bett lag Mama. Anna fragte: »Warum schläfst du in Maxens Bett?« Mama sagte: »Weil du krank bist«, und Anna war sehr froh, denn wenn sie krank war, so bedeutete das, dass Heimpi kommen würde, um sie zu pflegen. Sie bat: »Sag Heimpi ...«, aber dann war sie zu müde, um sich daran zu erinnern, was sie noch hatte sagen wollen, und als sie dann wieder die Augen aufmachte, war der Mann mit dem Bärtchen wieder da, und sie mochte ihn nicht, weil er Mama aufregte, indem er immer wieder murmelte: »Komplikationen.« Er hatte irgendetwas mit Annas Hals gemacht, denn der war geschwollen und tat weh, und jetzt befühlte er ihn mit der Hand. Sie sagte scharf: »Lassen Sie das!« Aber er kümmerte sich nicht darum und versuchte, ihr etwas Grässliches einzuflößen. Sie wollte ihn wegstoßen, aber dann sah sie, dass es gar nicht der Mann mit dem Bart war, sondern Mama, und ihre blauen Augen blickten so wild und entschlossen, dass es sinnlos schien, sich zu wehren. Danach wurde alles ein wenig klarer. Sie fing an zu verstehen, dass sie eine Zeit lang krank gewesen war und immer noch hohes Fieber hatte, und dass sie sich so schlecht fühlte, weil alle Drüsen in ihrem Hals geschwollen und empfindlich waren.

»Wir müssen das Fieber herunterbekommen«, sagte der Doktor mit dem Bart.

Die Mama sagte: »Ich werde dir einen Umschlag um den Hals machen, dann wird es besser.«

Anna sah Dampf aus einem Becken aufsteigen. »Es ist zu heiß!«, schrie sie. »Ich will es nicht.«

»Ich werde ihn nicht zu heiß auflegen«, sagte Mama.

»Ich will nicht!«, kreischte Anna. »Und überhaupt, wo ist Heimpi? Heimpi würde keinen heißen Dampf auf meinen Hals tun.«

»Unsinn!«, sagte Mama, und plötzlich drückte sie eine dampfende Wattekompresse auf ihren eigenen Hals. »Da«, sagte sie, »wenn es für mich nicht zu heiß ist, wirst du es wohl auch aushalten können«, – und sie presste die Kompresse fest auf Annas Hals und wickelte einen Verband darum.

Es war schrecklich heiß, aber nicht unerträglich.

»Siehst du, es ist nicht so schlimm«, sagte Mama.

Anna war viel zu wütend, um zu antworten. Das Zimmer begann sich wieder zu drehen, aber während sie in Schlaf fiel, hörte sie noch Mamas Stimme: »Ich werde das Fieber herunterkriegen, und wenn ich dabei umkomme!«

Sie musste gedöst oder geträumt haben, denn plötzlich war ihr Hals wieder kühl, und Mama nahm den Wickel ab.

»Und wie geht es dir jetzt, fettes Schweinchen?«, sagte Mama.

»Fettes Schweinchen?«, fragte Anna schwach.

Mama tupfte ganz leise auf eine von Annas geschwollenen Drüsen.

»Hier sitzt das fette Schweinchen«, sagte sie, »und das ist das schlimmste von allen. Das andere ist nicht ganz so schlimm. Es heißt mageres Schweinchen. Und dies hier nennen wir rosa Schweinchen und dies kleines Schweinchen, und das ... wie sollen wir das nennen?«

»Fräulein Lambeck«, sagte Anna und fing an zu lachen. Sie war so schwach, dass das Lachen eher wie ein Gackern klang, aber Mama schien es trotzdem zu freuen.

Mama machte weiter die heißen Umschläge, und es ließ sich aushalten, weil sie dabei immer Späße über das fette Schweinchen und das magere Schweinchen und Fräulein Lambeck machte; aber obwohl der Hals sich besserte, hatte Anna immer noch ziemlich hohes Fieber. Sie wachte morgens auf und schien gesund, aber gegen Mittag wurde es ihr schwindlig, und am Abend verschwamm alles vor ihren Augen, und es war ihr ganz wirr. Sie hatte die seltsamsten Vorstellungen. Sie hatte Angst vor der Tapete und konnte es nicht ertragen, allein zu sein. Einmal, als Mama nach unten gegangen war, um zu Abend zu essen, kam es ihr so vor, als würde das Zimmer immer kleiner, und sie fing an zu schreien, denn sie glaubte, sie werde dabei zerdrückt. Danach aß Mama von einem Tablett in Annas Zimmer. Der Arzt sagte: »So kann es nicht mehr lange weitergehen.«

Eines Nachmittags lag Anna da und starrte auf die Vorhänge. Mama hatte sie gerade zugezogen, denn es wurde dunkel, und Anna versuchte zu erkennen, was für Figuren die Falten bildeten. Am Abend zuvor hatten sie wie ein Vogel Strauß ausgesehen. Als Annas Fieber stieg, hatte sie den Strauß immer deutlicher erkennen können, und schließlich hatte sie ihn sogar im Zimmer herumspazieren lassen. Diesmal würde es vielleicht ein Elefant sein. Plötzlich merkte sie, dass in der anderen Ecke geflüstert wurde. Sie wandte den Kopf. Es kostete sie Mühe. Papa saß neben Mama, und beide betrachteten einen Brief. Sie verstand nicht, was Mama sagte, konnte aber am Klang ihrer Stimme erkennen, dass sie erregt und bestürzt war. Dann faltete Papa den Brief zusammen und legte seine Hand auf Mamas Hand. Anna glaubte, er werde jetzt bald gehen, aber er blieb sitzen und hielt Mamas Hand. Anna betrachtete die beiden eine Weile, bis sie zu müde wurde und ihr die Augen zufielen. Das Flüstern war noch leiser geworden. Irgendwie klang es sehr beruhigend, und Anna schlief bald darüber ein.

Als sie erwachte, kam es ihr so vor, als ob sie sehr lange geschlafen habe. Noch etwas anderes war ungewohnt, aber sie konnte sich nicht darüber klar werden, was es war. Das Zimmer war dämmrig. Nur am Tisch, wo Mama gewöhnlich saß, brannte Licht, und Anna glaubte, ihre Mutter hätte vergessen, es auszuknipsen, als sie zu Bett ging. Aber Mama war nicht zu Bett gegangen. Sie saß immer noch neben Papa, genauso wie sie dagesessen hatte, bevor Anna einschlief. Papa hatte immer noch seine Hand auf Mamas Hand liegen, und in der anderen Hand hielt er den zusammengefalteten Briefbogen.

»Hallo, Mama, hallo, Papa«, rief Anna. »Mir ist so komisch.« Mama und Papa kamen sofort an ihr Bett, und Mama legte ihr die Hand auf die Stirn. Dann steckte sie Anna das Thermometer in den Mund. Als sie es herausnahm, schien sie das, was sie sah, nicht glauben zu können. »Kein Fieber mehr!«, sagte sie. »Zum ersten Mal seit vier Wochen kein Fieber mehr!«

»Das ist wichtiger als alles andere«, sagte Papa und knüllte den Brief zusammen.

———

Von da an ging es Anna rasch besser. Das fette Schweinchen, das magere Schweinchen, Fräulein Lambeck und alle anderen schrumpften allmählich, und ihr Hals tat nicht mehr weh. Anna fing wieder an zu essen und zu lesen. Max kam und spielte Karten mit ihr, wenn er nicht gerade mit Papa weggegangen war, und bald durfte sie ein Weilchen aufstehen und in einem Sessel sitzen. Mama musste ihr bei den paar Schritten durchs Zimmer helfen, aber sie war sehr glücklich, in der warmen Sonne am Fenster sitzen zu können.

Draußen war der Himmel blau, und Anna sah, dass die Leute auf der Straße keine Mäntel trugen.

Auf dem gegenüberliegenden Bürgersteig verkaufte eine Frau an einem Stand Tulpen, und der Kastanienbaum an der Ecke stand schon in vollem Laub. Es war Frühling. Sie war überrascht, wie sich alles während ihrer Krankheit verändert hatte. Die Leute auf der Straße schienen das Frühlingswetter zu genießen, und ein paar kauften Blumen an dem Stand. Die Frau, die die Tulpen verkaufte, war rund und dunkelhaarig und sah ein bisschen Heimpi ähnlich.

Plötzlich fiel Anna etwas ein. Heimpi hatte zwei Wochen nach ihrer Abreise aus Deutschland zu ihnen kommen sollen. Jetzt war schon mehr als ein Monat vergangen. Warum war sie nicht hier? Anna nahm sich vor, Mama zu fragen, aber Max kam als Erster herein, also erkundigte sie sich bei ihm.

Ihr Bruder machte ein erschrockenes Gesicht. »Willst du wieder ins Bett zurück?«, fragte er.

»Nein«, sagte Anna entschieden.

»Also«, sagte Max, »ich weiß nicht, ob ich es dir sagen darf, aber während du krank warst, ist allerhand geschehen.«

»Was?«, fragte Anna.

»Du weißt, dass Hitler die Wahl gewonnen hat«, sagte Max. »Nun, er hat sehr bald darauf die Regierung übernommen, und es ist genauso gekommen, wie Papa erwartet hat – niemand darf ein Wort gegen Hitler sagen. Wer sich nicht daran hält, wird ins Gefängnis geworfen.«

»Hat Heimpi etwas gegen Hitler gesagt?«, fragte Anna.

Sie sah Heimpi schon im Gefängnis.

»Nein, natürlich nicht«, sagte Max. »Aber Papa. Er tut es immer noch. Und natürlich darf niemand in Deutschland das, was er schreibt, drucken. Also verdient Papa kein Geld, und wir können es uns nicht mehr leisten, Heimpi ihren Lohn zu zahlen.«

»Ich verstehe«, sagte Anna. Und nach einer Pause fügte sie hinzu: »Wir sind also arm?«

»Ich glaube, ein bisschen«, sagte Max. »Nun will Papa versuchen, stattdessen in Schweizer Zeitungen zu schreiben – dann könnte es besser werden.« Er stand auf und wollte gehen. Anna sagte schnell: »Ich denke, Heimpi macht sich gar nichts aus Geld. Wenn wir ein kleines Haus hätten, würde sie bestimmt gern kommen und für uns sorgen, selbst wenn wir ihr nicht viel bezahlen könnten.«

»Ich denke auch, aber da ist noch etwas anderes«, sagte Max. Er zögerte, fügte dann aber hinzu: »Es hätte keinen Zweck, ein Haus zu mieten, denn wir haben keine Möbel.«

»Aber ...«, sagte Anna.

»Die Nazis haben alles geklaut«, erklärte ihr Max. »Man nennt das ›Konfiszierung des Eigentums‹. Papa hat vorige Woche einen Brief bekommen.« Er musste lachen. »Es war beinahe wie in einem dieser unmöglichen Theaterstücke, wo dauernd Leute mit schlechten Nachrichten auf die Bühne gestürzt kommen. Und dazu warst du noch drauf und dran, ins Gras zu beißen ...«

»Ich wollte gar nicht ins Gras beißen!«, sagte Anna empört.

»Nein, natürlich nicht«, sagte Max, »aber dieser Schweizer Doktor hat eine düstere Fantasie. Willst du jetzt wieder ins Bett?«

»Ich glaube, ja«, sagte Anna. Sie fühlte sich ziemlich schwach, und Max half ihr quer durchs Zimmer. Als sie wieder sicher im Bett lag, sagte sie: »Max, diese ... diese ›Konfiszierung des Eigentums‹ oder wie man es nennt – haben die Nazis alles mitgenommen? Auch unsere Sachen?«

Max nickte.

Anna versuchte, es sich vorzustellen. Das Klavier war weg ... die Vorhänge im Esszimmer mit dem Blumenmuster ... ihr Bett ... alle Spielsachen, auch das rosa Kaninchen. Es hatte schwarze, aufgestickte Augen – die Glasaugen waren schon vor Jahren ausgefallen –, und es sackte so reizend zusammen, wenn man es auf die Pfoten stellte. Das Fell war, obgleich nur noch verwaschen rosa, so weich und vertraut gewesen. Warum hatte sie nur statt ihres lieben rosa Kaninchens diesen blöden Wollhund mitgenommen? Das war ein arger Fehler gewesen, und sie würde ihn nie wiedergutmachen können.

»Ich wusste immer, dass wir die Spielesammlung hätten mitnehmen sollen«, sagte Max. »Hitler spielt wahrscheinlich im Augenblick Dame damit!«

»Und hat mein rosa Kaninchen lieb!«, sagte Anna und lachte.

Aber gleichzeitig liefen ihr Tränen über die Wangen.

»Na, wir haben Glück, dass wir überhaupt hier sind«, sagte Max.

»Wie meinst du das?«, fragte Anna.

Max vermied es, sie anzusehen, und schaute zum Fenster hinaus. »Papa hat es von Heimpi erfahren«, sagte er mit gespieltem Gleichmut, »am Morgen nach den Wahlen kamen die Nazis in unser Haus. Sie wollten uns die Pässe abnehmen.«

6 Sobald **Anna** kräftig genug war, zogen sie aus dem teuren Hotel aus. **Papa und Max** hatten ein Gasthaus in einem der **Dörfer am See** gefunden. Es hieß Gasthof Zwirn nach dem Eigentümer Herrn Zwirn und lag ganz nahe **an der Landebrücke;** es gab einen gepflasterten Hof und einen Garten, der sich zum See hinunter erstreckte. Die Leute kamen meistens zum Essen und Trinken hierher, aber Herr Zwirn hatte auch ein paar Zimmer zu vermieten, und diese waren recht billig. Mama und Papa teilten sich ein Zimmer und Max und Anna ein anderes, so wurde es noch billiger.

Unten gab es einen großen, behaglichen Speisesaal, der mit Hirschge-weihen und Edelweißsträußchen dekoriert war. Aber als das Wetter milder wurde, tauchten Tische und Stühle im Garten auf, und die Wir-tin servierte die Mahlzeiten unter den Kastanien am Ufer. Anna gefiel es bei Zwirns.

An den Wochenenden kamen die Musikanten aus dem Dorf und spiel-ten manchmal bis spät in die Nacht. Man konnte der Musik lauschen und durch das Laub hindurch das Glitzern des Wassers und die vorbei-gleitenden Dampfer beobachten. Wenn es dunkel wurde, drehte Herr Zwirn an einem Schalter, und in den Bäumen gingen kleine Lämpchen an, sodass man sehen konnte, was man aß. Auch auf den Dampfern entzündete man bunte Laternen, damit die Fahrzeuge einander erken-nen konnten. Manche dieser Lichter waren gelb, aber die schönsten waren von einem tiefen, leuchtenden Blauviolett. Immer wenn Anna eins dieser magischen blauen Lichter gegen den dunkelblauen Himmel und dessen mattere Spiegelung im dunklen See sah, war es ihr, als habe sie ein kleines Geschenk erhalten.

Die Zwirns hatten drei Kinder, die barfuß herumliefen, und als Annas Beine sich nicht mehr wie Watte anfühlten, gingen Max und sie mit ihnen und erkundeten die Umgebung.

Da gab es Wälder und Bäche und Wasserfälle, Straßen, die von Apfel-bäumen gesäumt waren, und überall wilde Blumen. Manchmal kam auch Mama mit ihnen, weil sie nicht gern allein im Gasthaus bleiben wollte. Papa fuhr fast jeden Tag nach Zürich, um mit den Herausge-bern der Schweizer Zeitungen zu verhandeln.

Zwirns Kinder sprachen wie alle Einwohner des Dorfes Dialekt, und Anna und Max konnten sie zu Anfang nur schwer verstehen. Aber sie lernten es bald, und Franz, der Älteste, zeigte Max, wie man fischt – nur fing Max nie etwas. Franzens Schwester Vreneli lehrte Anna, wie man am Zürichsee Kästchenhopsen spielt.

In dieser freundlichen Umgebung kam Anna bald wieder zu Kräften, und eines Tages verkündete Mama, dass es jetzt Zeit für die beiden sei, wieder zur Schule zu gehen. Max würde die höhere Knabenschule in Zürich besuchen. Er würde mit dem Zug fahren. Max wäre zwar lie-ber mit dem Schiff gefahren, aber mit der Eisenbahn ging es schneller. Anna sollte mit den Zwirn-Kindern in die Dorfschule gehen, und da sie und Vreneli ungefähr gleichaltrig waren, würden sie in dieselbe Klasse kommen.

»Du wirst meine beste Freundin sein«, sagte Vreneli. Sie hatte sehr lange, sehr dünne mausfarbene Zöpfe und machte stets ein etwas besorgtes Gesicht. Anna war nicht ganz sicher, ob sie Vrenelis beste Freundin werden wollte, hielt es aber für undankbar, das auszusprechen.

Am Montagmorgen machten sie sich alle zusammen auf den Weg. Vreneli ging barfuß und trug ihre Schuhe in der Hand. Als sie sich der Schule näherten, trafen sie andere Kinder, von denen die meisten auch die Schuhe in der Hand trugen. Vreneli stellte Anna einigen der Mädchen vor, die Jungen blieben auf der anderen Straßenseite und starrten wortlos herüber. Bald nachdem sie den Schulhof erreicht hatten, läutete der Lehrer eine Glocke, und es entstand ein verrücktes Getümmel, weil jeder schnell seine Schuhe anzog. Es war Vorschrift, dass man in der Klasse Schuhe anhaben musste, aber die meisten Kinder zogen sie erst im letzten Augenblick an.

―――

Annas Lehrer hieß Graupe. Er war ziemlich alt und hatte einen graugelben Bart, und alle hatten Angst vor ihm. Er wies Anna einen Platz neben einem fröhlichen blondhaarigen Mädchen namens Rösli an, und als Anna durch den Mittelgang zwischen den Bänken auf ihren Platz ging, hielten alle den Atem an.

»Was ist los?«, flüsterte Anna, sobald Herr Graupe den Rücken gedreht hatte.

»Du bist durch den Mittelgang gegangen«, flüsterte Rösli zurück. »Nur die Jungen gehen durch den Mittelgang.«

»Wo gehen dann die Mädchen?«

»An den Seiten vorbei.«

Anna kam das seltsam vor, aber Herr Graupe hatte begonnen, Zahlen mit Kreide an die Tafel zu schreiben, es blieb also keine Zeit, weiter darüber zu reden. Die Aufgaben waren leicht, und Anna war schnell damit fertig. Dann blickte sie sich in der Klasse um.

Die Mädchen saßen in zwei Reihen auf der einen Seite, die Jungen auf der anderen. Es war ganz anders als in der Schule in Berlin, wo sie durcheinander gesessen hatten. Als Herr Graupe befahl, die Hefte sollten ihm nach vorn gebracht werden, stand Vreneli auf und sammelte die Hefte der Mädchen ein, und ein großer rothaariger Junge sammelte die der Jungen ein. Der rothaarige Junge ging durch den Mittelgang, Vreneli ging an der Seite vorbei, bis sie sich, jeder mit seinem Stoß Hefte, vor Herrn Graupes Pult trafen. Selbst dort vermieden sie es sorgfältig, sich anzusehen, aber Anna bemerkte, dass Vreneli unter ihrem mausfarbenen Haar hellrosa angelaufen war.

In der Pause jagten die Jungen einem Fußball nach und balgten sich auf der einen Seite des Hofes herum, während die Mädchen auf der anderen Seite Hüpfen spielten oder still dasaßen und plauderten. Aber obgleich die Mädchen so taten, als nähmen sie keine Notiz von den Jungen, beobachteten sie sie doch ausgiebig unter verschämt gesenkten Lidern, und als Vreneli und Anna zum Mittagessen nach Hause gingen, interessierte sich Vreneli so sehr für die Albereien des rothaarigen Jungen auf der anderen Straßenseite, dass sie beinahe gegen einen Baum geprallt wäre. Am Nachmittag hatten sie noch eine Gesangstunde, und dann war die Schule für den Tag beendet.

»Wie hat es dir gefallen?«, fragte Mama, als Anna um drei Uhr wieder zu Hause war.

»Ach, ganz gut«, sagte Anna. »Nur eines ist komisch: Die Jungen und Mädchen sprechen nicht miteinander, und ich weiß auch nicht, ob ich da viel lernen kann.«

Als Herr Graupe die Aufgaben nachgesehen hatte, hatte er mehrere Fehler gemacht, und auch in der Rechtschreibung schien er nicht allzu sicher zu sein.

»Nun, das ist nicht so wichtig«, sagte Mama. »Es wird dir ganz guttun, wenn du dich nach deiner Krankheit ein wenig ausruhen kannst.«

»Das Singen gefällt mir«, sagte Anna. »Sie können alle jodeln und sie wollen es mir beibringen.«

»Um Himmels willen!«, sagte Mama und ließ sofort eine Masche fallen.

Mama lernte stricken. Sie hatte es nie zuvor getan. Anna brauchte einen neuen Pullover, und Mama versuchte zu sparen. Sie hatte Wolle und Stricknadeln gekauft, und Frau Zwirn hatte ihr gezeigt, wie man sie benutzt. Aber irgendwie sah es bei Mama nie richtig aus. Während Frau Zwirn dasaß und die Nadeln leicht zwischen den Fingern tanzen ließ, strickte Mama von der Schulter aus. Jedes Mal wenn sie die Nadel in die Wolle stieß, kam es einem vor wie ein Angriff. Jedes Mal wenn sie den Faden durchzog, zog sie so fest, dass er beinahe riss. Deshalb wuchs der Pullover auch nur langsam, und das Gestrick sah aus wie ein dicker Tweed.

»Ich habe eine solche Strickerei noch nie gesehen«, sagte Frau Zwirn erstaunt, »aber es wird schön warm sein, wenn es fertig ist.«

———

Bald nachdem Anna und Max wieder zur Schule gingen, sahen sie eines Sonntagmorgens eine vertraute Gestalt vom Dampfer steigen und die Landebrücke heraufkommen. Es war Onkel Julius. Er war magerer, als Anna ihn in Erinnerung hatte, und es war wunderbar und doch irgendwie verwirrend, ihn zu sehen. Den Kindern kam es vor, als wäre plötzlich ein Stückchen ihres Berliner Hauses hier am Seeufer aufgetaucht.

»Julius«, rief Papa freudig, als er ihn sah, »was in aller Welt machst du hier?«

Onkel Julius lächelte ein wenig bitter und sagte: »Nun, offiziell bin ich gar nicht hier. Weißt du, dass man es heutzutage für sehr unklug hält, dich auch nur zu besuchen?«

Er war auf einem naturwissenschaftlichen Kongress in Italien gewesen und einen Tag früher abgefahren, um die Familie auf dem Rückweg nach Berlin zu besuchen.

»Ich fühle mich geehrt«, sagte Papa.

»Die Nazis sind wirklich dumm«, sagte Onkel Julius. »Wie könntest du ein Feind Deutschlands sein? Du weißt natürlich, dass sie alle deine Bücher verbrannt haben?«

»Ich war in guter Gesellschaft«, sagte Papa.

»Was für Bücher?«, fragte Anna. »Ich dachte, die Nazis hätten alle unsere Sachen weggenommen. Ich wusste nicht, dass sie sie verbrannt haben.«

»Das waren nicht die Bücher, die dein Vater in seiner Bibliothek besessen hat«, erklärte Onkel Julius. »Es waren die Bücher, die er geschrieben hat. Die Nazis haben überall im Land große Scheiterhaufen angezündet und alle seine Bücher, die sie finden konnten, hineingeworfen und verbrannt.«

»Zusammen mit den Büchern verschiedener ausgezeichneter Autoren«, sagte Papa, »zum Beispiel denen von Einstein, Freud, H. G. Wells ...« Onkel Julius schüttelte den Kopf über so viel Torheit.

»Gott sei Dank hast du meinen Rat nicht befolgt«, sagte er. »Gott sei Dank bist du früh genug gegangen. Aber natürlich«, fügte er hinzu, »kann die Lage in Deutschland nicht lange so bleiben.«

Beim Mittagessen im Garten erzählte er ihnen, was es Neues gab. Heimpi hatte eine Stelle bei einer anderen Familie gefunden. Es war schwierig gewesen, denn wenn die Leute hörten, dass sie bei Papa gearbeitet hatte, wollten sie sie nicht beschäftigen. Das Haus stand noch leer. Bis jetzt hat es niemand gekauft.

Wie seltsam, dachte Anna, dass Onkel Julius jederzeit hingehen und es betrachten kann. Er konnte vom Schreibwarenladen her die Straße hinuntergehen und vor dem weißen Gartentor stehen bleiben. Die Läden waren geschlossen, aber wenn Onkel Julius einen Schlüssel hatte, konnte er durch die Vordertür in die dunkle Diele gehen, über die Treppe hinauf ins Kinderzimmer, oder durch die Diele ins Wohnzimmer oder durch den Flur in Heimpis Küche ... Anna erinnerte sich deutlich an alles, und in der Fantasie lief sie von unten nach oben durch das ganze Haus, während Onkel Julius weiter mit Mama und Papa redete.

»Wie geht es euch denn?«, fragte er. »Kannst du hier schreiben?« Papa hob eine Augenbraue. »Mit dem Schreiben habe ich keine Schwierigkeit«, sagte er, »nur ist es schwer, meine Arbeiten zu veröffentlichen.«

»Unmöglich!«, sagte Julius.

»Unglücklicherweise doch«, sagte Papa. »Die Schweizer sind so ängstlich darauf bedacht, ihre Neutralität zu wahren, dass sie von einem eingeschworenen Gegner der Nazis wie mir nichts veröffentlichen wollen.«

Onkel Julius machte ein empörtes Gesicht.

»Und kommt ihr denn zurecht?«, fragte er. »Ich meine finanziell?«

»Es geht«, sagte Papa. »Ich muss eben versuchen, die Verleger und Redakteure umzustimmen.«

Dann begannen sie, über gemeinsame Freunde zu reden.

Sie schienen eine lange Liste von Namen durchzugehen. Irgendeiner war von den Nazis verhaftet worden. Einer war entkommen und auf dem Weg nach Amerika. Ein anderer hatte einen Kompromiss geschlossen (Anna fragte sich, was das wohl hieß: einen Kompromiss schließen) und hatte einen Artikel geschrieben, in dem er das neue Regime lobte. Die Liste wurde immer länger. Heutzutage sprechen die Erwachsenen immer über das Gleiche, dachte Anna, während kleine Wellen gegen das Ufer des Sees leckten und die Bienen in den Kastanienbäumen summten.

Am Nachmittag machten sie mit Onkel Julius einen Rundgang. Anna und Max führten ihn in den Wald hinauf. Er entdeckte dort eine besondere Krötenart, die er nie zuvor gesehen hatte. Später unternahmen sie alle in einem gemieteten Boot eine Fahrt auf dem See. Dann aßen sie zusammen zu Abend, und schließlich war es für Onkel Julius Zeit, sich zu verabschieden.

»Ich vermisse unsere Besuche im Zoo«, sagte er, als er Anna küsste.

»Ich auch«, sagte Anna. »Die Affen haben mir immer am besten gefallen.«

»Ich schicke dir ein Bild von ihnen«, versprach Onkel Julius. Sie gingen zusammen zur Landebrücke.

Während sie auf den Dampfer warteten, sagte Papa plötzlich: »Julius, fahr nicht zurück. Bleib hier bei uns. In Deutschland bist du nicht sicher.«

»Was – ich?«, sagte Onkel Julius mit seiner hohen Stimme. »Ich bin für sie uninteressant. Jemand, der sich nur mit Tieren abgibt. Ich bin nicht einmal jüdisch, wenn man meine arme alte Großmutter aus dem Spiel lässt!«

»Julius – du begreifst nicht …«, sagte Papa.

»Die Situation muss sich ändern«, sagte Onkel Julius, und da kam auch schon der Dampfer angepufft. »Auf Wiedersehn, alter Freund!« Er umarmte Papa und Mama und beide Kinder. Als er schon auf der Gangway stand, dreht er sich noch einmal um. »Übrigens«, sagte er, »die Affen im Zoo würden mich vermissen.«

7 **Je länger Anna** die Dorfschule **besuchte,** desto mehr gefiel es ihr dort. Sie freundete sich außer mit **Vreneli** noch mit **anderen Mädchen** an, besonders mit Rösli, die in der Klasse neben ihr saß und weniger schüchtern war als die Übrigen. Der **Unterricht war so leicht,** dass sie ohne jede Anstrengung glänzen konnte, und wenn auch Herr Graupe in den herkömmlichen Fächern kein sehr guter Lehrer war, konnte er immerhin ausgezeichnet jodeln. Was Anna aber am besten gefiel, war, dass sich diese Schule von ihrer früheren in Berlin so völlig unterschied. Max tat ihr leid, weil er in der höheren Schule in Zürich fast das Gleiche zu lernen schien wie in Berlin.

Es gab nur eines, was Anna Kummer machte. Sie hätte gern mit Jungen gespielt. In Berlin waren Max und sie während der Schulzeit und am Nachmittag meist mit einer gemischten Gruppe von Jungen und Mädchen zusammen gewesen. Hier begann das endlose Hüpfspiel der Mädchen sie zu langweilen, und manchmal schaute sie in der Pause sehnsüchtig zu den aufregenderen Spielen und Kunststücken der Jungen hinüber.

Eines Tages wurde nicht einmal Hüpfen gespielt. Die Jungen übten Rad schlagen, und alle Mädchen saßen sittsam da und beobachteten sie aus den Augenwinkeln. Sogar Rösli, die sich das Knie aufgeschlagen hatte, saß bei den anderen. Vreneli war besonders interessiert, denn der große rothaarige Junge versuchte, Rad zu schlagen. Die andern zeigten ihm, wie man es machen muss, aber er kippte immer und immer wieder seitwärts über.

»Willst du mit mir Hüpfen spielen?«, fragte Anna Vreneli, aber die Freundin schüttelte abwesend den Kopf. Es war wirklich zu blöd, denn Anna schlug selber gern Rad – und der rothaarige Junge konnte es überhaupt nicht.

Plötzlich konnte sie es nicht mehr aushalten. Ohne zu überlegen, was sie tat, stand sie von ihrem Platz zwischen den Mädchen auf und ging zu den Jungen hinüber.

»Sieh mal«, sagte sie zu dem rothaarigen Jungen, »du musst deine Beine strecken, so« – und sie schlug ein Rad, um es ihm zu zeigen. Alle Jungen hörten auf, Rad zu schlagen, und traten grinsend zurück. Der rothaarige Junge zögerte.

»Es ist ganz leicht«, sagte Anna. »Du kannst es, wenn du nur an deine Beine denkst.«

Der rothaarige Junge schien immer noch unentschlossen, aber die anderen schrien: »Los – versuch's!« So versuchte er es noch einmal, und es ging schon ein wenig besser. Anna zeigte es ihm noch zweimal, und da hatte er es plötzlich begriffen und schlug ein vollkommenes Rad, gerade als die Glocke das Ende der Pause verkündete.

Anna ging zu ihrer Gruppe zurück, und die Jungen schauten und grinsten, aber die Mädchen blickten alle anderswohin. Vreneli sah richtig böse aus, und nur Rösli lächelte ihr einmal kurz zu. Nach der Pause war eine Geschichtsstunde, und Herr Graupe erzählte ihnen von den Höhlenmenschen. Wie er sagte, hatten sie vor Millionen von Jahren gelebt. Sie töteten wilde Tiere und aßen sie und machten sich aus ihrem Fell Kleider. Dann lernten sie Feuer anzuzünden und einfache Werkzeuge zu machen und wurden allmählich zivilisiert. Das war der Fortschritt, sagte Herr Graupe, und dazu kam es teilweise durch Hausierer, die mit nützlichen Gegenständen zu den Höhlen der Höhlenmenschen kamen, um Tauschgeschäfte zu machen.

»Was denn für nützliche Gegenstände?«, fragte einer der Jungen.

Herr Graupe schaute empört auf. »Für Höhlenmenschen waren alle möglichen Dinge nützlich«, sagte er. »Zum Beispiel Perlen und bunte Wolle und Sicherheitsnadeln, um ihre Felle zusammenzustecken.« Anna war sehr überrascht über die Hausierer und die Sicherheitsnadeln. Sie hätte Herrn Graupe gern gebeten, das genauer zu erklären, aber dann kam es ihr doch klüger vor, es zu unterlassen. Es schellte auch, bevor sie die Möglichkeit dazu hatte.

Sie dachte auf dem Heimweg immer noch so angestrengt über die Höhlenmenschen nach, dass sie schon halbwegs zu Hause waren, ehe sie bemerkte, dass Vreneli nicht mit ihr sprach.

»Was ist los, Vreneli?«, fragte sie.

Vreneli warf die dünnen Zöpfe zurück und sagte nichts.

»Was ist denn?«, fragte Anna noch einmal.

Vreneli wollte sie nicht ansehen.

»Du weißt es«, sagte sie, »du weißt es ganz genau.«

»Nein, ich weiß es nicht«, sagte Anna.

»Doch«, sagte Vreneli.

»Nein, ehrlich nicht«, sagte Anna. »Bitte, sag es mir.«

Aber Vreneli wollte nicht. Sie gingen weiter, ohne dass sie Anna einen einzigen Blick gegönnt hätte. Sie streckte die Nase in die Luft und hatte die Augen auf einen weit entfernten Punkt gerichtet. Erst als sie das Gasthaus erreichten und im Begriff waren, sich zu trennen, sah sie sie kurz an, und Anna war erstaunt, dass Vreneli nicht nur böse war, sondern auch den Tränen nahe.

»Jedenfalls«, schrie Vreneli über die Schulter zurück, während sie davonrannte, »jedenfalls haben wir alle deinen Schlüpfer gesehen.«

Während des Mittagessens mit Papa und Mama war Anna so still, dass es Mama auffiel.

»Ist in der Schule etwas gewesen?«, fragte sie.

Anna überlegte. Es gab zwei Dinge, die ihr Kummer machten. Eins war Vrenelis sonderbares Benehmen und das andere Herrn Graupes Bericht über die Höhlenmenschen. Sie fand, dass das Problem mit Vreneli zu kompliziert sei, um es erklären zu können, und sagte stattdessen:

»Mama, haben die Höhlenmenschen wirklich ihre Felle mit Sicherheitsnadeln zusammengesteckt?«

Dies rief einen solchen Schwall von Gelächter, Fragen und Erklärungen hervor, dass es bis zum Ende des Mittagessens dauerte, und dann war es Zeit, wieder in die Schule zu gehen. Vreneli war schon weg, und Anna, die sich ein wenig einsam fühlte, musste allein gehen.

Am Nachmittag hatte sie wieder Singstunde, und es wurde viel gejodelt, was Anna gefiel, und als es vorüber war, sah sich Anna plötzlich dem rothaarigen Jungen gegenüber.

»Hallo, Anna!«, sagte er keck, und bevor Anna antworten konnte, fingen seine Freunde, die bei ihm waren, an zu lachen, drehten sich alle um und marschierten aus dem Klassenzimmer.

»Warum hat er das gesagt?«, fragte Anna.

Rösli lächelte: »Ich glaube, du wirst Begleitung bekommen«, sagte sie und fügte dann hinzu: »Die arme Vreneli.«

Anna hätte sie gern gefragt, was sie meinte, aber die Erwähnung von Vreneli erinnerte sie daran, dass sie sich beeilen musste, wollte sie nicht allein nach Hause gehen. So sagte sie: »Bis morgen« und rannte los.

Auf dem Schulhof war nichts von Vreneli zu sehen. Anna wartete ein Weilchen, weil sie dachte, Vreneli könnte auf der Toilette sein, aber sie erschien nicht. Die Einzigen auf dem Schulhof waren der rothaarige Junge und seine Freunde, die auch auf jemanden zu warten schienen. Vreneli musste sofort weggelaufen sein, nur um ihr aus dem Weg zu gehen.

Anna wartete noch eine Weile, aber schließlich musste sie sich eingestehen, dass es zwecklos war, und sie machte sich allein auf den Heimweg.

Der Gasthof Zwirn lag keine zehn Minuten entfernt, und Anna kannte den Weg gut. Vor dem Schultor wandte sie sich nach rechts und ging die Straße hinunter. Nach ein paar Minuten bemerkte sie, dass der rothaarige Junge und seine Freunde sich vor der Schule auch nach rechts gewandt hatten. Von der Straße zweigte ein steiler, mit losen Kieseln bedeckter Pfad ab, der wieder auf eine andere Straße auslief, und diese führte wieder nach einigen Kurven und Wendungen zu dem Gasthaus. Erst auf dem Kiespfad begann Anna sich zu fragen, ob alles so war, wie es sein sollte. Der Kies war dick und sehr locker, und ihre Füße machten bei jedem Schritt ein knirschendes Geräusch. Plötzlich hörte sie ähnliches, etwas gedämpftes Knirschen hinter sich. Sie horchte ein paar Augenblicke, dann blickte sie über die Schulter zurück. Es war wieder der rothaarige Junge mit seinen Freunden. Sie hielten die Schuhe in den Händen und tappten mit bloßen Füßen durch den Schotter, wobei die scharfen Steine sie nicht zu stören schienen. Der kurze Blick, den Anna zurückgeworfen hatte, genügte, um ihr zu zeigen, dass die Jungen sie beobachteten.

Sie ging schneller, und auch die Schritte hinter ihr beschleunigten sich. Dann kam ein kleiner Stein geflogen und schlug in den Schotter neben ihr. Während sie sich noch wunderte, wo er wohl hergekommen war, traf sie ein anderes Steinchen am Bein. Sie drehte sich schnell um und sah gerade noch, wie der rothaarige Junge sich bückte und einen Stein nach ihr warf.

»Was machst du da?«, schrie sie. »Hör auf!«

Aber er grinste nur und warf ein anderes Steinchen. Dann fingen auch seine Freunde an zu werfen. Die meisten Steine trafen sie nicht, und die,

die sie trafen, waren zu klein, um eigentlich wehzutun, trotzdem war es scheußlich.

Dann sah sie, wie ein kleiner, krummbeiniger Junge, der kaum größer war als sie selbst, eine ganze Handvoll Schotter aufnahm. »Wage ja nicht, auf mich damit zu werfen!«, schrie sie so wütend, dass der krummbeinige Junge unwillkürlich einen Schritt zurückwich. Er warf die Steine in ihre Richtung, zielte aber absichtlich zu kurz. Anna funkelte ihn an.

Die Jungen blieben stehen und starrten zurück.

Plötzlich tat der rothaarige Junge einen Schritt nach vorn und rief etwas. Die anderen antworteten in einer Art von Gesang. »An-na! Anna!«, riefen sie. Dann warf der rothaarige Junge wieder ein wenig Kies und traf sie direkt an der Schulter. Das war zu viel. Sie drehte sich um und floh.

Den ganzen Pfad hinunter sprangen Kiesel um sie herum, trafen ihren Rücken, ihre Beine. »An-na! An-na!« Sie kamen hinter ihr her. Ihre Füße glitten und rutschten auf den Steinen. Wenn ich nur endlich auf der Straße wäre, dachte sie, dann könnten sie nicht mehr mit Steinen nach mir werfen. Und da war sie! Sie fühlte den schönen glatten Asphalt unter den Füßen. »An-na! An-na!« Sie kamen jetzt näher. Sie bückten sich jetzt nicht mehr nach den Steinen und kamen schneller voran. Plötzlich kam ein großer Gegenstand hinter Anna hergepoltert. Ein Schuh! Sie warfen mit ihren Schuhen nach ihr! Wenigstens mussten sie sich bücken, um sie wieder aufzuheben. Die Straße machte eine Kurve, und man konnte den Gasthof Zwirn schon sehen. Das letzte Stück ging bergab, und Anna hastete den Abhang hinunter und erreichte mit letzter Kraft und außer Atem das Tor des Gasthofes.

»An-na! An-na! An-na!« Die Jungen waren direkt hinter ihr. Um sie herum regnete es Schuhe ... Und da! Wie ein Wunder, wie ein rächender Engel war Mama plötzlich da. Sie schoss aus dem Gasthaus heraus. Sie packte sich den rothaarigen Jungen und ohrfeigte ihn. Sie verdrosch einen anderen mit seinem eigenen Schuh. Sie stürzte sich auf die Gruppe, die in alle Richtungen auseinanderstob. Und während der ganzen Zeit schrie sie:

»Was macht ihr da? Was ist los mit euch?« Auch Anna hätte das gern gewusst.

Dann sah sie, dass Mama den krummbeinigen Jungen gepackt hatte und ihn schüttelte.

Die anderen waren geflohen.

»Warum habt ihr sie gejagt?«, fragte Mama. »Warum habt ihr nach ihr geworfen? Was hat sie euch getan?«

Der krummbeinige Junge verzog sein Gesicht und wollte es nicht sagen.

»Ich lass dich nicht los«, sagte Mama, »ich lass dich nicht los, bis du mir sagst, warum ihr das getan habt!«

Der krummbeinige Junge sah Mama ängstlich an. Dann wurde er rot und murmelte etwas.

»Was?«, fragte Mama.

Plötzlich geriet der krummbeinige Junge in Verzweiflung. »Weil wir sie lieben!«, schrie er, so laut er konnte. »Wir haben's getan, weil wir sie lieben!«

Mama war so überrascht, dass sie ihn losließ, und er schoss davon, quer über den Hof und die Straße hinauf.

»Weil sie dich lieben?«, sagte Mama zu Anna. Keiner von beiden konnte es verstehen. Aber als sie später Max um Rat fragten, schien er gar nicht überrascht.

»Das machen sie hier so«, sagte er. »Wenn sie sich in jemand verlieben, dann werfen sie Sachen nach ihm.«

»Aber um Himmels willen, es waren doch sechs!«, sagte Mama. »Es müsste doch andere Möglichkeiten geben, ihre Zuneigung auszudrücken!«

Max zuckte mit den Schultern. »So machen sie es eben«, sagte er und fügte hinzu: »Eigentlich sollte Anna sich geehrt fühlen.«

Ein paar Tage später sah Anna ihn im Dorf, wo er mit unreifen Äpfeln nach Rösli warf.

Max war sehr anpassungsfähig.

Anna war nicht sicher, ob sie am nächsten Tag zur Schule gehen sollte. »Wenn sie nun immer noch in mich verliebt sind?«, sagte sie. »Ich hab keine Lust, mich wieder bewerfen zu lassen.«

Aber sie hätte sich keine Sorgen zu machen brauchen. Mama hatte den Jungen einen solchen Schrecken eingejagt, dass keiner es mehr wagte, sie auch nur anzusehen. Sogar der rothaarige Junge blickte geflissentlich zur Seite. Daher vergab Vreneli ihr, und sie waren Freundinnen wie zuvor. Anna gelang es sogar, sie zu überreden, heimlich hinter dem Gasthaus das Radschlagen zu versuchen. Aber vor den Augen der anderen, auf dem Schulhof, hielten sich beide strikt ans Hüpfen.

8 An Annas **zehntem Geburtstag** wurde Papa von der Zürcher Literarischen Gesellschaft **zu einem Ausflug** eingeladen, und als er Annas Geburtstag erwähnte, luden sie sie und Max und Mama auch ein. **Mama freute sich.**

»**Wie schön**, dass es gerade auf deinen Geburtstag fällt«, sagte sie. »Was für eine reizende Art, einen Geburtstag zu feiern.«
Anna war anderer Meinung. Sie sagte: »Warum kann ich nicht eine Kindergesellschaft geben, wie sonst?«
Mama machte ein bestürztes Gesicht. »Aber es ist nicht wie sonst«, sagte sie. »Wir sind nicht zu Hause.«
Anna wusste das natürlich, aber sie hatte das Gefühl, dass ihr Geburtstag etwas sein sollte, das ihr persönlich gehörte – nicht ein Ausflug, an dem alle anderen teilnahmen. Sie sagte aber nichts. »Sieh mal«, sagte Mama, »es wird bestimmt nett. Sie mieten einen Dampfer, nur für die Teilnehmer. Wir fahren beinahe bis zum anderen Ende des Sees und machen ein Picknick auf einer Insel und kommen erst spät nach Hause.«
Aber Anna war nicht überzeugt. Sie fühlte sich auch nicht glücklicher, als der Tag gekommen war und sie ihre Geschenke betrachtete. Von Onkel Julius war eine Karte gekommen, Max hatte ihr Farbstifte geschenkt, Mama und Papa ein Federmäppchen und eine hölzerne Gämse. Das war alles.
Die Gämse war sehr hübsch, aber als Max zehn geworden war, hatte er ein neues Fahrrad bekommen.
Auf der Karte von Onkel Julius war ein Affe abgebildet und Onkel Julius hatte auf die Rückseite geschrieben: »Viel Glück zum Geburtstag! Mögen ihm viele noch glücklichere folgen.«
Anna hoffte, dieser Wunsch werde in Erfüllung gehen, denn an diesem Tag sah es tatsächlich nicht allzu rosig aus.
»Dies ist ein komischer Geburtstag für dich«, sagte Mama, als sie An-

nas Gesicht sah. »Aber du bist doch allmählich zu groß, um dir viel aus Geschenken zu machen.«

Als Max zehn wurde, hatte sie das nicht gesagt. Und es ist ja auch nicht irgendein Geburtstag, dachte Anna. Es war ihr erster zweistelliger Geburtstag.

Im Laufe des Tages wurde sie immer unglücklicher. Der Ausflug gefiel ihr ganz und gar nicht. Das Wetter war schön, aber auf dem Dampfer wurde es sehr heiß, und die Mitglieder der Literarischen Gesellschaft redeten alle so geschwollen daher wie Fräulein Lambeck. Einer von ihnen sagte doch tatsächlich zu Papa: »Lieber Meister«. Es war ein dicker junger Mann mit einem Mund voll spitzer, kleiner Zähne, und er unterbrach ein Gespräch, das Anna und Papa gerade begonnen hatten. »Das mit Ihrem Artikel hat mir so leidgetan, lieber Meister«, sagte der dicke junge Mann.

»Mir auch«, sagte Papa. »Dies ist meine Tochter Anna, die heute zehn Jahre alt wird.«

»Viel Glück«, sagte der junge Mann kurz und redete dann sofort weiter auf Papa ein. »Ich bin untröstlich, dass wir Ihren Artikel nicht haben drucken können. Noch dazu, da er so ausgezeichnete Formulierungen enthielt.« Der junge Mann hatte sie sehr bewundert. Aber der »liebe Meister« habe so entschiedene Ansichten ... die Politik des Blattes ... die Gefühle der Regierung ... der teure Meister müsse verstehen ...

»Ich verstehe vollkommen«, sagte Papa und wandte sich ab, aber der junge Mann ließ sich nicht abschütteln. Die Zeiten seien so schwierig, sagte er. Man möge sich doch vorstellen – die Nazis hätten Papas Bücher verbrannt –, das müsse doch schrecklich für Papa gewesen sein. Der junge Mann sagte, er könne das nachfühlen. Zufällig habe gerade auch er sein erstes Buch veröffentlicht, und wenn er sich vorstellte ... Ob der verehrte Meister zufällig das erste Buch des jungen Mannes gelesen habe? Nein? Dann würde der junge Mann ihm davon erzählen ... Er redete und redete, und seine kleinen Zähne klapperten, und Papa war zu höflich, um ihn zu unterbrechen. Schließlich konnte Anna es nicht mehr aushalten und ging weg.

———

Auch das Picknick stellte sich als enttäuschend heraus. Es bestand hauptsächlich aus Brötchen mit Erwachsenenbelag. Die Brötchen waren nicht mehr ganz frisch und hart, und Anna dachte, nur der junge Mann mit den spitzen Zähnen könnte sich da hindurchbeißen. Als Getränk gab es Ingwerbier, das Anna hasste, aber Max trank es gern. Für ihn war es überhaupt ganz schön. Er hatte seine Angelrute mitgebracht und saß ganz zufrieden am Ufer der Insel und fischte. (Nicht dass er etwas gefangen hätte – er benutzte Stücke der altbackenen Brötchen als Köder. Kein Wunder, dass die Fische sie auch verschmähten.) Anna wusste nicht, was sie tun sollte. Es waren keine anderen Kinder da, mit denen sie hätte spielen können, und nach dem Picknick wurde es noch schlimmer, weil da Reden gehalten wurden. Mama hatte ihr von den Reden nichts gesagt. Sie hätte sie warnen sollen. Sie dauerten, so kam es Anna vor, stundenlang, und Anna saß verdrossen in der Hitze und stellte sich vor, was sie jetzt tun würde, hätten sie Berlin nicht verlassen müssen.

Heimpi hätte eine Geburtstagstorte mit Erdbeeren gemacht. Sie hätte mindestens zwanzig Kinder eingeladen, und jedes hätte ihr ein Geschenk gebracht. Um diese Zeit hätten sie im Garten Spiele veranstaltet. Danach hätte es Tee gegeben und den mit Kerzen geschmückten Kuchen ...

Sie konnte sich alles so genau vorstellen, dass sie kaum bemerkte, als die Reden endlich zu Ende waren.

Mama tauchte neben ihr auf. »Wir gehen jetzt aufs Schiff zurück«, sagte sie. Dann flüsterte sie mit einem verschwörerischen Lächeln: »Die Reden waren wohl schrecklich langweilig?«

Aber Anna lächelte nicht zurück. Mama hatte gut reden, es war ja nicht ihr Geburtstag.

Auf dem Dampfer fand sie einen Platz an der Reling, blieb dort allein stehen und starrte ins Wasser. Das ist es also gewesen, dachte sie, als das Schiff zurück nach Zürich dampfte. Sie hatte ihren Geburtstag hinter sich, ihren zehnten Geburtstag, und es war auch nicht ein bisschen schön gewesen. Sie legte die Arme auf die Reling und stützte den Kopf darauf und tat so, als schaue sie sich die Gegend an. Es sollte niemand merken, wie elend ihr zumute war. Das Wasser rauschte unter ihr vorbei, der warme Wind blies ihr durchs Haar, und sie konnte nur daran denken, dass ihr der Geburtstag verdorben worden war und dass es nie mehr gut werden würde.

Nach einer Weile fühlte sie eine Hand auf ihrer Schulter. Es war Papa. Hatte er bemerkt, wie enttäuscht sie war? Aber Papa fiel so etwas nie auf. Er war zu sehr in seine eigenen Gedanken vertieft.

»Ich habe also jetzt eine zehnjährige Tochter«, sagte er lächelnd.

»Ja«, sagte Anna.

»Eigentlich«, sagte Papa, »bist du noch gar nicht ganz zehn Jahre alt. Du bist um sechs Uhr abends geboren. Bis dahin sind noch zwanzig Minuten.«

»Wirklich?«, sagte Anna. Aus irgendeinem Grund tröstete sie der Gedanke, dass sie noch nicht ganz zehn Jahre alt war.

»Ja«, sagte Papa, »und mir scheint es noch gar nicht so lange her. Natürlich wussten wir damals noch nicht, dass wir deinen zehnten Geburtstag als Flüchtlinge vor Hitler auf dem Zürcher See verbringen würden.«

»Ist ein Flüchtling jemand, der von zu Hause hat weggehen müssen?«, fragte Anna.

»Jemand, der in einem anderen Land Zuflucht sucht«, sagte Papa.

»Ich glaube, ich habe mich noch nicht ganz daran gewöhnt, dass ich ein Flüchtling bin«, sagte Anna.

»Es ist ein seltsames Gefühl«, sagte Papa. »Man wohnt sein ganzes Leben lang in einem Land. Dann wird es plötzlich von Räubern übernommen, und man findet sich an einem fremden Ort, mit nichts.«

Als er dies sagte, machte er ein so fröhliches Gesicht, dass Anna fragte: »Macht es dir denn nichts aus?«

»Doch«, sagte Papa. »Aber ich finde es auch sehr interessant.« Die Sonne verschwand hinter einem Berggipfel, und dann wurde der See dunkler, und alles auf dem Schiff wurde grau und flach. Dann erschien sie wieder in einer Senke zwischen zwei Bergen, und die Welt wurde wieder rosig und golden.

»Wo werden wir wohl an deinem elften Geburtstag sein?«, sagte Papa. »Und an deinem zwölften?«

»Werden wir denn nicht hier sein?«

»Nein, das glaube ich nicht«, sagte Papa. »Wenn die Schweizer nichts von dem, was ich schreibe, drucken wollen, weil sie Angst haben, die

Nazis jenseits der Grenze zu verärgern, dann können wir genauso gut in einem ganz anderen Land leben. Wohin möchtest du denn gern gehen?«

»Ich weiß nicht«, sagte Anna.

»Ich glaube, Frankreich wäre schön«, sagte Papa. Er dachte eine Weile nach. »Kennst du Paris überhaupt?«, fragte er.

Bevor Anna ein Flüchtling wurde, war sie nirgends anders hingekommen als an die See, aber sie war daran gewöhnt, dass Papa sich so in seine eigenen Gedanken verbiss, dass er ganz vergaß, zu wem er sprach. Sie schüttelte den Kopf.

»Es ist eine wunderschöne Stadt«, sagte Papa. »Ich bin sicher, dass es dir gefallen wird.«

»Würden wir in eine französische Schule gehen?«

»Wahrscheinlich. Und du würdest französisch sprechen lernen. Aber vielleicht«, sagte Papa, »könnten wir auch in England leben – das ist auch sehr schön. Bloß ein bisschen feucht.« Er betrachtete Anna nachdenklich. »Nein«, sagte er, »ich glaube, wir versuchen es zuerst in Paris.«

Die Sonne war jetzt ganz verschwunden und es wurde dunkel. Man konnte das Wasser, durch das das Schiff seine Bahn zog, kaum noch erkennen, nur der Schaum schimmerte weiß im letzten Licht.

»Bin ich jetzt zehn?«, fragte Anna. Papa schaute auf die Uhr. »Genau zehn Jahre alt.«

Er drückte sie an sich.

»Viel Glück zum Geburtstag und viele, viele glückliche Jahre.«

Im gleichen Augenblick gingen auf dem Schiff die Lichter an. Um die Reling verteilt gab es nur wenige weiße Glühbirnen, sodass es auf dem Deck fast so dunkel war wie zuvor, aber die Kabinenfenster glühten plötzlich gelb auf und am Heck des Schiffes strahlte eine purpurrote Laterne.

»Wie schön«, rief Anna, und plötzlich war sie wegen der verpassten Geburtstagsfeier und der fehlenden Geschenke nicht mehr traurig. Es kam ihr schön und abenteuerlich vor, ein Flüchtling zu sein, kein Zuhause zu haben und nicht zu wissen, wo sie wohnen würde. Vielleicht konnte das sogar als eine schwere Kindheit gelten, wie in Günthers Buch, und vielleicht würde sie doch noch einmal berühmt.

Während das Schiff zurück nach Zürich dampfte, schmiegte sie sich an Papa, und sie beobachteten gemeinsam, wie das rote Licht der Schiffslaterne auf dem dunklen Wasser hinter ihnen herschwamm.

»Ich glaube, es könnte mir ganz gut gefallen, ein Flüchtling zu sein«, sagte Anna.

9 Der **Sommer** kam, und plötzlich war das **Schuljahr zu Ende**. Am letzten Schultag gab es eine Feier, und Herr Graupe hielt eine Rede. **Es gab eine Ausstellung** der Nadelarbeiten der Mädchen, eine Turnvorführung der Jungen und viel **Gesang und Gejodel** von allen Beteiligten. Am Ende des Nachmittags bekam jedes Kind eine Wurst und ein Stück Brot, und sie gingen lachend und kauend heim durchs Dorf und machten Pläne für den kommenden Tag. Die Sommerferien hatten begonnen.

Max hatte erst ein paar Tage später frei. In der höheren Schule in Zürich endete das Schuljahr nicht mit Jodeln und Wurst, sondern mit Zeugnissen. Max brachte die üblichen Bemerkungen nach Hause: »Strengt sich nicht genug an« und »Zeigt kein Interesse«, und er und Anna saßen wie auch sonst bei einem freudlosen Mittagessen, während Papa und Mama das Zeugnis lasen. Mama war besonders enttäuscht. Sie hatte sich daran gewöhnt, dass Max »sich nicht anstrengte« und »kein Interesse zeigte«, solange sie in Deutschland waren, aber aus irgendeinem Grund hatte sie gehofft, es würde in der Schweiz anders sein, denn Max war begabt, er arbeitete nur nicht. Aber der einzige Unterschied war der, dass Max in Deutschland die Arbeit vernachlässigt hatte, um Fußball zu spielen, in der Schweiz hatte er sie vernachlässigt, um zu angeln, und das Ergebnis war ziemlich das Gleiche. Anna fand es erstaunlich, dass er immer weiter angelte, obgleich er nie etwas fing. Sogar die Zwirn'schen Kinder hatten angefangen, ihn deswegen zu necken. »Bringst du wieder den Würmern das Schwimmen bei?«, fragten sie, wenn sie an ihm vorüberkamen, und er machte dann ein wütendes Gesicht. Laut schimpfen konnte er nicht, weil er vielleicht einen Fisch vertrieben hätte, der gerade anbeißen wollte.

Wenn Max nicht fischte, schwammen er und Anna und die drei Zwirn-Kinder im See oder spielten miteinander oder gingen in den Wald. Max verstand sich gut mit Franz, und Anna hatte Vreneli ganz gern. Trudi war erst sechs, aber sie lief immer hinterher, ganz gleich, was die anderen taten. Manchmal gesellte sich auch Rösli zu ihnen und einmal sogar der rothaarige Junge, der sowohl Anna wie Vreneli geflissentlich übersah und mit Max über Fußball redete.

Dann kamen eines Morgens Max und Anna nach unten und sahen, dass die Zwirn-Kinder mit einem Jungen und einem Mädchen spielten, die sie nie zuvor gesehen hatten. Es waren Deutsche, ungefähr in ihrem Alter, und sie verbrachten die Ferien mit ihren Eltern im Gasthaus.

»Aus welchem Teil Deutschlands kommt ihr?«, fragte Max.

»München«, sagte der Junge.

»Wir haben früher in Berlin gewohnt«, sagte Anna.

»Mensch«, sagte der Junge, »Berlin muss prima sein.«

Sie spielten alle zusammen Fangen. Es hatte früher nie viel Spaß gemacht, weil sie nur zu viert gewesen waren – (Trudi zählte nicht, weil sie nicht schnell genug laufen konnte und immer schrie, wenn jemand sie fing). Aber die deutschen Kinder waren beide sehr flink auf den Beinen, und zum ersten Mal war das Spiel wirklich aufregend. Vreneli hatte gerade den deutschen Jungen gefangen, und der fing Anna, sodass jetzt sie an der Reihe war, jemanden zu fangen, und sie rannte hinter dem deutschen Mädchen her. Sie liefen immer rund um den Hof des Gasthauses, schlugen Haken, sprangen über Gegenstände, bis Anna glaubte, sie werde das Mädchen gleich haben – aber plötzlich stellte sich ihr eine große, dünne Frau mit einem unangenehmen Ausdruck im Gesicht in den Weg. Die Frau war so plötzlich aufgetaucht, dass Anna ihren Lauf kaum bremsen konnte und beinahe mit ihr zusammengestoßen wäre. »Verzeihung«, sagte Anna, aber die Frau gab keine Antwort. »Siegfried«, rief sie mit schriller Stimme. »Gudrun! Ich habe euch doch gesagt, dass ihr nicht mit diesen Kindern spielen sollt!« Sie packte das deutsche Mädchen beim Arm und zog es weg. Der Junge folgte, aber als seine Mutter nicht hinschaute, schnitt er Anna eine Grimasse und hob entschuldigend die Hände. Dann verschwanden die drei im Gasthaus.

»Was für eine böse Frau«, sagte Vreneli.

»Vielleicht glaubt sie, wir wären schlecht erzogen«, sagte Anna. Sie versuchten, ohne die deutschen Kinder Fangen zu spielen, aber es machte keinen Spaß und endete mit dem üblichen Durcheinander, weil Trudi, wenn sie gefangen wurde, in Tränen ausbrach.

Anna sah die deutschen Kinder erst am späten Nachmittag wieder. Sie waren wohl in Zürich einkaufen gewesen, denn jeder von ihnen trug ein Paket und die Mutter gleich mehrere. Als sie ins Haus gehen wollten, glaubte Anna, dies sei eine Gelegenheit zu zeigen, dass sie nicht schlecht erzogen war. Sie sprang herbei und öffnete ihnen die Tür.

Aber die deutsche Frau schien gar nicht erfreut. »Gudrun! Siegfried!«, sagte sie und schob ihre Kinder schnell nach drinnen. Dann schob sie sich mit saurer Miene selber an Anna vorbei und versuchte dabei, so viel Abstand wie möglich zu halten. Das war schwierig, denn mit den Paketen wäre sie beinahe in der Tür stecken geblieben, aber schließlich war sie hindurch und verschwand. Und nicht einmal ein Wort des Dankes. Die deutsche Frau ist selber schlecht erzogen, dachte Anna.

Am Tag darauf hatten Anna und Max sich mit den Zwirn-Kindern zu einem Spaziergang in den Wald verabredet, und am Tag danach regnete es, und am Tag darauf nahm Mama sie mit nach Zürich, um Socken zu kaufen. Daher sahen sie die deutschen Kinder nicht mehr. Aber nach dem Frühstück am darauffolgenden Morgen, als Max und Anna auf den Hof traten, sahen sie sie wieder mit den Zwirn-Kindern spielen. Anna lief auf sie zu.

»Wollen wir wieder Fangen spielen?«, fragte sie.

»Nein«, sagte Vreneli und wurde rot. »Auf jeden Fall kannst du nicht mitspielen.«

Anna war so überrascht, dass sie kein Wort herausbringen konnte. War Vreneli wieder wegen des rothaarigen Jungen böse? Anna hatte ihn doch schon ewig nicht gesehen.

»Warum kann Anna nicht mitspielen?«, fragte Max. Franz war genauso verlegen wie seine Schwester.

»Ihr könnt beide nicht mitspielen«, sagte er und deutete auf die deutschen Kinder. »Sie sagen, dass sie nicht mit euch spielen dürfen.«

Den deutschen Kindern war offensichtlich nicht nur verboten, mit ihnen zu spielen, sondern auch, mit ihnen zu sprechen, denn der Junge sah aus, als wolle er etwas sagen. Aber schließlich schnitt er nur wieder eine entschuldigende Grimasse und zuckte mit den Schultern.

Anna und Max sahen einander an. So etwas hatten sie noch nie erlebt. Dann fing Trudi, die zugehört hatte, plötzlich an zu singen: »Anna und Max dürfen nicht spielen! Anna und Max dürfen nicht spielen!«

»Halt den Mund!«, sagte Franz. »Los, kommt!«, und er und Vreneli rannten zum See hinunter, und die deutschen Kinder folgten ihnen. Einen Augenblick lang stutzte Trudi, dann sang sie noch einmal ihr herausforderndes »Anna und Max dürfen nicht spielen!«, und rannte auf ihren kurzen Beinen hinter den andern her. Anna und Max hatten sie stehen lassen.

»Warum dürfen sie denn nicht mit uns spielen?«, fragte Anna, aber Max wusste es auch nicht. Es blieb ihnen nichts übrig, als in den Speisesaal zurückzugehen, wo Mama und Papa noch beim Frühstück saßen.

»Ich dachte, ihr spielt mit Franz und Vreneli«, sagte Mama. Max erklärte, was geschehen war.

»Das ist sehr seltsam«, sagte Mama.

»Vielleicht könntest du einmal mit der Mutter sprechen«, sagte Anna. Sie hatte gerade die deutsche Frau entdeckt, die mit einem Herrn, der wahrscheinlich ihr Ehemann war, an einem Tisch in der Ecke saß.

»Das will ich auch«, sagte Mama.

In diesem Augenblick erhoben sich die deutsche Frau und der Mann, um den Speisesaal zu verlassen, und Mama ging ihnen nach. Sie trafen zusammen, aber es war zu weit entfernt, als dass Anna hätte hören können, was gesagt wurde. Mama hatte erst ein paar Worte gesprochen, als die deutsche Frau etwas erwiderte, das Mama vor Zorn erröten ließ. Die deutsche Frau sagte noch etwas und wollte davongehen, aber Mama packte sie beim Arm.

»Oh nein!«, schrie Mama mit einer Stimme, die durch den ganzen Saal hallte. »Das ist noch lange nicht das Ende von allem!« Dann wandte sie sich brüsk ab und kam zum Tisch zurückmarschiert, während die deutsche Frau und ihr Mann mit hochnäsigen Mienen hinausgingen.

»Der ganze Saal konnte dich hören«, sagte Papa ärgerlich, als sich Mama wieder setzte. Er hasste Szenen.

»Gut!«, sagte Mama in einem so aufgebracht klingenden Tonfall, dass Papa »pssst« flüsterte und mit den Händen beruhigende Gesten machte. Mama versuchte, ruhig zu sprechen, aber dabei wurde sie noch wütender, und schließlich konnte sie die Worte kaum herausbringen.

»Das sind Nazis«, sagte sie. »Sie haben ihren Kindern verboten, mit Max und Anna zu spielen, weil unsere Kinder jüdisch sind!« Ihre Stimme schwoll vor Empörung an. »Und du willst, dass ich still sein soll!«, schrie sie so laut, dass eine alte Dame, die immer noch frühstückte, fast ihren Kaffee verschüttet hätte. Papas Mund wurde schmal.

»Es würde mir ja auch nicht im Traum einfallen, Anna und Max mit Kindern von Nazis spielen zu lassen«, sagte er. »Es kommt also auf eins heraus.«

»Aber was ist mit Vreneli und Franz?«, fragte Max.

»Wenn sie mit den deutschen Kindern spielen, heißt das doch, dass sie nicht mit uns spielen können.«

»Ich glaube, Vreneli und Franz werden sich entscheiden müssen, wen sie für ihre Freunde halten«, sagte Papa. »Die Schweizer Neutralität ist gut und schön, aber sie kann auch zu weit gehen.« Er stand vom Tisch auf. »Ich werde jetzt ein Wörtchen mit ihrem Vater sprechen.«

Nach einiger Zeit kam Papa zurück. Er hatte Herrn Zwirn gesagt, dass seine Kinder sich entscheiden müssten, ob sie mit Max und Anna oder den deutschen Kindern spielen wollten. Sie könnten nicht mit beiden spielen. Papa hatte gesagt, sie sollten sich nicht übereilt entscheiden, sondern ihm heute Abend Bescheid geben.

»Ich glaube, sie entscheiden sich für uns«, sagte Max. »Wir werden ja noch lange hier sein, nachdem die anderen Kinder weg sind.«

Aber was sollten sie für den Rest des Tages anfangen? Max ging mit seiner Angelrute, seinen Würmern und seinen Brotstückchen an den See. Anna konnte sich zu nichts entschließen. Endlich fasste sie den Plan, ein Gedicht über eine Lawine zu schreiben, die eine ganze Stadt verschüttete, aber es kam nicht viel dabei heraus. Als sie an die Illustration ging, fiel ihr ein, dass sie alles weiß malen musste, und das fand sie so langweilig, dass sie es aufgab. Max hatte, wie gewöhnlich, nichts gefangen und am Nachmittag waren sie beide so niedergeschlagen, dass Mama ihnen einen halben Franken für Schokolade gab – obwohl sie vorher gesagt hatte, Schokolade wäre zu teuer.

Als sie vom Süßwarenladen zurückkamen, sahen sie Franz und Vreneli, die im Eingang des Gasthofes ernst miteinander sprachen. Sie gingen, den Blick geradeaus gerichtet, verlegen an ihnen vorbei. Danach wurde Anna und Max noch elender zumute. Dann ging Max wieder zum Angeln, und Anna entschloss sich, schwimmen zu gehen, um noch etwas vom Tag zu retten. Sie ließ sich auf dem Rücken treiben, was sie eben erst gelernt hatte, aber es machte sie nicht heiterer. Es war alles so blöd. Warum konnten sie nicht alle zusammen spielen, Max und Anna, die Zwirns und die deutschen Kinder? Warum musste man sich entscheiden und Partei ergreifen?

Plötzlich platschte es im Wasser neben ihr. Es war Vreneli. Ihre langen, dünnen Zöpfe waren auf dem Kopf zusammengeknotet, damit sie nicht nass wurden, und ihr mageres Gesicht sah rosiger und bekümmerter aus denn je.

»Es tut mir leid wegen heute Morgen«, sagte Vreneli atemlos. »Wir haben uns entschlossen, lieber mit euch zu spielen, auch wenn wir dann nicht mehr mit Siegfried und Gudrun spielen können.«

Dann tauchte Franz am Ufer auf. »Hallo, Max«, rief er. »Bringst du den Würmern das Schwimmen bei?«

»Ich hätte eben einen großen Fisch gefangen«, sagte Max, »wenn du ihn nicht verscheucht hättest.«

Aber er war trotzdem sehr froh.

Beim Abendessen an diesem Tag sah Anna die deutschen Kinder zum letzten Mal. Sie saßen mit ihren Eltern steif an ihrem Tisch. Ihre Mutter sprach ruhig und eindringlich auf sie ein, und sogar der Junge wandte sich nicht ein einziges Mal um, um Anna und Max anzusehen.

Am Ende der Mahlzeit ging er dicht an ihrem Tisch vorüber und tat so, als könnte er sie nicht sehen.

Am nächsten Morgen reiste die deutsche Familie ab.

»Ich fürchte, dass wir Herrn Zwirns Kunden vertrieben haben«, sagte Papa.

Mama triumphierte.

»Aber es ist doch schade«, sagte Anna. »Ich weiß bestimmt, dass der Junge uns gernhatte.«

Max schüttelte den Kopf. »Zum Schluss hatte er uns gar nicht mehr gern«, sagte er. »Da hatte seine Mutter ihn ganz fertiggemacht.«

Er hat wohl Recht, dachte Anna. Was mochte der deutsche Junge jetzt wohl denken, was hatte seine Mutter ihm über sie und Max gesagt, und wie würde er sein, wenn er erwachsen war?

10 **Kurz vor dem Ende** der Sommerferien fuhr Papa nach Paris. Es lebten jetzt dort so **viele deutsche** Flüchtlinge, dass sie eine eigene **Zeitung** gegründet hatten. Sie hieß »Pariser Zeitung«, und **einige der Artikel**, die Papa in Zürich **geschrieben** hatte, waren darin erschienen. Jetzt hatte ihn der Herausgeber gebeten, regelmäßig für die Zeitung zu schreiben. Papa hoffte, dass, wenn sich die Mitarbeit an der Zeitung gut einspielte, sie alle nach Paris ziehen und dort leben könnten.

Am Tag nach seiner Abreise kam Omama auf Besuch. Sie war die Großmutter der Kinder und lebte gewöhnlich in Südfrankreich.

»Wie komisch«, sagte Anna, »Omamas und Papas Züge könnten aneinander vorbeifahren, und sie könnten sich zuwinken.«

»Das würden sie aber nicht tun«, sagte Max. »Sie mögen sich nicht.«

»Warum nicht?«, fragte Anna. Es fiel ihr jetzt ein, dass Omama wirklich immer nur zu Besuch kam, wenn Papa weg war.

»Das ist eine alte Familiengeschichte«, sagte Max in einem so erwachsenen Tonfall, dass es sie wütend machte.

»Sie wollte nicht, dass Papa und Mama heirateten.«

»Aber daran lässt sich doch jetzt nichts mehr ändern«, sagte Anna und kicherte.

Als Omama ankam, war Anna mit Vreneli spielen gegangen, aber sie wusste sofort, dass sie da war, denn aus einem offenen Fenster des Gasthauses erklang ein hysterisches Bellen. Omama ging ohne ihren Dackel Pumpel nirgendwohin. Anna folgte dem Gekläff und fand Omama bei Mama.

»Anna, mein Herzchen«, rief Omama. »Wie schön, dich zu sehen!« Und sie drückte Anna an ihren üppigen Busen. Nach einer Weile fand Anna, sie wäre jetzt genug gedrückt worden, und fing an zu zappeln, aber Omama hielt sie fest und drückte sie noch mehr. Anna erinnerte sich, dass Omama das immer getan hatte. »Wie lange ist das schon her!«, rief Omama. »Dieser schreckliche Hitler ...!« Ihre Augen, die blau waren wie Mamas, bloß viel blasser, füllten sich mit Tränen und ihr Doppelkinn zitterte. Es war schwierig, genau zu verstehen, was sie sagte, weil Pumpel solchen Lärm machte. Nur ein paar Bruchstücke: »... aus unserer Heimat gerissen« und »... verstreute Familien« übertönten das wütende Gebell.

»Was ist denn mit Pumpel los?«, fragte Anna.

»Oh, Pumpel, mein armer Pumpel! Sieh ihn dir an!«, rief Omama.

Anna hatte ihn sich angesehen. Er benahm sich sehr seltsam. Sein braunes Hinterteil stand steil in die Luft, und er legte immer wieder den Kopf auf die gestreckten Vorderpfoten, als verneige er sich. Zwischen den Verbeugungen blickte er flehend auf etwas über Omamas Waschbecken. Da Pumpel die gleiche Tonnenform hatte wie Omama, war dieses Vorgehen sehr schwierig für ihn.

»Was will er denn?«, fragte Anna.

»Er bettelt«, sagte Omama. »Er bettelt um die elektrische Birne da. Oh, aber Pumpel, mein Liebling, die kann ich dir doch nicht geben!«

Anna machte große Augen.

Über dem Waschbecken befand sich eine ganz gewöhnliche runde, weiß gestrichene Glühbirne. Was sollte selbst ein so verrückter Hund wie Pumpel damit machen?

»Warum will er sie denn haben?«, fragte sie.

»Natürlich weiß er nicht, dass es eine Birne ist«, erklärte Omama geduldig. »Er glaubt, es wäre ein Tennisball, und will, dass ich mit ihm spiele.«

Pumpel schien zu merken, dass seine Wünsche endlich ernst genommen wurden, und begann, mit verdoppelter Anstrengung zu bellen und sich zu verneigen.

Anna musste lachen. »Der arme Pumpel«, sagte sie und versuchte ihn zu streicheln – aber sofort schnappte er mit seinen gelben Zähnen nach ihrer Hand. Sie zog sie schnell zurück. »Wir könnten die Birne herausschrauben«, sagte Mama, aber die Birne saß fest in ihrem Sockel und ließ sich nicht bewegen. »Vielleicht, wenn wir einen richtigen Tennisball hätten ...«, sagte Omama und suchte nach ihrem Portmonee. »Anna, mein Herzchen, es macht dir doch nichts aus? Ich glaube, die Läden sind noch offen.«

»Tennisbälle sind ziemlich teuer«, sagte Anna. Sie hatte sich einmal einen von ihrem Taschengeld kaufen wollen, aber es war längst nicht genug gewesen.

»Das macht nichts«, sagte Omama. »Ich kann den armen Pumpel doch nicht in diesem Zustand lassen, er ist schon ganz erschöpft.«

Aber als Anna zurückkam, hatte Pumpel das Interesse an der ganzen Sache verloren. Er lag knurrend auf dem Boden. Und als Anna ihm den Ball vorsichtig zwischen die Pfoten legte, sah er ihn nur hasserfüllt an und grub gleich seine Zähne hinein. Der Tennisball gab seufzend seinen Geist auf. Pumpel erhob sich, kratzte zweimal mit seinen Hinterpfoten über den Boden und zog sich unter das Bett zurück.

———

»Er ist wirklich ein grässlicher Hund«, sagte Anna später zu Max. »Ich weiß nicht, warum Omama sich das gefallen lässt.«

»Ich wünschte, wir hätten das Geld noch, das wir für den Tennisball ausgegeben haben«, sagte Max. »Schließlich ist Kirmes.«

Im Dorf sollte ein Jahrmarkt stattfinden – ein jährliches Ereignis, das die Dorfkinder aufgeregt erwarteten. Franz und Vreneli hatten seit Monaten ihr Taschengeld gespart. Anna und Max hatten erst kürzlich davon gehört, und da sie keine Ersparnisse hatten, wussten sie nicht, wie sie daran würden teilnehmen können. Wenn sie zusammenlegten, würde es gerade für eine Karussellfahrt für einen von ihnen langen – und das, sagte Anna, würde schlimmer sein, als gar nicht hinzugehen. Sie hatte neulich dran gedacht, Mama um Geld zu bitten. Das war am ersten Schultag nach den Ferien gewesen, als niemand von etwas anderem gesprochen hatte als von dem Jahrmarkt und wie viel Geld zum Ausgeben sie hätten. Aber Max hatte sie daran erinnert, dass Mama versuchte zu sparen.

Wenn sie nach Paris gehen wollten, würden sie jeden Pfennig für den Umzug brauchen.

Mittlerweile machte Pumpel, obwohl man ihn wirklich nicht liebenswert nennen konnte, das Leben doch viel interessanter. Er hatte überhaupt keinen Verstand. Sogar Omama, die ihn doch kennen musste, war überrascht. Als sie ihn mit auf den Dampfer nahm, rannte er sofort an die Reling und konnte nur mit Mühe daran gehindert werden, sich über Bord zu stürzen. Als sie das nächste Mal nach Zürich fahren wollte, versuchte sie, ihn mit in den Zug zu nehmen, aber er weigerte sich einzusteigen. Aber sobald der Zug aus der Station fuhr und Omama und Pumpel auf dem Bahnsteig zurückließ, riss er sich von der Leine und verfolgte ihn, wild bellend, auf den Schienen bis zum nächsten Dorf. Eine Stunde später wurde er ganz erschöpft von einem kleinen Jungen zurückgebracht und musste für den Rest des Tages ruhen.

»Glaubst du, dass irgendetwas mit seinen Augen nicht stimmt?«, fragte Omama.

»Unsinn, Mutter«, sagte Mama, die fand, dass es andere Sorgen gäbe, zum Beispiel, wie man nach Paris umzieht, wenn man kein Geld hat.

»Und wenn es der Fall sein sollte, was dann? Du kannst ihm doch keine Brille kaufen!«

Es war schade, denn Omama war, trotz ihrer törichten Anhänglichkeit an Pumpel, sehr nett. Auch sie war ein Flüchtling, aber im Gegensatz zu Papa war ihr Mann nicht berühmt. Sie hatten ihren ganzen Besitz aus Deutschland mitnehmen können und lebten jetzt recht behaglich an der Mittelmeerküste. Sie brauchte nicht wie Mama zu sparen und manchmal dachte sie sich kleine Überraschungen aus, die sich Mama sonst nicht hätte leisten können.

»Könnten wir eigentlich nicht Omama bitten, uns Geld für den Jahrmarkt zu geben?«, fragte Anna, nachdem Omama ihnen in einer Konditorei Eclairs gekauft hatte.

Max war entsetzt. »Anna! Wie kannst du nur!«, sagte er ganz scharf. Anna hatte natürlich gewusst, dass sich so etwas nicht gehörte – aber es war so verlockend. Bis zum Jahrmarkt war es nur noch eine Woche.

Ein paar Tage bevor Omama in den Süden Frankreichs zurückreisen sollte, war Pumpel verschwunden. Er war früh am Morgen aus Omamas Zimmer entwischt, und sie hatte sich nichts dabei gedacht. Er lief manchmal allein an den See hinunter, schnüffelte ein bisschen herum und kam dann von selbst wieder zurück. Aber zur Frühstückszeit war er immer noch nicht zurück, und sie fing an, die Leute zu fragen, ob sie ihn nicht gesehen hätten.

»Was hat er nur wieder angestellt?«, sagte Herr Zwirn. Er konnte Pumpel nicht leiden, weil er seine Gäste störte, an den Möbeln nagte und zweimal versucht hatte, Trudi zu beißen. »Manchmal benimmt er sich wie ein ganz junger Hund«, sagte Omama zärtlich, dabei war Pumpel neun Jahre alt.

»Es muss seine zweite Kindheit sein«, bemerkte Herr Zwirn. Die Kinder suchten halbherzig. Es wurde bald Zeit, zur Schule zu gehen, und sie waren sicher, dass er früher oder später auftauchen würde – wahrscheinlich in Begleitung eines wütenden Opfers, das er entweder gebissen oder dessen Eigentum er zerstört hatte. Vreneli kam, um Anna abzuholen, sie machten sich zusammen auf den Schulweg, und Anna hatte Pumpel bald vergessen. Als sie zum Mittagessen zurückkamen, lief Trudi ihnen mit wichtigtuerischer Miene entgegen.

»Sie haben den Hund deiner Großmutter gefunden«, sagte sie. »Er ist ertrunken.«

»Unsinn«, sagte Vreneli, »das hast du nur erfunden.«

»Ich hab's nicht erfunden«, sagte Trudi empört, »es ist wahr. Papa hat ihn im See gefunden. Und ich hab ihn selber gesehen, und er ist tot. Ich weiß genau, dass er tot ist, denn er hat nicht versucht, mich zu beißen.« Mama bestätigte Trudis Geschichte.

Pumpel lag am Fuß einer niedrigen Ufermauer. Niemand hatte herausgefunden, warum er ins Wasser gefallen war. Vielleicht ein Anfall von Wahnsinn? Oder hatte er einen der großen Kiesel im Wasser für einen Tennisball gehalten? Herr Zwirn deutete an, es könnte Selbstmord gewesen sein.

»Ich habe von Hunden gehört, die sich das Leben genommen haben, wenn sie sich selbst oder anderen zur Last waren«, erzählte er. Die arme Omama war außer sich. Sie kam nicht zum Essen herunter und erschien erst zu Pumpels Begräbnis am Nachmittag schweigend und mit roten Augen. Herr Zwirn hatte ein kleines Grab in einer Gartenecke ausgehoben. Omama hatte Pumpel in einen alten Schal gehüllt, und die Kinder standen daneben, während sie ihn in seine letzte Ruhestätte bettete. Dann warfen sie unter Omamas Anleitung jedes eine Schaufel Erde auf ihn. Herr Zwirn schaufelte das Grab dann flott zu und klopfte die Erde zu einem flachen Hügel zurecht.

»Und jetzt der Schmuck«, sagte Herr Zwirn, und Omama stellte unter Tränen einen großen Blumentopf mit einer Chrysantheme oben drauf. Trudi beobachtete alles voller Zufriedenheit.

»Jetzt kann dein Hündchen nicht mehr rauskommen«, sagte sie mit sichtlicher Genugtuung.

Das war zu viel für Omama, und zur großen Verlegenheit der Kinder brach sie in Schluchzen aus und musste von Herrn Zwirn weggeführt werden.

Der Rest des Tages verlief ziemlich traurig. Niemanden außer Omama beeindruckte Pumpels Tod sonderlich, aber alle hatten das Gefühl, sie seien es Omama schuldig, kein allzu fröhliches Gesicht zu zeigen. Nach dem Abendessen ging Max weg, um seine Aufgaben zu machen, während Anna und Mama Omama Gesellschaft leisteten.

Vorher hatte sie kaum ein Wort gesagt, aber jetzt konnte sie nicht aufhören zu reden. Ununterbrochen erzählte sie von Pumpel und seinen Taten. Wie konnte sie ohne ihn nach Frankreich zurückfahren? Er hatte ihr im Zug so gute Gesellschaft geleistet. Sie hatte sogar einen Rückfahrschein für ihn. Anna und Mama mussten ihn beide besichtigen. »Die Nazis sind an allem schuld«, schrie Omama. »Wenn Pumpel nicht Deutschland hätte verlassen müssen, wäre er nie im Zürcher See ertrunken. Dieser grässliche Hitler ...«

Danach brachte Mama das Gespräch allmählich auf Bekannte, die in andere Länder ausgewandert oder in Deutschland geblieben waren, und Anna begann zu lesen, aber das Buch war nicht sehr interessant und Bruchstücke der Unterhaltung nahm sie in sich auf.

Jemand hatte eine Beschäftigung bei einer Filmgesellschaft in England gefunden. Jemand anderem, der reich gewesen war, ging es jetzt in Amerika sehr schlecht, seine Frau musste putzen gehen. Ein berühmter Professor war verhaftet und in ein Konzentrationslager gebracht worden. (Konzentrationslager? Dann fiel Anna ein, dass dies ein besonderes Gefängnis für Leute war, die gegen Hitler waren.) Die Nazis hatten ihn an eine Hundehütte gekettet. Wie unsinnig, dachte Anna, während Omama, die eine Verbindung zwischen dieser Tatsache und Pumpels Tod zu sehen schien, immer aufgeregter sprach. Der Hundezwinger stand am Eingang des Konzentrationslagers, und jedes Mal wenn jemand hinein- oder hinausging, musste der berühmte Professor bellen. Er bekam etwas Essen in einer Hundeschüssel und durfte es nicht mit den Händen berühren.

Anna wurde plötzlich ganz übel.

Bei Nacht musste der berühmte Professor in der Hundehütte schlafen. Die Kette war so kurz, dass er nie aufrecht stehen konnte. Nach zwei Monaten – zwei Monate ...! dachte Anna – war der berühmte Professor wahnsinnig geworden. Er war immer noch an die Hütte angekettet und musste immer noch bellen, aber er wusste nicht mehr, was er tat. Vor Annas Augen schien sich plötzlich eine schwarze Wand aufzurichten. Sie konnte nicht mehr atmen. Sie hielt ihr Buch fest vor sich und tat so, als läse sie. Sie wünschte, sie hätte nicht gehört, was Omama sagte. Sie wünschte, sie könnte es loswerden, es erbrechen.

Mama musste etwas gemerkt haben, denn plötzlich war es still, und Anna merkte, wie Mama sie ansah. Sie starrte angestrengt in ihr Buch und blätterte eine Seite um, als wäre sie in ihr Buch vertieft. Sie wollte nicht, dass Mama, und schon gar nicht, dass Omama zu ihr spräche.

Einen Augenblick später begann die Unterhaltung wieder. Diesmal sprach Mama mit lauter Stimme, aber nicht über Konzentrationslager, sondern wie kalt das Wetter geworden sei. »Hast du da ein schönes Buch, mein Herzchen?«, fragte Omama. »Ja, danke«, sagte Anna und brachte es fertig, mit ganz normaler Stimme zu sprechen. Sobald wie möglich stand sie auf und ging zu Bett. Sie wollte Max erzählen, was sie gehört hatte, brachte es aber nicht fertig. Es war besser, nicht einmal daran zu denken.

In Zukunft wollte sie versuchen, überhaupt nicht mehr an Deutschland zu denken.

———

Am nächsten Morgen packte Omama ihre Koffer. Nun, da Pumpel nicht mehr war, hatte sie nicht das Herz, noch zu bleiben. Aber etwas Gutes hatte ihr Besuch doch. Ehe sie ging, händigte sie Anna und Max einen Umschlag aus. Sie hatte daraufgeschrieben: »Ein Geschenk von Pumpel«, und als die Kinder den Umschlag öffneten, fanden sie darin etwas mehr als elf Schweizer Franken.

»Ich will, dass ihr das Geld für etwas ausgebt, das euch Spaß macht«, sagte Omama.

»Was ist es denn?«, fragte Max, der von ihrer Großzügigkeit überwältigt war.

»Es ist das Geld für Pumpels Rückfahrschein nach Südfrankreich«, sagte Omama mit Tränen in den Augen. »Man hat ihn zurückgenommen.«

So hatten Anna und Max doch noch genug Geld, um auf den Jahrmarkt zu gehen.

11 Papa kam **an einem Sonntag** aus Paris zurück, und **Anna und Max** fuhren zusammen mit Mama nach Zürich, um ihn abzuholen. Es war ein **kühler, sonniger Tag** Anfang Oktober, und als sie alle zusammen mit dem **Dampfer nach Hause** fuhren, sahen sie auf den Bergen schon Neuschnee.

Papa war sehr zuversichtlich. Es hatte ihm in Paris gefallen. Er hatte zwar, um zu sparen, in einem muffigen, kleinen Hotel gewohnt, aber ausgezeichnet gegessen und viel guten Wein getrunken. Alle diese Dinge waren in Frankreich billig. Der Herausgeber der »Pariser Zeitung« war sehr freundlich gewesen, und Papa hatte auch mit den Herausgebern verschiedener französischer Blätter gesprochen. Auch sie hatten gesagt, er solle für sie schreiben.

»Auf Französisch?«, fragte Anna.

»Natürlich«, sagte Papa. Er hatte eine französische Erzieherin gehabt, als er klein war, und konnte Französisch so gut sprechen wie Deutsch.

»Dann werden wir also alle in Paris wohnen?«, fragte Max.

»Mama und ich müssen erst noch einmal darüber sprechen«, sagte Papa. Aber es war klar, was er wünschte.

»Wie herrlich«, sagte Anna.

»Es ist noch nicht entschieden«, sagte Mama. »Es können sich auch noch Möglichkeiten in London ergeben.«

»Aber da ist es feucht«, sagte Anna.

Mama wurde ganz böse. »Unsinn«, sagte sie. »Was weißt du denn darüber?«

Es lag daran, dass Mama nicht gut Französisch sprach. Während Papa von seiner französischen Erzieherin Französisch gelernt hatte, hatte Mama von ihrer englischen Erzieherin Englisch gelernt. Die englische

Erzieherin war so nett gewesen, dass Mama sich immer gewünscht hatte, das Land kennenzulernen, aus dem sie kam.

»Wir werden noch darüber reden«, sagte Papa. Dann erzählte er ihnen von den Leuten, die er getroffen hatte – alte Freunde aus Berlin, die bekannte Schriftsteller gewesen waren, Schauspieler oder Wissenschaftler, die nun mühsam versuchten, ihren Lebensunterhalt in Paris zu verdienen.

»Eines Morgens lief ich diesem Schauspieler in die Arme – du erinnerst dich doch an Blumenthal?«, sagte Papa, und Mama wusste sofort, was er meinte. »Er hat eine Konditorei eröffnet. Seine Frau bäckt die Kuchen, und er steht hinter dem Ladentisch. Ich begegnete ihm, als er gerade einen Apfelstrudel zu einem Stammkunden brachte.« Papa lächelte. »Als ich ihn zum letzten Mal gesehen habe, war er Ehrengast bei einem Bankett der Berliner Oper.« Er hatte auch einen französischen Journalisten und dessen Frau getroffen, die ihn zu sich nach Hause eingeladen hatten.

»Es sind entzückende Menschen«, sagte Papa, »und sie haben eine Tochter in Annas Alter. Wenn wir nach Paris ziehen, bin ich sicher, dass sie euch sehr gefallen werden.«

»Ja«, sagte Mama, aber es klang nicht überzeugt.

———

Während der nächsten Wochen sprachen Papa und Mama über Paris. Papa glaubte, er werde dort arbeiten können, und meinte, es sei eine wunderbare Stadt, um dort zu leben. Mama, die Paris kaum kannte, hatte allerhand praktische Bedenken, zum Beispiel die Erziehung der Kinder, und ob sie eine Wohnung finden würden.

Papa hatte daran nicht gedacht. Aber schließlich kamen sie überein, dass sie mit Papa nach Paris fahren und sich selber alles ansehen solle. Es war schließlich eine wichtige Entscheidung.

»Und was ist mit uns?«, fragte Max.

Er und Anna saßen im Zimmer ihrer Eltern auf dem Bett, wohin man sie zur Besprechung geholt hatte. Mama besetzte den einzigen Stuhl, und Papa hockte wie ein ganz eleganter Zwerg auf einem hochkant gestellten Koffer. Es war ein bisschen eng, aber man war hier unter sich.

»Ich glaube, ihr seid alt genug, euch ein paar Wochen allein zu versorgen«, sagte Mama.

»Sollen wir etwa allein hierbleiben?«, fragte Anna. Es war ein ungewohnter Gedanke.

»Warum nicht?«, sagte Mama. »Frau Zwirn wird sich um euch kümmern – sie wird dafür sorgen, dass euer Zeug sauber ist und ihr zur rechten Zeit zu Bett geht. Mit allem anderen könnt ihr wohl selber zurechtkommen.«

Es war also beschlossen. Anna und Max sollten ihren Eltern alle zwei Tage eine Postkarte schreiben, damit diese wussten, dass alles in Ordnung war, und Papa und Mama würden das Gleiche tun. Mama bat sie, nicht zu vergessen, dass sie sich den Hals waschen und reine Socken anziehen mussten. Papa hatte ihnen etwas Ernsteres zu sagen.

»Denkt daran: Wenn Mama und ich in Paris sind, seid ihr die einzigen Vertreter unserer Familie in der Schweiz«, sagte er. »Das ist eine große Verantwortung.«

»Warum?«, fragte Anna. »Was müssen wir tun?«

Sie war einmal mit Onkel Julius im Berliner Zoo gewesen und hatte dort ein kleines mäuseähnliches Tier gesehen, an dessen Käfig sich eine Notiz befand, die besagte, dass es der einzige Vertreter seiner Art in Deutschland sei. Sie hoffte nur, dass niemand kam, um sie und Max anzustarren.

Aber das hatte Papa gar nicht gemeint.

»Die Juden sind über die ganze Welt verstreut«, sagte er, »und die Nazis erzählen schreckliche Lügen über sie. Es ist daher für Menschen wie uns sehr wichtig zu beweisen, dass sie Unrecht haben.«

»Wie können wir das denn?«, fragte Max.

»Wir müssen besser sein als andere Menschen«, sagte Papa. »Zum Beispiel sagen die Nazis, die Juden wären unehrlich. Es genügt also nicht, dass wir genauso ehrlich sind wie andere Leute. Wir müssen ehrlicher sein.«

Anna bekam sofort ein schlechtes Gewissen, weil ihr das letzte Mal einfiel, wo sie in Berlin einen Bleistift gekauft hatte. Der Mann im Schreibwarengeschäft hatte ihr zu wenig berechnet, und Anna hatte ihn nicht auf das Versehen aufmerksam gemacht. Wenn nun die Nazis davon gehört hatten?

»Wir müssen fleißiger sein als andere Leute«, sagte Papa, »um zu beweisen, dass wir nicht faul sind, großzügiger, um zu beweisen, dass wir nicht geizig sind, höflicher, um zu beweisen, dass wir nicht unhöflich sind.« Max nickte.

»Vielleicht scheint es euch viel verlangt«, sagte Papa, »aber ich glaube, es lohnt sich, denn die Juden sind ein wunderbares Volk, und es ist wunderbar, ein Jude zu sein. Und wenn Mama und ich zurückkommen, so bin ich sicher, wir werden stolz darauf sein können, wie ihr uns in der Schweiz vertreten habt.« Es ist sonderbar, dachte Anna, sonst finde ich es grässlich, wenn ich besonders artig sein soll, aber diesmal macht es mir gar nichts aus. Sie hatte früher nicht gewusst, dass es so wichtig war, ein Jude zu sein. Im Geheimen beschloss sie, sich wirklich jeden Tag den Hals mit Seife zu waschen, solange Mama weg war, dann konnten die Nazis wenigstens nicht sagen, die Juden hätten dreckige Hälse.

Als aber Mama und Papa wirklich abfuhren, kam sie sich gar nicht mehr wichtig vor – nur sehr klein und verloren. Es gelang ihr, die Tränen zurückzuhalten, während sie dem Zug nachsah, der aus der Station des Dorfes ausfuhr, aber als sie und Max langsam zum Gasthaus zurückgingen, fühlte sie ganz deutlich, dass sie noch zu klein war, um in einem Land allein zu bleiben, während ihre Eltern in ein anderes fuhren.

»Los, kleiner Mann«, sagte Max plötzlich, »mach nicht so'n Gesicht!« Es war so komisch, als »kleiner Mann« angeredet zu werden, was sonst immer nur Max passierte, dass sie lachen musste.

Danach ging alles besser.

Frau Zwirn hatte ihr Lieblingsgericht gekocht, und es hatte etwas Großartiges, allein mit Max an einem Tisch im Speisesaal zu essen. Dann kam Vreneli, um sie zum Nachmittagsunterricht abzuholen, und nach der Schule spielten sie wie sonst auch mit den Zwirn-Kindern. Das Zubettgehen, vor dem sie sich am meisten gefürchtet hatte, war sogar sehr nett, weil Herr Zwirn hereinkam und ihnen über einige der Gäste in der Wirtschaft komische Geschichten erzählte.

Am nächsten Tag waren sie und Max imstande, eine ganz muntere Postkarte an Papa und Mama nach Paris zu schreiben, und am folgenden Morgen kam eine aus Paris für sie an.

Danach ging das Leben seinen Gang. Die Postkarten waren eine große Hilfe. Jeden Tag schrieben sie entweder an Papa und Mama oder sie hörten von ihnen, und das gab ihnen das Gefühl, dass die Eltern gar nicht so weit entfernt waren. Am Sonntag gingen sie mit den drei Zwirn-Kindern, um Esskastanien zu sammeln. Sie brachten ganze Körbe nach Hause, und Frau Zwirn röstete sie im Backofen. Dann aßen sie alle zusammen Kastanien dick mit Butter bestrichen in der Küche zum Abendbrot. Sie schmeckten köstlich.

Am Ende der zweiten Woche nach Mamas und Papas Abreise machte Herr Graupe mit Annas Klasse einen Ausflug. Sie verbrachten eine Nacht hoch oben in den Bergen in einer Holzhütte auf Stroh, und am Morgen weckte Herr Graupe sie vor Tagesanbruch. Er führte sie auf einem schmalen Pfad den Berg hinauf, und plötzlich spürte Anna, dass der Boden unter ihren Füßen kalt und feucht wurde. Es war Schnee.

»Vreneli, sieh mal«, rief sie, und während sie auf den Schnee blickten, der in der Dunkelheit mattgrau gewesen war, wurde dieser plötzlich immer heller und ganz rosig. Es ging ganz schnell, und bald hüllte ein rosiger Glanz den ganzen Berg ein. Anna sah Vreneli an. Ihr blauer Pullover war violett, ihr Gesicht war scharlachrot, und sogar die mausfarbenen Zöpfchen glühten orangefarben. Auch die anderen Kinder waren verwandelt. Sogar Herrn Graupes Bart war rosig. Und hinter ihnen erstreckte sich eine weite, leere Fläche von rosa Schnee und einem etwas blassrosigen Himmel. Allmählich wurde das Rosa ein bisschen blasser, und das Licht wurde strahlender, die rosa Welt hinter Vreneli und den anderen teilte sich in blauen Himmel und blendend weißen Schnee, und nun war heller Tag.

»Ihr habt jetzt den Sonnenaufgang in den Schweizer Bergen gesehen – das Schönste, was man in der Welt sehen kann«, sagte Herr Graupe, als habe er persönlich dieses Schauspiel hervorgebracht. Dann marschierten sie alle wieder bergab.

Es war ein langer Marsch, und Anna war müde, lange bevor sie unten ankamen. Im Zug döste sie und wünschte, Mama und Papa wären nicht in Paris, und sie könnte ihnen sofort von ihrem Abenteuer berichten. Aber vielleicht würden sie bald schreiben, wann sie zurückkamen. Mama hatte versprochen, dass sie nicht länger als drei Wochen bleiben würden, und es war schon über zwei Wochen.

Sie kamen erst am Abend zum Gasthaus zurück. Max hatte mit der fälligen Postkarte gewartet und Anna kritzelte trotz ihrer Müdigkeit noch ein paar Zeilen an die Eltern. Dann ging sie, obgleich es erst sieben Uhr war, zu Bett.

Auf der Treppe stieß sie auf Franz und Vreneli, die zusammen flüsterten. Als sie sie sahen, wurden sie gleich still.

»Was habt ihr da gesagt?«, fragte Anna. Sie hatte den Namen ihres Vaters aufgeschnappt und etwas von den Nazis.

»Nichts«, sagte Vreneli.

»Doch«, sagte Anna, »ich hab's gehört.«

»Papa hat gesagt, wir sollen es dir nicht sagen«, sagte Vreneli verlegen.

»Damit du dich nicht aufregst«, sagte Franz. »Aber es hat in der Zeitung gestanden. Die Nazis haben einen Preis auf den Kopf deines Vaters ausgesetzt.«

»Einen Preis auf seinen Kopf?«, fragte Anna entgeistert.

»Ja«, sagte Franz, »tausend Reichsmark. Papa sagt, da sieht man, wie bedeutend dein Vater sein muss. Es ist ein Bild von ihm in der Zeitung.«

Wie kann man tausend Mark auf den Kopf eines Menschen setzen? Anna fand das unsinnig. Sie beschloss Max zu fragen, wenn der ins Bett kam, aber sie war lange vorher eingeschlafen.

Mitten in der Nacht wachte Anna auf. Es geschah ganz plötzlich, als wäre etwas in ihrem Kopf angeknipst worden, und sie war sofort hellwach. Und als ob sie die ganze Nacht nichts anderes gedacht hätte, wusste sie plötzlich mit schrecklicher Klarheit, wie man tausend Mark auf den Kopf eines Menschen setzt.

Im Geist sah sie ein Zimmer. Es war ein komisches Zimmer, denn es war in Frankreich und die Decke war nicht dicht, sondern bestand aus kreuz und quer gelegten Balken. In den Lücken zwischen den Balken bewegte sich etwas. Es war dunkel, aber jetzt tat sich die Tür auf und das Licht ging an. Papa kam ins Zimmer. Er ging ein paar Schritte auf die Mitte des Zimmers zu. – »Nicht!«, wollte Anna schreien – und dann fing es an, schwere Münzen zu regnen. Es schüttete von der Decke herunter auf Papas Kopf. Er schrie, aber die Münzen fielen immer weiter. Er sank unter dem Gewicht in die Knie, aber die Münzen fielen und fielen, bis er ganz darunter begraben war.

Das hatte Herr Zwirn sie also nicht wissen lassen wollen. Das war es, was die Nazis mit Papa machen wollten. Oder vielleicht hatten sie es, da es schon in der Zeitung stand, bereits getan. Sie lag da, starrte in die Dunkelheit, und ihr war ganz übel vor Angst. Im anderen Bett konnte sie Max ruhig und regelmäßig atmen hören. Sollte sie ihn wecken? Aber Max wurde nicht gern im Schlaf gestört – er würde wahrscheinlich nur böse sein und sagen, es wäre alles Unsinn.

Und vielleicht ist alles tatsächlich nur Unsinn, dachte sie, und ihr Herz wurde plötzlich leichter.

Vielleicht würde sie am Morgen einsehen, dass es nur einer dieser dummen nächtlichen Angstträume war, die sie früher, als sie noch jünger war, gequält hatten – zum Beispiel als sie sich eingebildet hatte, das Haus brenne oder das Herz würde ihr stillstehen. Am Morgen würde wie gewöhnlich die Postkarte von Mama und Papa kommen, und alles wird dann wieder gut.

Ja, aber dies war nichts, was sie sich eingebildet hatte. Es hatte in der Zeitung gestanden … Ihre Gedanken gingen immer im Kreis. Einen Augenblick schmiedete sie Pläne, dass sie aufstehen und einen Zug nach Paris nehmen wollte, um Papa zu warnen. Dann wieder fiel ihr ein, wie dumm sie Frau Zwirn vorkommen würde, wenn sie ihr dabei in die Hände lief. Schließlich musste sie wieder eingeschlafen sein, denn plötzlich war es heller Tag und Max war schon halb angezogen. Sie blieb noch einen Augenblick liegen, sie war sehr müde und spürte, wie die Gedanken der vergangenen Nacht wieder wach wurden. Aber jetzt, am hellen Morgen, kamen sie ihr doch unwirklich vor. »Max?«, fragte sie vorsichtig.

Max hatte ein offenes Schulbuch vor sich auf dem Tisch und blickte, während er Schuhe und Strümpfe anzog, gelegentlich hinein.

»Tut mir leid«, sagte Max. »Wir machen heute eine Lateinarbeit und ich habe nicht geübt.« Er schaute wieder ins Buch, murmelte Verben und Zeitformen. Es war wohl auch nicht wichtig, dachte Anna. Es war schon alles in Ordnung.

Aber beim Frühstück war keine Postkarte von Mama und Papa da.

»Was meinst du, warum sie nicht gekommen ist?«, fragte sie Max.

»Sicher Postverzögerung«, sagte Max undeutlich mit vollem Mund. »Tschüss!«, und er rannte davon, um den Zug nicht zu verpassen.

»Sie kommt bestimmt heute Nachmittag«, sagte Herr Zwirn. Aber sie machte sich den ganzen Vormittag in der Schule Sorgen, saß da und kaute auf ihrem Bleistift herum, statt eine Beschreibung des Sonnenaufgangs in den Bergen niederzuschreiben.

»Was ist los mit dir?«, fragte Herr Graupe. (Gewöhnlich schrieb sie die besten Aufsätze der Klasse.) »Es war so schön. Das Erlebnis hätte dich begeistern sollen.« Und er ging davon, persönlich gekränkt, weil sie seinen Sonnenaufgang nicht recht würdigte. Als sie aus der Schule kam, war keine Postkarte da und bei der letzten Post um sieben war auch nichts. Es war das erste Mal, dass Mama und Papa nicht geschrieben hatten. Anna gelang es, sich während des Abendessens mit dem Gedanken an eine Postverzögerung zu trösten, aber als sie im Bett lag und das Licht gelöscht war, kamen die Schrecken der vergangenen Nacht mit solcher Gewalt zurückgeflutet, dass sie das Gefühl hatte zu ersticken. Sie versuchte, sich daran zu erinnern, dass sie eine Jüdin war und keine Angst haben durfte, weil sonst die Nazis sagten, alle Juden seien feige – aber es hatte keinen Zweck. Sie sah immer wieder den Raum mit der seltsamen Decke und dem schrecklichen Münzenregen, der auf Papas Kopf herunterfiel. Obwohl sie die Augen schloss und den Kopf in den Kissen vergrub, konnte sie es sehen.

Sie musste ein Geräusch von sich gegeben haben, denn plötzlich sagte Max: »Was ist denn los?«

»Nichts«, sagte Anna, aber noch als sie es aussprach, fühlte sie, dass etwas wie eine kleine Explosion sich aus ihrem Magen in die Kehle drängte, und plötzlich schluchzte sie: »Papa ... Papa ...«, und Max saß auf ihrem Bett und tätschelte ihren Arm.

»Oh, du Idiot!«, sagte er, als sie ihm ihre Ängste erklärt hatte.

»Weißt du denn nicht, was es heißt, einen Preis auf jemandes Kopf aussetzen?«

»Nein ... Nicht das, was ich gemeint habe?«, sagte Anna.

»Nein«, sagte Max. »Etwas ganz anderes, als was du gedacht hast. Einen Preis auf jemandes Kopf aussetzen heißt, jemandem eine Belohnung versprechen, wenn er einen bestimmten Menschen fängt.«

»Da hast du es«, heulte Anna, »die Nazis versuchen, Papa zu fangen.«

»Nun, irgendwie schon«, sagte Max. »Aber Herr Zwirn hält es nicht für sehr ernst – sie können ja auch nichts machen, weil Papa nicht in Deutschland ist.«

»Glaubst du, es geht ihm gut?«

»Natürlich geht es ihm gut. Morgen Früh haben wir eine Postkarte.«

»Aber wenn sie nun jemanden nach Frankreich schicken, der ihn fangen soll – einen Kidnapper oder so einen?«

»Dann müsste die ganze französische Polizei Papa beschützen.« Max versuchte, einen französischen Akzent oder was er dafür hielt, zu imitieren. »Geh weck, bitteh. Is nisch erlaupt kidnäppeen in France. Wir hacken ab deinen Kopf mit Guillotine, nein?«

Er machte es so schlecht, dass Anna lachen musste, und Max war über seinen Erfolg ganz überrascht.

»Schlaf jetzt lieber«, sagte er und sie war so müde, dass sie es bald wirklich tat.

Am Morgen bekamen sie statt der Postkarte einen langen Brief. Mama und Papa hatten beschlossen, dass sie alle zusammen in Paris wohnen würden, und Papa würde kommen, um sie abzuholen.

»Papa«, sagte Anna, nachdem sich ihre erste Freude, ihn gesund und munter wiederzusehen, gelegt hatte, »Papa, ich habe mir ein bisschen Sorgen gemacht, als ich hörte, dass sie einen Preis auf deinen Kopf ausgesetzt haben.«

»Ich auch«, sagte Papa. »Sogar große Sorgen.«

»Wirklich?«, fragte Anna überrascht. Papa war ihr immer so tapfer vorgekommen.

»Nun, es ist doch ein sehr niedriger Preis«, erklärte Papa. »Mit tausend Mark kann man heutzutage nicht viel anfangen. Man sollte doch denken, dass ich eine Menge mehr wert bin, meinst du nicht auch?«

»Doch«, sagte Anna. Ihr war schon viel froher zumute. »Kein Kidnapper, der etwas auf sich hält, würde mich anrühren«, sagte Papa. Er schüttelte traurig den Kopf. »Ich hätte Lust, an Hitler zu schreiben und mich zu beklagen.«

12 **Frau Zwirn** packte die **Sachen der Kinder.** Sie sagten ihren Freunden und den Lehrern in der Schule Auf **Wiedersehen**, und dann waren sie bereit, ihr neues Leben **in Frankreich** zu beginnen. Aber es war ganz anders, als von Berlin **wegzugehen**, wie Anna sagte, denn sie würden jederzeit zurückkommen und alle im Gasthaus Zwirn besuchen können, und Herr Zwirn hatte sie schon für den nächsten Sommer eingeladen.

Sie sollten in Paris in einer möblierten Etagenwohnung leben, die Mama gerade für sie vorbereitete. Wie sah sie aus? Max wollte es wissen. Papa dachte einen Augenblick nach. »Wenn man auf dem Balkon steht«, sagte er schließlich, »kann man gleichzeitig den riesigen Eiffelturm und den Triumphbogen sehen – das sind zwei berühmte Sehenswürdigkeiten in Paris.« Aber an etwas anderes schien er sich kaum erinnern zu können. Es ist schade, dachten die Kinder, dass Papa in praktischen Dingen manchmal so ungenau ist. Aber die Tatsache, dass die Wohnung einen Balkon hatte, hörte sich großartig an.

Die Reise nach Paris dauerte einen ganzen Tag und beinahe wären sie gar nicht hingekommen. Bis Basel ging alles glatt, aber in Basel mussten sie umsteigen, weil Basel an der Grenze der Schweiz, Deutschlands und Frankreichs liegt. Sie kamen verspätet an und hatten nur noch ein paar Minuten, um den Anschlusszug nach Paris zu erreichen.

»Wir müssen uns beeilen«, sagte Papa, während der Zug in die Station einfuhr.

Glücklicherweise fanden sie sofort einen Träger. Er packte ihr Gepäck und warf es auf seinen Handkarren.

»Der Zug nach Paris! Schnell!«, rief Papa, und der Gepäckträger galoppierte los und sie alle hinterdrein. Anna hatte Mühe, den Gepäckträger im Auge zu behalten, während er sich durch die Menschenmenge wand, und Max und Papa waren schon dabei, ihm das Gepäck auf den anderen Zug heben zu helfen, als Anna sie einholte. Sie blieb einen Augenblick stehen und holte Atem. Der Zug musste gleich abfahren, denn überall lehnten Leute aus den Fenstern und verabschiedeten sich von ihren Freunden auf dem Bahnsteig. Gleich neben ihr wäre ein junger Mann beinahe aus dem Zug gestürzt, weil er sich weit aus dem Fenster beugte, um seine Freundin noch einmal leidenschaftlich zu umarmen.

»Nun geh jetzt«, sagte das Mädchen und drückte ihn in den Zug zurück. Als er sich aufrichtete, kam der untere Rand des Fensters in Sicht. Dahinter steckte ein Schild mit der Aufschrift STUTTGART.

»Papa«, schrie Anna gellend, »das ist der falsche Zug. Er fährt nach Deutschland!«

»Guter Gott!«, sagte Papa. »Holt schnell das Gepäck raus!«

Er und Max zerrten die Koffer heraus, so schnell sie konnten. Da hörten sie einen Pfiff.

»Lass nur«, rief Papa und riss Max zurück, obwohl noch ein Koffer im Zug geblieben war.

»Das ist unser Koffer«, schrie Max, »bitte geben Sie uns unseren Koffer!« Und in dem Augenblick, in dem sich der Zug in Bewegung setzte, schob ihn der junge Mann, der gerade seine Freundin verabschiedet hatte, auf den Bahnsteig hinaus. Er landete vor Annas Füßen, und da standen sie, mitten zwischen ihrem Gepäck, und sahen den Zug aus der Station hinausdampfen.

»Ich habe Ihnen doch deutlich gesagt, zum Zug nach Paris!«, sagte Papa und sah sich ärgerlich nach dem Gepäckträger um. Aber es war keine Spur von ihm zu entdecken. Er war verschwunden.

»Wenn wir in den Zug gestiegen wären, hätten wir dann noch aussteigen können, bevor wir nach Deutschland kämen?«, fragte Anna.

»Möglicherweise«, sagte Papa. »Falls wir bemerkt hätten, dass wir im falschen Zug sitzen.« Er legte den Arm um ihre Schulter. »Jedenfalls bin ich sehr froh, dass du es gemerkt hast, bevor wir eingestiegen sind …«

Es dauerte einige Zeit, bis sie einen anderen Gepäckträger gefunden hatten, und Papa meinte, dass sie den Anschluss nach Paris verpasst hätten, aber tatsächlich erreichten sie ihn noch rechtzeitig. Die Abfahrt des Zuges war wegen der Verspätung auf der Schweizer Linie verschoben worden. Seltsamerweise hatte der erste Gepäckträger davon nichts gewusst.

Als sie im Zug nach Frankreich saßen und auf seine Abfahrt warteten, sagte Max plötzlich: »Papa, glaubst du, dass uns der Gepäckträger absichtlich an den falschen Zug gebracht hat?«

»Ich weiß es nicht«, sagte Papa. »Es kann ein Versehen gewesen sein.«

»Ich glaube nicht, dass es ein Versehen war«, sagte Max. »Ich glaube, er wollte die tausend Mark verdienen, die auf deinen Kopf stehen.«

Einen Augenblick saßen sie da und dachten darüber nach, was geschehen wäre, wenn sie nach Deutschland gefahren wären. Dann ertönte ein Pfiff, und der Zug ruckte an.

»Nun«, sagte Papa, »wenn dieser Gepäckträger wirklich die tausend Mark verdienen wollte, dann hat er ein schlechtes Geschäft gemacht. Ich habe keine Zeit gehabt, ihn zu bezahlen.« Er lächelte und lehnte sich in seinem Sitz zurück. »Und in ein paar Minuten werden wir – und das haben wir Anna zu verdanken – nicht in Deutschland, sondern in Frankreich sein. Und wir haben sogar – und das verdanken wir Max – all unser Gepäck.« Er hob in lächelnder Bewunderung die Hände. »Gott!«, sagte Papa. »Was habe ich für begabte Kinder.«

Als sie in Paris ankamen, war es schon dunkel, und sie waren sehr müde. Anna hatte schon im Zug eine Veränderung bemerkt, nachdem dieser Basel verlassen hatte. Es waren immer mehr französische Stimmen zu hören gewesen, die schnell, scharf und unverständlich sprachen. Auch die Gerüche, die aus dem Speisewagen kamen, waren ungewohnt gewesen. Aber nun, als sie auf dem Bahnsteig in Paris stand, war sie überwältigt.

Sie war umgeben von Leuten, die schrien, einander begrüßten, redeten und lachten. Ihre Lippen bewegten sich rasch, ihre beweglichen Gesichter hielten mit den Lippen Schritt. Sie zuckten die Schultern, umarmten einander, schwenkten die Hände, um zu unterstreichen, was sie sagten – und sie konnte kein Wort verstehen. Einen Augenblick lang fühlte sie sich verloren in dem gedämpften Licht, dem Lärm und dem Dampf, der aus der Lokomotive zurückschlug. Aber dann hatte Papa sie und Max in ein Taxi verfrachtet, und sie rasten durch die überfüllten Straßen.

Überall waren Lichter. Menschen spazierten über breite Bürgersteige, aßen und tranken hinter den verglasten Veranden der Cafés, lasen Zeitungen, betrachteten Schaufenster. Sie hatte ganz vergessen, wie es in einer großen Stadt aussah. Die Höhe der Gebäude überraschte sie und der Lärm. Während das Taxi durch den Verkehr kurvte, tauchten unbekannte Autos und Busse und farbige Leuchtschriften, die sie nicht entziffern konnte, aus der Dunkelheit auf und verschwanden wieder.

»Da ist der Eiffelturm«, rief Max – aber Anna drehte sich nicht schnell genug, um ihn zu sehen.

Dann fuhren sie um einen riesigen offenen Platz herum, in dessen Mitte ein von Licht überfluteter Torbogen stand. Überall waren Autos und die meisten hupten.

»Das ist der Arc de Triomphe«, sagte Papa. »Wir sind beinahe da.« Sie bogen in eine ruhigere Allee ein und dann in eine kleine, schmale Straße, und dann kam das Taxi plötzlich mit knirschenden Reifen zum Stehen. Anna und Max standen in der Kälte vor einem hohen Haus, während Papa den Fahrer bezahlte. Dann öffnete er die Haustür und schob sie in den Hausflur, wo in einer Art Käfig mit verglaster Vorderseite eine Frau saß und döste. Sobald sie Papas ansichtig wurde, kam Leben in sie. Sie stürzte aus einer Tür in ihrem Käfig heraus, schüttelte ihm die Hand und redete dabei sehr schnell auf Französisch. Dann, immer noch redend, schüttelte sie Max und Anna die Hand, und sie konnten, da sie nichts verstanden, nur matt zurücklächeln.

»Das ist Madame la Concierge«, sagte Papa. »Sie bewacht das Haus.« Der Taxifahrer kam mit dem Gepäck herein, und Madame la Concierge half ihm, es durch eine schmale Tür zu schieben, die sie dann für Max und Anna aufhielt. Sie wollten ihren Augen nicht trauen.

»Papa«, sagte Max, »du hast uns nichts davon gesagt, dass es hier einen Aufzug gibt.«

»Das ist sehr, sehr schick«, sagte Anna. Darüber musste Papa lachen.

»So kann man es kaum nennen«, sagte er. Aber Anna und Max waren begeistert, auch als der Aufzug schrecklich knarrte und stöhnte, während er langsam zum obersten Stock hinauffuhr. Schließlich blieb er mit einem Knall und Erbeben stehen, und noch bevor sie ausgestiegen waren, flog eine Tür gegenüber auf, und da war Mama.

Anna und Max stürzten auf sie zu, und es entstand eine Riesenverwirrung, während sie sie herzte und beide versuchten, ihr alles zu erzählen, was sich seit ihrer Trennung ereignet hatte. Und dann kam Papa mit den Koffern und küsste Mama, und danach brachte die Concierge den Rest des Gepäcks, und plötzlich war die winzige Diele der Wohnung so mit Gepäckstücken vollgepfercht, dass niemand sich rühren konnte.

»Kommt ins Esszimmer«, sagte Mama. Das war auch nicht viel größer als die Diele, aber der Tisch war zum Abendessen gedeckt, und es sah hell und einladend aus.

»Wo kann ich meinen Mantel aufhängen?«, rief Papa aus der Diele.

»Hinter der Tür ist ein Haken!«, rief Mama.

Max war mitten in einer wortreichen Beschreibung, wie sie beinahe in den falschen Zug gestiegen wären. Dann gab es einen Krach, als wäre jemand über irgendetwas gestolpert. Anna hörte Papas höfliche Stimme »Guten Abend« sagen, und der brenzlige Geruch, den Anna schon bei ihrer Ankunft bemerkt hatte, wurde intensiver.

Eine kleine, düstere Gestalt erschien in der Türöffnung.

»Ihre Bratkartoffeln sind ganz schwarz geworden«, verkündete sie mit sichtlicher Genugtuung.

»Oh … Grete!«, rief Mama. Dann sagte sie: »Dies ist Grete aus Österreich. Sie ist in Paris, um Französisch zu lernen, und wird mir bei der Hausarbeit helfen, wenn sie nicht studiert.« Grete schüttelte Anna und Max mit düsterer Miene die Hand. »Kannst du schon viel Französisch sprechen?«, fragte Max.

»Nein«, sagte Grete. »Es ist eine sehr schwere Sprache. Manche Leute lernen sie nie.« Dann wandte sie sich an Mama: »Also, ich gehe jetzt ins Bett.«

»Aber Grete …«, sagte Mama.

»Ich habe meiner Mutter versprochen, dass ich, egal was geschieht, immer genug schlafe«, sagte Grete, »ich habe das Gas unter den Kartoffeln abgedreht. Gute Nacht zusammen.« Und damit ging sie.

»So was!«, sagte Mama. »Mit dem Mädchen kann man gar nichts anfangen! Aber jedenfalls ist es schön, dass wir bei unserer ersten Mahlzeit in Paris unter uns sein können. Ich zeige euch jetzt euer Zimmer, und ihr könnt euch einrichten, während ich neue Kartoffeln brate.«

Ihr Zimmer war in einem unangenehmen Gelb gestrichen, und auf den beiden Betten lagen gelbe Überdecken. In der Ecke stand ein Kleiderschrank. Dann gab es noch gelbe Vorhänge, einen gelben Lampenschirm und zwei Stühle, sonst nichts. Es wäre auch kein Platz für weitere Möbel gewesen, denn das Zimmer war, genau wie das Esszimmer, sehr klein.

»Was ist draußen vor dem Fenster?«, fragte Max.

Anna schaute hinaus. Es war nicht die Straße, wie sie erwartet hatte, sondern ein Innenhof, der ganz von Mauern und Fenstern eingeschlossen war. Es war wie ein Brunnenschacht. Von unten herauf kam ein blechernes Rappeln. Dort mochten wohl die Mülltonnen stehen, aber man konnte sie wegen der Höhe nicht sehen. Oben sah man nur die unregelmäßigen Umrisse von Dächern und den Himmel. Es war hier sehr anders als im Gasthaus Zwirn und auch ganz anders als in ihrem Berliner Haus.

Sie packten die Schlafanzüge und Zahnbürsten aus und bestimmten, welches gelbe Bett wem gehören sollte, und dann erkundeten sie die übrige Wohnung.

Nebenan lag Papas Zimmer. Dort standen ein Bett, ein Schrank, ein Stuhl und ein Tisch mit Papas Schreibmaschine darauf, und die Fenster gingen auf die Straße hinaus. Von Papas Zimmer aus führte eine Verbindungstür in einen Raum, der wie ein kleines Wohnzimmer aussah, aber ein paar von Mamas Kleidern lagen herum.

»Glaubst du, dass dies Mamas Zimmer ist?«, fragte Anna.

»Es kann nicht sein – es ist kein Bett da«, sagte Max. Es war nur ein Sofa vorhanden, ein Tischchen und zwei Sessel. Max sah sich das Sofa näher an.

»Es ist ein besonderes Sofa«, sagte er. »Sieh mal« – und er hob den Sitz ein wenig. In einem Hohlraum darunter lagen Betttücher, Decken und Kopfkissen. »Mama kann nachts darauf schlafen, und tagsüber kann sie es in ein Wohnzimmer verwandeln.«

»Das ist sehr praktisch«, sagte Anna, »es bedeutet, dass man das Zimmer doppelt benutzen kann.«

Es war gewiss notwendig, den Raum der Wohnung gut auszunutzen, denn sie war nicht groß. Sogar der Balkon, den sie sich nach Papas Erzählungen so großartig vorgestellt hatten, war nicht viel mehr als ein Wandbord, das von einem schmiedeeisernen Gitter umgeben war. Neben dem Speisezimmer, das sie schon gesehen hatten, gab es nur noch das winzige Zimmerchen, in dem Grete schlief, ein noch winzigeres Badezimmer und eine kleine quadratische Küche, in der sie Mama und Papa fanden.

Mama rührte aufgeregt und mit rotem Kopf in einem Topf herum. Papa lehnte sich gegen das Fenster. Er machte ein besorgtes und ärgerliches Gesicht, und die Kinder hörten ihn sagen: »Aber so viel Umstände werden doch nicht nötig sein.« Die Küche war voller Qualm.

»Natürlich sind sie nötig«, sagte Mama, »was sollen die Kinder denn essen?«

»Käse und ein Glas Wein«, sagte Papa, und die Kinder brachen in Gelächter aus, weil Mama rief: »Oh, du bist hoffnungslos unpraktisch!«

»Ich wusste gar nicht, dass du kochen kannst«, sagte Anna. Sie hatte Mama nie vorher in der Küche gesehen.

»In fünf Minuten ist es fertig«, rief Mama und rührte aufgeregt. »Oh, meine Kartoffeln …!« Sie waren wieder drauf und dran anzubrennen. Sie konnte sie eben noch vom Feuer ziehen. »Ich mache Bratkartoffeln und Rühreier – ich dachte, das esst ihr gerne.«

»Prima«, sagte Max.

»Also, wo ist die Schüssel … und Salz … oh!«, rief Mama. »Ich muss noch mehr Kartoffeln braten!« Sie schaute Papa flehend an. »Liebster, könntest du mir den Durchschlag reichen?«

»Was ist ein Durchschlag?«, fragte Papa.

Bis das Essen auf dem Tisch stand, dauerte es noch eine Stunde. Anna war so müde, dass sie gar keinen Hunger mehr spürte. Aber sie wollte es Mama nicht sagen, weil sie sich solche Mühe gemacht hatte. Sie und Max aßen schnell ihr Abendbrot und fielen todmüde ins Bett.

Durch die dünnen Wände der Wohnung konnten sie das Gemurmel von Stimmen und Geschirrklappern hören. Mama und Papa räumten wohl den Tisch ab.

»Weißt du, es ist komisch«, sagte Anna, bevor sie einschlief, »ich weiß noch, als wir in Berlin wohnten, machte Heimpi uns oft Bratkartoffeln und Rührei. Sie sagte immer, es ginge so schnell und wäre keine Arbeit.«

»Ich glaube, Mama braucht noch Übung«, antwortete Max.

13 Als **Anna** am Morgen **aufwachte,** war es heller Tag. Durch einen Spalt in den **gelben Vorhängen** konnte sie ein Stück windigen Himmel über den Dächern sehen. Es roch nach Küche, und man hörte ein **klickendes Geräusch,** das sie zuerst **nicht erkannte**, aber dann merkte sie, dass Papa im Nebenzimmer tippte. Maxens Bett war leer. Sie stand auf und lief in die Diele, ohne sich erst anzuziehen. Mama und Grete mussten fleißig gewesen sein, denn alles Gepäck war verstaut, und durch die offene Tür konnte sie sehen, dass Mamas Bett wieder in ein Sofa verwandelt worden war.

Dann erschien Mama selber aus dem Esszimmer. »Da bist du ja, mein Liebes«, sagte sie. »Komm und iss etwas zum Frühstück, obgleich schon fast Mittagszeit ist.« Max saß schon am Esszimmertisch, trank Milchkaffee und brach Stücke von einem langen und unglaublich schmalen Brot.

»Es wird ›baguette‹ genannt«, erklärte Mama, »das bedeutet Stock.« Und so sah es auch aus.

Anna versuchte ein Stück und fand es köstlich. Auch der Kaffee war gut. Auf dem Tisch lag ein rotes Wachstuch, auf dem das Geschirr sehr hübsch aussah, und im Zimmer war es trotz des windigen Novemberwetters, das draußen herrschte, warm.

»Es ist schön hier«, sagte Anna, »im Gasthof Zwirn hätten wir nicht im Schlafanzug frühstücken können.«

»Es ist ein bisschen eng«, sagte Mama, »aber wir werden uns einrichten.«

Max streckte sich und gähnte. »Es ist schön, wieder eine eigene Wohnung zu haben.«

Es gab noch etwas Schönes. Anna wusste zuerst nicht, was es war. Sie betrachtete Mama, wie sie Kaffee eingoss, und Max, der seinen Stuhl nach hinten kippte, was man ihm schon tausendmal verboten hatte. Dann fiel es ihr ein.

»Es ist mir wirklich ganz gleich, wo wir sind«, sagte sie, »solange wir nur alle zusammen sind.«

Am Nachmittag ging Papa mit ihnen aus. Sie fuhren mit der Untergrundbahn, die hier Metro genannt wurde und eigenartig roch. Papa sagte, es sei ein Gemisch aus Knoblauch und französischen Zigaretten, und Anna gefiel der Geruch. Sie besichtigten den Eiffelturm (stiegen aber nicht hinauf, weil das zu viel gekostet hätte) und die Stelle, wo Napoleon begraben war, und zuletzt den Triumphbogen, der ganz nahe an ihrem Haus lag. Es wurde schon spät, aber Max entdeckte, dass man auch hier hinaufsteigen konnte und dass es ganz billig war, wahrscheinlich weil es nicht so hoch war wie der Eiffelturm – sie stiegen also hinauf. Niemand sonst wollte an diesem kalten, dunklen Nachmittag den Arc de Triomphe besteigen. Als Anna auf das Dach hinaustrat, trieb ihr ein eisiger Windstoß Regentropfen ins Gesicht, und sie war nicht sicher, ob es ein guter Einfall gewesen war hierherzukommen. Dann blickte sie nach unten.

Es war, als stände sie im Mittelpunkt eines riesigen, funkelnden Sterns. Seine Strahlen gingen in alle Richtungen, und jeder Strahl war eine von Lichtern gesäumte Straße. Als sie genauer hinsah, konnte sie andere Lichter erkennen, welche von Autos und Bussen kamen, die die Straßen entlangkrochen und unmittelbar unter ihnen einen strahlenden Ring um den Arc de Triomphe selbst bildeten. In der Ferne erkannte sie die undeutlichen Umrisse von Kuppeln und Türmen und einen blinkenden Punkt, der die Spitze des Eiffelturms war.

»Ist das nicht schön?«, fragte Papa. »Ist das keine schöne Stadt?« Anna schaute Papa an. An seinem Mantel fehlte ein Knopf, und der Wind blies hinein, aber Papa schien es nicht zu bemerken.

»Wunderschön«, sagte Anna.

———

Es war angenehm, wieder in die warme Wohnung zu kommen, und diesmal hatte Grete Mama mit dem Abendessen geholfen, und es war rechtzeitig fertig.

»Habt ihr schon ein bisschen Französisch gelernt?«, fragte Mama.

»Natürlich nicht«, sagte Grete, bevor sonst jemand antworten konnte, »es dauert Monate.«

Aber Anna und Max fanden, dass sie schon eine ganze Reihe Wörter aufgeschnappt hatten, indem sie Papa und den anderen Leuten zuhörten. Sie konnten »oui« und »non« sagen und »merci« und »au revoir« und »bonsoir Madame«, und Max war besonders stolz auf »trois billets s'il vous plaît«. Das hatte Papa gesagt, als er Fahrscheine für die Metro kaufte.

»Nun, ihr werdet bald viel mehr können«, sagte Mama. »Ich habe mit einer Dame abgemacht, dass sie herkommt und euch Französischstunden gibt, und morgen Nachmittag fängt sie an.«

Die Dame hieß Mademoiselle Martel, und am folgenden Morgen suchten Anna und Max alles zusammen, was sie für die Stunde brauchen würden. Papa lieh ihnen ein altes französisches Wörterbuch, und

Mama brachte Papier, auf dem sie schreiben konnten. Das Einzige, was keiner finden konnte, war ein Bleistift.

»Ihr werdet einen Bleistift kaufen müssen«, sagte Mama, »an der Straßenecke ist ein Laden.«

»Aber wir können nicht Französisch sprechen«, rief Anna.

»Unsinn«, sagte Mama, »nehmt das Wörterbuch mit. Ich gebe euch jedem einen Franc, und das Wechselgeld könnt ihr behalten.«

»Wie heißt Bleistift auf Französisch?«

»Un crayon«, antwortete Mama. Ihre Stimme klang nicht so französisch wie Papas Stimme, aber sie kannte eine Menge Wörter. »Jetzt ab mit euch – schnell!«

Nachdem sie allein mit dem Lift nach unten gefahren waren, fühlte sich Anna ganz unternehmungslustig, und ihr Mut verließ sie auch nicht, als sich herausstellte, dass der Laden sehr elegant war und eigentlich mehr Büroartikel als Schreibwaren verkaufte. Mit dem Wörterbuch unter dem Arm marschierte sie vor Max her durch die Tür und sagte mit lauter Stimme: »Bonsoir, Madame!«

Der Eigentümer des Ladens machte ein erstauntes Gesicht, und Max stieß sie an.

»Das ist keine Madame – das ist ein Monsieur«, flüsterte er, »und ich glaube, bonsoir heißt guten Abend.«

»Oh«, sagte Anna.

Aber dem Mann, dem der Laden gehörte, schien es nichts auszumachen. Er lächelte und sagte etwas auf Französisch, das sie nicht verstehen konnten. Sie lächelten zurück.

Dann sagte Anna mutig: »Un crayon«, und Max fügte hinzu: »s'il vous plaît.«

Der Mann lächelte wieder, suchte in einem Karton hinter der Theke und brachte einen schönen roten Bleistift zum Vorschein, den er Anna reichte.

Sie war über ihren Erfolg so überrascht, dass sie »merci« zu sagen vergaß und nur einfach mit dem Bleistift in der Hand stehen blieb. Das war aber leicht!

Dann sagte Max: »Un crayon«, denn er brauchte auch einen. »Oui, oui«, sagte der Mann lächelnd und nickend und wies auf den Bleistift in Annas Hand. Er stimmte mit Max überein, dass dies ein Bleistift war.

»Non«, sagte Max, »un crayon!« Er suchte nach einem Weg, es zu erklären. »Un crayon«, rief er und wies auf sich selbst, »un crayon!« Anna kicherte, denn es sah so aus, als wollte Max sich vorstellen. »Ah«, sagte der Mann. Er nahm noch einen Bleistift aus der Schachtel und reichte ihn Max mit einer kleinen Verbeugung. »Merci«, sagte Max erleichtert. Er gab dem Mann die beiden Francs und wartete auf das Wechselgeld. Es sah so aus, als würden sie nichts herausbekommen. Anna war enttäuscht. Es wäre nett gewesen, ein wenig Geld zu besitzen. »Wir wollen ihn fragen, ob er keine anderen Bleistifte hat«, flüsterte sie, »vielleicht gibt es billigere.«

»Das können wir nicht«, sagte Max.

»Lass es uns doch versuchen«, sagte Anna, die sehr hartnäckig sein konnte. »Sieh nach, was ›anders‹ auf Französisch heißt.« Max blätterte im Wörterbuch, während der Mann ihn interessiert beobachtete. Schließlich hatte er es gefunden. »Es heißt ›autre‹«, sagte er.

Anna lächelte strahlend und hielt ihren Bleistift dem Mann hin: »Un autre crayon?«, sagte sie.

»Oui, oui«, sagte der Mann nach kurzem Zögern. Dann gab er ihr einen anderen Bleistift aus der Schachtel. Jetzt hatte sie zwei. »Non«, sagte Anna und gab ihm den Bleistift wieder zurück.

Sein Lächeln wurde ein bisschen frostig. »Un autre crayon ...« Sie machte ein Gesicht und zeigte mit ihren Fingern, um etwas sehr Kleines und Unbedeutendes anzuzeigen.

Der Mann starrte sie an und wartete, ob sie noch etwas anderes tun würde. Dann zuckte er mit den Schultern und sagte etwas auf Französisch, das hoffnungslos klang.

»Komm«, sagte Max, der rot vor Verlegenheit war.

»Nein«, sagte Anna. »Gib mir das Wörterbuch!« Sie blätterte fieberhaft. Schließlich hatte sie es gefunden. Billig ... bon marché.

»Un bon marché crayon!«, rief sie triumphierend und schreckte zwei Damen auf, die gerade eine Schreibmaschine prüften. »Un bon marché crayon, s'il vous plaît.«

Der Mann sah erschöpft aus. Er holte eine andere Schachtel und zog einen dünneren blauen Bleistift heraus. Er reichte ihn Anna, die nickte und ihm den roten zurückgab. Dann gab ihr der Mann zwanzig Centimes zurück. Er blickte Max fragend an.

»Oui«, sagte Anna aufgeregt, »un autre bon marché crayon!«, und die Prozedur wurde mit Maxens Bleistift wiederholt.

»Merci«, sagte Max. Der Mann nickte nur. Er machte einen erschöpften Eindruck.

»Wir haben jeder zwanzig Centimes«, sagte Anna. »Denk dir nur, was wir uns dafür kaufen können!«

»Ich glaube, es ist nicht viel«, sagte Max.

»Aber es ist besser als nichts«, sagte Anna. Sie wollte dem Mann zeigen, dass sie dankbar war, und sagte: »Bonsoir, Madame.«

———

Mademoiselle Martel kam am Nachmittag. Eine französische Dame in einem netten grauen Kostüm und mit einem struppigen pfeffer-und-salzfarbenen Haarknoten. Sie war Lehrerin gewesen und sprach ein wenig Deutsch, eine Tatsache, die bis dahin niemanden interessiert hatte. Aber nun war Paris plötzlich von Flüchtlingen vor Hitler überflutet, die alle Französisch lernen wollten, und sie lief sich die Füße wund, um ihnen allen Stunden zu geben. Vielleicht, so dachte Anna, war dies auch der Grund für den ständigen Ausdruck milder Überraschung auf ihrem etwas verblühten Gesicht.

Sie war eine sehr gute Lehrerin. Sie sprach von Anfang an fast nur Französisch mit den Kindern, benutzte dazu die Zeichensprache und Mimik, wenn sie sie nicht gleich verstanden.

»Le nez«, sagte sie zum Beispiel und wies auf ihre gut gepuderte Nase, »la main«, sie wies auf ihre Hand, und »les doigts«, sie wackelte mit den Fingern. Dann schrieb sie die Wörter auf, und sie übten, sie zu buchstabieren und auszusprechen, bis sie sie kannten. Gelegentlich gab es ein Missverständnis, zum Beispiel sagte sie »les cheveux«, und zeigte auf ihr Haar. Max war überzeugt, dass »cheveux« Knoten bedeutete, und brach in verlegenes Gekicher aus, als sie ihn aufforderte, seine eigenen »cheveux« zu zeigen.

An den Tagen, an denen sie nicht kam, um ihnen Unterricht zu geben, machten sie Hausaufgaben. Zuerst lernten sie nur neue Wörter, aber nach kurzer Zeit verlangte Mademoiselle Martel, dass sie kleine Geschichten auf Französisch schrieben.

»Das geht nicht«, sagte Anna, »wir können doch noch nicht genug Französisch.«

Mademoiselle tippte auf das Wörterbuch. »Le dictionnaire«, sagte sie bestimmt.

Es wurde ein harter Kampf. Sie mussten beinahe jedes Wort nachsehen, und Anna brauchte fast den ganzen Morgen, um eine halbe Seite zu schreiben. Als sie es dann Mademoiselle Martel beim nächsten Unterricht zeigte, war fast alles falsch. »Mach dir nichts draus, es wird schon werden«, sagte Mademoiselle Martel bei einem ihrer seltenen Ausflüge ins Deutsche, und Max neckte Anna am folgenden Tag: »Mach dir nichts draus, es wird schon werden«, als sie länger als eine Stunde kämpfte, um eine langweilige Begebenheit zwischen einem Hund und einer Katze zu schildern.

»Und was ist mit dir? Du hast deinen Aufsatz auch noch nicht«, sagte Anna böse.

»Doch«, sagte Max, »ich habe schon über eine Seite.«

»Das glaube ich nicht.«

»Dann sieh doch selbst.«

Es stimmte. Er hatte mehr als eine Seite geschrieben, und es sah alles französisch aus.

»Was bedeutet es denn?«, fragte Anna misstrauisch.

Max übersetzte schwungvoll. »Ein Junge hatte einmal Geburtstag. Es kamen viele Leute. Sie hatten ein großes Festmahl. Sie aßen Fisch, Fleisch, Butter, Brot, Eier, Zucker, Erdbeeren, Hummer, Eis, Tomaten, Mehl ...«

»Mehl können sie doch nicht essen«, sagte Anna.

»Du weißt doch nicht, was sie gegessen haben«, sagte Max, »übrigens weiß ich auch nicht, ob das Wort Mehl heißt. Ich hab es nachgesehen, hab es aber wieder vergessen.«

»Ist dies hier die Liste von dem, was sie aßen?«, fragte Anna und wies auf die Seite, auf der es von Kommas wimmelte.

»Ja«, sagte Max.

»Und was heißt das letzte Stück?« Am Ende stand ein Satz, der kein Komma enthielt.

»Das ist der beste Teil«, sagte Max stolz, »ich glaube, es heißt ›dann sind sie alle geplatzt!‹«

Mademoiselle Martel las Maxens Aufsatz, ohne mit der Wimper zu zucken. Sie sagte, sie könne sehen, dass er sein Vokabular erweitert habe. Aber sie war weniger erfreut, als er beim nächsten Mal einen Aufsatz vorwies, der fast gleichlautend war. Dieser fing an: »Es war einmal eine Hochzeit ...«, und das Essen, das die Hochzeitsgäste bekamen, war nur wenig anders als im ersten Aufsatz, aber es endete wieder damit, dass alle platzten. Mademoiselle Martel zog die Stirn kraus und trommelte mit den Fingern auf dem Wörterbuch. Dann sagte sie Max sehr ernst, das nächste Mal müsse er etwas anderes schreiben.

Am nächsten Morgen saßen die Kinder wie gewöhnlich am Esszimmertisch und hatten die Bücher auf dem roten Wachstuch ausgebreitet. Anna quälte sich mit einer Geschichte von einem Mann, der ein Pferd und eine Katze besaß. Der Mann liebte die Katze, und die Katze liebte das Pferd, und das Pferd liebte den Mann, aber es liebte die Katze nicht ... Es war zu wahnwitzig, was dabei herauskam, wo sie doch so viel Interessantes hätte schreiben können, wenn es nur hätte auf Deutsch sein dürfen. Max schrieb überhaupt nicht, sondern starrte in die Luft. Als Grete hereinkam und sagte, sie müssten jetzt ihre Sachen wegräumen, weil sie den Tisch für das Mittagessen decken wolle, war sein Blatt Papier noch ganz weiß.

»Aber es ist erst zwölf Uhr«, rief Anna.

»Später habe ich keine Zeit«, sagte Grete schlecht gelaunt wie gewöhnlich.

»Aber wir können doch nirgendwo anders arbeiten – dies ist der einzige Tisch«, sagte Max – und er überredete sie mit Mühe, ihnen den Tisch noch ein wenig zu lassen.

»Was willst du tun?«, fragte Anna. »Wir wollen doch heute Nachmittag ausgehen.«

Max schien zu einem Entschluss zu kommen. »Gib mir das Wörterbuch«, sagte er.

Und er blätterte es munter durch (sie hatten beide jetzt Übung darin) und Anna hörte ihn leise »Begräbnis« murmeln.

Als Mademoiselle Martel zur nächsten Stunde kam, las sie schweigend Maxens Aufsatz. Max hatte sein Bestes getan, sein Grundthema zu variieren. Die Trauergäste in seiner Geschichte – wie es schien, von Kummer gebeugt – aßen Papier, Pfeffer, Pinguine, Pemmikan und Pfirsiche –

außer einigen weniger exotischen Speisen, und dem bisherigen Schluss-satz, dass alle platzten, hatte er noch hinzugefügt: »So gab es noch viele andere Beerdigungen.«

Mademoiselle Martel sagte einige Augenblicke lang überhaupt nichts. Dann sah sie Max fest und streng an und sagte: »Junger Mann, du brauchst eine Veränderung.«

Als Mama zum Schluss der Stunde hereinkam, wie sie es oft tat, um zu fragen, wie die Kinder weiterkämen, hielt Mademoiselle eine kleine Rede.

Sie sagte, sie habe die Kinder jetzt drei Wochen lang unterrichtet, und sie machten gute Fortschritte. Aber es wäre jetzt die Zeit gekommen, wo sie mehr lernen würden, wenn sie mit anderen Kindern zusammen-kämen und nur Französisch in ihrer Umgebung hörten.

Mama nickte. Es war klar, dass sie das Gleiche gedacht hatte. »Es ist beinahe Weihnachten«, sagte sie. »Vielleicht geben Sie ihnen noch ein paar Stunden vor den Ferien, und dann können sie in die Schule gehen.«

Sogar Max arbeitete während der noch verbleibenden Zeit fleißig. Die Aussicht, in eine Schule zu gehen, wo nur Französisch gesprochen wurde, war ziemlich unheimlich.

Und dann kam Weihnachten heran. Grete fuhr ein paar Tage vorher auf Urlaub nach Österreich, und da Mama mit Kochen voll beschäftigt war, wurde die Wohnung bald ziemlich staubig. Aber es war so viel schöner ohne Gretes knurrige Gegenwart, dass es niemand bedauerte.

Anna freute sich auf Weihnachten und hatte gleichzeitig Angst davor. Sie freute sich darauf, denn man konnte nicht anders, als sich auf Weih-nachten freuen, aber sie hatte auch schreckliche Angst, sie würde an Berlin denken müssen, und wie es dort zu Weihnachten immer gewesen war.

»Glaubst du, dass wir einen Baum haben werden?«, fragte sie Max. In Berlin hatte immer ein großer Baum in der Diele gestanden, und eine der Weihnachtsfreuden war es gewesen, die vielen bunten Glaskugeln, die Vögel mit den Federschwänzen und die Trompeten, auf denen man richtig blasen konnte, wiederzuerkennen, wenn sie jedes Jahr am Weih-nachtsbaum erschienen.

»Ich glaube nicht, dass die Franzosen viel auf Weihnachtsbäume ge-ben«, sagte Max.

Trotzdem gelang es Mama, einen Baum zu besorgen. Als Papa die Kinder am frühen Weihnachtsabend zur Feier rief und sie ins Esszimmer stürzten, war er das Erste, was Anna sah. Es war nur ein kleiner Baum – etwa fünfzig Zentimeter hoch – und statt des Glasschmucks hatte Mama ihn mit Lametta behängt und mit Kerzchen besteckt. Aber er sah so hübsch aus, leuchtend grün und silbern auf dem roten Wachstuch des Tisches, dass Anna plötzlich wusste, Weihnachten würde in Ordnung sein.

Die Geschenke waren, verglichen mit den vergangenen Jahren, bescheiden, aber weil man sie jetzt nötiger hatte, freute man sich beinahe genauso.

Anna bekam einen neuen Malkasten und Max eine Füllfeder. Omama hatte etwas Geld geschickt, und Mama hatte Anna von ihrem Anteil neue Schuhe gekauft. Anna hatte sie im Geschäft anprobieren müssen, darum war es keine Überraschung – aber Mama hatte sie gleich nach dem Kauf versteckt, sodass sie zu Weihnachten noch neu waren. Sie waren aus dickem braunem Leder mit Goldschnallen, und Anna kam sich großartig darin vor. Sie bekam auch einen Bleistiftanspitzer in einer kleinen Dose und ein Paar handgestrickte rote Strümpfe von Frau Zwirn. Und als sie glaubte, sie hätte alle ihre Geschenke gesehen, fand sie noch eins – ein sehr kleines Päckchen von Onkel Julius.

Anna machte es vorsichtig auf und stieß einen entzückten Schrei aus.

»Wie schön!«, rief sie. »Was ist das?«

Im Seidenpapier lag ein kurzes Silberkettchen, an dem winzige Tiere hingen. Da waren ein Löwe, ein Pferd, eine Katze, ein Vogel, ein Elefant und natürlich ein Affe.

»Es ist ein Amulettarmband«, sagte Mama und befestigte es um Annas Handgelenk. »Wie nett von Julius.«

»Es ist auch ein Brief dabei«, sagte Max und reichte ihn Anna. Anna las ihn laut vor.

»Liebe Anna«, stand da, »ich hoffe, dieses kleine Geschenk wird dich an unsere vielen Besuche im Berliner Zoo erinnern. Ohne dich ist es dort gar nicht mehr so schön. Bitte grüße deine liebe Tante Alice. Ich hoffe, es geht ihr gut. Sag ihr, dass ich oft an sie denke, und an ihren guten Rat, den ich vielleicht hätte befolgen sollen. Viele Grüße an euch alle. Dein Onkel Julius.«

»Was soll das heißen?«, fragte Anna. »Wir haben doch keine Tante Alice.«

Papa nahm ihr den Brief aus der Hand.

»Ich glaube, er meint mich«, sagte er. »Er nennt mich Tante Alice, weil die Nazis die Briefe oft öffnen, und er könnte in Schwierigkeiten kommen, wenn sie wüssten, dass er mir schreibt.«

»Was für einen Rat hast du ihm denn gegeben?«, fragte Max.

»Ich habe ihm geraten, Deutschland zu verlassen«, sagte Papa und fügte leise hinzu: »Armer Julius.«

»Ich will ihm schreiben und ihm danken«, rief Anna, »und ich werde ihm mit meinem neuen Farbkasten ein Bild malen.«

»Ja«, sagte Papa, »und schreib ihm, dass Tante Alice grüßen lässt.«

Dann stieß Mama plötzlich einen Schrei aus, woran sie inzwischen gewöhnt waren.

»Mein Hühnchen!«, schrie sie und stürzte in die Küche. Aber es war nicht verbrannt, und bald setzten sie sich zu einem richtigen Weihnachtsessen, das Mama ganz allein gekocht hatte. Außer dem Hühnchen gab es Röstkartoffeln und Möhren und hinterher Apfeltorte mit Sahne. Mama war dabei, eine ganz gute Köchin zu werden. Sie hatte sogar Lebkuchenherzen gebacken, denn die gehören zu einem richtigen deutschen Weihnachten. Irgendetwas stimmte daran nicht ganz, denn sie waren weich geworden, statt hart und knusprig zu bleiben, aber sie schmeckten doch ganz gut.

Am Ende der Mahlzeit goss Papa allen ein wenig Wein ein, und sie tranken sich zu.

»Auf unser neues Leben in Frankreich!«, sagte er, und alle wiederholten: »Auf unser neues Leben in Frankreich.«

Mama trank den Wein nicht richtig, denn sie sagte, er schmecke wie Tinte, aber Anna schmeckte er, und sie trank ein ganzes Glas. Als sie endlich ins Bett ging, war ihr ganz wirr im Kopf, und sie musste die Augen schließen, weil sich der gelbe Lampenschirm und der Schrank drehten.

Das war ein schönes Weihnachten, dachte sie. Und bald würde sie in die Schule gehen und erfahren, wie das Leben in Frankreich wirklich war.

14 **Anna ging nicht so bald** zur Schule, wie sie erwartet hatte. Mama hatte Max in einem Lycée für Jungen für Anfang Januar angemeldet – **ein Lycée** war eine französische **höhere Schule** –, aber es gab nur sehr wenige Lycées für Mädchen in Paris, und diese **waren alle überfüllt,** und es gab lange Wartelisten.

»Wir können uns eine Privatschule nicht leisten«, sagte Mama, »und ich glaube nicht, dass es richtig wäre, dich in eine école communale zu schicken.«

»Warum nicht?«, fragte Anna.

»Diese Schulen sind für Kinder, die die Schule sehr früh verlassen, und ich glaube nicht, dass der Unterricht dort gut ist«, sagte Mama. »Zum Beispiel würdest du dort kein Latein lernen.«

»Ich brauche doch kein Latein zu lernen«, sagte Anna, »ich werde genug damit zu tun haben, Französisch zu lernen. Ich möchte einfach gern zur Schule gehen.«

Aber Mama sagte: »Es hat keine Eile. Gib mir ein wenig Zeit, mich umzuhören.«

Max ging also zur Schule, und Anna blieb zu Hause. Die Schule, die Max besuchte, lag fast auf der anderen Seite von Paris. Er musste morgens früh die Metro nehmen und kam erst nach fünf zurück. Mama hatte diese Schule gewählt, weil die Jungen dort zweimal in der Woche Fußball spielten. In den meisten französischen Schulen fand sich keine Zeit, um Sport zu treiben – es gab nur Arbeit.

Am ersten Tag schien die Wohnung öde und leer ohne Max. Am Morgen ging Anna mit Mama einkaufen. Das Wetter war sonnig und kalt, und Anna war im vergangenen Sommer so sehr gewachsen, dass zwischen dem oberen Rand ihrer gestrickten Strümpfe und dem Saum ihres Wintermantels eine breite Lücke klaffte. Mama betrachtete die Gänsehaut auf Annas Beinen und seufzte.

»Ich weiß nicht, was wir mit deinen Kleidern machen sollen«, sagte sie.

»Es geht schon«, sagte Anna. »Ich habe ja den Pullover an, den du mir gestrickt hast.«

Dieser Pullover war, dank Mamas seltsamer Stricktechnik, zu einem großen, dicken und dichten Kleidungsstück geworden, durch das keine Kälte drang. Es war ein sehr nützlicher Pullover. Die Tatsache, dass nur ein paar Zentimeter von Annas Rock darunter hervorkamen, schien absolut unwichtig.

»Also, wenn es dir wirklich warm genug ist, wollen wir zum Markt gehen«, sagte Mama, »dort ist alles billiger.«

Der Markt war ziemlich weit entfernt, und Anna trug Mamas Einkaufsnetz durch eine Reihe von gewundenen Gassen, bis sie endlich auf eine breite, von Menschen wimmelnde Straße kamen, die rechts und links von Buden und Ständen gesäumt war. Die Stände verkauften alles von Kurzwaren bis zu Gemüse, und Mama bestand darauf, alle zu sehen, bevor sie etwas kauften, damit sie auch für ihr Geld das Beste bekamen.

Die Eigentümer der Stände und Läden riefen ihre Waren aus und hielten sie den Leuten hin, und manchmal war es für Mama und Anna schwer weiterzugehen, während Zwiebeln und schöne, sauber geschrubbte Möhren ihnen vor die Nase gehalten wurden. Manche Läden hatten nur spezielle Waren. Einer verkaufte nichts als Käse, es mussten mindestens dreißig verschiedene Sorten sein, die alle sorgfältig in Mull eingehüllt waren und auf einem Brett auf Böcken auf dem Bürgersteig zur Schau gestellt wurden.

Plötzlich, gerade als Mama einen Rotkohl kaufen wollte, hörte Anna, wie eine fremde französische Stimme sie ansprach. Sie gehörte einer Dame in einem grünen Mantel. Sie trug eine mit Waren vollgestopfte Tasche und lächelte Anna aus freundlichen braunen Augen an. Mama, die immer noch an den Kohl dachte, erkannte sie zuerst nicht. Dann rief sie erfreut: »Madame Fernand!«, und sie schüttelten sich die Hand. Madame Fernand konnte überhaupt kein Deutsch, aber sie und Mama sprachen zusammen Französisch. Anna bemerkte, dass, obgleich Mamas Stimme immer noch nicht sehr Französisch klang, sie doch flüssiger sprach als bei ihrer Ankunft. Dann fragte Madame Fernand Anna, ob sie schon Französisch sprechen könne, sie sprach die Worte so langsam und klar aus, dass Anna sie verstehen konnte.

»Ein wenig«, sagte Anna, und Madame Fernand klatschte in die Hände und rief: »Sehr gut!«, und sagte, sie habe einen perfekten französischen Akzent.

Mama hielt immer noch den Rotkohl in der Hand, den sie hatte kaufen wollen, und Madame Fernand nahm ihn ihr sanft aus der Hand und legte ihn auf den Tisch zurück. Dann führte sie Mama um eine Ecke zu einem anderen Stand, den sie übersehen haben mussten und der viel schönere Rotkohlköpfe für weniger Geld hatte. Von Madame Fernand gedrängt, kaufte Mama nicht nur den Rotkohl, sondern auch noch eine ganze Menge anderes Gemüse und Obst, und bevor Madame Fernand sich verabschiedete, reichte sie Anna eine Banane, »um dich auf dem Heimweg zu stärken«, wie Mama ihr übersetzte.

Mama und Anna wurden von diesem Zusammentreffen sehr aufgemuntert. Mama hatte Madame Fernand und ihren Mann, der Journalist war, kennengelernt, als sie das erste Mal mit Papa nach Paris gekommen war, und beide hatten ihr sehr gefallen. Nun hatte Madame Fernand sie gebeten, sie anzurufen, wenn sie irgendwelche Hilfe oder Rat brauchte. Ihr Mann musste für ein paar Wochen verreisen, aber sobald er zurück war, sollten Mama und Papa zu ihnen zum Essen kommen.

Mama schien von dieser Aussicht sehr erfreut. »Es sind so nette Menschen«, sagte sie, »und es wäre schön, in Paris Freunde zu haben.«

Sie beendeten ihre Einkäufe und brachten alles nach Hause. Anna sagte »Bonjour Madame« zur Concierge und hoffte, sie würde ihren perfekten französischen Akzent bemerken, und plauderte im Lift fröhlich mit Mama. Aber als sie die Wohnung betraten, fiel ihr ein, dass Max in der Schule war, und alles war plötzlich wieder grau. Sie half Mama, die Waren auszupacken, aber danach wusste sie nicht, was sie tun sollte.

Grete wusch im Badezimmer ein paar Sachen aus, und einen Augenblick lang dachte Anna daran, zu ihr zu gehen und mit ihr zu plaudern. Aber seit sie in Österreich in Ferien gewesen war, war Grete knurriger denn je. Sie fand alles in Frankreich grässlich. Die Sprache sei unmöglich, die Leute wären schmutzig, das Essen sei zu schwer – nichts passte ihr. Während sie zu Hause war, hatte sie ihrer Mutter noch weitere Versprechungen machen müssen. Außer, dass sie immer genug Schlaf haben musste, hatte Grete ihrer Mutter versprochen, ihren Rücken zu schonen, was bedeutete, dass sie die Böden nur sehr langsam putzen konnte. Und in den Ecken putzte sie überhaupt nicht, weil sie ihre Handgelenke nicht überanstrengen durfte. Sie hatte auch versprochen, gut zu Mittag zu essen, sich auszuruhen, wenn sie müde war, und sich nicht zu erkälten.

Grete war sehr darauf bedacht, alle diese Versprechen zu halten, die immer wieder durch die Ansprüche Mamas und der anderen Familienmitglieder gefährdet wurden, und sie tauchten in ihrer Unterhaltung mindestens so oft auf wie ihre Missbilligung der Franzosen.

Anna hatte das Gefühl, sie in diesem Augenblick nicht ertragen zu können, sie schlenderte also zurück zu Mama in die Küche und sagte: »Was soll ich tun?«

»Du könntest etwas Französisch lesen«, sagte Mama.

Mademoiselle hatte ein Geschichtenbuch für Anna dagelassen, und sie setzte sich damit an den Esszimmertisch und gab sich damit ab. Aber es war für Kinder bestimmt, die viel jünger waren als sie, und es war traurig, dazusitzen und sich mit dem Wörterbuch abzumühen, nur um zu entdecken, dass Pierre mit einem Stock nach seiner Schwester geworfen und dass ihn seine Mutter einen unartigen Jungen genannt hatte.

Das Mittagessen war eine Erlösung, und Anna half den Tisch decken und nachher wieder abtragen. Dann malte sie ein bisschen, aber die Zeit verging furchtbar langsam, bis schließlich, lange nach fünf Uhr, die Schelle klingelte und Maxens Rückkehr ankündigte. Anna stürzte zur Tür, um ihn einzulassen, und fand Mama schon dort.

»Nun, wie war es?«, rief Mama.

»Ganz gut«, sagte Max, aber er sah blass und müde aus.

»Ist es nicht schön?«, fragte Anna.

»Wie soll ich das wissen?«, fragte Max böse. »Ich verstehe kein Wort von dem, was sie sagen.«

Er war für den Rest des Abends schweigsam und mürrisch. Erst nach dem Essen sagte er zu Mama: »Ich muss eine richtige französische Mappe haben.« Er versetzte dem deutschen Ranzen, den er sonst auf dem Rücken trug, einen Tritt. »Wenn ich weiter damit herumlaufe, dann sehe ich auch noch anders aus als alle anderen.«

Anna wusste, dass Schulmappen teuer waren, und unwillkürlich sagte sie: »Aber deinen Ranzen hast du erst voriges Jahr bekommen.«

»Was geht das dich an«, schrie Max, »du verstehst doch gar nichts davon, du sitzt den ganzen Tag zu Hause.«

»Es ist nicht meine Schuld, dass ich nicht in die Schule gehe«, schrie Anna zurück, »es ist, weil Mama keine Schule findet, in die ich gehen kann.«

»Dann halt den Mund, bis du gehst«, schrie Max, und danach sprachen sie überhaupt nicht mehr miteinander, obgleich Mama zu Annas Überraschung versprach, für Max eine Mappe zu kaufen.

Anna fand es scheußlich. Sie hatte sich den ganzen Tag darauf gefreut, dass Max nach Hause käme, und jetzt hatten sie sich gezankt. Sie nahm sich vor, dass der nächste Tag anders sein sollte, aber er verlief sehr ähnlich. Max kam so müde und gereizt nach Hause, dass sie sich bald wieder zankten.

———

Dann wurde es noch schlimmer, denn es wurde regnerisch, und Anna erkältete sich und konnte nicht ausgehen. Sie fühlte sich, da sie tagelang in der engen Etagenwohnung verbringen musste, wie gefangen, und abends waren sie und Max beide so schlecht gelaunt, dass sie kaum ein vernünftiges Wort miteinander reden konnten. Max kam es ungerecht vor, dass er sich durch die langen schwierigen Schultage hindurchkämpfen musste, während Anna zu Hause blieb, und Anna hatte das Gefühl, dass Max in dieser neuen Welt, in der sie leben mussten, enorme Fortschritte machte, und sie fürchtete, dass sie ihn nie mehr einholen würde. »Wenn ich nur in die Schule gehen könnte – in irgendeine«, sagte Anna zu Mama.

»Du kannst nicht einfach in irgendeine gehen«, sagte Mama ärgerlich. Sie hatte sich verschiedene Schulen angesehen, aber keine hatte etwas getaugt. Sie hatte sogar Madame Fernand gefragt. Es war eine bedrückende Zeit.

Auch Papa war müde. Er hatte sich überarbeitet und fing wieder an, unter Albträumen zu leiden. Mama sagte, er hätte sie schon früher gehabt, aber im Gasthof Zwirn hatten die Kinder nichts davon gemerkt. Er träumte immer das Gleiche – dass er versuchte, aus Deutschland hinauszukommen, und von den Nazis an der Grenze aufgehalten wurde. Dann wachte er schreiend auf.

Max schlief so fest, dass Papas Albträume ihn nicht störten, obgleich Papa im Zimmer nebenan schlief, aber Anna hörte ihn immer, und es quälte sie schrecklich. Wenn Papa schnell wach geworden wäre, mit einem lauten Schrei, dann wäre es nicht so schrecklich gewesen.

Aber die Albträume fingen immer langsam an. Papa stöhnte und stieß erschreckende Grunzlaute aus, bis er schließlich in den lauten Schrei ausbrach.

Als es zum ersten Mal geschah, dachte Anna, Papa müsste krank sein. Sie lief in sein Zimmer und stand hilflos an seinem Bett und rief nach Mama. Aber auch als Mama ihr das mit den Albträumen erklärte und Papa ihr sagte, sie solle sich keine Sorgen machen, war es für sie immer noch gleich schlimm. Es war schrecklich, im Bett zu liegen und zuhören zu müssen, wie Papa im Traum so furchtbare Dinge passierten.

Eines Abends, als Anna zu Bett gegangen war, wünschte sie sehr inständig, Papa würde keine Albträume mehr haben.

»Bitte, bitte«, flüsterte sie – denn obgleich sie nicht eigentlich an Gott glaubte, hoffte sie doch immer, dass es jemanden gäbe, der diese Dinge lenken konnte. »Oh bitte, lass mich die Albträume haben statt Papa!«

Dann lag sie ganz still und wartete auf den Schlaf, aber nichts geschah. Max drückte sich das Kissen unter dem Gesicht zurecht, seufzte zweimal und war gleich darauf eingeschlafen. Aber Anna hatte das Gefühl, dass Stunden vergingen, während sie immer noch hellwach dalag und an die dunkle Decke starrte. Sie fing an, ärgerlich zu werden. Wie konnte sie einen Albtraum haben, wenn sie nicht einmal einschlief? Sie hatte versucht, Rechenaufgaben im Kopf zu lösen und an alle möglichen langweiligen Sachen zu denken, aber nichts hatte genützt. Vielleicht würde es helfen, wenn sie aufstand und einen Schluck Wasser trank. Aber im Bett war es so gemütlich, dass sie den Gedanken aufgab.

Aber sie musste doch wohl aufgestanden sein, denn sie befand sich plötzlich im Flur. Sie war nicht mehr durstig, und sie beschloss, mit dem Lift nach unten zu fahren und nachzuschauen, wie die Straße mitten in der Nacht aussah. Zu ihrer Überraschung schlief die Concierge in einer Hängematte, die quer vor die Haustür gehängt war, und sie musste diese beiseitedrücken, um hinauszukommen. Sie schlug die Tür hinter ihr zu. Hoffentlich würde die Concierge nicht davon aufwachen. Dann stand sie auf der Straße.

Es war still und über allem lag ein sonderbarer brauner Schimmer, den sie nie zuvor bemerkt hatte. Zwei Männer eilten vorüber und trugen einen Weihnachtsbaum.

Der eine von ihnen sagte: »Es ist besser hineinzugehen. Es kommt!«

»Was kommt?«, fragte Anna, aber die Männer verschwanden um die Ecke, und im gleichen Augenblick hörte sie ein schlurfendes Geräusch aus der entgegengesetzten Richtung. Der braune Schimmer wurde dichter, und dann schob sich ein riesiges, langes Wesen am Ende der Straße um die Ecke. Obgleich es so riesig war, war doch etwas Vertrautes an ihm, und Anna merkte plötzlich, dass es Pumpel war, der zu Riesengröße angewachsen war. Das schlurfende Geräusch kam von seinen Pfoten, und er sah Anna mit seinen kleinen, boshaften Augen an und leckte sich die Lippen.

»Oh nein!«, schrie Anna.

Sie versuchte wegzulaufen, aber die Luft war wie Blei. Sie konnte sich nicht rühren. Pumpel kam auf sie zu.

Sie hörte das Surren von Rädern, und ein Polizist kam mit fliegendem Cape auf seinem Fahrrad an ihr vorbeigeflitzt.

»Zähl die Beine!«, schrie er, während er an ihr vorbeischoss. »Es ist die einzige Möglichkeit!«

Wie konnte sie Pumpels Beine zählen? Er war wie ein Tausendfüßer, seine Beine waren überall, sie bewegten sich wie in Wellen an beiden Seiten seines langen Körpers.

»Eins, zwei, drei …« Anna begann hastig, aber es war hoffnungslos. Pumpel kam immer näher, und jetzt konnte sie schon seine scheußlichen spitzen Zähne sehen.

Sie musste einfach raten.

»Siebenundneunzig«, rief sie, aber Pumpel kam immer noch näher, und plötzlich wurde ihr klar, dass sie in Paris waren, und dass er erwartete, dass sie auf Französisch zähle. Wie hieß siebenundneunzig auf Französisch? Sie konnte vor Angst keinen Gedanken fassen.

»Quatre-vingt …«, stammelte sie. Pumpel hatte sie beinahe schon erreicht … »Quatre-vingt-dix-sept!«, schrie sie triumphierend und fand sich aufrecht im Bett sitzen.

Alles war still, und sie konnte Max auf der anderen Zimmerseite friedlich atmen hören. Ihr Herz hämmerte, und die Brust war ihr so eng, dass sie sich kaum bewegen konnte. Aber es war alles in Ordnung. Sie war in Sicherheit. Es war nur ein Traum gewesen. Auf der anderen Hofseite hatte jemand noch das Licht an, es warf ein blaugoldenes Viereck auf den Vorhang. Sie konnte die verschwommenen Umrisse ihrer Kleider, die auf dem Stuhl für den Morgen bereitlagen, erkennen. Aus Papas Zimmer kam kein Laut. Sie lag da und genoss die schöne Vertrautheit aller Dinge, bis sie sich ruhig und schläfrig fühlte. Und dann fiel es ihr plötzlich ein, und ein Gefühl des Triumphes stieg in ihr auf. Sie hatte einen Albtraum gehabt! Sie hatte einen Albtraum gehabt und Papa keinen! Vielleicht war sie wirklich erhört worden. Sie schmiegte sich glücklich zurecht, und dann war es plötzlich Morgen, und Max stand da und zog sich an.

»Hast du vorige Nacht wieder schlecht geträumt?«, fragte sie Papa beim Frühstück.

»Überhaupt nicht«, sagte Papa, »ich glaube, ich bin darüber hinweg.« Anna sagte es niemandem, aber sie hatte immer das Gefühl, dass sie es gewesen sei, die Papa von seinen Albträumen geheilt hatte.

Eines Abends, ein paar Tage danach, hatten Max und Anna einen schlimmeren Krach als je zuvor. Max war nach Hause gekommen und hatte Annas Zeichensachen über den Esstisch zerstreut gefunden, und es war kein Platz für seine Schularbeiten. »Räum mir diesen Dreck aus dem Weg!«, schrie er, und Anna schrie zurück: »Es ist kein Dreck! Du denkst, nur weil du zur Schule gehen musst, bist du die einzig wichtige Person hier im Haus!«

Mama sprach am Telefon und rief ihnen durch die Tür zu, sie sollten still sein.

»Jedenfalls bin ich viel wichtiger als du«, zischte Max wütend. »Du sitzt den ganzen Tag herum und tust nichts.«

»Das stimmt nicht«, flüsterte Anna. »Ich zeichne und decke den Tisch.«

»Ich zeichne und decke den Tisch«, äffte Max auf eine besonders eklige Weise nach. »Du bist nichts als ein Parasit!«

Dies war zu viel für Anna. Sie wusste nicht genau, was ein Parasit war, hatte aber den unbestimmten Eindruck, dass es etwas Scheußliches sein musste, das auf Bäumen wuchs. Als Mama den Hörer auflegte, brach sie in Tränen aus.

Mama hatte wie gewöhnlich den Streit schnell geschlichtet. Max sollte Anna keine Schimpfnamen geben, auf jeden Fall sei es unsinnig, sie einen Parasiten zu nennen, und Anna sollte ihre Sachen wegräumen und Platz machen, damit Max seine Hausaufgaben machen könne, sagte Mama.

Dann fügte sie hinzu: »Wenn Max dich nur darum einen Parasiten genannt hat, weil du nicht zur Schule gehst – das wird sich bald ändern.«
Anna hörte sofort auf, ihre Farbstifte in die Schachtel einzuordnen.
»Warum?«, fragte sie.
»Das war eben Madame Fernand am Telefon«, sagte Mama. »Sie
sagte, dass sie von einer sehr guten kleinen école communale gehört
hat, die nicht allzu weit von hier entfernt ist. Wenn wir Glück haben,
kannst du nächste Woche dort anfangen.«

15 **Am nächsten Montag** machte sich Anna mit Mama
auf den Weg zur **école communale**. Anna trug ihren Schul-
ranzen **und eine Pappschachtel**, die ihre Frühstücksbrote
enthielt. Unter dem Wintermantel trug sie einen schwarzen
Kittel mit Falten, den Mama ihr auf den Rat der Schulvorsteherin gekauft hatte. Sie war sehr stolz auf diese Kittelschürze und
froh, dass der Mantel sie nicht ganz bedeckte, sodass jedermann sie
sehen konnte.
Sie fuhren mit der Metro, aber obgleich es nicht weit war, mussten sie
zweimal umsteigen. »Ich glaube, das nächste Mal versuchen wir, zu
Fuß zu gehen«, sagte Mama. »Es ist auch billiger.« Die Schule lag in
einer Seitenstraße der Champs Élysées, das war eine wunderbare, breite
Allee mit glitzernden Läden und Cafés, und es war überraschend, hinter dieser Pracht das altmodische Tor verborgen zu finden, das die Aufschrift trug: »École de filles«. Das Gebäude war dunkel und stand offenbar schon lange dort. Sie gingen über den Hof und hörten aus einer
der Klassen Gesang. Die Schule hatte schon angefangen. Während Anna
neben Mama die Steintreppe hinaufstieg, um der Schulvorsteherin vorgestellt zu werden, war sie sehr gespannt, was sie erleben würden.
Die Schulvorsteherin war groß und munter. Sie gab Anna die Hand und
erklärte Mama etwas auf Französisch, das Mama übersetzte. Es tue ihr
leid, dass niemand in der Schule Deutsch verstehe. Sie hoffe aber, dass
Anna bald Französisch lernen werde. Dann sagte Mama: »Ich hole dich
um vier Uhr ab.« Anna hörte ihre Absätze die Stufen hinunterklappern,
während sie im Büro der Schulvorsteherin zurückblieb.

Die Vorsteherin lächelte Anna an. Anna lächelte zurück. Aber es ist so ein seltsames Gefühl, jemandem zuzulächeln, ohne zu sprechen, und nach einer Weile fühlte sie, wie ihr Gesicht starr wurde. Auch die Vorsteherin musste Ähnliches spüren, denn plötzlich knipste sie ihr Lächeln aus. Ihre Finger trommelten auf dem Pult und sie schien auf etwas zu warten, aber nichts geschah. Anna fragte sich schon, ob sie wohl den ganzen Tag da stehen bleiben würde, als es an der Tür klopfte.

Die Vorsteherin rief: »Entrez!«, und ein kleines, dunkelhaariges Mädchen in Annas Alter tauchte auf. Die Vorsteherin rief etwas, von dem Anna vermutete, dass es »endlich« hieß, und begann eine lange ärgerliche Rede. Dann wandte sie sich an Anna und sagte, der Name des anderen Mädchens sei Colette und noch etwas, das wohl heißen mochte, Colette werde sich um sie kümmern. Colette ging auf die Tür zu. Anna, die nicht wusste, ob sie ihr folgen sollte, blieb stehen.

»Allez, allez!«, rief die Schulvorsteherin und winkte mit der Hand, als wollte sie eine Fliege wegscheuchen, und Colette nahm Annas Hand und führte sie aus dem Zimmer.

Sobald sich die Tür geschlossen hatte, zog Colette eine Grimasse und sagte »Ouf!« Anna war froh, dass auch ihr die Vorsteherin auf die Nerven gefallen war. Sie hoffte, dass nicht alle Lehrer so sein würden. Dann folgte sie Colette durch einen langen Flur und durch mehrere Türen. Sie konnte aus einem der Klassenzimmer das Gemurmel französischer Stimmen hören. In den anderen war es still. Wahrscheinlich schrieben die Kinder oder sie rechneten. Sie kamen zu einer Garderobe, und Colette zeigte ihr, wo sie den Mantel aufhängen sollte, bewunderte den deutschen Ranzen und wies darauf hin, dass Annas Kittelschürze genauso war wie ihre eigene – das alles in schnellem Französisch und durch Zeichen. Anna konnte keins der Wörter verstehen, aber sie erriet, was Colette meinte.

Dann führte Colette sie wieder durch eine Tür, und jetzt befand sich Anna in einem großen Raum, der mit Pulten vollgestopft war. Es mussten wenigstens vierzig Mädchen sein. Sie trugen alle schwarze Kittelschürzen, und dies, verbunden mit dem dämmrigen Licht in der Klasse, gab dem Ganzen etwas von einer Trauerszene.

Die Mädchen hatten etwas im Chor aufgesagt, aber als Anna mit Colette eintrat, unterbrachen sie sich und starrten sie an. Anna starrte zurück, und sie fing an, sich recht klein zu fühlen, und es stiegen plötzlich heftige Zweifel in ihr auf, ob es ihr in dieser Schule gefallen würde. Sie klammerte sich an ihren Ranzen und versuchte so zu tun, als ob ihr alles gleichgültig wäre. Dann fühlte sie eine Hand auf ihrer Schulter. Ein leichter Duft von Parfüm mit einem Hauch von Knoblauch vermischt wehte sie an, und sie blickte in ein sehr freundliches runzeliges Gesicht, das von fusseligem schwarzem Haar umrahmt war.

»Bonjour, Anna«, sagte die Frau, die vor ihr stand, langsam und deutlich, sodass Anna es verstehen konnte. »Ich bin deine Lehrerin. Ich heiße Madame Socrate.«

»Bonjour, Madame«, sagte Anna leise.

»Sehr gut!«, rief Madame Socrate. Dann schwenkte sie die Hand gegen die Pultreihen und fügte langsam und klar wie vorher hinzu: »Diese Mädchen sind in deiner Klasse«, und noch etwas über »Freunde«.

Anna blickte von Madame Socrate fort und riskierte einen schnellen Blick zur Seite. Die Mädchen starrten nicht mehr, sondern lächelten, und sie fühlte sich viel wohler. Dann brachte Colette sie zu einem Platz neben ihrem eigenen, Madame Socrate sagte etwas, und die Mädchen – alle außer Anna – begannen wieder im Chor zu rezitieren.

Anna saß da und ließ die Stimmen über sich hinwegdröhnen. Sie hätte gern gewusst, was sie da aufsagten. Es war komisch, in einer Schule zu sitzen und Unterricht zu haben, ohne zu verstehen, um was es sich handelte. Während sie horchte, erkannte sie in dem Dröhnen einige Zahlwörter. War es das Einmaleins? Nein, dazu waren es bei Weitem nicht genug Zahlen. Sie schaute auf das Buch auf Colettes Pult. Auf dem Umschlag war das Bild eines Königs mit einer Krone auf dem Kopf. Da verstand sie, genau in dem Augenblick, als Madame Socrate mit einem Händeklatschen befahl, dass die Schülerinnen aufhören sollten: Es war Geschichte! Die Zahlen waren Daten, und sie war gerade zur Geschichtsstunde gekommen. Aus irgendeinem Grunde machte diese Entdeckung sie sehr froh.

Die Mädchen nahmen jetzt Hefte heraus, und Anna bekam ein ganz neues. In der nächsten Stunde schrieben sie ein Diktat. Anna verstand das Wort, weil Mademoiselle Martel ihr und Max manchmal ein paar einfache Wörter diktiert hatte. Aber dies war etwas anderes. Die Sätze waren lang, und Anna hatte keine Ahnung, was sie bedeuteten. Sie wusste nicht, wo der eine Satz aufhörte und der nächste anfing. Es schien hoffnungslos, sich darauf einzulassen, aber dazusitzen und überhaupt nichts zu schreiben, sah gewiss noch schlechter aus. Sie tat also ihr Bestes, die unverständlichen Laute in Buchstaben zu übertragen und sie in mögliche Gruppen einzuteilen. Als sie ungefähr eine Seite auf diese seltsame Weise vollgeschrieben hatte, war das Diktat zu Ende, die Hefte wurden eingesammelt, es schellte, und es war Pause.

———

Anna zog den Mantel an und folgte Colette auf den Schulhof – ein gepflastertes, von einem Eisengitter eingefasstes Viereck, das sich schon mit anderen Mädchen füllte. Es war kalt, und sie rannten und hüpften umher, um sich warmzuhalten. Sobald Anna mit Colette auftauchte, scharten sich einige Mädchen um sie und Colette stellte sie vor.

Da waren Claudine, Marcelle, Micheline, Françoise, Madeleine ... Es war unmöglich, alle diese Namen zu behalten, aber alle lächelten und streckten Anna ihre Hand hin, und sie war für diese Freundlichkeit sehr dankbar. Dann spielten sie ein Singspiel. Sie hängten sich einer beim andern ein und sangen und hüpften im Takt der Melodie vorwärts, rück- und seitwärts. Es sah zuerst ganz harmlos aus, aber im Verlauf des Spiels ging es immer schneller und schneller, bis schließlich ein solches Durcheinander entstand, dass alle lachend und außer Atem auf einen Haufen zusammenstürzten. Beim ersten Mal stand Anna dabei und schaute zu, aber beim zweiten Mal nahm Colette sie bei der Hand und stellte sie ans Ende der Kette. Sie schob ihren Arm in den Françoises – oder vielleicht war es auch Micheline – und tat ihr Bestes, dem Schrittwechsel zu folgen. Wenn sie es falsch machte, lachten alle, aber auf eine freundliche Weise. Wenn sie es richtig machte, waren alle entzückt. Sie wurden ganz heiß und aufgeregt, und wegen Annas vieler Fehler endete das Ganze in einem noch größeren Durcheinander. Colette lachte so sehr, dass sie sich hinsetzen musste, und auch Anna lachte. Sie merkte plötzlich, wie lange sie schon nicht mehr mit anderen Kindern gespielt hatte. Es war herrlich, wieder in die Schule zu gehen. Am Ende der Pause konnte sie sogar die Wörter des Liedes singen, obgleich sie keine Ahnung hatte, was sie bedeuteten.

Als sie wieder ins Klassenzimmer kamen, hatte Madame Socrate Rechenaufgaben an die Tafel geschrieben, und Anna fasste Mut. Um sie lösen zu können, musste man kein Französisch verstehen. Sie arbeitete daran, bis es schellte, und damit war der Morgenunterricht beendet.

Das zweite Frühstück wurde in einer kleinen, warmen Küche unter Aufsicht einer großen, dicken Frau namens Clothilde eingenommen. Fast alle Kinder wohnten nahe genug, um zum Essen nach Hause zu gehen, und außer Anna blieben nur noch ein viel jüngeres Mädchen und ein kleiner Junge von etwa drei Jahren da, der Clothilde zu gehören schien. Anna aß ihre Butterbrote, aber das andere Mädchen hatte Fleisch, Gemüse und einen Pudding, und Clothilde wärmte alle diese Speisen sehr bereitwillig auf ihrem Herd auf. Sie sahen viel appetitlicher aus als Annas Butterbrote, und das schien Clothilde auch zu finden. Sie betrachtete die Butterbrote mit einer Grimasse, als wären sie Gift, und rief: »Nicht gut, nicht gut!«, und suchte Anna mit Gesten verständlich zu machen, dass sie das nächste Mal auch ein richtiges Mittagessen mitbringen solle.

»Oui«, sagte Anna und wagte sich sogar an ein »demain«, was »morgen« bedeutete, und Clothilde mit ihrem dicken Gesicht nickte strahlend.

Als sie ans Ende dieses Meinungsaustauschs gekommen waren, der einige Zeit in Anspruch genommen hatte, ging die Tür auf und Madame Socrate kam herein.

»Ah«, sagte sie in ihrer langsamen, deutlichen Aussprache, »du sprichst Französisch. Das ist gut.«

Clothildes kleiner Junge lief zu ihr hin. »Ich kann Französisch!«, rief er.

»Ja, aber du kannst nicht Deutsch«, sagte Madame Socrate und kitzelte ihn am Bauch, dass er vor Vergnügen quiekte.

Dann winkte sie Anna, ihr zu folgen. Sie gingen ins Klassenzimmer zurück und Madame Socrate setzte sich mit Anna ans Pult. Sie legte die Arbeiten vom Vormittag vor sie hin und deutete auf die Rechenaufgaben.

»Sehr gut«, sagte sie. Anna hatte fast alles richtig. Dann wies Madame Socrate auf das Diktat. »Sehr schlecht«, sagte sie, aber sie machte dabei eine so drollige Grimasse, dass Anna nicht traurig war. Anna schaute in ihr Heft. Das Diktat war unter einem See von roter Tinte verschwunden. Beinahe jedes Wort war falsch. Madame Socrate hatte das ganze Stück noch einmal abschreiben müssen. Unter der Seite stand in roter Tinte »142 Fehler«, und Madame Socrate wies auf diese Zahl und machte dazu ein überrasches und beeindrucktes Gesicht, als ob dies ein Rekord wäre. Dann lächelte sie, klopfte Anna auf den Rücken und bat sie, die korrigierte Abschrift noch einmal abzuschreiben. Anna tat das mit großer Sorgfalt, und obgleich sie immer noch sehr wenig von dem, was sie schrieb, verstand, war es doch schön, etwas im Heft zu haben, das nicht ganz durchgestrichen war.

Am Nachmittag hatten sie Zeichnen, und Anna malte eine Katze, die sehr bewundert wurde. Sie schenkte sie Colette, weil das Mädchen so lieb zu ihr gewesen war, und Colette erklärte in ihrem üblichen Gemisch aus schnellem Französisch und Zeichensprache, dass sie das Bild in ihrem Schlafzimmer an die Wand heften werde.

Als Mama sie um vier Uhr abholen kam, war Anna in bester Stimmung.

»Wie war es in der Schule?«, fragte Mama.

»Schön«, sagte Anna.

Erst als sie zu Hause ankamen, merkte sie, wie müde sie war, aber an diesem Abend bekamen sie und Max zum ersten Mal seit Wochen keinen Krach. Sie war noch müde, als sie am folgenden Tag zur Schule ging und auch am Tag danach – aber dann war Donnerstag. An diesem Wochentag hatten alle Kinder in Frankreich schulfrei.

»Was sollen wir tun?«, fragte Max.

»Wir wollen unser Taschengeld nehmen und zum Prisunic gehen«, sagte Anna. Das Prisunic war ein Kaufhaus, das sie und Mama bei einem ihrer Einkaufsausflüge entdeckt hatten. Dort war alles sehr billig. Es gab keine Ware, die mehr als zehn Franc kostete. Das Warenhaus führte Spielzeug, Haushaltsartikel, Schreibwaren und auch Kleider.

Anna und Max verbrachten eine glückliche Stunde damit festzustellen, welche Waren sie sich leisten konnten. Sie hätten ihr Taschengeld für ein Stück Seife oder ein halbes Paar Socken anlegen können, aber schließlich kamen sie mit zwei Kreiseln heraus.

Am Nachmittag spielten sie mit den Kreiseln auf einem kleinen Platz in der Nähe des Hauses, bis es dunkel wurde.

»Gefällt es dir in deiner Schule?«, fragte Max plötzlich auf dem Heimweg.

»Ja«, sagte Anna, »alle sind sehr nett, und es ist ihnen egal, wenn ich nicht alles verstehe. Warum? Gefällt es dir in deiner Schule nicht?«

»Oh doch«, sagte Max, »sie sind auch nett zu mir, und ich fange an, Französisch zu verstehen.«

Sie gingen schweigend eine Weile nebeneinanderher, dann platzte Max heraus: »Aber eins ist schrecklich für mich!«

»Was?«, fragte Anna.

»Macht es dir denn nichts aus?«, fragte Max, »ich meine – so anders zu sein als alle anderen?«

»Nein«, sagte Anna. Dann betrachtete sie Max. Er trug eine Hose, aus der er herausgewachsen war und die er an den Beinen umgeschlagen hatte, damit sie noch kürzer aussah. Seinen Schal hatte er elegant in den Jackenausschnitt hineingestopft, und das Haar war auf eine ihr unbekannte Weise zurückgebürstet.

»Du siehst genau aus wie ein französischer Junge«, sagte Anna.

Max' Gesicht erhellte sich für einen Augenblick. Dann sagte er: »Aber ich spreche nicht so.«

»Nach so kurzer Zeit ist das ja auch nicht gut möglich«, sagte Anna. »Ich glaube, früher oder später lernen wir beide richtig Französisch sprechen.«

Max stampfte mit einem grimmigen Gesichtsausdruck dahin. Dann sagte er: »Also, in meinem Fall wird das wohl eher früher sein als später.«

Er blickte so grimmig drein, dass sogar Anna, die ihn gut kannte, über die Entschlossenheit in seinem Gesicht erstaunt war.

16 An einem **Donnerstag**nachmittag, ein paar Wochen nachdem Anna angefangen hatte, **zur Schule** zu gehen, **besuchte sie** mit ihrer Mutter Großtante Sarah. **Großtante Sarah** war Omamas Schwester, aber sie hatte einen **Franzosen geheiratet**, der jetzt gestorben war, und wohnte seit dreißig Jahren in Paris. Mama, die sie seit ihrer Kindheit nicht mehr gesehen hatte, zog bei dieser Gelegenheit ihre besten Kleider an. Sie sah sehr jung und hübsch aus in ihrem guten Mantel und dem blauen

Hut mit dem Schleier, und als sie auf die Avenue Foch zugingen, wo Großtante Sarah wohnte, drehten sich ein paar Leute nach Mama um. Auch Anna trug ihre besten Kleider: Den Pullover, den Mama gestrickt hatte, ihre neuen Schuhe und Strümpfe und Onkel Julius' Armband, aber ihr Rock und ihr Mantel waren schrecklich kurz. Mama seufzte wie immer, wenn sie Anna in ihren Straßenkleidern sah.

»Ich muss Madame Fernand bitten, etwas mit deinem Mantel zu unternehmen«, sagte sie, »wenn du noch mehr wächst, wird er nicht mal deinen Schlüpfer bedecken.«

»Was könnte Madame Fernand denn damit tun?«, fragte Anna.

»Ich weiß nicht – einen Streifen Stoff unten annähen oder sonst was«, sagte Mama. »Ich wünschte, ich verstünde mich selbst besser auf solche Dinge.«

Mama und Papa waren in der vergangenen Woche bei den Fernands zum Essen gewesen, und Mama war voller Bewunderung für Madame Fernand zurückgekommen. Madame Fernand war nicht nur eine gute Köchin. Sie nähte auch selbst alle Kleider für sich und ihre Tochter. Sie hatte das Sofa neu bezogen und ihrem Mann einen schönen Morgenmantel genäht. Sie hatte ihm sogar einen Schlafanzug geschneidert, weil man die Farbe, die er sich wünschte, im Laden nicht bekommen konnte.

»Und sie macht alles mit so leichter Hand«, sagte Mama, für die schon das Annähen eines Knopfes eine Staatsaktion war, »als ob es überhaupt keine Arbeit wäre.«

Madame Fernand hatte sich erboten, bei Annas Kleidern zu helfen, aber Mama hatte gemeint, dass man dieses Angebot nicht annehmen könne. Aber jetzt, wo sie sah, dass Anna an allen Ecken aus ihrem Mantel herauszuplatzen schien, änderte sie ihre Meinung.

»Ich werde sie fragen«, sagte sie. »Wenn sie mir nur zeigt, wie man es macht, bringe ich es vielleicht auch selbst fertig.«

Inzwischen waren sie an ihrem Ziel angelangt. Großtante Sarah wohnte in einem geräumigen Haus, das etwas von der Straße zurücklag. Sie mussten einen mit Bäumen bestandenen Hof überqueren, um es zu erreichen, und die Concierge, die ihnen Auskunft gab, trug eine Uniform mit Goldknöpfen und Litzen.

Großtante Sarahs Aufzug war innen mit Spiegelglas verkleidet und trug sie geschwind nach oben, ganz ohne das Stöhnen und Zittern, an das

Anna gewöhnt war. Die Wohnungstür wurde von einem Mädchen mit einer Rüschenschürze und einem Häubchen geöffnet.

»Ich werde Madame sagen, dass Sie da sind«, erklärte das Mädchen, und Mama setzte sich auf einen kleinen samtbezogenen Stuhl, während das Mädchen einen Raum betrat, der das Wohnzimmer sein musste. Als sie die Tür öffnete, konnte sie ein Stimmengewirr hören, und Mama machte ein besorgtes Gesicht und sagte: »Ich hoffe, wir kommen gelegen ...«

Aber gleich öffnete sich die Tür wieder, und Großtante Sarah kam herausgerannt. Sie war eine dicke, alte Frau, aber sie bewegte sich in einem flotten Trab, und einen Augenblick lang fragte sich Anna, ob sie wohl anhalten könne, wenn sie sie erreicht hatte.

»Nu!«, rief sie aus und warf ihre schweren Arme um Mamas Schultern. »Da bist du ja endlich! Wie lange habe ich dich nicht gesehen! Und so schreckliche Dinge passieren in Deutschland. Aber du bist in Sicherheit und gesund und das ist die Hauptsache.« Sie ließ sich auf einen zweiten Samtstuhl fallen, über den sie nach allen Seiten hinausquoll und sagte zu Anna: »Weißt du, dass ich deine Mutter zum letzten Mal gesehen habe, als sie ein kleines Mädchen war? Und jetzt hat sie selber ein kleines Mädchen. Wie heißt du?«

»Anna«, sagte Anna.

»Hannah – wie schön. Ein guter jüdischer Name«, sagte Großtante Sarah.

»Nein, Anna«, sagte Anna.

»Oh, Anna. Das ist auch ein schöner Name. Ihr müsst mich entschuldigen«, sagte Großtante Sarah, und es sah ganz gefährlich aus, wie sie sich auf dem kleinen Stuhl vorbeugte, »aber ich bin ein bisschen taub.« Sie betrachtete Anna zum ersten Mal genau und machte ein erstauntes Gesicht.

»Meine Güte, Kind!«, rief sie aus. »Was für lange Beine du hast! Frierst du nicht daran?«

»Nein«, sagte Anna, »aber Mama sagt, wenn ich noch mehr wachse, wird mein Mantel nicht mal mehr meinen Schlüpfer bedecken.«

Sobald die Worte heraus waren, wünschte sie, sie hätte sie nicht gesagt. So etwas sagte man doch wohl nicht zu einer Großtante, die man kaum kannte.

»Was?«, fragte Großtante Sarah. Anna konnte spüren, wie sie rot wurde.

»Einen Augenblick«, sagte Großtante Sarah, und plötzlich zog sie irgendwoher aus ihren Kleidern einen Gegenstand, der wie eine Trompete aussah. »Da«, sagte sie und steckte das dünne Ende nicht in den Mund, wie Anna fast erwartet hatte, sondern ins Ohr. »Jetzt sag es noch einmal, Kind – sehr laut – in meine Trompete.«

Anna versuchte verzweifelt, sich etwas anderes auszudenken, das doch einen Sinn ergab, aber sie war wie vernagelt. Es fiel ihr nichts anderes ein.

»Mama sagt«, schrie sie aus Leibeskräften in das Hörrohr, »dass, wenn ich noch mehr wachse, mein Mantel nicht mal mehr meinen Schlüpfer bedeckt.«

Als sie ihr Gesicht zurückzog, konnte sie spüren, dass sie knallrot geworden war.

Tante Sarah schien einen Augenblick lang wie verdattert. Dann kräuselten sich alle ihre Falten, und ein Geräusch zwischen einem Winseln und einem Kichern entschlüpfte ihr.

»Ganz recht«, rief sie, und ihre schwarzen Augen tanzten. »Deine Mama hat ganz Recht. Aber was will sie dagegen tun, he?« Sie wandte sich an Mama.

»Was für ein drolliges Kind. Was hast du für ein liebes, drolliges Kind!« Dann erhob sie sich mit überraschender Gewandtheit von ihrem Stuhl und sagte: »So, ihr müsst jetzt reinkommen und Tee trinken. Ich habe ein paar alte Damen hier, die Bridge gespielt haben, aber die werde ich schnell los sein« – und sie eilte ihnen in einem leichten Galopp ins Wohnzimmer voraus.

Das Erste, was Anna an Großtante Sarahs alten Damen auffiel, war, dass sie alle viel jünger aussahen als Großtante Sarah. Es waren etwa ein Dutzend, alle sehr elegant gekleidet mit reich verzierten Hüten. Sie waren mit Bridge spielen fertig – Anna sah, dass die Spieltische an die Wand geschoben worden waren – und sie tranken jetzt Tee und aßen dazu winzige Plätzchen, die das Mädchen auf einem Silbertablett herumreichte.

»Sie kommen jeden Donnerstag zu mir«, flüsterte Großtante Sarah auf Deutsch. »Die armen alten Dinger, sie haben nichts Besseres zu tun.

Aber sie sind alle sehr reich, und sie geben mir Geld für meine Not leidenden Kinder.«

Anna, die sich eben erst von ihrer Überraschung über die alten Damen erholt hatte, konnte sich schlecht vorstellen, wie Großtante Sarah von Not leidenden Kindern umgeben wohl aussah. Sie konnte sie sich überhaupt nicht mit Kindern vorstellen. Aber sie hatte keine Zeit, darüber nachzudenken, denn sie wurde zusammen mit Mama mit lauter Stimme vorgestellt. »Meine Nichte und ihre Tochter sind aus Deutschland gekommen«, schrie Großtante Sarah auf Französisch, aber mit einem starken deutschen Akzent. »Sag Bonschur«, flüsterte sie Anna zu.

»Bonjour«, sagte Anna.

Großtante Sarah schlug vor Bewunderung die Hände über dem Kopf zusammen. »Hört euch das Kind an!«, rief sie. »Erst ein paar Wochen in Paris, und sie spricht schon besser Französisch als ich!«

Anna fand es schwer, diesen Eindruck aufrechtzuerhalten, als eine der Damen versuchte, sie in eine Unterhaltung zu ziehen, aber es wurden ihr weitere Anstrengungen erspart, als Tante Sarahs Stimme wieder erschallte.

»Ich habe meine Nichte seit Jahren nicht gesehen«, schrie sie, »und ich habe mich so auf ein Gespräch mit ihr gefreut.«

Nach diesen Worten tranken die Damen hastig ihren Tee aus und begannen sich zu verabschieden. Während sie Großtante Sarah die Hand schüttelten, steckten sie Geld in eine Büchse, die sie ihnen hinhielt, und sie dankte ihnen. Anna hätte gern gewusst, wie viele Not leidende Kinder Großtante Sarah hatte. Dann begleitete das Mädchen die Gäste zur Tür, und schließlich waren sie alle verschwunden.

Es war ohne sie schön still, aber Anna bemerkte mit Bedauern, dass das Silbertablett mit dem kleinen Gebäck zusammen mit den Damen verschwunden war, und dass das Mädchen die leeren Tassen einsammelte und hinaustrug. Großtante Sarah musste ihr Versprechen, den Tee betreffend, vergessen haben. Sie saß mit Mama auf dem Sofa und erzählte ihr von ihren Not leidenden Kindern. Es stellte sich heraus, dass damit nicht ihre eigenen Kinder gemeint waren. Sie sammelte für einen Wohltätigkeitsverein Geld, und Anna, die sich vor Kurzem noch Großtante Sarah umgeben von einem geheimen Kreis von zerlumpten Knirpsen vorgestellt hatte, fühlte sich irgendwie betrogen. Sie rutschte unruhig auf ihrem Stuhl herum, und Großtante Sarah musste das bemerkt haben, denn sie unterbrach sich plötzlich.

»Das Kind langweilt sich und hat Hunger«, rief sie und fragte das Dienstmädchen: »Sind die alten Damen alle gegangen?« Das Mädchen bejahte.

»Also dann«, rief Großtante Sarah, »kannst du den richtigen Tee bringen.«

Einen Augenblick später kam das Dienstmädchen schwer beladen mit einem riesigen Kuchentablett zurück. Es mussten fünf oder sechs verschiedene Sorten sein. Außerdem gab es noch belegte Brote und Kekse. Auch eine Kanne mit frischem Tee und Schokolade mit Schlagsahne wurden aufgetischt.

»Ich liebe Kuchen«, rief Großtante Sarah auf Mamas erstaunten Blick hin, »aber es hat keinen Sinn, ihn diesen alten Damen anzubieten. Sie sind alle auf ihre schlanke Linie bedacht. Da hab ich mir gedacht, wir nehmen unseren Tee, wenn sie gegangen sind.«

Nach dieser Erklärung klatschte sie ein Riesenstück Apfeltorte auf einen Teller, bedeckte es mit Schlagsahne und reichte es Anna.

»Das Kind muss gut ernährt werden«, sagte sie.

Während des Tees stellte sie Mama Fragen über Papas Arbeit, über ihre Wohnung, und manchmal musste Mama ihre Antworten in das Hörrohr wiederholen. Mama sprach ganz heiter über alles, aber Großtante Sarah schüttelte immer wieder den Kopf und sagte: »So leben zu müssen ... ein so berühmter Mann ...!«

Sie kannte Papas sämtliche Bücher und bezog die »Pariser Zeitung« nur, um seine Artikel lesen zu können. Immer wieder sah sie Anna an und sagte: »Und das Kind – so mager!« Darauf drängte sie ihr noch ein Stück Kuchen auf.

Als schließlich niemand mehr etwas essen konnte, kam Großtante Sarah schwerfällig hinter dem Teetisch hervor und bewegte sich in ihrem gewöhnlichen Trott auf die Tür zu, wobei sie Mama und Anna winkte, ihr zu folgen. Sie führte sie in ein anderes Zimmer, in dem Kartons gestapelt waren.

»Seht mal«, sagte sie, »all das ist mir für meine Not leidenden Kinder geschenkt worden.«

Die Kartons waren mit Stoffresten in den verschiedensten Farben und Qualitäten gefüllt.

»Eine meiner alten Damen ist mit einem Textilfabrikanten verheiratet«, erklärte Großtante Sarah, »er ist sehr reich und schenkt mir alle Stoffreste, die er nicht mehr braucht. Mir ist da ein Einfall gekommen. Warum soll Anna nicht etwas davon haben? Schließlich ist sie doch auch Not leidend!«

»Nein, nein«, sagte Mama, »das kann ich nicht annehmen!«

»Ach – immer noch so stolz«, sagte Großtante Sarah. »Das Kind braucht etwas anzuziehen. Warum sollte sie nichts von dem hier bekommen?« Sie wühlte in einem der Kartons und zog einen dicken Wollstoff in einem wunderschönen Grünton heraus. »Genau richtig für einen Mantel«, sagte sie, »und ein Kleid braucht sie auch, und vielleicht einen Rock ...«

Im Nu hatten sie einen Haufen Stoff auf dem Bett zurechtgelegt, und wenn Mama versuchte, Einspruch zu erheben, rief sie nur: »So ein Unsinn! Willst du, dass die Polizei das Kind festnimmt, weil man sein Höschen sieht?«

Bei diesem Einwand musste Mama, die sowieso nicht allzu energisch protestiert hatte, lachen und gab nach. Das Dienstmädchen wurde angewiesen, alles einzupacken, und als es Zeit war zu gehen, trugen Mama und Anna jede ein großes Paket. »Vielen, vielen Dank«, schrie Anna in Großtante Sarahs Hörrohr hinein, »ich wollte schon immer einmal einen grünen Mantel haben!«

»Er soll dir Glück bringen«, schrie Großtante Sarah zurück.

Dann waren sie draußen, und während sie im Dunkeln heimgingen, berieten sie, was sie mit den verschiedenen Stoffresten alles machen könnten. Sobald sie zu Hause waren, rief Mama Madame Fernand an und erzählte ihr von den Geschenken. Madame Fernand lud sie ein, am nächsten Donnerstag mit den Stoffen zu ihr zu kommen und dort ein großes Nähfest zu veranstalten.

»Das wird herrlich!«, rief Anna. »Ich kann es kaum erwarten, es Papa zu erzählen.« – Und in diesem Augenblick kam Papa nach Hause. Sie sprudelte aufgeregt heraus, was geschehen war. »Und ich werde ein Kleid und einen Mantel bekommen«, plapperte sie, »und Großtante Sarah hat es uns geschenkt, weil es für Not leidende Kinder bestimmt ist, und sie sagte, ich hätte es genauso nötig wie die andern, und wir haben einen herrlichen Tee bekommen ...«

Als sie den Ausdruck auf Papas Gesicht bemerkte, verstummte sie.

»Was soll das alles bedeuten?«, fragte er Mama.

»Es ist genau so, wie Anna dir erzählt hat«, sagte Mama, und ihre Stimme klang vorsichtig. »Großtante Sarah hatte einen ganzen Haufen Stoffreste, der ihr geschenkt worden ist, und sie wollte, dass Anna etwas davon haben soll.«

»Aber das Zeug ist ihr für Not leidende Kinder geschenkt worden«, sagte Papa.

»So hieß es nur«, sagte Mama. »Sie ist in verschiedenen Wohltätigkeitsvereinen. Sie ist eine sehr gütige Frau ...«

»Wohltätigkeit?«, sagte Papa. »Wir können für unsere Kinder keine Wohltätigkeit annehmen.«

»Oh, warum musst du immer alles so kompliziert sehen?«, schrie Mama. »Diese Frau ist meine Tante, und sie wollte Anna ein paar Kleidungsstücke schenken. Das ist alles.«

»Ehrlich, Papa. Ich glaube nicht, dass sie es so gemeint hat, dass es dir missfallen könnte«, warf Anna ein. Ihr war elend, und sie wünschte schon, den Stoff nie gesehen zu haben.

»Es ist ein Geschenk für Anna von einer Verwandten«, sagte Mama.

»Nein«, sagte Papa, »das ist es nicht, es ist das Geschenk einer Verwandten, die einen Wohltätigkeitsverein betreibt. Wohltätigkeit für Not leidende Kinder.«

»Also gut, dann bringe ich es zurück«, schrie Mama, »wenn du das wünschst! Aber dann sag mir, was das Kind anziehen soll! Weißt du, was Kinderkleider im Laden kosten? Sieh dir doch das Kind an. Sieh sie dir doch einmal richtig an!«

Papa sah Anna an, und Anna erwiderte den Blick. Sie wollte die neuen Kleider haben, aber sie wollte nicht, dass Papa so deswegen litt. Sie zog an ihrem Rock, damit er länger aussehen sollte. »Papa ...«, sagte sie.

»Du siehst wirklich ein bisschen Not leidend aus«, meinte Papa. Er schien sehr müde.

»Es macht doch nichts«, sagte Anna.

»Doch, es macht etwas«, sagte Papa, »es ist wichtig.« Er befühlte den Stoff in den Paketen. »Ist das der Stoff?«

Sie nickte.

»Gut. Dann lass dir neue Kleider daraus machen«, sagte Papa. »Warme Sachen«, murmelte er und ging aus dem Zimmer.

An diesem Abend lagen Max und Anna im Dunkeln im Bett und sprachen miteinander.

»Ich wusste nicht, dass wir Not leidend sind«, sagte Anna, »sind wir das wirklich?«

»Papa verdient nicht viel«, sagte Max, »die Pariser Zeitung kann ihm für seine Artikel nicht viel bezahlen, und die französischen Zeitungen haben ihre eigenen Journalisten.«

»In Deutschland haben sie ihm aber viel bezahlt.«

»Oh ja.«

Eine Weile lagen sie da, ohne zu sprechen. Dann sagte Anna: »Komisch, nicht?«

»Was?«

»Wir dachten doch, wir wären in sechs Monaten wieder in Berlin. Jetzt sind wir schon länger als ein Jahr fort.«

»Ich weiß«, sagte Max.

Ganz plötzlich, ohne einen besonderen Grund, erinnerte sich Anna so lebhaft an ihr altes Haus. Sie erinnerte sich, was man empfand, wenn man die Treppe hinauflief. Sie sah den kleinen Flecken auf dem Treppenabsatz, wo sie einmal Tinte verschüttet hatte. Sie meinte, von den Fenstern aus auf den Birnbaum im Garten zu blicken. Die Vorhänge im Kinderzimmer waren blau, und dort stand ein weiß gestrichener Tisch, an dem man schreiben und zeichnen konnte, und Bertha hatte ihn jeden Tag sauber gemacht, und es hatte dort eine Menge Spielsachen gegeben ... Aber es hatte keinen Sinn, weiter daran zu denken, darum machte sie die Augen zu und schlief ein.

17 Das **Nähfest** bei den **Fernands** wurde zu einem großen **Erfolg**. Madame Fernand war genauso nett, wie Anna sie im Gedächtnis hatte, und sie **schnitt den Stoff** von **Großtante Sarah** so geschickt zu, dass außer einem Mantel, einem Kleid und einem **Rock für Anna** auch noch eine kurze graue Hose für Max herauskam. Als Mama sich erbot, beim Nähen zu helfen, sah Madame Fernand sie nur an und lachte.

»Sie setzen sich ans Klavier und spielen«, sagte sie, »mit dem hier komme ich schon allein zurecht.«

»Aber ich habe Nähutensilien mitgebracht«, sagte Mama. Sie wühlte in ihrer Handtasche und brachte eine alte weiße Garnrolle und eine Nähnadel zum Vorschein.

»Meine Liebe«, sagte Madame Fernand sehr freundlich, »ich würde Sie nicht einmal ein Taschentuch säumen lassen.«

Mama spielte also in einer Ecke des Wohnzimmers Klavier, während Madame Fernand in der andern nähte, und Anna und Max gingen mit Francine Fernand spielen.

Bevor sie kamen, hatte Max wegen Francine seine Zweifel gehabt.

»Ich habe keine Lust, mit einem Mädchen zu spielen«, hatte er gesagt. Er hatte sogar vorgegeben, wegen seiner Hausaufgaben nicht mitkommen zu können.

»Du bist doch sonst nicht so versessen auf deine Aufgaben«, sagte Mama ärgerlich, aber das war nicht ganz gerecht, denn Max war, weil er möglichst schnell Französisch lernen wollte, in letzter Zeit, was die Schule betraf, viel gewissenhafter geworden. Er gab sich beleidigt und brummig, bis sie bei den Fernands ankamen und Francine ihnen die Tür aufmachte. Da hatte seine gerunzelte Stirn sich schnell geglättet. Francine war ein hübsches Mädchen mit langem honigfarbenem Haar und grauen Augen.

»Du bist gewiss Francine«, sagte Max und fügte heuchlerischerweise in bemerkenswert gutem Französisch hinzu: »Ich habe mich so darauf gefreut, dich kennenzulernen.«

Francine hatte eine Menge Spielsachen und eine große weiße Katze. Die Katze kam sofort zu Anna und blieb auf ihrem Schoß sitzen, während Francine etwas in ihrem Spielschrank suchte. Schließlich hatte sie es gefunden.

»Das hab ich zu meinem letzten Geburtstag bekommen«, sagte sie und brachte eine Spielesammlung, genau wie jene, die Max und Anna in Deutschland besessen hatten.

Maxens und Annas Blick trafen sich über das weiße Fell der Katze hinweg.

»Darf ich sehen?«, fragte Max und hatte die Schachtel schon geöffnet, bevor Francine zustimmen konnte. Er betrachtete lange den Inhalt, nahm die Würfel in die Hand, die Schachfiguren, die verschiedenen Arten von Spielkarten.

»Wir hatten früher auch so eine Schachtel mit Spielen«, sagte er schließlich, »aber bei uns war noch ein Domino dabei.«

Francine blickte ein wenig betreten drein, weil man ihr Geburtstagsgeschenk bemängelte.

»Was ist denn mit euren Spielen passiert?«, fragte sie.

»Wir mussten sie zurücklassen«, sagte Max und fügte finster hinzu: »Wahrscheinlich spielt Hitler jetzt damit.«

Francine lachte: »Also, dann müsst ihr eben jetzt stattdessen mit diesem spielen«, sagte sie, »da ich keine Geschwister habe, ist nicht oft jemand da, der mit mir spielt.«

Danach spielten sie den ganzen Nachmittag »Mensch-ärgere-dich-nicht« und »Dame«. Es war schön, denn die weiße Katze saß die ganze Zeit auf Annas Schoß, und Anna brauchte während der Spiele nicht viel Französisch zu sprechen. Die weiße Katze hatte nichts dagegen, dass über ihren Kopf hinweg gewürfelt wurde, und wollte nicht einmal von Annas Schoß herunter, als Madame Fernand Anna zur Anprobe rief. Zum Tee fraß die Katze ein Stückchen Hefekuchen mit Zuckerguss, das Anna ihr gab, und danach sprang sie sofort wieder auf Annas Schoß, und es war, als lächle sie sie über ihre langen weißen Schnurrhaare hinweg an. Als es Zeit war zu gehen, lief sie Anna bis zur Wohnungstür nach.

»Was für eine wunderschöne Katze«, sagte Mama staunend, als sie das Tier sah. Anna hätte ihr so gern erzählt, wie sie auf ihrem Schoß gesessen hatte, während sie »Mensch-ärgere-dich-nicht« spielten, aber es kam ihr unhöflich vor, Deutsch zu sprechen, da Madame Fernand es nicht verstand. Daher versuchte sie stockend, es auf Französisch zu erklären.

»Sie haben doch gesagt, Anna spräche kaum Französisch«, sagte Madame Fernand.

Mama machte ein erfreutes Gesicht. »Sie macht einen Anfang«, sagte sie.

»Macht einen Anfang«, rief Madame Fernand aus, »ich habe noch nie zwei Kinder kennengelernt, die so schnell eine Sprache lernen. Max könnte man manchmal fast für einen französischen Jungen halten, und was Anna betrifft ... vor ein oder zwei Monaten konnte sie kaum ein Wort sagen, und jetzt versteht sie schon alles!«

Es stimmte nicht ganz. Es gab immer noch vieles, was Anna nicht verstand, aber sie war trotzdem hocherfreut. Sie war von den schnellen Fortschritten, die Max machte, so beeindruckt gewesen, dass sie nicht bemerkt hatte, wie sehr auch ihre Kenntnisse zunahmen.

Madame Fernand lud sie alle für den kommenden Sonntag ein, damit Anna noch einmal alles anprobieren konnte, aber Mama sagte Nein, das nächste Mal müssten Fernands zu ihnen kommen.

So begann eine Reihe von gegenseitigen Besuchen, an denen beide Familien ihre Freude hatten und die bald zu einer regelmäßigen Einrichtung wurden.

Papa genoss besonders Monsieur Fernands Gesellschaft. Er war ein großer Mann mit einem klugen Gesicht, und oft, wenn die Kinder im Esszimmer spielten, konnte Anna seine tiefe Stimme und Papas Stimme im Wohn-Schlafzimmer nebenan hören. Sie schienen immer etwas miteinander zu besprechen zu haben, und manchmal hörte Anna sie auch laut miteinander lachen. Das machte sie immer froh, denn sie hasste den müden Ausdruck, den Papas Gesicht angenommen hatte, als er von Großtante Sarahs Kleiderstoffen hörte. Sie hatte bemerkt, dass dieser Ausdruck manchmal wiederkehrte, gewöhnlich, wenn Mama von Geld redete. Monsieur Fernand konnte diesen Ausdruck immer vertreiben.

Die neuen Kleider waren bald fertig, und Anna fand, dass sie nie so hübsche Kleider besessen hatte. Als sie sie zum ersten Mal trug, besuchte sie Großtante Sarah, um sie ihr zu zeigen, und nahm ihr ein Gedicht mit, das sie als besondere Dankesgabe geschrieben hatte. Es beschrieb alle Kleidungsstücke ausführlich und endete mit den Zeilen:

All dies verdank ich – nichts ist klarer –
Der lieben, guten Tante Sarah!

»Du meine Güte«, sagte Tante Sarah, als sie es gelesen hatte, »Kind, du wirst noch einmal eine Schriftstellerin wie dein Vater!«

Sie schien sich schrecklich zu freuen. Auch Anna freute sich, denn durch das Gedicht schien es endgültig bewiesen zu sein, dass das Geschenk keine Wohltätigkeit gewesen war. Und außerdem war es ihr zum ersten Mal gelungen, ein Gedicht über ein anderes Thema zu schreiben als über einen Unglücksfall.

18

Im April wurde es **plötzlich Frühling,** und obgleich **Anna versuchte**, den schönen grünen Mantel, den Madame Fernand genäht hatte, weiter zu tragen, wurde er ihr doch bald zu warm. **Es war ein Vergnügen,** an diesen hellen, **sonnigen Morgen** in die Schule zu gehen, und da die Pariser die Fenster öffneten, um die warme Luft hineinzulassen, strömten allerlei interessante Gerüche nach draußen und mischten sich mit dem Frühlingsduft in den Straßen. Unter den bekannten warmen Knoblauchhauch, der aus der Metro aufstieg, mischten sich plötzlich köstliche Duftwolken von Kaffee, frischem Brot oder Zwiebeln, die für das Mittagessen gebraten wurden.

Als der Frühling weiter fortschritt, öffneten sich nicht nur die Fenster, sondern auch die Türen, und während sie die sonnenhellen Straßen entlangging, konnte sie einen Blick in die dämmrigen Innenräume der Cafés und Läden werfen, die den ganzen Winter hindurch unsichtbar gewesen waren. Jeder wollte in der Sonne verweilen, und auf den Bürgersteigen der Champs Élysées standen überall Tische und Stühle, zwischen denen Kellner in weißen Jacken herumflitzten und die Gäste mit Getränken versorgten.

Der erste Mai hieß der Tag der Maiglöckchen. An jeder Straßenecke tauchten Riesenkörbe mit diesen grünweißen Sträußchen auf, und von überallher hörte man die Rufe der Verkäufer. Papa musste an diesem Morgen früh zu einer Verabredung und begleitete Anna ein Stück auf ihrem Schulweg. Er blieb an einem Kiosk stehen, um einem alten Mann eine Zeitung abzukaufen. Auf der Vorderseite war ein Bild Hitlers, der eine Rede hielt, aber der alte Mann faltete die Zeitung so zusammen, dass das Bild verschwand. Dann zog er die Luft ein und zeigte lächelnd seinen einzigen Zahn. »Es riecht nach Frühling«, sagte er.

Papa lächelte zurück, und Anna wusste, was er jetzt dachte: Wie schön es doch sei, einen Frühling in Paris zu erleben. An der nächsten Ecke kauften sie einen Strauß Maiglöckchen, ohne auch nur zu fragen, was er kostete.

Bei dem strahlenden Wetter draußen schien das Schulgebäude düster und kühl, aber Anna freute sich jeden Morgen darauf, Colette, die ihre besondere Freundin geworden war, und Madame Socrate zu sehen. Obgleich der Schultag ihr immer noch ermüdend und lang vorkam, begann sie doch besser zu verstehen, was um sie herum vorging. Die Fehler in den Diktaten hatten sich langsam von hundert auf etwa fünfzig vermindert. Madame Socrate half ihr immer noch in den Mittagspausen, und manchmal gelang es ihr sogar, eine Frage im Unterricht zu beantworten.

Zu Hause entwickelte sich Mama zu einer wirklich guten Köchin, da Madame Fernand ihr mit gutem Rat beistand. Papa erklärte, er habe noch nie im Leben daheim so gut gegessen. Die Kinder bekamen Geschmack an allen möglichen Nahrungsmitteln, von denen sie früher nicht einmal gehört hatten, und sie tranken wie französische Kinder ein Gemisch aus Wasser und Wein zum Essen. Sogar die dicke Clothilde in der Schulküche war mit dem Essen zufrieden, das Anna zum Aufwärmen mitbrachte.

»Deine Mutter versteht zu kochen«, sagte sie, und Mama war hocherfreut, als Anna ihr das erzählte.

Nur Grete blieb düster und unzufrieden. Was auch immer Mama auf den Tisch brachte, sie verglich es mit einem ähnlichen Gericht aus Österreich, und der Vergleich fiel immer nachteilig für Mamas Speise aus. War es aber etwas, das es in Österreich nicht gab, so hielt Grete es für ungenießbar. Sie setzte allem Französischen einen erstaunlichen Widerstand entgegen, und obgleich sie jeden Tag zum Unterricht ging, schienen sich ihre Sprachkenntnisse nicht zu verbessern. Da sie durch die Versprechen, die sie angeblich ihrer Mutter gegeben hatte, wirklich kaum eine Hilfe für Mama war, freuten sich alle, sie selbst nicht ausgenommen, auf den Tag, an dem Grete endgültig nach Österreich zurückkehren würde.

»Und je eher, desto besser«, sagte Madame Fernand, die Grete aus der Nähe hatte beobachten können, denn die beiden Familien verbrachten die Sonntage meist gemeinsam. Als der Frühling zum Sommer wurde, gingen sie, statt sich zu Hause zu treffen, in den Bois de Boulogne. Das war ein großer Park nicht weit von ihrer Wohnung, und die Kinder spielten Ball auf dem Rasen. Ein- oder zweimal lieh sich Monsieur Fernand das Auto eines Bekannten und nahm alle zu einem Ausflug mit aufs Land. Zu Annas Freude kam die Katze auch mit. Sie hatte nichts dagegen, an einer Leine geführt zu werden, und während Max mit Francine plauderte, nahm Anna das Tier stolz in ihre Obhut.

Im Juli wurde es sehr heiß, viel heißer, als es in Berlin je gewesen war. Man bekam keine Luft mehr in der kleinen Wohnung, obgleich Mama die ganze Zeit die Fenster geöffnet hielt. Besonders im Schlafzimmer der Kinder war es zum Ersticken heiß, und im Hof, auf den die Fenster hinausgingen, schien es noch heißer zu sein als im Zimmer. Man konnte nachts kaum schlafen, und niemand konnte sich auf den Unterricht in der Schule konzentrieren. Sogar Madame Socrate sah müde aus. Ihr gekräuseltes schwarzes Haar wurde in der Hitze ganz matt, und alles sehnte sich nach dem Ende des Schuljahres.

Der vierzehnte Juli war nicht nur für die Schüler, sondern für alle Franzosen ein Feiertag. Es war der Jahrestag der Französischen Revolution. Überall hingen Fahnen, und am Abend sollte ein Feuerwerk abgebrannt werden.

Anna und Max gingen mit ihren Eltern und den Fernands aus, um es anzusehen. Sie fuhren mit der Metro, in der sich ausgelassene Menschen drängten, und in einem Schwarm anderer Pariser stiegen sie eine lange Treppe zu einer Kirche hinauf, die auf dem Gipfel eines Hügels lag. Von hier konnten sie ganz Paris überblicken, und als die Raketen anfingen, vor dem dunkelblauen Himmel zu zerbersten, schrie und jubelte alles. Am Schluss des Schauspiels stimmte jemand die Marseillaise an, ein anderer fiel ein, und bald sang die riesige Menschenmenge in der warmen Nachtluft.

»Los, Kinder«, rief Monsieur Fernand, und auch Anna und Max sangen nun mit. Anna fand das Lied herrlich, besonders die Stelle, an der die Melodie so unerwartet langsam wird, und sie bedauerte, als es zu Ende war.

Die Menge begann, sich über die Treppe hinunter zu zerstreuen, und Mama rief: »Und jetzt heim ins Bett!«

»Um Himmels willen, Sie können die Kinder jetzt doch nicht ins Bett stecken. Es ist der vierzehnte Juli!«, rief Monsieur Fernand. Mama meinte, es sei schon spät, aber die Fernands lachten sie aus.

»Es ist der vierzehnte Juli«, sagten sie, als ob damit etwas erklärt wäre, »und der Abend hat gerade erst angefangen.«

Mama schaute zweifelnd auf die erregten Gesichter der Kinder. »Aber was soll denn nun noch geschehen?«, fing sie an.

»Zuerst«, bestimmte Monsieur Fernand, »gehen wir essen.« Anna erklärte, sie hätte schon gegessen.

Bevor sie losgezogen waren, hatte es hart gekochte Eier gegeben. Aber offenbar war das für Monsieur Fernand kein Essen. Er führte sie in ein großes, überfülltes Restaurant, wo sie sich draußen auf dem Bürgersteig an einen Tisch setzten, und bestellte eine Mahlzeit.

»Schnecken für die Kinder«, rief Monsieur Fernand, »sie haben sie noch nicht probiert?«

Max starrte seine Portion voller Abscheu an und konnte sich nicht entschließen, sie anzurühren. Aber Anna, von Francine ermutigt, versuchte eine und fand, dass sie wie ein köstlicher Pilz schmeckte. Zum Schluss aßen sie und Francine noch Maxens Schnecken auf. Gegen Ende der Mahlzeit, als sie Cremeballen löffelten, erschien ein alter Mann mit einem Schemel und einem Akkordeon. Er setzte sich zu den Gästen und begann zu spielen, und bald standen ein paar Leute von ihren Tischen auf, um auf der Straße zu tanzen. Ein lustiger Matrose kam auf Mama zu und forderte sie zum Tanzen auf. Mama war zuerst überrascht, aber dann nahm sie an, und Anna sah zu, wie sie immer im Kreis herumgewirbelt wurde, immer noch mit erstauntem, aber doch fröhlichem Gesicht. Dann tanzte Monsieur Fernand mit Francine, und Anna tanzte mit Papa, und Madame Fernand sagte, im Augenblick habe sie noch keine Lust zu tanzen, denn sie konnte sehen, dass Max es einfach grässlich finden würde, bis schließlich Monsieur Fernand erklärte: »Jetzt wollen wir weiterbummeln!« Es war kühler geworden, und während sie durch die Straßen schlenderten, in denen sich überall Menschen drängten, fühlte sich Anna leicht beschwingt und überhaupt nicht müde. Man hörte Akkordeonmusik, Leute tanzten, und manchmal blieben Mama, Papa und die Fernands eine Weile stehen und tanzten mit. In einigen Cafés wurde zur Feier des Tages kostenlos Wein ausgeschenkt, und wenn sie eine Ruhepause brauchten, kehrten sie ein. Die Erwachsenen tranken Wein und die Kinder Cassis, ein Getränk aus süßem Johannisbeersaft und Sprudel. Sie sahen den Fluss im Mondlicht glänzen, und mitten auf dem Wasser stand die Kathedrale Notre Dame wie ein großes dunkles Tier. Einmal gingen sie unmittelbar am Ufer vorbei und unter Brücken hindurch, und auch hier gab es Akkordeonspieler und tanzende Menschen! Sie liefen immer weiter, und Anna verlor allmählich jedes Zeitgefühl, und sie folgten Monsieur Fernand wie durch einen glücklichen Traum.

Plötzlich fragte Max: »Was ist das für ein komisches Licht am Himmel?«

Es war die Morgendämmerung.

Sie hatten jetzt die Markthallen von Paris erreicht, und überall rumpelten mit Obst und Gemüse beladene Karren über das Kopfsteinpflaster.

»Hungrig?«, fragte Monsieur Fernand.

Es war lächerlich, denn obgleich sie schon zweimal zu Abend gegessen hatten, waren alle schrecklich hungrig. Hier spielte kein Akkordeon, die Leute machten sich zur Arbeit auf, und in einem kleinen Café servierte eine Frau Schüsselchen mit dampfender Zwiebelsuppe. Auf Holzbänken neben den Marktleuten sitzend, löffelten sie ihre Schüsseln leer und tunkten die Suppe mit Brot auf. Als sie aus dem Café kamen, war es heller Tag. »Jetzt können Sie die Kinder ins Bett stecken«, sagte Monsieur Fernand, »sie haben erlebt, wie man den vierzehnten Juli feiert.« Nach einem schläfrigen Abschied fuhren sie mit der Metro heim und fielen in ihre Betten.

»In Deutschland haben wir nie einen vierzehnten Juli gehabt«, sagte Anna noch, ehe sie einschlief.

»Natürlich nicht«, sagte Max, »wir hatten ja auch nicht die Französische Revolution.«

»Das weiß ich«, sagte Anna böse und fügte, schon halb im Schlaf, hinzu: »Aber schön war es doch.«

Dann standen die Sommerferien vor der Tür. Gerade als sie überlegten, was sie anfangen sollten, kam ein Brief von Herrn Zwirn, der die ganze Familie einlud, im Gasthof Zwirn seine Gäste zu sein. Und gerade als sie sich den Kopf zerbrachen, woher das Fahrgeld nehmen, bekam Papa den Auftrag, drei Artikel für eine französische Zeitung zu schreiben. Diese Zeitung zahlte viel besser als die »Pariser Zeitung«. So war auch dieses Problem gelöst.

Alle freuten sich auf die Ferien, und um dem Ganzen die Krone aufzusetzen, brachte Max am letzten Schultag ein gutes Zeugnis nach Hause. Mama und Papa trauten ihren Augen kaum, als sie es lasen. Da stand nirgends: »Zeigt kein Interesse« oder »Gibt sich keine Mühe«. Stattdessen kamen Wörter vor wie »intelligent« und »fleißig« und unten auf der Seite prangte ein Satz des Schulleiters, dass Max bemerkenswerte Fortschritte gemacht habe.

Das munterte Mama so auf, dass sie ganz herzlich von Grete Abschied nahm, die nach Österreich zurückfuhr. Sie waren alle so froh, sie loszuwerden. Das ließ sie ganz besonders nett zu ihr sein, und Mama schenkte ihr sogar einen kleinen Schal. »Ich weiß nicht, ob man so etwas in Österreich trägt«, meinte Grete mürrisch, als sie ihn betrachtete, aber sie nahm ihn trotzdem an.

Und dann machten auch sie sich an die Vorbereitungen für ihre Reise in die Schweiz.

Im Gasthof Zwirn fanden sie alles unverändert. Herr und Frau Zwirn waren herzlich wie immer, und nach der Pariser Hitze war die Luft am See wunderbar frisch. Es war schön, das ihnen nun vertraute Schweizerdeutsch zu hören und alles verstehen zu können, was die Leute sagten. Franz und Vreneli waren zu Anna und Max genauso freundlich, als seien sie erst gestern getrennt worden. Im Nu hatte Vreneli Anna alle Neuigkeiten über den rothaarigen Jungen berichtet, der offenbar angefangen hatte, Vreneli in einer gewissen Weise anzusehen – einer herzlichen Weise, wie Vreneli sagte – die sie nicht beschreiben konnte, die ihr aber zu gefallen schien. Franz nahm Max mit derselben alten Angelrute zum Fischen mit, sie spielten dieselben Spiele und gingen auf denselben Pfaden durch die Wälder, die sie im vergangenen Jahr so geliebt hatten. Es war alles genau wie es gewesen war, und trotzdem gab es da etwas, was Anna und Max daran erinnerte, dass sie aus der

Fremde kamen. Wie hatte das Leben der Zwirns so gleich bleiben können, wo ihres doch so anders geworden war?

»Man sollte doch denken«, meinte Max, »dass sich bei euch wenigstens irgendetwas verändert hätte.«

»Ja, was denn nur?«, fragte Franz ganz erstaunt.

Eines Tages ging Anna mit Vreneli und Rösli durch das Dorf. Sie trafen Herrn Graupe.

»Willkommen in unserem schönen Schweizerland!«, rief er und schüttelte Anna begeistert die Hand, und sogleich stellte er ihr alle möglichen Fragen über die Schule in Frankreich. Er war davon überzeugt, dass keine Schule, wo immer auf der Welt, so gut sein könne wie seine Dorfschule hier. Anna merkte, dass sie beinahe einen entschuldigenden Ton anschlug, als sie erklärte, dass es ihr sehr gut gefiele.

»Wirklich?«, fragte Herr Graupe ungläubig, als sie von der Arbeit erzählte und von ihrem Frühstücken mit Clothilde in der Schulküche und von Madame Socrate.

Und dann passierte ihr etwas Seltsames. Herr Graupe fragte sie, wann die Kinder in Frankreich aus der Schule entlassen würden. Sie wusste das nicht so genau, aber statt ihm auf Deutsch zu antworten, zuckte sie plötzlich die Schultern und sagte: »Je ne sais pas.« In ihrem besten Pariser Akzent. Sie wusste, dass er denken würde, sie wollte prahlen. Aber das war nicht beabsichtigt gewesen. Sie begriff gar nicht, woher die Worte gekommen waren. Es war, als hätte irgendetwas in ihr heimlich Französisch gedacht, und das war lächerlich. Da sie in Paris niemals imstande gewesen war, Französisch zu denken, wie sollte sie da jetzt plötzlich hier damit anfangen?

»Ich sehe, wir werden schon ganz französisch«, sagte Herr Graupe missbilligend. »Nun – ich will dich nicht aufhalten.« Damit ging er davon.

Vreneli und Rösli waren ungewöhnlich still, als sie alle zusammen zurückgingen.

»Vermutlich kannst du jetzt Französisch sprechen wie gar nichts«, sagte Vreneli schließlich.

»Nein«, sagte Anna. »Max kann es viel besser.«

»Ich kann ›oui‹ sagen – ich glaube, das heißt ja, nicht wahr?«, sagte Rösli. »Gibt es in Frankreich Berge?«

»Nicht in der Nähe von Paris«, sagte Anna. Vreneli hatte Anna gedankenverloren angestarrt. Jetzt sagte sie: »Weißt du, du bist doch irgendwie anders geworden.«

»Unsinn«, rief Anna, »das stimmt nicht!« Aber sie wusste, dass Vreneli Recht hatte, und plötzlich, obwohl sie erst elf Jahre alt war, fühlte sie sich ganz alt und traurig.

Die Ferien vergingen schnell. Die Kinder badeten und spielten mit den Zwirns, und wenn es nicht ganz so war wie sonst, so war es doch schön. Was machte es schon, sagte Max, dass sie nicht mehr ganz dazugehörten. Am Ende des Sommers waren sie traurig, dass sie fort mussten, und nahmen lange und herzlich Abschied von ihren Freunden. Aber nach Paris zurückzugehen kam ihnen beiden, Max und Anna, fast so vor, als ob sie nach Hause gingen, und das hätten sie nie für möglich gehalten.

19 **Als die Schule** wieder anfing, stellte **Anna** fest, dass sie versetzt worden war. **Madame Socrate** war immer noch **ihre Lehrerin,** aber die Arbeit war plötzlich viel schwerer. Das kam daher, dass **die Klasse** auf ein Examen vorbereitet wurde, das sich »**certificat d'études**« nannte und das alle Schülerinnen außer Anna im kommenden Sommer ablegen sollten. »Ich bin entschuldigt, weil ich keine Französin bin«, sagte Anna zu Mama, »es wäre einfach unmöglich für mich, es zu bestehen.« Aber sie musste trotzdem die gleiche Arbeit tun. Man erwartete von den Mädchen ihrer Klasse, dass sie nach der Schule wenigstens eine Stunde Hausaufgaben machten, sie mussten ganze Seiten Geschichte und Erdkunde auswendig lernen, Aufsätze schreiben und Grammatik lernen – und Anna musste all das in einer Sprache tun, die sie immer noch nicht völlig sicher beherrschte. Sogar im Rechnen, das bis jetzt ihre große Stärke gewesen war, kam sie nicht mehr mit. Statt einfacher Rechenaufgaben, bei denen keine Übersetzung nötig war, rechnete die Klasse jetzt eingekleidete Aufgaben – lange, komplizierte Satzgebilde, in denen Leute in Zügen aneinander vorbeifuhren und in einem bestimmten Tempo Behälter mit Wasser füllten und sie in einem anderen Tempo wieder leerten. Das alles musste sie sich ins Deutsche übersetzen, ehe sie beginnen konnte, darüber nachzudenken.

Als es kälter wurde und die Tage kürzer, begann sie, sich sehr müde zu fühlen. Sie zog die Füße auf dem Heimweg von der Schule nach und saß da und starrte auf ihre Hausaufgaben, statt sich an die Arbeit zu machen. Sie fühlte sich plötzlich ganz mutlos. Madame Socrate, die das bevorstehende Examen im Kopf hatte, konnte nicht mehr so viel Zeit für sie erübrigen, und Annas Leistungen schienen eher schlechter als besser zu werden. Was sie auch tun mochte, sie brachte es nicht fertig, im Diktat auf weniger als vierzig Fehler zu kommen – in der letzten Zeit waren es oft mehr als fünfzig gewesen. Im Unterricht wusste sie oft die Antwort, aber es dauerte so lange, bis sie sie ins Französische übersetzt hatte, dass es meist zu spät war, um sich zu melden. Sie hatte das Gefühl, dass es ihr nie gelingen werde, die andern einzuholen, und sie war es leid, sich immer so anzustrengen.

Eines Tages kam Mama ins Zimmer, als sie über ihren Aufgaben saß.

»Bist du bald fertig?«, fragte Mama.

»Noch nicht«, sagte Anna, und Mama trat zu ihr und schaute in ihr Heft.

Es waren Rechenaufgaben, und alles, was Anna geschrieben hatte, war: »Eingekleidete Aufgaben« und das Datum.

Sie hatte mit dem Lineal ein Kästchen um die Wörter »Eingekleidete Aufgaben« gezogen, und dieses Kästchen mit einer Wellenlinie in roter Tinte umgeben. Dann hatte sie die Wellenlinie mit Pünktchen verziert und drum herum eine Zickzacklinie gemalt, und diese wieder mit blauen Pünktchen verziert. Zu all dem hatte sie beinahe eine Stunde gebraucht.

Bei diesem Anblick explodierte Mama.

»Kein Wunder, dass du mit deinen Aufgaben nicht fertig wirst. Du schiebst sie immer wieder auf, bis du zu müde bist, noch einen Gedanken zu fassen. Auf diese Weise wirst du überhaupt nichts lernen!«

Dies war so genau, was Anna selber dachte, dass sie in Tränen ausbrach.

»Ich strenge mich doch an«, schluchzte sie, »aber ich kann es einfach nicht. Es ist zu schwer! Ich versuche und versuche, und es hat keinen Sinn!«

Und bei einem neuen Ausbruch tropften die Tränen auf die Überschrift »Eingekleidete Aufgaben«, sodass das Papier Blasen warf. Die Wellenlinie verlief und vermischte sich mit dem Zickzack.

»Natürlich kannst du es«, sagte Mama und griff nach dem Buch. »Sieh mal, ich helfe dir ...«

Aber Anna schrie ganz heftig: »Nein!« und stieß das Buch weg, dass es über die Tischkante rutschte und zu Boden fiel.

»Nun, offenbar bist du heute nicht in der Lage, Aufgaben zu machen«, sagte Mama, nachdem sie einen Augenblick geschwiegen hatte. Sie ging aus dem Zimmer.

Anna fragte sich gerade, was sie tun sollte, als Mama im Mantel zurückkam.

»Ich muss noch Kabeljau zum Abendessen kaufen«, sagte sie, »am besten gehst du ein bisschen mit an die frische Luft.«

Sie liefen ohne zu sprechen nebeneinander die Straße hinunter. Es war kalt und dunkel, und Anna trottete, die Hände in den Manteltaschen, neben Mama her und fühlte sich ganz leer. Sie taugte nichts. Sie würde nie richtig Französisch lernen. Sie war wie Grete, die nie hatte lernen können, aber anders als Grete konnte sie nicht in ihr eigenes Land zurückkehren. Bei diesem Gedanken kamen ihr wieder die Tränen, und Mama musste sie am Arm packen, damit sie nicht in eine alte Dame hineinlief.

Das Fischgeschäft war ziemlich weit entfernt in einer belebten, hell erleuchteten Straße. Nebenan war eine Konditorei, in deren Schaufenster cremige Köstlichkeiten ausgestellt waren, die man entweder mitnehmen oder an einem der kleinen Tische drinnen verzehren konnte. Anna und Max hatten den Laden oft bewundert, hatten aber nie einen Fuß hineingesetzt, weil es zu teuer war. Diesmal war Anna zu elend zumute, um auch nur hineinzuschauen, aber Mama blieb an der Glastür stehen.

»Wir wollen hier hineingehen«, sagte sie zu Annas Überraschung und schob sie durch die Tür.

Eine Welle warmer Luft und ein köstlicher Geruch nach Schokolade und Gebäck schlugen ihnen entgegen.

»Ich trinke eine Tasse Tee, und du kannst ein Stück Kuchen haben«, sagte Mama, »und dann reden wir mal miteinander.«

»Ist es nicht zu teuer?«, fragte Anna mit dünnem Stimmchen. »Ein Stück Kuchen können wir uns schon leisten«, sagte Mama, »du brauchst dir ja keins von den ganz riesigen auszusuchen, sonst bleibt uns vielleicht nicht genug Geld für den Fisch.«

Anna wählte ein Törtchen, das mit süßem Kastanienpüree und Schlagsahne gefüllt war, und sie setzten sich an eins der Tischchen.

»Sieh mal«, sagte Mama, als Anna die Gabel in ihr Gebäckstück bohrte, »ich verstehe ja, wie schwer es für dich in der Schule ist, und ich weiß, dass du dir Mühe gegeben hast. Aber was sollen wir denn machen? Wir leben in Frankreich, und du musst Französisch lernen.«

»Ich werde so müde«, sagte Anna, »und es wird schlechter statt besser mit mir. Vielleicht gehöre ich zu den Menschen, die keine Fremdsprachen lernen können.«

Mama geriet in Harnisch.

»Unsinn!«, sagte sie. »In deinem Alter gibt es so etwas überhaupt nicht.«

Anna probierte ein Stückchen von ihrem Kuchen. Er war köstlich.

»Willst du mal probieren?«, fragte sie. Mama schüttelte den Kopf. Schweigend rührte sie in ihrer Tasse.

»Du bist bis jetzt gut vorangekommen«, sagte sie nach einer Weile. »Jeder bestätigt mir, dass deine Aussprache vollendet ist, und dafür, dass wir erst ein Jahr hier sind, hast du schon eine Menge gelernt.«

»Es kommt mir nur so vor, als käme ich jetzt nicht mehr weiter«, sagte Anna.

»Aber du kommst weiter!«, sagte Mama.

Anna blickte auf ihren Teller.

»Schau mal«, sagte Mama, »es geht nicht immer alles so, wie man es erwartet. Als ich Musik studierte, mühte ich mich manchmal wochenlang mit einem Stück ab, ohne etwas zu erreichen – und dann ganz plötzlich, genau als ich das Gefühl hatte, dass es ganz hoffnungslos sei, wurde mir die ganze Sache klar, und ich begriff nicht, warum ich es vorher nicht eingesehen hatte. Vielleicht ist es mit deinem Französisch so ähnlich.« Anna sagte nichts. Sie hielt das nicht für wahrscheinlich. Dann schien Mama einen Entschluss zu fassen.

»Ich will dir sagen, was wir machen«, sagte sie, »es sind nur noch zwei Monate bis Weihnachten. Willst du es noch einmal versuchen? Wenn du dann Weihnachten wirklich das Gefühl hast, dass du es nicht schaffst, wollen wir uns etwas anderes überlegen. Ich weiß nicht genau was, denn wir haben kein Geld für eine Privatschule, aber ich verspreche dir, ich überlege mir etwas. Ist es jetzt in Ordnung?«

»In Ordnung«, sagte Anna.

Der Kuchen war wirklich ganz vorzüglich, und als sie das letzte bisschen Kastanienpüree vom Löffel geleckt hatte, kam sie sich nicht mehr so sehr wie Grete vor.

Sie blieben noch ein Weilchen an dem kleinen Tisch sitzen, weil es so angenehm war, hier zu sein.

»Wie schön, wenn man mit seiner Tochter zum Tee ausgehen kann«, sagte Mama schließlich und lächelte.

Anna erwiderte ihr Lächeln.

Die Rechnung war höher, als sie erwartet hatten, und nun hatten sie doch nicht mehr genug Geld für den Fisch, aber Mama kaufte stattdessen Muscheln. Die schmeckten ebenso gut. Am Morgen gab sie Anna ein Briefchen für Madame Socrate, um das Fehlen der Hausaufgaben zu erklären, aber sie musste noch etwas anderes hineingeschrieben haben, denn Madame Socrate sagte, Anna solle sich wegen der Schule keine Sorgen machen, und sie fand auch wieder Zeit, ihr während der Mittagspause zu helfen.

Danach schien die Arbeit nicht mehr ganz so schwer. Immer, wenn sie drohte, sie zu überwältigen, dachte Anna daran, dass sie sich nicht ewig würde anstrengen müssen, und dann stellte sich für gewöhnlich heraus, dass sie es doch schaffte.

―――

Und dann war eines Tages ihre ganze Welt verändert.

Es war an einem Montagmorgen, und Colette traf Anna am Schultor.

»Was hast du am Sonntag gemacht?«, rief sie – und statt sich die Frage im Geist ins Deutsche zu übersetzen, sich eine Antwort auszudenken und sie ins Französische zu übersetzen, rief Anna zurück: »Wir sind unsere Freunde besuchen gegangen.«

Die Worte schienen aus dem Nichts zu kommen, sie kamen in vollendetem Französisch, ohne dass sie überhaupt nachdenken musste. Sie war so erstaunt, dass sie ganz still stehen blieb und nicht einmal Colettes nächste Frage hörte.

»Ich habe gefragt«, schrie Colette, »ob du die Katze spazieren geführt hast?«

»Nein, es war zu nass«, sagte Anna – wieder in perfektem Französisch und ohne nachzudenken.

Es war wie ein Wunder. Sie konnte nicht glauben, dass es andauern würde. Es war, als hätte sie plötzlich herausgefunden, dass sie fliegen konnte, und sie erwartete jeden Augenblick, wieder auf die Erde zu stürzen. Mit schneller pochendem Herzen als sonst betrat sie das Klassenzimmer – aber ihre neue Fähigkeit blieb. In der ersten Stunde beantwortete sie vier Fragen richtig, sodass Madame Socrate erstaunt aufblickte und sagte: »Gut gemacht.« In der Pause plauderte und lachte sie mit Colette, und während des Mittagessens erklärte sie Clothilde, wie Mama Leber mit Zwiebeln zubereitete. Ein paar Mal zögerte sie noch, und natürlich machte sie noch Fehler. Aber die meiste Zeit konnte sie Französisch so sprechen, wie sie Deutsch sprach – automatisch und ohne nachzudenken. Am Ende des Tages war sie beinahe schwindelig vor Erregung, aber gar nicht müde, und als sie am nächsten Morgen aufwachte, erlebte sie einen Augenblick tiefen Schreckens. Wenn nun ihre neue Fähigkeit, so plötzlich wie sie gekommen, wieder verschwunden war? Aber sie hätte sich keine Sorgen zu machen brauchen. Als sie in die Schule kam, stellte sie fest, dass sie sogar flüssiger sprach als am Tag zuvor.

Am Ende der Woche betrachtete Mama sie voller Erstaunen. »Ich habe noch nie bei einem Menschen eine solche Veränderung erlebt«, sagte sie, »vor ein paar Tagen sahst du noch blass und elend aus. Jetzt ist es, als wärest du fünf Zentimeter gewachsen, und du hast ganz rosige Wangen. Was ist nur mit dir geschehen?«

»Ich glaube, ich kann jetzt Französisch sprechen«, sagte Anna.

20 **Zu Weihnachten** konnten sie noch **weniger Geld** ausgeben als im vergangenen Jahr, aber wegen der Fernands **war es lustiger.** Das größte Fest ist in Frankreich nicht der Weihnachtsabend, sondern **Silvester,** und man erlaubt dann sogar **den Kindern,** bis Mitternacht aufzubleiben. Sie waren alle zu einem festlichen Essen bei Fernands eingeladen, wo sie auch Geschenke austauschten. Anna hatte etwas von ihrem Taschengeld genommen, um Schokolade als Geschenk für die weiße Katze zu kaufen, und statt nach dem Essen mit Max und Francine zu spielen, blieb sie im Wohnzimmer, um die Katze auf dem Fußboden mit kleinen Stückchen Schokolade zu füttern. Mama und Madame Fernand wuschen in der Küche das Geschirr ab, und Papa und Monsieur Fernand tranken Cognac und führten, tief in ihre Sessel zurückgelehnt, eins ihrer endlosen Gespräche. Papa schien an dem Gespräch sehr interessiert, und Anna war froh, denn seit dem Morgen, an dem eine Postkarte von Onkel Julius gekommen war, war er schweigsam und niedergeschlagen gewesen.

Während des ganzen Jahres waren in unregelmäßigen Abständen Postkarten von Onkel Julius gekommen, und obgleich sie nie etwas wirklich Neues mitteilten, waren sie immer voller Herzlichkeit. Manchmal waren kleine Scherze darauf, und immer Nachrichten für »Tante Alice«, auf die Papa antwortete. Die letzte Karte war wie gewöhnlich an Anna adressiert gewesen, aber »Tante Alice« war nicht erwähnt, es fehlten auch Glückwünsche zum neuen Jahr. Stattdessen trug die Rückseite eine Abbildung von Bären, und Onkel Julius hatte nur geschrieben: »Je mehr ich von den Menschen sehe, desto mehr liebe ich die Tiere.« Er hatte nicht einmal wie sonst mit seinen Anfangsbuchstaben unterschrieben, aber wegen der schönen, zierlichen Handschrift wussten sie, dass die Karte von ihm kam.

Papa hatte sie gelesen, ohne ein Wort zu sagen, und sie dann zu den anderen Karten und Briefen von Onkel Julius gelegt, die er sorgfältig in einer Schublade seines Schreibtisches verwahrte. Er hatte für den Rest des Tages kaum gesprochen, und es tat gut zu sehen, wie angeregt er sich jetzt mit Monsieur Fernand unterhielt.

»Aber Sie leben in einem freien Land«, sagte er gerade, »nichts anderes ist wichtig.«

»Ja, aber ...«, sagte Monsieur Fernand, und Anna merkte, dass er sich wieder wegen der Wirtschaftskrise Sorgen machte.

Die Wirtschaftskrise war das Einzige, das Monsieur Fernand die gute Laune verderben konnte, und obgleich Anna schon mehrmals gefragt hatte, was das sei, hatte es ihr niemand erklären können. Es war etwas, das in Frankreich geschehen war, und es hatte zur Folge, dass alle weniger Geld und weniger Arbeit hatten, und es hatte zur Folge gehabt, dass ein paar von Monsieur Fernands Kollegen von der Zeitung entlassen worden waren. Immer wenn Monsieur Fernand über die Wirtschaftskrise redete, erinnerte Papa ihn daran, dass er in einem freien Land lebte, und diesmal war Papa, vielleicht wegen Onkel Julius, beredter als sonst.

Monsieur Fernand stritt sich eine Weile mit ihm, dann lachte er plötzlich. Die weiße Katze öffnete vor Überraschung bei dem Geräusch den Mund, und ein Bröckchen Schokolade fiel heraus.

Als Anna zu den beiden aufblickte, füllte Monsieur Fernand gerade wieder Papas Glas und klopfte ihm auf die Schulter.

»Es ist seltsam«, sagte er, »dass Sie versuchen, uns auf die positiven Seiten der Situation hinzuweisen, wo Sie doch mehr Sorgen haben als irgendjemand von uns.«

Dann kamen Mama und Madame Fernand wieder ins Zimmer, und bald war es Mitternacht, und alle, sogar die Kinder, tranken auf ein glückliches neues Jahr.

»Auf ein glückliches 1935!«, rief Monsieur Fernand und alle wiederholten: »Auf ein glückliches 1935!«

»Für uns und alle unsere Freunde«, sagte Papa still, und Anna wusste, dass er an Onkel Julius dachte. –

Im Februar erkrankte Mama an Grippe, und gerade als es ihr wieder etwas besser ging, bekam die Concierge ein schlimmes Bein. Seit Gretes Weggang hatte Mama die meiste Hausarbeit selber getan, aber die Concierge war jeden Morgen eine Stunde nach oben gekommen, um die gröbsten Arbeiten zu machen. Jetzt war Mama ganz allein damit. Sie hatte Hausarbeit nie gemocht und fühlte sich elend, wie die meisten Leute nach einer Grippe, und die ganze Last des Saubermachens, Kochens, Waschens, Bügelns und Flickens schien ihr unerträglich. Anna und Max halfen ein wenig mit einkaufen und Mülleimer leeren, aber natürlich blieb der größte Teil der Arbeit für Mama, und sie murrte unablässig darüber.

»Ich habe nichts gegen das Kochen«, sagte sie, »aber das endlose Waschen und Bügeln und Flicken – es braucht so viel Zeit und nimmt nie ein Ende.«

Papa war überhaupt keine Hilfe. Er hatte keine Vorstellung davon, was in einem Haushalt alles getan werden muss, und wenn Mama sich beklagte, wie das Bügeln der Bettwäsche sie ermüdete, schien er ehrlich erstaunt.

»Aber warum bügelst du sie denn überhaupt?«, fragte er. »Wenn man in der Wäsche schläft, wird sie doch ohnehin wieder verknittert.« Er sah sie treuherzig an.

»Oh, du verstehst überhaupt nichts!«, schrie Mama.

Es war ihr besonders schlimm, weil Omama einen Besuch bei Großtante Sarah plante, und Mama wollte, dass die Wohnung tadellos war, wenn Omama sie besichtigen kam. Aber während sie die Zimmer putzte – und Mama putzte sie mit einer Art von Gewalttätigkeit, die sie bei Grete oder der Concierge nie erlebt hatten –, häufte sich die Wäsche an, und während sie gute und billige Mahlzeiten kochte, wuchs und wuchs der Stapel der Sachen, die geflickt werden mussten. Da Papa ganz unfähig schien, ihre Schwierigkeiten zu verstehen, hatte sie manchmal das Gefühl, dass er an allem schuld sei, und eines Abends bekamen sie Streit.

Mama versuchte, eins von Annas alten Hemdchen zu flicken, und stöhnte dabei ausgiebig, weil noch ein Haufen Socken und Kissenbezüge darauf warteten, gestopft zu werden, wenn sie mit dem Hemd fertig war. Da ergriff Papa das Wort:

»Das ist doch bestimmt ganz unnötig«, sagte er, »es kann doch keine echte Notwendigkeit bestehen, das Unterzeug der Kinder zu flicken, da es doch niemand sieht.«

Anna fand, er hätte wissen müssen, dass dies eine Explosion hervorrufen würde.

»Du hast keine Ahnung – keine Ahnung!«, schrie Mama, »keine Ahnung von der Arbeit, die ich bewältigen muss. Ich mache mich völlig fertig mit waschen und kochen und bügeln und flicken, und alles, was du dazu zu sagen hast, ist, dass es nicht notwendig ist.«

»Das sage ich nur, weil du immer klagst«, sagte Papa. »Schließlich scheinen andere Frauen doch zurechtzukommen. Zum Beispiel Madame Fernand.«

Dies rief einen neuen Ausbruch hervor.

»Madame Fernand liebt den Haushalt!«, schrie Mama. »Und sie hat eine tägliche Hilfe und eine Nähmaschine. Sieh dir das an«, schrie sie und schwenkte einen zerrissenen Kissenbezug. »Sie könnte das hier in zwei Minuten flicken, während ich mindestens eine halbe Stunde brauche. Wenn du mich mit ihr vergleichst, so zeigt das, dass du keine Ahnung hast, wovon du redest.«

Papa war von ihrer Heftigkeit betroffen. Er liebte Mama und hasste es, sie betrübt zu sehen. »Ich wollte nur sagen«, sagte er, »dass es für eine intelligente Person wie dich doch Möglichkeiten geben müsste, zu vereinfachen ...«

»Da fragst du besser Madame Fernand!«, schrie Mama. »Alles was ich gelernt habe, ist Klavier spielen!« – Und sie lief aus dem Zimmer und knallte die Tür hinter sich zu.

Als Anna am folgenden Tag aus der Schule kam, traf sie Papa im Lift. Er trug eine große Holzkiste mit einem Griff daran. »Was ist das?«, fragte Anna, und Papa sagte: »Ein Geschenk für Mama.«

Anna konnte es kaum abwarten zu sehen, was es war, aber Mama machte beim Anblick des Geschenkes ein langes Gesicht.

»Du hast doch wohl nicht ...«, fing sie an, aber Papa hob den Deckel und sagte stolz: »Eine Nähmaschine!«

Anna fand, dass die Nähmaschine ganz anders aussah als die von Madame Fernand. Madame Fernands Nähmaschine war silbrig, und diese war grauschwarz und hatte eine sonderbare Form.

»Natürlich ist es keine neue«, sagte Papa, »und vielleicht muss sie gereinigt werden. Aber du wirst damit die Kissenbezüge und Strümpfe flicken können, und Kleider für die Kinder nähen, wenn Madame Fernand es dir zeigt ...«

»Ich kann keine Kleider schneidern«, sagte Mama, »und mit einer Nähmaschine kann man keine Socken stopfen.« Sie sah richtig entsetzt aus.

»Nun, irgendetwas tut man doch mit einer Nähmaschine«, sagte Papa. Sie starrten alle das Ding auf dem Tisch an. Anna dachte, es sieht nicht so aus, als könnte man irgendwas damit machen.

»Wie viel hat sie gekostet?«, fragte Mama.

»Mach dir darüber keine Sorgen«, sagte Papa, »ich bin heute für den Extra-Artikel für die Pariser Zeitung bezahlt worden.«

Bei dieser Antwort geriet Mama ganz außer sich.

»Aber wir brauchen das Geld!«, schrie sie. »Hast du das vergessen? Ich muss die Miete und den Metzger bezahlen, und Anna braucht neue Schuhe. Wir wollten doch diese Dinge mit dem Geld für den Artikel bezahlen.«

Papa machte ein betrübtes Gesicht. Es war klar, dass er es vergessen hatte.

Aber bevor Mama noch mehr sagen konnte, schellte es, und als Anna die Tür öffnete, war es Madame Fernand. In der Aufregung über die Nähmaschine hatten alle vergessen, dass sie zum Tee kommen sollte.

»Sehen Sie mal!«, riefen Mama und Papa, aber jeder in einem anderen Ton, als Anna den Gast ins Esszimmer führte.

Madame Fernand betrachtete die Nähmaschine mit ungläubigen Blicken.

»Wo in aller Welt haben Sie die gefunden?«, fragte sie. »Die muss noch aus der Arche Noah stammen.«

»Ist sie so alt?«, fragte Papa.

Madame Fernand untersuchte die Maschine näher.

»Haben Sie sie gekauft?«, fragte sie, immer noch in erstauntem Ton.

»Gewiss«, sagte Papa.

»Aber die Nadelplatte«, sagte Madame Fernand, »sie ist gebrochen. Und der Schaft ist seitwärts verbogen – irgendjemand muss sie fallen gelassen haben –, sie kann unmöglich funktionieren.« Sie bemerkte einige erhabene Stellen an der Seite der Maschine und rieb sie mit ihrem Taschentuch. Allmählich tauchten unter dem Schmutz Ziffern auf. Sie bildeten ein Datum – 1896. Madame Fernand steckte ihr Taschentuch wieder ein.

»Als Antiquität mag sie ganz interessant sein«, sagte sie bestimmt, »aber als Nähmaschine muss sie zurückgebracht werden.«

Papa konnte immer noch nicht glauben, dass sein herrliches Geschenk nutzlos sein sollte. »Sind Sie sicher?«, fragte er.

»Ganz sicher«, sagte Madame Fernand. »Bringen Sie sie schnell zurück und lassen Sie sich Ihr Geld zurückgeben.«

»Und krieg ich dann auch meine neuen Schuhe?«, fragte Anna. Sie wusste, dass dies nicht der richtige Augenblick war, danach zu fragen, aber ihre alten waren ganz zerschlissen, und zudem drückten sie an den Zehen, und sie hatte sich schon so lange auf die neuen gefreut.

»Natürlich, natürlich«, sagte Mama ungeduldig, aber Papa zögerte immer noch.

»Hoffentlich nehmen sie sie zurück«, sagte er, »der alte Mann, der sie mir verkaufte, schien nicht sehr entgegenkommend.«

»Ich gehe mit Ihnen«, sagte Madame Fernand. »Ich will die Bude sehen, wo man antike Nähmaschinen verkauft.« Auch Anna ging mit.

———

Der Laden verkaufte nicht, wie Anna erwartet hatte, nur Nähmaschinen, sondern die verschiedensten Sachen, zum Beispiel alte Stühle, wacklige Tischchen und gesprungene Bilder. Einige der Sachen waren auf dem Bürgersteig aufgebaut, und ein kleiner, schlecht gekleideter Mann war damit beschäftigt, ein Tigerfell mit kahlen Stellen über eine Kommode zu drapieren.

Als er Papa erblickte, schlossen sich seine seltsam hellen Augen zur Hälfte.

»Guten Tag«, sagte Papa höflich wie immer. »Ich habe heute Morgen diese Nähmaschine bei Ihnen gekauft, aber leider funktioniert sie nicht.«

»Wirklich nicht?«, sagte der Mann, aber er schien nicht sehr überrascht.

»Nein«, sagte Papa, »darum habe ich sie zurückgebracht.« Der Mann sagte nichts.

»Und ich wäre froh, wenn Sie so freundlich wären, mir mein Geld zurückzugeben.«

»Aber nein«, sagte der Mann. »Das kann ich nicht. Geschäft ist Geschäft.«

»Aber die Maschine funktioniert nicht«, sagte Papa.

»Hören Sie, mein Herr«, sagte der Mann und ließ für einen Augenblick das Tigerfell liegen. »Sie kamen hierher und kauften eine Nähmaschine. Jetzt haben Sie sich's anders überlegt und wollen Ihr Geld zurück. Also, solche Geschäfte mache ich nicht. Ein Geschäft ist ein Geschäft und weiter ist dazu nichts zu sagen.«

»Ich bin ganz Ihrer Meinung, dass ein Geschäft ein Geschäft ist, aber die Maschine ist zerbrochen.«

»Wo?«, sagte der Mann.

Papa wies mit einer unbestimmten Handbewegung auf die Stelle. Der Mann ließ sich nicht beeindrucken. »Ein paar kleine Teile mögen nicht ganz in Ordnung sein. Es kostet Sie so gut wie nichts, sie ersetzen zu lassen. Sie können schließlich nicht verlangen, dass sie tadellos ist – bei dem Preis, den Sie dafür bezahlt haben.«

»Nein, wahrscheinlich nicht«, sagte Papa, »aber da sie überhaupt nicht funktioniert, sollten Sie sie zurücknehmen, finden Sie nicht auch?«

»Nein, das finde ich nicht«, sagte der Mann.

Papa schien nicht mehr zu wissen, was er sagen sollte, und Anna sah ihre neuen Schuhe in weite Ferne entschwinden. Sie wusste, dass Papa betrogen worden war, aber sie wusste auch, dass er nur das Beste gewollt hatte und dass er nicht der Mensch war, der den Mann zwingen konnte, das Geld zurückzugeben. Sie seufzte, aber sie hatte nicht mit Madame Fernand gerechnet.

»Jetzt hören Sie mal zu«, schrie Madame Fernand so laut, dass mehrere Passanten sich umdrehten. »Sie haben diesem Mann ein Wrack von einer Nähmaschine verkauft und ihm versichert, dass sie funktioniert. Das ist gegen das Gesetz. Ich werde sofort die Polizei benachrichtigen, und ich zweifle nicht, dass die sich auch für den anderen Kram hier sehr interessieren wird.«

»Nein, meine Dame – bitte nicht!«, rief der Mann. Seine Augen waren plötzlich weit offen.

»Versuchen Sie nur nicht, mir einzureden, dass Sie auf ehrliche Weise an dieses Zeug gekommen sind«, rief Madame Fernand und zupfte verächtlich an dem Tigerfell. »An Ihrem ganzen Geschäft ist überhaupt nichts Ehrliches. Wenn die Polizei mit Ihnen fertig ist, wird mein Mann, der Journalist ist, Sie in seiner Zeitung bloßstellen …«

»Bitte, meine Dame!«, rief der Mann noch einmal, und kramte in seiner Tasche. »Das ist doch nur ein Missverständnis.« Und er reichte Papa hastig ein paar Scheine aus seiner schmierigen Brieftasche.

»Stimmt die Summe?«, fragte Madame Fernand streng.

»Es scheint so«, sagte Papa.

»Dann wollen wir gehen«, sagte sie.

Sie waren erst ein paar Schritte gegangen, als der Mann hinter ihnen hergelaufen kam.

Was ist denn jetzt wieder, dachte Anna ängstlich. Der Mann machte eine entschuldigende Geste.

»Entschuldigen Sie, mein Herr, aber würde es Ihnen etwas ausmachen?«, sagte er.

Papa blickte an sich herunter und sah, dass er die Nähmaschine immer noch in der Hand hielt. Er stellte sie schnell hin. »Es tut mir schrecklich leid«, sagte er, »ich fürchte, ich war etwas verwirrt.«

»Natürlich, mein Herr, selbstverständlich, mein Herr«, sagte der Mann, wenn auch keineswegs mit Überzeugung.

Als Anna sich einen Augenblick später noch einmal umdrehte, war er gerade dabei, die Nähmaschine auf dem Tigerfell zurechtzustellen.

Sie begleiteten Madame Fernand zu ihrer Metrostation.

»Und machen Sie jetzt keinen Blödsinn mehr mit Nähmaschinen«, sagte sie, bevor sie sich trennten. »Sie wissen, dass Sie meine jederzeit borgen können. Und sag deiner Mutter«, fügte sie zu Anna gewandt hinzu, »dass ich morgen vorbeischaue und ihr ein bisschen beim Flicken helfe.«

Sie blickte Papa mit einer Art von Bewunderung an.

»Sie beide«, sagte sie, »scheinen mir die beiden unpraktischsten Menschen in der ganzen Welt zu sein.«

Anna und Papa gingen zusammen nach Hause. Es war kalt, aber der Himmel war von einem hellen, klaren Blau, und obgleich noch kein Zeichen des Frühlings zu sehen war, spürte man doch, dass er nicht mehr allzu weit entfernt sein konnte. An diesem Morgen hatte Anna im Diktat nur drei Fehler gehabt. Das Geld für ihre neuen Schuhe war sicher in Papas Tasche. Sie war sehr glücklich.

21 **Omama kam kurz vor Ostern** bei Großtante Sarah an und **besuchte Mama** und die Kinder am folgenden Nachmittag. **Mithilfe der Concierge** (deren Bein besser geworden war) hatte Mama die Wohnung gesäubert und aufgeräumt und das **Beste daraus gemacht,** aber nichts konnte über die Tatsache hinwegtäuschen, dass sie sehr klein und spärlich möbliert war.

»Kannst du nichts Größeres finden?«, fragte Omama, als sie alle von dem Tisch mit dem roten Wachstuch im Esszimmer Tee tranken.

»Eine größere Wohnung würde mehr Geld kosten«, sagte Mama und legte Omama von ihrem selbst gebackenen Apfelkuchen vor.

»Wir können uns diese hier kaum leisten.«

»Aber dein Mann ...« Omama schien ganz überrascht.

»Es ist die Wirtschaftskrise, Mutter«, sagte Mama. »Davon hast du doch bestimmt gelesen! Wo so viele französische Journalisten arbeitslos sind, wird keine französische Zeitung einen Deutschen bitten, für sie zu schreiben, und die Pariser Zeitung kann es sich nicht leisten, viel zu zahlen.«

»Ja, aber trotzdem ...« Omama sah sich in dem kleinen Zimmer um, ziemlich unhöflich, wie Anna fand, denn schließlich war es gar nicht so übel, und gerade in diesem Augenblick wippte Max mit seinem Stuhl und stürzte mit dem Teller voll Apfelkuchen hintenüber auf den Boden. »... hier können doch keine Kinder aufwachsen«, beendete Omama ihren Satz, genau als habe Max ihrem Gedanken zum Ausdruck verholfen. Anna und Max brachen in hemmungsloses Gelächter aus, aber Mama sagte in ziemlich scharfem Ton: »Unsinn, Mutter.« Und dann sagte sie Max, er solle hinausgehen und sich säubern. »Tatsächlich entwickeln die Kinder sich sehr gut«, sagte sie zu Omama, und als Max außer Hörweite war, fügte sie hinzu: »Max arbeitet zum ersten Mal in seinem Leben.«

»Und ich werde für das certificat d'études geprüft«, sagte Anna. Dies war ihre große Neuigkeit. Madame Socrate hatte gesagt, sie habe sich so gebessert, dass kein Grund mehr bestehe, warum sie nicht im Sommer mit dem Rest der Klasse ins Examen gehen sollte.

»Das certificat d'études?«, sagte Omama. »Ist das nicht eine Art von Elementarschulexamen?«

»Es ist für zwölfjährige französische Kinder«, sagte Mama, »und Annas Lehrerin hält es für bemerkenswert, dass sie so schnell aufgeholt hat.«

Aber Omama schüttelte den Kopf. »Es kommt mir alles so seltsam vor«, sagte sie und blickte Mama traurig an. »So verschieden von der Art, wie ihr erzogen worden seid.«

Sie hatte allen ein Geschenk mitgebracht, und wie in der Schweiz unternahm sie während ihres Aufenthaltes in Paris mehrere Ausflüge mit Mama und den Kindern, die das sehr genossen, weil sie sich das normalerweise nie hätten erlauben können. Aber in Wirklichkeit verstand Omama ihr neues Leben nicht. »So sollten Kinder nicht aufwachsen«, wurde eine Art von Schlagwort in der Familie.

»So sollten Kinder nicht aufwachsen«, sagte Max zum Beispiel vorwurfsvoll zu Mama, wenn diese vergessen hatte, ihm Schulbrote mitzugeben, und Anna schüttelte den Kopf und sagte: »So sollten Kinder nicht aufwachsen«, wenn Max das Treppengeländer hinunterrutschte und die Concierge ihn dabei erwischte. Nach einem von Omamas Besuchen fragte Papa, der es gewöhnlich vermied, sie zu treffen: »Wie war deine Mutter?« Anna hörte Mama antworten: »Freundlich und völlig fantasielos wie gewöhnlich.«

Als Omama in den Süden Frankreichs zurückfahren musste, umarmte sie Mama und die Kinder zärtlich.

»Und denk daran«, sagte sie zu Mama, »wenn du je in Schwierigkeiten bist, kannst du mir die Kinder schicken.«

Anna fing einen Blick von Max auf und murmelte: »So sollten Kinder nicht aufwachsen!« Und obgleich es ihnen, wenn sie an Omamas Güte dachten, gemein vorkam, mussten sie beide schreckliche Grimassen schneiden, um nicht in Lachen auszubrechen.

Nach den Osterferien konnte Anna es kaum erwarten, bis die Schule wieder anfing.

Es gefiel ihr alles so gut, seit sie gelernt hatte, richtig Französisch zu sprechen. Plötzlich schien die Arbeit ganz leicht, und sie hatte Freude daran gefunden, Geschichten und Aufsätze auf Französisch zu schreiben. Es war ganz anders, als Deutsch zu schreiben. Man konnte sich mit den französischen Wörtern viel eleganter ausdrücken – und das fand sie seltsam aufregend.

Sogar die Hausaufgaben waren jetzt nicht mehr eine solche Last. Am schlimmsten waren die langen französischen Stücke, die für Geschichte und Erdkunde auswendig gelernt werden mussten, aber Anna und Max hatten eine Methode entdeckt, wie man auch damit fertig werden konnte. Wenn sie die entsprechenden Abschnitte als Letztes vor dem Einschlafen lernten, konnten sie sie am Morgen. Am Nachmittag fingen sie schon an zu verblassen, und am nächsten Tag waren sie ganz vergessen – aber sie blieben so lange im Gedächtnis, wie man sie brauchte.

Eines Abends kam Papa in ihr Schlafzimmer, als sie sich gerade gegenseitig abhörten. Anna musste über Napoleon lernen, und Papa machte ein erstauntes Gesicht, als sie ihr Stück herunterschnurrte. Es fing an mit: »Napoleon wurde auf Korsika geboren«, und dann folgte eine lange Liste von Daten und Schlachten, bis es endlich hieß: »Er starb im Jahre 1821.«

»Was für eine seltsame Art, etwas über Napoleon zu lernen«, sagte Papa. »Ist das alles, was du über ihn weißt?«

»Aber mehr muss man nicht wissen«, sagte Anna ziemlich beleidigt, besonders, da sie keinen einzigen Fehler gemacht hatte.

»Nein, es ist nicht alles«, sagte Papa. Dann setzte er sich auf ihr Bett und begann über Napoleon zu sprechen.

Er erzählte den Kindern von Napoleons Kindheit auf Korsika, von seinen vielen Brüdern und Schwestern, wie glänzend er in der Schule war, dass er mit fünfzehn Offizier und mit sechsundzwanzig Befehlshaber der gesamten französischen Armee war; wie er seine Geschwister zu Königen und Königinnen der Länder machte, die er erobert hatte, wie das alles nie seine Mutter, eine italienische Bauersfrau, hatte beeindrucken können.

»C'est bien pourvu que a dure«, sagte sie immer missbilligend, wenn Nachrichten von neuen Triumphen kamen, und das hieß: »Es ist gut, solange es dauert.«

Dann erzählte er ihnen, wie ihre bösen Vorahnungen sich bestätigt hatten, wie die halbe französische Armee bei dem unglücklichen Feldzug gegen Russland umkam, und wie Napoleon schließlich einsam auf der winzigen Insel St. Helena gestorben war.

Anna und Max lauschten aufmerksam.

»Es ist genau wie ein Film«, sagte Max.

»Ja«, sagte Papa nachdenklich, »ja, das stimmt.« Es ist schön, dass Papa jetzt mehr Zeit hat, mit uns zu reden, dachte Anna. Es lag daran, dass wegen der Wirtschaftskrise die »Pariser Zeitung« ihren Umfang verringert hatte und nicht mehr so viele seiner Artikel drucken konnte. Papa und Mama fanden das gar nicht gut, und besonders Mama machte sich ständig Sorgen wegen des Geldes.

»Wir können so nicht weitermachen«, hörte Anna sie einmal zu Papa sagen. »Ich wusste immer, dass wir sofort hätten nach England gehen sollen.«

Aber Papa zuckte nur die Schultern und sagte: »Es wird sich finden.«

Bald danach wurde Papa wieder sehr geschäftig, und Anna konnte ihn in seinem Zimmer bis spät in die Nacht tippen hören. Sie nahm also an, dass »es sich gefunden« hatte, und machte sich keine Gedanken mehr darüber. Sie war auch jetzt zu sehr mit der Schule beschäftigt, um das, was zu Hause vorging, genau zu beobachten. Das certificat d'études rückte immer näher, und Anna war entschlossen, die Prüfung zu bestehen. Das würde, da sie erst ein Jahr und neun Monate in Frankreich war, ein großer Sieg sein.

Schließlich war der Prüfungstag gekommen, und an einem heißen Julimorgen führte Madame Socrate ihre Klasse über die Straße zu einer benachbarten Schule. Das Examen sollte von fremden Lehrern abgenommen werden, damit alles ganz gerecht zuging. Alles sollte an einem Tag erledigt werden, sodass für die einzelnen der vielen Prüfungsfächer nicht viel Zeit blieb. Diese Fächer waren: Französisch, Rechnen, Geschichte, Erdkunde, Singen, Handarbeit, Kunst und Turnen.

Zuerst kam Rechnen dran. Eine Stunde lang wurde schriftlich gerechnet, und Anna hatte das Gefühl, ganz gut abgeschnitten zu haben, dann kam ein französisches Diktat, dann eine Pause von zehn Minuten.

»Wie ist es gegangen?«, fragte Anna Colette.

»Ganz gut«, sagte Colette.

Bis jetzt war es nicht so schlimm gewesen.

Nach der Pause bekamen sie zwei Blätter mit Fragen aus der Geschichte und Erdkunde; für jedes Blatt hatten sie eine halbe Stunde Zeit. Und dann – kam das Unglück!

Im Nähen war Anna ganz schlecht. Sie konnte sich die Namen der verschiedenen Stiche nicht merken und – vielleicht weil Mama es so schlecht konnte – sie fand, dass es reine Zeitverschwendung sei. Sogar Madame Socrate hatte ihr Interesse fürs Nähen nie wecken können. Sie hatte eine Schürze zugeschnitten, die Anna säumen sollte, aber Anna war so langsam bei der Arbeit gewesen, dass ihr die Schürze, als sie fertig war, gar nicht mehr passte.

Die Ankündigung der Nähprüfung versetzte sie daher in tiefe Niedergeschlagenheit, die noch zunahm, als man ihr ein viereckiges Stück Stoff, Nadel und Faden und ein paar unverständliche Anweisungen gab. Eine halbe Stunde lang riet sie verzweifelt herum, zerriss den Faden und zerrte aufgeregt an Knoten, die sich, sie wusste nicht wie, bildeten, und schließlich lieferte sie einen so zerknitterten und ausgefransten Lappen ab, dass die Lehrerin, die die Arbeiten einsammelte, bei seinem Anblick zurückfuhr. Während des Frühstücks auf dem Schulhof mit Colette war sie ganz niedergeschlagen.

»Wenn man in einem Fach versagt, ist dann das ganze Examen umsonst?«, fragte Anna, während sie auf einer Bank im Schatten ihr Butterbrot aßen.

»Ich fürchte ja«, sagte Colette, »außer man besteht in einem anderen Fach mit Auszeichnung. Das gilt dann als Ausgleich.«

Anna ließ sich die Arbeiten, die sie schon hinter sich hatte, noch einmal durch den Kopf gehen. Außer dem Nähen hatte sie alle gut geschafft. Aber das reichte gewiss nicht aus, um mit Auszeichnung zu bestehen. Die Wahrscheinlichkeit, dass sie bestand, schien sehr gering.

Als sie aber am Nachmittag die Themen für den französischen Aufsatz erfuhr, fasste sie wieder Mut. Man konnte aus drei Themen wählen, und eins hieß: »Eine Reise«. Anna entschloss sich zu beschreiben, wie sie sich Papas Reise vorstellte, als er mit hohem Fieber von Berlin nach Prag fuhr und nicht wusste, ob man ihn an der Grenze anhalten würde. Sie hatten eine ganze Stunde dafür, und während sie schrieb, konnte sie sich Papas Reise immer lebhafter vorstellen. Sie glaubte, genau zu wissen, wie es gewesen war und wie sich wegen des Fiebers seine Befürchtungen und das, was wirklich geschah, immer vermischt hatten. Als Papa in Prag ankam, hatte sie beinahe fünf Seiten geschrieben, und sie hatte eben noch Zeit, sie auf Rechtschreibung und Zeichensetzung durchzusehen, bevor die Arbeiten eingesammelt wurden. Ihr schien, dass dies einer der besten Aufsätze war, die sie je geschrieben hatte, und wenn nicht das biestige Nähen gewesen wäre, würde sie bestimmt bestehen.

Die einzigen Prüfungen, die jetzt noch ausstanden, waren die im Singen und Turnen. Jedes Kind musste einzeln singen, aber da die Zeit fortgeschritten war, ging alles sehr schnell.

»Sing die Marseillaise«, forderte die Lehrerin sie auf, aber als Anna die ersten Takte gesungen hatte, unterbrach sie sie. »Gut – das genügt«, sagte sie, und dann rief sie: »Die Nächste!«

Für das Turnen blieben nur noch zehn Minuten.

»Schnell, schnell«, rief die Lehrerin, trieb die Kinder auf den Hof und ließ sie sich aufstellen. Eine andere Lehrerin half dabei. Sie stellten die Kinder in vier langen Reihen im Abstand von ein bis zwei Metern auf.

»Achtung«, rief eine der Lehrerinnen, »wir stehen auf dem rechten Bein und heben das linke Bein nach vorn.«

Alle gehorchten, nur Colette hatte zuerst auf dem linken Bein gestanden und musste es schnell und heimlich wechseln. Anna stand kerzengerade, die Arme zur Seite gestreckt, um das Gleichgewicht zu halten, und hob das linke Bein, so hoch sie konnte. Aus den Augenwinkeln konnte sie die anderen sehen, und niemandes Bein war so hoch wie das ihre. Die beiden Lehrerinnen gingen durch die Reihen. Einige Mädchen fingen an zu wackeln und das Gleichgewicht zu verlieren, und die Prüfer machten sich Notizen auf ein Blatt Papier. Als sie zu Anna kamen, blieben sie stehen. »Sehr gut«, sagte die eine.

»Wirklich ausgezeichnet«, sagte die andere, »was meinen Sie ...?«

»Oh, ganz entschieden!«, sagte die erste Lehrerin und machte ein Zeichen auf das Blatt Papier.

»Fertig. Ihr könnt nach Hause gehen!«, riefen sie, als sie bis ans Ende der Reihe gekommen waren, und Colette stürzte auf Anna zu und umarmte sie.

»Du hast's geschafft, du hast's geschafft!«, rief sie. »Du hast ein Ausgezeichnet im Turnen, es ist also ganz gleich, wenn du im Nähen durchgefallen bist.«

»Glaubst du wirklich?«, sagte Anna, aber sie fühlte sich selbst ziemlich sicher.

Glühend vor Freude ging sie durch die heißen Straßen und konnte es kaum erwarten, Mama alles zu erzählen.

»Willst du etwa sagen, dass es, weil du so ruhig auf einem Bein gestanden hast, nichts ausmacht, dass du nicht nähen kannst?«, sagte Mama. »Was für ein seltsames Examen.«

»Ich weiß«, sagte Anna, »aber ich glaube, Französisch und Rechnen sind die wirklich wichtigen Sachen, und ich glaube, darin bin ich ganz gut gewesen.«

Mama hatte kaltes Zitronenwasser gemacht, und sie saßen mit ihren Gläsern im Esszimmer, und Anna plapperte immer weiter: »Wir werden wohl die Ergebnisse in ein paar Tagen haben. Wäre das nicht herrlich, wenn ich bestanden hätte – wo wir doch nicht einmal zwei Jahre in Frankreich sind?«

Mama stimmte zu, es wäre wirklich herrlich. Da schellte es, und Max erschien ganz blass und aufgeregt. »Mama«, rief er, noch bevor er ganz im Zimmer war. »Du musst am Samstag zur Preisverleihung kommen. Und wenn du was anderes vorhast, musst du es absagen. Es ist sehr wichtig!«

Mama machte ein erfreutes Gesicht.

»Hast du einen Preis in Latein bekommen?«, fragte sie. Aber Max schüttelte den Kopf.

»Nein«, sagte er, und der Rest des Satzes schien ihm in der Kehle stecken zu bleiben. »Ich habe ...« brachte er schließlich heraus, »ich habe den prix d'excellence gewonnen! Das bedeutet, dass ich der beste Schüler der Klasse bin.«

Natürlich brachen alle in Lob und Freudenbezeugungen aus. Sogar Papa unterbrach seine Arbeit, um die großartige Neuigkeit zu hören, und Anna freute sich genau wie alle anderen. Aber trotzdem hätte sie gewünscht, sie wäre nicht gerade in diesem Augenblick gekommen. Sie hatte sich so angestrengt und so lange nur an das certificat d'études gedacht. Wenn sie jetzt bestand, würde es auf niemanden mehr Eindruck machen. Besonders, da ihr Erfolg teilweise darauf zurückzuführen war, dass sie auf einem Bein stehen konnte.

Als die Ergebnisse verkündet wurden, war es nicht halb so aufregend, wie sie erwartet hatte. Sie hatte bestanden, aber auch Colette und der größte Teil der Klasse. Madame Socrate händigte jedem erfolgreichen Prüfling einen Umschlag aus, in dem sich die Prüfungsbescheinigung mit dem Namen der Schülerin befand. Aber als Anna ihren Umschlag öffnete, fand sie noch etwas darin. An die Bescheinigung waren zwei Zehnfrancscheine und ein Brief des Bürgermeisters von Paris angeheftet.

»Was bedeutet das?«, fragte sie Madame Socrate.

Madame Socrates verrunzeltes Gesicht erblühte in einem entzückten Lächeln.

»Der Bürgermeister von Paris hat beschlossen, für die zwanzig besten französischen Aufsätze von Kindern, die für das certificat d'études geprüft werden, Preise auszusetzen«, erklärte sie, »es scheint, dass du einen der Preise gewonnen hast.«

Als Anna Papa davon erzählte, freute er sich genauso wie über den prix d'excellence, den Max bekommen hatte.

»Es ist das erste Geld, das du als Berufsschriftstellerin verdienst«, sagte er. »Es ist wirklich bemerkenswert, dass du es in einer Sprache verdient hast, die nicht deine eigene ist.«

22 Die **Sommerferien** kamen, und es wurde **Anna** plötzlich bewusst, dass niemand etwas vom Verreisen sagte. **Es war sehr heiß.** Man spürte die **Hitze des Pflasters** durch die Schuhsohlen, die Straßen und Häuser schienen sich mit Sonnenwärme **vollzusaugen,** sodass sie auch bei Nacht nicht auskühlten. Die Fernands waren gleich nach Schulschluss an die See gefahren, und als der Juli zu Ende ging und der August kam, wurde Paris langsam menschenleer. Der Schreibwarenladen an der Ecke hängte als Erster ein Schild heraus: »Geschlossen bis September«, und mehrere andere folgten. Sogar der Eigentümer des Ladens, wo Papa die Nähmaschine gekauft hatte, hatte die Läden vorgehängt und war weggegangen.

Man wusste nicht, was man während der langen heißen Tage tun sollte. In der Wohnung war es zum Ersticken, und sogar auf dem schattigen Plätzchen, wo Anna und Max sonst spielten, war die Hitze zu groß, um etwas wirklich Interessantes anzufangen. Sie warfen einen Ball hin und her oder spielten eine Weile mit ihren Kreiseln, aber bald waren sie es müde, ließen sich auf eine Bank sinken und träumten vom Schwimmen und von kalten Getränken.

»Wäre es nicht herrlich, wenn wir jetzt am Zürcher See säßen und einfach hineinspringen könnten?«

Max zupfte an seinem Hemd, da, wo es ihm an der Haut klebte. »Das kannst du dir aus dem Kopf schlagen«, sagte er, »wir können kaum die Miete bezahlen, von Wegfahren ganz zu schweigen.«

»Ich weiß«, sagte Anna. Aber es klang so niedergeschlagen, dass sie hinzufügte: »Außer jemand kauft Papas Drehbuch.« Papa hatte ein Filmmanuskript geschrieben, und der Einfall dazu war ihm gekommen, als er sich mit den Kindern über Napoleon unterhielt. Es handelte nicht von Napoleon selbst, sondern von seiner Mutter – wie sie ihre Kinder ohne Geld erzogen hatte und wie das Leben aller durch Napoleons Erfolge verändert worden war und wie sie ihn schließlich noch überlebt hatte, eine alte blinde Frau, die noch lang nach seiner endgültigen Niederlage lebte.

Es war das erste Drehbuch, das Papa in seinem Leben geschrieben hatte, und daran hatte er gearbeitet, als Anna glaubte, die Sache mit der Pariser Zeitung hätte sich wieder gefunden. Da die Zeitung größere Schwierigkeiten hatte denn je, hofften sie, dass Papa stattdessen mit dem Film sein Glück machen würde – aber bis jetzt gab es noch kein Anzeichen dafür. Zwei französische Filmgesellschaften, denen Papa das Manuskript geschickt hatte, hatten es mit deprimierender Schnelligkeit zurückgesandt. Schließlich hatte Papa es an einen ungarischen Regisseur in England geschickt, aber dass er dort Erfolg haben würde, schien noch unwahrscheinlicher, denn es war nicht einmal sicher, ob der Ungar überhaupt Deutsch lesen konnte. Und obendrein, dachte Anna, warum sollten die Engländer, die Napoleons schlimmste Feinde gewesen waren, eher einen Film über ihn machen als die Franzosen? Aber wenigstens war das Manuskript bis heute nicht zurückgekommen. Es bestand also immer noch Hoffnung.

»Ich kann mir nicht vorstellen, dass jemand den Film kauft«, sagte Max, »und ich weiß nicht, was Mama und Papa tun werden, um an Geld zu kommen.«

»Oh, irgendwas wird sich schon ergeben«, sagte Anna, aber insgeheim hatte sie doch ein bisschen Angst. Wenn sich nun nichts ergab? Was dann?

Mama war reizbarer als je. Ganz geringfügige Dinge schienen sie aus der Fassung zu bringen, zum Beispiel, als Anna ihre Haarspange zerbrochen hatte.

»Konntest du denn nicht aufpassen?«, war Mama aufgebraust, und als Anna bemerkte, dass eine Haarspange doch nur dreißig Centimes kostete, hatte Mama geschrien: »Dreißig Centimes sind dreißig Centimes!«, und hatte darauf bestanden, dass man versuchen sollte, die Spange zu kleben, bevor man eine neue kaufte. Einmal hatte sie ganz aus heiterem Himmel gesagt: »Wie würde es euch eigentlich gefallen, eine Zeit lang bei Omama zu wohnen?«

Max hatte geantwortet: »Überhaupt nicht!«, und sie hatten alle gelacht, aber hinterher war es ihnen gar nicht mehr so komisch vorgekommen.

Wenn sie nachts in dem dunklen, heißen Schlafzimmer lag, grübelte Anna darüber nach, was geschehen würde, wenn Papas finanzielle Lage sich nicht besserte. Würde man sie und Max wirklich wegschicken?

Mitte August kam ein Brief aus England. Er war von der Sekretärin des ungarischen Filmregisseurs unterschrieben. Sie schrieb, dass der ungarische Filmregisseur Papa für das Drehbuch danke, und er würde gern noch mehr von einem so ausgezeichneten Schriftsteller lesen, aber er müsse Papa darauf aufmerksam machen, dass das Interesse an Filmen über Napoleon im Augenblick sehr gering sei.

Mama, die beim Anblick der englischen Briefmarke ganz aus der Fassung geraten war, war tief enttäuscht.

»Er hat das Manuskript fast einen Monat und hat es nicht einmal gelesen!«, rief sie. »Wenn wir nur in England wären! Dann könnten wir ganz bestimmt etwas in der Sache unternehmen.«

»Ich kann mir nicht vorstellen, was«, sagte Papa. Aber ›wenn wir nur in England wären‹, war in der letzten Zeit Mamas ständiger Kriegsschrei. Es war nicht nur wegen der netten englischen Erzieherin, die sie als Kind gehabt hatte, sie hörte auch dauernd von anderen Flüchtlingen, die sich in England niedergelassen und interessante Arbeit gefunden hatten. Sie hasste die französischen Zeitungen, weil sie Papa nicht aufforderten, für sie zu schreiben, und sie hasste die französischen Filmgesellschaften, weil sie seine Filme ablehnten, und vor allen Dingen hasste sie es, immer so wenig Geld zu haben, dass sogar der Kauf kleiner notwendiger Dinge wie eine Tube Zahnpasta zu einem großen Problem wurde.

Ungefähr zwei Wochen, nachdem der Brief aus England gekommen war, wurde es unerträglich. Es fing damit an, dass etwas an Mamas Bett kaputtging. Sie wollte nach dem Frühstück das Bett machen, hatte die Kissen und Betttücher schon weggepackt und wollte es wieder in ein Sofa verwandeln, als es plötzlich klemmte. Die Matratze, die gleichzeitig der Sitz war, sollte sich über den Bettkasten schieben, ließ sich aber nicht mehr bewegen. Mama rief Max zu Hilfe, und die beiden zogen, aber es war zwecklos. Der Sitz ragte hartnäckig ins Zimmer hinein, während sich Mama und Max den Schweiß von der Stirn wischten, denn es war schon sehr heiß. »Oh, warum muss dauernd was schiefgehen?«, rief Mama, und dann fügte sie hinzu: »Die Concierge muss es in Ordnung bringen. Anna, lauf und bitte sie heraufzukommen.«

Das war keine sehr angenehme Aufgabe.

Um Geld zu sparen, hatte Mama die Vereinbarung mit der Concierge, nach der diese ihr jeden Tag beim Putzen half, aufgekündigt, und jetzt war die Concierge immer sehr schlecht gelaunt. Glücklicherweise traf Anna sie vor der Wohnungstür.

»Ich habe Post heraufgebracht«, sagte die Concierge – es war nur eine Drucksache –, »und ich komme wegen der Miete.«

»Guten Morgen, Madame«, sagte Papa höflich wie immer, als er der Concierge im Flur begegnete, und als die Concierge Anna in Mamas Zimmer folgte, sagte Mama: »Könnten Sie wohl mal nach dem Bett sehen?« Die Concierge gab dem Bett einen lässigen Stoß. »Die Kinder werden wohl wieder Unfug damit getrieben haben«, sagte sie, und dann fügte sie hinzu: »Ich komme wegen der Miete.«

»Die Kinder sind überhaupt nicht in die Nähe gekommen«, sagte Mama ärgerlich, »und was soll das mit der Miete? Sie ist erst morgen fällig.«

»Nein, heute«, sagte die Concierge.

»Aber es ist noch nicht der erste September.«

Als Antwort deutete die Concierge schweigend auf das Datum auf einer Zeitung, die sie in der Hand hielt.

»Oh, schon gut«, sagte Mama und rief Papa. »Es ist wegen der heute fälligen Miete.«

»Ich war mir nicht klar, dass sie heute fällig ist«, sagte Papa. »Es tut mir leid, aber ich kann sie Ihnen erst morgen geben.« Bei diesen Worten nahm das Gesicht der Concierge einen ganz besonders unangenehmen Ausdruck an.

Mama warf Papa einen besorgten Blick zu.

»Aber ich verstehe nicht«, sagte sie schnell auf Deutsch, »bist du nicht gestern bei der Pariser Zeitung gewesen?«

»Allerdings«, sagte Papa, »aber sie haben mich gebeten, bis heute Morgen zu warten.«

Die »Pariser Zeitung« hatte in der letzten Zeit solche Schwierigkeiten gehabt, dass es dem Herausgeber manchmal schwerfiel, Papa auch nur für die wenigen Artikel zu bezahlen, die sie noch von ihm veröffentlichen konnten, und im Augenblick war er ihm noch das Honorar für drei Beiträge schuldig.

»Ich weiß nicht, was Sie da miteinander reden«, fiel ihnen die Concierge unhöflich ins Wort, »aber die Miete ist heute fällig, nicht morgen.«

Beide, Papa und Mama, waren überrascht über diesen Ton.

»Sie werden Ihre Miete bekommen«, sagte Mama, der die Röte ins Gesicht stieg, »aber wollen Sie jetzt bitte dieses wacklige Möbelstuck in Ordnung bringen, damit ich heute Abend irgendwo schlafen kann?«

»Das ist wohl kaum der Mühe wert«, sagte die Concierge, ohne einen Finger zu rühren. »Ich meine – Leute, die nicht mal ihre Miete rechtzeitig bezahlen können ...«

Papa sah sehr böse aus.

»Ich verbiete Ihnen, in einem solchen Ton zu meiner Frau zu sprechen«, sagte er, aber auf die Concierge machte das keinen Eindruck.

»Sie spielen sich auf, und es ist nichts dahinter«, sagte sie. Jetzt verlor Mama die Fassung.

»Wollen Sie jetzt das Bett in Ordnung bringen«, schrie sie, »und wenn Sie es nicht können, dann gehen Sie!«

»Ha«, sagte die Concierge, »Hitler wusste, was er tat, als er sich Leute wie Sie vom Halse schaffte.«

»Raus!«, schrie Papa und schob die Concierge auf die Wohnungstür zu. Als sie ging, hörte Anna sie noch sagen: »Die Regierung ist verrückt, dass sie Sie in unser Land lässt.«

Als Anna wieder zu Mama ins Zimmer kam, stand sie regungslos da und starrte das Bett an. Auf ihrem Gesicht lag ein Ausdruck, den Anna noch nie gesehen hatte. Als sie Papa sah, schrie sie: »So können wir nicht weitermachen!«, und damit versetzte sie dem Bett einen gewaltigen Tritt. Es musste sich etwas gelöst haben, denn sofort schoss der gepolsterte Sitz nach vorn über den Rahmen und rastete mit einem Knall ein. Alle lachten darüber, nur Mama nicht, die plötzlich sehr ruhig war. »Es ist Donnerstag«, sagte sie mit einer unnatürlich ruhigen Stimme. »Es ist also im Kino eine Morgenvorstellung für Kinder.« Sie suchte in ihrem Portmonee und reichte Max etwas Geld. »Geht ihr beide hin. Beeilt euch.«

»Bist du sicher?«, fragte Max. Die Kindervorstellung kostete einen Franc pro Person, und schon seit einiger Zeit hatte Mama immer gesagt, das sei zu teuer.

»Doch, doch«, sagte Mama. »Geht schnell, sonst kommt ihr zu spät.«

Irgendetwas kam ihnen an der Sache unheimlich vor, aber ein so großes Vergnügen konnte man sich nicht entgehen lassen. Anna und Max gingen also ins Kino, sahen drei Zeichentrickfilme, eine Wochenschau und einen Film über Hochseefischerei. Als sie zurückkamen, war alles ganz normal. Das Mittagessen stand auf dem Tisch, und Mama und Papa standen nebeneinander am Fenster und sprachen miteinander.

»Ihr werdet sicher froh sein zu hören, dass die lächerliche Concierge ihre Miete bekommen hat«, sagte Papa. »Ich habe von der Pariser Zeitung mein Honorar bekommen.«

»Aber wir müssen mit euch reden«, sagte Mama.

Sie warteten, während sie die Speisen vorlegte.

»So kann es nicht weitergehen«, sagte Mama, »das seht ihr ja selber. Es ist für Papa nicht möglich, in diesem Land so viel zu verdienen, dass wir anständig leben können. Darum halten Papa und ich es für das einzig Richtige, nach England zu gehen und zu versuchen, ob wir dort ein neues Leben beginnen können.«

Max machte ein niedergeschlagenes Gesicht, nickte aber. Er hatte dies offensichtlich erwartet.

»Wann würden wir denn gehen?«, fragte Anna.

»Zunächst werden nur Papa und ich fahren«, sagte Mama. »Du und Max werden bei Omama und Opapa bleiben, bis wir alles geregelt haben.«

»Aber wenn es nun sehr lange dauert, bis ihr alles geregelt habt«, sagte Anna, »wir würden euch dann ja gar nicht sehen.«

»Es darf eben nicht allzu lange dauern«, sagte Mama.

»Aber Omama ...«, sagte Anna. »Ich weiß, sie ist sehr lieb, aber ...« Sie konnte doch nicht sagen, dass Omama Papa nicht mochte, darum fragte sie stattdessen Papa: »Was meinst du denn?«

Papas Gesicht hatte den müden Ausdruck, den Anna hasste, aber er sagte ganz fest: »Ihr werdet dort gut versorgt sein. Und ihr werdet zur Schule gehen ... eure Erziehung wird nicht unterbrochen.« Er lächelte: »Ihr seid beide so gute Schüler.«

»Es ist das Einzige, was uns übrig bleibt«, sagte Mama.

Anna fühlte Trotz und Trauer in sich aufsteigen. »Es ist also alles schon beschlossen?«, fragte sie. »Wollt ihr denn nicht einmal wissen, was wir darüber denken?«

»Natürlich wollen wir das«, sagte Mama »aber wie die Dinge liegen, haben wir keine Wahl.«

»Sag uns, was du denkst«, sagte Papa.

Anna starrte vor sich hin auf das rote Wachstuch. »Ich meine nur, wir sollten zusammenbleiben«, sagte sie, »es ist mir gleich, wo oder wie. Es ist mir gleich, wenn die Umstände schwierig sind, wenn man zum Beispiel kein Geld hat, und das mit der blöden Concierge heute morgen war mir auch ganz gleichgültig – wenn wir nur alle vier zusammen sind.«

»Aber Anna«, sagte Mama, »viele Kinder trennen sich für eine Zeit von ihren Eltern. Viele englische Kinder sind in Internaten.«

»Ich weiß«, sagte Anna, »aber das ist etwas anderes. Wir haben keine Heimat. Wenn man kein Zuhause hat, dann muss man bei seinen Leuten bleiben.« Sie blickte in die verzweifelten Gesichter ihrer Eltern und es brach aus ihr heraus: »Ich weiß! Ich weiß, dass wir keine Wahl haben, und dass ich alles nur noch schwerer mache. Aber bis jetzt hat es mir nie etwas ausgemacht, ein Flüchtling zu sein. Es hat mir sogar gefallen. Ich finde, die beiden letzten Jahre, wo wir Flüchtlinge waren, waren viel schöner als die Zeit in Deutschland. Aber wenn ihr uns jetzt wegschickt, habe ich solche Angst ... ich habe so schreckliche Angst ...«

»Wovor denn?«, fragte Papa.

»Dass ich mir wirklich wie ein Flüchtling vorkomme«, sagte Anna und brach in Tränen aus.

23 **Hinterher** schämte sich **Anna** sehr wegen ihres Ausbruchs. Sie hatte es doch die **ganze Zeit** gewusst, dass **Mama und Papa** nichts anderes übrig bleiben würde, als sie und **Max wegzuschicken.** Sie hatte nur erreicht, dass alle sich wegen etwas, das sowieso getan werden musste, noch elender fühlten. Warum hatte sie nicht den Mund halten können?

Als sie im Bett lag, grämte sie sich deswegen, und sobald sie am nächsten Morgen erwachte, wusste sie, dass sie etwas unternehmen musste. Sie hatte noch etwas von dem Geld für den Aufsatz – sie würde gehen und für alle zum Frühstück frische Croissants kaufen.

Zum ersten Mal seit Wochen wehte eine leichte Brise, und als sie mit der Tüte voll heißer Croissants vom Bäcker zurückkam, war ihr plötzlich viel wohler zumute. Es würde schon alles in Ordnung kommen – alles würde wieder gut werden.

Die Concierge sprach mit einem Mann, der einen starken deutschen Akzent hatte, und als Anna an den beiden vorbeiging, hörte sie, wie er nach Papa fragte.

»Ich bringe Sie nach oben«, sagte sie, ohne die Concierge zu beachten, und die Concierge reichte ihr mit beleidigtem Schweigen einen Brief. Anna warf einen Blick darauf, und ihr Herz schlug plötzlich schneller, als sie die englische Briefmarke erkannte. Während der ganzen Fahrt im Aufzug konnte sie nur daran denken, was in dem Brief stehen mochte, und sie erinnerte sich erst an Papas Besucher, als dieser sie ansprach.

»Du musst die Anna sein«, sagte er, und sie nickte. Er sah schäbig aus und hatte eine traurige Stimme. »Papa«, rief Anna, als sie die Wohnung betraten, »ich habe Brötchen zum Frühstück gekauft, und ich habe einen Brief, und hier ist jemand, der dich besuchen will.«

»Jemand? Um diese Zeit?«, sagte Papa, der aus seinem Zimmer kam und seinen Schlips zurechtzog.

Er führte den Besucher ins Esszimmer, und Anna folgte mit dem Brief in der Hand. »Guten Tag, Herr ...«

»Rosenfeld«, sagte der Mann mit einer leichten Verbeugung. »Ich war früher Schauspieler in Berlin, aber Sie kennen mich nicht. Nur kleine Rollen, wissen Sie.« Er lächelte und zeigte dabei unregelmäßige gelbe Zähne. Dann fügte er scheinbar nebenbei hinzu: »Ich habe einen Neffen in der Konditoreibranche.«

»Papa ...«, sagte Anna und hielt ihm den Brief hin, aber Papa sagte: »Später.«

Es schien Herrn Rosenfeld Schwierigkeiten zu machen, zu sagen, weshalb er gekommen war. Seine traurigen Augen schweiften im Esszimmer umher, während er immer wieder ansetzte, seine Einleitung dann aber wieder verwarf. Schließlich steckte er die Hand in die Tasche und zog ein kleines Päckchen in braunem Papier heraus.

»Ich bringe Ihnen das hier«, sagte er und reichte es Papa. Papa wickelte es aus. Es war eine Uhr, eine alte silberne Uhr, und irgendwie kam sie Anna bekannt vor.

»Julius«, rief Papa.

Herr Rosenfeld nickte traurig. »Ich bringe schlechte Nachrichten.«

Onkel Julius war tot.

Während Mama Herrn Rosenfeld Kaffee einschenkte und dieser gedankenverloren an einem von Annas Croissants knabberte, erzählte er ihnen, wie Onkel Julius gestorben war. Er war vor ungefähr einem Jahr von seinem Posten als Kurator des Berliner Naturwissenschaftlichen Museums abgesetzt worden.

»Aber warum?«, fragte Mama.

»Sie werden es doch wohl wissen«, sagte Herr Rosenfeld, »er hatte eine jüdische Großmutter.«

Danach hatte Onkel Julius nicht mehr länger als Naturwissenschaftler arbeiten können, sondern hatte eine Stelle als Handlanger in einer Fabrik gefunden. Er war aus seiner schönen Wohnung in ein billiges Zimmer gezogen, und dort war er mit Herrn Rosenfeld bekannt geworden, der im Nebenzimmer wohnte. Trotz aller Schwierigkeiten war Onkel Julius in dieser Zeit noch ganz heiter gewesen. »Er ... fügte sich in die Umstände, nicht wahr?«, sagte Herr Rosenfeld. »Ich wollte damals schon zu meinem Neffen nach Paris ziehen, und ich sagte zu ihm: ›Kommen Sie mit – wir kommen beide in der Konditorbranche unter.‹ Aber er wollte nicht. Er schien zu glauben, dass die Lage in Deutschland sich ändern müsse.«

Papa nickte, er dachte an Onkel Julius in der Schweiz.

Herr Rosenfeld und Onkel Julius hatten viel miteinander geredet, und Onkel Julius hatte ihm viel von Papa und seiner Familie erzählt. Ein paar Mal hatte Herr Rosenfeld ihn in den Zoo begleitet, wo er immer seine Sonntage verbrachte. Obgleich Onkel Julius so wenig Geld hatte, brachte er es doch immer fertig, den Affen Erdnüsse und den anderen Tieren irgendwelche Reste mitzubringen, und Herr Rosenfeld hatte sich gewundert, wie sie an die Gitter gestürzt kamen, sobald sie ihn erblickten. »Es war nicht nur das Füttern«, sagte er, »es war eher eine Art von Güte, die sie an ihm wiedererkannten.«

Wieder nickte Papa ...

Während des Herbstes war Onkel Julius sogar nach Feierabend in den Zoo gegangen. Sein ganzes Leben kreiste jetzt um die Tiere. Es gab einen Affen, der ihm erlaubte, ihn durch das Gitter hindurch zu streicheln ...

Und dann, kurz vor Weihnachten, war der Schlag gekommen. Onkel Julius hatte einen offiziellen Brief bekommen, in dem sein freier Eintritt in den Zoo widerrufen wurde. Es wurde kein Grund angegeben. Die Tatsache, dass er eine jüdische Großmutter hatte, genügte.

Danach hatte Onkel Julius sich verändert. Er konnte nicht schlafen und aß nicht richtig. Er sprach nicht mehr mit Herrn Rosenfeld, sondern verbrachte die Sonntage in seinem Zimmer und starrte zu dem gegenüberliegenden Dach hinüber, wo die Spatzen sich tummelten. Schließlich hatte er einmal im Frühling spät in der Nacht an Herrn Rosenfelds Tür geklopft und ihn gebeten, falls er nach Paris ginge, etwas für Papa mitzunehmen. Herr Rosenfeld hatte erklärt, es würde wohl noch einige Zeit dauern, aber Onkel Julius hatte gesagt: »Ganz gleich, ich möchte es Ihnen jetzt übergeben«, und Herr Rosenfeld hatte das kleine Päckchen angenommen, um ihn zu beruhigen. Am nächsten Morgen war

Onkel Julius tot aufgefunden worden, neben sich ein leeres Glasröhrchen, in dem Schlaftabletten gewesen waren.

Herr Rosenfeld hatte erst Monate später Deutschland verlassen können, war aber sofort zu Papa gekommen, um das Päckchen abzuliefern.

»Es ist auch ein Brief dabei«, sagte er.

Die Handschrift war so sorgfältig wie immer.

Es stand einfach da: »Lebt wohl. Ich wünsche euch viel Glück«, und darunter stand: »Julius«.

Lange Zeit noch nachdem Herr Rosenfeld gegangen war, dachte Anna nicht an den anderen Brief, den sie immer noch in der Hand hielt. Aber schließlich erinnerte sie sich daran und reichte ihn Papa. Er machte ihn auf, las ihn schweigend und gab ihn dann Mama.

»Sie wollen dein Filmmanuskript kaufen!«, rief Mama, und dann, als könne sie es kaum glauben: »Tausend Pfund ...«

»Heißt das, dass wir nicht bei Omama zu bleiben brauchen?«, fragte Max schnell.

»Natürlich«, sagte Mama, »jetzt brauchen wir euch nicht fortzuschicken. Wir können alle zusammen nach England fahren.«

»Oh Papa!«, rief Anna. »Papa, ist das nicht herrlich?«

»Ja«, sagte Papa. »Ich bin froh, dass wir alle beisammenbleiben.«

»Wenn ich daran denke, dass dein Drehbuch verfilmt wird!« Mamas Hand lag auf seiner Schulter. Dann bemerkte sie den verschlissenen Kragen unter ihren Fingern. »Du brauchst eine neue Jacke«, sagte sie.

»Wir wollen der Concierge Bescheid sagen und ihr kündigen«, sagte Max.

»Nein – warte!«, rief Mama. »Aber wenn wir nach London gehen, sollten wir eure Schulen benachrichtigen. Und wir müssen uns wegen eines Hotels erkundigen. Und dort wird es kälter sein – ihr braucht wollene Sachen ...«

Plötzlich mussten tausend andere Dinge besprochen werden. Aber Papa, der an allem schuld war, wollte über nichts sprechen. Während Mama und die Kinder plauderten und Pläne machten, saß er ganz still da und ließ die Worte an sich vorbeiströmen. Er hielt die Uhr von Onkel Julius in der Hand und streichelte sie ganz sacht mit einem Finger.

24 Es war **seltsam**, wieder **Abschied** zu nehmen und in ein anderes fremdes Land zu ziehen.

»**Genau in dem Augenblick,** wo wir richtig Französisch können«, sagte Max.

Es blieb **keine Zeit,** Madame Socrate **auf Wiedersehen** zu sagen, denn sie war noch in Urlaub. Anna musste ein Briefchen für sie in der Schule lassen. Aber sie ging mit Mama, um Großtante Sarah einen Abschiedsbesuch zu machen, die ihnen viel Glück für ihr neues Leben in England wünschte und sich sehr freute, als sie von Papas Film erfuhr.

»Endlich gibt jemand diesem ausgezeichneten Mann Geld«, sagte sie, »das hätten sie längst tun sollen.«

Die Fernands kamen gerade noch so rechtzeitig von der See zurück, dass die beiden Familien einen letzten Abend miteinander verbringen konnten.

Papa lud alle zum Essen in ein Restaurant ein, und man versprach einander, dass man sich bald wiedersehen wollte.

»Wir werden oft nach Frankreich zurückkommen«, sagte Papa. Er trug eine neue Jacke, und der müde Ausdruck war ganz von seinem Gesicht verschwunden.

»Und Sie müssen uns in London besuchen«, sagte Mama.

»Wir werden kommen und uns den Film ansehen«, sagte Madame Fernand.

Das Packen dauerte nicht lange. Jedes Mal wenn sie umzogen, gab es weniger zu packen. Viele Dinge waren zerschlissen und weggeworfen worden. An einem grauen Morgen, nicht ganz zwei Wochen nachdem der Brief aus England gekommen war, standen sie zur Abreise bereit.

Mama und Anna standen zum letzten Mal in dem kleinen Esszimmer und warteten auf das Taxi, das sie zum Bahnhof bringen sollte. Der Raum, aus dem all die kleinen Gegenstände des täglichen Gebrauchs, die ihn vertraut gemacht hatten, entfernt worden waren, wirkte kahl und schäbig.

»Ich weiß nicht, wie wir es hier zwei Jahre ausgehalten haben«, sagte Mama.

Anna strich mit der Hand über das rote Wachstuch auf dem Tisch. »Mir hat es gefallen«, sagte sie.

Dann kam das Taxi. Papa und Max stapelten das Gepäck in den Aufzug, und dann schloss Papa die Tür der Wohnung hinter ihnen ab.

Als der Zug aus dem Bahnhof fuhr, lehnte Anna mit Papa im Fenster und sah Paris langsam zurückgleiten.

»Wir werden zurückkommen«, sagte Papa.

»Ich weiß«, sagte Anna. Sie erinnerte sich an das Gefühl, als sie für die Ferien in den Gasthof Zwirn zurückgekommen waren, und fügte hinzu: »Aber es wird nicht dasselbe sein – wir werden nicht mehr hierhergehören. Glaubst du, dass wir jemals irgendwo richtig hingehören werden?«

»Ich glaube nicht«, sagte Papa, »nicht so, wie die Menschen irgendwo hingehören, die ihr Leben lang an einem Ort gewohnt haben. Aber wir werden zu vielen Orten ein wenig gehören, und ich glaube, das kann ebenso gut sein.«

Die Herbststürme hatten in diesem Jahr früh eingesetzt, und als der Zug Dieppe gegen Mittag erreichte, lag die See wild und dunkel unter einem grauen Himmel.

Sie hatten sich für die längere Überfahrt von Dieppe nach Newhaven entschieden, weil sie erheblich billiger war. Und das trotz Papas neuem Reichtum.

»Wir wissen nicht, wie lange wir mit dem Geld werden auskommen müssen«, sagte Mama.

Sobald das Schiff den Hafen von Dieppe verließ, begann es zu schaukeln und zu rollen, und Annas Begeisterung über ihre erste Seereise verflog schnell. Anna, Max und Mama beobachteten gegenseitig, wie ihre Gesichter immer blasser und grüner wurden, und mussten schließlich nach unten gehen und sich hinlegen. Nur Papa war nicht betroffen. Wegen des schlechten Wetters dauerte die Überfahrt sechs Stunden statt der üblichen vier, und schon lange bevor sie anlegten, hatte Anna jedes Interesse an England verloren: Hauptsache, sie kamen hin. Als sie dann endlich da waren, war es zu dunkel, um irgendetwas zu sehen. Der Bootszug war längst abgefahren, und ein freundlicher, aber unverständlicher Gepäckträger setzte sie stattdessen in einen Bummelzug nach London.

Als dieser sich zögernd auf den Weg machte, sprenkelte sich die Scheibe leicht mit Regentropfen.

»Englisches Wetter«, sagte Papa, der sehr munter war, denn er war nicht seekrank gewesen.

Anna saß zusammengekauert in ihrer Abteilecke und beobachtete, wie die unbekannte dunkle Landschaft vorbeiglitt. Man konnte nichts richtig erkennen. Nach einer Weile wurde sie es müde hinauszustarren und betrachtete stattdessen verstohlen die beiden Männer, die ihr gegenübersaßen. Es waren Engländer. Im Gepäcknetz über ihren Köpfen lagen zwei schwarze, melonenförmige Hüte, wie sie sie selten gesehen hatte, und die beiden saßen sehr aufrecht und lasen ihre Zeitung. Obgleich sie zusammen eingestiegen waren, sprachen sie nicht miteinander. Die Engländer schienen ein sehr stilles Volk zu sein.

Der Zug verlangsamte seine Fahrt und blieb zum zigsten Mal an einer kleinen, schlecht beleuchteten Station stehen.

»Wo sind wir?«, fragte Mama.

Anna buchstabierte den Namen auf einem erleuchteten Schild. »Bovril«, sagte sie.

»Das kann nicht sein«, sagte Max, »der letzte Ort, an dem wir gehalten haben, hieß auch Bovril.«

Mama, die immer noch blass von der Überfahrt war, schaute selber nach. »Das ist eine Reklame«, sagte sie. »Bovril ist irgendein englisches Nahrungsmittel. Ich glaube, man isst es mit gekochtem Obst.«

Der Zug kroch weiter durch die Dunkelheit, und Anna wurde schläfrig. Irgendwie kamen ihr die Umstände bekannt vor – ihre Müdigkeit, das Rattern der Eisenbahnräder und der Regen, der gegen die Scheiben klatschte. Es war alles schon einmal so gewesen, vor sehr langer Zeit. Bevor sie sich genau erinnern konnte, schlief sie ein.

Als sie aufwachte, fuhr der Zug schneller, und Lichter huschten an den Fenstern vorüber. Sie blickte hinaus und sah nasse Straßen und Straßenlaternen und kleine Häuser, die alle gleich aussahen.

»Wir nähern uns London«, sagte Mama.

Die Straßen wurden breiter und die Gebäude größer und verschiedenartiger, und plötzlich änderte sich das Geräusch der Räder, und sie waren auf einer Brücke über einem breiten Fluss.

»Die Themse«, rief Papa.

Der Fluss war auf beiden Seiten von Lichtern gesäumt, und Anna konnte Autos und einen roten Bus unter der Brücke dahinkriechen sehen. Dann waren sie hinüber, hatten den Fluss hinter sich gelassen, und als ob eine Schachtel über den Zug geklappt worden wäre, waren sie plötzlich von der Helligkeit eines Bahnhofs umgeben, mit Bahnsteigen und Gepäckträgern und Menschenmassen, die auf einmal von allen Seiten heranströmten. Sie waren angekommen.

Anna stieg aus, und dann standen sie auf dem kühlen Bahnsteig und warteten auf Mamas Vetter Otto, der sie abholen sollte. Rings um sie waren Engländer. Die begrüßten einander, lächelten und redeten.

»Kannst du verstehen, was sie sagen?«, fragte Anna.

»Kein Wort«, sagte Max.

»Nach ein paar Monaten werden wir es können«, sagte Anna. Papa hatte einen Gepäckträger gefunden, aber von Otto war nichts zu sehen; so gingen Mama und Papa auf die Suche nach ihm, während die Kinder bei dem Gepäck blieben. Es war kalt. Anna setzte sich auf einen Koffer, und der Gepäckträger lächelte sie an.

»Français?«, fragte er.

Anna schüttelte den Kopf.

»Deutsch?«

Sie nickte.

»Ah, Deutsche«, sagte der Gepäckträger. Er war ein rundlicher, kleiner Mann mit einem roten Gesicht. »Ittla?«, fügte er hinzu. Anna und Max sahen einander an. Sie wussten nicht, was er meinte.

»Ittla! Ittla!«, sagte der Gepäckträger. Er legte einen Finger unter die Nase, wie ein Bärtchen, und die andere Hand hob er zum Nazigruß. »Ittla?«, sagte er.

»Oh, Hitler!«, rief Max.

Anna fragte: »Gibt es hier Nazis?«

»Hoffentlich nicht«, sagte Max.

Sie schüttelten beide die Köpfe und machten missbilligende Gesichter.

»No«, sagten sie, »no Hitler!«

Der Gepäckträger schien erfreut.

»Ittla …«, begann er. Er schaute sich um, ob ihn jemand beobachtete, und spuckte dann kräftig auf den Boden. »Ittla«, sagte er. Das war es, was er von ihm dachte.

Sie lächelten alle, und der Gepäckträger wollte mit in die Stirn gezogenem Haar gerade eine neue Imitation von Hitler zum Besten geben, als Mama von der einen und Papa mit Vetter Otto von der anderen Seite auftauchten.

»Willkommen in England!«, rief Vetter Otto und umarmte Mama. Und dann, als Mama ein wenig schauerte, fügte er vorwurfsvoll hinzu: »In diesem Land sollte man immer wollenes Unterzeug tragen.«

Anna hatte ihn aus Berlin als einen recht feinen Herrn in Erinnerung, aber jetzt sah er in seinem zerknitterten Mantel ziemlich schäbig aus. Sie gingen langsam hinter ihm her zum Ausgang. Der Menschenstrom umgab sie von allen Seiten. Es war so feucht, dass der Dampf vom Boden aufzusteigen schien, und Anna stieg der Gummigeruch all der Regenmäntel in die Nase. Am Ende des Bahnsteigs gab es einen kleinen Aufenthalt, aber niemand stieß oder drängte, wie es in Frankreich und Deutschland üblich war. Jeder wartete, bis die Reihe an ihn kam. Durch den Dunst hindurch leuchtete ein Obststand mit seinen Orangen, Äpfeln und gelben Bananen, und ein Ladenfenster war ganz mit Bonbons und Schokolade gefüllt. Die Engländer mussten sehr reich sein, wenn sie alle diese Dinge kaufen konnten. Sie kamen an einem englischen Polizisten mit einem hohen Helm vorbei und an einem anderen in einem nassen Umhang.

Vor dem Bahnhof fiel der Regen wie ein glitzernder Vorhang, und hinter diesem Vorhang konnte Anna undeutlich eine Art von offenem Platz erkennen. Wieder kam das Gefühl über sie, dass sie das alles schon einmal erlebt hatte.

Schon einmal hatte sie im Regen vor einem Bahnhof gestanden, und es war kalt gewesen …

»Wartet hier, ich hole ein Taxi«, sagte Vetter Otto, und auch das kam ihr bekannt vor.

Plötzlich flossen ihre Müdigkeit und die Kälte in eins zusammen. In ihrem Kopf war es ganz leer, der Regen schien überall zu sein, und Vergangenheit und Gegenwart vermischten sich, sodass sie einen Augenblick lang nicht wusste, wo sie war.

»Ist dir was?«, sagte Papa und packte sie beim Arm, da sie ein wenig schwankte, und Vetter Otto sagte in mitfühlendem Ton: »Es muss schwer sein, wenn man seine Kindheit damit zubringt, von Land zu Land zu ziehen.«

Bei diesen Worten klärte sich etwas in Annas Kopf.

Eine schwere Kindheit …, dachte sie. Die Vergangenheit und die Gegenwart glitten auseinander. Sie erinnerte sich an die lange, mühselige Reise mit Mama von Berlin in die Schweiz, wie es geregnet hatte, und wie sie in Günthers Buch gelesen und sich eine schwere Kindheit gewünscht hatte, damit sie eines Tages berühmt werden konnte. Hatte ihr Wunsch sich erfüllt? Konnte man ihr Leben, seit sie von Deutschland weggegangen waren, wirklich als eine schwere Kindheit bezeichnen?

Sie dachte an die Wohnung in Paris und an den Gasthof Zwirn. Nein, es war lächerlich. Manches war schwierig gewesen, aber immer war es interessant und manchmal komisch, und sie und Max und Mama und Papa waren fast immer zusammen gewesen. Solange sie beisammen waren, konnte es doch keine schwere Kindheit sein. Sie seufzte ein wenig, sie musste ihre Hoffnungen wohl aufgeben.

Wie schade, dachte sie, auf diese Weise werde ich nie berühmt.

Sie rückte näher an Papa heran und steckte die Hand in seine Tasche, um sich zu wärmen.

Dann kam Vetter Otto mit dem Taxi zurück.

»Schnell«, rief er. »Es wartet nicht.«

Alle rannten los. Papa und Vetter Otto schleppten das Gepäck heran. Der Taxifahrer warf es ins Auto. Mama rutschte in der Nässe aus und wäre beinahe gefallen, aber Vetter Otto fing sie auf.

»Die Engländer tragen immer Gummisohlen«, rief er und schob den letzten Koffer nach innen.

Dann kletterten sie alle in das Taxi. Vetter Otto nannte die Anschrift des Hotels. Anna drückte ihr Gesicht gegen die Scheibe, und das Taxi fuhr an.

Warten bis
der Frieden kommt

Welcher **Wahn** dem Erdengast
Auch entdämmert und erblasst –
Eines fühlt man in dem Treiben:
Eltern ... bleiben.

Stiller Pol im Lebensbraus.
Leuchten. Übers Grab hinaus.
Minne fällt und **Freundschaft** fällt,
Wenn die **Seelen** unsrer Welt
Sich in Trug und Kampf zerreiben:
Eltern ... bleiben.

Welcher Wahn dem Erdengast
Auch entdämmert und erblasst:
Eines starken **Engels Hand**
Soll es überm Totenland
In die ewigen **Sterne** schreiben:
Eltern ... bleiben.

Alfred Kerr

Teil 1

1 Im **Haus** der **Bartholomews** in London stand **Anna** in ihrem Zimmer **im obersten Stockwerk.** Sie hatte endlich **daran gedacht,** den herunterhängenden Saum ihres Rockes auszubessern, und sie trug **neue Flor-Strümpfe,** keine **schwarzen von Woolworth,** sondern teure beigefarbene von Marks & Spencer. Ihr selbst gestrickter Pullover passte einigermaßen zu ihrem Rock, und die hübschen Schuhe, die sie von einer der Bartholomew-Töchter geerbt hatte, waren frisch geputzt. Sie kippte den Spiegel des Frisiertisches ein wenig, um sich in voller Größe betrachten zu können, und hoffte, dass sie mit sich zufrieden sein würde. Wie gewöhnlich war sie enttäuscht. Das Zimmer erdrückte ihre Erscheinung. Es war zu deutlich, dass sie nicht hierher gehörte. Vor der seidigen Steppdecke des Bettes, der eleganten Tapete, den schönen, polierten Möbeln wirkte sie ordentlich, aber langweilig, eine kleine Person in Braun. Wie ein Dienstbote, dachte sie, oder ein Waisenkind. In dieses Zimmer gehörte jemand, der unbekümmert war, reicher; der häufiger lächelte.

Sie setzte sich auf den chintzbezogenen Schemel und betrachtete mit zunehmender Gereiztheit ihr Gesicht. Dunkles Haar, grüne Augen, der Ausdruck zu ernst. Warum war sie nicht wenigstens blond. Jeder wusste, dass blondes Haar besser ankam. Alle Filmstars waren blond, von Shirley Temple bis zu Marlene Dietrich. Auch mit ihren Augenbrauen stimmte etwas nicht. Sie hätten dünn und bogenförmig sein sollen, wie mit einem Bleistift gezogen, stattdessen waren sie dicht und beinahe gerade. Und ihre Beine – an ihre Beine mochte Anna gar nicht erst denken, denn sie waren ziemlich kurz. Kurze Beine zu haben, das war schon kein Unglück mehr, sondern einfach eine Geschmacklosigkeit. Sie beugte sich vor, und ihr Spiegelbild neigte sich ihr entgegen.

Wenigstens sehe ich intelligent aus, dachte sie. Sie zog die Stirn kraus und schürzte die Lippen, um diesen Eindruck zu verstärken. Gescheit hatten sie sie in Miss Metcalfes Internatsschule für Mädchen genannt. Das gescheite kleine Flüchtlingsmädchen. Sie hatte zuerst gar nicht gemerkt, dass dies abschätzig gemeint war. Niemand hatte sie in Miss Metcalfes Schule sehr gemocht. Das habe ich nun wenigstens hinter mir, dachte sie.

Sie griff nach ihrer Handtasche – rissiges braunes Leder, eine alte Tasche von Mama, die diese aus Berlin mitgebracht hatte – zog ein Döschen mit Kompaktpuder heraus und fing an, sich sorgfältig die Nase zu pudern. Kein Lippenstift, noch nicht. Nur leichtfertige Mädchen benutzten mit fünfzehn schon Lippenstift. Zu Miss Metcalfe wäre ich nie gekommen, dachte sie, wenn wir nur eine Wohnung gehabt hätten. Dass sie in einem Hotel leben mussten, hatte alles so schwierig gemacht, dies und der Mangel an Geld. Denn als Mama und Papa Annas Hotelzimmer nicht mehr bezahlen konnten (obgleich es ein ganz billiges Hotel war), war sie wie ein Paket herumgeworfen, von einer Hand zur anderen weitergereicht worden, ohne zu wissen, bei wem sie landen würde. Zu Miss Metcalfe war sie einzig und allein aus dem Grunde geraten, weil diese angeboten hatte, sie umsonst aufzunehmen. Und der Grund, warum sie jetzt bei den Bartholomews wohnte (obwohl die Bartholomews natürlich alte Bekannte und viel netter waren als Miss Metcalfe), der einzige Grund war wiederum, dass es nichts kostete.

Sie seufzte. Welches Haarband sollte sie nehmen? Immerhin hatte sie zwei, unter denen sie wählen konnte – ein braunes und ein grünes. Sie entschloss sich für Grün. Sie streifte das Band über den Kopf und dann von der Stirn zurück über das Haar. Dann betrachtete sie sich. Mehr ist nicht zu machen, dachte sie.

Irgendwo schlug eine Uhr zehn. Es war Zeit zu gehen. Mama und Papa erwarteten sie. Sie nahm ihren Mantel und prüfte den Inhalt ihrer Handtasche. Schlüssel, Taschenlampe, Personalausweis, Portmonee. Das Portmonee fühlte sich seltsam leicht an, und sie machte es auf. Es war leer. Die vier Pennies Fahrgeld mussten in die Handtasche gefallen sein. Sie stülpte die Tasche um. Schlüssel, Taschenlampe, Personalausweis, Puderdose, zwei Bleistifte, ein Busfahrschein, die Papierhülle eines Schokoladenkekses und ein paar Krümel. Das Geld war nicht da. Aber es musste da sein. Sie hatte es doch gehabt. Sie wusste bestimmt, dass sie es am Abend zuvor noch gehabt hatte. Aufgeregt durchsuchte sie die Taschen ihres Mantels. Nichts. Ach, verflixt, dachte sie. Gerade als ich meinte, alles wäre in Ordnung. Dass das jetzt wieder passieren musste! Sie stopfte all den Kram wieder in die Tasche, nahm den Mantel und verließ das Zimmer. Was soll ich jetzt machen, überlegte sie. Sie warten doch auf mich, und ich habe kein Fahrgeld. Im Treppenhaus war es dunkel – die Mädchen mussten vergessen haben, die Verdunkelungs- rollos hochzuziehen. Ob sie sich bei den Dienstmädchen Geld leihen sollte? Nein, dachte sie, das geht nicht. In der Hoffnung, dass irgendein Wunder geschehen würde, begann sie, die mit einem dicken Läufer be- legten Stufen hinunterzusteigen.

Als sie in der Diele an dem ehemaligen Schulzimmer, das jetzt als eine Art Wohnzimmer diente, vorbeikam, rief eine freundliche Stimme mit amerikanischem Akzent: »Bist du's, Anna? Komm doch einen Augen- blick herein. Ich habe dich seit Tagen nicht gesehen.«

Mrs Bartholomew.

Sollte sie mit ihr über das Fahrgeld sprechen?

Sie machte die Tür auf und sah sich Mrs Bartholomew gegenüber, die, noch im Morgenrock, Kaffee trank. Sie saß an dem alten Schultisch. Vor ihr auf der tintenfleckigen Platte stand ein Tablett, daneben lag ein Stapel alter Kinderbücher.

»Dafür, dass es Sonntag ist, bist du früh auf«, sagte Mrs Bartholomew. »Gehst du deine Eltern besuchen?«

Anna wollte schon sagen: »Ja, aber leider habe ich nicht –« oder »Könnten Sie mir vielleicht das Fahrgeld auslegen, bitte ...?« Stattdes- sen blieb sie in der Tür stehen und sagte nur: »Ja.«

»Sie freuen sich doch sicher schon auf dich.« Mrs Bartholomew schwenkte ein Buch. Es schienen Andersens Märchen zu sein. »Ich hab hier gesessen und mich nach den Mädchen gesehnt. Judy mochte dieses Buch so gern – noch vor drei oder vier Jahren. Auch Jinny. Das waren doch noch schöne Zeiten, nicht wahr, als ihr alle zusammen hier eure Aufgaben gemacht habt!«

Anna machte es Mühe, Mrs Bartholomew zuzuhören, so sehr beschäf- tigte sie der Gedanke an das Fahrgeld.

»Ja«, sagte sie. Sie hatten wirklich viel Spaß gehabt, damals.

»Dieser Krieg ist verrückt«, sagte Mrs Bartholomew. »Nun haben wir alle unsere Kinder aus London fortgeschickt, weil wir meinten, Hitler werde es dem Erdboden gleichmachen, seither ist ein halbes Jahr vergangen, und es ist überhaupt nichts passiert. Ich habe jetzt wirklich genug davon. Ich möchte sie wieder hier bei mir haben. Jinny schreibt, dass vielleicht die ganze Schule wieder nach London zurückverlegt wird – wäre das nicht schön?«

»Ja«, sagte Anna.

»Sie würden sich bestimmt freuen, dich hier im Haus zu haben.« Mrs Bartholomew schien plötzlich zu bemerken, dass Anna unschlüssig in der offenen Tür herumstand.

»Aber komm doch herein, Kind!«, rief sie. »Trink eine Tasse Kaffee mit mir und erzähle, wie's steht. Wie läuft denn der Zeichenkursus?«

»Ich müsste jetzt wirklich gehen«, sagte Anna, aber Mrs Bartholomew war hartnäckig, und schließlich saß Anna mit einer Tasse in der Hand am Schultisch. Durch das Fenster konnte sie graue Wolken sehen. Zweige bewegten sich im Wind. Es sah kalt aus. Warum hatte sie nicht um das Fahrgeld bitten können, als die Gelegenheit günstig war?

»Was hast du also gemacht? Erzähle«, sagte Mrs Bartholomew. Was hatte sie gemacht?

»Nun, natürlich ist es nur ein Anfängerkurs.« Es fiel ihr schwer, daran zu denken. »Wir machen ein bisschen von allem. Vorige Woche haben wir uns gegenseitig porträtiert. Das macht mir Spaß.«

Der Lehrer hatte Annas Zeichnung betrachtet und ihr gesagt, sie sei wirklich begabt. Die Erinnerung daran wärmte ihr das Herz.

»Aber natürlich lässt sich damit nicht viel anfangen – ich meine finanziell«, fügte sie hinzu. Wahrscheinlich wollte der Lehrer einfach nett sein.

»Aber hör mal!«, rief Mrs Bartholomew. »In deinem Alter brauchst du dir doch keine Gedanken über finanzielle Dinge zu machen. Nicht, solange du in diesem Haus lebst. Ich weiß, dass es schwer für deine Eltern ist, in einem fremden Land zu leben und all das, aber wir haben dich gern hier, und du kannst bleiben, solange du willst. Also denk jetzt nur an deine Ausbildung. Ich bin sicher, du wirst das alles sehr gut machen, und du musst den Mädchen schreiben und ihnen alles erzählen; ich weiß, wie sehr es sie interessiert.«

»Ja«, sagte Anna. »Vielen Dank.«

Mrs Bartholomew sah sie an. »Fehlt dir etwas?«, fragte sie.

»Nein«, sagte Anna. »Nein, bestimmt nicht. Aber ich glaube, ich muss jetzt wirklich gehen.«

Mrs Bartholomew begleitete sie in die Diele und sah zu, wie Anna ihren Mantel anzog.

»Moment«, rief sie, steckte den Kopf in einen Wandschrank und kam gleich darauf mit etwas Dickem, Grauem wieder zum Vorschein. »Nimm lieber noch Jinnys Schal.«

Anna musste sich den Schal um den Hals wickeln, und Mrs Bartholomew küsste sie auf die Wange.

»So«, sagte sie. »Und hast du jetzt auch bestimmt alles, was du brauchst? Fehlt dir noch irgendetwas?«

Jetzt war wirklich der Augenblick, sie um das Geld zu bitten. Es wäre ganz einfach, und sie wusste, dass Mrs Bartholomew es nicht übel nehmen würde. Aber wie sie so dastand, in Judys Schuhen, mit Jinnys Schal um den Hals, und in Mrs Bartholomews freundliches Gesicht blickte, fand sie es plötzlich unmöglich. Sie schüttelte lächelnd den Kopf. Mrs Bartholomew lächelte zurück und schloss hinter ihr die Tür.

———

Verdammt noch mal, dachte Anna, als sie sich daranmachte, die Holland Park Avenue entlangzutrotten. Jetzt musste sie den ganzen Weg nach Bloomsbury zu Fuß machen, weil sie die vier Pennies für die Untergrundbahn nicht hatte.

Es war ein kalter, sonniger Tag, und sie versuchte zunächst, alles als ein Abenteuer zu betrachten.

»Ich mache mir wirklich gern Bewegung«, sagte sie, und stellte sich dabei vor, sie spräche zu Miss Metcalfe, »nur nicht beim Lacrosse*.« Aber da sie wie gewöhnlich keine befriedigende Antwort bekam, gab sie die Unterhaltung bald auf.

Da es Sonntag war, lagen manche Leute noch im Bett; hinter den Fenstern über den geschlossenen Geschäften waren die Verdunkelungsrol-

---

* Lacrosse = kanadisches Nationalballspiel. Eine Art Hockey. In englischen Mädchenschulen viel gespielt.

los noch heruntergelassen. Nur der Zeitungsladen am Notting Hill Gate hatte geöffnet. Die Sonntagszeitungen staken in den Ständern vor der Tür, und Plakate verkündeten »Neueste Kriegsberichte«, aber wie gewöhnlich gab es nichts Neues. Der Pfandleiher neben der Untergrundbahnstation hatte immer noch das Plakat im Fenster, das Anna so verwirrt hatte, als sie eben nach London gekommen war und noch nicht richtig Englisch konnte. Es war dort zu lesen »Bargeld für Ihr altes Gold«, aber von dem G in Gold war ein Stückchen abgefallen, sodass es wie Cold aussah, und das hieß auf Englisch »Erkältung«. Anna erinnerte sich, dass sie täglich hier vorbeigekommen war, wenn sie zu Judy und Jinny ging, um an ihrem Unterricht teilzunehmen, und dass sie sich immer gefragt hatte, was das wohl heißen sollte, und ob man ihr, wenn sie in den Laden ging und nieste, Geld dafür geben würde.

Wenn heutzutage jemand mit Anna redete, hätte er nicht vermutet, dass Englisch nicht ihre Muttersprache war. Sie hatte auch den amerikanischen Akzent verloren, den sie sich anfangs bei den Bartholomews angewöhnt hatte. Sie war nicht nur zu den Bartholomews gegangen, um von ihnen Englisch zu lernen – sie hatten auch von ihr ein wenig von ihrer deutschen Muttersprache lernen sollen und Französisch, das sie sich in Paris angeeignet hatte, nachdem sie mit ihren Eltern vor Hitler dahin geflohen war. Aber daraus war nicht viel geworden. Anna und Judy und Jinny hatten sich angefreundet und englisch miteinander gesprochen, und Mrs Bartholomew hatte es hingenommen.

Ein scharfer Wind blies durch die Kensington Gardens. Es klapperten die Schilder, die auf die noch von niemandem benützten Luftschutzunterstände hinwiesen. Die wenigen Krokusse, die noch zwischen den frisch ausgehobenen Schutzgräben standen, sahen aus, als frören sie. Anna schob die Hände tief in die Taschen ihres alten grauen Mantels. Es ist doch lächerlich, dachte sie, dass ich zu Fuß laufe. Sie fror, und sie würde zu spät kommen, und Mama würde sich Sorgen machen, wo sie so lange blieb. Einfach lächerlich, so wenig Geld zu haben, dass der Verlust von vier Pennies einen in eine solche Situation brachte. Und wie konnte man nur so blödsinnig schüchtern sein, dass man es nicht wagte, sich vier Pennies zu borgen, wenn man sie brauchte. Wie hatte sie es geschafft, das Geld zu verlieren – sie war sicher, dass sie es am Tag zuvor noch gehabt hatte, ein silbernes Dreipennystück und zwei halbe Pennies. Sie sah die Münzen noch genau vor sich. Es ist zum Kotzen, dachte sie, es ist zum Kotzen, so untüchtig zu sein – und Miss Metcalfes lange Gestalt erhob sich ungebeten vor ihr, und mit sarkastisch hochgezogener Augenbraue sagte sie: »Arme Anna!«

Die Oxford Street lag verlassen, die Schaufenster der großen Kaufhäuser waren kreuz und quer mit braunen Papierstreifen beklebt, damit sie im Fall eines Luftangriffs nicht zersplitterten, aber das Restaurant von Lyons an der Ecke war geöffnet und voller Soldaten, die um eine Tasse Tee Schlange standen. Am Oxford Circus kam die Sonne zum Vorschein, und Anna fühlte sich ein wenig getröstet. Schließlich war ihre Schüchternheit nicht der einzige Grund für ihre Lage. Papa würde verstehen, dass sie kein Geld von Mrs Bartholomew borgen konnte, nicht einmal eine so kleine Summe. Die Füße taten ihr weh, aber sie hatte jetzt zwei Drittel des Heimwegs zurückgelegt, und vielleicht hatte ihr Verhalten sogar etwas Großartiges.

»Einmal«, sagte eine erwachsene Anna zu einer uralten Miss Metcalfe, »einmal bin ich lieber den ganzen Weg nach Bloomsbury zu Fuß gegangen, statt mir vier Pennies zu borgen.« Und die uralte Miss Metcalfe zeigte sich darüber sehr beeindruckt. In der Tottenham Court Road hatte ein Zeitungsverkäufer eine Auswahl von Sonntagszeitungen nebeneinander auf dem Bürgersteig ausgelegt. Sie las die Schlagzeilen (»Wird Tee rationiert?«, »Holt die Evakuierten zurück!« und »Englische Hundeliebhaber bloßgestellt«). Dann prägte sich ihr das Datum ein.

Es war der 4. März 1940. Genau sieben Jahre war es her, seit sie Berlin verlassen hatte und zum Flüchtling geworden war. Irgendwie kam ihr das bedeutungsvoll vor. Hier stand sie, am Jahrestag ihrer Flucht, ohne einen Pfennig, aber über alle Widerstände triumphierend. Vielleicht war sie eines Tages reich und berühmt, und alle würden sich erinnern …

»Natürlich erinnere ich mich an Anna«, sagte die uralte Miss Metcalfe zu einem Mann, der sie für die Wochenschau interviewte, »sie war so mutig und so einfallsreich – wir alle haben sie zutiefst bewundert.«

Sie trottete High Holborn hinauf. Als sie in die Southampton Row einbog – es war jetzt nicht mehr weit bis zum Hotel – bemerkte sie ein leises Klirren im Saum ihres Mantels. Das konnte doch nicht wahr sein …! Misstrauisch ließ sie die Hand durch das Innere der Tasche gleiten.

Ja, da war ein Loch. In plötzlicher Ernüchterung schob sie zwei Finger in das Loch, hob mit der anderen Hand den Saum ihres Mantels und konnte tatsächlich die beiden Halfpennystücke und die Dreipennymünze herausangeln, die in einem Häufchen unten im Futter gelegen hatten.

Sie blieb einen Augenblick lang ganz still stehen und betrachtete das Geld. Dann dachte sie: Typisch Anna! Sie musste das Wort so heftig gedacht haben, dass es ihr laut herausrutschte, denn ein vorübergehendes Paar schaute sich erstaunt nach ihr um. Aber das war doch wirklich wieder einmal typisch für sie. Diese ganze Verlegenheit Mrs Bartholomew gegenüber, diese quälenden Überlegungen, ob sie sich richtig verhalten hatte, dieses Herumlaufen mit schmerzenden Füßen. Und am Ende war alles nur eine groteske Zeitverschwendung gewesen. Kein Mensch außer ihr hätte sich so benommen. Sie hatte es satt. Sie musste anders werden. Alles musste anders werden.

Das Geld fest in der Hand, ging sie zur anderen Straßenseite hinüber, wo vor einer Teestube eine Frau Osterglocken verkaufte.

»Wie viel?«, fragte sie.

Ein Sträußchen kostete drei Pennies. »Geben Sie mir eins«, sagte sie.

Welch eine blödsinnige Verschwendung, dachte sie, und die Osterglocken sind das Geld nicht einmal wert. Sie ließen jetzt schon die Köpfe hängen. Aber es war wenigstens etwas, das sie Papa und Mama mitbringen konnte. Sie würde sagen: »Heute sind es sieben Jahre, seit wir Deutschland verlassen haben – und ich hab euch hier ein paar Blumen mitgebracht.«

Und vielleicht brachten diese Blumen ihnen Glück, vielleicht bekam Papa den Auftrag, irgendetwas zu schreiben, oder irgendeiner schickte ihnen Geld. Vielleicht wurde jetzt alles ganz anders, und das nur, weil sie ihr Fahrgeld gespart und die Blumen dafür gekauft hatte. Und auch wenn nichts geschah, Mama und Papa würden sich freuen, und es würde sie ein wenig aufheitern.

Als sie die Tür des Hotels Continental aufstieß, begrüßte der alte Portier, der hinter seiner Theke gedöst hatte, sie auf Deutsch. »Ihre Mutter hat sich ganz schön aufgeregt«, sagte er. »Sie hat sich Sorgen gemacht, wo Sie bleiben.«

Anna blickte sich in der Halle um. Auf den schäbigen Kunstledersesseln um die Tische herum saßen wie gewöhnlich die deutschen, tschechischen und polnischen Flüchtlinge, die sich in dem Hotel niedergelassen hatten und dort auf eine bessere Zukunft warteten – aber Mama war nicht unter ihnen.

»Ich gehe zu ihr hinauf«, sagte sie, aber noch bevor sie den ersten Schritt getan hatte, hörte sie einen Schrei: »Anna!« Mama kam aus der Richtung der Telefonzelle herbeigestürzt. Ihr Gesicht war gerötet, und die blauen Augen blitzten. »Wo bist du gewesen?«, rief sie auf Deutsch. »Ich habe eben mit Mrs Bartholomew gesprochen. Wir fürchteten schon, es wäre dir etwas zugestoßen! Und Max ist doch gekommen – er kann nur ganz kurz bleiben und wollte dich unbedingt sehen.«

»Max?«, sagte Anna. »Ich wusste nicht, dass er in London ist.«

»Einer seiner Freunde aus Cambridge hat ihn im Auto mitgenommen.« Mamas Gesicht hellte sich wie immer auf, wenn sie von ihrem bemerkenswerten Sohn sprach. »Er ist zuerst hierher gekommen, nachher trifft er sich mit seinen Freunden, und dann fahren sie alle zusammen zurück. Natürlich sind das englische Freunde«, fügte sie zu ihrer eigenen Genugtuung hinzu und auch um Eindruck auf die Deutschen, Tschechen oder Polen zu machen, die vielleicht zuhörten.

Während sie die Treppe hinaufeilten, bemerkte Mama die Osterglocken in Annas Hand. »Wo hast du denn die her?«, fragte sie.

»Ich habe sie gekauft«, sagte Anna.

»Gekauft?«, rief Mama außer sich. Aber als sie weitersprechen wollte, wurde sie von einem Polen in mittleren Jahren unterbrochen, der aus einer Tür mit der Aufschrift WC auftauchte. »Die Verirrte ist zurückgekehrt«, sagte der Pole voller Genugtuung, als er Anna bemerkte. »Habe ich Ihnen nicht gesagt, Madame, dass sie sich wahrscheinlich nur verspätet hat?« Damit verschwand er in seinem Zimmer auf der anderen Flurseite.

Anna wurde rot. »So sehr habe ich mich doch gar nicht verspätet«, sagte sie, aber Mama schob sie weiter.

Papas Zimmer lag im obersten Stockwerk, und als sie eintraten, wäre Anna beinahe über Max gestolpert, der gleich hinter der Tür auf dem

Fußende des Bettes saß. Er sagte: »He, Schwester!« Er sagte es auf Englisch, wie jemand in einem Film, und gab ihr einen brüderlichen Kuss. Dann fügte er auf Deutsch hinzu: »Ich wollte gerade gehen. Ich bin froh, dass ich dich noch sehe.«

Anna sagte: »Ich habe schrecklich lange gebraucht, um herzukommen.« Sie zwängte sich an dem Tisch vorbei, auf dem Papas Schreibmaschine stand, und gab Papa einen Kuss. »Bonjour Papa«, sagte sie, denn Papa sprach so gern Französisch. Er sah müde aus, aber der Ausdruck seiner Augen, klug und ironisch, war wie immer. Papa sah aus, fand Anna, als interessiere ihn alles, was geschah, auch wenn er heutzutage kaum erwartete, dass es etwas Gutes sein könnte.

Sie hielt ihm die Osterglocken hin. »Die habe ich euch mitgebracht«, sagte sie, »weil es heute sieben Jahre sind, seit wir Deutschland verlassen haben, und ich dachte, sie brächten uns vielleicht Glück.«

Die Blumen waren schon ganz welk, aber Papa nahm sie ihr aus der Hand und sagte: »Sie riechen nach Frühling.«

Er füllte sein Zahnputzglas mit Wasser, und Anna half ihm, die Blumen hineinzustellen. Die Blüten fielen sogleich über den Rand des Glases bis auf den Tisch.

»Ich fürchte, sie haben sich schon überanstrengt«, sagte Papa, und alle lachten. Nun, zum Mindesten hatte sie ihn heiter gestimmt. »Was auch immer sein mag«, sagte Papa, »wir vier sind beisammen. Mehr darf man nach sieben Jahren Emigration wahrscheinlich nicht erwarten.«

»Oh doch«, sagte Mama.

Max grinste. »Sieben Jahre sind wirklich genug.« Er wandte sich Papa zu. »Was meinst du, wie wird es mit dem Krieg weitergehen? Glaubst du, dass überhaupt irgendetwas passieren wird?«

»Wenn Hitler so weit ist«, sagte Papa. »Die Frage ist nur, ob die Engländer dann auch so weit sind.«

Es war die übliche Unterhaltung und wie gewöhnlich schweiften Annas Gedanken ab. Sie saß auf dem Bett neben Max und ruhte sich aus. Sie war gern in Papas Zimmer. Ganz gleich, wo sie gelebt hatten, in der Schweiz, in Paris oder London, Papas Zimmer hatten immer gleich ausgesehen. Auf dem Tisch stand immer die inzwischen ziemlich klapprige Schreibmaschine, immer lagen seine Bücher dort. Immer hatte es eine Wand gegeben, an die er Fotografien heftete, Postkarten, alles, was ihn interessierte. Das hing dicht beieinander, sodass selbst die bunteste Tapete nicht dagegen ankam.

Die Bilder von Papas Eltern, vor einer Kulisse aus der Kaiserzeit aufgenommen, blickten wie aus weiter Entfernung herüber, daneben hing eine Meerschaumpfeife, die Papa nie geraucht hatte, deren Form ihm aber gefiel, und ein paar selbst verfertigte Gegenstände, von denen er fest glaubte, sie seien praktisch. Im Augenblick hatte er eine Vorliebe für Pappschachteln.

Er hatte eine Mausefalle konstruiert, die aus einem umgestülpten Karton bestand, dessen eine Seite hochgeklappt und mit einem Bleistift abgestützt wurde. Am unteren Ende des Bleistifts war ein Stückchen Käse befestigt. Wenn nun die Maus den Käse fraß, musste der Karton über ihr zuklappen. Papa würde die Maus dann irgendwie herausziehen und sie auf dem Russell Square wieder freilassen. Bis jetzt hatte er wenig Erfolg gehabt.

»Wie geht es deiner Maus?«, fragte Anna.

»Sie ist immer noch in Freiheit«, sagte Papa. »Gestern Abend habe ich sie gesehen. Sie machte ein sehr englisches Gesicht.«

Max rutschte unruhig neben Anna auf dem Bett herum.

»In Cambridge macht sich niemand groß Gedanken über den Krieg«, sagte er gerade zu Mama. »Ich bin neulich beim Rekrutierungsbüro gewesen. Sie haben mir entschieden geraten, mich nicht freiwillig zu melden, sondern zuerst mein Examen zu machen.«

»Wegen deines Stipendiums«, rief Mama stolz.

»Nein, Mama«, sagte Max. »Es ist bei all meinen Freunden das Gleiche. Man hat allen gesagt, sie sollten warten, bis sie mit der Universität fertig sind. Vielleicht hat Papa bis dahin die Staatsbürgerschaft.« Nach vier Jahren Internat und fast zwei Semestern Cambridge wirkte Max wie ein Engländer; er sprach und fühlte wie ein Engländer. Es machte ihn rasend, dass er nicht auch vor dem Gesetz ein Engländer war.

»Wenn sie bei ihm eine Ausnahme machen«, sagte Mama.

Anna betrachtete Papa und versuchte, sich ihn als Engländer vorzustellen. Es war sehr schwer. Trotzdem rief sie: »Das sollten sie wirklich! Er ist ja nicht irgendjemand – er ist ein berühmter Schriftsteller!«

Papa ließ seinen Blick durch das schäbige Zimmer wandern. »Nicht sehr berühmt in England«, sagte er.

Eine Pause trat ein, und Max stand auf, um zu gehen. Er umarmte Papa und Mama und schnitt Anna eine Grimasse.

»Bring mich an die Untergrundbahn«, sagte er, »ich habe dich ja kaum gesehen.«

Sie stiegen schweigend die vielen Stufen hinunter, und als sie durch die Halle gingen, folgten Max wie gewöhnlich die bewundernden Blicke der Gäste, die dort saßen. Er war immer ein hübscher Kerl gewesen mit seinem blonden Haar und seinen blauen Augen – anders als ich, dachte Anna. Es war schön, mit ihm zusammen zu sein, nur hätte sie sich gern noch ein bisschen länger ausgeruht.

Sobald sie aus dem Hotel heraus waren, sagte Max auf Englisch: »Na, wie geht es denn so?«

»Ganz gut«, sagte Anna. Max ging schnell, und die Füße taten ihr weh. »Papa ist niedergeschlagen, weil er der BBC angeboten hat, Propagandasendungen für Deutschland zu machen, aber sie wollen ihn nicht nehmen.«

»Aber warum in aller Welt nicht?«

»Offenbar ist er zu berühmt. Die Deutschen wissen alle, dass er ein leidenschaftlicher Nazigegner ist, und würden nicht auf das hören, was er sagt. Wenigstens glauben sie das bei der BBC.«

Max schüttelte den Kopf. »Ich fand, er sieht alt und müde aus.« Max wartete, bis Anna ihn eingeholt hatte, dann fragte er: »Und wie ist es mit dir?«

»Mit mir? Ich weiß nicht.« Plötzlich kam es Anna so vor, als könnte sie an nichts anderes denken als an ihre Füße. »Ach, ich denke, ganz gut«, sagte sie vage.

Max machte ein bekümmertes Gesicht. »Aber dein Zeichenkursus gefällt dir doch?«, fragte er. »Da gehst du doch gern hin?« Es gelang Anna, ihre Füße zu vergessen.

»Ja«, sagte sie. »Aber es ist alles so hoffnungslos, wenn man kein Geld hat, findest du nicht auch? Ich meine, man liest von Künstlern, die ihre Familie verlassen und in einer Mansarde leben. Aber wenn die Familie nun schon in einer Mansarde lebt …! Ich habe mir überlegt, ob ich nicht vielleicht eine Stelle annehmen sollte.«

»Du bist noch keine sechzehn«, sagte Max und fügte ärgerlich hinzu: »Wenn einer Glück hat, dann immer ich.«

»Sei doch nicht blöd«, sagte Anna. »Ein Vollstipendium für Cambridge, das hat nichts mit Glück zu tun.«

Sie waren am Untergrundbahnhof Russell Square angekommen, und vor einem der Aufzüge schlossen sich eben die Tore. Er würde gleich hinunterfahren.

»Also ...«, sagte Anna, aber Max zögerte.

»Hör mal«, meinte er, »komm doch mal zum Wochenende nach Cambridge.« Und als Anna ein bedenkliches Gesicht machte, sagte er: »Das Fahrgeld für dich werde ich schon aufbringen. Du könntest ein paar meiner Freunde kennenlernen, und ich könnte dir allerhand zeigen – das wäre doch schön.« Die Gitter des Aufzuges knirschten, und er hastete los. »Ich schreibe dir noch Genaueres«, rief er, dann versank seine Gestalt mit dem Lift.

Anna ging langsam zum Hotel zurück. Mama und Papa erwarteten sie an einem der Tische in der Halle, wo sich eine verblühte deutsche Dame zu ihnen gesellt hatte.

»... die Berliner Oper«, sagte die Dame gerade zu Papa. »Sie saßen im Parkett in der dritten Reihe. Ich weiß noch, wie mein Mann mich auf Sie aufmerksam machte. Ich war ganz begeistert, und Sie schrieben am nächsten Tag einen wundervollen Artikel über das Stück in der Zeitung.«

Papa lächelte höflich.

»Ich glaube, es war Lohengrin«, sagte die Dame. »Vielleicht war es aber auch die Zauberflöte oder Aida. Jedenfalls war es herrlich. Alles war damals herrlich.«

Da entdeckte Papa Anna. »Entschuldigen Sie mich«, sagte er. Er verbeugte sich vor der deutschen Dame, und er und Mama und Anna gingen in den Speisesaal, um Mittag zu essen.

»Wer war das?«, fragte Anna.

»Die Frau eines deutschen Verlegers«, sagte Papa. »Sie hat fliehen können, aber ihren Mann haben die Nazis umgebracht.«

Mama sagte: »Weiß der Himmel, wovon sie lebt.«

Es war das übliche Sonntagsessen. Es wurde von einem Schweizer Mädchen serviert, das Englisch lernen wollte. In diesem Haus, dachte Anna, wird sie eher Polnisch lernen. Zum Nachtisch gab es Backpflaumen, und hinterher kam es zu einer Auseinandersetzung über die Bezahlung von Annas Mahlzeit. Die Schweizer Kellnerin sagte, sie werde den Betrag auf die Rechnung setzen, aber Mama sagte Nein, das sei ungerecht, da sie selbst am vergangenen Dienstag, als ihr nicht wohl war, kein Abendbrot gegessen habe. Die Kellnerin sagte, sie wisse nicht, ob Mahlzeiten auf eine andere Person übertragbar seien. Mama regte sich auf, und Papa sah unglücklich aus und sagte: »Bitte mach doch keine Szene.« Schließlich musste die Geschäftsführerin zurate gezogen werden.

Sie entschied, dass es für dies eine Mal hingehen solle, man es aber nicht als Präzedenzfall ansehen dürfe.

Danach war ihnen allen die Laune verdorben.

Als sie wieder in die Halle kamen, sagte Mama: »Sollen wir uns hier hinsetzen oder nach oben gehen?« Die deutsche Dame lauerte schon, und Anna hatte keine Lust, über die Berliner Oper zu sprechen, so gingen sie also nach oben. Papa hockte sich auf seinen Stuhl, und Mama und Anna setzten sich aufs Bett.

»Ich darf nicht vergessen, dir dein Fahrgeld für nächste Woche zu geben«, sagte Mama und öffnete ihre Handtasche. Anna sah sie an. »Mama«, sagte sie, »ich finde, ich sollte mir eine Stelle suchen.«

2 **Anna und Mama** saßen im **Warteraum** der Hilfsorganisation für **jüdische Flüchtlinge** aus Deutschland. »Wenn sie uns nur die Kosten für diesen **Sekretärinnenkursus** bewilligen«, sagte Mama jetzt schon mindestens zum **sechsten Mal,** »dann kannst du immer für deinen Lebensunterhalt aufkommen.«

Anna nickte.

An den Wänden des Zimmers entlang saßen andere deutsche Flüchtlinge auf Holzstühlen und warteten genau wie Mama und sie darauf, an die Reihe zu kommen. Einige sprachen mit nervösen, schrillen Stimmen. Andere lasen Zeitung – Anna zählte eine englische, eine französische, zwei Schweizer und eine jiddische Zeitung. Ein ältliches Paar aß Hefegebäck aus einer Tüte, und ein dünner Mensch saß ganz allein in einer Ecke und starrte ins Leere. Immer wieder kam die Empfangsdame, rief einen Namen, und der Aufgerufene folgte ihr ins Büro.

»Du hättest etwas, worauf du aufbauen kannst«, sagte Mama. »Das habe ich nie gehabt. Du wärst für immer unabhängig.« Sie war zuerst schockiert gewesen, als Anna davon sprach, sich eine Stelle zu suchen, aber dann hatte sie sich voller Tatkraft daran gemacht, nach einer geeigneten Ausbildungsmöglichkeit Ausschau zu halten. Sie hatte eisern darauf bestanden, dass Anna irgendeine Berufsausbildung haben müsse, nur welche – das schien schwer zu entscheiden. Eine kaufmännische Ausbildung schien das Nächstliegende, aber Anna war schon in Miss Metcalfes Schule völlig unfähig gewesen, Stenografie zu lernen. »Nicht, dass es so schwer wäre, aber es ist so langweilig«, hatte sie gerufen, und Miss Metcalfe hatte immer wieder nur mitleidig gelächelt und erklärt, Hochmut habe noch nie jemandem geholfen.

Mama hatte das mit der Stenografie gut verstehen können, sie hatte überall herumgefragt, und schließlich eine Handelsschule entdeckt, die nach einem anderen System unterrichtete. Diese Kurzschrift wurde nicht mit der Hand geschrieben, sondern auf einer Art kleiner Schreibmaschine getippt. Die Methode hatte den Vorteil, dass sie sich besonders schnell erlernen ließ und leicht auf andere Sprachen übertragen werden konnte. Das Problem war nur: Für einen Kursus bezahlte man fünfundzwanzig Pfund.

»Mr und Mrs Zuckermann!« Die Empfangsdame war wieder hereingekommen und hatte das ältliche Paar bei seiner Kuchenmahlzeit überrascht. Sie stopften hastig die halb verzehrten Gebäckstücke in die Tüte zurück und folgten ihr.

»Ich glaube, wir werden bestimmt etwas bekommen«, sagte Mama. »Wir haben doch schließlich noch nie um etwas gebeten.«

Sie hatte auch diesmal die Flüchtlingsorganisation nicht um Hilfe bitten wollen. Nur die Angst, Anna werde sich ohne die nötige Vorbildung eine Arbeit suchen müssen, hatte sie dazu bestimmt. Mama verbrachte selbst fünf ganze und einen halben Tag in der Woche in einem Büro, das in einem Souterrain lag. Sie tippte und heftete Briefe ab. Sie hasste diese Arbeit.

»Mr Rubinstein! Mr und Mrs Berg!«

Die Frau, die Mama gegenübersaß, rückte unruhig hin und her. »Die haben aber die Ruhe weg!«, rief sie. »Lange halte ich das hier nicht mehr aus, bestimmt nicht!«

Ihr Mann runzelte die Stirn. »Aber Bertha«, sagte er. »Es ist doch immer noch besser, hier zu sitzen, als an der Grenze Schlange zu stehen.« Er wandte sich an Anna und Mama.

»Meine Frau ist etwas nervös. Wir haben eine schwere Zeit in Deutschland hinter uns. Es ist uns eben noch gelungen herauszukommen, bevor der Krieg ausbrach.«

»Oh, es war schrecklich«, jammerte die Frau. »Die Nazis haben uns die ganze Zeit angebrüllt und bedroht. Da war ein armer alter Mann, der dachte, seine Papiere wären alle in Ordnung, aber sie stießen und traten ihn und wollten ihn nicht gehen lassen. Und dann schrien sie uns an: ›Ihr könnt jetzt gehen, aber am Ende kriegen wir euch doch!‹«

»Bertha, bitte«, sagte ihr Mann.

»Genau das aber haben sie gesagt«, rief die Frau. »Sie haben gesagt: ›Wir werden euch kriegen, wo immer ihr auch hingeht, denn wir werden die ganze Welt erobern!‹«

Der Mann tätschelte ihr den Arm und lächelte Mama verlegen an.

»Wann haben Sie denn Deutschland verlassen?«, fragte er.

»Im März 1933«, sagte Mama. Unter Flüchtlingen galt man umso mehr, je früher man das Land verlassen hatte. War man schon 1933 emigriert, so war das, als wäre man mit der Mayflower in Amerika gelandet, und Mama verzichtete nie darauf, auch noch den Monat genau anzugeben.

»Ach«, sagte der Mann, aber seine Frau war unbeeindruckt. Sie sah Anna angstvoll an.

»Dann haben Sie keine Ahnung, wie es jetzt in Deutschland zugeht«, sagte sie.

Anna versuchte, die Vorstellung von sich zu schieben. Sie dachte nie darüber nach, wie es jetzt in Deutschland zuging.

»Miss Goldstein.«

Die nächste Person, die aufgerufen wurde, war eine Frau in einem abgetragenen Pelzmantel, die eine Aktentasche fest an sich drückte. Dann kam ein Mann mit einer Brille, den Mama als einen zweitrangigen Geiger wiedererkannte, und dann waren plötzlich Anna und Mama an der Reihe.

Die Empfangsdame sagte: »Sie müssen zur Abteilung für Ausbildungshilfen.« Sie führte sie in ein Zimmer, wo eine grauhaarige Frau hinter

einem Schreibtisch wartete. Sie las sich den Antrag durch, den Anna
zuvor ausgefüllt hatte. Sie sah wie eine Schulleiterin aus, aber netter als
Miss Metcalfe.

————

»Guten Tag«, sagte sie und wies mit der Hand auf zwei Stühle. Dann
wandte sie sich Anna zu und sagte: »Sie möchten also Sekretärin wer-
den.«
»Ja«, sagte Anna.
Die grauhaarige Frau überflog das Formular. »Sie haben bei der Prü-
fung zur mittleren Reife außerordentlich gut abgeschnitten«, sagte sie.
»Wollten Sie nicht weiter zur Schule gehen?«
»Nein«, sagte Anna.
»Und warum nicht?«
»Es hat mir nicht gefallen«, sagte Anna. »Die meisten anderen haben
auch aufgehört.« Sie zögerte. »Wir haben dort nicht sehr viel gelernt.«
Die Frau wandte sich wieder dem Formular zu. »Lilian-Metcalfe-
Schule für Mädchen«, sagte sie. »Die kenne ich. Nur vornehmes Getue
und nichts dabei gelernt. Schade.«
Damit war die Sache erledigt, und sie wandte sich den Fragen zu, die
Annas kaufmännische Ausbildung betrafen. Hatte Anna es schon einmal damit versucht? Wie lange würde die Ausbildung dauern? Und was
für eine Art von Arbeit hatte Anna sich vorgestellt? Ermutigt durch das
vernichtende Urteil über Miss Metcalfe gab Anna ausführliche Antworten, war weniger schüchtern als sonst, und nach überraschend kurzer Zeit sagte die Frau: »Nun, das klingt alles sehr zufriedenstellend.«
Einen Augenblick lang dachte Anna, es sei alles vorüber, aber die Frau
sagte ein wenig zögernd zu Mama: »Entschuldigen Sie, aber es gibt so
viele Menschen, die Hilfe brauchen, dass ich auch Ihnen ein paar Fragen stellen muss. Wie lange sind Sie schon in England?«
»Seit 1935«, sagte Mama, »aber wir haben Deutschland schon im
März 1933 ...«
Anna hatte das alles schon so oft gehört, dass sie es beinahe auswendig
wusste. Sechs Monate in der Schweiz ... zwei Jahre in Frankreich ... die
wirtschaftlichen Schwierigkeiten dort ... das Drehbuch, das der Anlass

für ihre Übersiedlung nach England gewesen war ... nein, der Film war dann nie gedreht worden ... nein, damals schien es nicht so wichtig, dass Papa nicht Englisch sprach, denn das Drehbuch war übersetzt worden, jetzt freilich ... ein Schriftsteller ohne Sprache.

»Verzeihen Sie«, sagte die Frau wieder, »ich weiß natürlich, dass Ihr Gatte ein bedeutender Schriftsteller ist, aber könnte er, solange Sie in dieser schwierigen Lage sind, nicht irgendetwas tun, was Geld einbringt, wenigstens vorübergehend?«

Papa, dachte Anna, der keinen Nagel gerade in die Wand schlagen, der kein Ei kochen, der nichts anderes kann, als Worte so aneinanderzureihen, dass sie schön klingen.

»Mein Mann«, sagte Mama, »ist kein sehr praktisch veranlagter Mensch. Er ist auch viel älter als ich.«

Sie war ein wenig errötet, und die Dame sagte hastig: »Natürlich, natürlich, entschuldigen Sie bitte.«

Es kam Anna seltsam vor, dass die Frau offenbar weit mehr von Papas Alter beeindruckt war, das sonst keinem sofort ins Auge fiel, wenn er ihn sah, sie aber der Hinweis auf seine Unbeholfenheit, die jeder sofort an ihm wahrnahm, kaum berührte. In Paris hatte Papa einmal beinahe ihr ganzes Geld für eine Nähmaschine ausgegeben, die nicht funktionierte. Anna erinnerte sich noch, wie sie mit ihm zu dem Altwarenhändler gegangen war, der sie ihm angedreht hatte, und wie sie ihn beredet hatten, die Maschine zurückzunehmen. Auch in Paris hatten sie kein Geld gehabt, aber irgendwie war es dort nicht so schlimm gewesen. Sie hatte sich dort zu Hause gefühlt, hatte nicht empfunden, dass sie ein Flüchtling war.

Mama erzählte der Frau von der Tätigkeit, die sie ausübte. »Eine Zeit lang habe ich als Privatsekretärin für Lady Parker gearbeitet – vielleicht haben Sie von ihr gehört. Aber dann starb ihr Mann und sie zog aufs Land. Jetzt helfe ich dabei, seinen Nachlass zu ordnen.«

Die Dame machte ein verlegenes Gesicht. »Und – hm – wie viel ...?«

Mama sagte ihr, wie viel sie verdiente.

»Wissen Sie, ich habe eben keine berufliche Ausbildung«, erklärte sie. »Als Mädchen habe ich Musik studiert. Was ich bei Lady Parker verdiene, reicht gerade hin, um die Rechnungen im Hotel Continental zu bezahlen.«

Anna dachte: Vielleicht war es in Paris anders, weil Mama nicht zu arbeiten brauchte, oder weil sie, statt in einem Hotel, in einer Wohnung gelebt hatten – oder vielleicht passte sie auch einfach nicht nach England.

Natürlich hatte sie nicht viele Engländer kennengelernt, nur die in Miss Metcalfes Schule. Aber ganz bestimmt war vieles seit ihrer Ankunft in England bei ihr schiefgegangen. Zum Beispiel war sie viel dicker geworden, hatte an unmöglichen Stellen Rundungen angesetzt, sodass plötzlich alle ihre Kleider scheußlich an ihr aussahen. Mama hatte gesagt, es sei Babyspeck und würde sich wieder verlieren, und tatsächlich war es zum Teil schon wieder weggeschmolzen, aber Anna hatte immer noch den Verdacht, dass England irgendwie daran schuld war. Sie war doch früher nie dick gewesen.

Die anderen Mädchen im Internat waren auch dick. Anna erinnerte sich an pralle rote Schenkel im Umkleideraum, an schwerfällige Gestalten, die über das bereifte Gras des Lacrossefeldes trapsten. Aber die waren wenigstens nicht schüchtern gewesen. Ihre Schüchternheit war das Schlimmste. Anna quälte sich damit herum, seit sie in England war. Es war ganz unerwartet kurz nach dem Babyspeck über sie gekommen, unerwartet, denn sie hatte zuvor im Umgang mit Menschen nie Hemmungen gehabt. Diese Schüchternheit hatte sie gelähmt, und wenn die englischen Mädchen sie verspotteten, weil sie nicht gut Lacrosse spielte und mit einem komischen Akzent sprach, hatte sie keine Antwort geben können. Ganz anders mit Judy und Jinny, die Amerikanerinnen waren …

»Nun, Anna«, sagte die grauhaarige Frau, als könne sie Annas Gedanken lesen, »ich hoffe, dass der kaufmännische Kursus Ihnen mehr Spaß machen wird als Ihre Schulzeit bei Miss Metcalfe.«

Anna riss sich von ihren Grübeleien los. War damit alles geregelt?

»Ich werde morgen mit dem Komitee sprechen«, sagte die Frau, »aber ich bin ganz sicher, dass sie keine Schwierigkeiten machen werden.« Und als Anna ihren Dank stammelte, sagte sie: »Unsinn! Ich bin überzeugt davon, dass das Geld bei Ihnen gut investiert ist.«

Als Anna und Mama zum Hotel zurückliefen, war die Sonne zum Vorschein gekommen, und die Luft war ganz mild.

»Was meinst du, wie viel ich verdienen werde?«, fragte Anna.

»Ich weiß nicht«, sagte Mama, »aber bei deinen Sprachkenntnissen müsstest du mindestens drei Pfund bekommen.«

»Jede Woche!«, rief Anna. Drei Pfund schienen ihr eine enorme Summe. Papa war ein bisschen traurig, als er ihr gratulierte. »Ich muss sagen, dass ich dich nie als Sekretärin gesehen habe«, sagte er, und Anna schob schnell den Gedanken beiseite, dass auch sie sich anderes erträumt hatte.

»Papa«, rief sie, »sie sagen, dass das Geld in mich gut investiert ist.«

»Da bin ich ganz ihrer Meinung«, sagte Papa. Er war bereit zum Ausgehen und trug seinen besten Anzug oder jedenfalls den, der ihm im Augenblick am wenigsten abgetragen vorkam.

»Eine Zusammenkunft des Internationalen Schriftsteller-Clubs«, erklärte er. »Hättest du Lust mitzukommen? Keine große Sache, aber es gibt einen Tee.«

»Gern«, sagte Anna. Der Schriftsteller-Club reizte sie eigentlich nicht besonders, aber nun, da ihre Zukunft entschieden war, fühlte sie sich ruhelos.

Sie eilte mit Papa zur Bushaltestelle und versuchte, nicht daran zu denken, dass sie bald ihre Tage mit Kurzschrift zubringen würde statt mit Zeichnen.

»Es ist eine Versammlung der Deutschen Sektion«, sagte Papa, der der Präsident dieser Sektion war. »Aber der Tee« – er musste selbst darüber lächeln, dass er dies ausdrücklich erwähnte – »der Tee wird echt englisch sein.«

———

Als sie im Clubhaus in der Nähe von Hyde Park Corner ankamen, waren die meisten anderen Schriftsteller schon eingetroffen – die üblichen intelligenten Emigrantengesichter, die üblichen ausgefransten Hemdkragen, die üblichen durchgescheuerten Jackenärmel. Einige der Männer kamen an die Tür, um Papa zu begrüßen, wurden Anna vorgestellt und sagten, wie sehr sie ihm gliche. Dies geschah häufig und hob immer ihre Stimmung. Kein Mensch, dachte sie, der Papa so gleicht, kann hoffnungslos dumm sein.

»Wird sie in Ihre Fußstapfen treten?«, fragte ein kleiner Mann mit dicken Brillengläsern.

»Ich hatte es einmal angenommen«, sagte Papa, »aber ich glaube, neuerdings interessiert sie sich mehr für Zeichnen. Und im Augenblick«, er hob bedauernd die Hand, »im Augenblick hat sie den Plan, Sekretärin zu werden.«

Der Mann mit den dicken Brillengläsern wiederholte mit beiden Händen die bedauernde Geste. »Was will man machen?«, sagte er. »Man muss leben.«

Er bestieg mit Papa eine kleine Tribüne, während Anna sich auf einen Stuhl zwischen die anderen Schriftsteller setzte. Das Thema der Versammlung hieß: Deutschland. Mehrere Schriftsteller erhoben sich und sprachen. Wie viele es doch sind, dachte Anna. Kein Wunder, dass es nicht für alle Arbeit gibt.

Zuerst sprach jemand über den Aufstieg der Nazis, und wie er hätte verhindert werden können. Alle außer Anna waren an diesem Thema sehr interessiert. Es folgten eine ganze Reihe kürzerer Ansprachen und Diskussionsbeiträge. »Wenn nur ...«, riefen die Schriftsteller, »wenn nur die Weimarer Republik ... die Sozialdemokraten ... die Franzosen im Rheinland ...«

Schließlich endete diese Diskussion, und ein trauriger Mann in einem Pullover stand auf und las Auszüge aus einem Tagebuch, das ein jüdischer Schriftsteller verfasst hatte, der sich in Deutschland immer noch in Freiheit befand. Es war über die Schweiz ins Ausland geschmuggelt worden. Anna wusste natürlich, wie solche Menschen lebten, aber es war immer wieder erschreckend, die Einzelheiten zu hören – die Geldknappheit, die kleinen Schikanen, die ständige Drohung des Konzentrationslagers.

Als die Lesung zu Ende war, saßen die anderen Schriftsteller ganz still da und starrten dankbar an die gewölbte Decke oder durch die großen Fenster, die auf den Hyde Park hinausgingen. Sie priesen sich glücklich, rechtzeitig entkommen zu sein.

Dann las jemand eine langweilige Abhandlung über die regionalen Unterschiede zwischen Frankfurt und München vor, und danach stand Papa auf.

»Berlin«, sagte er und begann zu lesen.

Als es Anna im Alter von acht oder neun Jahren zum ersten Mal zum Bewusstsein kam, dass Papa ein berühmter Schriftsteller war, hatte sie ihn gebeten, sie doch etwas lesen zu lassen, was er geschrieben hatte. Er hatte ihr schließlich ein kurzes Stück Prosa gegeben, von dem er annahm, dass sie es verstehen würde. Sie erinnerte sich immer noch an die Verlegenheit, die sie befiel, nachdem sie es gelesen hatte. Sie hatte sich geschämt und gedacht: Warum kann Papa nicht schreiben wie alle anderen Leute? Sie bemühte sich damals in der Schule, lange, komplizierte Sätze mit großartig klingenden Ausdrücken zu schreiben. Sie hatte erwartet, Papa werde ähnlich schreiben, nur noch großartiger. Stattdessen waren Papas Sätze ganz kurz. Er benutzte Worte, die jeder kannte, aber er stellte sie auf eine so ungewöhnliche Weise zusammen, dass man überrascht war. Wenn man die Überraschung erst überwunden hatte, verstand man genau, was er meinte, aber trotzdem ... Warum, hatte Anna gedacht, warum schreibt er bloß nicht so wie andere Leute? »Ich glaube, es war ein bisschen verfrüht«, hatte Papa hinterher gesagt, und sie hatte sich jahrelang gescheut, es noch einmal zu versuchen.

Jetzt las Papa etwas vor, das er kürzlich auf seiner klapprigen Schreibmaschine in seinem Zimmerchen geschrieben haben musste. Es handelte von Berlin. Sie erkannte die Straßen, die nahen Wälder, es gab sogar einen Abschnitt über ihr eigenes Haus. Genau so ist es gewesen, dachte Anna, als sie zuhörte. Papa hatte auch über die Menschen geschrieben – Nachbarn, Geschäftsleute, über den Mann, der den Garten in Ordnung hielt (Anna hatte ihn beinahe vergessen), über die eulenäugige Sekretärin, die Papas Arbeiten tippte. Dieser Abschnitt war wirklich komisch, und die Schriftsteller, die zuhörten, mussten alle lachen. Aber wo waren diese Menschen jetzt, fragte Papa. Hob die eulenäugige Sekretärin die Hand zum Hitlergruß? War der Lebensmittelhändler der SA beigetreten – oder hatte man ihn in ein Konzentrationslager verschleppt? Was war aus ihnen geworden, nachdem die Nazis ihr Land gestohlen hatten? (Hier benutzte Papa ein sehr unanständiges Wort, die Schriftsteller hielten zuerst den Atem an und kicherten dann erleichtert.) Wir wissen es nicht, sagte Papa. Hitler hatte sie verschlungen. Und doch, wenn man jetzt hingehe, würde vielleicht alles genauso aussehen wie früher. Die Straßen, die nahen Wälder, das Haus ... Er schloss mit den Worten, mit denen er angefangen hatte: »Ich habe früher in Berlin gelebt.«

Einen Augenblick herrschte Schweigen. Dann erhoben sich die Schriftsteller wie ein Mann und klatschten und klatschten. Als Papa von der Tribüne herunterkam, drängten sich die Leute heran, um ihn zu beglückwünschen und ihm die Hand zu schütteln. Anna hielt sich zurück, aber er holte sie an der Tür ein und fragte: »Hat es dir gefallen?« Aber bevor sie etwas sagen konnte, wurden sie in den Nebenraum gedrängt, wo die Teetische gedeckt waren. Das Angebot an Broten und Gebäck war üppig, und während einige Schriftsteller sich bemühten, nicht allzu gierig zu erscheinen, konnten andere nicht widerstehen und stürzten sich auf die Tische.

Der Tee wurde von der englischen Sektion des Clubs gestiftet, und einige englische Schriftsteller tauchten jetzt erst auf.

Während Anna ein vorzügliches Eclair verspeiste und Papa zu erklären versuchte, wie sehr ihr der Text über Berlin gefallen hatte, kam einer der Engländer auf sie zu.

»Ich habe den Applaus gehört«, sagte er zu Papa. »Worüber haben Sie gesprochen?«

Papa hatte wie gewöhnlich nicht verstanden und Anna musste übersetzen.

»Ach so!«, sagte Papa und brachte sein Gesicht in Stellung, um Englisch zu sprechen. »I talk-ed«, sagte er, wobei er wie gewöhnlich das stumme e aussprach, »about Germany.«

Der Engländer war über diesen Shakespeare'schen Akzent sichtlich verblüfft, fasste sich aber schnell.

»Es muss sehr eindrucksvoll gewesen sein«, sagte er. »Ich wünschte, ich hätte es verstehen können.«

Als Anna spät am Abend zu den Bartholomews zurückkam, fand sie einen Brief von Max vor, der sie zum Wochenende nach Cambridge einlud. Alles passiert auf einmal, dachte sie. Und als sie Mrs Bartholomew von der Einladung, von Papas Lesung im Club und von ihrer neuen beruflichen Laufbahn erzählte, hatte sie ihre Schüchternheit ganz vergessen.

»Und wenn ich den Kursus hinter mir habe«, sagte sie triumphierend, »kann ich drei Pfund in der Woche verdienen!«

Genau wie Papa machte Mrs Bartholomew ein etwas enttäuschtes Gesicht.

»Das sind ja sehr gute Neuigkeiten«, sagte sie schließlich, »aber du weißt doch, nicht wahr, dass du in diesem Hause bleiben kannst, solange du magst. Wenn du es dir also noch anders überlegst ...«

Dann ging sie und suchte einen Mantel von Jinny heraus, den Anna zu ihrem Besuch bei Max anziehen sollte.

3 **Während der ganzen Bahnfahrt** war Anna darauf gespannt, wie es wohl in **Cambridge** sein würde. Was würden sie unternehmen? Wie waren **Maxens Freunde?** Erwarteten sie, dass sie mit ihnen plauderte, und über **was in aller Welt** sollte sie dann mit ihnen sprechen? Es war wieder kalt geworden, und kurz nachdem der Zug London verließ, fing es an zu nieseln. Anna starrte auf die nassen Wiesen, wo das Vieh unter triefenden Bäumen Schutz suchte. Sie wäre jetzt fast lieber zu Hause geblieben. Wenn nun die jungen Leute dort sie nicht mochten? Und warum sollten sie sie auch mögen? Wer mag mich schon besonders gern leiden, dachte sie niedergeschlagen – jedenfalls wüsste ich niemanden in meinem Alter. Die Mädchen in Miss Metcalfes Schule hatten nicht viel von ihr gehalten. Sie war nie zur Präfektin gewählt worden oder zur Schlafsaalsprecherin; nicht einmal bis zur Ordnerin einer Tischgemeinschaft hatte sie es gebracht. Es war einmal kurz davon die Rede gewesen, ihr die Versorgung der Meerschweinchen anzuvertrauen, aber auch daraus war nichts geworden. Und Maxens Freunde waren Jungen. Wie redete man mit Jungen?

»Nicht gerade schönes Wetter«, sagte eine Dame im Tweedkostüm, die ihr gegenübersaß. Anna stimmte ihr zu, und die Dame lächelte. Sie trug einen Hut und teure Sportschuhe, wie jene Mütter, die an den Elternsprechtagen in Miss Metcalfes Schule auftauchten.

»Sie fahren wohl zum Wochenende nach Cambridge?«, fragte die Dame. »Ja«, antwortete Anna, und die Dame ließ sich sofort des Längeren über jene Freuden der Geselligkeit aus, denen man sich an der »Uni«, wie sie es nannte, hingeben konnte. Ihre drei Brüder waren vor vielen Jahren in Cambridge gewesen, auch zwei ihrer Vettern hatten diese Universität besucht, und von allen war sie zu Wochenendbesuchen eingeladen worden. Oh, man konnte dort als Mädchen schon seinen Spaß haben. Theaterbesuche zu mehreren Paaren, schwärmte die Frau im Tweedkostüm, Maibälle, Ausflüge nach Grantchester, und überall, wohin man kam, so viele, viele reizende junge Männer!

Nach diesem Bericht kamen Anna noch mehr Zweifel, aber sie tröstete sich mit dem Gedanken, dass im März gewiss keine Maibälle stattfanden und dass Max ihr bestimmt Bescheid gegeben hätte, falls etwas Besonderes geplant war.

»Und woher kommen Sie, liebes Kind?«, fragte die Dame in Tweed, nachdem sie lange genug in Erinnerungen geschwelgt hatte.

Wenn sonst Leute fragten, woher sie komme, sagte Anna immer »aus London«, aber nun sagte sie zu ihrer eigenen Überraschung »aus Berlin«. Gleich darauf bereute sie es.

Die Dame stutzte.

»Berlin?«, rief sie. »Aber Sie sind doch Engländerin!«

»Nein«, sagte Anna und kam sich vor wie Mama vor der Kommission der jüdischen Flüchtlingshilfe. »Mein Vater ist Schriftsteller, er war gegen die Nazis. Wir haben Deutschland 1933 verlassen.«

Die Dame in Tweed versuchte, sich Gewissheit zu verschaffen. »Gegen die Nazis«, sagte sie. »Das bedeutet, dass Sie gegen Hitler sind?«

Anna nickte. »Das hätte ich nie gedacht«, sagte die Dame in Tweed. »Nicht eine Spur von Akzent. Ich hätte geschworen, Sie wären nur ein nettes, normales englisches Mädchen.«

Das sollte ein Kompliment sein und Anna lächelte pflichtschuldig, aber der Dame fiel sofort wieder etwas ein.

»Es ist aber doch Krieg«, rief sie. »Sie sind in Feindesland.«

Verdammt, dachte Anna, warum habe ich nur damit angefangen? Sie nahm all ihre Geduld zusammen und setzte noch einmal zu einer Erklärung an. »Wir sind gegen Deutschland«, sagte sie. »Wir wollen, dass die Engländer gewinnen.«

»Was ... gegen Ihr eigenes Land sind Sie?«, sagte die Dame.

»Für uns ist eben Deutschland nicht mehr die Heimat«, begann Anna, aber die Dame in Tweed schien durch den ganzen Verlauf der Unterhaltung bestürzt.

»Ich hätte geschworen, dass Sie Engländerin sind«, sagte sie und vertiefte sich in die Betrachtung einer Nummer von »Country Life«.

Anna starrte in die graue Landschaft hinaus, die vor dem triefenden Fenster vorüberglitt. Sie ärgerte sich über sich selbst. Warum hatte sie nicht wie sonst immer gesagt, sie komme aus London? Max hätte einen solchen Fehler nie begangen. Diese ganze Expedition wird ein totaler Reinfall, dachte sie.

Als der Zug endlich in den Bahnhof von Cambridge einfuhr, schienen sich ihre schlimmsten Befürchtungen zu bestätigen. Sie stand in einem eisigen Wind auf dem Bahnsteig, und Max war nirgends zu sehen. Aber dann stürzte er atemlos und mit wehendem Talar um eine Ecke.

»Es tut mir leid«, sagte er. »Ich hatte eine Vorlesung.« Er warf einen Blick auf den leuchtend roten Mantel, den Mrs Bartholomew ihr geliehen hatte. »Der ist aber schick«, stellte er fest. »Gehört er Judy oder Jinny?«

»Jinny«, sagte Anna und fühlte sich schon wohler.

Er nahm ihren Koffer und zog sie mit sich.

»Ich hoffe, du hast auch einen dicken wollenen Schlafanzug«, sagte er. »Dein Zimmer ist ein bisschen kühl.«

Es stellte sich heraus, dass es überhaupt nicht geheizt war – eine riesige Eishöhle – aber es war in der Nähe von Maxens Unterkunft, und die Wirtin versprach, ihr am Abend eine Wärmflasche ins Bett zu legen. Während Anna sich zurechtmachte, versuchte sie sich vorzustellen, dass die Dame in Tweed eine Nacht hier verbracht hatte, und sie kam zu dem Schluss, dass deren Cambridger Wochenenden ganz anders gewesen sein mussten. Max bezahlte für das Zimmer – es kostete mit Frühstück zehn Shilling – und anschließend machten sie sich zu einem Spaziergang durch die Stadt auf.

Es hatte inzwischen aufgehört zu regnen, aber überall standen noch Pfützen. Der Himmel über den Dächern war nass und grau, manchmal kam zwischen treibenden Wolkenfetzen die Sonne durch. Sie überquerten den Marktplatz, bahnten sich ihren Weg zwischen Käufern und tropfenden Zeltplanen, und dann gerieten sie plötzlich in einen Schwarm von Studenten. Die High Street war voll von ihnen. Sie platschten auf ihren Fahrrädern durch die Pfützen und drängten sich in lärmenden Gruppen die Bürgersteige entlang. Überall sah man schwarze Talare und lange gestreifte Schals. Alle schienen gleichzeitig zu reden oder ihre Freunde quer über die Straße hinweg zu begrüßen.

Ein paar junge Leute winkten Max zu, der mit ihnen ganz vertraut schien, und Anna dachte, wie schön es sein müsste, dazuzugehören. Manchmal wies er, mitten zwischen Begrüßungen über das Getümmel hinweg, auf irgendeine Sehenswürdigkeit – ein Gebäude, einen alten Mauerrest, einen Laubengang, durch den vor Jahrhunderten jemand gegangen war, eine Bank, auf der jemand einmal ein Gedicht geschrieben hatte. Der Stein, aus dem all das gemacht war, hatte die gleiche Farbe wie der Himmel, und alles sah so aus, als habe es eh und je schon hier gestanden.

Im Eingang einer Teestube wurde Max von zwei Gestalten im Talar begrüßt.

»Haben wir dich doch gefasst!«, rief der eine. »Und mit einer unbekannten weiblichen Person!«

»Eine unbekannte scharlachrote Frau«, sagte der andere und wies auf Annas Mantel.

»Redet nicht so dummes Zeug«, sagte Max. »Das ist meine Schwester Anna – und das sind George und Bill, die mit uns zu Mittag essen.«

Anna erinnerte sich, schon von George gehört zu haben, der mit Max zur Schule gegangen war. Er war sehr groß, sodass sie den Kopf hätte in den Nacken legen müssen, um festzustellen, wie er aussah. Bills Gesicht war eher in ihrem Blickfeld, es war nett und durchschnittlich. Sie zwängten sich durch das überfüllte Lokal zu einem Tisch in der Ecke. Als sie sich setzten, kam Georges Gesicht näher. Er hatte ein lustiges Gesicht mit einem Ausdruck, als sei er ständig über etwas erstaunt.

»Sind Sie wirklich seine Schwester?«, fragte er. »Ich meine, wenn Sie schon jemandes Schwester sein müssen, so hätten Sie sich doch einen besseren Bruder aussuchen können als ausgerechnet den alten Max hier.«

»Mit dem Haar so flott ...«

»Und dem Aug' so blank ...«

»Und den Hüften so ganz schlangenschlank ...«

»Nur ein ganz klein wenig geisteskrank!«, schloss George triumphierend ab.

Anna starrte sie verwirrt an. Hatten sie das jetzt gerade erfunden oder waren das englische Verse, die jeder außer ihr kannte? George neigte sich ihr zu.

»Aber Anna – ich darf mir doch wohl erlauben, Sie Anna zu nennen –
Sie hätten doch bestimmt jemanden finden können, der besser zu Ihnen
passt.«

Sie musste etwas sagen. »Ich finde« – begann sie, aber was fand sie
denn eigentlich? Schließlich brachte sie heraus: »Ich finde Max sehr
nett.« Wie gewöhnlich wurde sie rot.

»Wie loyal«, sagte George.

»Und wie artig«, sagte Bill. »Würdest du auch sagen, artig, George?«

»Ausgesprochen artig«, rief George.

Sofort machten sie weiter, und sie fand heraus, dass nichts von ihr verlangt wurde, als dass sie lachte, und das war leicht. Sie aßen weiße Boh-
nen auf Toast, danach gab es Kräppel und starken Tee. Bill versuchte,
der Kellnerin einen zweiten Löffel Zucker abzuluchsen, aber da kam er
schlecht an. »Sie wissen wohl nicht, dass wir Krieg haben«, sagte sie,
und Bill tat so, als sei er bass erstaunt und rief: »Nein – davon hat mir
keiner was gesagt – wie entsetzlich!«

Er machte solchen Lärm, dass sie ihm doch ein bisschen Zucker gab,
nur damit er still war.

»Die jungen Herren erreichen immer, was sie wollen«, sagte sie und
brachte die Zuckerdose in Sicherheit. Hinterher fiel ihr noch ein: »Ich
weiß nicht, was die Regierung dazu sagen würde!«

Die Vorstellung, dass die Regierung sich wegen Bills zusätzlichem Löffel Zucker sorgen könnte, war so überwältigend, dass Bill, George und
Max unbedingt noch einen Kräppel haben mussten.

Anna betrachtete sie voller Bewunderung. Wie witzig sie sind, dachte
sie, und wie gut sie aussehen, und wie englisch – und wie seltsam, dass
Max sich in seinem Benehmen kaum von den beiden anderen unterschied.

»Es ist wirklich komisch«, sagte George, »dieses: ›Wissen Sie nicht,
dass wir Krieg haben‹. Mir kommt es wirklich so vor, als hätten wir
überhaupt keinen Krieg. Ich weiß nicht, wie es euch geht?«

»Ja«, sagte Max. »Ich weiß nicht recht, wie richtig Krieg ist, aber ich
denke mir, alles wäre eben viel bedrängender.«

Bill nickte. »Wenn man an den letzten Krieg denkt. An all die Gefallenen.«

Es entstand eine Pause.

Anna holte tief Atem und entschloss sich, etwas zur Unterhaltung bei-zutragen. »Als ich klein war«, sagte sie, »war ich immer sehr froh, ein Mädchen zu sein.«

Die Jungen starrten sie an. Max runzelte die Stirn. Was hatte sie denn nun schon wieder falsch gemacht?

»Wegen der Kriege«, erklärte sie. »Weil man Mädchen nicht in die Schützengräben schicken kann.«

»Ach so«, sagte George. Sie schienen noch mehr zu erwarten, also plapperte sie weiter.

»Aber später sagte mir meine Mutter, es werde nie wieder einen Krieg geben. Aber da hatte ich mich schon an den Gedanken gewöhnt – ich meine, froh zu sein, dass ich ein Mädchen bin. Und das ist doch wirk-lich ganz gut. Denn«, fügte sie hinzu, um das Maß an Törichtem voll-zumachen, »ich bin ja ein Mädchen.«

Zunächst herrschte betretenes Schweigen, dann lachte Bill gnädig los. »Womit sie ja wirklich Recht hat«, sagte er.

Nie wieder, dachte Anna. Nie wieder werde ich irgendetwas zu irgend-jemandem sagen.

Aber George nickte zustimmend, als habe sie etwas ganz Vernünftiges von sich gegeben. »Meine Mutter war genauso. Sie sagte uns immer, es werde nie wieder einen Krieg geben. Sie war ganz außer sich, als es schließlich doch passierte ...«

Der Ausdruck von Erstaunen auf seinem Gesicht hatte sich noch ver-stärkt. Um seinen Mund herum klebten noch Zuckerreste des Kräp-pels. Er wirkte plötzlich sehr jung.

»Aber ich glaube, wenn jemand sich andauernd so verhält wie Hitler, bleibt einem am Ende doch nichts anderes übrig, als ihn zu bekämp-fen.«

»Bis in den Tod!« Bills Augen wurden schmal. »Mein Gott, Carruthers, da oben auf dem Hügel ist ein Maschinengewehrnest!«

George hob das Kinn. »Ich gehe allein, Sir.« Seine Stimme zitterte vor Erregung. »Aber wenn ich nicht zurückkommen sollte ...«

»Ja, Carruthers?«

»Dann sagen Sie ihnen – es war für England.« George starrte mit kühnem Blick in die Ferne. Dann sagte er in normalem Tonfall. »Also, ich finde das alles blöde – oder?«

Sie vertilgten ihre Kräppel und dachten darüber nach, wie blöde alles war. Dann sagte Bill: »Ich muss fliegen.«

»Buchstäblich?«, fragte Max.

»Buchstäblich«, sagte Bill. Er gehörte zur Flugstaffel der Universität, und die hatten jeden Samstagnachmittag eine Übung. George hatte Mühe, seine langen Beine unter dem Tisch hervorzuziehen. »Kintopp heut Abend?«, fragte er.

»Natürlich.« Bill machte eine Handbewegung, die Anna einschloss, vielleicht aber auch nicht. »Bis dahin.« Und er stakte mit langen Schritten nach draußen.

Sie warteten, bis George den Schal um seinen langen Hals gewickelt hatte. »Wirklich«, sagte er, »für dich muss das doch alles noch merkwürdiger sein – ich meine der Krieg.« Er sah Max nachdenklich an. »Ich vergesse immer, dass du nicht hier geboren bist. Wissen Sie«, sagte er zu Anna, »auf den Gedanken kommt überhaupt niemand. Ich bin sicher, Bill hält ihn für britisch bis ins Mark.«

»Ich vergesse es manchmal selber«, sagte Max so leichthin, dass nur Anna erriet, wie viel ihm dies bedeutete.

Sie gingen zu Fuß zurück zu dem möblierten Zimmer, das Max und George gemeinsam bewohnten. Die Wirtin hatte in ihrem kleinen Wohnzimmer ein Feuer gemacht, und Max setzte sich gleich mit einem Stapel Bücher und Papiere davor, um einen Aufsatz über gewisse Aspekte des römischen Rechts zu schreiben. George verschwand, um ein Bad zu nehmen, und man hörte ihn im Nebenzimmer mit der Wirtin darüber diskutieren, ob das Wasser noch rechtzeitig warm genug würde, damit er baden konnte, bevor er wieder weg musste.

»Max«, sagte Anna, »Es tut mir leid. – Ich weiß, ich kann nicht mit Menschen umgehen.« Max blickte von seiner Arbeit auf. »Unsinn«, sagte er. »Du bist ganz in Ordnung.«

»Aber ich sage solchen Blödsinn. Ich will es nicht, aber ich tue es – wahrscheinlich weil ich Hemmungen habe.«

»Na, die haben andere auch. Du hättest George und Bill sehen sollen, bevor du kamst. Sie kennen nicht viele Mädchen. Ich bin der Einzige, der da größere Erfahrungen hat.«

Anna blickte bewundernd zu ihm auf. »Nur eben«, sagte sie, »ich bin nicht so wie du.« Und in einem Anfall von Vertrauensseligkeit fügte sie hinzu: »Manchmal frage ich mich, ob ich überhaupt in dieses Land gehöre.«

»Aber natürlich«, sagte Max betroffen. »Du gehörst genauso hierher wie ich. Der einzige Unterschied ist, dass du auf einer lausigen Schule gewesen bist, das hat dir allen Spaß an England verdorben.«

»Glaubst du das wirklich?«

»Ich weiß es«, sagte Max.

Das war ein ermutigender Gedanke. Max schien sich wieder seinen Büchern zuwenden zu wollen, darum sagte sie schnell: »Da ist noch etwas anderes.«

»Was?«, fragte Max.

»Hast du nie das Gefühl«, sagte Anna, »dass wir vom Unglück verfolgt sind?«

»Vom Unglück verfolgt? Meinst du, weil wir Flüchtlinge sind?«

»Nein, ich meine, vielleicht bringen wir den Ländern, in die wir kommen, Unglück.«

Er machte ein verblüfftes Gesicht, darum sagte sie: »Überleg doch mal, was ist mit Deutschland passiert! Und wir waren kaum ein Jahr in Frankreich, als dort eine Wirtschaftskrise ausbrach. Und England – du weißt doch noch, wie stabil alles schien, als wir herkamen, jetzt haben sie Krieg und Rationierung ...«

»Aber daran sind doch nicht wir schuld«, rief Max.

Anna schüttelte düster den Kopf. »Manchmal«, sagte sie, »komme ich mir vor wie der Ewige Jude.«

»Du siehst aber gar nicht aus wie der Ewige Jude. Der hatte einen langen Backenbart. Soweit ich mich erinnere, brachte man ihn auch nicht mit Unglück in Zusammenhang.«

»Nein«, sagte Anna. »Aber ich glaube auch nicht, dass die Leute sehr beglückt waren, wenn sie ihn sahen.«

Max starrte sie einen Augenblick lang an, dann brach er in Lachen aus. »Du bist ja übergeschnappt«, sagte er, aber es klang liebevoll. »Vollkommen übergeschnappt. Und jetzt muss ich ein bisschen arbeiten.«

Er wandte sich wieder seinen Büchern zu, und Anna betrachtete ihn. Im Zimmer war nichts zu hören als das Knistern des Feuers. Was für ein herrliches Leben, dachte sie. Einen Augenblick lang versuchte sie, sich vorzustellen, sie selbst wäre auf der Universität. Natürlich würde sie nie ein Stipendium bekommen wie Max. Aber was würde sie überhaupt auf der Universität anfangen? Wie Max Jura studieren, oder Englisch wie George, oder Physik wie Bill? Nein – das Einzige, was sie wirklich interessierte, war Zeichnen, und das hatte doch gar keinen Zweck.

»Übrigens«, sagte Max, als habe er ihre Gedanken gelesen, »was ist das mit dem kaufmännischen Kursus, von dem du mir geschrieben hast?«

Sie sagte: »Ich fange nächste Woche an.«

Er dachte darüber nach, und machte, wie sie fand, dabei schon ein Gesicht wie ein Rechtsanwalt, der vor Gericht eine knifflige Frage erörtert. Schließlich sagte er: »Nun, wahrscheinlich ist es für den Augenblick das Beste. Aber sicherlich nicht für immer. Nicht für dich. Nicht auf lange Sicht.«

Dann kam ihm ein Gedanke. Er blätterte ungeduldig in einem der Bücher, fand, was er suchte, und fing wieder an zu schreiben.

Anna ging zu ihrer Unterkunft zurück, kämmte sich und zog das zweite der beiden Kleider an, die sie besaß. Es war ihre alte Schuluniform aus grauem Cordsamt, und wenn sie es sonntags bei Miss Metcalfe hatte tragen müssen, war es ihr scheußlich vorgekommen. Aber Mama hatte in einem Koffer noch einen Spitzenkragen gefunden, der aus Berlin stammte, und mit diesem Kragen sah das Kleid jetzt, da Anna ihren Kinderspeck verloren hatte, ganz elegant aus. Als sie zu Max zurückkam, legte dieser gerade seine Bücher beiseite, und George begutachtete den Teetisch, den die Wirtin vor dem Kamin gedeckt hatte.

Georges Bad war ein Reinfall gewesen. Da er nicht warten wollte, hatte er sich in das lauwarme Wasser gestürzt und war frierend darin sitzen geblieben aus Angst vor der noch kühleren Luft des Badezimmers. Jedenfalls, so erklärte er Anna, habe er die Sache hinter sich gebracht und brauchte eine Woche lang nicht mehr ans Waschen denken. »Und dabei muss ich bemerken«, fügte er hinzu, »dass Sie bemerkenswert hübsch und anziehend aussehen. Das Kleid ist wohl letzte Mode?«

Sie erklärte, dass dies die Sonntagsuniform ihrer Schule gewesen sei.

»Wirklich?«, sagte George. »Wie überraschend. Meine Schwester trägt immer eine Art braunen Sack.«

Sie sprachen über die Schule, die Georges Schwester besuchte, dass die Mädchen dort, immer wenn sie der Schulleiterin begegneten, einen Knicks machen mussten – es schien auch nicht besser zu sein als bei

Miss Metcalfe – und dann kamen sie auf Schulen im Allgemeinen zu sprechen.

Vielleicht hatte Max Recht, dachte Anna. Vielleicht hatte George genauso viel Scheu vor ihr wie sie vor ihm. Bei diesem Gedanken begann sie, sich ein wenig zu entspannen. Sie war gerade dabei, ihm von der seltsamen Zeremonie zu erzählen, mit der bei Miss Metcalfe eine Meerschweinchenpflegerin ihres Amtes enthoben worden war, als sie feststellten, dass es Zeit wurde, ins Kino zu gehen.

Sie suchten sich den Weg durch die eisigen, verdunkelten Straßen, um sich in Gesellschaft von Bill und einem Mädchen mit kräuseligem Haar einen Abenteuerfilm anzuschauen. Zu Annas Erstaunen schien das Mädchen Max zu gefallen. Es hieß Hope und war mindestens drei Jahre älter als er. Als er ihr zuflüsterte: »Findest du sie nicht toll?«, war sie drauf und dran zurückzuzischen: »Nein!« Der Film war sehr schlecht, und das Publikum, das hauptsächlich aus Studenten bestand, begleitete ihn mit lärmenden Kommentaren. Der Schurke wurde mit Buhrufen bedacht, die Heldin, die ihn abzuwehren suchte, mit ironischem Applaus, und immer wenn der tollpatschige Held die Verfolgung aufnahm, ertönten Rufe wie: »Los Clarence!« Am Ende wollte der Schurke die Heldin einem mickrigen Krokodil vorwerfen, von dem das Publikum behauptete, es brauche wirklich etwas zu fressen. Als das Mädchen im letzten Augenblick gerettet wurde, ging der folgende Dialog im Geschrei unter. Man rief »Schande!« und »Wo bleibt der Tierschutzverein!«. Anna fand alles herrlich komisch, und für den Rest des Abends, den sie wieder bei Kräppeln in einem Café verbrachten, glühte sie vor Freude. Schließlich verabschiedeten sich Bill und George an der Tür ihrer Pension von ihr. Sie tastete sich durch das verdunkelte Haus zu ihrem Zimmer und stieg in ein eiskaltes Bett, wo sie die Wärmflasche an sich drückte und in bewundernder Betrachtung dieser außergewöhnlichen Welt, zu der ihr Bruder gehörte, einschlief.

»Na, wie gefällt dir Cambridge?«, fragte Max am nächsten Nachmittag. Sie standen auf dem Bahnsteig und warteten auf ihren Zug, und sie hatte nicht die mindeste Lust, zurückzufahren. Sie hatten einen Teil des Tages in Booten auf dem Fluss zugebracht – das Wetter war wärmer geworden – Max und Hope hatten sich von Zeit zu Zeit in einem Boot gestritten, das von George mittels einer langen Stange gestakt wurde,

Anna saß mit Bill in einem zweiten Boot. George und Bill hatten versucht, sich gegenseitig zu rammen, und schließlich war Bill ins Wasser gefallen, und hatte sie, während er sich umzog, in seinem Zimmer mit einem Glas Sherry bewirtet. Er wohnte in einem College, das dreihundert Jahre alt war, und unter dem entkrampfenden Einfluss des Sherrys hatten beide, Bill und George, sie dringend aufgefordert, doch bald wieder nach Cambridge zu kommen.

Als sie dann auf dem Bahnsteig standen, wurde es schon dunkel. Sie sah Max ernst an. »Ich finde Cambridge wundervoll«, sagte sie, »einfach wundervoll.«

Max nickte. »Ich bin so froh, dass du es jetzt kennst.« Trotz der Dunkelheit sah sie, wie glücklich er war. Plötzlich grinste er. »Und da ist noch etwas«, sagte er. »Sag es Mama noch nicht, aber ich glaube, ich werde mit Eins bestehen.«

Dann brauste der Zug herein, der zu ihrem Erstaunen voll war von Soldaten und Matrosen. Sie musste sich an einem Stapel von Seesäcken vorbeiquetschen, und als es ihr endlich gelang, das Fenster herunterzulassen, war der Zug schon angefahren. Sie rief: »Danke Max! Vielen Dank für das herrliche Wochenende!« Aber es herrschte ein solcher Lärm, dass sie nicht sicher war, ob er es gehört hatte. Einer der Matrosen bot ihr an, auf dem Ende seines Seesackes Platz zu nehmen, und bis nach London fand sich keine andere Sitzgelegenheit. Es war eine mühsame Reise. Es dauerte viel länger als auf der Hinfahrt. Das Licht der blau überpinselten Glühbirne im Flur war nicht hell genug, um zu lesen, und jedes Mal wenn der Zug hielt, stiegen neue Soldaten ein, obgleich schon alles überfüllt war. Auch der Bahnhof in der Liverpool Street war voller Militär, und während Anna sich ihren Weg über die Bahnsteige und durch die nur schwach beleuchtete Halle suchte, fragte sie sich, wohin wohl all diese Soldaten unterwegs seien. Dann fiel ihr Blick auf einen Zeitungsaushang. »Hitler in Norwegen und Dänemark eingefallen«, las sie.

4 **Als Anna** von **Hitlers Einfall in Skandinavien** hörte, war sie zuerst **sehr erschrocken.** Sie glaubte wieder die Stimme der **Frau im Wartezimmer** der Hilfsorganisation zu hören: »Sie haben gesagt: ›Wo immer ihr auch hingeht, **wir werden euch kriegen,** denn wir werden die ganze Welt erobern.‹« Aber es geschah nichts Aufregendes. Das Leben ging weiter wie immer. Es wurden Truppen nach Norwegen geschickt – die Dänen hatten sich kampflos ergeben – es fand eine Seeschlacht statt, aber es ließ sich schwer beurteilen, wer dabei Sieger geblieben war. Es schien nicht so wichtig. Skandinavien war ja weit weg. Anna fing ihren kaufmännischen Kursus an, und Judy und Jinny kamen auf Ferien heim. Papa bekam vom Informationsministerium den Auftrag, einige Flugblätter zu verfassen, die über Deutschland abgeworfen werden sollten – es war die erste Arbeit seit Monaten – und Max und George unternahmen eine Wanderung und schickten Anna eine Postkarte aus einer Jugendherberge.

Sie selber war nur von einem Wunsch beherrscht: so schnell wie möglich Kurzschrift zu lernen, damit sie eine Arbeit annehmen und Geld verdienen konnte. Jeden Tag ging sie in die kaufmännische Schule in der Tottenham Court Road und übte, auf der kleinen Maschine Diktate aufzunehmen. Es machte sogar Spaß. Anstatt die Tasten einzeln zu drücken wie auf einer Schreibmaschine, drückte man sie wie Akkorde auf einem Klavier, und die Maschine druckte jedes Mal eine ganze Silbe in normalen Buchstaben auf einen Papierstreifen. Dabei wurde die Silbe phonetisch wiedergegeben, nicht in der normalen Rechtschreibung, sodass zum Beispiel aus »allgemeine Situation« »al-gö-mai-nö si-tu-a-zjon« wurde. Aber die Lautschrift ließ sich leicht lesen, anders als die Stenografieschnörkel, an denen Anna in der Vergangenheit gescheitert war.

Judy und Jinny waren von ihrem neuen Erwachsenenstatus beeindruckt, und Anna tat es gar nicht leid, dass die beiden sich den Tag über in der Frühlingssonne vergnügen konnten, während sie in der Schule Kurzschrift übte. An dem Kursus nahmen noch einige andere Emigranten teil, und die Schulleiterin, Madame Laroche, eine Belgierin, meinte, mit ihren Sprachkenntnissen würden sie bestimmt eine gute Stelle bekommen. Sie sagte, Anna sei eine ihrer besten Schülerinnen, und sie ließ sie oft die Methode vor potenziellen Klienten demonstrieren.

In der Woche vor Pfingsten war es warm und sonnig, und als der Freitag kam, freute Anna sich auf das lange Wochenende, denn die kaufmännische Schule schloss Freitagmittag, und der Montag war auch noch Feiertag. Sie würde den Nachmittag mit Papa und Mama verbringen, die den Besuch von Mamas Vetter Otto erwarteten. Es schien ihr, sie habe genug geübt, und sie freute sich deshalb, als Madame Laroche sie mitten am Vormittag holen ließ, um die Methode vor einem Ehepaar in mittleren Jahren und deren maushafter Tochter vorzuführen. Die Leute waren schwer zu überzeugen. Der Vater sagte immer wieder, er fände es dumm, auf neumodische Methoden Geld zu verschwenden, und die Tochter hatte offenbar einfach Angst. »Ach, hier kommt ja gerade eine unserer Schülerinnen«, rief Madame Laroche, als Anna eintrat – wenigstens nahm Anna an, dass sie das gerufen hatte. Madame Laroche sprach mit schwerfälligem belgischen Akzent und war kaum zu verstehen. Sie winkte Anna, Platz zu nehmen, und holte ein Buch aus dem Regal. Anna sah sich nach der englischen Assistentin um, die ihr gewöhnlich diktierte, aber die war nicht zu sehen.

»Ich werde Ihnen selber diktieren«, sagte Madame Laroche aufgeregt. Offenbar hatte der Vater sie so gereizt, dass sie entschlossen war, um jeden Preis die Vorzüge ihres Systems schlagend zu beweisen. Sie klappte das Buch auf und las: »Dö du glass töwiens.«

»Wie bitte?«, sagte Anna erschrocken.

»Dö du glass töwiens.«

»Verzeihung«, sagte Anna und wurde rot, »ich habe nicht recht verstanden ...«

»Dö du glass töwiens, dö du glass töwiens!«, rief Madame Laroche ungeduldig, klopfte mit dem Finger auf Annas Maschine und schrie etwas, das wahrscheinlich heißen sollte: »Schreiben Sie!«

Anna blieb nichts übrig, als das Gehörte niederzuschreiben. Sie tippte sorgfältig »Dö du glass töwiens« auf den Papierstreifen und hoffte, dass sie das Folgende besser verstehen werde, aber das war nicht der Fall. Es war ebenso unverständlich wie die ersten Silben, und auch was danach kam, war ohne Sinn. Ab und zu verstand Anna ein richtiges Wort, aber dann kam wieder nur Kauderwelsch. Sie saß da, unglücklich und mit rotem Gesicht, und schrieb alles nieder. Sie wünschte das Ende herbei, aber dann würde sie alles vorlesen müssen. Das musste eine Katastrophe geben.

Dann war es so weit.

Anna fragte sich gerade, wie sie die nächsten Minuten überleben solle, als ihr eine Idee kam. Vielleicht hatte Madame Laroche absichtlich sinnloses Zeug diktiert, um zu zeigen, dass man mit dem System auch bedeutungslose Laute aufnehmen konnte. Sie fühlte sich plötzlich viel wohler und begann ganz zuversichtlich, abzulesen, was sie aufgenommen hatte.

»Dö du glass töwiens«, las sie, und bemühte sich, die Aussprache Madame Laroches genau nachzuahmen.

Aber irgendetwas schien nicht zu stimmen. Warum erstickte der Vater beinahe an unterdrücktem Lachen? Warum kicherte die Mutter und sogar die Tochter mit dem Mäusegesicht? Madame Laroche wurde rot vor Wut.

Sie schrie Anna an, packte ihr Buch, Maschine und Papier auf den Arm und schob sie aus dem Zimmer.

Die Tür schlug hinter ihr zu, und Anna fand sich verdutzt im Korridor wieder.

»Was ist passiert?«, rief eine der englischen Lehrerinnen, die den Lärm gehört haben musste und auf den Flur gestürzt kam. Anna schüttelte den Kopf. »Ich weiß es nicht«, sagte sie.

Die Lehrerin nahm das Buch, das noch aufgeschlagen auf der Maschine lag. »Ist es das, was sie Ihnen diktiert hat?«, fragte sie. »The Douglas twins«?

»Nein«, sagte Anna. Das Diktat von Madame Laroche fing an mit »Dö du glass töwiens«, das konnte doch nicht »The Douglas twins« heißen. Aber bei Madame Laroche war das offenbar doch möglich. »Oh«, rief Anna, »die müssen doch gedacht haben …« Sie sah die Lehrerin an. »Was soll ich nur tun? Sie müssen alle gedacht haben, ich hätte mich über ihren Akzent lustig machen wollen! Meinen Sie nicht, ich sollte es erklären, wie es wirklich war?« Sie hörte Madame Laroche aufgeregt in ihrem Büro herumschreien.

»Nicht jetzt«, sagte die Lehrerin.

»Aber ich muss doch etwas tun!«

Man hörte, wie im Büro Stühle gerückt wurden, man hörte das Lachen eines Mannes und eine aufgebracht klingende Bemerkung von Madame Laroche.

»Kommen Sie«, sagte die Lehrerin entschlossen und schob Anna den Korridor entlang und dann in einen der Klassenräume. »Gehen Sie jetzt ruhig wieder an die Arbeit und machen Sie sich keine Sorgen um das Missverständnis. Bis Dienstag ist das bestimmt alles wieder vergessen.«

Anna setzte sich an ein leeres Pult und fing an, automatisch das Diktat aufzunehmen, das von einer älteren Schülerin langsam vorgelesen wurde. Aber wie kann ich denn alles vergessen, dachte sie. Es war so ungerecht. Madame Laroche hatte kein Recht, sie so anzubrüllen, wo sie doch immer so gut gearbeitet hatte. Niemand in der Schule konnte ihre belgische Aussprache verstehen – das musste sie doch wissen. Und wenn sie wirklich glaubte, Anna mache sich über sie lustig ... Ich werde zu ihr gehen und es ihr erklären, überlegte Anna. Ich werde ihr sagen, dass sie mich nicht so behandeln kann! Dann dachte sie, wenn sie mir nun nicht glaubt? Konnte man von einer kaufmännischen Schule verwiesen werden?

Gegen Mittag befand sie sich in einem solchen Zustand der Verwirrung, dass sie sich nicht entscheiden konnte, ob sie nach Hause oder zu Madame Laroche gehen sollte. Sie stand in der Garderobe, starrte in den Spiegel, formte im Geist großartig klingende Sätze zu ihrer Verteidigung, wusste nicht, ob sie diese an den Mann bringen oder dem Rat der Lehrerin folgen sollte. Schließlich kam eine Putzfrau, um den Raum abzuschließen, und sie musste gehen.

Der Flur war menschenleer. Alle schienen schon fort zu sein. Wahrscheinlich ist Madame Laroche auch schon gegangen, dachte sie halb erleichtert – aber nun würde ihr das ganze lange Wochenende verdorben sein, weil die Sache nicht geklärt war. Oh, verdammt!, dachte sie. Aber als sie an Madame Laroches Tür vorbeikam, hörte sie drinnen Stimmen. Ohne lange zu überlegen, klopfte sie an und trat ein. Sie hatte erwartet, eine der Lehrerinnen anzutreffen, aber Madame Laroche war allein. Die Stimme, die sie gehört hatte, kam aus dem Radio.

»Madame Laroche«, sagte Anna, »ich möchte Ihnen erklären ...« Sie hatte energisch sein wollen, aber zu ihrem Ärger klang ihre Stimme nur entschuldigend. »Wegen heute Morgen ...«, fing sie wieder an.

Madame Laroche starrte sie verständnislos an und winkte, sie solle weggehen.

»Aber ich möchte Ihnen doch erklären«, rief Anna. »Es war nicht so, wie Sie gemeint haben!«

Das Radio war plötzlich still, und Annas Stimme klang lächerlich schrill in die Stille.

Madame Laroche stand auf und kam auf sie zu, und Anna sah voller Schrecken, dass sie Tränen in den Augen hatte.

»Mein Kind«, sagte Madame Laroche in deutlichem Französisch, »die Deutschen sind heute in Belgien und Holland eingefallen.«

Anna starrte sie an.

»Was werden meine Leute tun?«, fragte Madame Laroche, als könnte Anna ihr darauf eine Antwort geben. »Was werden sie tun?«

Anna wollte etwas Mitfühlendes sagen, aber es fiel ihr nichts ein. »Es tut mir leid«, stammelte sie. Schuldbewusst stellte sie fest, dass das Missverständnis mit den Douglas-Zwillingen sie immer noch quälte. Aber da Madame Laroche es ganz vergessen zu haben schien, musste sie sich zufrieden geben.

»Mon Dieu!«, rief Madame Laroche, »begreifen Sie denn nicht, was das bedeutet? Was würden Sie sagen, wenn die Deutschen plötzlich hier wären, hier in England?« Und da Anna verlegen schwieg, schrie sie: »Was stehen Sie da herum! Um Gottes willen, gehen Sie doch! Gehen Sie zu Ihren Eltern!«

Anna verließ das Büro, lief durch das Haus und trat auf die Straße. Die Sonne schien. Alles war wie immer. Trotzdem begann sie zu rennen, lief, den anderen Fußgängern ausweichend, den Bürgersteig entlang. Als sie außer Atem war, ging sie einen Augenblick langsamer, fing aber gleich wieder an zu rennen, bis sie das Hotel Continental erreicht hatte. Sie traf Mama und Papa und ihren Vetter Otto in der Halle des Hotels, umgeben von aufgeregten Deutschen, Tschechen und Polen. Vetter Ottos Augen blitzten über seiner großen jüdischen Nase; das Haar hing ihm wirr ins Gesicht. Alle redeten durcheinander, sogar der Portier hinter seiner Theke legte jedem, der bereit war, ihm zuzuhören, seine Ansichten dar.

»Sie werden zerschmettert werden«, sagte Vetter Otto triumphierend. »Darauf haben die Engländer nur gewartet. Sie werden hinübergehen und die Deutschen zu Mus zerstampfen. Die Franzosen werden ihnen natürlich zu Hilfe kommen«, fügte er nach kurzem Zögern hinzu. Vetter Otto hegte eine grenzenlose Bewunderung für England. Englisch war für ihn gleichbedeutend mit vollkommen, und er war ganz aufgebracht, als Papa ihm widersprach.

»Ich traue Chamberlain nicht«, sagte Papa. »Ich glaube nicht, dass die Engländer kampfbereit sind.«

»Aha«, schrie Vetter Otto. »Du hast nicht die geringste Ahnung. Nur nach außen hin hat Chamberlain nichts unternommen. Im Geheimen ist längst alles organisiert. Das ist englische Untertreibung. Kein Getue, kein Aufsehen – so hat er die Deutschen vollkommen getäuscht.«

»Er scheint auch das britische Parlament getäuscht zu haben«, sagte Papa. »Wenn ich recht gehört habe, versuchen sie ihn genau in diesem Augenblick loszuwerden.«

»Ausgerechnet jetzt«, jammerte eine alte Tschechin in seltsamer Aufmachung. In einem Tweedmantel und mit einem Blumenhut auf dem Kopf schien sie bereit, jeden Augenblick die Flucht vor den Deutschen anzutreten.

Vetter Otto machte ein bekümmertes Gesicht. »Eine parlamentarische Prozedur«, sagte er auf Englisch. Und dieser so englische Ausdruck schien ihn zu trösten.

Wie rührend, dachte Anna, dass er so für die Engländer schwärmt. Bisher war es Otto nämlich im Land seiner Wahl keineswegs glänzend ergangen. Trotz eines Doktortitels der Physik hatte er sich mit der Arbeit in einer Schuhfabrik zufriedengeben müssen.

»Ich möchte nur gern wissen«, rief die alte Dame und bohrte ihren spitzen Finger in Vetter Ottos Brust, »wer sich nun um den Laden kümmert.«

»Vielleicht sollten wir nach oben gehen«, sagte Mama.

Im Hotel Continental wurde an Wochentagen keine Mittagsmahlzeit serviert. Um die lange Zeit zwischen Frühstück und Abendbrot zu überbrücken, aß man mittags gewöhnlich eine Kleinigkeit auf Papas Zimmer. Vetter Otto nahm die Einladung dankbar an. »Ich freue mich schrecklich auf eine Tasse Tee«, gestand er Mama, die mit dem Wasserkessel hin- und herflitzte, und Tassen und Gebäck aus dem Zimmer nebenan herbeiholte.

Otto saß auf Papas Bett, trank wie ein Engländer seinen Tee mit Milch und fragte Anna, ob sie irgendwelche Nachrichten für ihren Bruder habe. Otto wollte am Nachmittag noch nach Cambridge weiterfahren, wo er eine Stelle zu bekommen hoffte.

»Was für eine Stelle?«, wollte Mama wissen.

Vetter Otto fing an, alles Holz, das sich in seiner Reichweite fand, zu berühren. »Toi, toi, toi!«, rief er. »In meiner eigenen Sparte. Es gibt dort einen Physikprofessor – ich habe in Berlin bei ihm studiert – und er hat mich eingeladen.«

»Ach Otto, das wäre ja wundervoll«, sagte Mama.

»Toi, toi, toi!«, sagte Vetter Otto und fasste wieder an Holz. Er tat immer so geziert, dass man sich gar nicht vorstellen konnte, dass er kaum dreißig war.

»Also grüße Max sehr herzlich von uns und sag ihm, er solle schreiben«, trug Mama auf.

»Und wir wünschen ihm Glück für seine Prüfungen«, sagte Anna.

»Ach, das hatte ich vergessen«, rief Mama. »Er muss ja schon bald ins Examen. Sag nichts davon, dass er schreiben soll – er hat viel zu tun.«

Papa sagte: »Würdest du Max auch etwas von mir ausrichten?«

»Aber natürlich«, sagte Vetter Otto.

»Sag ihm bitte …« Papa zögerte. Dann fuhr er fort: »Jetzt, wo die Deutschen angegriffen haben, wird Max sich vielleicht freiwillig melden wollen. Natürlich muss er tun, was er für richtig hält. Aber sag ihm bitte, er möge, bevor er eine Entscheidung fällt, die Sache zuerst mit seinen Professoren besprechen.«

»Aber er ist erst achtzehn!«, rief Mama.

»Doch nicht zu jung fürs Militär«, sagte Vetter Otto. Er nickte Papa zu. »Ich verspreche dir, es ihm auszurichten. Und wenn ich nach London zurückkomme, rufe ich gleich an und sage euch, wie es ihm geht.«

»Das wäre nett von dir«, sagte Papa.

Vetter Otto blieb noch ein wenig, plauderte und trank Tee. Dann wurde es Zeit, zum Bahnhof zu gehen. Anna kehrte wenig später zu den Bartholomews zurück. Da sie Judy und Jinny seit ihrer Rückkehr kaum gesehen hatte, hatten sie alle drei verabredet, am Sonnabend Tennis zu spielen und im Garten sonnenzubaden. Es gefiel ihnen so sehr, dass sie beschlossen, den Sonntag auf die gleiche Weise zu verbringen.

Die meisten Sonntagszeitungen brachten Bilder von Winston Churchill, der anstelle von Chamberlain Premierminister geworden war, und Augenzeugenberichte über die deutsche Invasion in Holland. Deutsche Fallschirmjäger in englischen und holländischen Uniformen waren in großer Zahl über dem Land abgesprungen, und Deutsche, die seit Jahren in Holland lebten und die niemand als Nazis verdächtigt hatte, waren ihnen sofort zu Hilfe gekommen. Die Holländer leisteten Widerstand, und französische und englische Truppen waren in Marsch gesetzt worden, um sie zu entlasten, aber es zeichnete sich schon ab, dass die Deutschen hatten fest Fuß fassen können. Auf der Landkarte von Holland wiesen dicke Pfeile von Deutschland her über die Grenze, und ein Zeitungsartikel trug die Überschrift: »Wenn die Deutschen die holländische und belgische Küste besetzen ...« Aber Jinny meinte, die Sonntagszeitungen übertrieben immer. Man könnte sich nicht nach ihnen richten.

Der Montag war noch wärmer und sonniger, und als Anna im Hotel Continental ankam, wo sie den Tag mit Papa und Mama verbringen sollte, überlegte sie sich, dass es eigentlich schade wäre, bei diesem herrlichen Wetter im Haus zu bleiben. »Könnten wir nicht in den Zoo gehen?«, fragte sie.

»Warum nicht?«, sagte Papa. Er war voller Hoffnung, weil Churchill die Regierung übernommen hatte – seiner Meinung nach der einzige Politiker, um die schwierige Lage zu meistern. Mama machte sich Sorgen, weil man im Zoo Eintritt bezahlen musste, aber auch sie fand den Sonnenschein unwiderstehlich, und schließlich beschlossen sie, leichtsinnig zu sein und hinzugehen.

Es war ein ganz besonderer Tag. Anna war seit Jahren nicht im Zoo gewesen, und jetzt ging sie wie im Traum umher und konnte sich nicht sattsehen. Die sandfarbenen Tiger mit den schwarzen Streifen, die aussahen, als wäre die Farbe über sie ausgegossen worden, die Pfauen mit ihren unfassbar schönen, wie gestickten Schweifen, Affen mit elegantem, beigefarbenen Pelz und tragischen Augen – es war, als hätte sie das alles noch nie gesehen. Und die Giraffen! Wie hatte jemand auf die Idee kommen können, Giraffen zu erschaffen!

Sie schaute und schaute, und die ganze Zeit versuchte etwas in ihr, nicht an die Landkarte in der Sonntagszeitung zu denken, an den Nazischrecken, der von Deutschland her in andere Teile Europas einsickerte, die bis jetzt als sicher gegolten hatten.

Sie blieben bis in den späten Nachmittag, und Anna war von all dem, was sie da sah, so begeistert, dass sie den Krieg ganz von selbst vergaß. In diesen Stunden in der Sonne schien sich etwas verändert zu haben. Alles sah plötzlich viel hoffnungsvoller aus. Auch Papa und Mama waren heiterer. Papa hatte bei den kleinen Raubkatzen ein Geschöpf entdeckt, von dem er behauptete, es sähe genau wie Goebbels aus, und während der ganzen Heimfahrt im Bus stellte er sich vor, dieses Geschöpf hielte den anderen Katzen Reden auf Deutsch und suche bei ihnen nach jüdischen Zügen. Mama und Anna mussten die ganze Zeit lachen, und sie kamen so entspannt ins Hotel Continental zurück, als hätten sie eine Ferienreise hinter sich.

Nach den sonnenhellen Straßen wirkte die Halle dunkel, und Anna brauchte einen Augenblick, bis sie den Portier, der bei ihrem Eintritt von der Theke aufblickte, deutlich erkannte.

»Jemand hat für Sie aus Cambridge angerufen«, sagte er, und Anna wunderte sich, dass Max anrief, statt zu schreiben.

Papa zögerte einen Augenblick und warf einen Blick in eine Zeitung, die auf einem der Tische liegen geblieben war. Der Portier hatte ihn beobachtet. »Da steht nichts drin«, sagte er. »Aber es steht schlimm – ich habe Radio gehört.«

»Was ist denn geschehen?«, fragte Papa.

Der Portier zuckte mit den Schultern. Er war ein kleiner schüchterner Mann. Sein schütteres Haar war sorgfältig in Strähnen über den kahlen Schädel gekämmt. »Das Übliche«, sagte er. »In Holland geht alles drunter und drüber. Die Nazis sind überall, und die holländische Königsfamilie ist nach England geflüchtet.«

»So schnell?«, sagte Papa, und das Gefühl, in Urlaub gewesen zu sein, war dahin.

In diesem Augenblick läutete das Telefon. Der Portier nahm den Hörer ab und sagte dann zu Anna: »Für Sie – aus Cambridge.«

Sie stürzte in die Telefonzelle und nahm den Hörer ab.

»Max?«, fragte sie – aber es war nicht Max, es war George. »Hören Sie, es ist etwas Unangenehmes passiert«, sagte er. »Ich weiß nicht recht, wie ich mich ausdrücken soll, aber Max – er ist verhaftet worden.«

»Verhaftet?« Was hatte er denn getan? Anna dachte an Studentenstrei-che; man betrank sich, schlug einem Polizisten den Helm vom Kopf; aber Max würde doch bestimmt nie ... Wie vor den Kopf gestoßen, fragte sie: »Soll das heißen: von der Polizei?«

»Ja«, sagte George und fügte hinzu: »und zwar als ein feindlicher Aus-länder.«

»Aber man verhaftet doch niemanden nur deshalb, weil er ein feind-licher Ausländer ist!«, rief Anna. »Und außerdem ist er gar keiner. Wir haben schon vor Jahren unsere deutsche Staatsangehörigkeit verloren. Er wartet nur darauf, naturalisiert zu werden.«

»Ich weiß, ich weiß«, sagte George. »Wir haben ihnen all das gesagt, aber es hat nichts genützt. Sie sagten, alle männlichen feindlichen Aus-länder in Cambridge würden interniert und sein Name stehe mit auf der Liste.«

»Interniert?«

»Ja«, sagte George. »In einer Art Lager.«

Anna fühlte sich plötzlich ganz leer, so als wäre es sinnlos, auch nur noch ein Wort zu verlieren.

»Sind Sie noch da?«, fragte George beunruhigt und fuhr fort: »Hören Sie, wir haben Krach geschlagen. Ich, sein Tutor, das College – alle. Bill wurde auf der Polizeiwache so ausfällig, dass sie ihn hinausschmissen. Aber wir können nichts machen. Es ist eine Anordnung der Regierung. Nach dem, was in Holland passiert ist, sind sie – so meine ich – ein bisschen in Panik geraten.«

»Ja«, sagte Anna, weil dies offenbar von ihr erwartet wurde.

»Max hofft – aber ich weiß nicht, ob das einen Sinn hat – dass Ihre Eltern etwas unternehmen. Die Examen beginnen in zwei Wochen, und er meinte, Sie kennen vielleicht jemanden, der der Polizei erklären könnte ... Er hat nur seine juristischen Bücher mitgenommen, aber so gut wie keine Kleider.«

»Ja«, sagte Anna wieder.

»Also, ich habe ihm versprochen, Sie sofort zu benachrichtigen.« Geor-ges Stimme klang plötzlich niedergeschlagen, so als wäre er irgendwie mitschuldig.

»Es geht eben im Augenblick alles drunter und drüber. Sobald ich et-was höre, rufe ich wieder an.«

Anna riss sich zusammen. »Selbstverständlich«, sagte sie. »Vielen Dank, George. Vielen Dank für alles, was Sie getan haben. Ich werde meinen Eltern sofort Bescheid sagen.«
Und das war für sie beinahe das Schlimmste.

5 Wie **Anna** befürchtet hatte, **war es bitter,** Papa und Mama **erklären zu müssen,** was mit Max geschehen war. Papa sagte fast nichts, so als wäre Maxens Internierung nur ein **Teil der ungeheuren Katastrophe,** die er auf sie, auf England, ja vielleicht auf **die ganze Welt** zukommen sah, ohne etwas dagegen tun zu können.

Mama schrie und regte sich auf, wollte sich nicht beruhigen lassen. Warum hatte die Universität nichts unternommen? Warum hatten seine Freunde nichts getan? Als Anna ihr erklärte, sie alle hätten sich bemüht, schüttelte sie ungläubig den Kopf und rief: »Wenn ich nur da gewesen wäre! Ich hätte nie geduldet, dass sie Max abführten!«

In den 9-Uhr-Nachrichten kam die Meldung, dass alle männlichen feindlichen Ausländer im südlichen und östlichen Küstengebiet festgenommen worden waren. Anna kam es seltsam vor, dass Cambridge zum Küstengebiet gerechnet wurde; es musste genau am Rande liegen. Wahrscheinlich waren diese Gebiete Englands am meisten gefährdet. Wenn die Deutschen eine Landung versuchten, dann wohl dort. Der Sprecher fuhr fort, die Regierung sei sich über die Härten im Klaren, die sich aus dieser Anordnung für unschuldige Menschen ergeben könnten, aber man hoffte, hier zu gegebener Zeit Abhilfe zu schaffen. Das war wenig tröstlich, und auch die übrigen Nachrichten waren nicht ermutigend. Als Letztes wurde ein Interview mit der holländischen Königsfamilie gesendet, die mit knapper Not den Nazis entkommen war, und dann folgte ein Zitat aus der ersten Rede, die Churchill als Premierminister gehalten hatte: »Ich kann Ihnen nichts bieten«, hatte er dem Unterhaus gesagt, »außer Blut und Mühe und Tränen und Schweiß.«

Am nächsten Tag brach die holländische Armee zusammen. Anna hörte die Nachricht am Abend bei den Bartholomews.

»Wie scheußlich«, sagte Jinny. »Jetzt werden bestimmt alle wieder Angst vor Luftangriffen bekommen, und unsere Schule darf nicht nach London zurück.«

Judy stimmte ihr zu. »Ich fände es unerträglich, wieder in dieses gottverlassene Nest auf dem Land zurückzumüssen.«

»Nun, vielleicht brauchst du das gar nicht ...«, begann Mr Bartholomew, sah dann plötzlich Anna an und unterbrach sich.

»Papa!«, rief Judy. »Willst du etwa sagen, dass wir in die Staaten zurückgehen?«

»Nun, wir wissen doch noch gar nicht, was geschieht«, sagte Mrs Bartholomew. »Dein Vater hat sein Geschäft hier, also würden wir nur gehen, wenn es wirklich ernst wird. Es hat gar keinen Zweck, noch davon zu sprechen.«

Sie wandte sich an Anna und fragte: »Hast du heute etwas von deiner Mutter gehört? Gibt es Neuigkeiten von Max?«

Anna schüttelte den Kopf. »Wir wissen nicht einmal, wo er ist«, sagte sie. »Mama hat die Polizei in Cambridge angerufen, aber sie dürfen uns nichts sagen.«

Der Anruf hatte über zwei Shillings gekostet, und Mama hatte sehr gehofft, mit Max sprechen zu können, aber die Polizei hatte nur gesagt, Max sei nicht mehr bei ihnen, und es werde ihm bestimmt nicht erlaubt sein, Briefe zu schicken oder zu empfangen.

»Das tut mir aber schrecklich leid«, sagte Mrs Bartholomew.

»Er muss schon bald ins Examen«, sagte Anna. Sie musste immer an die juristischen Bücher denken, die Max statt seiner Kleidung eingepackt hatte.

»Ich glaube, sie haben sogar einige seiner Professoren interniert«, sagte Mr Bartholomew, und er fügte hinzu: »Es ist alles ein Chaos.«

Es blieb weiterhin sehr warm, und das Wetter machte alle gereizt. Als Anna am Mittwoch nach dem Unterricht ins Hotel Continental kam, fand sie Papa niedergeschlagen und Mama in schrecklicher Aufregung.

Sie hatten versucht, irgendjemanden zu finden, der in der Sache mit Max helfen oder ihnen wenigstens einen guten Rat geben konnte. Aber sie hatten nur wenige Bekannte, und niemand schien etwas zu wissen.

»Es muss doch etwas geben, das wir tun können!«, rief Mama und zählte wieder einmal ihre vergeblichen Hoffnungen auf. Wenn man an die Universität schrieb, an das College, wenn George noch einmal auf der Polizeiwache nachfragte ... Sie redete und redete mit schriller, gequälter Stimme und hörte erst auf, als das Telefon klingelte. Dann saß sie da, die Hände im Schoß verkrampft, als wollte sie erzwingen, dass der Anruf für sie war, dass die Nachricht von Max kam. Es war aber Ottos Mutter, die anrief; auch Otto war interniert worden, zusammen mit seinem Professor, der ihn nach Cambridge eingeladen hatte.

»Du siehst, es ist für alle das Gleiche – ein nationaler Notstand«, sagte Papa, aber Mama wollte nichts hören.

Sie hatte einen scheußlichen Tag im Büro hinter sich. Anstatt Lord Parkers unzählige Rechnungen und Quittungen zu sortieren, hatte sie versucht, wegen Max Leute anzurufen, die sie kaum kannte, ohne jeden Erfolg. Schließlich hatte ihr Chef Einwände gemacht, und sie hatte Krach mit ihm bekommen.

»Als ob Lord Parker so wichtig wäre«, rief sie. »Schließlich ist er tot. Wichtig ist doch jetzt vor allem, dass etwas für Max geschieht!«

Papa versuchte, sie zur Vernunft zu bringen, aber sie schrie: »Nein, ich habe alles ertragen, aber jetzt ist es zu viel.« Sie starrte eine unschuldige Polin, die am Nebentisch saß, wütend an. »War es nicht genug, dass wir in Deutschland alles verloren haben? War es nicht genug, dass wir immer wieder eine neue Existenz haben aufbauen müssen?«

»Natürlich ...«, begann Papa, aber Mama fiel ihm ins Wort.

»Wir haben jahrelang gegen Hitler gekämpft«, schrie sie. »Die ganze Zeit über, als die Engländer noch sagten, was für ein Gentleman er sei. Und jetzt«, sie brach in Tränen aus, »jetzt fällt ihnen nichts anderes ein, als Max zu internieren.«

Papa hielt ihr sein Taschentuch hin, und sie putzte sich die Nase. Anna sah hilflos zu. Die Polin stand auf, um einen Mann zu begrüßen, der gerade hereingekommen war, und sie unterhielten sich auf Polnisch. Anna schnappte das Wort Rotterdam auf, dann kamen noch andere Polen hinzu, und alle gerieten in Aufregung.

Schließlich wandte sich einer an Papa und sagte stockend auf Englisch: »Die Deutschen haben Rotterdam bombardiert.«

»Man nimmt an«, sagte ein anderer, »dass zehntausend Menschen umgekommen sind.«

Anna versuchte, sich das vorzustellen. Sie hatte noch nie einen Toten gesehen. Wie sollte sie sich zehntausend Tote vorstellen können?

»Die armen Menschen«, sagte Papa.

Meinte er die Toten oder die, die noch lebten?

Die polnische Dame setzte sich auf einen freien Stuhl und sagte: »Es ist genau wie in Warschau«, und ein anderer Pole, der Warschau nach der deutschen Bombardierung gesehen hatte, versuchte es zu beschreiben.

»Alles ist weg«, sagte er, »Haus ist weg, Straße ist weg. Man kann nicht finden …« Er spreizte die Hände in einem vergeblichen Versuch, all das zu zeigen, was man nicht finden konnte. »Nur Tote«, sagte er.

Die polnische Dame nickte. »Ich verstecke mich in einem Keller«, erinnerte sie sich. »Aber dann kommen Nazis und suchen nach Juden …«

Es war sehr warm in der Halle, und Anna hatte plötzlich Mühe, Luft zu bekommen.

»Mir ist nicht ganz wohl«, sagte sie und wunderte sich selbst, wie dünn ihre Stimme klang.

Mama war sofort an ihrer Seite, und Papa und einer der Polen bemühten sich, das Fenster aufzubekommen. Aus dem Hinterhof kam ein kühler Luftstrom herein, und bald fühlte sie sich besser.

»Na«, sagte Papa, »jetzt hast du auch wieder Farbe.«

»Die Hitze hat dich erschöpft«, sagte Mama. Der eine Pole brachte ihr ein Glas Wasser, und Mama drängte sie, zu den Bartholomews nach Hause zu gehen, sich ins Bett zu legen, sich auszuruhen. Sie nickte und ging.

»Ich rufe dich an, sobald ich etwas von Max höre«, rief Mama hinter ihr her.

Vielleicht war es gemein von ihr, aber als sie die Ecke von Russell Square erreicht hatte und sie Mamas Stimme nicht mehr hörte, als alle diese Stimmen nicht mehr zu ihr drangen, fühlte sie sich erleichtert.

Am Freitag war Brüssel gefallen, und die Deutschen waren nach Frankreich hinein durchgebrochen. Ein französischer General hatte die Parole ausgegeben: »Siegen oder sterben!« Aber es half nichts – die deutsche Armee fegte über Frankreich hinweg, so wie sie über Holland hinweggefegt war. Madame Laroche war so verzweifelt, dass sie nicht zur Schule kam. Ein Teil der Schüler, besonders die Flüchtlinge, verbrachten ihre Zeit vor dem Radio oder liefen häufig nach draußen, um Zeitungen zu kaufen – nicht so Anna.

Seltsamerweise machte sie sich wegen des deutschen Vormarsches keine Sorgen mehr. Sie dachte einfach nicht mehr daran. Sie dachte viel an Max, wohin sie ihn wohl gebracht haben mochten, wünschte mit verzweifelter Willensanstrengung, dass es ihm gut gehen möge, und jeden Morgen stürzte sie an den Briefkasten im Bartholomew'schen Haus in der Hoffnung, dass er ihr endlich hatte schreiben können. Aber an den Krieg dachte sie nicht. Sie konnte nichts daran ändern. Sie las keine Zeitungen und hörte nicht zu, wenn im Radio Nachrichten kamen. Jeden Tag ging sie in die kaufmännische Schule und übte ihre Kurzschrift. Wenn sie die beherrschte, konnte sie eine Stelle annehmen und Geld verdienen. Zu diesem Zweck bezahlte die Hilfsorganisation ihr Schulgeld, und sie wollte das Ihre dazutun. Und je ausschließlicher sie sich auf ihre Kurzschrift konzentrierte, desto weniger brauchte sie über alles andere nachzudenken.

———

Als sie an einem Nachmittag nach Hause kam, wartete Mrs Bartholomew schon auf sie. Anna war noch nach dem Unterricht in der Schule geblieben, um etwas zu tippen, und kam später als sonst.

»Mein liebes Kind«, sagte Mrs Bartholomew, »ich muss mit dir sprechen.«

Main li bös Kind, dachte Anna und bewegte automatisch die Finger auf einer unsichtbaren Tastatur, ich mus mit dir sprä chön. Sie hatte sich in der letzten Zeit angewöhnt, alles was sie hörte, im Geist in Kurzschrift aufzunehmen. Es hatte ihre Geschwindigkeit im Schreiben verbessert, und es ersparte ihr das Nachdenken über das, was sie nicht hören wollte.

Mrs Bartholomew führte sie ins Wohnzimmer.

»Die amerikanische Botschaft hat uns geraten, sofort in die Vereinigten Staaten zurückzukehren«, sagte sie.

Di a me ri ka ni schö bot schaft hat uns ge ra ten so fort in di ver ai nik tön sta tön – gingen Annas Finger, aber dann ließ etwas in Mrs Bartholomews Stimme sie aufhorchen.

»Es tut mir ganz schrecklich leid«, rief Mrs Bartholomew, »aber wir werden das Haus hier aufgeben müssen.«

Anna blickte in ihr Gesicht, und ihre Finger hörten auf, sich auf ihrem Schoß zu bewegen.

»Was wirst du tun?«, fragte Mrs Bartholomew.

Es ist nett von ihr, dachte Anna, dass sie sich deswegen Sorgen macht.

»Es wird schon gehen«, sagte sie. »Ich werde zu meinen Eltern ziehen.«

»Aber können sie dich aufnehmen?«, fragte Mrs Bartholomew.

»Oh ja«, sagte Anna leichthin. »Und wahrscheinlich werde ich auch bald eine Stelle bekommen.«

»Mein Gott«, sagte Mrs Bartholomew. »Wie schrecklich ist das alles.« Dann nahm sie den Hörer auf, um die Sache mit Mama zu besprechen. Immer wenn Mama sich aufregte, schrie sie, und Anna wusste, dass sie natürlich hoffte, der Anruf brächte ihr eine Nachricht von Max. Trotzdem hätte sie gewünscht, ihre Reaktion auf Mrs Bartholomews Erklärung wäre nicht so laut und nicht in diesem anklagenden Ton erfolgt.

»Bedeutet das«, rief Mama, und ihre verzerrte Stimme drang aus dem Telefon bis zu Anna, die in der Ecke auf der anderen Seite des Zimmers saß, »dass Anna nicht mehr in Ihrem Haus wohnen kann?«

Anna wusste genauso gut wie Mama, dass für ein Zimmer im Hotel Continental kein Geld da war, aber was hatte es für einen Sinn, deshalb Mrs Bartholomew anzuschreien? Sie konnte doch nichts dafür. Mama hätte ihr wenigstens eine glückliche Reise wünschen sollen, dachte Anna, und ihre Finger tippten auf ihrem Schoß: glük li chö rai sö.

Die Bartholomews fingen an, ihre Koffer zu packen, und ein Stoß von Kleidungsstücken wurde für Anna beiseitegelegt, weil Jinny und Judy sie in Amerika nicht brauchen würden. Anna brachte sie mit ihren eigenen Sachen, immer nur so viel, wie sie auf einmal tragen konnte, mit der Untergrundbahn ins Hotel Continental. Auf diese Weise sparte sie ein Taxi für ihren Umzug. Mama hatte alles Geld zusammengelegt, die paar Pfund, die sie von ihrem kargen Lohn hatte sparen können und das, was von Papas Honorar für die Flugblätter noch übrig war. Es würde reichen, um Anna drei Wochen lang im Hotel unterzubringen. Danach musste man weitersehen. Es hatte gar keinen Sinn, noch weiter vorauszudenken. Inzwischen gaben sie keinen halben Penny aus, wenn es nicht unbedingt nötig war, und Anna hoffte, die Bartholomews würden nichts dagegen haben, wenn sie bis zum letzten Augenblick bei ihnen wohnte.

»Aber natürlich haben wir nichts dagegen«, versicherte Mrs Bartholomew. »Bleib nur so lange wie irgend möglich.«

Trotzdem fühlte sie sich immer unbehaglicher, je weiter die Reisevorbereitungen fortschritten, je mehr vertraute Gegenstände in Kisten verschwanden. Judy und Jinny spielten immer noch Tennis und saßen plaudernd in der Sonne. Sie freuten sich darauf, nach Amerika zu gehen, und manchmal war es so, als wären sie schon weg. Als der Tag der Abreise kam, wusste keiner so recht, was er sagen sollte. Sie standen auf dem mit Bäumen bewachsenen Platz vor dem Haus und schauten sich an.

»Versprich, dass du schreiben wirst«, sagte Jinny.

»Und lass dir keine Bomben auf den Kopf fallen«, sagte Judy.

Mr Bartholomew sagte: »Wir sehen uns wieder …«, und dann sagte er verlegen: »Viel Glück!«

Mrs Bartholomew drückte Anna an sich und murmelte: »Pass auf dich auf«, dann kletterte sie schnell in das Taxi und tupfte sich die Augen mit dem Taschentuch.

Das Taxi fuhr ab, und Anna winkte, bis es um die Ecke verschwunden war. Dann machte sie sich langsam auf den Weg zur U-Bahn-Station. Der Platz war grün und schattig, und die Kastanie am hinteren Ende stand in Blüte. Sie erinnerte sich an ihren ersten Frühling in England, wie Jinny ihr die Kastanie gezeigt und von »Kerzen« gesprochen hatte. »Kerzen«, hatte Anna gesagt, »Kerzen gibt es doch nur am Weihnachtsbaum«, und alle hatten gelacht. Von den Tennisplätzen her klang das Geräusch der aufschlagenden Bälle. Vor ein paar Tagen noch hatten die Mädchen dort zusammen gespielt. Als sie an dem Laden in der Holland Park Avenue vorbeikam, wo sie sich immer alle drei Süßigkeiten gekauft hatten, blieb Anna einen Augenblick stehen und blickte ins Schaufenster. Sie hätte sich gern als eine Art Erinnerung einen Riegel Schokolade gekauft. Aber wahrscheinlich würde sie die Schokolade dann doch aufessen, und das wäre Geldverschwendung. Also ließ sie es bleiben. Ein Plakat vor der U-Bahn-Station verkündete: »Die Deutschen erreichen Calais.«

Es war der 26. Mai, genau vierzehn Tage nach Pfingsten – an diesem Tag hätte Max mit dem Examen beginnen sollen.

6 **Im Hotel Continental bekam Anna** eine winzige Kammer **im obersten Stockwerk** neben Papas und Mamas Zimmern zugewiesen.

Als sie in England ankamen und noch etwas Geld besaßen, hatten sie **weiter unten gewohnt,** wo die Zimmer größer und teurer waren, aber hier oben gefiel es Anna besser. Von ihrem Fenster aus konnte sie über die Dächer hinweg in den Himmel schauen oder vier Stockwerke hinunter in den engen Hof, wo die Katzen im Staub und Unkraut ihre Kämpfe ausfochten. Eine nahe Kirchenuhr schlug die Viertelstunden, und die Spatzen hüpften und flatterten auf den rußigen Dachziegeln. Sie hatte so viel damit zu tun, sich in ihrer neuen Umgebung einzurichten, dass sie Dünkirchen kaum wahrnahm.

Selbst wenn man die Zeitungen las, was Anna nicht tat, hätte man die Vorgänge um Dünkirchen übersehen können, denn es wurde so lange kaum darüber berichtet, bis alles vorbei war. Dünkirchen war ein Küstenort in Frankreich, in der Normandie. Ende Mai wurde die britische Armee auf dem Rückzug von den Deutschen dort eingeschlossen. Aber die Zeitungen, die sich bemühten, die Leute bei Stimmung zu halten, redeten um die Tatsachen herum. Jedenfalls gelang es mithilfe der Luftwaffe und der Marine den meisten Soldaten, wieder englischen Boden zu erreichen, und Anfang Juni erschienen plötzlich triumphierende Schlagzeilen.

»Verdammt heldenhaft!«, las Anna zu ihrer Überraschung in dem einen Blatt. Sie las dort auch, dass außer der Marine Tausende von Privatpersonen mit winzigen Booten immer wieder den Kanal überquert hatten, um mitten unter den Kämpfenden an den Stränden zu landen und die Soldaten herauszuholen. Es war enttäuschend, denn was nach einem großen Sieg geklungen hatte, war nur ein geschickter Rückzug vor einer völligen Niederlage. Aber die Engländer sind doch unglaublich, dachte Anna, wie sie das gemacht haben.

———

Das Hotel Continental war inzwischen überfüllt. Nach den deutschen, tschechischen und polnischen Flüchtlingen waren jetzt Holländer, Belgier, Norweger und Franzosen eingetroffen. Man wusste nie, welche Sprache man in den engen Fluren und auf den Treppen zu hören bekommen würde. Die Schweizer Kellnerin, die nach London gekommen war, um Englisch zu lernen, beklagte sich ständig. Nach dem Abendessen war die Halle das reinste Babel.

Auch in den Straßen herrschte Unruhe. Jeden Tag sah man lange Schlangen von Kindern, die, eine Gasmaske über die Schulter geworfen, jedes mit einem Schildchen am Mantel, hinter einem Erwachsenen her zu einem Bahnhof trotteten, von wo aus sie von London fort aufs Land geschickt wurden, wo sie in Sicherheit waren.

Alle redeten über eine Invasion in England, denn jetzt, da Hitler am Kanal stand, würde er bestimmt versuchen, ihn zu überqueren.

Um die Deutschen, wenn sie kämen, in Verwirrung zu stürzen, wurden die Namensschilder an den Straßenecken entfernt, ebenso an den U-Bahn-Stationen; selbst die Busse trugen keine Richtungstafeln mehr, sodass man den Schaffner fragen musste, wohin der betreffende Bus fuhr.

Auf dem Weg zu ihrer kaufmännischen Schule entdeckte Anna eines Morgens mitten auf der Grasfläche des Russell Square ein rostiges Auto ohne Räder und zwei zerbrochene Bettstellen. Zuerst hielt sie es für eine Art Scherz, aber dann erklärte ihr der Portier des Hotels Continental, dass man damit die deutschen Fallschirmjäger am Landen hindern wolle.

»Könnten sie denn wirklich auf dem Russell Square abspringen? Da ist doch gar nicht Platz genug«, sagte Anna erschrocken.

»Man kann nicht wissen, was die alles fertigbringen«, sagte der Portier. Die Fallschirmjäger waren ein unerschöpfliches Gesprächsthema. Es gab zahllose Geschichten über Leute, die behaupteten, tatsächlich welche gesehen zu haben. Die Fallschirmjäger waren angeblich als britische Soldaten verkleidet gewesen, als Landarbeiter, aber meistens als Nonnen. Sie waren, so hieß es in diesen Geschichten, immer aufgefallen, weil sie unvorsichtigerweise unter dem Habit ihre Militärstiefel getragen hatten.

Anna versuchte, auch die Fallschirmjäger aus ihren Gedanken zu verbannen, aber manchmal, wenn sie abends im Bett lag, vergaß sie ihre Abwehrhaltung, und dann sah sie sie geräuschlos zwischen den Bäumen des Russell Square zu Boden schweben. Sie waren niemals verkleidet, sondern in voller Uniform, und man konnte sogar im Dunkeln schwarzes Leder und Hakenkreuze erkennen. Sie riefen einander im Flüsterton Kommandos zu, und dann setzten sie sich die Bedford Terrace hinunter in Bewegung, in Richtung des Hotels Continental, um nach Juden zu suchen.

Nach einer Nacht, in der sie lange von ihren Ängsten wach gehalten worden war, kam sie am Morgen zu spät nach unten und fand am Frühstückstisch bei Papa und Mama einen Fremden. Sie sah näher hin und erkannte George.

Mama war aufgeregt, ihre Stimmung schwankte zwischen Freude und Besorgtsein. Als sie Anna erblickte, sprang sie auf.

»Ein Brief von Max«, rief sie.

George wedelte mit dem Umschlag. »Ich habe ihn heute Morgen bekommen und ihn gleich hergebracht«, sagte er. »Aber ich sehe, Sie haben schon Ihren eigenen. Wahrscheinlich hat man sie alle zusammen abgeschickt.«

»Max geht es ganz gut«, sagte Papa.

Anna begann schnell zu lesen.

Es waren insgesamt vier Briefe, alle an Papa und Mama adressiert. Max hatte sie in Abständen von einer Woche geschrieben, und der Ton wandelte sich allmählich von wütendem Aufbegehren gegen seine Internierung zu einer Art verzweifelter Resignation. Es war zuerst schlimm gewesen, er war von einem provisorischen Lager ins andere geschoben worden.

Jetzt hatte er seinen endgültigen Bestimmungsort erreicht. In diesem Lager war alles besser organisiert, aber er durfte nicht sagen, wo es lag. (»Auf der Insel Man!«, rief George ungeduldig. »Das weiß doch jeder – warum erlaubt man es ihnen dann nicht, es den Angehörigen mitzuteilen?«) Im Lager waren zahlreiche Studenten und Professoren aus Cambridge – es waren so viele, dass er vielleicht sogar sein Studium fortsetzen konnte. »Es ist also nicht allzu schlimm«, schrieb Max. Aber man spürte, dass ihn all das aufbrachte. Es war schlimm, gefangen zu sein, und es war schlimm, als Feind behandelt zu werden, und vor allem war es schlimm, dass ihm auf diese Weise wieder eine Art von deutscher Identität aufgezwungen wurde, die er vor so langer Zeit abgelegt hatte. Konnten Mama und Papa nicht irgendetwas tun?

»Wir müssen«, rief Mama, »wir müssen uns irgendetwas ausdenken!«

»Ich tue natürlich alles, was ich kann«, sagte George und stand auf, um zu gehen.

Auch Papa stand auf. »Fahren Sie nach Cambridge rückwärts?«, fragte er höflich. Sein Französisch war perfekt, aber mit der englischen Sprache kam er einfach nicht zurecht.

George lächelte nicht einmal.

»Ich bin nicht mehr in Cambridge«, sagte er. »Ich hatte es satt, in alten Schwarten zu schmökern, während sich anderswo unser aller Schicksal entscheidet.« Dann sagte er beinah verlegen: »Ich habe mich freiwillig gemeldet.« Er sah Anna an und fügte hinzu: »Lächerlich, nicht wahr? Englischer Jüngling wirft sich Nazihorden entgegen. Glauben Sie, dass ich mich als Held erweisen werde?«

———

Ein paar Tage danach hatte Anna Geburtstag.

»Was möchtest du heute tun?«, fragte Mama.

Anna dachte nach. Sie wohnte schon zwei Wochen im Continental und konnte sich nicht vorstellen, dass sie sich überhaupt noch etwas leisten konnten. Aber Mama sah sie erwartungsvoll an, darum sagte sie: »Könnten wir nicht ins Kino gehen?« In der Tottenham Court Road war ein Kino, wo es vor ein Uhr nur die Hälfte kostete. Aber für den Fall, dass das noch zu teuer war, fügte sie schnell hinzu: »Oder wir könnten vielleicht bei Lyons ein ›Knickerbocker Glory‹ essen gehen.«

Mama überlegte. Das Kino würde einen Shilling und drei Pennies kosten, das »Knickerbocker Glory« einen Shilling. Sie schaute in ihr Portmonee, aber dann warf sie es plötzlich hin und rief: »Ach was! Du wirst sechzehn, und du sollst einen richtigen Geburtstag haben, auch wenn wir pleite sind. Wir leisten uns beides.«

»Bist du sicher?«, fragte Anna.

»Ja«, sagte Mama entschlossen. »Es ist dein Geburtstag, und du sollst ihn feiern.« Dann sagte sie: »Gott weiß, was im nächsten Jahr mit uns ist.«

Papa wollte nicht mitkommen. Anna glaubte, dass er das vorher mit Mama abgesprochen hatte, denn auch wenn sie ganz leichtsinnig waren, drei Kinokarten und »Knickerbocker Glories« waren einfach nicht drin. Anna und Mama gingen also allein ins Kino und sahen sich einen Film an mit dem Titel: »Mr Deeds geht in die Stadt.«

Der Film handelte von einem jungen Millionär, der sein Geld an die Armen verteilen will. (»Ich wünschte, er gäbe uns ein bisschen Geld ab«, flüsterte Mama.) Aber irgendwelche anderen gemeinen Millionäre wollen ihn daran hindern und ihn als unzurechnungsfähig erklären lassen. Am Ende wird er von einer Journalistin gerettet, die ihn liebt, und alles geht natürlich gut aus.

Die Hauptrolle wurde von einem jungen Mann namens Gary Cooper gespielt, und Anna und Mama fanden ihn sehr gut. Hinterher gingen sie zu Lyons und aßen ganz bedächtig ihren »Knickerbocker Glory«, damit sie möglichst lange etwas davon hatten. »Knickerbocker Glory« war eine Neuheit aus Amerika und bestand aus Lagen von Vanille- und Erdbeereis, die mit Sahne, Erdbeeren und Nüssen garniert waren. Das alles wurde in einem hohen Glas mit einem besonderen langen Löffel serviert. Anna hatte es erst einmal zuvor gegessen, und da sie wusste, wie teuer es war, fürchtete sie ein bisschen, es könnte nicht ganz so gut sein, wie es in der Erinnerung erschienen war, aber schon nach dem ersten Löffel wusste sie, dass es nichts zu bereuen gab. Während sie Eis schleckten, unterhielten sie sich – über den Film, über Annas Kurzschriftlehrgang und das Geld, das sie verdienen würde, wenn sie damit fertig war. »Dann werden wir jeden Tag ins Kino gehen können«, sagte Mama, »und schon zum Frühstück ›Knickerbocker Glories‹ essen.«

»Und auch zum Mittagessen und zum Tee«, sagte Anna. Als sie den Boden ihres Glases erreicht hatte, kratzte sie ihn so eifrig aus, dass die Kellnerin fragte, ob sie ihr noch eines bringen solle. Da mussten sie beide, Mama und Anna, lachen, und zufrieden schlenderten sie zum Hotel Continental zurück.

Unterwegs trafen sie Papa, der sich auf einer Bank auf dem Russell Square gesonnt hatte.

»Wie war der Film?«, fragte er.

»Herrlich«, sagte Anna.

»Und das andere – das ›Knickerbocker splendour‹ oder wie es heißt?«

»Auch herrlich«, sagte Anna, und Papa schien sehr froh zu sein.

———

Schade, dass ausgerechnet an diesem Abend die Nachricht kam, Paris sei gefallen. Jeder hatte es natürlich erwartet, aber Anna hatte gegen alle Vernunft gehofft, dass die Franzosen bis zum nächsten Tag durchhalten würden.

Dass es gerade an ihrem Geburtstag passierte, erschien ihr besonders schlimm. Sie hatte beinahe das Gefühl, schuld daran zu sein. Sie dachte an die französische Familie, die sich ihrer freundschaftlich angenommen hatte, als sie und Max und Mama und Papa nach ihrer Flucht aus Deutschland nach Paris kamen; sie dachte an die Lehrerin, die ihr Französisch beigebracht hatte, an den Arc de Triomphe und die Champs Élysées, über die sie jeden Tag auf dem Schulweg gekommen war, an die Kastanienbäume und die Leute in den Cafés, an das »Prisunic« und die Metro. Nun hatten die Nazis all das in Besitz genommen, und Frankreich war genau wie Deutschland zu einem schwarzen Fleck auf der Landkarte geworden, ein Land, an das man nicht mehr denken mochte. Sie saß neben Papa in der Halle und versuchte, die Tränen zu unterdrücken, denn schließlich waren die Franzosen noch schlimmer dran. Im Hotel wohnte ein älteres Ehepaar aus Rouen, die beide weinten, als sie die Nachricht hörten. Später sagte der Mann zu Papa: »Das ist das Ende«, und Papa wusste darauf keine Antwort.

Kurz danach ging er ans Telefon, und als er zurückkam, sagte er zu Mama: »Ich habe mit Sam gesprochen, er erwartet mich morgen. Und Louise lässt fragen, ob ihr nicht mitkommen wollt.«

»Bist du krank, Papa?«, fragte Anna.

Professor Sam Rosenberg war Arzt. Seine Frau Louise war in Deutschland mit Mama zur Schule gegangen. Solange Anna sich zurückerinnern konnte, waren ihre Eltern mit den Rosenbergs befreundet, aber wenn man sich traf, dann musste schon etwas Besonderes los sein.

»Nein, ich bin nicht krank«, sagte Papa. »Ich will nur etwas mit ihm besprechen.«

———

Die Rosenbergs wohnten in einer geräumigen Etagenwohnung in der Harley Street. Es gab dort einen Portier und einen Aufzug. Als Anna läutete, wurden sie von einem Dienstmädchen eingelassen, es bat Papa ins Wartezimmer und führte Anna und Mama durch einen Flur, der mit Umzugskisten vollgestopft war, in Tante Louises Boudoir.

Auch hier sah es nach Aufbruch aus. Über einige der hübschen Plüschsessel waren Schutzbezüge gezogen, in einer Ecke stand eine offene Kiste, ein Spiegel mit Goldrahmen war abgenommen worden und lehnte, halb schon in Holzwolle verpackt, an der Wand. Inmitten von allem saß Tante Louise in Seidenkleid und Perlenkette, mit wohl frisiertem Haar und machte ein verwirrtes Gesicht.

»Meine Lieben, es ist alles so schrecklich«, rief sie auf Deutsch, als sie die beiden erblickte: »Wir müssen alles packen – Sam hat ein Haus auf dem Land gemietet; er hält es dort für sicherer.«

»Wo auf dem Land?«, fragte Mama, während sie sich umarmten.

»Ich glaube, in Buckinghamshire – oder vielleicht auch Berkshire – jedenfalls meilenweit weg von allem, und er will die Wohnung hier bis auf die Praxisräume ganz zumachen und nur herkommen, um seine wichtigsten Patienten zu sehen.« Sie seufzte tief auf, sah Anna an und sagte: »Wie geht es dir?«

»Ganz gut, vielen Dank«, sagte Anna undeutlich.

Bei Tante Louise mit ihren zarten Gesichtszügen und den feinen Kleidern fühlte sie sich immer etwas unbehaglich. Es war Tante Louise gewesen, die – in der besten Absicht, das musste man zugeben – Miss Metcalfe überredet hatte, Anna in ihrer Schule aufzunehmen.

Tante Louise lächelte. »Immer noch in dem schwierigen Alter«, sagte sie aufgekratzt zu Mama gewandt. »Mach dir nichts draus, das wächst sich aus. Und wie geht es euren reizenden amerikanischen Freunden?«

Mama erklärte, dass die Bartholomews nach Amerika zurückgekehrt waren und dass Anna jetzt bei ihnen im Hotel Continental wohnte.

»Oh, mein Gott, wie schwierig muss das für euch sein«, rief Tante Louise, es blieb dabei offen, ob sie die Geldmisere meinte oder die Tatsache, dass Mama jemanden in einem so schwierigen Alter bei sich haben musste.

»Und alles muss so schnell gehen«, jammerte sie. »Sam sagt, wir müssen in zwei Tagen aus London heraus sein, sonst kann er für nichts die Verantwortung übernehmen, nachdem es in Frankreich so rasch zu Ende gegangen ist. Und man findet ja auch niemanden, der einem beim Umzug hilft. Es sind einfach zu viele Leute auf den gleichen Gedanken gekommen. Kannst du dir vorstellen, dass ich elf Firmen anrufen musste, ehe ich eine fand, die den Umzug übernahm?«

Mama ließ einen Laut hören, der ihr Mitgefühl ausdrücken sollte.

»Und ich bin sicher, sie zerbrechen mir das ganze Porzellan, diese grässliche Horde von Tollpatschen«, sagte Tante Louise. Dann fiel sie völlig unerwartet Mama um den Hals und rief in entwaffnender Ehrlichkeit: »Ich weiß, es ist grässlich, wenn ich mich darüber aufrege – andere müssen in London bleiben, und Gott weiß, was noch alles geschehen wird – aber du weißt ja, Liebes, ich bin immer so närrisch gewesen, schon als du noch in Berlin die Klassenerste warst und ich die Letzte.«

»Unsinn«, sagte Mama, »wieso denn närrisch, du warst in der Schule das hübscheste und eleganteste Wesen ...«

»Doch, ich bin eine Närrin«, sagte Tante Louise. »Sam hat mir das auch oft genug gesagt, und er muss es wissen.«

Und als solle endlich damit Schluss sein, drückte sie auf eine Klingel, und sofort erschien ein Dienstmädchen mit einer silbernen Teekanne auf einem Tablett und kleinen Butterbrötchen und Kuchenstückchen. Tante Louise schenkte mit gezierten Bewegungen ein. »Beim Packen habe ich ein paar Sachen für euch herausgelegt«, sagte sie. »Ich dachte mir, ihr könntet sie vielleicht brauchen.« Dann rief sie: »Oh, sie hat schon wieder die Zitrone vergessen, ich kann Tee ohne Zitrone nicht ausstehen, das weiß sie ganz genau! Anna, Liebes, könntest du vielleicht …«

Anna machte sich gehorsam auf die Suche nach einer Zitrone. Die Wohnung war groß und weitläufig. Mit den Staubbezügen überall wirkte alles noch verwirrender, und Anna verlief sich, ehe sie die Küche fand. In einem riesigen Eisschrank entdeckte sie eine halbe Zitrone, aber es dauerte lange, bis sie in den Schubladen ein Messer gefunden und die Zitrone in viel zu dicke Scheiben geschnitten hatte. Tante Louise würde inzwischen wahrscheinlich jedes Interesse an ihrem Tee verloren haben. Sie entschloss sich, einen anderen Rückweg zu suchen, und nachdem sie einen Flur entlang und durch ein kleines Vorzimmer gegangen war, kam sie in das Arbeitszimmer des Professors. Die Rollläden waren heruntergelassen, und man konnte eigentlich nur erraten, dass die Wände voller Fachliteratur standen. Ihre Füße sanken auf einem dicken Teppich ein, es war fast unheimlich still.

Plötzlich hörte sie Papas Stimme.

»Wie lange braucht es, um zu wirken?«, fragte er, und Professor Rosenbergs Stimme antwortete: »Nur ein paar Sekunden. Ich habe das Gleiche für mich und Louise.«

Anna ging jetzt um eine Bücherwand herum und entdeckte auf der anderen Seite Papa und den Professor. Papa steckte etwas in die Tasche, und der Professor sagte: »Hoffen wir, dass keiner von uns es einmal braucht.« Dann sah er Anna und sagte: »Hallo, du bist aber groß geworden. Es wird nicht mehr lange dauern, und du bist so groß wie ich.« Das war ein Spaß, denn der Professor war kurz und rundlich.

Anna lächelte gezwungen. Sie fühlte sich unbehaglich in diesem Raum, in diesem Halbdunkel, in dem Papa und der Professor so dicht beieinander saßen und redeten – worüber eigentlich? Der Professor sah sie mit seinen traurigen schwarzen Augen an, die wie die Augen eines Affen aussahen, und sagte zu Papa: »Wenn es in London schlimm wird, dann schickt das Mädchen zu uns. Es ist dir doch recht?«, fügte er, zu Anna gewandt, hinzu.

»Ja«, sagte Anna höflich, aber sie dachte: Auch wenn es schlimm wird, bleibe ich lieber bei Papa und Mama. Dann brachte sie Tante Louise die Zitrone, und sie tranken alle zusammen Tee. Als es Zeit war zu gehen, übergab Tante Louise Mama das Paket mit Kleidern, die sie für sie zusammengepackt hatte. (Wenn weiter so viele Leute aus London weggehen, haben Mama und ich bald eine reichhaltige Garderobe, dachte Anna.) Tante Louise drückte Mama immer wieder an sich, und sogar der Professor umarmte Papa und kam mit ihnen zur Bushaltestelle.

Später im Hotel Continental machte Mama das Paket auf, es enthielt Kleider und einen Briefumschlag. In dem Umschlag lag ein Zettel, auf dem stand: »Um euch über die nächsten schwierigen Wochen zu helfen.« Dabei lagen zwanzig Pfund. »Oh Gott«, rief Mama. »Es ist wie ein Wunder! Anna, damit können wir deine Hotelrechnung bezahlen, bis du deine Stelle bekommst.«

Anna dachte, Papa würde vielleicht finden, sie dürften das Geld nicht annehmen oder hätten es nur als ein Darlehen zu betrachten, aber er sagte nichts. Er stand am Fenster, als hätte er nichts gehört. Es war sehr seltsam. Er starrte in den Abendhimmel und drehte und drehte etwas in seiner Tasche.

Anna überkam plötzlich große Angst.

»Was ist es?«, rief sie, obwohl sie es ja wusste. »Papa! Was hat der Professor dir in seinem Sprechzimmer gegeben?«

Papa senkte seinen Blick und sah Mama an, die seinen Blick erwiderte. Schließlich sagte er zögernd: »Etwas, um das ich ihn gebeten habe – etwas für den Notfall.«

Und Mama schloss Anna in die Arme, als wolle sie sie nie mehr loslassen.

»Nur für den Notfall«, rief sie. »Mein Liebling, mein Liebling, ich verspreche es dir – nur für den äußersten Notfall.«

7 **Drei Tage später** schlossen die **Franzosen** einen Waffenstillstand **mit den Deutschen,** und das einzige Volk, das noch **gegen Hitler kämpfte,** waren nun die **Engländer.**

London war unheimlich leer. Alle Kinder waren weg und auch viele alte Menschen. Fast jeden Tag gab es Fliegeralarm. Die ersten Male stürzten alle beim ersten Sirenenton zu den Luftschutzunterständen.

In der kaufmännischen Schule eilte man im Gänsemarsch in den Keller des Gebäudes, der nach Feuchtigkeit und Mäusen roch. Im Hotel Continental ging man ins Souterrain, in dem sich auch die Küche befand, und stand dort verlegen zwischen Töpfen und Pfannen herum. Aber nichts geschah, es fielen keine Bomben, und nach einiger Zeit wurden die Leute beim Alarm nachlässiger und gingen weiter ihren Beschäftigungen nach.

Einmal hörte Anna ein Geräusch, als würde weit weg ein schweres Möbelstück umgestoßen, und am nächsten Tag hieß es, in Croydon sei eine Bombe gefallen. Ein andermal beobachteten Anna und Papa den Kampf zweier Flugzeuge, der sich direkt über dem Hotel abspielte. Es war am Abend – der Himmel war rosig, und die Flugzeuge waren so hoch, dass man ihre Motoren und das Rattern der Maschinengewehre kaum hören konnte. Sie zogen Kreise, stürzten und stiegen wieder hoch, und man sah kleine orangefarbene Blitze und Rauchwölkchen, wenn sie aufeinander feuerten. Es war ganz unwirklich. Ein schönes, aufregendes Schauspiel, und Papa und Anna streckten die Hälse aus dem Fenster und sahen bewundernd zu, bis ein Luftschutzwart zu ihnen hinaufschrie, dass es auf Bedford Terrace Schrapnellsplitter regne, und sie sollten gefälligst nach drinnen verschwinden.

Jeden Tag fragte man sich, ob die Invasion kommen würde. In den Zeitungen erschienen Anweisungen für den Fall einer Landung der Deutschen. Die Leute sollten in ihren Wohnungen bleiben; es durfte keine Panik entstehen, man sollte nicht versuchen zu fliehen.

»Wie in Frankreich«, sagte der Franzose aus Rouen. »Die Menschen flohen aus den Städten und blockierten die Straßen, sodass unsere Armee nicht durchkommen konnte. Und dann kamen die Deutschen mit ihren Stukas und schossen mit Maschinengewehren auf die Flüchtenden.«

»Schrecklich«, sagte Mama.

Der Franzose nickte. »Die Menschen waren wie von Sinnen«, erzählte er. »Sie hatten solche Angst. Wissen Sie, nach Holland steckten wir unsere deutschen Einwohner in Lager, weil wir nicht wussten – es konnten ja Kollaborateure darunter sein. Aber natürlich waren die meisten Juden, Feinde Hitlers. Und als die Nazis vorrückten, schrien diese Leute und baten, man solle sie freilassen, damit sie sich wenigstens verstecken könnten. Aber die Bewacher hatten zu viel Angst. Sie sperrten die Juden in den Lagern ein und übergaben die Schlüssel den Nazis, damit sie mit ihnen machen konnten, was sie wollten.«

Dann sah er Mamas Gesicht.

Seine Frau sagte: »Madame hat einen Sohn, der interniert ist.«

Da fügte er schnell hinzu: »So etwas könnte natürlich in England niemals geschehen.«

Nach diesem Gespräch machte sich Mama noch mehr Sorgen um Max. Alle Eingaben, die in seiner Sache von Freunden, Lehrern, auch von berühmten Professoren in Cambridge gemacht worden waren, hatten zu nichts geführt. Sie wurden einfach nicht beantwortet. Allmählich hatten die Leute das Gefühl, dass es zwecklos sei, und gaben es auf. Außerdem hatte jeder seine eigenen Sorgen.

Der Einzige, der es immer noch versuchte, war der Direktor von Maxens ehemaliger Schule. Er wollte Max freibekommen, damit er an seiner Anstalt unterrichtete. »Für einen Jungen mit seinen Fähigkeiten ist das nicht gerade glänzend«, sagte er zu Mama, »aber immer noch besser, als in einem Lager festzusitzen«, und er fuhr fort, die Behörden mit Eingaben um Maxens Freilassung zu bombardieren. (Aber bis dahin hatte er auch nicht mehr Erfolg gehabt als alle anderen.)

Inzwischen kamen Briefe von Max in unregelmäßigen Abständen. Sie enthielten sachliche Informationen mit verstecktem Witz, aber immer hatten sie den gleichen Unterton von Verzweiflung.

Vetter Otto war auch im Lager aufgetaucht, und sie bewohnten gemeinsam ein Zimmer. Otto war über seine Internierung außer sich, und Max versuchte, ihn aufzumuntern. Das Essen war manchmal etwas knapp. Könnte Mama ein bisschen Schokolade schicken? Einer der Internierten hatte sich das Leben genommen – ein Jude in mittleren Jahren, der in einem deutschen Konzentrationslager gesessen hatte, bevor es ihm gelang, nach England zu entkommen. »Er konnte es einfach nicht ertragen, wieder in einem Lager zu sein, in was für einem Lager auch immer. Es kann sich eigentlich niemand Vorwürfe machen, aber wir sind alle sehr deprimiert ...«

Vetter Otto war ganz mutlos. Das Einzige, was ihn tröstete, waren die Bücher von P. G. Wodehouse.

»Da er nicht schlafen kann, liest er bis tief in die Nacht, und ich kann auch nicht schlafen, weil er an den komischen Stellen laut lacht. Ich wage nicht, etwas zu sagen, damit er nicht wieder deprimiert wird ...«

Die Behörden schickten ganze Schiffsladungen mit Internierten in die Länder des Commonwealth, und viele hatten sich bereitgefunden, zu gehen, weil sie die Verschickung einer unbegrenzten Lagerhaft in England vorzogen.

»Aber ich nicht. Ich glaube immer noch, dass ich in dieses Land gehöre, wenn das Land im Augenblick auch anderer Meinung zu sein scheint. Ich weiß, Mama, dass ihr alles versucht, um mich freizubekommen, aber wenn ihr noch etwas tun könntet ...«

————

Es war immer noch warm und trocken.

»Der schönste Sommer, den wir seit Jahren gehabt haben«, sagte der Portier des Hotels Continental. »Kein Wunder, dass Hitler hier Ferien machen will.«

Jeden Tag fanden jetzt Luftkämpfe über England statt, und jeden Abend in den 9-Uhr-Nachrichten verkündete die BBC die Ergebnisse, als handele es sich um Cricketspiele.

Soundso viele deutsche Flugzeuge abgeschossen, soundso viele britische Flugzeuge verloren gegangen, achtzehn zu zwölf, dreizehn zu elf. Die Deutschen verloren immer viel mehr Flugzeuge als die Engländer, aber sie konnten es sich auch leisten. Sie hatten von Anfang an viel mehr gehabt.

Jeden Abend schaltete der Portier das altmodische Radio in der Halle ein, und die versammelten Flüchtlinge aus den Ländern, die schon von den Nazis überrannt worden waren, hörten auf, sich in ihren verschiedenen Sprachen zu unterhalten, und lauschten. Selbst jene, die nicht gut Englisch verstanden, begriffen die Zahlen, die genannt wurden, und sie wussten, was sie bedeuteten: Überleben oder den Untergang ihrer Welt.

Im August erreichten die Luftkämpfe ihren Höhepunkt. Niemand wusste, wie viele Flugzeuge die britische Luftwaffe noch besaß, aber jeder vermutete, dass keine großen Reserven mehr aufgeboten werden konnten. Die amerikanische Presse meldete, unter Berufung auf zuverlässige Quellen, die Invasion werde in den nächsten drei Tagen stattfinden. Es fiel einem immer schwerer, die Luftschutzwarnungen zu ignorieren, denn man musste sich jedes Mal fragen, ob der Alarm wieder nur von einem einzelnen Flugzeug ausgelöst worden war, das sich in die Nähe Londons verirrt hatte, oder ob es diesmal um etwas ganz anderes ging.

Die Träume, die Anna nachts in ihrem Bett in hellwachem Zustand träumte, wurden immer schlimmer. Sie sah nicht mehr Nazis, die über dem Russell Square vom Himmel fielen. Sie waren jetzt schon gelandet und hatten ganz England besetzt. Sie war jetzt mutterseelenallein, denn als die Nazis gekommen waren und an die Tür des Hotels Continental gehämmert hatten, hatten Papa und Mama das geschluckt, was der Professor an jenem Tag im Halbdunkel seines Sprechzimmers Papa gegeben hatte, und sie waren jetzt tot. Sie stolperte ganz allein durch eine endlose graue Landschaft und suchte nach Max. Aber überall waren Nazis, und sie wagte es nicht, mit jemandem zu sprechen. Die Landschaft war endlos und feindlich und fremd, und sie wusste, dass sie Max nie finden würde ...

Während des Tages widmete sie sich eifriger als je zuvor ihrer Kurzschrift, und sie war froh, als einer der Deutschen im Hotel sie bat, etwas für ihn zu tippen. So war sie sogar in ihrer Freizeit beschäftigt. Der Deutsche schrieb ein Buch über Humor, und sie sollte ein Kapitel abschreiben, damit er es seinem Verleger vorlegen konnte, der es, davon war der Autor fest überzeugt, sofort würde ins Englische übersetzen lassen ... Es sei jetzt der richtige Augenblick, sagte der Deutsche, ein Buch über den Humor herauszubringen, denn es war klar, dass jeder jetzt Humor brauchte, und wenn erst genau erklärt worden war, worin Humor bestand, würde jeder auch zu Humor kommen.

Anna fand, der Deutsche sei wirklich optimistisch, denn das Musterkapitel kam ihr sehr langweilig vor. Es bestand zum größten Teil in der Verächtlichmachung anderer Autoren, die geglaubt hatten zu wissen, was Humor ausmache. Anna konnte sich nicht vorstellen, dass sich die Leute darum reißen würden, dieses Buch zu lesen. Aber sie sollte ein ganzes Pfund für das Abschreiben bekommen, und die Verwalterin des

Hotels erlaubte ihr, die Schreibmaschine im Büro zu benutzen, und so machte sie sich jeden Tag nach dem Unterricht in einer Ecke der Hotelhalle an die Arbeit.

––––––

Als sie eines Abends nach dem Essen gerade angefangen hatte zu tippen, rief Mama auf Englisch: »Anna, wir haben Besuch.« Sie blickte auf und sah einen dünnen Mann mit unordentlichem grauen Haar und einem liebenswürdigen Lächeln. Es war Mr Chetwin, Maxens ehemaliger Schulleiter.

»Ich habe leider keine neue Nachricht von Max«, sagte er sofort, »aber ich war zufällig in der Stadt, und ich fand, ich sollte doch vorbeikommen und Ihnen sagen, dass ich die Hoffnung noch nicht aufgegeben habe.«

Sie setzten sich alle um einen der Tische, und Mr Chetwin begann, Mama und Papa darüber zu berichten, an welche Regierungsstellen er schon wegen Max geschrieben hatte, und an welche er noch schreiben werde, obgleich er bis jetzt von niemandem eine Antwort bekommen hatte. Dann fing er an, über Max selbst zu sprechen.

»Einer der besten Schüler, die ich je gehabt habe«, sagte er, »auch wenn er während der Aufgabenstunde immer Pfefferminz aß – ich weiß noch, dass ich ihn einmal deswegen schlagen musste. Aber ein glänzender Fußballer. Er ist ja schon im ersten Halbjahr in die Schulmannschaft gekommen ...«

Dann zählte er Maxens Schulerfolge auf – das Stipendium nach nur zwei Semestern, später das volle Stipendium für Cambridge. Mama erinnerte sich an alle möglichen kleineren Erfolge, die Mr Chetwin schon vergessen hatte, und Papa dankte ihm für all seine Freundlichkeit, und als die Unterhaltung zu Ende war, kam es Anna so vor, als ob Papa und Mama etwas zufriedener dreinblickten, obgleich sich doch überhaupt nichts geändert hatte.

Inzwischen kamen die Hotelgäste in der Halle zusammen, um die 9-Uhr-Nachrichten zu hören, und ein alter Pole bat, sich an ihren Tisch setzen zu dürfen. Er betrachtete Mr Chetwin mit ehrfürchtiger Bewunderung.

»Sie sind Engländer?«, fragte er. Engländer waren im Hotel Continental eine Seltenheit.

Mr Chetwin nickte, und der Pole sagte: »Ich sein Pole. Ich wünsche sehr, dass die Engländer diesen Krieg gewinnen.«

Andere Tschechen und Polen, die in der Nähe saßen, murmelten Beifall, und Mr Chetwin machte ein erfreutes Gesicht und sagte: »Das ist sehr freundlich von Ihnen.« Dann ging die Unterhaltung in den ohrenbetäubenden Glockenschlägen des Big Ben unter, denn der Portier hatte wie gewöhnlich das Radio zu laut aufgedreht.

Eine vertraute Stimme sagte: »Hier ist die BBC. Home Service. Sie hören jetzt Nachrichten, Sprecher ist Bruce Belfrage.«

Die Stimme klang nicht ganz so wie sonst, und Anna dachte: Was ist nur mit ihm los? Die Stimme hatte etwas Atemloses, eine verborgene Hast, die sie früher nicht gehabt hatte. Anna hatte so intensiv auf die Betonung eines jeden Wortes geachtet, dass sie den Sinn kaum wahrnahm. Luftschlachten fast überall über der Britischen Insel ... schwere Bomberkonzentrationen ... eine offizielle Verlautbarung des Luftfahrtministeriums.

Und dann kam es. Die Stimme klang ein wenig krächzend, was den sonst stets teilnahmslosen Ausdruck aufhob. Es entstand eine sekundenlange Pause, dann sagte die Stimme langsam und klar: »Hundertzweiundachtzig feindliche Flugzeuge wurden abgeschossen.«

Die Menschen in der Halle hielten die Luft an, es folgten gemurmelte Fragen und Antworten. Diejenigen, die nicht genug Englisch verstanden, wollten wissen, was der Nachrichtensprecher gesagt habe, die anderen bestätigten einander, was sie gehört hatten, weil manche meinten, sie hätten nicht recht verstanden. Dann sprang der alte Pole von seinem Stuhl auf und schüttelte Mr Chetwin die Hand.

»Ist großer Erfolg!«, rief er, »ihr Engländer zeigt Hitler, dass immer er nicht gewinnt! Englisch Flugzeuge zeigen ihm!« Und die anderen Polen und Tschechen drängten sich um Mr Chetwin, klopften ihm auf den Rücken, schüttelten ihm die Hand und beglückwünschten ihn.

Sein graues Haar hatte sich noch mehr verwirrt, er machte ein verwundertes, aber frohes Gesicht. »Sehr freundlich«, sagte er immer wieder, »aber wissen Sie, es ist nicht mein Verdienst.« Aber sie bestanden darauf, so zu tun, als wäre er persönlich dort oben gewesen und hätte jeden einzelnen deutschen Bomber heruntergeholt, und als er schließlich gehen musste, um seinen Zug zu erreichen, rief jemand triumphierend hinter ihm her: »Jetzt muss Hitler denken an etwas anderes!«

Die Frage ist nur, dachte Anna ein paar Tage später, was wird Hitler sich ausdenken? Das Wetter war umgeschlagen, dichte Bewölkung hatte den Luftangriffen ein Ende gesetzt. Was würde nun kommen?

Anna war endlich mit ihrem Kapitel über das Wesen des Humors fertig geworden, hatte ihren Lohn ausgezahlt bekommen, von dem sie sich eine Hose kaufen wollte – das war eine neue Mode für Frauen – und sie war mit Mama auf einem Bummel durch die Oxford Street auf der Suche nach einem passenden Stück. Trotz der Bewölkung war es noch heiß, und die Luft in den großen Kaufhäusern kam ihr immer stickiger und schwerer vor. Die vorrätigen Hosen waren alle zu teuer, und erst kurz vor Ladenschluss fanden sie eine, die passte und erschwinglich war. Sie war marineblau und aus einem nicht identifizierbaren Zeug, von dem Mama behauptete, es werde beim ersten Ton einer Luftschutzsirene zerfließen, aber sie passte und kostete nur neunzehn Shillings und elfeinhalb Pennies. Also kauften sie sie. Anna mit einem Gefühl von Triumph und Mama erschöpft. Mama war deprimiert. Sie hatte am Morgen von Mr Chetwin einen Brief bekommen. Er war voller Freundschaft und Mitgefühl für Max, konnte aber von keinerlei Fortschritten berichten, und Mama hatte das Gefühl, dass auch diese ihre letzte Hoffnung zerrinnen würde.

Sie mussten in einer Schlange auf den Bus warten, und als er endlich kam, ließ Mama sich auf einen Sitz fallen, und, statt Annas Hose zu bewundern, nahm sie eine Zeitung, die jemand liegen gelassen hatte, und fing an zu lesen. Um Benzin zu sparen, fuhr der Bus nur langsam, und sie hatte Zeit, die Zeitung von vorn bis hinten zu lesen.

Plötzlich rief sie: »Sieh dir das an!«

Anna schaute ihr über die Schulter und wunderte sich, dass sie sich so über eine Filmbesprechung aufregte.

»Lies mal«, rief Mama.

Es war ein sehr positiver Bericht über einen Film, der von den Schwierigkeiten und Leiden einer die Nazis ablehnenden Familie handelte, die versuchte, aus Deutschland herauszukommen. Der Bericht stammte nicht von einem Filmkritiker, sondern von einem Politiker.

»Siehst du?«, rief Mama, »solange die Menschen in Deutschland festsitzen, bringt man Mitgefühl für sie auf, aber was geschieht, wenn sie nach England kommen? Man steckt sie in Internierungslager.«

Sie faltete die Zeitung hastig zusammen und stopfte sie in ihre Handtasche.

»Ich werde an diesen Mann schreiben«, sagte sie.

Sobald sie nach Hause gekommen waren, zeigte sie Papa den Artikel. Papa hatte zuerst Zweifel, ob man an die Zeitung schreiben solle. »Wir sind Gäste in diesem Land«, sagte er. »Man sollte seinen Gastgeber nicht kritisieren.« Aber Mama wurde ganz wütend und schrie, es handele sich hier nicht um eine Frage der Etikette, sondern Maxens Zukunft stehe auf dem Spiel; schließlich verfassten sie gemeinsam einen Brief.

Sie beschrieben Papas langen Kampf gegen Hitler, berichteten von Maxens Stipendien, und dass Mr Chetwin ihn als Lehrer an seiner Schule haben wollte. Dann zählten sie noch alle Leute in Cambridge auf, die gegen die Internierung von Max protestiert hatten, und stellten zum Schluss die Frage, ob dies nicht eine absurde Situation sei. Zu dritt spazierten sie zum Russell Square und warfen dort den Brief in den Kasten.

———

Die Antwort kam zwei Tage später.

Anna hatte wegen der häufigen Luftwarnungen die halbe Nacht wach gelegen. Zum ersten Mal waren nicht nur in entfernten Vororten Bomben gefallen, sondern schon beunruhigend nahe, mitten in London. Sie war müde und niedergeschlagen, und als sie den Brief entdeckte, versprach sie sich nicht viel, denn sie hatte das Gefühl, an einem solchen Tag könnte unmöglich eine gute Nachricht kommen.

Auch Mama schien Angst zu haben, den Brief zu öffnen. Dann zerrte sie so ungeschickt an dem Umschlag, dass eine Ecke abriss. Sie las und brach in Tränen aus.

Papa nahm ihr das Blatt ab, und er und Anna lasen gemeinsam. Der Brief stammte vom Herausgeber der Zeitung. Er schrieb, sein Blatt habe schon lange gegen die Politik der Regierung protestiert. Die Anordnung habe dazu geführt, dass viele tapfere und engagierte Gegner des Naziregimes in Internierungslager geworfen worden seien. Papas und Mamas Brief habe ihn sehr bewegt und er habe ihn an den Innenminister weitergeleitet. Der habe versprochen, sich unverzüglich persönlich um Maxens Fall zu kümmern.

»Heißt das, dass er entlassen wird?«, fragte Anna.

»Ja«, sagte Papa. »Ja, das heißt es.«

Sie saßen in dem engen Frühstückszimmer und sahen einander an. Plötzlich war alles anders. In der Nacht waren Bomben gefallen, schon hatte es wieder Alarm gegeben, und die Schlagzeilen der Morgenzeitung verkündeten: »Landungsboote werden in den Kanalhäfen zusammengezogen.« Aber all das schien unwichtig, denn Max würde entlassen werden.

Schließlich sagte Papa langsam: »Die Engländer sind schon ein außergewöhnlicher Menschenschlag. Jeden Augenblick kann die Invasion kommen, und doch findet der Innenminister Zeit, ein Unrecht an einem unbekannten Jungen wiedergutzumachen, der nicht einmal in diesem Land geboren ist.«

Mama putzte sich die Nase.

»Aber Max«, sagte sie, »ist natürlich auch ein ganz besonderer Junge.«

8 **Max** kam etwa **eine Woche später,** unangemeldet, mitten in einem **Luftangriff.** Es war am späten Nachmittag. Mama war noch nicht von der Arbeit zurück, Papa war **zum Russell Square gegangen,** um sie abzuholen, und Anna hatte sich **gerade in dem Badezimmer** am Ende des Flurs die Haare gewaschen. Mit einem Handtuch um den Kopf ging sie zu ihrem Zimmer zurück, und da stand er plötzlich mitten im Flur.

»Max!«, rief sie und wollte ihm um den Hals fallen, aber dann hielt sie sich zurück. Vielleicht mochte er es nicht, vielleicht kam es ihm zu plötzlich.

»Hallo, kleiner Mann«, sagte Max. Es war ein Kosename, den er ihr gegeben hatte, als sie beide noch klein waren. »Ich freue mich zu sehen, dass du dich sauber hältst.«

»Oh, Max«, rief Anna und fiel ihm jetzt doch um den Hals. »Du hast dich gar nicht verändert.«

»Was hast du denn geglaubt?«, sagte Max. »Versteinert und verbittert? Kein Lächeln mehr um seine Lippen? So schnell lass ich mich doch nicht kleinkriegen!« Er folgte ihr in ihr Zimmer. »Aber ich lerne aus der Erfahrung«, sagte er, »und ich werde dafür sorgen, dass mir so etwas wie die vier letzten Monate nie wieder passiert.«

»Wie kannst du das denn?«, fragte Anna.

Max räumte ein paar Kleidungsstücke von dem einzigen Stuhl und setzte sich. »Ich werde ein Jahr lang Unterricht geben«, sagte er, »der alte Chetwin möchte es gern, und nach allem, was er versucht hat, für mich zu tun, schulde ich es ihm. Aber dann trete ich in die Armee ein.«

»Aber Max«, sagte Anna, »nehmen sie denn Deutsche in der britischen Armee?«

Max bekam einen harten Zug um den Mund. »Das werden wir ja sehen«, sagte er.

Dann flog die Tür auf. Mama war da, und hinter ihr stand Papa.

»Max«, rief Mama, gleichzeitig hörte man einen dumpfen Schlag und ein Donnern. Max sah erstaunt drein.

»War das eine Bombe?«, fragte er.

»Ja«, sagte Anna entschuldigend, »aber sie war weit weg.«

»Mein Gott«, sagte Max, und als Mama auf ihn zustürzte und ihn umarmte, fügte er vorwurfsvoll hinzu: »Also hör mal, Mama – wenn das alles ist, was ihr mir hier zu bieten habt!«

Zum Abendessen tranken sie eine Flasche Wein, die Papa vor Monaten geschenkt bekommen und für einen besonderen Anlass aufgehoben hatte. Der Wein schmeckte etwas seltsam – vielleicht, so meinte Papa, war der Boden des Kleiderschranks nicht ganz der richtige Ort zur Aufbewahrung von Wein – aber sie tranken auf Max, auf Mr Chetwin und den Innenminister und zum Schluss fühlte sich Anna angenehm benebelt.

Mama konnte kaum den Blick von Max wenden. Sie füllte immer wieder seinen Teller, hing an jedem seiner Worte. Aber Max sprach wenig. Er machte sich hauptsächlich Sorgen um Otto, der, so sagte er, ohne ihn verloren war, und der daran dachte, sich für einen Transport nach Kanada zu melden. »Sein Professor geht auch«, sagte Max, »aber was will er in Kanada machen? Und außerdem ist der letzte Transport von einem deutschen U-Boot versenkt worden.«

Bald nach Maxens Ankunft hörten sie das Signal für Entwarnung, aber kurz danach kam schon wieder der nächste Alarm, und den ganzen Abend über hörte man die Geräusche von Flugzeugen und entfernt fallenden Bomben. Nach Einbruch der Dunkelheit wurde es schlimmer, und Mama sagte ärgerlich zu Max wie eine Gastgeberin, deren Pläne für den Abend gestört werden: »Ich weiß gar nicht, was die vorhaben heute!«

»Sieht man eigentlich was?«, fragte Max. »Ich werfe mal einen Blick nach draußen.« Und trotz Papas und Mamas Warnungen vor fallenden Splittern schoben er und Anna sich an dem schweren Verdunkelungsvorhang vor dem Eingang vorbei und traten auf die Straße.

Draußen war es gar nicht dunkel, der Himmel war leuchtend rosa, sodass Anna einen Augenblick glaubte, sie habe sich in der Zeit geirrt. Dann hörten sie in nicht allzu großer Entfernung einen lang gezogenen pfeifenden Ton und den Knall einer aufschlagenden Bombe. Ein Mann mit Schutzhelm schrie ihnen zu: »Machen Sie, dass Sie reinkommen!«

»Wo brennt's denn?«, fragte Max.

Natürlich, dachte Anna, es muss irgendwo brennen, darum ist der Himmel so rot.

Der Mann drückte sich an eine Wand, eine neue Bombe pfiff herab, aber die Einschlagstelle lag weit entfernt. »In den Docks«, sagte der Mann. »Die Deutschen schmeißen alles rein. Aber jetzt gehen Sie endlich ins Haus.« Und er schob sie in den Hoteleingang zurück.

Max sah etwas verwirrt aus. »Ist das hier immer so?«

»Nein«, sagte Anna. »So schlimm ist es noch nie gewesen.« Sie dachte an den roten Himmel und fügte hinzu: »Es muss ein sehr großer Brand sein.«

Als es Zeit wurde, schlafen zu gehen, hatte der Angriff noch nicht nachgelassen, und die Verwalterin des Hotels, Frau Gruber, sagte, wer wollte, könne in der Halle schlafen. Sie lief hin und her und brachte Decken, und alle halfen, die Tische zur Seite zu schieben, um Platz zu machen, und bald sah die Hotelhalle aus wie ein Lager. Einige Leute hatten sich mit ihren Kopfkissen in den Kunstledersesseln zusammengerollt, andere lagen in Decken gewickelt auf dem Boden. Einige waren in Schlafanzügen und Bademänteln, andere, die vollständig angezogen waren, deckten sich mit ihren Mänteln zu. Falls eine Bombe fiel, konnten sie gleich nach draußen laufen. Der Autor des Buches über den Humor war in einem gestreiften Schlafanzug, einer Tweedjacke und mit Hut erschienen.

Als alle es sich mehr oder weniger bequem gemacht hatten, kam Frau Gruber in ihrem Morgenrock mit einem Tablett, auf dem Tassen und eine Kanne Kakao standen; es war wie ein Kinderfest in einem Schlafsaal. Schließlich wurden die Lichter bis auf eine kleine Glühbirne gelöscht, und Frau Gruber, die all diese Aktivitäten aufzumuntern schienen, sagte: »Ich wünsche Ihnen allen eine sehr gute Nacht.« Anna kam das unter diesen Umständen ziemlich komisch vor.

Sie lag neben Max auf dem Boden, den Kopf unter einem Tisch – Mama und Papa saßen auf der anderen Seite des Raumes in Sesseln. Sobald die Halle verdunkelt war, konnte man das Gerumpel und die Einschläge draußen nicht mehr überhören. Auch das Geräusch der Flugzeuge drang zu ihnen, ein zitterndes Sirren, als wäre eine Mücke im Zimmer, nur war der Ton viele Oktaven tiefer, von Zeit zu Zeit grollte der Aufschlag einer Bombe. Die Bomben fielen meist in ziemlicher Entfernung, aber die Explosionen waren doch laut.

Anna wusste, dass manche Leute deutsche von britischen Flugzeugen unterscheiden konnten, aber für sie klangen sie alle gleich. Sie klangen alle deutsch.

Sie spürte, wie sich die Menschen um sie herum bewegten und flüsterten. Niemand konnte Schlaf finden.

»Max?«, sagte sie ganz leise.

Er wandte sich ihr zu, hellwach. »Alles in Ordnung?«

»Ja«, flüsterte sie. »Und du?«

Er nickte.

Plötzlich erinnerte sie sich, wie sie sich als kleines Kind vor Gewittern gefürchtet hatte, und wie Max ihr damals Mut machte und ihr erzählte, der Donner käme davon, dass der liebe Gott Blähungen hätte.

»Weißt du noch …«, sagte sie, und Max sagte: »Ja, es fiel mir gerade ein: die Blähungen des lieben Gottes. Diesmal ist er wirklich bös dran.«

Sie lachte, und dann wurden sie beide still und horchten auf das Summen eines Flugzeugs, das genau über ihnen zu sein schien.

»Wenn ich daran denke, dass ich jetzt friedlich auf der Insel Man im Bett liegen könnte, während Otto Wodehouse liest«, sagte Max.

Das Summen des Flugzeugs wurde schwächer, dann wieder stärker. Es kreist, dachte Anna.

Schließlich verklang das Summen in der Ferne.

»Max«, sagte sie. »War es sehr schlimm im Lager?«

»Nein«, sagte Max, »nicht, nachdem wir uns einmal eingerichtet hatten. Ich meine, niemand war gemein zu uns oder so. Was mich aufregte, war allein die Tatsache, dass ich überhaupt dort war. Ich gehörte einfach nicht dorthin.«

Anna überlegte, wohin sie eigentlich gehörte. Hierher in das Hotel unter die anderen Flüchtlinge? Ebenso gut hierher wie sonst wohin.

»Verstehst du«, sagte Max, »ich weiß, dass es arrogant klingt, aber ich gehöre in dieses Land. Ich weiß es seit meinem ersten Jahr in der Schule hier – ich hatte das Gefühl, dass plötzlich alles völlig in Ordnung war. Und es ging nicht nur mir so. Auch andere, zum Beispiel George und Bill fanden das.«

»Ja«, sagte Anna.

»Alles, was ich will«, sagte Max, »ist, dass man mir erlaubt, das zu tun, was alle anderen tun. Weißt du, es gab Leute im Lager, die froh waren, dort zu sein, weil sie in Sicherheit waren. Nun, ich bin kein besonders kriegerischer Mensch und reiße mich schließlich auch nicht darum, zu sterben – aber ich möchte tausendmal lieber mit George in der Armee oder mit Bill bei der Airforce* sein. Es hängt mir zum Halse heraus, immer anders sein zu müssen.« Es gab einen dumpfen Knall, der Einschlag lag näher als alle früheren. Das Gebäude bebte und Anna spürte, wie der Boden unter ihr sich bewegte. Das Wort Bombenangriff kam ihr in den Sinn. Jetzt werde ich bombardiert, dachte sie. Ich liege in meinem rosa Schlafanzug auf dem Boden des Hotels Continental mitten in einem Bombenangriff.

»Max«, sagte sie, »hast du Angst?«

»Nein, eigentlich nicht«, sagte er.

»Ich auch nicht.«

---

* Royal Airforce = Königlich-Britische Luftwaffe, im Text immer unter der englischen Bezeichnung, um eine Verwechslung mit der deutschen Luftwaffe zu vermeiden.

»Ich empfinde es durchaus als wohltuend«, sagte Max, »einmal die gleichen Sorgen zu haben wie alle anderen auch.«

Der Angriff dauerte die ganze Nacht. Manchmal schläferte Anna das Brummen der Flugzeuge ein, und sie schreckte erst wieder hoch, wenn es in einiger Entfernung krachte und knallte. Dann kam um halb sechs endlich die Entwarnung, und Frau Gruber, die diese Verschärfung des Luftkrieges als persönliche Herausforderung anzusehen schien, kam mit heißem Tee. Sie hatte die Verdunkelungsvorhänge beiseitegezogen, und Anna sah, beinahe überrascht, dass die Bedford Terrace genauso aussah wie immer. Die Straße war leer, und die schäbigen Häuser standen schweigend unter einem blassen Himmel, als sei es eine Nacht gewesen wie alle anderen. Während sie noch hinausschaute, öffnete sich gegenüber eine Tür und eine Frau in einer Hose und einer Schlafanzugjacke trat heraus. Sie blickte prüfend zum Himmel, genau wie Anna es vorhin getan hatte. Dann gähnte sie, reckte sich und ging wieder hinein, vielleicht zurück ins Bett, vielleicht um nun Frühstück zu machen.

———

Max hatte es eilig, seine neue Stellung anzutreten. Er hatte es nach einigen Schwierigkeiten fertiggebracht, telefonisch den Euston-Bahnhof zu erreichen, und man hatte ihm gesagt, durch die Luftangriffe sei auf allen Strecken mit Verspätungen der Züge zu rechnen. Mama und Anna mussten zur Arbeit wie alle Tage. Sie verabschiedeten sich von ihm, während er seine Koffer packte. Papa saß auf dem Bett und leistete ihm Gesellschaft. Es war ein schöner klarer Morgen, und während Anna durch Seitenstraßen zur Tottenham Court Road ging, wunderte sie sich wieder, wie normal alles aussah. Nur waren mehr Autos und Taxis unterwegs, manche mit hoch beladenen Gepäckträgern auf den Dächern – immer mehr Leute verließen London. Während sie darauf wartete, eine Straße überqueren zu können, lächelte ihr ein Mann, der gerade seinen Gemüseladen öffnete, zu und rief: »Ziemlicher Krach letzte Nacht!«, und sie antwortete: »Ja«, und lächelte zurück.

Sie eilte an der Rückseite des Britischen Museums entlang – dies war das langweiligste Stück ihres täglichen Weges – und bog dann in eine interessantere Geschäftsstraße. Vor sich auf dem Bürgersteig sah sie

Glassplitter – jemand muss ein Fenster zerbrochen haben, dachte sie. Dann blickte sie auf und sah die Straße entlang.

Überall lagen Glassplitter, Türen hingen schief in den Angeln, Holz- und Steintrümmer waren über die Fahrbahn verstreut. Wo ein Haus hätte sein sollen, in der Häuserzeile auf der anderen Straßenseite, klaffte eine Lücke. Das ganze Obergeschoss des Hauses und der größere Teil der Vorderwand waren verschwunden. Ein Haufen von Ziegeln und Steinbrocken lag auf der Straße, und ein paar Männer in Arbeitskleidung schaufelten die Trümmer in einen Lastwagen.

Man konnte in den Rest des Hauses hineinsehen. Ein Zimmer hatte eine grüne Tapete gehabt, und das Bad war gelb gestrichen gewesen. Man sah noch, dass es sich um ein Bad handelte, obwohl der größere Teil des Fußbodens eingebrochen war. Das Stück, auf dem die Badewanne stand, hielt noch an der Wand, sodass es aussah, als schwebe die Wanne in der Luft. Über der Wanne befand sich noch ein Haken mit einem Waschlappen daran, und auf einem Bord stand ein Zahnputzglas in Form einer Mickymaus.

»Furchtbar«, sagte ein alter Mann, der neben Anna stand. »Ein Glück, dass niemand im Haus war – sie war mit den Kindern zu Verwandten gefahren. Diesem Hitler würde ich gern die Meinung sagen!«

Dann machte er sich wieder daran, die Glassplitter vor seinem Laden aufzukehren.

Anna ging langsam die Straße hinunter. Der Platz vor dem zerbombten Haus war abgesperrt, um zu verhindern, dass jemand von herabfallenden Trümmern verletzt wurde. Im Nachbarhaus waren ein Mann und eine Frau schon dabei, ihre zersplitterten Fenster mit Pappe zu vernageln. Anna war froh, dass in dem zerstörten Haus niemand gewesen war. Einer der Männer, der Trümmer räumte, rief ihr zu, sie solle aus dem Weg gehen, und sie bog in eine Seitenstraße ab.

Hier war nicht so viel Schaden entstanden – Glasscherben, Staub und Mörtelbrocken lagen herum – und während sie sich einen Weg zwischen den Scherben auf dem Bürgersteig suchte, bemerkte sie, wie sie in der Sonne glitzerten. Eine leichte Brise wirbelte den Staub in kleinen Fontänen zwischen ihren Füßen auf. Ihre Beine waren braun von den vielen Sonnentagen in diesem Sommer, und sie hatte plötzlich den Wunsch zu springen und zu laufen. Wie schrecklich, dachte sie, an so etwas zu denken, wo es doch einen Fliegerangriff gegeben hat und Leute umgekommen sind – aber etwas in ihr war ganz unbekümmert. Der Himmel war blau, und die Sonne schien ihr warm auf die bloßen Arme. Im Rinnstein hüpften die Spatzen herum, Autos hupten, Menschen gingen umher und sprachen miteinander, und plötzlich spürte sie nur noch eine überschwängliche Freude, noch am Leben zu sein. Die armen Menschen, die ihr Haus verloren haben, dachte sie, aber der Gedanke, kaum, dass er in ihr aufstieg, ging sofort in diesem Glücksgefühl unter. Sie atmete tief – die Luft roch nach Ziegel- und Mörtelstaub – sie rannte bis zum Ende der Straße, die Tottenham Court Road hinunter, rannte den ganzen Weg, bis zu ihrer Sekretärinnen-Schule.

Von da an gab es **jede Nacht Fliegerangriffe.** Bei **Anbruch der Dunkelheit** heulten die Sirenen, und ein paar Minuten später hörte man **das Dröhnen** der deutschen Bomber. **Die Entwarnung** kam immer erst bei Tagesanbruch. Die Bomber waren **so pünktlich,** dass man beinahe die Uhr danach stellen konnte.

»Mama«, sagte Anna beinahe jeden Abend, »ich geh noch rasch ein paar Bonbons für den Alarm holen.«

Darauf sagte dann Mama: »Gut, aber beeile dich – in zehn Minuten sind sie da.« Und dann lief Anna durch die warmen, dämmrigen Straßen zu dem Süßwarenladen neben der U-Bahn-Station und kaufte ein achtel Pfund Rahmbonbons. Die Frau im Laden wog sie hastig, wobei sie die Uhr im Auge behielt, und dann rannte Anna zum Hotel zurück und erreichte es beim ersten Aufheulen der Sirenen.

Anna, Mama und Papa schliefen jetzt immer in der Hotelhalle. Es war Platz genug dort, denn viele Gäste hatten London nach dem ersten großen Angriff verlassen, und jeden Tag reisten weitere ab. Es war aufreibend, still dort zu liegen und auf das Fallen der deutschen Bomben zu warten. Nichts schien sie aufhalten zu können. Aber nach einigen Nächten kam plötzlich zu den gewohnten Geräuschen der Angriffe ein serienweises Knallen, so als platzten große mit Luft gefüllte Trommeln, und Frau Gruber, die sich über Nacht zu einer Expertin entwickelt hatte, stellte sofort fest, dass dies Fliegerabwehrgeschosse waren. Man konnte jetzt noch weniger schlafen als vorher, aber trotzdem waren alle froh.

Seltsam, dachte Anna, wie schnell man sich daran gewöhnt, auf dem Boden zu schlafen. Es war eigentlich ganz gemütlich. Es gab Decken genug, und die schweren Holzläden vor den Fenstern der Halle dämpften nicht nur die Geräusche, sondern gaben auch ein Gefühl der Sicherheit. Anna bekam nie genug Schlaf, aber allen anderen ging es auch so, und auch daran gewöhnte man sich. Überall, wohin man tagsüber kam, sah man Leute, die versuchten, ein Nickerchen zu machen und ein bisschen Schlaf nachzuholen – in den Parks, in Bussen und in der Untergrundbahn, in den Ecken der Cafés. In der kaufmännischen Schule nickte sogar eins der Mädchen über der Kurzschriftmaschine ein. Wenn man miteinander sprach, konnte es passieren, dass man mitten im Satz in Gähnen ausbrach und gleich zu sprechen fortfuhr, ohne sich auch nur zu entschuldigen.

Während der dritten Woche der Angriffe fiel eine Bombe auf den Russell Square, bohrte einen tiefen Krater in die weiche Erde und zertrümmerte fast alle Fenster der Bedford Terrace. Anna war gerade eingeschlafen, und glücklicherweise saugte der Luftdruck alles auf die Straße hinaus, sodass die Glassplitter und die Läden (die also doch nicht so sicher waren) auf dem Bürgersteig landeten und nicht auf den Schläfern in der Hotelhalle.

Anna sprang vom Boden auf, noch ganz benommen und unfähig zu begreifen, was geschehen war. Ein Vorhang flatterte ihr ins Gesicht, und sie konnte unmittelbar auf die Straße sehen, wo ein Luftschutzwart seine Trillerpfeife blies. In der Dunkelheit stolperten Menschen umher, fragten, was geschehen sei, und über allem Lärm schallte Mamas Stimme: »Anna! Ist alles in Ordnung?«

Sie schrie zurück: »Ja!« Dann kam Frau Gruber mit einer Taschenlampe. Später stellte Anna zu ihrer Überraschung fest, dass sie zitterte.

Nach diesem Ereignis schlief niemand mehr in der Halle. Der Mann von der Stadtverwaltung, der kam und die Fensterlöcher vernagelte, sagte zu Frau Gruber, die Halle sei nicht sicher und es wäre besser, in Zukunft ins Kellergeschoss zu gehen. Anna gab in der Schule ein bisschen mit ihrer Errettung an, aber niemand schien beeindruckt zu sein. Inzwischen hatte fast jeder, der in London geblieben war, irgendeine Bombengeschichte zu erzählen. Bei dem einen hatte es die Fensterscheiben eingedrückt, ein anderer war durch einen glücklichen Zufall gerade nicht in dem Gebäude gewesen, das einen Volltreffer abbekommen hatte. Madame Laroche war im Morgengrauen aus einem öffentlichen Luftschutzbunker in ihr Haus zurückgekehrt, wo eine Landmine ohne zu explodieren durch das Dach geschlagen war und sich mit ihrem Fallschirm oben am Treppengeländer verfangen hatte. Bei der leisesten Erschütterung konnte sie losgehen. Dieser Vorfall, dazu die Sorgen um ihre Familie in Belgien, das alles hatte ihr so zugesetzt, dass ihr Arzt ihr geraten hatte, aufs Land zu fahren.

In der Schule wurde sie kaum vermisst. Der Unterricht war so schon fast zum Erliegen gekommen. Die Schülerzahl war bis auf ein Dutzend zusammengeschmolzen, und es war nicht mehr möglich, Diktate aufzunehmen und abzulesen, denn das Spezialpapier für die Maschinen stammte aus Belgien und konnte nicht mehr geliefert werden. Die Schüler übten, indem sie die Finger auf den leeren Tasten bewegten, während ihnen die einzig verbliebene Lehrerin Unterhaltungsromane vorlas. Das war natürlich ganz vernünftig, aber manchmal, wenn Anna, nachdem sie durch verwüstete Straßen hierher gekommen war, einem neuen Kapitel von Dorothy Sayers oder Agatha Christie lauschte, kam ihr doch der Gedanke, dass dies eine seltsame Art war, die vielleicht letzten Tage ihres Lebens zu verbringen.

In der Nacht gingen jetzt alle in den Keller. Der Steinboden war kalt und hart. Wenn man es nur einigermaßen gemütlich haben wollte, musste man seine Matratze von oben herunterschleppen. Aber es schien beinahe unzumutbar, sie nach einer fast schlaflosen Nacht in der Morgendämmerung beim Heulen der Entwarnungssirene wieder den ganzen Weg nach oben zu tragen.

Der Keller, in dem sie schliefen, war ein Vorratsraum gewesen, und Anna hasste ihn. Um dorthin zu kommen, musste man zuerst vom Speisesaal eine enge Steintreppe zur Küche hinuntersteigen und von dort aus noch einige Stufen weiter abwärts. Der Raum war nur knapp über einsachtzig hoch, feucht und dumpf. Wenn man dort auf der Matratze lag, auf die Geräusche des Luftangriffs draußen lauschte und zur niedrigen Decke emporstarrte, konnte man sich gut vorstellen, wie es sein würde, wenn alles über einem zusammenstürzte. Und Anna hatte den zwanghaften Wunsch, auch wenn keine Bomben in der Nähe gefallen waren, immer wieder nachzusehen, ob die Treppe zum Speisesaal noch stand. Wenn sie es nicht mehr länger aushalten konnte, flüsterte sie Mama zu: »Ich muss aufs Klo«, und trotz des Murrens der anderen Schläfer kletterte sie über sie hinweg.

Sie stieg die vier Treppen in ihr Zimmer hinauf und blieb trotz der Bombeneinschläge und des Geschützdonners dort, bis sie wieder Mut gefasst hatte, um den Keller zu ertragen.

Eines Nachts kam sie in ihr Zimmer und schrak zurück. Vor dem Fenster, das durch einen seltsamen Zufall unversehrt geblieben war, zeichnete sich eine Gestalt ab.

»Wer ist das?«, rief sie.

Die Gestalt wandte sich um, und sie erkannte Papa.

»Sieh mal«, sagte er, und sie stellte sich im Dunkeln neben ihn. Die Nacht draußen war strahlend hell erleuchtet. Der Himmel, der die Brände unten widerspiegelte, war rot, und in der Röte hingen Bündel von orangenen Lichtern, die meilenweit in der Runde alles erleuchteten. Es sah aus wie gigantische, brennende Christbäume, die sich langsam nach unten senkten, durch die Nachtluft trieben, und obgleich Anna wusste, dass sie dazu da waren, den Deutschen das Ziel für ihre Bomben zu zeigen, erfüllte sie der Anblick doch mit Bewunderung. Es war so hell, dass sie die Kirchenuhr erkennen konnte (die schon vor langer Zeit stehen geblieben war) und eine Stelle auf dem Dach gegenüber, wo der Luftdruck einige Ziegel weggerissen hatte. In der Ferne leuchteten gelbe Blitze auf, auf die gedämpftes Donnern folgte – das waren die Flakkanonen im Hyde Park.

Plötzlich bewegte sich ein Scheinwerferstrahl über den Himmel. Eine zweite Lichtbahn kam hinzu, dann noch eine. Sie kreuzten sich immer wieder, und plötzlich wurde alles von einem riesigen, orangefarbenen Aufblitzen ausgelöscht. Eine Bombe oder ein Flugzeug explodierte in der Höhe – Anna konnte nicht erkennen, was es war – aber die Detonation trieb sie und Papa vom Fenster weg.

Als es vorüber war, schauten sie wieder in die erhellte Nacht hinaus. Zu den orangefarbenen Lichtern waren rosa Fackeln gekommen, und alle zusammen senkten sich langsam nach unten.

»Vielleicht ist dies der Untergang der zivilisierten Welt«, sagte Papa, »man muss aber zugeben, es ist sehr schön.«

———

Je kürzer die Tage wurden, desto länger dauerten die Luftangriffe. Gegen Mitte Oktober kam die Entwarnung erst um halb sieben morgens, und es lohnte sich kaum noch, danach wieder schlafen zu gehen.

»Wenn nur das schöne Wetter aufhörte«, rief Mama, denn wenn das Wetter einmal schlecht war, kamen die Bomber nicht, und es war ein unglaubliches, wunderbares Erlebnis, die ganze Nacht im eigenen Bett schlafen zu können.

Aber ein schöner Tag folgte auf den andern.

Es war natürlich eine Freude, jeden Morgen in die frische Herbstluft hinauszutreten und festzustellen, dass man noch lebte, aber am Abend kamen die Bomber wieder und mit ihnen die bedrückende Angst im Keller.

Eines Abends ertönten die Sirenen früher als gewöhnlich; alle saßen noch beim Abendessen. Fast unmittelbar darauf hörte man das Dröhnen der Maschinen und eine Reihe von Bombeneinschlägen in nicht allzu großer Entfernung.

Einer der Polen hielt die Gabel mit Hackfleisch auf halbem Weg zum Mund in der Schwebe.

»Bum-bim«, sagte er. »Das ist nicht nett, wo doch Leute alle gerade essen.«

Er war ein großer Mensch in mittleren Jahren mit einem unaussprechlichen Namen, und jeder nannte ihn die Wildtaube, weil er häufig die Rufe eines struppigen Taubenpärchens imitierte, das auf dem Hinterhof des Hotels hauste.

»Sie haben es wieder auf die Bahnhöfe abgesehen«, sagte Frau Gruber.

»Aber nein«, rief die deutsche Dame, deren Mann von den Nazis umgebracht worden war, »auf die Bahnhöfe hatten sie es gestern abgesehen.«

Das Hotel Continental lag halbwegs zwischen den Bahnhöfen Euston und St. Pancras, und wenn die Deutschen versuchten, die Bahnhöfe zu treffen, so bedeutete das immer eine schlimme Nacht.

»Aber sie nicht getroffen haben«, sagte die Wildtaube. In diesem Augenblick erstarrte alles. Ein lang gezogener Pfeiflaut ging über sie hinweg, dann erschütterte eine Explosion den Raum. Ein Glas sprang vom Tisch und zerschellte.

»Das war ganz in der Nähe«, sagte Mama.

Frau Gruber fing an, gelassen das Geschirr abzuräumen.

»Zum Nachtisch gibt es Backpflaumen mit Vanillesoße«, sagte sie, »aber ich glaube, wir verzichten besser darauf und gehen in den Keller.«

Während Anna schnell in ihr Zimmer hinaufstieg, um ihre Matratze zu holen, krachte es wieder, und das ganze Gebäude – Wände, Fußboden, Decke – schwankte. Anna packte eilig ihre Matratze und zerrte sie hinter sich die Treppe hinunter. Diesmal war sie froh, in den Keller zu kommen – der wenigstens bewegte sich nicht.

Frau Gruber hatte in die Mitte des Vorratsraumes eine Wolldecke gehängt, auf der einen Seite schliefen die Männer, auf der anderen die Frauen. Anna rückte ihre Matratze in einen freien Zwischenraum und fand sich neben der deutschen Dame wieder, deren Mann von den Nazis getötet worden war. Mama war irgendwo hinter ihr. Bevor sie noch Zeit gehabt hatte, sich hinzulegen, gab es wieder einen ohrenbetäubenden Knall, und Frau Gruber, die in der Küche mit den Backpflaumen und der Vanillesoße herumhantiert hatte, ließ alles im Stich und lief schnell in den Schutzraum.

»Oh, mein Gott«, sagte die deutsche Dame, »hoffentlich wird es nicht wieder eine dieser schrecklichen Nächte.«

Diesem Ausruf folgte ein noch lauterer Knall, dann ein dritter, dieser aber glücklicherweise schon weiter weg.

»Schon gut«, sagte Anna, »der ist über uns weggeflogen.« Die Deutschen ließen immer mindestens sechs Bomben hintereinander fallen. Solange die Explosionen auf einen zukamen, war es beängstigend, aber wenn sie erst über einen hinweg waren, wusste man, dass die Gefahr für dieses Mal vorüber war.

»Gott sei Dank«, sagte die deutsche Dame, aber Anna hörte schon das Dröhnen des nächsten Flugzeugs.

»Sie nehmen jetzt eine andere Flugschneise«, sagte Frau Gruber. Und Mama fügte hinzu: »Genau über uns hinweg«, und schon begann die nächste Bombenserie. Sie hörten sie heulend aus dem Himmel herunterkommen. Eine, zwei, drei, vier ganz nahe – fünf und sechs Gott sei Dank schon weiter weg. Dann kam das nächste Flugzeug schon heran, dann wieder eines – es kann doch nicht so weitergehen, dachte Anna, aber es ging weiter.

Die deutsche Dame neben ihr lag da mit geschlossenen Augen, die Hände vor der Brust verkrampft. Auf der anderen Seite der Decke konnte sie die Wildtaube murmeln hören: »Warum ihr trefft nicht die Station und fliegt heim? Ihr blöden, dummen Deutschen, warum ihr sie nicht trefft?«

Dann endlich – eine Ewigkeit schien vergangen zu sein – setzte eine Pause ein. Der Explosion der letzten Bombe folgte nicht sofort das Dröhnen des nächsten Flugzeugs.

Es war still.

Alle warteten eine Weile, und als nichts geschah, begannen sie sich zu bewegen und zu entspannen. Anna blickte auf ihre Uhr. Es war erst zehn.

»Das war der schlimmste Abend, den wir bisher erlebt haben«, sagte Mama.

Papa hob eine Ecke der Decke und blickte herüber. »Alles in Ordnung?«, fragte er, und Anna nickte. Seltsamerweise hatte sie nicht mehr das Bedürfnis nachzusehen, ob die Treppe noch da war. Wenn sie wirklich einstürzt, dachte sie, wird man es ja hören.

»Ich finde, wir sollten versuchen, ein bisschen zu schlafen«, sagte Frau Gruber. Im gleichen Augenblick gab es einen Knall, und das Licht ging aus.

»Sie haben ein Kabel getroffen«, sagte Frau Gruber und knipste ihre Taschenlampe an.

»Lieben guten Deutschen haben ausgemacht für uns Licht«, sagte die Wildtaube, und alle lachten.

»Nun, ich will die Batterie nicht verschwenden«, meinte Frau Gruber, und der Keller versank in Dunkelheit.

Anna schloss die Augen, um die Dunkelheit nicht zu sehen. Als sie klein war, hatte sie sich im Dunkeln gefürchtet; sie fürchtete sich auch heute noch. Bis auf gelegentliche Detonationen in der Ferne war es jetzt ruhig. Man sah nichts, hörte nichts, und langsam versank Anna in Schlaf.

―――

Plötzlich schien die ganze Welt in die Luft zu fliegen. Der Keller um sie herum schwankte, und bevor sie in der Dunkelheit recht begriff, was geschah, kam die nächste Bombe mit schrillem Heulen, lauter als je zuvor, auf sie zu und barst. Das Getöse machte sie fast taub. Etwas kam herabgestürzt, schien sie zu begraben, sie konnte weder sehen noch atmen; es war genau so, wie sie immer gefürchtet hatte ...

Sie versuchte, sich zu bewegen, und stellte fest, dass nur die Wolldecke herabgefallen war. Sie hörte das Klicken von Frau Grubers Taschenlampe. Sie sah in die weißen Gesichter von Mama und Papa.

»Alles in Ordnung?«, fragte Papa.

»Ja«, sagte sie und verhielt sich still, noch ganz erfüllt von Entsetzen. Die deutsche Dame neben ihr weinte.

Mama wollte etwas sagen, aber sie unterbrach sich, denn schon war ein neues Flugzeug über ihnen und heulend kamen Bomben geflogen.

»Ich sehe nur einmal nach«, sagte Frau Gruber nach dem letzten der sechs Einschläge. Licht und Dunkelheit schienen in Bewegung zu geraten, während sie mit ihrer Lampe in die Küche ging.

»In Ordnung«, sagte sie. »Wir stehen noch.«

Anna lag ganz still.

»Ich darf die Fassung nicht verlieren«, dachte sie. Aber sie wünschte, die deutsche Dame würde aufhören zu weinen. Schon wieder wurde der Keller von einer Explosion erschüttert.

Irgendwann werden wir einen Treffer abbekommen, dachte sie. Eine furchtbare Angst stieg in ihr auf. Wenn sie nur ruhig bleiben konnte, falls es geschah. Denn sie gruben einen immer aus, und wenn man ruhig blieb, verbrauchte man nicht so viel Sauerstoff und konnte durchhalten, bis sie kamen ...

Mama neigte sich in der Dunkelheit zu ihr. »Möchtest du nicht neben mich kommen?«, fragte sie.

»Ich liege hier gut«, sagte Anna.

Mama konnte ihr nicht helfen.

Wieder flog ein Flugzeug über sie hinweg, wieder fiel eine Serie von Bomben.

Wenn ich es mir jetzt vorstelle, dachte Anna, dann kann ich mich daran gewöhnen ... wenn ich mir vorstelle, wie es sein wird, wenn es passiert, wenn ich in einem kleinen Loch gefangen bin, Tonnen von Schutt über mir ... Wieder stieg das Entsetzen in ihr hoch.

Sie versuchte, gegen die Angst anzukämpfen. Ich darf mich nicht wehren und nicht wühlen, um herauszukommen, dachte sie, ich muss mich ganz still verhalten. Vielleicht habe ich nicht viel Platz, nicht viel Luft ...

Plötzlich konnte sie die enge schwarze Höhle beinahe fühlen, die sie umschloss, und es war so schrecklich, dass sie hochfuhr, als hätte sie etwas gestochen. Sie musste sich vergewissern, dass es nicht wahr war. Sie rang nach Luft und Mama sagte wieder:

»Anna?«

»Alles in Ordnung.«

Die deutsche Dame stöhnte, und auf der anderen Seite murmelten zwei tschechische Stimmen so etwas wie ein Gebet.

Ich muss mich daran gewöhnen, dachte Anna, ich muss! Aber noch bevor sie den Gedanken zu Ende gedacht hatte, wurde sie wieder so von Angst überwältigt, dass sie beinahe laut geschrien hätte. Es hatte keinen Sinn. Sie schaffte es nicht. Sie lag mit zusammengebissenen Zähnen und geballten Fäusten und wartete darauf, dass die Angst sich legte.

Vielleicht wird es gar nicht so schlimm, dachte sie. Vielleicht ist das Darübernachdenken schlimmer. Aber sie wusste, dass das nicht stimmte.

Immer weiter dröhnten die Flugzeuge und krachten die Bomben, während die deutsche Dame neben ihr unablässig weinte. Einmal schrie Mama die deutsche Dame an, sie solle sich zusammennehmen, und irgendwann in der Nacht rückte Papa seine Matratze neben Mama, sodass sie alle nahe beieinander waren; aber das half auch nicht. Anna lag allein im Dunkeln.

Sie versuchte, das schreckliche Bild loszuwerden. Sie – in einem schwarzen Loch. Schreie ausstoßend, die niemand hörte.

Zuletzt war sie so erschöpft, dass eine Art von Ruhe über sie kam. Ich habe mich daran gewöhnt, dachte sie, aber sie wusste, dass auch das nicht stimmte. Und als schließlich die Erschütterungen und Detonationen aufhörten und beim Heulen der Entwarnungssirenen ein wenig Licht in den Keller drang, dachte sie, es sei eigentlich doch gar nicht so schlimm gewesen. Aber sie wusste, auch damit machte sie sich etwas vor.

———

Als sie sich die Schäden besahen, stellten sie fest, dass es nun die letzten Fensterscheiben auch noch erwischt hatte. Die Kirchturmspitze, auf die Anna von ihrem Fenster aus schaute, war eingestürzt, und im Kirchendach klaffte ein Loch mit zerfetzten Rändern. Und auf der anderen Seite der Bedford Terrace, wo gestern noch ein Haus gestanden hatte, war nur noch ein Haufen Schutt. Dort hatte bestimmt niemand überlebt.
»Ein Volltreffer«, sagte der Portier.
»Wer hat dort gewohnt?«, fragte Anna.
Sie stand in ihrer Hose und einem alten Pullover in der morgendlichen Kühle. Der Wind pfiff ihr durch die Kleider, und um die Hand, die sie sich an einer Glasscherbe verletzt hatte, hatte sie ein Taschentuch gewickelt.
»Flüchtlinge aus Malta«, sagte der Portier. »Aber sie sind immer in den öffentlichen Bunker gegangen.«
Anna erinnerte sich an die Leute – zarte, dunkelhaarige Menschen, deren Kleider für einen englischen Herbst viel zu leicht waren. Sobald die Luftschutzsirenen ertönten, kamen sie mit einem seltsam zwitschernden Geräusch aus dem Haus und eilten ängstlich die Straße hinunter.
»Alle?«, fragte sie. »Sind sie alle in den Luftschutzkeller gegangen?«
»Fast alle«, sagte der Portier.
In diesem Augenblick bog vom Russell Square her ein großer blauer Wagen in die Straße, machte einen Bogen um ein paar Trümmer, die auf der Fahrbahn lagen, und hielt vor dem Hotel. Der Fahrer öffnete die Tür, und ein kleiner rundlicher Mann kletterte heraus. Es war Professor Rosenberg.
»Ich hörte, dass es hier gestern schlimm gewesen ist«, sagte er. »Seid ihr alle wohlauf?«
Anna nickte, und er schob sie vor sich her in die Hotelhalle, wo Papa und Mama den Tee tranken, den Frau Gruber eben aufgegossen hatte.

»Ich finde, das Mädchen sollte für einige Zeit von hier fort«, sagte Professor Rosenberg. »Ich fahre heute Abend aufs Land zurück. Ich komme sie abholen und nehme sie mit.«

Anna wollte nicht. »Mir fehlt nichts«, sagte sie, aber ohne dass sie wusste warum, traten ihr immer wieder die Tränen in die Augen, und Papa und Mama wünschten beide, dass sie mitfuhr. Schließlich entschied Mama die Sache, indem sie schrie: »Ich halte nicht noch einmal eine solche Nacht hier aus, solange du da bist – wenn ich dich in Sicherheit wüsste, wäre mir schon wesentlich wohler!«

Und Papa sagte: »Bitte geh!«

Mama half ihr packen, und gegen fünf fuhr Anna im Fond des großen Wagens davon.

Sie beugte sich aus dem Fenster und winkte wie wild, bis der Wagen um die Ecke gebogen war. Während des ganzen Weges sah sie Mama und Papa noch vor sich, wie sie im Schutt der verwüsteten Straße standen und winkten.

10 **Als sie ankamen,** war es Nacht. Schon während der Wagen sich im Zickzack **aus London hinausbewegte,** weil man immer wieder abgesperrte Straßenzüge oder Stellen, an denen **Blindgänger lagen,** umfahren musste, **war es dunkel geworden,** und der Professor hatte den Fahrer zur Eile angetrieben, damit sie die Stadt hinter sich hatten, ehe die Bomber anflogen.

Anna kletterte in die ländliche Dunkelheit hinaus, in der sie die großen üppigen Bäume, die das weitläufige Haus umgaben, eher spürte als sah. Ein Hauch von Eicheln und herbstlichem Laub wehte heran, dann schob der Professor sie vor sich her durch den Vordereingang. Während sie noch versuchte, ihre Augen an das helle Licht der Halle zu gewöhnen, erklang irgendwo in den Tiefen des Hauses ein Gong. Der Professor sagte: »Sieh mal nach, wo deine Tante Louise ist«, und verschwand nach oben.

Anna fragte sich, wo Tante Louise wohl sein mochte, und da ihr nichts Besseres einfiel, entschloss sie sich, dem Ton des Gongs nachzugehen.

Sie kam durch einen geräumigen Salon, der mit weichen Sesseln, Sofas und ausgefallen geformten Stehlampen möbliert war, und gelangte in ein großes Esszimmer. An einem langen Tisch war für ein Dutzend Leute gedeckt. Sie stand vor einer Tür, die mit grünem Rupfen bespannt war, und sie wollte sie gerade öffnen, als die Gongschläge aufhörten, und Tante Louise in einem langen Samtgewand, in der einen Hand noch den Klöppel, in das Speisezimmer stürzte.

»Es gibt kein Abendessen ...«, schrie sie.

Dann erblickte sie Anna, wollte sie umarmen und traf sie dabei aus Versehen mit dem wattierten Ende des Klöppels.

»Mein liebes Kind«, rief sie, »wie geht es dir denn? Ich habe Sam gesagt, er soll dich mitbringen. Wie geht es denn deinen Eltern?«

»Es geht uns allen ganz gut«, sagte Anna.

»Gott sei Dank«, rief Tante Louise. »Die letzte Nacht war wohl furchtbar. Wir hörten davon. Überhaupt ist es ja wohl in London unerträglich – obwohl es auch hier Probleme gibt. Das Essen ...« Sie zog Anna durch die grüne Rupfentür.

»Komm«, rief sie, »du kannst mir helfen!«

In dem engen Gang hinter der Tür stießen sie auf zwei Mädchen in Tändelschürzen.

»Nun, Lotte! Inge!«, sagte Tante Louise. »Sie müssen doch Vernunft annehmen!« Aber die beiden machten trotzige Gesichter, und jenes Mädchen, das Tante Louise Inge genannt hatte, schnaufte. »So etwas lässt sich nicht so rasch vergessen«, bemerkte sie, und das Mädchen namens Lotte fügte hinzu: »Das gilt auch für mich.«

»Aber hören Sie«, jammerte Tante Louise, »wer hätte denn gedacht, dass wegen ein paar Bücklingen ...!«

Sie kamen an der Küche vorbei, wo fünf oder sechs Töpfe auf dem Herd dampften.

»Sieh dir das an«, rief Tante Louise, »das verdirbt doch so.« Beinahe im Laufschritt eilte sie zu einem anderen Zimmer. »Fräulein Pimke!«, schrie sie und versuchte die Tür zu öffnen, aber sie war verschlossen, und Anna konnte dahinter jemanden laut schluchzen hören. »Fräulein Pimke!«, rief Tante Louise wieder und hämmerte mit der Klinke. »Hören Sie mich doch an! Ich habe noch nie ein böses Wort über Ihr Kochen verloren.« Von drinnen kamen unverständliche Laute.

»Ja, ich weiß«, rief Tante Louise. »Ich weiß, dass Sie für den Kaiser gekocht haben. Und für die allerhöchsten Herrschaften. Und ich würde es mir nicht träumen lassen, Kritik zu üben. Aber wie konnte ich ahnen, dass die Mädchen keine Bücklinge essen? Und als dann die Butterration ... Fräulein Pimke, bitte kommen Sie doch heraus!«

Hinter der Tür horte man Schlurfen, und schließlich wurde die Klinke heruntergedrückt. Die Tür öffnete sich einen Spalt, und ein uraltes, tränennasses Gesicht spähte hervor.

»... noch nie hat jemand abgelehnt, was ich gekocht habe«, schluchzte es. »Und dann auch noch angeschrien werden ... zweiundachtzig Jahre alt bin ich und versuche immer noch, mein Bestes zu geben ...« Die Mundwinkel senkten sich und weitere Tränen strömten über die runzligen Wangen der alten Dame.

»Aber Fräulein Pimke«, sagte Tante Louise, schob listig einen Arm durch den Spalt und zog die Alte durch die Tür (genau als zöge sie eine Schnecke aus ihrem Haus, dachte Anna). »Was meinen Sie, würde der Kaiser sagen, wenn er Sie so weinen sähe?«

Fräulein Pimke, des Schutzes, den ihr Zimmer bot, beraubt, blinzelte verwirrt, und Tante Louise nutzte die Lage.

»Ich wollte Sie doch gar nicht anschreien«, sagte sie, »ich war nur so erschrocken, als ich herausfand, dass die Butterration für die Bücklinge draufgegangen war. Und als dann die Mädchen kündigten ... Fräulein Pimke, Sie sind die Einzige, auf die ich mich verlassen kann.«

Fräulein Pimke blinzelte, schon ein wenig besänftigt, Anna an.

»Wer ist das?«, fragte sie.

Tante Louise sah ihre Chance und nahm sie wahr.

»Ein Bombenopfer«, rief sie. »Ein kleines Opfer des Luftkrieges gegen London.« Ihr Blick fiel auf das Taschentuch, das Anna um die Hand gewickelt hatte: »Verwundet!«, rief sie. »Fräulein Pimke, Sie werden doch diesem Kind nicht sein Abendessen vorenthalten wollen!«

Inzwischen hatte sie die Gruppe auf die Küchentür zumanövriert, und Fräulein Pimke ging hinein wie ein Lamm.

»Danke, danke!«, rief Tante Louise. »Ich wusste, dass ich auf Sie zählen kann – der Professor wird sehr froh sein darüber!«

Sie führte Anna in den Salon zurück, der sich inzwischen mit Leuten in dunklen Anzügen und Abendkleidern gefüllt hatte. Anna begann zu spüren, wie wenig sie in der letzten Zeit geschlafen hatte, und nach den Schrecken der vergangenen Nacht hatte sie jetzt das Gefühl, sich wie in einem Traum zu bewegen. Sie wurde verschiedenen Leuten vorgestellt, von denen die meisten mit dem Professor verwandt zu sein schienen, aber es war schwer, sich zu merken, wer sie alle waren.

Eine kleine, schlecht gelaunte Frau war die Schwester des Professors und zwei Jungen, jünger als Anna, schienen ihre Söhne zu sein. Aber was tat dieser Mensch im Seidenanzug und Turban hier? War er wirklich ein Maharadscha, wie sie gehört zu haben glaubte?

Sie fühlte sich unsicher in ihrer Hose und dem alten Pullover, aber eine rothaarige Frau in einem schwarzen Kleid sagte, sie sähe sehr nett aus, und bat sogar ihren Mann, das zu bestätigen, und der sagte etwas von Front und fragte, wie man sich so mitten im Kampfgebiet fühle.

Es stellte sich heraus, dass niemand im Haus seit Beginn der Fliegerangriffe auch nur eine einzige Nacht in London verbracht hatte, und sie stellten ihr endlose Fragen, als sei sie ein seltsames Wesen aus einer anderen Welt. Der Maharadscha – wenn er wirklich einer war – sagte immer wieder: »Schrecklich, schrecklich, wie halten die Menschen das überhaupt aus.«

Blöd, dachte Anna, was kann man denn sonst tun, als es auszuhalten. Man hat doch gar keine Wahl. Und eine alte Dame mit einem Hörrohr sagte: »Sagen Sie, liebes Kind, ist es wahr, dass dabei großer Lärm entsteht?«

Das Essen, das von Inge und Lotte schmollend serviert wurde, war unglaublich gut, und mit vollem Magen wäre Anna beinahe beim Ritual des Anhörens der 9-Uhr-Nachrichten, das auf das Essen folgte, eingeschlafen.

Der Professor legte ihr einen ordentlichen Verband an ihre Hand an. Ihren Schnitt bezeichneten alle hartnäckig als Wunde. Danach schien der ganze Abend immer mehr zu einem Traum zu versinken, sodass Anna überhaupt nicht überrascht war, als Fräulein Pimke in Schlafrock, Pantoffeln und Haarnetz erschien, um allen einen Gutenachtkuss zu geben. »War das Essen gut?«, flüsterte sie jedem Gast zu, und selbst der Maharadscha sagte »Ja« und ließ sie seine Hand küssen.

Anna schwankte beinahe, als Tante Louise sie endlich auf ihr Zimmer brachte. Es war hübsch und sauber, das Bett frisch bezogen. Keine

Bomben, keine Flugzeuge, kein Lärm. Mama, Papa ... dachte sie, als ihr Kopf auf das Kissen sank, aber sie war so müde, und das Bett war so weich, dass sie den Gedanken nicht zu Ende denken konnte, sondern einschlief.

Als sie aufwachte, war es heller Tag. Einen Augenblick lang betrachtete sie erstaunt die weißen Wände und die blumigen Vorhänge. Dann streckte sie sich noch einmal mit einem Gefühl des Wohlbehagens aus. Sie kam sich vor, als sei sie gerade von einer schweren Krankheit genesen – das kommt wohl, weil ich die ganze Nacht ohne Unterbrechung geschlafen habe, dachte sie. Als sie auf die Uhr schaute, war es beinahe Mittag.

Sie stand schnell auf und zog einen Rock an statt der Hose. Es war in London schwierig gewesen, etwas zu waschen, und der Rock sah nicht viel besser aus. Dann ging sie nach unten. Im Salon traf sie auf die alte Dame mit dem Hörrohr. Als sie Anna sah, lächelte sie und schrie: »Viel Lärm, nicht wahr?«

»Ja, aber hier nicht«, schrie Anna zurück.

Durch die Fenstertür sah sie, dass graue Wolken über den Himmel zogen. Vielleicht hatten Mama und Papa eine einigermaßen ruhige Nacht gehabt. Sie hatte keinen Hunger, und wahrscheinlich war es auch zu spät fürs Frühstück, deshalb ging sie nach draußen.

Der Wind war heftig, aber nicht kalt. Welkes Laub wirbelte über die Terrasse vor ihr her. Am Ende der Terrasse war einmal ein Rasen gewesen, aber jetzt war er verwildert, und die feuchten Gräser schlugen ihr um die Waden. Sie reichten ihr manchmal bis zu den Knien. Das Rasenstück war sehr breit, und etwa in der Mitte blieb sie einen Augenblick stehen, ließ sich den Wind ins Gesicht blasen und sah unter sich das Gras wogen. Sie fühlte sich, als sei sie auf See – vielleicht weil sie noch nicht gegessen hatte, wurde ihr von der Bewegung beinahe schwindlig. Vor ihr senkte sich die Wiese zu einer Baumreihe hinunter, und als sie dort ankam, entdeckte sie einen Bach. Sie kauerte sich am Ufer hin und blickte ins Wasser hinab. In diesem Augenblick kam die Sonne zum Vorschein, und die Färbung des Wassers war nicht mehr lehmig, sondern leuchtend blaugrün. Sie sah einen kleinen Fisch. Fast regungslos stand er über dem sandigen Grund. Sie konnte jede einzelne der glänzenden Schuppen erkennen, die sich um den plumpen Körper legten, die runden, erstaunten Augen, den fein geformten Schwanz und die Rückenflossen. Der Fisch hielt sich gegen die Strömung und schimmerte manchmal blau, manchmal silbern, und sein spatenförmiger Mund streckte sich und zog sich zusammen. Anna starrte auf den Fisch hinunter, sie tastete ihn geradezu mit den Augen ab. Dann musste sie eine Bewegung gemacht haben, denn plötzlich flitzte der Fisch davon. Gleich darauf verschwand auch die Sonne, und der Bach wurde wieder braun und trübe.

Von den Bäumen über ihr kamen ein paar Blätter heruntergesegelt. Anna stand auf und lief in Richtung des Hauses. Sie sah in Gedanken immer noch den Fisch. Wenn man das malen könnte, dachte sie. Der Wind fuhr durch ihr Haar und durch das Gras, und in einem plötzlichen Glücksgefühl dachte sie: Die Giraffen möchte ich malen und die Tiger und die Bäume und Menschen und die ganze Schönheit der Welt.

———

Als sie zurückkam, hatten sich die meisten der Hausgäste wieder im Salon versammelt, und alle fragten, ob sie sich besser fühle.

Die alte Dame mit dem Hörrohr war damit beschäftigt, durch die Speisezimmertür zu spähen, um zu sehen, wie weit es mit dem Mittagessen war. Tante Louise, erschöpft von den häuslichen Dramen des vergangenen Abends, ruhte in ihrem Zimmer, und auch der Maharadscha ließ sich nicht blicken. Der Professor plauderte über die alten Zeiten in Berlin.

»Großmutters Geburtstag«, sagte er. »Erinnert ihr euch noch, wie die Kinder zusammenkamen?«

Seine Schwester nickte. »Sie hat sie immer alle beschenkt«, sagte sie.

»Gott sei Dank, dass sie nicht mehr erlebt hat, wie alles geendet hat«, sagte der Professor.

Die Tür öffnete sich, und der Maharadscha erschien. Anna war erleichtert, denn sie hatte schon den leisen Verdacht gehabt, sie hätte von ihm nur geträumt. Er trug noch immer den Turban, aber dazu einen gewöhnlichen dunklen Anzug, und alle sprachen sofort, aus Rücksicht auf ihn, Englisch. Nur die alte Dame mit dem Hörrohr sagte plötzlich laut auf Deutsch: »Bei ihr gab es die besten Klöße in ganz Preußen.«

Anna fragte sich, ob wohl die Mädchen, die gekündigt hatten, noch das Mittagessen servieren würden. Zu ihrer Überraschung tauchten beide im Speisezimmer auf, lächelnd und aufmerksam. (Sie entdeckte später, dass Tante Louise einfach ihren Lohn erhöht hatte.) Sie saß neben dem Maharadscha, der sie wieder nach den Luftangriffen fragte und ihr erzählte, der erste Angriff habe ihn so mitgenommen, dass er krank geworden sei. Darauf habe der Professor ihn aufs Land gebracht, wo er auf eine Schiffspassage nach Indien wartete.

»Sie sind mein Wohltäter«, sagte er zu dem Professor und drückte ihm die Hand.

»Der Wohltäter aller hier im Haus«, sagte die rothaarige Dame, und der Professor schaute erfreut drein, aber auch ein wenig bekümmert, und etwas später sagte er, es sei schrecklich, wie sehr die Lebensmittelpreise seit Kriegsbeginn stiegen.

Anna fragte nach den beiden Jungen, und die Schwester des Professors sagte ihr, dass sie ein Gymnasium in einer benachbarten Stadt besuchten, dort aber nichts lernen würden, weil alle guten Lehrer eingezogen seien.

»Unsinn, du machst viel zu viel Aufhebens um die Jungen«, sagte die rothaarige Dame. Darauf wurde die Schwester des Professors sehr böse, und zu Annas Überraschung waren in kurzer Zeit alle in einen wilden Streit verwickelt. Nur der Maharadscha begnügte sich damit zu sagen: »Bildung ist der schönste Edelstein in der Krone eines jungen Mannes.« Dagegen ließ sich schwerlich etwas einwenden, und die alte Dame bat Anna, ihr die Soße zu reichen, und aß stillvergnügt alles, was in ihre Reichweite kam.

Es war fast eine Erleichterung, als das Mittagessen vorüber war und alle Hausgäste verkündeten, sie gingen nun auf ihre Zimmer, um auszuruhen.

Wovon eigentlich?, dachte Anna. Es hatte angefangen zu nieseln, und sie hatte keine Lust, wieder nach draußen zu gehen. So schrieb sie ein Briefchen an Mama und wusch ein paar Sachen in der Waschküche, die sie hinter der Küche entdeckt hatte. Als sie in den Salon zurückkam, war es erst halb vier, und es war niemand im Zimmer außer der alten Dame, die mit offenem Mund in ihrem Sessel schlief. Auf einem der Tische lag eine Zeitschrift. Anna sah sie sich an, es war aber nur von Pferden darin die Rede, so blieb sie am Ende einfach still sitzen. Die alte Dame schnarchte leise. Auf ihrem Kleid, in der Nähe ihres Mundes, lag eine Fluse, die sich sacht in ihrem Atem bewegte. Anna beobachtete diese Fluse eine Zeit lang in der Hoffnung, dass irgendetwas passieren würde – die alte Dame konnte sie verschlucken, oder niesen oder sonst etwas – aber nichts geschah.

Im Zimmer wurde es langsam dunkler. Die alte Dame schnarchte, und die Fluse bewegte sich in ihrem Atem, und Anna bekam langsam das Gefühl, schon immer hier gesessen zu haben. Dann erwachte das Haus ganz plötzlich zum Leben.

Zuerst kam Lotte mit dem Teewagen herein. Die alte Dame musste im Schlaf den Tee gerochen haben; sie wurde sofort wach. Tante Louise erschien, gefolgt von den anderen Hausgästen, in ihrem langen Samtgewand, zog die Vorhänge zu und knipste die Lampe an, und dann kamen die beiden Jungen hereingestürzt. Ihre Mutter fing sofort an, sie auszufragen. Hatten sie etwas gelernt? Was für Hausaufgaben hatten sie auf? Konnte Anna ihnen vielleicht dabei helfen? Aber sie wischten diese Frage mit einem Blick des Missfallens auf Anna beiseite und drehten das Radio laut auf.

Tante Louise drückte die Hände auf ihre zarten Ohren. »Müssen wir diesen schrecklichen Lärm anhören?«, rief sie.

Einer der Jungen schrie: »Ich will das Truppenwunschkonzert hören.« Ihre Mutter ergriff plötzlich ihre Partei und sagte: »Ein bisschen Vergnügen sollten die Kinder doch wohl haben!«, und sofort stürzten sich alle in ein neues Wortgefecht, das noch andauerte, als die Jungen sich längst in die Küche hinausgeschlichen hatten, um das Programm dort anzuhören. Tante Louise sagte, sie wären verzogen. Ihre Mutter erwiderte, da Tante Louise keine eigenen Kinder habe, verstehe sie nichts von Erziehung. Die rothaarige Dame sagte, im Hause herrsche eine schreckliche Atmosphäre – man könne nicht atmen – und die alte Dame hielt eine lange Rede, die niemand verstand, in der sie eine nicht mit Namen genannte Person verdächtigte, sich an ihrer Zuckerration vergriffen zu haben.

Anna wusste nicht, was sie tun sollte. Sie ging ans Fenster und starrte in die Dämmerung hinaus. Die Sonne war noch nicht ganz untergegangen, und sie konnte erkennen, dass der Himmel immer noch bedeckt war. Wenn es über London ebenso schlimm aussah, würde es nicht zu schlimm werden. Sie dachte an Mama und Papa, die sich jetzt auf die Nacht vorbereiteten. Sie würden überlegen, ob sie in den Keller hinuntergehen oder es riskieren sollten, im eigenen Bett einzuschlafen.

Hinter ihr rief eine Stimme: »Vorige Woche war es genau das Gleiche mit den Gummistiefeln!«, und plötzlich fragte sie sich, was sie eigentlich in diesem Haus zu suchen hatte, in dieser Zeit, unter diesen Menschen.

11 **Anna** stellte bald fest, dass es im Hause des Professors eigentlich **nie viel anders zuging.** Es gab endlose Stunden der Langeweile, die sie, so gut sie konnte, **mit Spaziergängen** und Skizzenversuchen überbrückte. Immer wieder bekamen sich **die Anwesenden in die Haare.** Außer dem Professor hatte keiner der Hausbewohner etwas anderes zu tun, als zu warten: auf die nächste Mahlzeit, die Nachrichten, das Ende der Luftangriffe. Und da außer den beiden Jungen keiner jemals das Haus zu verlassen schien, gingen sie sich alle einander beträchtlich auf die Nerven.

Anna wunderte sich, welche Kleinigkeiten zu einem Streit führen konnten – zum Beispiel die Sache mit der Nationalhymne. Dieser Streit flammte jedes Mal auf, wenn das Radio lief, und er schien unlösbar.

Es begann an einem Abend, als zum Ende der Nachrichten »God save the King« gespielt wurde, und Tante Louise aufsprang und Haltung annahm. Nachher erklärte sie, alle, die sitzen geblieben seien, hätten sich der Unhöflichkeit und Undankbarkeit gegen das Land schuldig gemacht, das ihnen Obdach gewährte. Die Schwester des Professors entgegnete, ihre Söhne hätten ihr erzählt, und darauf könne man sich verlassen, dass es keinem Engländer im Traum einfallen würde, im eigenen Haus die Nationalhymne stehend anzuhören.

Schon war wieder der Krach da. Die Anwesenden ergriffen Partei.

Anna versuchte, sich aus der Sache herauszuhalten, indem sie es vermied, nach den Nachrichten im Salon anwesend zu sein.

Aber die Sache wurde dadurch noch komplizierter, dass Tante Louise unmusikalisch war.

Sobald eine feierliche Melodie erklang, tauchte bei ihr der Verdacht auf, dies könnte die englische Nationalhymne sein. Einmal versuchte sie, alle zum Aufstehen zu bewegen, als »Rule Britannia« gespielt wurde, und zweimal bei »Land of Hope and Glory«.

Und dann gab es das große Rätselraten wegen der Zuckerration. Die Affäre wurde durch die alte Dame ins Rollen gebracht, die schon seit einiger Zeit behauptete, jemand nehme von ihrer Zuckerration. Niemand hatte dem Beachtung geschenkt, bis sie eines Morgens beim Frühstück einen triumphierenden Schrei ausstieß und sagte, jetzt hätte sie den Beweis.

Um Streit zu vermeiden, wurden die Zucker-, genau wie die Butter- und Margarinemengen, einmal in der Woche sorgfältig abgewogen und in besondere Schälchen verteilt, die mit den Namen des Eigentümers gekennzeichnet waren, und diese Schälchen wurden von Lotte auf den Frühstückstisch gestellt, sodass jeder seine Ration entweder auf die einzelnen Tage verteilen oder alles in einem einzigen üppigen Festmahl verschlingen konnte.

Die alte Dame hatte listigerweise den Stand ihres Zuckerverbrauches mit einem Bleistift an der Wand des Schälchens markiert, und man sah deutlich, dass der Rand des Zuckers an diesem Morgen einen guten halben Zentimeter tiefer stand. Misstrauisch geworden, markierten auch die anderen ihren Zucker, und tatsächlich, am nächsten Tag hatten sowohl die Schwester des Professors als auch der Mann der rothaarigen Dame einen Verlust zu verzeichnen. Alle anderen Schälchen waren unberührt geblieben.

So etwas wie den Krach, der dann folgte, hatte Anna noch nie erlebt. Die rothaarige Dame beschuldigte die beiden Jungen. Die Schwester des Professors schrie: »Wollen Sie damit etwa andeuten, dass sie ihre eigene Mutter bestehlen?« Anna fand, dass dies eine seltsame Einstellung verrate. Tante Louise bestand darauf, dass der Professor die Dienerschaft verhöre, mit dem Ergebnis, dass Lotte und Inge wieder einmal kündigten.

Die Sache klärte sich schließlich auf. Fräulein Pimke hatte sich, als sie den süßen Nachtisch zum Dinner zubereitete, aus den nächststehenden Schälchen bedient. Aber inzwischen waren so viele unverzeihliche Worte gefallen, dass zwei Tage lang alle nicht mehr miteinander sprachen. Der Maharadscha, der sich als Einziger aus dem Kampf herausgehalten hatte, fand es außerordentlich deprimierend. Er und Anna gingen missmutig unter den tropfenden Bäumen des Parks spazieren, und Anna hörte zu, wie er wehmütig von Indien erzählte, bis die kalte Herbstluft sie schließlich zurück ins Haus trieb.

————

Nach diesem Streit wegen des Zuckers beschloss Anna, nach London zurückzukehren. Sie versuchte, es Tante Louise so taktvoll wie möglich beizubringen.

»Mama braucht mich«, sagte sie, obwohl Mama nichts dergleichen gesagt hatte.

Trotzdem war Tante Louise ganz außer sich. Sie wollte nicht, dass Anna sich wieder den Luftangriffen aussetzte, und sie fürchtete auch, dass Fräulein Pimke, die sich an Annas Anwesenheit gewöhnt hatte, sich aufregen könnte. Und dann die Mädchen. Wenn sie wirklich gingen, würde sie Hilfe brauchen. Aber – typisch Tante Louise – als Anna gerade anfing, ärgerlich zu werden, zog Tante Louise sie plötzlich an sich und rief: »Ich bin ja blöd; vergiss, was ich gesagt habe.« Und dann bestand sie darauf, ihr ein Pfund für die Reise zu geben.

Der Professor fuhr in dieser Woche nicht nach London, deshalb reiste Anna mit dem Zug, der statt fahrplanmäßig fünfzig Minuten viereinhalb Stunden brauchte. Sie hatte absichtlich Mama ihre Ankunft nicht mitgeteilt, denn Mama und Papa hatten sie beide in ihren Briefen beschworen, so lange wie möglich auf dem Land zu bleiben, und sie wollte ihnen nicht die Gelegenheit geben, ihr zuzureden.

Während der Zug in London einfuhr, konnte sie fast in allen Straßen die Lücken sehen, die die Bomben gerissen hatten, und in keinem der Häuser, die an der Bahnstrecke lagen, waren die Fensterscheiben noch ganz. Im Bahnhof Paddington fehlte das schwarz bemalte Glas der Überdachung, und es war seltsam, über dem düsteren Eisengestänge den Himmel und die Wolken zu sehen. Spatzen flatterten zwischen dem Gestänge hin und her und schossen immer wieder auf der Suche nach Krumen auf die Bahnsteige herunter.

Die Straßen waren leer – es war früher Nachmittag, und alle Leute waren bei der Arbeit.

Von ihrem Bus herunter, der die Euston Road entlangkroch, sah Anna das Unkraut, mit dem einige der Trümmerstücke schon überwuchert waren. Im Ganzen sah die Stadt mitgenommen und öde aus, so als hätte sie sich schon an die Bomben gewöhnt.

Fast die Hälfte der Bedford Terrace war verlassen und mit Brettern vernagelt, aber das Hotel Continental schien keine weiteren Schäden erlitten zu haben. Einige Fenster waren sogar repariert. Anna fand Papa in seinem Zimmer. Mama war noch nicht von der Arbeit zurückgekommen. Papa tippte gerade etwas auf seiner wackeligen Schreibmaschine. »Warum bist du nicht auf dem Land geblieben?«, meinte er zu Anna. Aber da sie nun einmal da war, und er nichts mehr daran ändern konnte, war er offensichtlich froh, sie zu sehen. Ein paar Stunden später kam Mama, und ihre Reaktion war ähnlich. Beide schienen nicht sehr überrascht. Natürlich, dachte Anna, sie kennen die Rosenbergs viel besser als ich.

Die Zahl der Hotelgäste war noch mehr zusammengeschmolzen. Mama erzählte Anna, dass die deutsche Dame nach jener schlimmen Nacht im Keller nicht hatte aufhören können zu weinen. Ein Arzt hatte sie schließlich in ein Erholungsheim auf dem Land geschickt. Der Portier war zu seinem Bruder nach Leicester gezogen, und vier der Angestellten hatten genau wie die Gäste London verlassen. Diejenigen, die geblieben waren, sahen grau und erschöpft aus, obwohl Mama und Papa versicherten, dass sie, seitdem das Wetter so wechselhaft geworden war, viel mehr Schlaf bekamen.

Beim Abendessen ging es beinahe familiär zu. Die Wildtaube hielt eine kleine Willkommensansprache für Anna. »Aber Sie sind ein törichtes Mädchen doch«, sagte er, »dass Sie nicht sind geblieben auf dem Land bei den schönen Schafchen und den Viechern.«

»Wirklich, Herr Wildtaube«, sagte Frau Gruber, die seinen Namen ebenso wenig aussprechen konnte wie die Gäste, »Ihr Englisch wird von Tag zu Tag schlechter.«

Eine Weile nach Einbruch der Dunkelheit kam der Fliegeralarm. Mama reagierte mit einer verächtlichen Bewegung.

»Heute Nacht kommen sie nicht«, sagte sie, »es ist zu bewölkt.«

»Ich verstehe nicht, wie du so sicher sein kannst«, sagte Papa, aber alle anderen schienen Mama als Expertin anzuerkennen, und man beschloss, nicht im Keller zu schlafen.

Anna hatte ein Zimmer im ersten Stock bekommen, gleich neben Mama. (»Da das ganze Hotel leer ist, werden Sie doch nicht unter dem Dach schlafen«, sagte Frau Gruber.) Sie hatte gefürchtet, ihre alte Angst werde in der Nacht wiederkommen, aber sie musste sich auf dem Land gut erholt haben. Die wenigen Einschläge, die sie während der Nacht weckten, beunruhigten sie überhaupt nicht. Sogar die Nacht darauf, die sie im Keller verbringen musste, kam ihr nicht so schlimm vor.

Als Anna in die kaufmännische Schule zurückkehrte, stellte sie fest, dass dort ein neuer Geist zielstrebiger Aktivität eingekehrt war. Madame Laroche, magerer und reizbarer als je zuvor, hatte die Zügel wieder in die Hand genommen, und man konnte ihren unverständlichen belgischen Akzent in allen Klassenräumen hören. Es gab wieder Papier für die Maschinen – jemand hatte eine englische Quelle entdeckt – und sogar einige neue Schüler waren hinzugekommen.

Niemand redete noch über Luftangriffe. Sie gehörten zum täglichen Leben und waren nicht mehr interessant. Stattdessen sprachen alle von Stellen.

Jetzt, da London sich an die Luftangriffe angepasst hatte, herrschte plötzlich eine große Nachfrage nach Stenotypistinnen, und Madame Laroche hatte am Schwarzen Brett im Korridor eine Liste mit offenen Stellen angeheftet.

»Wie bald, glauben Sie, könnte ich eine Stelle annehmen?«, fragte Anna Madame Laroche, und zu ihrer Freude erhielt sie eine Antwort, aus der sie heraushörte: »Sie müssen wieder in Übung kommen«, und »in ein paar Wochen«.

Tatsächlich war Anna schnell wieder in Übung, und etwa zehn Tage nach ihrer Rückkehr sagte sie eines Morgens voller Stolz zu Mama: »Heute rufe ich von der Schule aus wegen einer Stelle an. Wenn ich mich also irgendwo vorstellen muss, komme ich später nach Hause.« Sie kam sich sehr großartig vor, als sie das so sagte. Sobald die erste

Stunde vorüber war, lief sie mit einer Abschrift von Madame Laroches Liste und einer Hand voll Pennies zum Schultelefon.

Die besten Stellen waren die beim Kriegsministerium. Ein Mädchen, das Anna kannte, war gerade mit drei Pfund zehn Shillings Wochenlohn dort eingestellt worden, und dabei sprach sie nur ein mäßiges Französisch. Was müssen die dann mir erst bezahlen, dachte Anna, ich bin perfekt in Französisch und Deutsch. Und als sie anrief und ihre Qualifikationen aufzählte, klang die Stimme am anderen Ende tatsächlich begeistert.

»Ganz ausgezeichnet«, rief sie in militärischem Ton. »Können Sie sich um 0-11-00 Uhr vorstellen kommen?«

»Ja«, sagte Anna, während sie überlegte, was dieses 0-11-00 Uhr wohl bedeuten sollte, und sich gleichzeitig vorstellte, wie sie Mama verkünden würde, dass sie eine Stelle mit vier Pfund oder sogar vier Pfund zehn in der Woche habe. Da sagte die Stimme, als sei es ihr eben noch eingefallen: »Ich nehme doch an, dass Sie gebürtige Engländerin sind.«

»Nein«, sagte Anna. »Ich bin aus Deutschland, aber mein Vater ...«

»Tut mir leid«, sagte die Stimme wesentlich reservierter. »Wir können nur Bewerber berücksichtigen, die gebürtige Engländer sind.«

»Aber wir sind Antinazis«, rief Anna, »wir sind schon Antinazis gewesen, als es noch keiner war.«

»Tut mir leid«, sagte die Stimme. »Vorschrift – da kann man nichts machen.« Und der Hörer wurde aufgelegt.

Wie idiotisch, dachte Anna. Sie war so enttäuscht, dass sie einige Zeit brauchte, bevor sie sich entschloss, das Informationsministerium anzurufen, das an zweiter Stelle auf der Liste stand. Die Antwort, die sie bekam, war die gleiche. Man könne leider nur gebürtige Engländer berücksichtigen.

Diese Bestimmung kann doch unmöglich ohne Ausnahme gelten, dachte sie. Sie wurde immer enttäuschter. Es stellte sich aber heraus, dass tatsächlich keine Ausnahmen gemacht wurden.

Auf Madame Laroches Liste standen sechs große Organisationen, die alle Sekretärinnen suchten, aber keine war bereit, sie auch nur einmal zu einem unverbindlichen Gespräch kommen zu lassen. Nachdem die Letzte sie abgewiesen hatte, blieb sie völlig ratlos beim Telefon stehen. Dann ging sie zu Madame Laroche.

»Madame«, sagte sie, »Sie haben mir gesagt, dass ich nach Beendigung des Kurses eine Stelle bekommen würde, aber niemand auf Ihrer Liste will mich auch nur empfangen, weil ich keine gebürtige Engländerin bin.«

Wie gewöhnlich war Madame Laroches Antwort schwer zu verstehen. Die Bestimmungen über die britische Staatsangehörigkeit waren neu – vielleicht waren sie auch nicht neu, aber Madame Laroche hatte gehofft, dass sie inzwischen gelockert worden wären. Was immer sie auch gehofft haben mochte, fest stand, dass Annas Versuche überhaupt keinen Sinn hatten.

»Aber Madame«, sagte Anna, »ich brauche eine Stelle. Das war der Grund, warum ich hergekommen bin. Sie haben mir gesagt, ich würde eine Stelle bekommen, und ich habe heute Morgen meiner Mutter gesagt ...« Sie unterbrach sich, denn, was sie Mama gesagt hatte, hatte schließlich nichts mit der Sache zu tun, aber auch ohne das hatte sie die größte Mühe, ihre Fassung zu bewahren.

»Also, ich kann da jetzt nichts tun«, sagte Madame Laroche abweisend auf Französisch, worauf Anna sich zu ihrer eigenen Überraschung sagen hörte: »Aber Sie müssen!«

»Comment?«, sagte Madame Laroche und sah sie feindselig an.

Anna erwiderte ihren Blick.

Madame Laroche murmelte etwas vor sich hin und begann, in den Papieren auf ihrem Schreibtisch zu wühlen. Schließlich zog sie ein Blatt heraus und brummelte etwas von einem Kreuz und einem roten Oberst. »Wird der nichts gegen meine Nationalität haben?«, fragte Anna, aber Madame Laroche drückte ihr das Papier in die Hand und schrie: »Gehen Sie, gehen Sie! Rufen Sie sofort an!«

Anna warf einen Blick auf das Papier. Darauf stand: Die Ehrenwerte Mrs Hammond, Oberst des britischen Roten Kreuzes, und darunter stand eine Adresse in der Nähe der Vauxhall Bridge Road. Anna borgte sich noch zwei Pennies und wählte die Nummer. Die Stimme, die antwortete, war schroff und energisch, aber sie fragte nicht, ob Anna gebürtige Engländerin sei, und erklärte, dass sie sich am Nachmittag vorstellen solle.

Den Rest des Tages verbrachte Anna in gespannter Unruhe. Sie fragte sich, ob sie Mama anrufen und ihr sagen sollte, dass sie sich vorstellen ging, entschloss sich dann aber, es nicht zu tun. In der Mittagspause hatte sie keine Lust auf ihre übliche Tasse Tee und ihr Stück Gebäck bei Lyons, sondern wanderte stattdessen durch die Straßen, betrachtete ihr Spiegelbild in den wenigen verbliebenen Schaufenstern und fragte sich besorgt, ob sie für eine Sekretärin auch gesetzt genug aussähe. Als die Zeit der Verabredung kam, war sie viel zu früh an der angegebenen Adresse und musste fast eine halbe Stunde auf der Vauxhall Bridge Road auf und ab gehen.

Es war keine sehr angenehme Gegend. An einem Ende der Straße lag eine Brauerei, und der säuerliche Hopfengeruch hing über dem ganzen Viertel. Straßenbahnen ratterten kreischend auf der Mitte der Fahrbahn entlang. Alle Läden waren mit Brettern vernagelt und verlassen.

Wie sich herausstellte, lag das Büro von Mrs Hammond in einer stillen Seitenstraße in einem von Bomben beschädigten Krankenhaus, von dem aus man auf einen großen Platz hinaussah. Nach dem Lärm der Hauptstraße kam es Anna hier sehr ruhig vor. Als sie geläutet hatte, wurde sie von einer Frau in einer Kittelschürze durch einen riesigen, düsteren Raum geführt, der wahrscheinlich einer der früheren Krankensäle war. Dann ging es durch ein kleineres, hell erleuchtetes Zimmer, in dem ein halbes Dutzend älterer Frauen an summenden Nähmaschinen saßen, und schließlich betraten sie ein winziges Büro, wo die ehrenwerte Mrs Hammond umgeben von Strickwolle hinter dem Schreibtisch thronte. Ihr graues Haar war mit Flusen bedeckt, die Wolle schien von allen Seiten über sie hergefallen zu sein, sie hing von ihrer Stuhllehne herab und saß an ihrem blauen Uniformrock, ringelte sich auf dem Fußboden.

»Diese verdammten Stränge«, rief sie, als Anna eintrat. »Ich habe mich schon wieder verzählt. Können Sie gut rechnen?«

»Ich glaube, ja«, antwortete Anna etwas verdutzt, und Mrs Hammond meinte: »Umso besser! Und was können Sie noch?« Anna zählte ihre Fähigkeiten auf, erwähnte die Noten ihres Schulabgangszeugnisses und sagte, dass sie Kurzschrift in drei Sprachen beherrsche. Mrs Hammonds Gesicht wurde immer länger.

»Es hat keinen Sinn«, rief sie. »Sie würden es hier schrecklich finden – Sie würden sich zu Tode langweilen!«

»Das glaube ich nicht«, sagte Anna, aber Mrs Hammond schüttelte den Kopf.

»Sprachen!«, rief sie. »Dafür haben wir hier keine Verwendung. Sie gehören in eine Behörde wie das Kriegsministerium. Die suchen doch Mädchen wie Sie – Französisch, Deutsch, Hindostani – und was sonst noch!«

»Ich habe es beim Kriegsministerium versucht«, sagte Anna, »aber sie wollen mich nicht haben.«

Mrs Hammond versuchte geistesabwesend einen Wollfaden abzumachen, der sich um einen Knopf ihrer Uniformjacke gewickelt hatte. »Und warum nicht? Was stimmt denn mit Ihnen nicht?«

Anna holte tief Atem. »Ich bin keine Engländerin«, sagte sie.

»Hach! Eine Irin!«, rief Mrs Hammond und fügte vorwurfsvoll hinzu: »Sie haben grüne Augen.«

»Nein«, sagte Anna, »ich bin deutsch.«

»Deutsch?«

»Deutsch-jüdisch. Mein Vater ist ein bekannter Schriftsteller und Nazigegner. Wir haben Deutschland 1933 verlassen und sind ...«

Es hing ihr plötzlich zum Hals heraus, es immer erst zu erklären und sich rechtfertigen zu müssen. »Der Name meines Vaters stand auf der ersten schwarzen Liste, die die Nazis veröffentlichten«, sagte sie sehr laut. »Als wir aus Deutschland geflohen waren, setzten sie einen Preis auf seinen Kopf aus, lebendig oder tot. Es ist also nicht sehr wahrscheinlich, dass ich die britischen Verteidigungsanstrengungen sabotieren werde. Aber leider ist es unglaublich schwer, die Leute davon zu überzeugen.«

Es entstand eine Pause. Dann sagte Mrs Hammond: »Wie alt sind Sie?«

»Sechzehn«, sagte Anna.

»Ach so«, sagte Mrs Hammond. Sie stand auf und schüttelte dabei Wollstränge in alle Richtungen wie ein Hund, der das Wasser aus seinem Fell schüttelt. »Na, wir können uns die Sache ja mal ansehen.«

Sie führte Anna zu einer Wand mit Regalen, die bis unter die Decke mit unförmigen Paketen vollgestopft waren.

»Wolle«, sagte sie.

Dann zeigte sie auf einen Karteischrank und zog eine Schublade voller Karteikarten heraus.

»Frauen«, sagte sie, und als Anna sie fragend ansah, fügte sie hinzu: »Sie stricken. Im ganzen Land.«

»Ich verstehe«, sagte Anna.

»Wir schicken die Wolle an die Frauen. Die stricken daraus Pullover, Socken, Kopfschützer, all das Zeug. Sie schicken sie uns zurück, und wir schicken sie an Soldaten, die sie brauchen. Das ist alles.«

»Ich verstehe«, sagte Anna wieder.

»Nicht sehr kompliziert, wie Sie sehen«, sagte Mrs Hammond. »Man braucht keine Fremdsprachen zu können, außer wenn es um die Franzosen geht. Hab allerdings noch nie gehört, dass die knapp an Wollsachen sind.«

Dann machte sie eine Handbewegung auf den Raum mit den Nähmaschinen hin. »Und dann sind da die alten Damen. Eine ziemliche Verantwortung.«

»Was machen die denn?«, fragte Anna.

»Sie nähen Schlafanzüge, Bandagen und so etwas für die Hospitäler. Sie wohnen in der Gegend und kommen her. Alles freiwillig, müssen Sie wissen. Morgens kriegen sie Bouillon und nachmittags Tee und Kekse.«

Anna nickte.

»Tatsächlich«, sagte Mrs Hammond, »ist das wirklich sehr nützlich. Ich weiß das von meinem Sohn, der in der Luftwaffe ist – da werden keine Wollsachen ausgegeben, er hat immer gefroren. Und ich brauche jemanden, der mir hilft. Glauben Sie, dass Sie das könnten?«

»Bestimmt«, sagte Anna. Es war nicht genau das, was sie sich erhofft hatte, aber Mrs Hammond gefiel ihr, und es war immerhin eine Stelle.

»Wie ...«, stammelte sie, »ich meine, wie viel ...?«

Mrs Hammond schlug sich mit der flachen Hand vor die Stirn. »Natürlich, das Wichtigste an der ganzen Sache!«, rief sie. »Ich wollte drei Pfund zahlen. Aber mit all den Sprachen könnten Sie wohl mehr verdienen. Sagen wir drei Pfund zehn die Woche – einverstanden?«

»Oh ja«, rief Anna. »Das wäre prima.«

»Dann fangen Sie Montag an«, sagte Mrs Hammond. Und als sie Anna hinausbegleitete, fügte sie hinzu: »Freue mich schon drauf.«

———

Anna fuhr triumphierend in einer der ratternden Straßenbahnen die Vauxhall Bridge Road entlang. Es wurde schon dämmrig, und als sie die U-Bahn-Station an der Hyde Park Corner erreicht hatte, waren die Treppen, die zu den Bahnsteigen hinunterführten, schon dicht besetzt mit Leuten, die für die Nacht dort Schutz suchten. Auf dem Bahnsteig hatten einige schon ihr Bettzeug ausgebreitet, und man musste aufpassen, dass man nicht darauftrat. An der Haltestelle Holborn saßen die Menschen sowohl auf Bänken, die man an den Wänden entlang aufgestellt hatte, wie auch auf dem Fußboden. Eine Frau in grüner Uniform verkaufte Tee an einem fahrbaren Stand. An einem Ende des Bahnsteigs hatte sich eine Menschentraube um einen Mann mit einer Mundharmonika gebildet, und man sang »Roll out the barrel«. Ein alter Mann mit einer Schirmmütze, an dem Anna vorbeiging, rief ihr zu: »Guten Abend, meine Schöne!«

In dem Augenblick, als sie in die Bedford Terrace einbog, begannen die Sirenen zu heulen, und sie rannte zum Hotel, durch die Halle hindurch, die Treppe hinauf und stürzte atemlos in Mamas Zimmer. Man hörte schon das Dröhnen der Bomber. »Mama«, rief sie, während in einiger Entfernung die erste Bombe detonierte. »Mama, ich habe eine Stelle!«

12 **Anna hätte ihre Stelle** am folgenden Montag beinahe **nicht angetreten,** denn es geschah etwas.
Es war am Freitag. Max war zu einem **seiner seltenen Besuche gekommen** und blieb über Nacht. Obgleich das Abendessen **ziemlich spärlich gewesen war** – die Lebensmittelrationierung wurde immer strenger – hatten sie lange über der Mahlzeit beisammengesessen. Max hatte von seinem Leben als Lehrer erzählt, das ihm ganz gut gefiel, und Anna hatte von ihrer Stelle berichtet.

»Die Dame heißt die Ehrenwerte Mrs Hammond«, sagte sie stolz. »Sie muss mit irgendeinem Lord verwandt sein. Und sie zahlt mir drei Pfund zehn die Woche.«

Mama nickte. »Zum ersten Mal können wir ein wenig ruhiger in die Zukunft schauen.«

Anna hatte Mamas Gesicht schon lange nicht mehr so rosig und entspannt gesehen. Es lag daran, dass Max da war, aber auch daran, dass die Novembernebel endlich eingesetzt und sie zwei Nächte hintereinander in ihren Betten geschlafen hatten. Auch an diesem Abend war der Himmel dicht bewölkt, und Max, mit den Londoner Verhältnissen nicht vertraut, war beeindruckt, dass Mama auf die Luftwarnung so sorglos reagierte. Als sie zu Bett gingen, war es schon spät, und Anna schlief sofort ein.

Sie träumte von der Ehrenwerten Mrs Hammond, deren Büro sich unerklärlicherweise ganz mit Wolle gefüllt hatte, die sie und Mrs Hammond zu entwirren versuchten. Anna hatte das Ende eines Fadens gefunden und versuchte herauszubekommen, wohin er führte. Mrs Hammond sagte: »Sie müssen dem Ton nachgehen«, und Anna merkte, dass die Wolle einen seltsam summenden Ton von sich gab, wie ein Mückenschwarm oder ein Flugzeug. Sie zog vorsichtig an dem Fadenende, das sie in der Hand hielt, und das Summen verwandelte sich in ein heftiges Kreischen.

»Verzeihung, ich wusste nicht …«, fing sie an, aber das Kreischen wurde immer lauter und kam immer näher, sie wurde schließlich in dieses Heulen hineingesaugt, und sie und Mrs Hammond flogen durch die Luft, es krachte und knallte, und sie fand sich auf dem Fußboden in einer Ecke ihres Zimmers im Hotel Continental wieder.

Um sie herum lagen die Scherben der zertrümmerten Fensterscheiben – jetzt sind die Fenster zum dritten Mal kaputtgegangen, dachte sie –, und der Fußboden war grau vom Putz, der von der Zimmerdecke gefallen war. Ich darf mich nicht wieder schneiden, überlegte sie und tastete vorsichtig nach ihren Schuhen, um über die Scherben an die Tür zu kommen. Ihre Hände zitterten, als sie die Schuhe anzog – aber das ist nur der Schock, dachte sie. Sie hatte gar keine Zeit gehabt, sich zu fürchten. Der Flur lag voller Schutt, die Lampe hing am Kabel von der Decke.

Fast gleichzeitig tauchten Max und Mama auf.

Max war wütend. »Du hast behauptet«, schrie er Mama an, »die Deutschen kämen heute Nacht nicht!«

»Sie sind ja auch nicht gekommen«, schrie Mama, »nur eben dieser eine!«

»Mein Gott«, rief Max und wies auf die Verwüstung um sie herum. »Sieh, was er angerichtet hat.«

»Aber wie konnte ich denn ahnen«, rief Mama, »dass das einzige deutsche Flugzeug, das heute Nacht bis nach London durchkommt, seine Bombe genau auf uns abladen würde? Du kannst mich nicht für jeden Verrückten verantwortlich machen, der mitten im Nebel aufsteigt. Du hast es leicht zu kritisieren ...«

»Mein Gott«, sagte Max noch einmal, »wir hätten alle tot sein können!«

Und dabei kam ihnen allen der gleiche Gedanke.

»Papa«, rief Anna und rannte auf sein Zimmer zu.

Die Tür ließ sich nicht öffnen, aber drinnen hörte man ein scharrendes Geräusch, dann wurde die Tür aufgezerrt, und Papa tauchte auf. Er war grau von Staub, und sein Haar war voller Kalkbrocken, aber er war unverletzt. Anna konnte erkennen, dass im Zimmer hinter ihm ein großer Teil der Decke heruntergebrochen war. Nur der schwere Kleiderschrank hatte verhindert, dass sie direkt auf sein Bett gestürzt war.

»Bist du verletzt?«, rief Mama dicht hinter ihr.

»Nein«, sagte Papa. Dann standen sie alle in der Tür und betrachteten den Trümmerhaufen, der einmal Papas Zimmer gewesen war.

Papa schüttelte traurig den Kopf. »Und dabei hatte ich gerade meinen Schreibtisch aufgeräumt«, sagte er.

Wie durch ein Wunder war niemand – bis auf ein paar Schnitte und Schürfungen – verletzt worden, aber das Hotel war ein einziges Chaos. Überall waren die Decken heruntergestürzt, die Heizung funktionierte nicht mehr, unten in der Halle blies der Wind durch die Ritzen, weil Türfüllungen und Fensterrahmen nicht mehr in die Wand passten. Die Bombe war auf das Nachbarhaus gefallen, das glücklicherweise leer gestanden hatte, und glücklicherweise war es eine kleine Bombe gewesen.

»Siehst du«, rief Mama, die sich immer noch über Maxens Worte ärgerte, »ich habe doch gesagt, dass es keine richtige war.« Aber es sah so aus, als wären die Schäden nicht mehr auszubessern.

Die Fachleute von der Stadtverwaltung, die später kamen, waren der gleichen Ansicht.

»Es ist sinnlos, an diesem Haus herumzuflicken«, sagten sie zu Frau Gruber. »Es wäre auch nicht sicher. Am besten suchen Sie sich etwas anderes.« Frau Gruber nickte ganz vernünftig, als wäre das das Einfachste von der Welt, und man musste genau hinsehen, um das Zucken um ihren Mund zu entdecken. »Wissen Sie«, sagte sie, »es war ja meine Existenz.«

»Es wird eine Entschädigung geben«, sagte der Mann von der Stadtverwaltung. »Es wäre am besten, wenn Sie ein anderes Haus fänden.«

»Sonst haben alle wir kein Dach auf dem Kopf«, sagte die Wildtaube traurig, und die anderen Gäste sahen Frau Gruber erwartungsvoll an, als könnte sie ein Haus aus dem Hut zaubern. Wie seltsam, dachte Anna – seit Beginn der Angriffe hatten alle gewusst, dass dies passieren konnte, aber jetzt, wo es passiert war, wusste niemand, was er tun sollte. Wie fand man eine Unterkunft in einer zerbombten Stadt?

Mitten in diesem Durcheinander rief Tante Louise an. Sie war in London und wollte Mama zum Mittagessen einladen. Als Mama erklärte, was geschehen war, sagte sie sofort: »Liebes Kind, du musst das Haus des Maharadschas kaufen!«

Mama gab etwas schnippisch zur Antwort, dass Frau Gruber ein Haus in London suche, keinen Palast in Indien, aber Tante Louise hörte gar nicht hin.

»Soviel ich weiß«, sagte sie, »liegt es in Putney«, und dann verkündete sie, der Maharadscha sei bei ihr, und sie werde gleich mit ihm vorbeikommen.

»Hör mal«, sagte Papa, als Mama es ihm erzählte, »hättest du sie nicht davon abbringen können?«

Er und Max hatten Papas Sachen aus dem zerstörten Zimmer in ein weniger beschädigtes gebracht. Im Hotel war es jetzt sehr kalt, und niemand hatte, seit die Bombe gefallen war, geschlafen. Die Vorstellung, zu dem allen auch noch Tante Louise ertragen zu müssen, war ziemlich beängstigend.

»Du weißt doch, wie Louise ist«, sagte Mama und ging weg, um Frau Gruber vorzubereiten.

Als die beiden ankamen, der Maharadscha in seinem Turban und Tante Louise in einem wunderschönen schwarzen Pelzmantel, sahen sie aus wie Menschen aus einer anderen Welt, aber Frau Gruber empfing sie ganz gelassen. Seitdem die Bombe gefallen war, schien sie alles für möglich zu halten.

»Sie sind der erste Maharadscha, den ich kennenlerne«, sagte sie ganz sachlich und führte ihn in ihr ehemaliges Büro.

»Ich muss schon sagen, Louise«, rief Mama in der eiskalten Halle, »was hast du dir eigentlich dabei gedacht? Sie kann den Preis, den er verlangen muss, doch niemals aufbringen.«

»Oh, meinst du wirklich? Wie schade!«, sagte Tante Louise. »Und ich dachte, es wäre eine gute Idee. Weißt du, er muss das Haus verkaufen, denn er will endlich nach Indien zurück. Und er ist«, fügte sie hinzu, »nur ein ganz kleiner Maharadscha; das Haus ist also vielleicht gar nicht so teuer.«

Dann redete sie auf sie ein, sie sollten alle, besonders aber Anna, zu ihr aufs Land kommen, aber Anna erklärte, dass sie eine Stelle habe, und Mama sagte müde, sie müssten erst einmal eine neue Unterkunft suchen, denn es war klar, dass sie nicht länger als ein paar Tage in dem Hotel bleiben konnten.

»Und genau in dem Augenblick, wo Anna untergekommen ist«, sagte sie. »Etwas muss immer schiefgehen.«

Tante Louise tätschelte ihre Hand und sagte: »Mach dir keine Sorgen«, und in diesem Augenblick traten Frau Gruber und der Maharadscha mit lächelnden Gesichtern in die Halle.

»Wie wäre es«, sagte der Maharadscha und fasste Frau Gruber am Ellbogen, »wollen wir uns das Haus nicht einmal ansehen?«

»Was habe ich gesagt?«, rief Tante Louise, fügte aber schnell hinzu: »Zuerst müssen wir zu Mittag essen.«

Sie aßen in einem Restaurant, das Tante Louise kannte, und tranken sogar eine Flasche Wein, die alle aufheiterte – Frau Gruber wurde sogar recht munter – und der Maharadscha bezahlte die Rechnung.

Danach musste Max gehen, weil er in seiner Schule erwartet wurde, aber die anderen fuhren in Tante Louises Auto ab, um das Haus zu besichtigen.

Anna war überrascht, wie weit draußen es lag. Sie fuhren durch endlose Zeilen kleiner Häuser, die alle gleich aussahen, überquerten die Themse und kamen in eine enge Geschäftsstraße. Der Maharadscha erklärte stolz: »Die Putney High Street.« Der Nachmittag war düster, obgleich es noch lange nicht Sonnenuntergang war, und die Läden waren erleuchtet, was der Straße ein beinahe friedensmäßiges Aussehen gab. Der Geruch von heißem Fett fuhr Anna in die Nase, als sie an einem Fish-and-Chips-Shop vorbeifuhren. Es gab einen Woolworth und einen

Textilladen von Marks & Spencer, und überall waren Menschen, die ihre Wochenendeinkäufe tätigten. Die Bombenschäden waren hier viel geringer als im Zentrum von London, und als der Wagen von der High Street abbog und eine ansteigende Straße hinauffuhr, an der große Häuser und Gärten lagen, roch es beinahe wie auf dem Land.

Das Haus des Maharadschas lag in einer von Bäumen gesäumten Seitenstraße – es war groß und geräumig, hatte etwa ein Dutzend Schlafzimmer und war von einem verwilderten Garten umgeben. Für einen einzelnen Bewohner musste es riesig gewesen sein, für ein Hotel oder eine Pension war es eher bescheiden.

Das Haus war leer bis auf die Vorhänge an den Fenstern und ein paar vergessene Gegenstände – eine große Messingvase, einen geschnitzten Schemel und – erstaunlicherweise – einen Schwarm von Gipsenten, die sorgfältig über einem Kaminsims angebracht waren.

Im sinkenden Licht gingen sie langsam von Raum zu Raum. Der Maharadscha erklärte die elektrischen Anlagen, die Verdunkelungsvorrichtungen, den Heißwasserspeicher, und immer wieder stellte Frau Gruber Fragen, und sie gingen zurück und schauten alles noch einmal an.

»Ich muss sagen, es kommt mir alles sehr praktisch vor«, sagte sie mehrere Male, worauf der Maharadscha immer wieder rief: »Warten Sie, bis Sie die Küche gesehen haben! – oder die Spülküche, oder das zweite Badezimmer.« Aus allen Räumen des Erdgeschosses sah man auf den verwilderten Garten hinaus, und als Frau Gruber zum dritten Mal sagte: »Ich möchte mir den Küchenherd noch einmal ansehen«, trennten sich Papa und Anna von den anderen und traten in die feuchte Winterluft hinaus.

Der Nebel hing wie ein Tuch in den Bäumen, und alles war mit welkem Laub bedeckt. Es klebte an Annas Schuhen, als sie Papa einen Pfad entlang folgte, der zu einer Holzbank am Rande des ehemaligen Rasens führte. Papa wischte den Sitz mit seinem Taschentuch ab, und sie setzten sich.

»Es ist ein großer Garten«, sagte Anna, und Papa nickte.

Der Nebel zog in Schwaden über das hohe Gras und durch die Büsche, verhüllte alle Formen, sodass man den Eindruck hatte, der Garten nähme kein Ende. Anna hatte plötzlich ein Gefühl der Unwirklichkeit.

»Wenn ich mir vorstelle …«, sagte sie.

»Was?«, sagte Papa.

Unter einem ihrer Schuhe klebte ein Klumpen Blätter, den sie sorgfältig mit dem anderen Fuß entfernte, bevor sie antwortete. »Wahrscheinlich waren wir noch nie dem Tod so nahe wie in der vergangenen Nacht.«

»Ja«, sagte Papa. »Wenn dieser deutsche Pilot seine Bombe den Bruchteil einer Sekunde früher oder später ausgeklinkt hätte – dann säßen wir jetzt nicht in diesem Garten.«

Seltsam, dachte Anna. Der Garten läge genauso im Nebel, aber sie würde nichts davon wissen.

»Es ist schwer, es sich vorzustellen«, sagte sie, »dass alles ohne einen weitergeht.« Papa nickte. »Aber es ist so«, sagte er. »Wenn wir tot wären, würden die Leute immer noch frühstücken und in Bussen fahren, und es würde Vögel und Bäume geben und Kinder, die zur Schule gehen, und neblige Gärten wie diesen. Das ist eine Art Trost.«

»Aber man würde es so vermissen«, sagte Anna.

Papa sah sie liebevoll an. »Du würdest gar nicht mehr existieren.«

»Ich weiß«, sagte Anna. »Aber ich kann es mir nicht vorstellen. Ich kann mir nicht vorstellen, so tot zu sein, dass ich mich nicht mehr erinnern könnte, wie es aussah und roch und sich anfühlte – und dass ich das alles nicht schrecklich vermissen würde.« Sie blieben schweigend sitzen, und Anna beobachtete ein Blatt, das langsam, langsam von einem Baum heruntergesegelt kam und zwischen den anderen Blättern im Gras landete.

»Im letzten Sommer habe ich lange Zeit gedacht, wir würden nicht einmal bis heute überleben. Du nicht?«

»Doch«, sagte Papa.

»Es schien unmöglich. Und es schien so schrecklich zu sterben, bevor man überhaupt Zeit gehabt hatte, herauszufinden, was man konnte – bevor man es überhaupt versucht hatte. Aber jetzt …«

»Jetzt ist November«, sagte Papa, »und die Invasion hat nicht stattgefunden.« Er legte seine Hand auf die ihre. »Jetzt haben wir eine Chance.«

Hinter ihnen knirschte der Kies, und Mama tauchte im Nebel auf.

»Da seid ihr ja«, rief sie. »Louise will gehen, damit sie vor dem Dunkelwerden aus der Stadt ist. Aber der Maharadscha kommt morgen wieder und regelt die letzten Einzelheiten mit Frau Gruber. Sie kauft das Haus. Findet ihr es nicht schön hier?«

Anna stand auf, und Papa folgte ihr.

»Wir haben es schon genossen«, sagte er.

Auf der Rückfahrt schien der Platz im Wagen knapper zu sein. Anna saß eingepfercht zwischen Papa und dem Fahrer, und es war heiß und muffig.

Hinter ihr redeten der Maharadscha und Frau Gruber über das Haus, und Mama und Tante Louise mischten sich gelegentlich ein. Während der Wagen durch die dämmrigen Vorstädte kroch, vermischten sich für Anna die Straßennamen mit Fetzen der Unterhaltung zu einer einschläfernden Litanei. Walham Crescent ... St. Anne's Villas ... Parson's Green Road ... »ein sehr praktischer Ausguss«, sagte Frau Gruber, und Mama erwiderte: »... und im Sommer, der Garten ...«

Ein paar Regentropfen flogen gegen die Windschutzscheibe. Anna legte den Kopf an Papas Schulter und ließ die graue Straße und die grauen Häuser vorüberziehen.

Alles wird anders werden, dachte sie. Ich habe eine Stelle, und wir werden in einem Haus in Putney wohnen, wir werden Geld genug haben, um die Rechnungen zu bezahlen, und vielleicht überleben wir alle den Krieg, und ich werde erwachsen, und dann ...

Aber es war zu schwierig, sich vorzustellen, was dann geschehen würde. Vielleicht bringt es auch kein Glück, dachte sie, wo es doch gar nicht lange dauern wird, bis der nächste Luftangriff kommt. Die Anstrengungen der vergangenen Nacht machten sich bemerkbar, und sie schlief ein.

Teil 2

13 **Verglichen** mit dem **Sommer** war der Winter beinahe gemütlich. Vor allem wurden die **Luftangriffe seltener.** Im Dezember gab es **mehrere Nächte,** in denen die Sirenen **überhaupt** nicht heulten, und wenn die Deutschen wirklich kamen, **fielen selten Bomben** in Putney. Man konnte jede Nacht in seinem Bett schlafen, und wenn auch manche Nächte unruhiger waren als andere, so ließ doch die schreckliche Müdigkeit, die zum täglichen Leben gehört hatte, allmählich nach.

Das Haus in Putney war angenehmer als das alte Hotel Continental, und es hatte einen Garten. »Im Sommer kaufen wir ein paar Liegestühle«, sagte Frau Gruber, aber auch im Winter spazierten die Wildtaube und die anderen Polen, die Tschechen und Deutschen bewundernd durch das tote Laub und über den ungepflegten Rasen.

Das Einzige, was Anna nicht gefiel, war, dass sie ein Zimmer mit Mama teilen musste. Im Hause gab es kaum Einzelzimmer, und sie sah ein, dass Papa, der den ganzen Tag zu Hause war, ein Zimmer zum Arbeiten haben musste – aber sie litt darunter, dass sie nie allein war. Indessen, es ließ sich nichts daran ändern, und sie versuchte, möglichst nicht daran zu denken.

Meist waren ihre Gedanken bei ihrer Arbeit. Sie war nicht schwer, aber Anna war zunächst einmal etwas nervös. Der erste Tag war schrecklich gewesen – nicht nur, dass sie Angst hatte, irgendeinen unheilvollen Fehler zu begehen, sondern weil sie zwei Tage zuvor entdeckt hatte, dass sie sich in der U-Bahn Läuse aufgelesen hatte. Dies war nichts Ungewöhnliches – unter denen, die die Nächte in der U-Bahn verbrachten, hatten sich die Läuse epidemisch ausgebreitet, und man konnte sie nur zu leicht auflesen. Ausgerechnet jetzt, wo sie ihre neue Stelle antrat, musste das passieren!

Mama hatte ihr sofort in der Drogerie eine übel riechende Flüssigkeit gekauft und während des letzten Wochenendes in dem zerbombten Hotel versucht, ihr die Läuse aus dem Haar zu waschen. Schließlich schien ihr Haar wieder sauber zu sein, aber trotzdem hatte sie während ihres ganzen ersten Tages als Sekretärin eine höllische Angst, eine Laus – wenn auch nur eine einzige – könnte entkommen sein und ihr über das Ohr oder den Nacken spazieren, wenn die Ehrenwerte Mrs Hammond sie gerade ansah. Diese Vorstellung quälte sie so, dass sie dauernd zur Toilette rannte, um ihr Haar im Spiegel zu betrachten, bis eine der alten Damen an den Nähmaschinen sie ganz freundlich fragte, ob sie Verdauungsbeschwerden hätte.

Glücklicherweise schrieb die Ehrenwerte Mrs Hammond ihre Nervosität dem Umstand zu, dass sie erst kürzlich einem Bombentreffer nur knapp entkommen war. Und als Anna sich erst überzeugt hatte, dass alle Läuse wirklich vernichtet waren, konnte sie sich auf ihre Aufgabe konzentrieren.

Die Arbeit war wirklich nicht schwer. Am Morgen ging sie zuerst die Post durch, packte die Stricksachen aus, die gekommen waren, und schickte neue Wolle an die Strickerinnen. Dann legte sie die halb fertigen Schlafanzüge und Bandagen für die alten Damen heraus, die gegen zehn kamen. Danach begannen die Nähmaschinen zu rattern.

Sie musste bei der Verteilung der Arbeiten vorsichtig sein, denn die alten Damen waren leicht gekränkt. Es kamen nicht jeden Tag dieselben. Am regelmäßigsten kamen Miss Clinton-Brown, eine lange Betschwester, die kleine Miss Potter, die immer nur über ihren Wellensittich redete, und Mrs Riley, die behauptete, eine ehemalige Schauspielerin zu sein. In Wirklichkeit war sie beim Varieté gewesen, trug einen schrecklichen Fransenschal und roch, dass die anderen Damen sich am liebsten die Nasen zugehalten hätten.

Sie versuchten immer, Mrs Hammond zu überreden, sie wegzuschicken, aber Mrs Riley war eine zu gute Arbeiterin.

»Ein bisschen schmuddelig, das gebe ich zu«, sagte Mrs Hammond. »Aber die Jungen im Lazarett wird das nicht stören. Die Schlafanzüge werden schließlich gewaschen, bevor sie sie anziehen.«

Der Höhepunkt des Morgens war der Auftritt von Mrs Hammond gegen elf Uhr. Sobald sie draußen das Taxi vorfahren hörten, begannen die alten Damen, unruhig zu werden und sich zurechtzuzupfen, und wenn sie dann in das Nähzimmer trat, waren alle Köpfe über die Arbeit gebeugt und die Nähmaschinen ratterten doppelt so rasch wie sonst üblich.

»Morgen, die Damen!«, rief sie dann, und das war Annas Stichwort. Sie goss das kochende Wasser über die Brühwürfel und reichte die Brühe herum. Mrs Hammonds Becher wurde ihr ins Büro gebracht, aber zum Entzücken der Frauen kam sie oft ins Nähzimmer zurück und plauderte mit ihnen, während sie ihre Bouillon trank. Wochentags wohnte sie im Claridge Hotel – zu den Wochenenden fuhr sie auf ihr Landgut, und sie kannte alle möglichen berühmten Leute. Die bloße Erwähnung der Namen machte die alten Damen ganz benommen vor Aufregung.

»Habe gestern Abend Königin Wilhelmina getroffen«, konnte sie zum Beispiel sagen. »Die arme Alte – ganz wirr im Kopf.« Oder: »Hab bei einem Essen den Mr Churchill reden hören – wunderbarer Mensch – aber, wissen Sie, nicht größer als ich.«

Und die Damen besprachen diese Informationen, ließen sie auf ihren Zungen zergehen und freuten sich die ganze Woche lang über die Verwirrtheit der holländischen Königin und Mr Churchills geringe Körpergröße.

Nach der Bouillon rief Mrs Hammond Anna in ihr Büro und diktierte ihr bis zur Mittagszeit Briefe, die Anna während des Nachmittags tippte. Die Briefe gingen meist an hochgestellte Offiziere der Armee, die Mrs Hammond alle seit ihrer Kindheit zu kennen schien, und die um Wollzeug für ihre Soldaten gebeten hatten. Sie brachte es fast immer fertig, ihnen das Gewünschte zu schicken.

Ein paar Mal war auch eine kurze Nachricht für ihren Sohn Dickie dabei, der bei der Airforce war und zum Beobachter ausgebildet wurde, was ihm große Schwierigkeiten zu bereiten schien.

»Der arme Kerl hat Mühe genug mit seinen Berechnungen, er soll nicht auch noch mein Gekritzel entziffern müssen«, sagte sie dann und diktierte eine kurze, ermunternde Nachricht, der immer ein kleines Geschenk beigefügt wurde: etwa ein Paar luftwaffenblaue Wollsocken oder Handschuhe.

Einmal kam er ins Büro, und Mrs Hammond stellte ihn Anna vor – ein vierschrötiger, neunzehnjähriger Junge mit einem offenen Gesicht.

Er stotterte. Am nächsten Tag sollte er sich einer Prüfung unterziehen, und das machte ihm Sorgen.

»Du wirst schon bestehen«, rief Mrs Hammond. »Das tust du am Ende immer.« Er lächelte sie wehmütig an. »Das Sch-schlimme ist«, sagte er, »ich muss z-zweimal so viel arbeiten w-wie die andern.«

Mrs Hammond klopfte ihm herzlich den Rücken. »Armer Kerl!«, rief sie, »kein Kopf zum Studieren – aber ganz prima im Umgang mit Tieren, kann ich Ihnen sagen. Wenn es darum geht, eine kranke Kuh zu kurieren«, erklärte sie Anna, »dann nimmt es keiner mit Dickie auf.«

Am Ende jeder Woche bekam Anna ihren Lohn, von dem sie Frau Gruber zwei Pfund und fünf Shillings für ihr Zimmer bezahlte. Fünfzehn Shillings gingen für Fahrgeld, Mittagessen und notwendige Dinge wie Zahnpasta und Schuhreparaturen drauf; fünf Shillings überwies sie Madame Laroche als Abzahlung für die Kurzschriftmaschine, die nicht in den Kursuskosten enthalten gewesen war, und die verbleibenden fünf Shillings legte sie zurück. Im Mai würde sie die Maschine abbezahlt haben und zehn Shillings sparen können. Sie freute sich über ihr großartiges Einkommen.

Mrs Hammond war freundlich zu ihr, schien sich aber gleichzeitig über sie zu amüsieren.

Manchmal fragte sie Anna, wie es ihr gehe, ob es ihr in der neuen Pension in Putney gefiele, und ob Papa zu tun habe. Aber sie bestand darauf, ihre deutsche Herkunft geheim zu halten, besonders vor den alten Damen.

»Die Omas würden es nicht verstehen«, sagte sie, »die würden Sie noch verdächtigen, dass Sie den Versand der Kopfschützer sabotieren.«

Als Max während der Osterferien in London war, nahm sie die Geschwister mit in einen Film.

Später sagte Max: »Deine Mrs Hammond gefällt mir. Aber wird es dir nicht doch manchmal langweilig?«

Er hatte im Büro auf Anna warten müssen und zugesehen, wie sie Briefe tippte und Wollpakete machte.

Sie sah ihn verständnislos an. »Nein«, sagte sie. Sie trug einen neuen grünen Pullover, den sie von ihrem eigenen Geld gekauft hatte. Sie hatte die Kurzschriftmaschine beinahe abgezahlt, und an diesem Morgen hatte Mrs Hammond sie einem Oberst vorgestellt, der zu Besuch gekommen war. »Meine junge Assistentin – praktisch schmeißt sie den Laden hier ganz allein.« Konnte man das langweilig finden?

———

Als es wärmer wurde, nahm die Angst vor der Invasion wieder zu – bis zu dem Tag im Juni, bald nach Annas siebzehntem Geburtstag, an dem eine überwältigende Nachricht über das Radio kam. Die Deutschen hatten Russland angegriffen.

»Aber ich dachte, die Russen und die Deutschen wären Verbündete!«, rief Anna.

Papa hob eine Augenbraue. »Das dachten die Russen wohl auch«, sagte er. Es war klar, dass die Deutschen nicht eine neue Front im Osten eröffnen und gleichzeitig England überfallen konnten, und die Freude im Büro war groß. Die Bouillonpause wurde fast auf eine Stunde ausgedehnt, während der Mrs Hammond einen General zitierte, der ihr gesagt hatte, die Deutschen könnten keinen Monat gegen Stalin standhalten. Miss Clinton-Brown dankte Gott; Miss Potter sagte, sie habe ihrem Wellensittich beigebracht, »Nieder mit Stalin« zu rufen, und sie mache sich jetzt Sorgen, ob das nicht missverstanden werden könnte; Mrs Riley stand plötzlich auf, ergriff eine Stange, die man benutzte, um das Verdunkelungsrollo hochzuschieben, und demonstrierte, wie sie 1918 in der Music Hall die Britannia dargestellt hatte.

Danach zogen sich Anna und Mrs Hammond ins Büro zurück, aber kaum hatten sie ein halbes Dutzend Briefe beendet, als sie schon wieder unterbrochen wurden. Diesmal war es Dickie, der unerwarteterweise Urlaub bekommen hatte. Er trug eine nagelneue Offiziersuniform.

»Examen b-bestanden, Ma«, sagte er. »Z-zweitletzter, aber b-bestanden. V-voll ausgewachsener F-flugkapitän Hammond!«

Mrs Hammond war so entzückt, dass sie von Arbeit nichts mehr wissen wollte und Anna einlud, mit ihnen essen zu gehen.

»Wir gehen nach Hause«, sagte sie, was bedeutete: ins Claridge Hotel. Anna war erst einmal dort gewesen, um Briefe abzuliefern, die Mrs Hammond im Büro hatte liegen lassen, und damals war sie nur bis zum Portier vorgedrungen. Jetzt segelte sie in Mrs Hammonds Gefolge über den dicken Teppich der Halle und durch eine Schwingtür in den säulengeschmückten Speisesaal, wo ihnen der Oberkellner entgegenkam (Guten Morgen, Mrs Hammond, guten Morgen, Mr Richard) und sie an ihren Tisch geleitete. Um sie herum saßen hauptsächlich Leute in Uniform, meist »hohe Tiere«; sie redeten, aßen und lachten, und das Geräusch ihrer Unterhaltung erfüllte den Raum.

»Ein Schluck zu trinken!«, rief Mrs Hammond, und vor Anna erschien ein Glas mit etwas, das Anna für Gin hielt. Es schmeckte nicht sehr, aber sie trank. Dann brachte der Kellner das Essen, und während sie sich durch ein großes Stück Huhn hindurcharbeitete, begann sie sich sehr glücklich zu fühlen. Sie brauchte nicht viel zu sagen, denn Mrs Hammond und Dickie sprachen über das Gut und über einen von Dickies Hunden. (»Bist du sicher«, fragte er, »dass W-wilson mit ihm die W-wurmkur gemacht hat?«) Anna hatte also Zeit, sich im Raum umzuschauen, und sie bemerkte als Erste den dünnen Mann in Air-force-Uniform, der auf sie zukam. Er trug ziemlich viele Goldlitzen an sich, und sobald Dickie ihn erblickte, sprang er auf und grüßte. Der Mann nickte und lächelte kurz, aber seine Aufmerksamkeit galt Mrs Hammond.

»Stiefel«, schrie er, und sie antwortete entzückt: »Jack! Wie reizend! Komm und setz dich!«

Sie stellte ihn Dickie und Anna als einen Luftmarschall vor, von dem sogar Anna gehört hatte. Dann bestellte sie eine zweite Runde Gin, und der Marschall bestellte eine dritte Runde, um die gute Nachricht des deutschen Überfalls auf Russland zu feiern.

»Das ist das Beste, was in diesem Krieg passiert ist«, sagte er, »seit wir im vergangenen September diese Hunde abgewehrt haben.« Dann stürzte er sich in eine lange Unterhaltung mit Mrs Hammond über die Folgen der neuen Entwicklung.

Annas Glücksgefühl hatte sich mit jedem Gin gesteigert, jetzt war es wie ein weltweites Lächeln, in das sie ganz eingehüllt war, aber Dickie schaute sie an, und sie hatte das Gefühl, etwas sagen zu müssen.

»Es tut mir so leid, dass Ihr Hund nicht ganz gesund ist«, brachte sie schließlich heraus, wenn auch ein bisschen undeutlich, und sofort spürte sie, wie eine Woge von Mitleid sie überschwemmte, Mitleid mit dem armen Tier, dem man vielleicht seine Wurmtabletten nicht gegeben hatte.

Dickie warf ihr einen dankbaren Blick zu. »Macht mir ein b-bisschen Sorgen«, sagte er und fing an, von dem Appetitmangel des Hundes zu erzählen, von seiner Decke (warum muss er eine Decke haben, dachte Anna, aber dann fiel ihr ein, dass das Fell gemeint war), und davon, dass er zu Wilsons Urteil kein rechtes Vertrauen hatte.

Dann kamen die Pferde an die Reihe, dann die Kühe. Es sei heutzutage schwer, Leute zu finden, die sie richtig versorgten.

Er saß da in seiner neuen Fliegeruniform und machte sich Sorgen, und Anna hörte zu und nickte und fand ihn sehr nett, und wie schön war es, im Claridge Hotel mit einem Luftmarschall zu Mittag zu essen, und wie schön war es, dass die Deutschen die Russen angegriffen hatten und nicht in England einfallen würden.

Und als der Marschall beim Abschied Dickie zu seiner reizenden Freundin gratulierte, fand sie auch das schön, wenn auch ein bisschen komisch. Aber als er gegangen war, passierte etwas noch Komischeres.

»Ma«, sagte Dickie vorwurfsvoll, »dieser Mann befehligt ein Drittel der Airforce. Warum nennt er dich Stiefel?« Und Mrs Hammond antwortete in erstauntem Ton: »Hat er immer getan. Seit wir mit fünf Jahren zusammen Tanzstunde hatten und ich ihm immer auf die Füße trampelte.«

Dabei musste Anna so schrecklich lachen, dass sie gar nicht mehr aufhören konnte, und Mrs Hammond sagte: »Lieber Gott – wir haben das arme Kind beschwipst gemacht.«

Sie ließ ihr schwarzen Kaffee kommen und brachte sie im Auto zur U-Bahn-Station Bond Street und gab ihr den Nachmittag frei.

»Ich lasse mich bei Ihrer Mama entschuldigen«, sagte sie, »aber die Sache mit der russischen Front, und dass Dickie sein Patent bekommen hat ...«

Der Rest des Satzes schien ihr irgendwie abhandengekommen zu sein, und Anna bemerkte plötzlich, dass auch Mrs Hammonds Sprache weniger präzise war als sonst.

»Auf jeden Fall«, rief Mrs Hammond, während sie sich ein wenig unsicher in den Wagen zurückzog, »war's eine ganz prima Party.«

———

Anna fand die Geschichte mit dem Airforce-Marschall auch dann noch ganz komisch, als die Wirkung des Gins verflogen war, und beim nächsten Wiedersehen erzählte sie sie Max. Inzwischen war es Juli geworden, und Max war in düsterer Stimmung. Das Schuljahr war beinahe vorüber, und er hatte keine Lust, ein zweites Jahr Lehrer zu bleiben, aber alle seine Bemühungen, in die Armee aufgenommen zu werden, hatten ihm nur entmutigende Antworten eingebracht.

Bei Armee und Marine bestand ein striktes Verbot, Leute mit fremder Nationalität anzunehmen. Bei der Airforce, die eine neuere Waffengattung war, bestand dieses Verbot nicht, sie nahmen aber trotzdem keine Ausländer. Max hatte die Hoffnung fast aufgegeben, aber als er den Namen des Marschalls hörte, spitzte er die Ohren.

»Wenn ich mit ihm sprechen könnte«, sagte er. »Glaubst du, dass Mrs Hammond mir eine Empfehlung schreiben würde?«

»Nun, ich könnte sie fragen«, sagte Anna zweifelnd, aber Mrs Hammond war sogar noch zu viel mehr bereit.

Nachdem Anna ihr die Situation erklärt hatte, rief sie am folgenden Montag den Marschall in Annas Gegenwart an. Sie arbeitete sich durch Sekretärinnen, Adjutanten und persönliche Adjutanten hindurch wie ein Schiff, das mit dem Bug die Wellen zerteilt. »Jack«, sagte sie. »Hier ist ein ganz besonderer Fall. Ein junger Mann, den ich dir vorstellen möchte. Kannst du mit uns essen?« Dann, auf eine Frage vom anderen Ende des Drahtes: »Ich glaube, ganz besonders begabt.« Danach folgte noch eine kurze Unterhaltung über den Krieg, eine Erwähnung Dickies, der einer Flugstaffel im Feindeinsatz zugeteilt worden war, und ein Scherz über die Tanzstunde. Schließlich endete das Gespräch mit einem Lachen und dem unerklärlichen Ruf »Waidmannsheil!«

»Also, das wäre geregelt«, sagte Mrs Hammond. »Max und ich essen mit Jack zu Mittag.«

Die Verabredung war auf einen Tag ungefähr zwei Wochen später festgelegt worden, und Max war sehr nervös. Er beschloss, sich in der Zwischenzeit so viel wie möglich über Flugzeuge zu informieren, und seine Schüler mussten während des Unterrichts endlose Aufsätze schreiben, während er sich die Merkmale der wichtigsten Flugzeugtypen von Tiger Moth bis Messerschmitt einprägte und dazu noch ein Buch über die Theorie des Fliegens las.

Papa ermutigte ihn dabei. »Ein solcher Luftmarschall«, sagte er, »wird erwarten, dass du gut informiert bist.«

Aber Mama weigerte sich, auch nur in Erwägung zu ziehen, dass Max Schwierigkeiten haben könnte.

»Natürlich wird der Marschall bei dir eine Ausnahme machen«, sagte sie, worüber Max wütend wurde.

»Aber wie kannst du das wissen!«, rief er. »Und wenn er es nicht tut, dann weiß ich nicht, was ich mache!«

Anna drückte die Daumen. Sie wusste, wenn Max nicht bei der Airforce ankam, bedeutete das für ihn das Ende der Welt.

Ein paar Tage vor dem angesetzten Termin packte sie im Büro Wollsachen aus. Darunter war ein Airforce-Sweater. Anna hielt ihn hoch und fragte sich, ob wohl Max bald einen solchen tragen werde. Da kam Mrs Riley mit düsterer Miene herein.

»Eine furchtbare Nachricht«, sagte sie.

»Was ist denn geschehen?«, fragte Anna. Im Radio war nichts Besonderes gewesen.

Mrs Riley machte eine tragische Geste. »Die arme Dame«, sagte sie. »Arme, arme Mrs Hammond. Und gestern war sie noch munter wie eine Lerche.«

Mrs Riley machte aus allem ein Drama. Daher sagte Anna gereizt: »Was ist ihr denn passiert?« und erwartete, etwas ganz Belangloses zu hören.

Sie war erschüttert, als Mrs Riley antwortete: »Ihr Sohn ist gestern in seinem Flugzeug umgekommen.«

Dickie, dachte sie, mit seinem netten, nicht allzu intelligenten Gesicht und seinen Sorgen wegen der Pferde und der Kühe. Es war nicht mal im Einsatz passiert, sondern nur bei einem Übungsflug. Das Flugzeug hatte einen Motorschaden gehabt, war abgestürzt, und die ganze Besatzung war umgekommen. Mr Hammond hatte die Nachricht am Nachmittag des vergangenen Tages gebracht – Anna war schon weg gewesen, weil sie noch Pakete zur Post bringen musste – und er hatte Mrs Hammond mit nach Hause genommen.

»Ihr einziges Kind«, sagte Miss Clinton-Brown, die gleich nach Mrs Riley gekommen war.

Anna wollte etwas sagen, aber sie fand keine Worte. Was konnte man zum Tod dieses netten, einfachen Jungen sagen?

»Er war der Stolz seines Geschwaders«, sagte Mrs Riley und warf sich in Pose. Aber genau das war er nicht gewesen, und aus irgendeinem Grunde machte das die Sache noch schlimmer. Man konnte nichts tun, als so weitermachen wie gewöhnlich.

Die alten Damen sagten kaum ein Wort, während ihre Maschinen ratterten, als könnten sie mit einer vermehrten Zahl von Schlafanzügen Mrs Hammond für ihren schweren Verlust entschädigen. Anna beschloss, den Vorrat an Strickwolle aufzuräumen, und erst später am Vormittag fiel ihr Max ein. Was würde aus der Verabredung werden? Von Mrs Hammond kam keine Nachricht außer der Bitte, die ihr Chauffeur überbrachte, dass alle während ihrer Abwesenheit weiterarbeiten möchten wie bisher. Anna entschloss sich, am Abend Max anzurufen.

»Ich glaube nicht, dass sie die Verabredung wird einhalten wollen«, sagte sie, und sie merkte, wie Maxens Enttäuschung, die sie durchs Telefon hindurch spürte, auch sie überfiel. Dann sah sie plötzlich Dickie wieder vor sich, wie er lächelte und von seinem Hund sprach – so kurz war es erst her – und sie rief ins Telefon: »Ich kann das auch gut verstehen.«

Max sagte mit ausdrucksloser Stimme: »Wenn du mit Mrs Hammond sprichst, sage ihr bitte mein herzliches Beileid. Aber wenn ich nichts von dir höre, komme ich trotzdem hin. Für alle Fälle.«

Die nächsten Tage im Büro waren bedrückend. Am schlimmsten waren die Bouillonpausen. Die alten Damen saßen da, nippten schweigend an der heißen Brühe und kehrten möglichst schnell an ihre Arbeit zurück. Nur die kleine Miss Potter blieb einmal stehen, als sie Anna ihren Becher zurückreichte. »Warum gerade er?«, fragte sie, und dann fügte sie, ohne sich der Komik bewusst zu sein, hinzu: »Er fragte mich immer nach meinem Wellensittich.«

Mrs Hammond ließ nichts von sich hören, und an dem Tag ihrer Verabredung mit Max war Anna ganz niedergeschlagen bei dem Gedanken, dass er den weiten Weg umsonst machen würde. Er war um zwölf verabredet, und Anna erwartete ihn schon kurze Zeit vorher in dem leeren Krankensaal, damit sie noch allein miteinander sprechen konnten.

»Nichts Neues?«, fragte er. Sie schüttelte den Kopf, während sie feststellte, wie sorgfältig seine Schuhe geputzt und seine Kleider gebürstet waren.

»Das hatte ich fast erwartet.« Er sah plötzlich irgendwie verknittert aus.
»Die arme Frau«, sagte er und fügte entschuldigend hinzu: »Ich wollte
nur meine einzige Chance nicht verpassen.« Sie standen im Halbdunkel
und überlegten, was sie tun sollten. Anna meinte, dass sie etwas essen
sollten, sobald die alten Damen gegangen waren – vielleicht konnte sie
sie ein bisschen antreiben.
»Ich gehe eben mal ins Nähzimmer«, sagte sie, als sie draußen eine
Autotür zuschlagen hörte.
Sie sahen einander an.
»Glaubst du …?«, sagte Max.
Draußen hörte man jetzt Schritte. Aber das sind nicht Mrs Hammonds
Schritte, dachte Anna. Diese Schritte klangen langsamer und weniger
bestimmt. – Doch einen Augenblick später öffnete sich die Tür, und
da stand sie. Sie blinzelte ein wenig, als sie die beiden so unerwartet in
dem dämmrigen Raum sah, aber sonst kam sie Anna vor wie immer:
Jedes Härchen war an seinem Platz, und ihr Gesicht war sorgfältig ge-
schminkt. Nur ihre Augen waren anders als sonst, und ihre Stimme war
heiser, als müsste sie sich beim Sprechen zwingen.
Sie schüttelte den Kopf, als die beiden einen kläglichen Versuch machten, ihr zu kondolieren.
»Schon gut«, sagte sie, »ich weiß.«
Einen Augenblick blieb ihr Blick an Max haften, als versuche sie, sich
den armen Dickie vorzustellen, der vielleicht noch vor einer oder zwei
Wochen auf demselben Fleck gestanden hatte. Dann sagte sie: »Ich
kann jetzt die alten Damen nicht ertragen. Gehen wir.«
Sie lief auf die Tür zu, Max hinter ihr her. Aber bevor sie die Tür er-
reicht hatte, drehte sie sich um.
»Max«, sagte sie mit ihrer seltsam heiseren Stimme, »Max, Sie wissen
doch, dass Sie dies nicht zu tun brauchen. Sind Sie sicher, dass Sie es
trotzdem wollen?«
Max nickte, und sie starrte ihn beinahe mit Verachtung an.
»Verdammt, wie ein Lamm zur Schlachtbank!«, rief sie. Dann schüttelte sie den Kopf und sagte, er solle es vergessen.
»Kommen Sie«, sagte sie, »wir gehen zu Jack.«

Zwei Wochen später war Max bei der **Airforce** an-

14 genommen. Mama meinte: »Ich habe es ja gesagt.« Er wurde in ein **Ausbildungslager in Mittelengland** ge-schickt, wo die Bedingungen hart waren. **Die meiste Zeit wurde marschiert** und exerziert, aber als er in Uniform nach Hause in Urlaub kam, sah er so glücklich aus wie seit Langem nicht.

Am ersten Tag, den er in London verbrachte, kam er ins Büro, um sich bei Mrs Hammond zu bedanken, aber sie war nicht da. Seit Dickies Tod kam sie immer seltener, und Anna leitete die Dienststelle beinahe selbstständig. Es war nicht schwer, aber es war langweilig. Sie hatte früher nicht bemerkt, wie sehr Mrs Hammonds Gegenwart die Arbeit interessant gemacht hatte, und die alten Damen vermissten ihre Chefin noch mehr als Anna. Wenn Anna die Bouillon ausschenkte, erntete sie nur trübe Blicke, als wäre es kaum der Mühe wert, die Brühe zu trinken, wenn Mrs Hammond nicht dabei von Mr Churchill und Königin Wil-helmina erzählte. Außerdem gab es häufig Streit. Miss Clinton-Brown hatte den Auftrag, die Schlafanzüge zuzuschneiden (wobei früher Mrs Hammond Aufsicht geführt hatte), und dankte Gott immer wieder da-für, dass er sie zu einem Menschen gemacht hatte, auf den andere sich verlassen konnten. Währenddessen steckten Miss Potter und Mrs Riley die Köpfe zusammen und tuschelten im Schutz der summenden Näh-maschinen hässliche Dinge über Miss Clinton-Brown.

Es gab jetzt weniger Briefe zu schreiben, und Anna verbrachte die meiste Zeit damit, die Kartei durchzublättern und Frieden zu stiften. Wenn sie manchmal gar nicht mehr wusste, wie sie sich beschäftigen sollte, zeichnete sie auf einem Block unter dem Schreibtisch die alten Damen. Manche kamen ganz gut heraus, aber sie hatte hinterher im-mer ein schlechtes Gewissen, denn schließlich wurde sie dafür ja nicht bezahlt.

Der Winter setzte früh und gleich mit großer Kälte ein. Anna spürte es besonders morgens, wenn sie an der Haltestelle auf den Bus wartete. Ihr Mantel war plötzlich zu dünn, um den Wind abzuhalten, und wenn sie ins Büro kam, musste sie zuerst ihre Füße über der Gasheizung auftauen. Wenn sonntags schönes Wetter war, ging sie mit Papa und Mama im Park von Putney spazieren. Das gefrorene Gras knisterte unter ihren Füßen, der Teich, der an den Park von Wimbledon angrenzte, war zugefroren, obgleich es erst Anfang November war, und die Enten standen trübsinnig auf dem Eis herum.

Manchmal waren sie leichtsinnig und kehrten in einem Wirtshaus ein. Papa trank ein Bier, und Anna und Mama ein Glas Apfelsaft. Dann gingen sie ins Hotel zurück zum Mittagessen. Sie dehnten die Spaziergänge so lange wie möglich aus, denn wenn man erst wieder im Hotel war, gab es wenig, womit man sich die Zeit vertreiben konnte.

Nach dem Essen blieben alle im Wohnzimmer sitzen, in dem jetzt die Tische und Kunstledersessel aus dem Hotel Continental standen, denn das Wohnzimmer war der einzige geheizte Raum. Er hatte einen offenen Kamin, und zur Zeit des Maharadschas, als man so viel Kohlen bekommen konnte, wie man wollte, hatte darin sicher ein riesiges Feuer gebrannt, das den Raum in jeder Ecke wärmte. Aber jetzt war Heizmaterial knapp, und es wurde nie richtig warm.

Es war nicht gerade aufregend, in dem schlecht geheizten Raum herumzusitzen und nichts zu tun zu haben, als aufs Abendessen zu warten. Die Leute beschäftigten sich, so gut sie konnten. Sie lasen, die beiden tschechischen Damen strickten endlose Schals, und eine Zeit lang machte die Wildtaube den Versuch, Anna Polnisch zu lehren. Er hatte ein Buch, aus dem Anna stockend vorlas, aber in einem Anfall von Depression nahm er es ihr eines Tages mitten im Satz weg.

»Zu was soll das gut sein?«, sagte er. »Niemand von uns wird Polen je wiedersehen.«

Alle wussten: Ob nun die Russen oder die Deutschen den Krieg gewannen, keiner von beiden würde Polen seine Unabhängigkeit zurückgeben. Einige Male veranstaltete ein Ehepaar namens Poznanski Diskussionen über dieses Thema. Sie führten nie zu einer Einigung, aber schon die Tatsache, dass sie über Polen sprechen konnten, schien die beiden aufzuheitern. Anna genoss diese Diskussionen, denn die Poznanskis verteilten Papier und Bleistift für den Fall, dass sich jemand Notizen machen wollte, aber statt zuzuhören, zeichnete Anna heimlich die anderen Teilnehmer. Einmal zeichnete sie die beiden einträchtig strickenden Tschechinnen. Als der Gong zum Abendessen ertönte, nahm sie das Blatt mit in den Speisesaal, und während sie auf ihre Teller mit Hackfleisch und Kohl warteten, nahm Mama es in die Hand.

»Schau mal«, sagte sie und reichte es Papa.

Papa betrachtete es aufmerksam. »Das ist sehr gut«, sagte er schließlich. »Wie ein früher Daumier. Du solltest mehr zeichnen.«

»Sie sollte Unterricht nehmen«, sagte Mama besorgt.

»Aber Mama, ich hab doch meine Stelle.«

»Nun, vielleicht ginge es abends oder an den Wochenenden«, sagte Mama. »Wenn wir nur etwas Geld hätten ...«

Es wäre schön, an den Abenden etwas zu tun zu haben, dachte Anna. Die Abende waren sehr langweilig. Sie und Mama hatten sich schon durch die halbe öffentliche Bibliothek hindurchgelesen; die einzige andere Abwechslung war Bridge, und Anna mochte nicht Bridge spielen. Sie freute sich daher, als Mama eines Tages sagte, Tante Niedlich habe sie für einen Abend eingeladen.

Tante Niedlich war Vetter Ottos Mutter, und man wollte Ottos Rückkehr aus Kanada feiern, wo er zuerst im Internierungslager, dann in Freiheit gewesen war. Jetzt hatte man ihn nach Hause geschickt – Tante Niedlich wollte nicht genau sagen, aus welchem Grund.

»Kommst du auch mit, Papa?«, fragte Anna.

Aber Papa hatte die BBC endlich dazu überredet, einen seiner Artikel für Deutschland zu senden, und arbeitete jetzt an einem neuen, in der Hoffnung, sie würden auch den nehmen – also gingen Anna und Mama allein.

Während der Bus durch die verdunkelte Stadt auf Golders Green zukroch, fragte Anna: »Warum heißt die Tante eigentlich Niedlich?«

»Es ist ein Kindername«, sagte Mama. »Er ist an ihr hängen geblieben, obwohl er heute kaum noch zu ihr passt.« Dann sagte sie: »Sie hat es schwer gehabt. Ihr Mann war in einem Konzentrationslager. Sie haben ihn vor dem Krieg freibekommen, aber er hat sich nie wieder ganz erholt.«

Es war schwierig, die Adresse zu finden – eine Souterrainwohnung in einer langen Reihe von Häusern, die alle gleich aussahen. Als dann Mama die Klingel drückte, wurde die Tür gleich aufgerissen, und eine der dicksten und hässlichsten Frauen erschien, die Anna je gesehen hatte. Sie war in einen langen schwarzen Rock gewickelt, der fast bis zum Boden reichte, und oben trug sie mehrere Pullover, Strickjacken und Umschlagtücher übereinander.

»Ach, hallo – kommt herein!«, rief sie auf Deutsch und zeigte dabei einen Mund voller unregelmäßiger Zähne, aber die in dem schweren Gesicht halb versunkenen Augen waren freundlich und voller Wärme, und sie schloss Mama begeistert in die Arme.

»Hallo, Tante Niedlich«, sagte Mama. »Wie schön, dich zu sehen.«

Tante Niedlich schob sie ein paar Stufen hinunter in einen großen Raum, der einmal ein Vorratsraum gewesen sein musste, aber er war jetzt mit Vorhängen und allen möglichen Wandbehängen so drapiert, dass er etwas Herrschaftliches hatte.

»Setzt euch, setzt euch«, rief sie und wies mit der Hand auf ein Sofa, das mit Kissen überladen war, und fügte hinzu: »Meine Güte. Anna, du bist erwachsen geworden – du siehst genau aus wie dein Vater.«

»Wirklich?«, sagte Anna erfreut und wärmte sich über dem Ölofen, der das Zimmer heizte, die Hände. »Ist es denn so lange her?«, fragte Mama und begann das übliche Hin und Her. »War sie nicht mit dabei, als wir uns bei Lyons zum Tee trafen? Ach, vielleicht war sie damals noch auf der Schule. Aber du musst sie doch irgendwann gesehen haben.«

Schließlich kam Otto herein. Er war besser gekleidet als früher, und Tante Niedlich legte gleich den Arm um seine Schultern, als hätte sie sich noch nicht daran gewöhnt, ihn zu Hause zu haben.

»Er geht schon bald wieder«, sagte sie, »zurück nach Kanada.«

»Nach Kanada?«, rief Mama. »Aber er ist doch gerade erst da gewesen.«

»Ich bin nach Hause gekommen, weil ich ein paar Leute treffen und einiges regeln musste – Papiere und so«, sagte Otto. »Dann gehe ich zurück nach Kanada. Ich habe dort einen Forschungsauftrag. Toi, toi, toi«, fügte er sicherheitshalber hinzu.

»Hin und her über den Atlantik wie ein Pendel«, jammerte Tante Niedlich. »Und überall liegen die deutschen U-Boote auf der Lauer.«

Sie sagte Uuuh-Boote; es hörte sich an, als hätten sie schon die Mäuler aufgerissen, um Otto zu verschlingen.

»Was denn für einen Forschungsauftrag?«, fragte Mama, die in der Schule gut in Physik gewesen war. »Etwas Interessantes?«

Otto nickte. »Ziemlich geheim«, sagte er. »Du erinnerst dich sicher an den Professor in Cambridge, der mit mir interniert wurde – er ist auch dabei, und noch ein paar andere Leute. Es könnte ziemlich wichtig sein.«

»Aber stell dir vor«, rief Tante Niedlich. »Als er zurückkam, hat sein Vater ihn nicht erkannt. Ich habe es ihm erklärt. Ich habe gesagt: ›Viktor, das ist dein Sohn – erkennst du ihn nicht?‹ Aber ich bin nicht einmal jetzt sicher, ob er weiß, wer Otto ist.«

»Das tut mir aber leid«, sagte Mama. »Wie geht es Viktor?«

Tante Niedlich seufzte. »Nicht gut«, sagte sie. »Meistens liegt er im Bett.« Dann rief sie: »Die Suppe – wir müssen essen!« Dabei stürzte sie aus dem Zimmer.

Otto zog ein paar Stühle an einen gedeckten Tisch, der in einer Ecke stand, und half dann seiner Mutter, das Essen aufzutragen. Es gab dicke Stücke dunkles Brot und Suppe mit Klößchen.

»Knödel!«, rief Mama und begann einen zu kosten. »Du warst immer eine wunderbare Köchin.«

»Ich habe wirklich immer gern gekocht«, sagte Tante Niedlich, »sogar in Deutschland, als wir noch eine Köchin und sechs Mädchen hatten. Aber ich habe jetzt etwas Neues gelernt. Wie gefallen euch meine Vorhänge?«

»Tante Niedlich«, rief Mama, »die hast du doch nicht selber gemacht?«

Tante Niedlich nickte. »Und die Kissen auf dem Sofa. Und diesen Rock, und alles Mögliche für die Untermieter.«

»Sie hat sich das Geld für die Nähmaschine von der Miete zusammengespart«, sagte Otto. »Als ich interniert wurde, musste sie die Räume oben im Haus vermieten, da Vater ja nicht arbeiten kann. Und jetzt«, sagte er zärtlich, »verwandelt sie das Haus in einen Palast.«

»Ach Otto – ein Palast!«, sagte Tante Niedlich, und trotz ihres Umfangs sah sie wie ein junges Mädchen aus.

Mama, die kaum einen Knopf annähen konnte, konnte sich nicht fassen. »Wie hast du das geschafft?«, rief sie. »Wer hat's dir gezeigt?«

»Ich war in einem Abendkursus«, sagte Tante Niedlich, »bei der Londoner Stadtverwaltung. Diese Kurse kosten kaum etwas, du solltest auch einmal hingehen.«

Während des Sprechens hatte sie die Suppenteller abgeräumt und eine Apfeltorte auf den Tisch gestellt. Sie schnitt ein Stück ab, das Otto seinem Vater bringen sollte, und verteilte den Rest.

»Glaubst du, ich sollte zu Viktor hineingehen und ihm Guten Tag sagen?«, fragte Mama, aber Tante Niedlich schüttelte den Kopf.

»Es wäre sinnlos«, sagte sie. »Er würde dich nicht erkennen.«

Nach dem Essen setzten sie sich wieder in die Nähe des Ölofens, und Otto erzählte von Kanada. Auf der Hinreise war es schlimm gewesen, sie waren im überfüllten Laderaum des Schiffes eingesperrt gewesen, aber das hatte sein Vertrauen zu den Engländern nicht erschüttert.

»Es war nicht ihre Schuld«, sagte er. »Sie mussten uns einsperren. Sie konnten doch nicht wissen, ob da nicht Nazis dabei waren. Die meisten der englischen Tommies waren sehr anständig.« Auch die Kanadier waren sehr anständig gewesen, obgleich, das deutete er an, nicht ganz so anständig wie die Engländer, und er war sehr froh, dass dieser neue Auftrag ein englisches Unternehmen war. »Aber ich werde in kanadischen Dollar bezahlt«, sagte er, »und ich werde etwas nach Hause schicken können.«

Mama fragte ihn wieder nach seiner Arbeit, aber er lächelte nur und sagte: »Es geht um was Kleines!«

»Und dabei hat Otto so ungeschickte Finger«, rief Tante Niedlich, »genau wie sein Vetter Bonzo.«

»Was ist eigentlich aus dem geworden?«, fragte Mama, und schon waren sie in einer Unterhaltung, wie sie Anna, seit sie mit neun Jahren Berlin verlassen hatte, bei jedem Zusammentreffen von Erwachsenen gehört hatte.

Es war eine endlose Aufzählung von Verwandten, Freunden und Bekannten, die zu dem alten Leben in Deutschland gehört hatten, und die jetzt in alle Welt verstreut waren. Manche hatten es gut getroffen, einige waren von den Nazis geschnappt worden, die meisten kämpften schwer darum, einfach zu überleben.

Anna hatte alle diese Leute entweder gar nicht gekannt oder beinahe vergessen, und die Unterhaltung bedeutete ihr wenig. Ihre Augen wanderten im Zimmer herum, von Tante Niedlichs Vorhängen an Ottos vollgestopftem Bücherbord vorbei zu dem Tisch mit der bunten Decke und der Tür dahinter. Die Tür stand halb offen, und sie merkte plötzlich, dass jemand davor stand und hereinstarrte. Es überraschte sie so, dass sie einen Schrecken bekam und Tante Niedlich ansah, aber diese goss Kaffee ein, und Mama und Otto drehten der Tür den Rücken zu.

Die Gestalt an der Tür war alt und kahlköpfig, der Kopf war seltsam schief, und über die eine Wange lief eine Narbe. Er war in eine Art von hemdartigem Gewand gehüllt und machte mit einer Hand eine unbestimmte Geste, als wolle er Anna zum Schweigen bringen oder sich verabschieden. Wie ein Gespenst, dachte Anna, aber die Augen, die sie anstarrten, waren die eines Menschen.

Dann zog die Gestalt ihr Hemd enger um sich, und einen Augenblick später war sie verschwunden. Er kann nicht einmal Schuhe angehabt haben, dachte Anna, denn man hatte keinen Laut gehört.

»Schwarz oder mit Milch?«, sagte Tante Niedlich.

»Mit Milch, bitte«, sagte Anna, und als Tante Niedlich ihr die Tasse reichte, hörte sie die Haustür gehen.

Tante Niedlich fuhr hoch. »Entschuldigt mich«, sagte sie und eilte aus dem Zimmer. Fast augenblicklich kam sie zurück. Sie war außer sich.

»Otto«, rief sie, »der Vater, schnell!«

Otto sprang vom Sofa auf und stürzte zur Haustür, während Tante Niedlich hilflos vor den Kaffeetassen stand.

»Er läuft weg«, sagte sie. »Er tut es immer wieder. Einmal kam er bis zum Ende der Straße – im Nachthemd. Glücklicherweise sah ihn ein Nachbar und brachte ihn zurück.«

»Warum tut er das?«, fragte Mama. Tante Niedlich versuchte, ruhig zu sprechen.

»Weißt du«, sagte sie, »als er zuerst aus dem Konzentrationslager kam, passierte es dauernd. Wir konnten ihm nicht beibringen, dass er nicht mehr dort war, und ich vermute, er wollte fliehen. Dann wurde es besser, aber in der letzten Zeit … «, sie sah Mama unglücklich an. »Weißt du, er hat eine Gehirnverletzung, und wenn die Menschen älter werden, wird es damit schlimmer.«

Draußen hörte man gedämpfte Stimmen, und Tante Niedlich sagte: »Otto hat ihn gefunden.«

Dann konnte man zwei Stimmen voneinander unterscheiden: Ottos Stimme, die beruhigend klang, und eine Art von leisem Weinen.

»Oh, mein Gott«, sagte Tante Niedlich. Sie sah Anna ängstlich an. »Lass dir das nicht zu nahegehen.« Plötzlich begann sie, sehr schnell zu sprechen. »Weißt du, wenn er so ist, erkennt er keinen von uns, Otto schon gar nicht, weil er ihn so lange nicht gesehen hat. Er glaubt, dass er noch im Lager ist, und er denkt, wir wären ... Gott weiß, für wen er uns hält. Für den armen Otto ist es ganz furchtbar.«

Die Haustür schlug zu, und Anna konnte die beiden auf der Treppe hören. Otto sprach, und die Stimme des alten Mannes klang flehend. Dann gab es ein Geräusch auf der Treppe, jemand musste ausgerutscht sein – und dann erschien Otto in der Türöffnung, die Arme um seinen Vater gelegt, den er in sein Zimmer zurückzubringen suchte. Aber der alte Mann machte sich los und wankte auf Mama zu, die unwillkürlich zurückwich.

»Lasst mich gehen!«, rief er mit seiner dünnen Stimme. »Lasst mich gehen! Bitte, um Gottes willen, lasst mich gehen!«

Otto und Tante Niedlich sahen einander an.

»Ist er weit gekommen?«, fragte sie. Er schüttelte den Kopf. »Nur zwei Häuser weit.«

Der alte Mann hatte die Apfeltorte auf dem Tisch entdeckt, nahm sich ein Stück und begann geistesabwesend zu essen.

»Vater –«, sagte Otto.

»Mein Lieber, das hat doch keinen Zweck«, sagte Tante Niedlich, aber Otto kümmerte sich nicht darum. Er ging ein paar Schritte auf seinen Vater zu – vorsichtig, als wollte er ihn nicht erschrecken.

»Vater«, sagte er, »ich bin es – Otto.«

Der alte Mann aß weiter.

»Du bist nicht mehr im Lager«, sagte Otto. »Wir haben dich herausgeholt – weißt du nicht mehr? Du bist in Sicherheit, in England. Du bist zu Hause.«

Der Vater wandte ihm das Gesicht zu. Er hielt den Kuchen noch in der Hand; das Nachthemd hatte sich um eines der Fußgelenke verwickelt. Er starrte Otto durchdringend mit seinen Altmänneraugen an. Dann begann er zu schreien.

»Ruf den Doktor an«, sagte Tante Niedlich.

»Vater –«, sagte Otto noch einmal, aber es nützte nichts.

Tante Niedlich trat schnell auf den alten Mann zu und fasste ihn bei den Schultern.

Er wehrte sich, konnte aber nicht gegen sie ankommen. Sie führte ihn hinaus, während Otto zum Telefon ging. Anna sah sein Gesicht, als er an ihr vorbeikam, es sah aus wie tot.

Sie und Mama sprachen kein Wort, bis Tante Niedlich wieder ins Zimmer trat. »Es tut mir leid«, sagte sie. »Ich wünschte, es wäre nicht in eurer Gegenwart passiert.«

Mama legte den Arm um ihre mächtigen Schultern. »Liebe Tante Niedlich«, rief sie, »das habe ich nicht gewusst.«

»Lass nur«, sagte Tante Niedlich. »Ich habe mich schon daran gewöhnt – soweit man sich daran gewöhnen kann ...« Plötzlich liefen ihr die Tränen übers Gesicht. »Aber Otto«, rief sie. »Ich kann es nicht ertragen, ihn zu sehen. Er hat seinen Vater immer so geliebt. Ich weiß noch, als er klein war. Er sprach die ganze Zeit von seinem Vater.« Sie wandte den Blick in die Richtung des Schlafzimmers, wo der alte Mann leise an die Tür pochte. »Wie können Menschen so etwas tun?«, fragte sie. »Wie können sie so etwas tun?«

———

Als sie auf dem langen Heimweg im Bus saßen, fragte Anna: »Wie haben sie Onkel Viktor aus dem Konzentrationslager herausbekommen?«

»Mit einer Art Lösegeld«, sagte Mama. »Tante Niedlich verkaufte alles, was sie besaß – sie war sehr reich – und gab das Geld den Nazis. Und Otto war schon in England. Er sprach mit jemandem im Innenministerium und bekam die Erlaubnis, dass Viktor hierherkam – sonst hätten die Nazis ihn nie herausgelassen.«

»Das ist also der Grund, warum er immer findet, dass die Engländer wundervoll sind«, sagte Anna.

Sie versuchte sich vorzustellen, was Otto empfinden musste. Wenn nun Papa im Konzentrationslager gewesen wäre ... Sie konnte es nicht einmal ertragen, daran zu denken. Sie war froh, dass Otto jetzt wenigstens eine Stelle hatte. Sie konnte sich vorstellen, wie er sich in Kanada auf die Arbeit stürzen würde, ohne an etwas anderes zu denken, um zu vergessen, was mit seinem Vater geschehen war, und um den wunderbaren Engländern zu helfen, ihren Krieg zu gewinnen. Welche Aufgabe Otto auch bekam, er würde sie bestimmt ausgezeichnet erfüllen.

»Mama«, sagte sie, »was ist denn in der Physik sehr klein?«

Mama fror und war müde. »Oh, das musst du doch wissen«, sagte sie. »Moleküle – Atome – solche Dinge.«

Atome, dachte Anna, wie schade. Es klang nicht so, als könnten Ottos Forschungen sehr wichtig sein.

———

Ein paar Tage spater kam Otto, um sich zu verabschieden. Seinem Vater gehe es besser, sagte er. Der Doktor habe ein neues Beruhigungsmittel verschrieben, und er schlafe die meiste Zeit.

»Kümmere dich ein bisschen um meine Mutter«, bat er Mama, und sie versprach es ihm.

Kurz bevor er ging, reichte er ihr eine kleine Broschüre. »Meine Mutter bat mich, es dir zu geben«, sagte er ein wenig verlegen.

»Sie dachte, es könnte dich interessieren – es steht alles über ihre Abendkurse drin.«

Nachdem er gegangen war, blätterte Anna das Heftchen durch. Erstaunlich, was man alles für eine bescheidene Gebühr lernen konnte – angefangen von Buchhaltung über klassisches Griechisch bis zu Polsterarbeiten. Plötzlich hatte sie etwas entdeckt. »Sieh mal hier, Mama«, sagte sie, »es gibt sogar Zeichenkurse.«

»Tatsächlich«, sagte Mama.

Kaum zu glauben – es kostete nur acht Shillings sechs Pennies im Semester.

»Wir rufen gleich morgen Früh an«, sagte Mama.

15 **Weihnachten verbrachten sie** auf dem Land bei den **Rosenbergs.** Die Schwester des Professors war mit ihren beiden Jungen **zu anderen Verwandten** nach Manchester gezogen, wo die Schulverhältnisse besser waren. So war **die Atmosphäre viel friedlicher** als bei Annas erstem Besuch. Alle waren froh, weil die USA endlich in den Krieg eingetreten waren, und der Professor behauptete sogar, Ende 42 könnte alles vorbei sein.

Tante Louise hatte einen Weihnachtsbaum geschmückt, der eine Ecke des Esszimmers einnahm, und am Weihnachtstag gelang es Max, zum

Mittagessen dabei zu sein, indem er hin und zurück trampte. Er lernte jetzt Fliegen und hatte seine Ausbildung zum Piloten beinahe abgeschlossen. Wie gewöhnlich hatte er alle Prüfungen als Bester bestanden und sollte jetzt schon Offizier werden.

Anna erzählte ihm, dass sie nach den Feiertagen mit einem Zeichenkursus anfangen werde.

»Zeichnen nach der Natur«, sagte sie, »in einer richtigen Kunstschule.«

»Klasse«, sagte Max, denn das war der neueste Ausdruck in der Airforce, aber Tante Louise schien nicht recht zu wissen, was sie dazu sagen sollte.

»Zeichnen nach der Natur!«, rief sie. »Mein Gott! Da wirst du mit allen möglichen Leuten zusammen sein!«

Man konnte nicht sagen, ob sie diese Aussicht für gefährlich oder reizvoll hielt, auf jeden Fall erwartete sie, dass es aufregend würde.

Anna war ein wenig enttäuscht, als sie ein paar Wochen später zum ersten Mal zu ihrem Abendkursus in der Kunstschule in Holborn ging. Sie wurde in einen großen kahlen Raum geführt, an dessen einem Ende sich ein hölzernes Podium und ein Wandschirm befanden. Ein paar Leute saßen herum, einige mit Zeichenbrettern vor sich, andere lasen Zeitung. Fast alle hatten die Mäntel anbehalten, denn es war sehr kalt. Kurz nach Anna kam eine kleine Frau mit einer Einkaufstasche herein und rannte hinter den Wandschirm. Man hörte einen Plumps, als sie die Tasche hinstellte, und eine Kartoffel rollte unter dem Schirm hervor. Aber die Frau holte sie gleich zurück und trat einen Augenblick später in einem rosa Morgenrock hinter dem Schirm hervor.

»Mein Gott, ist das kalt«, rief sie und knipste einen elektrischen Strahler an, der auf das Podium gerichtet war, und kauerte sich davor.

Anna hatte sich inzwischen von einem Stapel Zeichenpapier ein Blatt geholt – ein Penny pro Blatt stand auf einem Zettel darüber – und es auf eins der Zeichenbretter geheftet, die zum allgemeinen Gebrauch bestimmt schienen. Sie holte Bleistifte und Radiergummi aus der Tasche und setzte sich rittlings auf eine der Holzbänke. Das Brett hatte sie wie die anderen Schüler auf eine staffeleiähnliche Vorrichtung gestellt. Sie war bereit, Zeichnen zu lernen, aber nichts geschah. An ihrer einen Seite strickte eine ältere Frau an einem Strumpf, auf der anderen aß ein Junge von etwa sechzehn sein Butterbrot.

Schließlich ging die Tür wieder auf, und ein Mann in einem Dufflecoat erschien.

»Schon wieder zu spät, John!«, rief der Junge neben Anna in einem singenden walisischen Akzent.

Der Mann ließ seine blauen Augen geistesabwesend durch den Raum schweifen, dann wandte er sich dem Jungen zu.

»Sei nicht frech, William«, sagte er. »Und liefere mir heute eine gute Zeichnung, sonst sage ich deinem Vater, was ich wirklich von dir denke.«

Der walisische Junge lachte und sagte mit gespieltem Respekt: »Jawohl, Sir.« Der Mann warf seinen Dufflecoat ab und trat zu dem Modell, um sich mit ihm zu besprechen.

Anna hörte ihn etwas von einer stehenden Pose sagen, aber das Modell schüttelte den Kopf.

»Heute Abend nicht, Mr Cotmore«, rief sie. »Das halten meine Füße nicht mehr aus.« Sie hatte den rosa Morgenrock abgelegt und stand jetzt ganz unbekleidet da. Das elektrische Feuer warf einen roten Schein auf ihren ziemlich rundlichen Bauch.

Anna hatte sich vor diesem Augenblick ein bisschen gefürchtet. Sie hatte sich gefragt, wie es wohl sein würde, in einem Raum voller Menschen zu sitzen, die alle auf jemanden schauten, der nackt war. Aber alle anderen schienen es so selbstverständlich zu finden, dass es ihr bald auch ganz normal vorkam.

»Ich habe eine Stunde lang nach Fisch angestanden«, sagte das Modell, und wirklich konnte man sie sich, auch ohne Kleider, nur zu gut mit einem Einkaufsbeutel in der Hand vorstellen.

»Dann also in sitzender Stellung«, sagte der Mann namens Cotmore und drapierte einen Stuhl auf dem Podium mit etwas, das wie ein alter Vorhang aussah. Das Modell setzte sich darauf, und als er es zu seiner Zufriedenheit zurechtgerückt hatte, sagte er: »Wir wollen diese Pose den ganzen Abend beibehalten.«

Man hörte das Rascheln der Zeitungen, die weggelegt wurden. Die Frau mit dem Strumpf wickelte etwas widerstrebend die Wolle auf, und alle begannen zu zeichnen.

Anna betrachtete das Modell und das leere Blatt vor sich und wusste nicht, wo sie anfangen sollte. Sie hatte immer nur ein paar Minuten gebraucht, um jemanden abzuzeichnen, und jetzt würde sie zweiein-halb Stunden dafür haben. Wie sollte sie diese Zeit ausfüllen? Sie warf einen Blick auf das Mädchen, das vor ihr saß und das ganze Blatt mit Bleistiftstrichen zu bedecken schien. Natürlich, dachte sie, wenn man eine Zeichnung größer macht, braucht man länger und kann mehr Ein-zelheiten hineinbringen.

Sie packte ihren Bleistift und fing an.

Nach einer Stunde war sie vom Kopf des Modells bis zur Mitte gekom-men. An den Schultern stimmte etwas nicht ganz, aber mit den vielen Locken, die sie alle einzeln gezeichnet hatte, war sie ganz zufrieden. Eben wollte sie mit den Händen anfangen, die seitlich vor dem Magen gefaltet waren, als der Mann namens Cotmore sagte: »Pause!«

Das Modell stand auf, reckte sich und wickelte sich in den Morgen-rock. Alle Schüler legten ihre Bleistifte aus der Hand. Wie ärgerlich, dachte Anna – wo ich gerade so schön im Zuge bin. Man begann, sich murmelnd zu unterhalten, Zeitungen wurden aufgeschlagen, die Frau neben Anna nahm ihre Strickarbeit wieder vor. Anna stellte fest, dass ihre Hände und Füße eisig waren, obwohl sie den Mantel anbehalten hatte.

»Kalt heute Abend«, sagte ein Mann mit einem Schal um den Hals und hielt ihr eine Tüte mit Bonbons hin.

Das Modell kam von seinem Thron herunter und ging langsam von einem Zeichenbrett zum andern und betrachtete die verschiedenen Ver-sionen ihrer Erscheinung.

»Nun, haben wir Sie gut getroffen?«, rief Mr Cotmore. Er war von einer kleinen Gruppe von Schülern umgeben, unter denen sich auch der junge Waliser befand. Sie plauderten und lachten.

Das Modell schüttelte den Kopf. »Sie haben mich alle dick gemacht«, sagte sie und ging mit düsterem Gesicht zu ihrem Stuhl zurück.

Als Anna nach dem Ende der Pause ihre Zeichnung wieder aufnahm, schien sie ihr gar nicht mehr so gut wie vorher. Die Schultern waren entschieden falsch. Der Fehler lag, wie sie jetzt feststellte, darin, dass sie die rechte Schulter höher gezeichnet hatte als die linke, während es, so wie das Modell saß, genau umgekehrt war.

Wie hatte sie das vorher nur übersehen können?

Aber es war jetzt zu spät, um es zu ändern, deshalb konzentrierte sie sich auf die Hände.

Sie waren auf eine komplizierte Weise gefaltet, die Finger waren verschränkt, und während Anna versuchte, alle Gelenke und Knöchel und Fingernägel genau abzuzeichnen, wurde sie immer verwirrter. Sie musste jetzt auch feststellen, dass, infolge ihres Fehlers an den Schultern, der eine Arm länger wirkte als der andere. Sie starrte auf ihr Blatt und wusste nicht, wie sie jetzt fortfahren sollte. Da sagte eine Stimme hinter ihr: »Darf ich?«

Es war Mr Cotmore.

Er machte ihr ein Zeichen, sie solle aufstehen, und setzte sich dann auf ihren Platz.

»Sie dürfen da nicht so stückweise vorgehen«, sagte er, und begann am Rande des Blattes eine eigene Zeichnung.

Anna beobachtete ihn und konnte zuerst gar nicht erkennen, was er zeichnete. Er zog gerade Linien in verschiedenen Richtungen wie ein Gerüst. Da hinein setzte er eine runde Form, das war der Kopf des Modells, dann erschien allmählich der Rest des Körpers zwischen dem Gerüst. Anna erkannte, dass die geraden Linien die Richtung der Schultern, Hüften und Hände darstellten. In ein paar Minuten war alles fertig, und obgleich keine Einzelheiten da waren – keine Locken, keine Fingernägel – glich es dem Modell viel mehr als Annas Zeichnung.

»Sehen Sie?«, sagte Mr Cotmore, stand auf und ging davon. Anna saß da und starrte seine Arbeit an. Es ist natürlich leichter, so klein zu zeichnen, dachte sie. Und sie war nicht ganz sicher, ob es nicht eine Art Betrug war, all diese Hilfslinien zu ziehen. Trotzdem …

Sie konnte es kaum mehr ertragen, ihre eigene Zeichnung anzusehen. Sie wucherte über das ganze Blatt mit den komischen Schultern und dem einen langen und dem einen kurzen Arm und den Wurstfingern. Sie wollte das Blatt gerade zusammenknüllen und wegwerfen, aber dann fiel ihr ein, dass das zu viel Aufmerksamkeit erregen würde. Plötzlich bemerkte sie, dass der walisische Junge ihre Zeichnung betrachtete.

»Nicht schlecht«, sagte er.

Ihr Herz schlug. Vielleicht war es doch …?

»Eine von Cotmores besten Zeichnungen«, sagte der Junge. »Er ist heute Abend in Form.« Er musste ihre Enttäuschung spüren, denn er fügte hinzu: »Ist das Ihr erster Versuch?«

Anna nickte.

»Nun ja …«, der junge Waliser wandte den Blick von ihrer Zeichnung und suchte nach einem freundlichen Kommentar. »Der Anfang ist oft schwer«, sagte er.

———

Als Anna nach Hause kam, wartete Mama schon auf ihren Bericht. »Das finde ich sehr gut«, rief sie, als sie die Zeichnung sah, »für jemanden, der noch nie so etwas gemacht hat.«

Papa interessierte sich mehr für Mr Cotmores Version. »John Cotmore«, sagte er. »Ich habe neulich etwas über ihn gelesen. Ich glaube, er hatte eine Ausstellung. Sie wurde sehr gut besprochen.«

»Wirklich?«, sagte Mama. »Dann muss er doch gut sein.«

»Oh ja«, sagte Papa. »Er ist ganz bekannt.«

Dann saßen sie in dem Zimmer, das Mama und Anna teilten, auf den Betten, und Mama versuchte, das Essen, das Anna im Speisesaal verpasst hatte, aufzuwärmen. Sie hatte den Gasring, den Frau Gruber in jedem Zimmer installiert hatte, angezündet und rührte ein paar undefinierbare Fleischstücke, gekochte Kartoffeln und Rüben in einem Töpfchen, das sie bei Woolworth gekauft hatte.

»Es ist ein bisschen angebrannt«, sagte sie. »Ich weiß nicht – vielleicht ist es besser, es das nächste Mal kalt zu essen.«

Anna sagte nichts.

Es war beinahe zehn Uhr, und sie war müde. Ihre grässliche Zeichnung lag neben ihr auf dem Boden. Das nächste Mal?, dachte sie. Es schien nicht viel Sinn zu haben.

Aber in der nächsten Woche wollte sie es unbedingt noch einmal versuchen. Diesmal, dachte sie, werde ich es bestimmt besser machen.

Wie sich herausstellte, war es dasselbe Modell, aber Mr Cotmore hatte sie diesmal zu einer stehenden Pose überredet. Ihres rosa Morgenrockes beraubt, stützte sie sich mit einer Hand auf die Stuhllehne und starrte düster auf ihre Füße.

Anna erinnerte sich an die Korrektur der letzten Stunde und bedeckte ihr Blatt mit Leitlinien in allen Richtungen. Sie versuchte, sich nicht durch Einzelheiten ablenken zu lassen, und der obere Teil der Zeichnung gelang besser. Aber ihre neuen Kenntnisse verließen sie, als sie an

die Beine und Füße kam. Sie konnte ihre Figur nicht zum Stehen bringen. Die Füße waren unten, aber die Gestalt schien zu schweben oder zu hängen, sie war ohne Gewicht, und nichts stützte sie. Immer wieder radierte Anna und zeichnete neu, aber alles war umsonst, bis gegen Ende des Abends Mr Cotmore zu ihr kam. Ohne ein Wort zu verlieren, setzte er sich hin und zeichnete auf den Rand ihres Blattes einen Fuß. Genau wie der Fuß des Modells stand er, gerade nach vorn. Statt eine Umrisslinie zu ziehen, wie Anna es versucht hatte, baute er den Fuß Stück für Stück auf, von den verkürzten Zehen vorn über den Rist bis zu den Fersen hinten. Jedes Teil saß sicher hinter dem anderen, und auf dem Papier stand ein kräftiger Fuß fest auf einem unsichtbaren Boden.
»Sehen Sie?«, sagte er.
»Ja«, sagte Anna, und er lächelte leicht.
Er muss etwa vierzig sein, schätzte sie. Er hatte kluge Augen und einen merkwürdig lang gezogenen Mund.
»Füße sind schwierig«, sagte er und ging weiter.
Von da an ging Anna jeden Dienstagabend zur Kunstschule. Sie war ganz versessen darauf, zeichnen zu lernen. Wenn ich nur eine einzige Zeichnung so hinkriegen könnte, wie ich es möchte, dachte sie – aber jedes Mal, wenn sie eine Schwierigkeit gemeistert hatte, tauchten zwei oder drei neue auf, von denen sie keine Ahnung gehabt hatte. Manchmal half ihr Mr Cotmore, aber oft mühte sie sich allein ab.
»Sie werden tatsächlich besser«, sagte der junge Waliser. Er hieß Ward, aber alle nannten ihn den walisischen William.
»Erinnern Sie sich noch an Ihre erste Zeichnung? Sie war scheußlich.«
»Waren Ihre Zeichnungen am Anfang auch scheußlich?«, fragte Anna.
Der walisische William schüttelte den Kopf. »Mir ist es immer leicht gefallen – vielleicht zu leicht. John Cotmore sagt, meine Sachen kommen gut an.«
Anna seufzte, als sie die schöne, flüssige Zeichnung sah, die er ohne sichtliche Anstrengung produziert hatte.
»Ich wünschte, meine Zeichnungen kämen auch mal gut an«, sagte sie. Ihre eigene Zeichnung war schwarz vom vielen Überzeichnen und hatte beinahe Löcher vom Radieren.
Manchmal, wenn sie nach der Zeichenstunde in der halb leeren Untergrundbahn nach Hause fuhr, war sie ganz verzweifelt über ihre Ta-

lentlosigkeit. Aber in der folgenden Woche war sie wieder zur Stelle mit einem neuen Bleistift und einem frischen Blatt Papier. Vielleicht diesmal …, dachte sie. Sie kam mit so spitzem Gesicht vom Unterricht nach Hause, dass Mama sich Sorgen machte.

»Es kann nicht gut für dich sein, dort stundenlang in der Kälte zu sitzen«, sagte sie. Es herrschte Kohlenknappheit, und oft war die Kunstschule überhaupt nicht geheizt. Aber Anna sagte gereizt: »Das macht doch nichts – ich behalte meinen Mantel an.«

———

Im Februar und März gab es heftige Schneefälle. Alle waren deprimiert, weil die Japaner Singapur erobert hatten und die deutschen Armeen, statt den Russen zu unterliegen, vor Moskau standen. Mrs Hammond bekam die Grippe und blieb beinahe drei Wochen zu Hause, was die alten Damen noch trübsinniger machte. Miss Clinton-Brown dankte der Vorsehung nicht mehr, weil sie Schlafanzüge zuschneiden durfte, stattdessen hatte sie sich seit Kurzem mit Miss Potter gegen Mrs Riley verbündet, die sie alle mit Berichten über die japanischen Gräueltaten beunruhigte.

Sie kannte eine erstaunliche Anzahl solcher Geschichten und lieferte ihren Kolleginnen hochdramatische Wiedergaben von ihnen. Mit einer Hand auf den Tisch gestützt, spähte sie mit zusammengekniffenen Augen über ihre Bouillontasse hinweg, um einen japanischen Kommandanten von unsäglicher Grausamkeit darzustellen, dann riss sie die Augen weit auf und gab die edlen, wohlgesetzten Antworten seiner englischen Gefangenen zum Besten, deren Schicksal indessen unwiderruflich besiegelt war.

Miss Potter wurde von diesen Darstellungen immer sehr erschüttert und musste einmal mitten in der Arbeit nach Hause gehen, um, wie sie stammelte, nach ihrem Wellensittich zu schauen.

Als Mrs Hammond sich von ihrem Grippeanfall erholt hatte, verbot sie Mrs Riley streng, solche unbegründeten Gerüchte über das Schicksal englischer Gefangener zu verbreiten. Mrs Riley schmollte zwei Tage lang, und Miss Clinton-Brown dankte Gott, dass es noch vernünftige Menschen gab, die keine Angst hatten, ihre Meinung zu sagen. Es wäre alles sehr komisch, dachte Anna, wenn man nicht das Gefühl hätte, dass die meisten von Mrs Rileys Geschichten doch auf Wahrheit beruhten.

Nach all dem war es eine Wohltat, in die Kunstschule zu gehen. Anna hatte entdeckt, dass donnerstags ein zweiter Kursus stattfand, den sie für zusätzliche drei Shillings und sechs Pennies belegen konnte. Sie ging also jetzt zweimal in der Woche. Die Zahl der Teilnehmer war gesunken, denn die grimmige Kälte hielt die Strickerinnen und die Zeitungsleser fern, und Mr Cotmore hatte für die verbleibenden Schüler mehr Zeit. Er konnte fast jede Zeichnung auf der Stelle korrigieren. Während der Pause saß er mit ein paar Auserwählten in einer Ecke des Saales und plauderte. Anna beobachtete sie aus der Ferne. Sie schienen sich immer zu amüsieren, diskutierten und lachten, und sie dachte, wie herrlich es doch sein müsste, zu diesem inneren Kreis zu gehören. Aber sie war zu schüchtern, um sich auch nur in die Nähe zu wagen, und nach dem Unterricht gingen sie immer sehr schnell in einer geschlossenen Gruppe weg.

Eines Abends packte sie nach dem Unterricht ihre Sachen. Sie hatte den ganzen Abend verzweifelt gearbeitet und schließlich eine Zeichnung zustande gebracht, die ihren Vorstellungen wenigstens ein wenig ähnlich war. Bei diesem Kampf war ziemlich viel Bleistiftschwärze auf ihre Hände geraten und von den Händen auch in ihr Gesicht.

Der walisische William betrachtete sie interessiert.

»Hat das Papier eigentlich auch was abgekriegt?«, fragte er.

»Bestimmt«, sagte sie und zeigte ihm das Blatt.

Er war ganz beeindruckt. »Sehr stark«, sagte er. »Vielleicht machen wir doch noch was aus Ihnen. Waschen Sie sich doch das Gesicht, und kommen Sie mit, einen Kaffee trinken.«

Sie schrubbte sich das Gesicht am Waschbecken, dann gingen sie ein paar Häuser weit die Straße hinunter zu einem Café. Als sie die Tür aufstießen, klangen ihnen von drinnen Willkommensrufe entgegen. Sie blinzelte von der plötzlichen Helligkeit und sah Mr Cotmore mit seinem Gefolge. Alle schauten zu ihr hin. Sie saßen an zwei Tischen, die man aneinandergerückt hatte, jeder eine Tasse Kaffee vor sich, und besetzten den größeren Teil des schmalen Raumes.

»Das kleine Mädchen, das sich immer so mit Bleistift beschmiert«, rief ein kleiner Mann in Mr Cotmores Alter.

»Aber das tut sie für einen guten Zweck«, sagte Mr Cotmore, bevor sie Zeit gehabt hatte, rot zu werden, »Anna, nicht wahr?«

Sie nickte, und die anderen machten für sie und den walisischen William Platz. Kaffee wurde vor sie hingestellt, und halb freudig, halb ängstlich senkte sie ihr Gesicht über die Tasse, damit ihr niemand eine Frage stellte. Allmählich lief das Gespräch um sie herum weiter.

»Mit Cézanne hast du Unrecht, John«, sagte der kleine Mann, und John Cotmore fuhr auf ihn los: »Unsinn, Harry, du willst mich nur auf die Palme bringen.«

Zwei Mädchen ihr gegenüber lachten, aber Harry hatte wirklich provozieren wollen, denn bald stritten sich alle über die französischen Impressionisten, die italienischen Primitiven, Giotto, Matisse, Mark Gertler, Samuel Palmer. Wer in aller Welt sind diese Leute?, dachte Anna. Sie hörte schweigend zu, bemüht, sich ihre Unkenntnis nicht anmerken zu lassen. Auf ihrer einen Seite fuchtelte Harry mit den Armen in der Luft herum, auf der anderen war der walisische William damit beschäftigt, geistesabwesend etwas auf einen Zeitungsrand zu zeichnen. Ein blasser Mann mit einer blassen Krawatte flüsterte in eindringlichem Ton über Form und Inhalt, eines der Mädchen bestellte eine Portion Chips und ließ sie rundgehen, alle tranken noch mehr Kaffee, und John Cotmore mit seiner warmen tiefen Stimme hielt das Ganze in Gang. Er sprach nur wenig, aber wenn er etwas sagte, schwiegen alle und hörten zu.

Einmal wandte er sich direkt an sie. »Was halten Sie davon?«, fragte er. Sie hatten über verschiedene Zeichenstile gesprochen, einige Schüler lobten den sensiblen Strich von jemand, dessen Namen Anna nie gehört hatte, und die anderen verteidigten einen anderen Maler mit einer eher abrupten Strichführung.

Sie starrte ihn entsetzt an.

»Ich weiß nicht«, stammelte sie. »Ich will die Sachen nur so zeichnen, wie sie aussehen. Ich finde das schon schwierig genug.« Was für eine dumme Antwort, dachte sie, aber er antwortete ganz ernst: »Das ist kein schlechter Ausgangspunkt«, und sie bemerkte, dass die anderen sie mit Respekt betrachteten.

Später, als alle durcheinander sprachen, nahm sie all ihren Mut zusammen und stellte ihm eine Frage, die sie schon seit Wochen beunruhigte.

»Wenn jemand das Zeug zu einem guten Zeichner hat«, sagte sie, »dann wird es ihm doch bestimmt im Anfang nicht so schwer.«

»Ich glaube nicht, dass das eine richtige Schlussfolgerung ist«, sagte er. »Es kann auch bedeuten, dass jemand viel von sich verlangt. In Ihrem Fall«, sagte er und lächelte leicht, »würde ich sagen, dass die Sache sehr vielversprechend aussieht.«

Sehr vielversprechend, dachte sie, und während er wieder in die allgemeine Unterhaltung hineingezogen wurde, drehte sie seine Antwort um und um und suchte nach einer versteckten Bedeutung. Aber sie fand keine. Er musste ihre Arbeit wirklich für vielversprechend halten. Es war nicht zu glauben, und sie saß da und freute sich darüber, bis es Zeit war, nach Hause zu gehen.

Sie stellten fest, wie viel Kaffee von wem getrunken worden war, dann standen sie draußen noch einen Augenblick in der Kälte beieinander.

»Auf Wiedersehen am Donnerstag«, sagte der walisische William und mehrere Stimmen wiederholten: »Auf Wiedersehen am Donnerstag.« Sie klangen im Dunkeln seltsam körperlos. Gute Nacht, Harry, gute Nacht, Doreen. Dann das Geräusch von Schritten, während unkenntliche Gestalten mit der Dunkelheit eins wurden.

Anna knöpfte ihren Mantel fest zu, als eine Stimme, die tiefer war als die anderen, rief: »Gute Nacht, Anna!«

»Gute Nacht ... John!«, rief sie nach kurzem Zögern zurück, und während ein Gefühl des Glücks in ihr hochstieg, wandte sie sich von der Gruppe ab und tauchte unter in jenen Teil der Straße, der im Dunkeln lag.

John Cotmore hatte ihr Gute Nacht gesagt. Und ihre Arbeit war vielversprechend. Das Pflaster unter ihren Füßen klang, und die Dunkelheit, die sie umgab, schimmerte wie etwas, das sie beinahe berühren konnte. Sie war überrascht, als sie feststellte, dass die U-Bahn-Station in Holborn genauso aussah wie sonst. Etwas Ungeahntes, dessen war sie sicher, war mit ihr geschehen.

16 **Als Anna** ein paar Wochen später **morgens ins Büro kam,** war Mrs Hammond schon da. Anna war es peinlich, denn sie kam **wie gewöhnlich zu spät** – es schien sinnlos, **sich zu beeilen,** wo doch so wenig zu tun war –, aber glücklicherweise **bemerkte Mrs Hammond** die Verspätung nicht.

Sie stand in dem unbenutzten Krankensaal und untersuchte die verstaubten Regale und Schränke.

Sobald sie Anna erblickte, sagte sie: »Ich hab eine neue Arbeit für Sie.« »Was denn?«, fragte Anna. Mrs Hammond wirkte tatkräftiger als jemals seit Dickies Tod. »Eigentlich eine traurige Sache«, sagte sie. »Aber sehr nützlich. Offizierskleidung.« Und als Anna erstaunt dreinschaute, sagte sie plötzlich: »Die Kleider von Toten! Aber man kann's nicht so nennen – würde die Leute verschrecken. Aber darauf kommt es heraus. Wir vermitteln Uniformen – und alle Art anderer Kleidungsstücke – von Jungens, die gefallen sind, an Jungens, die noch leben und die Sachen brauchen.«

Anna bemerkte jetzt erst den Stapel von Kleidungsstücken auf einer Plane in einer Zimmerecke. Es waren Anzüge, Hemden, Krawatten, einzelne Airforce-Uniformstücke. Auf einer gebrauchten Feldtasche war mit großen, weißen Buchstaben »P/O Richard Hammond« aufgemalt. Mrs Hammond folgte Annas Blick.

»Keinen Zweck, sein Herz daran zu hängen«, sagte sie, »die anderen Jungen sind froh, solche Sachen zu bekommen.« Dann fügte sie noch hinzu: »Schließlich war er ja nicht der Einzige.« Es stellte sich heraus, dass sie bei dieser Aktion eine Partnerin hatte – eine Mrs James, die ihre beiden Söhne verloren hatte, einen bei der Armee in der afrikanischen Wüste und den anderen bei einem Lufteinsatz über Deutschland. Anna lernte sie im Laufe des Tages kennen, eine knochige, ältere Frau mit großen, traurigen Augen und einer fast unhörbaren Stimme.

Sie hatte einen kleinen Mann mit einem Mopsgesicht bei sich, der sich sofort mit großer Tatkraft an die Arbeit machte und den leeren Krankensaal in einen Lagerraum für die Kleider verwandelte, die sie zu sammeln hofften. Er wischte und hämmerte, rückte Möbel, und nach einer Woche war alles fertig, sogar ein kleines Büro für Mrs James befand sich in einer Ecke des Raumes.

Das Büro bestand nur aus einem Tisch und einem Stuhl hinter zwei

Wandschirmen. In dem ganzen kalten Raum gab es keine Heizung außer einem elektrischen Strahler mit einem einzigen Stab, dessen Wärme
auf ihre Füße gerichtet war. Aber Mrs James schien die Kälte nicht zu
spüren. Sie saß da und starrte vor sich hin, als wäre dieser Platz ebenso
gut wie jeder andere. Mrs Hammond hatte ihr Büro neben dem Nähzimmer behalten, aber sie lief dauernd hin und her, um zu sehen, wie
sich alles anließ. Sie war es, die die Anzeige in der »Times« verfasste, in
der die Frauen und Eltern der Gefallenen zu Kleiderspenden aufgerufen
wurden. Anna tippte den Text, und schon in der folgenden Woche gingen die ersten Sendungen ein. Was die Leute schickten, war sehr unter-
schiedlich, sich verloren ausnehmende Einzelstücke und dann wieder
ganze Truhen voll. Alles musste bestätigt und sortiert werden. Es war
eine eigenartig traurige Arbeit. Einige Koffer kamen direkt von den
Truppenteilen und schienen den ganzen Besitz der Toten zu enthalten. Es waren Golfschläger darunter, Taschenbücher und Schreibmappen, und niemand wusste, was man mit diesen Sachen anfangen sollte.
Einmal, als Anna eine Airforce-Bluse aus einem Koffer zog, flog ein
Pingpongball mit heraus und hüpfte durch den ganzen leeren Saal. Aus
irgendeinem Grund brachte das Anna völlig aus der Fassung.

Um die alten Damen musste man sich weiter kümmern – mehr denn je,
denn sie waren eifersüchtig auf Mrs Hammonds neue Interessen – und
auch die Wolle musste weiter an die Strickerinnen verschickt werden.
Anna stellte fest, dass sie plötzlich sehr viel zu tun hatte. Sie kam morgens nicht mehr zu spät und nahm sich kaum Zeit zum Mittagessen.
Wenn sie um sechs Uhr aufhörte, war sie fast zu müde, um in den Zeichenkursus zu gehen, aber schließlich ging sie doch immer.

Mrs Hammond hatte inzwischen alle Generäle, Admiräle und Mar-
schälle, die sie kannte, über ihr neues Projekt informiert, und endlich,
etwa drei Wochen nach Beginn der Aktion, kam der erste junge Mann,
um sich ausstatten zu lassen. Es war ein Marineleutnant, der seine
ganzen Sachen verloren hatte, als sein Schiff von einem U-Boot versenkt wurde, und Mrs Hammond und Mrs James wetteiferten miteinander, um alles zusammenzutragen, was er brauchte.

Mrs Hammond war seit Beginn der neuen Aktion voll damit beschäftigt gewesen, und es überraschte Anna nicht, dass sie jetzt ganze Kleiderstapel durchwühlte, um eine Hose von genau der richtigen Länge

und eine Mütze mit den richtigen Abzeichen zu finden. Überraschend fand Anna die Veränderung, die mit Mrs James vor sich ging. Zum ersten Mal starrten ihre großen Augen nicht mehr ins Leere. Während sie den jungen Mann freundlich und vernünftig nach den benötigten Sachen fragte, war es, als verabreichte er ihr mit seinen Antworten ein Vitamin, das für sie lebenswichtig war. Sie lächelte und redete und machte sogar einen kleinen Scherz. Als Mrs Hammond den Leutnant dann aber mitnahm, um ihn ein Paar Schuhe anprobieren zu lassen, versank sie wieder in Apathie, wie ein mechanisches Spielzeug, dessen Feder abgelaufen ist. Von nun an riss der Strom der jungen Leute, die ausgestattet werden mussten, nicht mehr ab, aber es gab auch ständig Nachschub durch Kleider anderer junger Männer, die gefallen waren. Anna fragte sich manchmal, was man wohl dabei empfand, wenn man solche Kleider trug, aber die jungen Männer schienen die Sache von einem rein praktischen Standpunkt aus zu betrachten. Da seit dem vergangenen Sommer auch Textilien rationiert waren, fiel es schwer, sich überhaupt Kleidungsstücke zu beschaffen, und man durfte nicht allzu empfindlich sein.

Im Ganzen gesehen waren die Soldaten erstaunlich munter, und manchmal luden sie Anna, weil sie doch so viel Geld gespart hatten, ein. Sie nahmen sie mit ins Kino oder ins Theater oder in ein Restaurant im Westend, und es machte Spaß, sich mit Jinnys oder Judys abgelegten Kleidern für solche Gelegenheiten herauszuputzen, so als wäre sie wirklich das nette englische Mädchen, für das sie sie hielten.

Zum Abschied wollten ihr die meisten einen Kuss geben, und auch das war aufregend. Ich muss doch ganz anziehend sein, dachte sie erstaunt. Sie selber fand keinen der jungen Leute besonders interessant, und an den Kunstschulabenden ging sie nie mit einem von ihnen aus.

»Warum nicht?«, rief Mama, »davon hast du doch viel mehr als von den blöden Abendkursen.«

Anna schüttelte den Kopf. »Eigentlich ist es eine schreckliche Zeitverschwendung«, sagte sie in ihrem Das-weiß-ich-besser-Ton, den sie sich seit Kurzem zugelegt hatte. »Und, Mama, ehrlich, sie kommen mir so *jung* vor.«

»Wie ich höre, führst du ein turbulentes Nachtleben«, sagte Max. »Na, es sieht so aus, als dauerte der Krieg ewig, amüsier dich also, solange du kannst.«

Er war schon wieder niedergeschlagen, denn obwohl er das Examen als Bester seines Kurses bestanden hatte und nun ein ausgebildeter Pilot war, war angeordnet worden, dass er weder Bomber noch Jagdflugzeuge fliegen durfte.

»Nur wegen meiner Vergangenheit«, sagte er. »Sie haben Angst, dass mich die Deutschen, falls ich abgeschossen werde, und sie herausbekommen, wer ich bin, nicht als Kriegsgefangenen behandeln würden. Also muss ich Fluglehrer bleiben.«

»Das ist aber doch gewiss auch wichtig«, sagte Papa, aber Max war zu verärgert, um darauf einzugehen.

»Das verstehst du nicht«, sagte er. »Fast alle anderen fliegen im Einsatz. Es ist immer wieder das Gleiche – bei mir gibt es immer wieder ein anderes Handikap.«

Daraufhin verlor Mama, die sonst für seine Gleichheitswünsche so viel Verständnis hatte, völlig die Fassung.

»Um Himmels willen, willst du denn unbedingt umkommen?«, schrie sie, und dann fügte sie unsinnigerweise hinzu: »Als ob wir nicht schon genug Sorgen hätten.«

»Kein Grund, dich aufzuregen«, sagte Max, »besonders da ich doch keine Wahl habe.«

Mama war in der letzten Zeit immer nervöser geworden, und ein paar Tage später entdeckte Anna den Grund. Es war, als sie eines Abends von der Arbeit nach Hause kam. Sie war jetzt abends oft nicht zu Hause, und sie hatte ihre Freizeit genau geplant. Zuerst wollte sie die Risse im Oberleder ihrer Schuhe mit brauner Farbe, die sie in der Mittagspause gekauft hatte, überpinseln. Dann wollte sie sich, falls warmes Wasser da war, das Haar waschen, und für nach dem Abendessen hatte sie sich vorgenommen, ihre zwei Paar Strümpfe, die sie zum Wechseln besaß, zu stopfen, damit sie sie am folgenden Tag anziehen konnte.

Als sie an Papas Zimmer vorbeikam, hörte sie erregte Stimmen und trat ein. Mama hockte in halb liegender Stellung auf dem Bett, und Papa hielt ihre Hand. Ihre blauen Augen schwammen in Tränen, die Mundwinkel waren nach unten gezogen, ihr ganzes Gesicht war tränennass.

»Was ist passiert?«, rief Anna, aber Papa schüttelte den Kopf. »Gar nichts«, sagte er, »nichts Schlimmes. Mama hat ihre Stelle verloren.« Mama setzte sich mit einem Ruck auf.

»Was soll das heißen: nichts Schlimmes«, rief sie. »Wovon sollen wir leben?«

»Wir werden schon irgendwie zurechtkommen«, sagte Papa, und Anna fand allmählich heraus, was passiert war. Mama war nicht entlassen worden, sondern ihre Arbeit war beendet.

»Ich hab den Job immer schon gehasst«, rief Mama unter Tränen. »Seit dem Tod von Lord Parker war es ja nur ein Notbehelf.«

Anna erinnerte sich daran, wie sie einmal Mama besucht hatte, als sie noch Lady Parkers Privatsekretärin war. Mama hatte in einem hübschen, weiß gestrichenen Zimmer mit einem Kaminfeuer gesessen, ein Diener hatte ihr Tee und Kekse gebracht und dann noch eine Tasse für Anna geholt. Mama hatte nicht viel mehr zu tun gehabt, als das Telefon zu bedienen und Einladungen zu verschicken, und des Abends hatten sie und Anna über Lady Parkers Leben gestaunt.

»Ihre Strümpfe kosten eine Guinea das Paar«, hatte Mama ihr gesagt, »und sie sind so hauchdünn, dass man sie nur einmal tragen kann.«

Seit Lord Parkers Tod hatte Mama in einem Kellerraum gearbeitet, in dem seine Papiere gestapelt waren, solche Massen von Papieren, dass Mama am Anfang den Eindruck gehabt hatte, die Arbeit, sie durchzusehen und zu ordnen, würde nie ein Ende nehmen.

»Was soll ich machen?«, rief sie. »Ich muss doch eine Arbeit finden.«

»Vielleicht findest du etwas Interessanteres«, sagte Anna. Mamas Gesicht erhellte sich.

»Ja«, sagte sie, »vielleicht, wo so viele Leute eingezogen worden sind. Und seit du dich selbst unterhalten kannst, habe ich ein wenig zurückgelegt – ich könnte mich also in Ruhe nach etwas umsehen.« Aber dann wurde sie wieder von Verzweiflung befallen. »Oh Gott«, rief sie. »Ich hab es satt, immer wieder von vorn anzufangen!« Sie schaute Papa an, der immer noch ihre Hand hielt. »Wie viel leichter wäre alles«, sagte sie, »wenn die BBC endlich etwas von deinen Arbeiten annehmen und in ihrem deutschsprachigen Programm senden würde.«

Papas Gesicht verschloss sich. Seit diesem ersten Manuskript war es ihm nicht mehr gelungen, etwas bei der BBC unterzubringen. Obgleich er Tag für Tag an seinem Tisch saß und schrieb, verdiente er fast keinen Pfennig.

»Ich ruf noch einmal an«, sagte er, aber sie alle wussten, dass es zwecklos war.

———

In den ersten Tagen, nachdem Mama mit ihrer Arbeit aufgehört hatte, war sie ganz hoffnungsvoll. Es war sommerliches Wetter. Am Wochenende saßen alle zusammen im Garten. Die Wildtaube hatte mit einem uralten Rasenmäher, den sie in einem Schuppen entdeckte, das Gras geschnitten, und die beiden tschechischen Damen hatten sich weiße Pappdreiecke auf die Nasen geklemmt, um sie vor Sonnenbrand zu schützen.

Mama saß in einem Liegestuhl, einen Stapel Zeitungen neben sich. Sie sah die Stellenangebote durch und schrieb Bewerbungen auf Inserate, die ihr infrage zu kommen schienen. Jedes Mal wenn sie einen Brief fertig hatte, sagte sie: »Glaubt ihr, dass es so in Ordnung ist?« und zeigte ihn Anna und Papa. Es handelte sich immer um Büroarbeit, und während Anna und Papa lasen, sagte Mama: »Ich habe nicht erwähnt, dass ich keine Stenografie kann, denn ich bin sicher, wenn ich die Stelle erst habe, werde ich schon zurechtkommen.« Oder: »Ich weiß, dass es in der Anzeige heißt: keine Ausländer, aber ich dachte, wenn sie mich erst einmal sehen …«

Sie sah außerordentlich entschlossen aus, wie sie so dasaß, die Brauen über den blauen Augen zusammengezogen, und das Papier mit der Feder attackierte. Man konnte sich gut vorstellen, dass sie jeden Chef überreden würde, sie einzustellen.

Aber bis zum folgenden Donnerstag ging nur eine einzige Antwort auf ihre Bewerbungen ein. Es handelte sich um einen kleinen Geschäftsmann in der City, der schließlich erklärte, er suche eigentlich jemand Jüngeren. – Mama kam tief enttäuscht nach Hause.

Sie schrieb wieder einen Stapel Bewerbungen und wartete auf die Antworten, aber nichts geschah. Es war immer noch warm und sonnig, daher saß sie im Garten, schrieb Briefe und las Bücher aus der Bibliothek. Schließlich, so sagte sie, habe sie ja auch mal einen Urlaub verdient.

Als das Wetter umschlug und es im Garten kühl wurde, beschäftigte Mama sich damit, ihre Garderobe durchzusehen. Jeden Tag ging sie mit Papa die Putney High Street entlang und kaufte für die anderthalb Shilling, die dafür angesetzt waren, für ihr gemeinsames Mittagessen ein, das sie zusammen in seinem Zimmer verzehrten. Abends spielte sie Bridge mit der Wildtaube, den Poznanskis und manchmal auch mit Miss Thwaites, einem neuen Hotelgast. Miss Thwaites war keineswegs eine gute Spielerin, aber sie war englisch – nicht nur halb englisch oder naturalisiert oder englisch durch Heirat, sondern eine richtige geborene und in England aufgewachsene Engländerin – und darum die meistumschwärmte Person im Hause. Sie war eine verwitterte Junggesellin mit grauem Pagenkopf, die in einer Bank angestellt war, und sie nahm die Gunstbezeugungen der anderen als etwas hin, das ihr durchaus zustand.

Erst als Mama vier Wochen ohne Arbeit war, geriet sie in Panik. Sie rechnete nach, dass sie während dieser Zeit nur vier Antworten auf ihre Bewerbungsschreiben bekommen hatte und zweimal zu einer Vorstellung gebeten worden war. Und als sie ihre Ersparnisse überprüfte, stellte sich heraus, dass sie, wie immer, schneller zusammenschmolzen, als sie erwartet hatte.

Sie fing an, sich immer in der Nähe des Telefons aufzuhalten und in der Halle auf den Briefträger zu warten. Wenn Anna abends nach Hause kam, sagte sie mit verkniffenen Lippen, noch ehe Anna sie fragen konnte: »Hab wieder nichts gehört!«

Des Nachts wälzte sie sich im Bett herum und konnte nicht schlafen.

»Was sollen wir nur machen?«, rief sie eines Sonntags, als sie zu dritt nach dem Essen in Papas Zimmer zusammensaßen. Papa hatte ihnen ein Gedicht vorgelesen, das er am Tag zuvor geschrieben hatte. Es war an seine Schwester gerichtet, die jetzt irgendwo in Palästina lebte, und er erinnerte sie darin an ihre gemeinsame Kindheit in Schlesien und fragte, ob sie sich wohl je hier auf Erden wiedersehen würden. Vielleicht würden sie sich erst im Paradies wiedersehen, und wenn es einen solchen Ort gab, so meinte Papa, würde er den Wäldern und Wiesen ihrer Heimat gleichen. Es war ein sehr schönes Gedicht.

Als Mama ihn fragte, was sie tun sollten, sah er sie voller Zärtlichkeit und Vertrauen an.

»Du wirst dir schon etwas ausdenken«, sagte er.

Mama, die nervös in einer Zeitung geblättert hatte, klatschte sie plötzlich auf den Boden.

»Aber ich will mir nichts ausdenken müssen!«, rief sie. »Warum immer ich? Warum kannst du dir nicht zur Abwechslung etwas ausdenken?«

Papa, der immer noch das Gedicht in der Hand hielt, schien äußerst angestrengt nachzudenken, und einen Augenblick lang glaubte Anna, er werde gleich mit der Lösung des Problems herausrücken. Aber dann legte er seine freie Hand auf Mamas Hand. »Aber du machst es doch so viel besser als ich«, sagte er.

Daraufhin brach Mama in Tränen aus, und Anna sagte: »Ich könnte bestimmt in der Woche noch fünf Shillings entbehren oder sogar siebeneinhalb.« Aber Mama schrie: »Das würde nicht reichen!« Dann putzte sie sich die Nase und sagte: »Ich will versuchen, mit Louise zu sprechen.«

»Louise?«, sagte Papa und schnitt eine Grimasse, aber als er dann Mamas Gesicht sah, sagte er: »Also gut, Louise.«

———

Tante Louise war gern bereit, Mama mit fünfzehn Pfund auszuhelfen. »Es tut mir leid, dass es nicht mehr ist«, sagte sie, »aber ich mag Sam im Augenblick nicht gern bitten.«

Seit seine Schwester mit den beiden Jungen unerwartet zu ihm zurückgekehrt war, machte sich der Professor Geldsorgen. Bei jeder Mahlzeit beobachtete er, wie die teuren Nahrungsmittel im Schlund seiner vielen armen Verwandten verschwanden.

»Er fragt sich überhaupt«, sagte Tante Louise, »was aus uns allen werden soll.«

Anna bestand darauf, wöchentlich ihre fünf Shillings abzugeben, und Max schickte zehn Pfund von seinem Sold. Damit waren sie wenigstens für einige Zeit aus dem Ärgsten heraus. Aber Mamas Unruhe legte sich nicht. Es war schwierig, mit ihr zusammen zu sein. Wenn sie dasaß, die Hände im Schoß krampfhaft verschlungen, die blauen Augen starr geradeaus gerichtet, so stand die Spannung wie etwas Greifbares im Raum, und nichts konnte sie lösen.

»Glaubst du das wirklich?«, rief sie dann, wenn Anna andeutete, dass eine bestimmte Bewerbung hoffnungsvoll aussah; und fünf Minuten später: »Glaubst du wirklich, dass ich die Stelle bekomme?«

Das Einzige, was sie von ihren Sorgen ablenkte, war das abendliche Bridgespiel. Dann richtete sich ihre wilde Konzentration auf die Karten, und während sie sich über Culbertson, Überstiche und einen verpfuschten großen Schlemm aufregte, verblasste die Angst um die Existenz. Anna wurde manchmal gegen ihren Willen zu diesen Spielen hinzugezogen – Papa konnte Treff nicht von Pik unterscheiden – aber nur, wenn sonst niemand zur Hand war, denn sie langweilte sich so, dass sie auch den anderen das Spiel verdarb. Sie saß da, machte Fehler und bekritzelte ihren Notizblock, dankbar, wenn das Spiel zu Ende war, ganz gleich, ob sie gewonnen oder verloren hatte. Mama tat ihr leid, und sie hätte ihr gern geholfen, aber sie fand es auch bedrückend, ein kleines Zimmer mit ihr teilen zu müssen, und immer wenn sie einen Grund hatte, erst spät abends nach Hause zu kommen, war sie gleichzeitig erleichtert und schuldbewusst.

———

Eines Morgens wollte Anna gerade das Haus verlassen, um zur Arbeit zu gehen, als Mama sie an der Tür abfing.

»Miss Thwaites will heute Abend Bridge spielen«, sagte sie. »Die Wildtaube ist frei, aber wir brauchen einen vierten Mann.«

»Ich kann nicht«, sagte Anna. »Ich gehe in den Kursus.«

Mama hatte schlecht geschlafen, und die Post hatte nichts gebracht, wieder einmal war es nichts mit der ersehnten Stelle. »Ach, komm schon«, sagte sie. »Es macht doch nichts, wenn du einmal fehlst.«

»Aber ich will nicht fehlen«, sagte Anna. »Können die Poznanskis denn nicht mitspielen?«

Mama sagte, sie könnten nicht, und Anna merkte, wie es in ihr zu kochen begann und dass sie gleich explodieren würde. Sie sagte: »Es tut mir wirklich leid, Mama, aber ich möchte den Kursus wirklich nicht verpassen. Du wirst bestimmt jemanden finden.«

Nur darauf bedacht wegzukommen, schob sie sich auf die Schlafzimmertür zu, aber bevor sie diese erreicht hatte, geschah es.

»Diesen kleinen Gefallen könntest du mir doch tun«, rief Mama. »Das ist doch wirklich nicht zu viel verlangt! Weiß Gott, wenn einer deiner Freunde dich bäte, würdest du den Kursus schnell genug fahren lassen.«

»Das ist nicht wahr!«, rief Anna. Sie hatte Einladungen für Abende, an denen Kurs war, immer ausgeschlagen.

Aber Mama war jetzt in voller Fahrt.

»Es ist das einzige Vergnügen, das ich im Leben habe«, rief sie. »Das Einzige, was mich von den endlosen Geldsorgen ablenkt. Und kein Mensch sonst in dieser Familie macht sich die geringsten Gedanken darüber, wie es weitergehen soll. Du gehst morgens einfach in dein gemütliches Büro, Papa sitzt in seinem Zimmer und schreibt Gedichte. Und ich muss mich um alles kümmern – um alles!«

»Mama …«, sagte Anna, aber Mama schnitt ihr das Wort ab. »Wer musste hingehen und Louise um Geld bitten?«, rief sie. »Du etwa? Oder Papa? Nein, wie immer blieb das mir überlassen. Glaubst du, das hat mir Spaß gemacht? Wer hat dafür gesorgt, dass du Kurzschrift lernen konntest, und wer hat das Geld für den Kursus aufgetrieben? Und wer hat Max aus dem Lager geholt? Nicht du und nicht Papa. Findest du nicht, dass du unter diesen Umständen einen Abend opfern könntest – einen einzigen Abend – um mir das Leben ein bisschen leichter zu machen?«

Anna blickte in Mamas verzweifeltes, purpurrotes Gesicht und hatte das seltsame, erschreckende Gefühl, in diese Röte hineingesaugt zu werden. Blass und kalt fühlte sie sich und wich zurück. »Es tut mir leid, Mama«, sagte sie, »aber ich muss heute Abend in meinen Kursus.«

Mama starrte sie an.

»Schließlich«, rief Anna, »ist es doch nur ein Kartenspiel!«

»Und du«, kreischte Mama, »wirst gerade ein Meisterwerk produzieren!«

Anna stürzte zur Tür.

»Und wenn es nun so wäre«, schrie jetzt auch sie, »du würdest es ja nicht einmal merken.«

Dann war sie draußen und stand zitternd im Korridor.

———

Den ganzen Tag über grämte sie sich wegen dieses Auftritts. Sie dachte daran, Mama anzurufen, aber immer war jemand in der Nähe des Telefons, und sie hätte auch nicht gewusst, was sie sagen sollte.

Um sechs Uhr hatte sie sich immer noch nicht entschlossen, ob sie nach Hause oder in die Kunstschule gehen sollte. Sie beschloss, es dem Zufall zu überlassen. Wenn eine Straßenbahn an ihr vorüberkam, ehe sie die Victoria Station erreicht hatte, würde sie nach Hause fahren – sonst nicht. Die Straßenbahn kam fast sofort, aber Anna ignorierte sie und nahm den Bus nach Holborn. Sie kam eben noch rechtzeitig zum Unterricht.

Warum auch nicht, dachte sie. Sie war in der letzten Zeit nur selten abends ausgegangen. Zwei der jungen Leute, die sie manchmal eingeladen hatten, waren in eine andere Stadt versetzt worden, und sie hatte kaum mal ein Vergnügen gehabt. Es war ganz richtig, was ich getan habe, dachte sie, aber es half alles nichts, sie konnte sich nicht auf ihre Arbeit konzentrieren. Was sie zeichnete, war so miserabel, dass sie das Blatt gleich zusammenknüllte und wegwarf.

Nach dem Unterricht ging sie nicht mehr mit ins Café, sondern lief sofort zur Untergrundbahn. Wenn ich mich beeile, dachte sie, ist vielleicht immer noch Zeit für ein paar Spiele.

Im Zug sah sie plötzlich Mama wieder vor sich, wie sie auf dem Bett lag und weinte, als sie ihre Stelle verloren hatte. Wie konnte ich nur, dachte sie, überwältigt von Mitleid und Gewissensbissen. Während sie die Straße hinuntereilte, dachte sie an Mama in Paris, Mama, die ihr half, ihre erste Hose zu kaufen, Mama, die sie an ihrem sechzehnten Geburtstag ausführte.

»Mama!«, rief sie, während sie in den Salon stürzte – und da saß Mama und spielte mit Miss Thwaites Bridge gegen die Wildtaube und Mrs Poznanski.

»Du kommst früh«, sagte Mama, und Miss Thwaites fügte hinzu: »Mrs Poznanski brauchte doch nicht wegzugehen.«

»Aber Mama ...«, rief Anna.

Voller Wut drehte sie sich auf dem Absatz um und ging aus dem Zimmer.

»Ich konnte nicht anders«, sagte sie später zu Papa. »Ich habe ein Recht auf mein eigenes Leben. Ich kann nicht alles hinwerfen, wenn Mama zufällig Lust hat, Bridge zu spielen.«

»Nein, natürlich nicht«, sagte Papa. Er sah müde aus, und Anna merkte, dass er wohl auch keinen leichten Tag gehabt hatte. »Mama hat es im Augenblick schwer«, sagte er nach einer Pause. »Ich wünschte, wir könnten alle ein ganz anderes Leben führen. Ich wünschte, ich könnte Mama und dir eine Stütze sein.«

Auf seinem Schreibtisch lag ein Stoß dicht beschriebener Blätter. Anna fragte: »An was schreibst du gerade?«

»Etwas über uns – eine Art Tagebuch. Ich arbeite schon lange daran.« Er schüttelte den Kopf, als er die Hoffnung in Annas Augen sah. »Nein«, sagte er, »ich glaube nicht, dass das jemand druckt.«

Er hatte noch etwas Brot vom Lunch übrig, und da Anna ihr kaltes Abendessen ungenießbar fand, machte er ihr Toast. Anna sah zu, wie er eine Scheibe Brot mit einer großen Papierklammer an einem Zweig aus dem Garten befestigte und über die Flamme der Gasheizung hielt.

»Es ist so schwer«, sagte sie, »kein eigenes Zimmer zu haben.«

Papa machte ein bekümmertes Gesicht. »Ich wünschte, ich könnte ...«

»Nein«, sagte sie. »Ich weiß, du brauchst deines zum Schreiben.«

Draußen schlug eine Tür, und man hörte Stimmen und Schritte auf der Treppe. Das Bridgespiel musste zu Ende sein.

Plötzlich sagte Papa: »Sei nett zu ihr. Sei nett, sehr nett zu ihr. Sie ist deine Mutter, und sie hat ja Recht – das Leben ist für sie wirklich nicht leicht.«

»Ich bin ja nett«, sagte Anna, »ich bin es immer gewesen.« Als sie aufstand und gehen wollte, sagte er: »Versuch, den heutigen Tag zu vergessen.«

———

Aber sie konnte es nicht ganz vergessen. Mama vermutlich auch nicht. Sie gingen so vorsichtig miteinander um, wie sie das nie zuvor getan hatten. Etwas in Anna war traurig darüber, aber ein bis dahin verborgen gebliebener stahlharter Teil in ihrem Wesen war andererseits auch wieder froh, dass sich durch diese Auseinandersetzung ein Freiraum ergab, in dem sie ohne Rücksicht sie selbst sein konnte. Und all das nur, weil sie an diesem Abend zur Kunstschule gehen wollte, überlegte sie. Wie kompliziert doch das Leben wurde, wenn einem persönlich etwas sehr wichtig war.

In der folgenden Woche sagte sie im Café zu John Cotmore: »Meinen Sie, dass Kunst, wenn man sie ernst nimmt, den Beziehungen zu anderen Menschen schadet?«

Es schien ihr, als habe sie ihr Problem unerhört abstrakt ausgedrückt und als spiele ein unterdrücktes Lächeln um seinen Mund, als er sie ansah.

»Nun ja …«, sagte er schließlich, »ich glaube, sie werden auf diese Weise zumindest nicht gerade einfacher.«

Sie nickte und errötete dabei verlegen. Es war ihr nämlich eingefallen: Jemand hatte ihr erzählt, dass er sich mit seiner Frau nicht vertrug.

17 **Im Herbst** veranstaltete die National Gallery eine Ausstellung **französischer Impressionisten.** Es war ein **großes Ereignis,** denn seit Beginn des Krieges waren alle wertvollen Bilder **vor den Bomben in Sicherheit** gebracht worden und nicht mehr zugänglich gewesen. Aber in letzter Zeit waren die Luftangriffe auf London seltener geworden – offenbar hatten die Deutschen viele Flugzeuge für den Russlandfeldzug abziehen müssen – und so war man zu der Überzeugung gekommen, es stelle kein zu großes Risiko dar, die Bilder wieder zu zeigen.

Anna hatte sie noch nie gesehen. In der Bibliothek gab es ein Buch über die französischen Impressionisten, aber darin waren nur Schwarz-Weiß-Reproduktionen, und danach konnte man sich keine richtige Vorstellung von den Bildern machen. Anna ging also am ersten Sonntag nach der Eröffnung, um sich die Ausstellung anzusehen.

Es war ein klarer, frostiger Tag, und Anna war glücklich. Es war Wochenende. Sie hatte während der vergangenen Woche zwei gute Zeichnungen fertiggebracht, und Mama hatte endlich eine Stelle gefunden. Es war keine sehr gute Stelle, aber nach den Sorgen der letzten Monate war sie froh, überhaupt etwas gefunden zu haben. Als Anna den Trafalgar Square überquerte, warfen die steinernen Löwen harte Schatten

auf das Pflaster, und bei dem schönen Wetter war das Menschenge-
wimmel um die Nelsonsäule noch dichter als gewöhnlich. Die Spring-
brunnen waren seit Kriegsausbruch abgestellt, aber als Anna zwischen
den Becken hindurchging, stob vor ihr ein Schwarm Tauben auf. Sie
schaute ihnen nach und sah ihre Flügel vor dem strahlenden Himmel
dunkel werden. Freude überkam sie, es war ihr, als steige sie mit den
Vögeln auf. Etwas Wunderbares wird geschehen, dachte sie – aber was?
Die Nationalgalerie war überfüllt, und sie konnte sich nur mit Mühe die
Stufen hinauf und in einen der Hauptsäle vorarbeiten. Auch der Saal
war überfüllt, sodass sie zuerst nur Ausschnitte der Bilder zwischen wo-
genden Köpfen wahrnahm. Was sie sah, gefiel ihr auf den ersten Blick.
Die Bilder hatten etwas von der Atmosphäre auf dem Platz draußen.
Sie waren voller Licht, eine Art freudiger Hoffnung ging von ihnen aus.
Die Bilder waren nicht nach bestimmten Gesichtspunkten gehängt
worden, und während Anna von Raum zu Raum schlenderte, war sie
benommen von der Fülle. Sie wusste nicht, wohin sie zuerst schauen
sollte, denn alles war ihr neu, und sie starrte abwechselnd auf Landschaften, Gestalten, Interieurs, so wie sie zwischen den sich drängenden
Besuchern sichtbar wurden.
Als sie ans Ende gekommen war, begann sie eine neue Runde, und diesmal sprangen ihr bestimmte Dinge ins Auge – eine Masse grüner Seerosen in einem grünen Teich, eine Frau in einem Garten, eine herrlich
gezeichnete Tänzerin, die ihren Schuh band.
Aber als sie zum dritten Mal rundging, hatte sich ihr Eindruck schon
verändert. Die Seerosen, die sie zuerst so begeistert hatten, kamen ihr
jetzt weniger bedeutend vor, stattdessen war sie ganz fasziniert von ein
paar badenden Gestalten, die ganz aus winzigen Tupfern leuchtender
Farbe bestanden. Sie schaute und schaute, bis sie fast nichts mehr sehen
konnte, dann kämpfte sie sich zu dem Büro neben dem Haupteingang
durch, wo sie Postkarten mit Reproduktionen zu bekommen hoffte, die
sie zu Hause betrachten konnte. Aber die Galerie sollte eben geschlossen werden, und es waren keine Postkarten mehr da. Überrascht stellte
sie fest, dass sie fast drei Stunden vor den Bildern verbracht hatte.
Als sie auf die Stufen hinaustrat, von denen aus man den Trafalgar
Square überblickt, lag auf dem Platz purpurner Schatten, und sie blieb
einen Augenblick stehen. Plötzlich hatte sie keine Lust, Bussen nachzu-

laufen, zu U-Bahn-Stationen zu rennen und zu Hause über dem Abendessen zu sitzen. Sie stand da, starrte über den dunkler werdenden Platz hinweg, und dabei war ihr, als ob sie schwebe.

Eine Stimme hinter ihr sagte: »Hallo«, sie drehte sich um und sah John Cotmore in seinem alten Dufflecoat.

»Nun«, sagte er und trat neben sie an die Balustrade, »wie finden Sie die Impressionisten?«

»Ich bin begeistert«, sagte sie.

Er lächelte: »Sie haben sie zum ersten Mal gesehen?«

Sie nickte.

»Ich habe sie zum ersten Mal vor zwanzig Jahren gesehen«, sagte er. »In Paris. Damals war ich ein ganz flotter junger Mann.«

Sie wusste nicht, was sie darauf antworten sollte. Schließlich sagte sie: »Ich habe auch einmal in Paris gelebt. Ich bin dort zur Schule gegangen.«

»In ein Internat?«, fragte er. Sie lachte.

»Nein, in die école communale – in die Volksschule.«

Viele Besucher kamen plötzlich aus der Galerie. Die Leute drängten an ihnen vorbei, die Treppen hinab, schlossen sie ein.

»Ich bin eine deutsche Emigrantin«, sagte sie, nur um sich gleich darauf zu wundern, warum in aller Welt sie ihm das eigentlich erzählte. Aber er schien interessiert und nicht allzu erstaunt, darum fuhr sie fort und sprach von Max und Mama und Papa und wie sie seit ihrer Flucht aus Berlin gelebt hatten.

»Gewöhnlich sage ich den Leuten nichts davon«, meinte sie schließlich. Das schien ihn nun doch zu überraschen. »Und warum nicht?«, fragte er.

»Nun ...« Für sie war das ganz klar. »Die meisten Leute finden es seltsam.«

Er runzelte die Stirn. »Ich nicht.«

Vielleicht ist es wirklich nicht seltsam, dachte sie, während sich die Dunkelheit um sie schloss und die letzten Schritte verklangen. Es war plötzlich kalt, aber er schien keine Eile zu haben.

»Sie dürfen nicht so tun, als seien Sie jemand, der Sie gar nicht sind«, sagte er. »Ihr Herkommen ist genauso ein Teil Ihrer selbst wie Ihr Zeichentalent.«

Sie lächelte. Sie hatte nur das Wort Talent gehört.

»Also keine Verstellung mehr.« Er nahm ihren Arm. »Kommen Sie, ich bringe Sie zur U-Bahn.«

Sie gingen über den schmalen Bürgersteig einer Seitenstraße, und als sie das Flussufer erreichten, hatte sie das gleiche Glücksgefühl wie am Nachmittag.

Aber diesmal war das Gefühl nicht mehr unbestimmt, es hatte mit den Bildern zu tun, die sie gesehen hatte und mit der Tatsache, dass sie neben John Cotmore durch die Dunkelheit ging, und mit all dem war eine große und geheimnisvolle Erwartung verbunden.

Das Gefühl war so stark, dass sie unwillkürlich lächelte, und er sagte etwas verletzt: »Was ist da so komisch?«

Er hatte geredet, aber sie hatte nicht richtig zugehört. Er hatte etwas davon gesagt, dass er allein lebte, sich selber sein Essen kochte. Hatte seine Frau ihn etwa verlassen?

Hastig sagte sie: »Verzeihen Sie, es ist nicht komisch, nur ...« Sie zögerte, weil es idiotisch klingen musste.

»Ich bin den ganzen Tag so glücklich gewesen«, brachte sie schließlich heraus.

»Oh«, er nickte. »Na ja, in Ihrem Alter ... Wie alt sind Sie eigentlich?«

»Achtzehn«, sagte sie.

»Wirklich?«, sagte er zu ihrem Ärger, »Sie sehen viel jünger aus.«

Sie hatten die U-Bahn-Station erreicht und standen einen Augenblick nebeneinander, bevor sie ihren Fahrschein kaufte. Als sie dann in den Fahrstuhl einstieg, rief er ihr nach: »Also bis Dienstag!«

»Bis Dienstag!«, rief sie zurück. Das Glücksgefühl stieg wieder in ihr auf und verließ sie während des ganzen Heimweges nicht mehr.

———

Das kalte, sonnige Wetter dauerte an und mit ihm Annas Glücksgefühl. Mit beinahe schmerzlicher Deutlichkeit nahm sie alle Geräusche, Formen und Farben ihrer Umgebung wahr, und sie hatte den Wunsch, alles, was sie sah, zu zeichnen. Sie zeichnete in der U-Bahn und in ihrer Mittagspause und abends zu Hause. Sie füllte ein Heft nach dem anderen mit Zeichnungen von Leuten, die sich an Halteriemen festhielten, die saßen, aßen, plauderten, und wenn sie gerade einmal nicht zeichnete, dann dachte sie über Zeichnen nach.

Alles gefiel ihr. Sie hatte das Gefühl, jahrelang geschlafen zu haben und eben erwacht zu sein. Wenn sie morgens mit dem Bus den Hügel von Putney zur U-Bahn-Station hinunterfuhr, blieb sie draußen auf der Plattform stehen, um keinen Moment der Aussicht zu verpassen, die sich bot, wenn der Bus im Morgenlicht den Fluss überquerte. Sie verbrachte Stunden mit einem Buch über die französischen Impressionisten, das John Cotmore ihr geliehen hatte, und einige der Reproduktionen entzückten sie so, dass es ihr vorkam, als könnte sie sie mit den Augen fühlen.

Wenn aus dem Radio im Aufenthaltsraum Musik ertönte, kam sie ihr fast unerträglich schön vor, und der Anblick der Kleidungsstücke der Gefallenen an ihrer Arbeitsstelle versetzte sie in unerträgliche Traurigkeit. (Aber auch das war seltsamerweise angenehm.)

Sie trat der Feuerwache des Viertels bei, was bedeutete, dass sie bei jedem Fliegeralarm draußen sein musste. Sie stand dann in endlosen Stunden im Dunkeln und bewunderte die verschwommenen Umrisse der Vorstadt unter dem Sternenlicht.

Eines Nachts tat sie zusammen mit Mr Cuddeford Dienst, der der Führer der Gruppe war. Es waren ein paar Bomben gefallen, aber nicht in der unmittelbaren Nähe, und die Flakkanonen im Park hatten ein paar Mal geschossen. Es gab keine Brände, nach denen Anna und Mr Cuddeford eigentlich Ausschau hielten. Es war sehr kalt, und die Entwarnung ließ lange auf sich warten.

Mr Cuddeford begann, von seinen Erfahrungen im Ersten Weltkrieg zu erzählen.

Er hatte im Schützengraben gelegen, sie hatten sehr gelitten und Mr Cuddeford hatte besonders mit seinen Beinen Schwierigkeiten gehabt. Manche Männer waren verwundet worden, andere hatten offene Füße bekommen, aber Mr Cuddeford hatten seine Krampfadern zu schaffen gemacht. Für den Fall, dass Anna nicht wusste, was Krampfadern waren, erklärte er es ihr, beschrieb genau, wie es sich anfühlte und was der Doktor dazu gesagt hatte.

Wie alles andere in den letzten Wochen sah Anna Mr Cuddefords Krampfadern deutlich vor sich, und als er in seinen Beschreibungen fortfuhr, wurde ihr ein wenig übel. Wie blöd, dachte sie, aber das Gefühl der Übelkeit wurde immer stärker und als Mr Cuddeford sagte: »Da sagte der Doktor, wir müssen schneiden«, wurde der Brechreiz fast unerträglich.

Sie murmelte: »Verzeihung, aber mir ist ganz schlecht«, und dann sah sie zu ihrem Erstaunen den Himmel seitwarts wegrutschen und den Boden auf sich zukommen; dann lag sie im nassen Laub, und Mr Cuddeford blies seine Trillerpfeife.

»Es geht schon wieder«, sagte sie, aber er bat sie, still liegen zu bleiben, und gleich darauf erschienen neben ihr im Gras die Stiefel einer anderen Feuerwache.

»Ohnmächtig geworden«, sagte Mr Cuddeford mit einer gewissen Genugtuung. »Ich vermute, es ist die Kälte.«

»Aber nein –«, sagte Anna, doch plötzlich hatten sie eine Bahre da und luden sie auf.

»Hebt – an«, sagte Mr Cuddeford, sie wurde hochgehoben, und die Bahre bewegte sich durch die Dunkelheit. Eine Weile beobachtete sie mit Vergnügen, wie Bäume und Wolken über ihr wegglitten, aber als sie sich dem Hotel näherten, fiel ihr plötzlich ein, wie ihre Ankunft auf Mama und Papa wirken musste.

»Wirklich«, sagte sie, »ich kann jetzt wieder gehen.«

Aber die Feuerwehrleute hatten seit Monaten nichts zu tun gehabt und waren jetzt nicht mehr zu stoppen. Sie trugen Anna durch die Vordertür, und Mama, die sie schon vom Fenster aus gesehen hatte, kam im Morgenrock die Treppe hinuntergestürzt.

»Anna«, schrie sie so laut, dass mehrere Türen sich öffneten, und hinter Mama tauchte die Wildtaube auf und dahinter die beiden tschechischen Damen und die Poznanskis.

»Wo sie verletzt?«, rief die Wildtaube.

»Ja, wo?«, rief Mama, und Mr Poznanski, der erstaunlicherweise ein Haarnetz trug, rief vom Kopf der Treppe hinunter: »Ich will holen ein Doktor.«

»Nein«, schrie Anna, und Mr Cuddeford ließ sie endlich von der Bahre herunter, sodass sie allen beweisen konnte, dass ihr nichts fehlte.

»Es waren nur Mr Cuddefords Krampfadern«, erklärte sie, als ihre Retter sie verlassen hatten, und sie musste jetzt selber lachen.

Als Mama sich erst von ihrem Schrecken erholt hatte, fand sie das Ganze auch komisch, aber sie sagte: »Du bist doch sonst nicht so empfindlich gewesen.«

Das stimmt, dachte Anna und wunderte sich über die Veränderung, die mit ihr vorgegangen war.

———

Die abendlichen Zeichenstunden waren zum Brennpunkt ihrer Welt geworden. Sie ging jetzt dreimal wöchentlich hin, und John Cotmore half ihr nicht nur bei den Aktzeichnungen, sondern interessierte sich auch für die Skizzen, die sie außerhalb des Unterrichts machte.

»Die sind sehr gut«, sagte er einmal, nachdem er sich eine Serie von Zeichnungen angesehen hatte, die Arbeiter beim Schuttforträumen darstellten, und sie hatte das Gefühl, als wären ihr plötzlich Flügel gewachsen.

Es war verwirrend, aber auch voller Reiz, sich in eine Welt zu versenken, von der Mama und Papa so wenig wussten.

Keiner von beiden hatte je im Geringsten den Wunsch verspürt, zu zeichnen.

Eines Tages, während John Cotmore im Café mit den Schülern redete, wurde Anna plötzlich klar, was die abstrakte Malerei bedeutete, die abstrakte Malerei, über die man zu Hause immer ein bisschen spöttelte.

In ihre Begeisterung mischte sich ein leises Bedauern.

Wie weit ich mich von ihnen entferne, dachte sie, und auch Mama musste es spüren, denn obgleich sie Annas Skizzen bewunderte, entwickelte sie eine immer größere Gereiztheit, wenn von den Zeichenkursen die Rede war.

»Immer diese blöde Kunstschule«, sagte sie dann. »Du willst doch wohl nicht schon wieder hin!« Und sie fragte Anna nach den Leuten, die sie dort traf. Worüber in aller Welt redeten sie eigentlich die ganze Zeit miteinander.

Manchmal versuchte Anna, etwas zu erklären, und Mama hörte zu, die blauen Augen blitzend vor angespannter Aufmerksamkeit, während Anna einen Gedanken auseinandersetzte, der ihr über der Arbeit gekommen war.

»Ja, das verstehe ich, das ist ja ganz einfach«, sagte Mama dann am Ende, und sie wiederholte Anna den ganzen Gedankengang, um zu beweisen, dass sie ihn auch wirklich verstanden hatte. Aber Anna hatte immer das Gefühl, dass doch während der Erklärung irgendetwas Wesentliches verloren ging. Nicht nur, dass Mama es nicht recht verstanden hatte, sondern als ob auch der Gedanke selbst bei dem Vorgang geschrumpft sei und ärmer und magerer zu ihr zurückkehrte.

Mit Papa zu sprechen war befriedigender. Am Anfang gab es eine Schwierigkeit, weil sie viele Ausdrücke, die sie gebrauchen wollte, nicht auf Deutsch wusste, und Papa kannte sie nicht auf Englisch. So mussten sie abwechselnd in einer der beiden Sprachen sprechen und auch das Französische zu Hilfe nehmen, bis sie sich verstanden – und manchmal hatte sie das Gefühl, dass ihnen am meisten eine Art Gedankenübertragung half. Aber dann begriff Papa vollkommen.

»Ich finde es sehr interessant, was du da denkst«, sagte er dann und sprach über einen vergleichbaren Aspekt in der Literatur, oder er fragte sie, was sie von einem Maler hielte, den sie nicht erwähnt hatte.

Beide, er und Mama, interessierten sich für John Cotmore und die Schüler, mit denen sie einen so großen Teil ihrer Zeit verbrachte.

»Was sind das für Menschen?«, fragte Papa, und Mama sagte: »Aus was für Familien kommen sie?«

»Ich glaube, sie kommen aus ganz verschiedenen Schichten«, sagte Anna. »Ein paar sprechen Londoner Dialekt. Harry ist, glaube ich, ziemlich vornehm. Mir gefallen sie, weil sie alle zeichnen.«

»Dieser John Cotmore«, sagte Mama. »In welchem Alter ist der eigentlich?«

»Ich weiß nicht«, sagte Anna. »Ziemlich alt – um vierzig herum.«

(Warum musste sie ihn *diesen John Cotmore* nennen?)

Später sagte sie heuchlerisch: »Schade, dass du sie nicht alle kennen lernen kannst.« Dabei wusste sie genau, dass das wenig wahrscheinlich war.

Als aber Max das nächste Mal auf Urlaub kam, fragte er, ob er nicht einmal nach dem Unterricht mit ins Café kommen könnte.

Das ist wohl Mamas Idee gewesen, dachte Anna, doch sie machte keine Einwände – sie hatte sogar selber den Wunsch gehabt, ihn mitzunehmen.

Zuerst war es schwierig. Max saß da mit seinem offenherzigen Lächeln und seiner Uniform zwischen den angeschlagenen Tassen und sah aus wie ein flottes Werbeplakat der Airforce, während der blasse junge Mann und Harry den Einfluss des Kubismus diskutierten und die Mädchen bewundernd, aber stumm Max anstarrten. Dann kam Barbara. Sie war erst kürzlich zu der Gruppe gestoßen – ein großes blondes Mädchen Ende zwanzig mit einem freundlichen, ruhigen Gesicht. Sie setzte sich neben Max und stellte so vernünftige Fragen über seine Tätigkeit, dass er entzückt war. Dann sagte sie: »Wissen Sie, wir alle setzen große Hoffnungen auf Ihre Schwester.« Es war eine Übertreibung, aber Anna wurde rot vor Freude.

»Stimmt das nicht, John?«, fragte Barbara, und dann fügte sie zu Max gewandt hinzu: »John hier findet, dass sie vor Begabung platzt.«

John Cotmore bestätigte, dass er Anna für sehr begabt halte, und Anna saß zwischen ihnen, glücklich, aber auch verlegen. Genau so ist es gewesen, dachte sie, als Mama am Ende meines ersten Halbjahres in der Volksschule sich bei der Lehrerin erkundigen kam.

Max schien etwas Ähnliches zu empfinden, denn er setzte eine väterliche Miene auf, während Worte wie »ganztägiger Unterricht« und »städtische Beihilfe« fielen, und er wurde erst wieder der Alte, als der blasse junge Mann ihn fragte, ob Fliegen nicht sehr gefährlich sei, und Barbara ihm Kartoffelchips anbot.

———

»Deine Freunde gefallen mir«, sagte er später zu Anna. »Besonders diese Barbara. Und John Cotmore scheint davon überzeugt, dass du zeichnen kannst.«

Sie fuhren mit der Rolltreppe zur U-Bahn hinunter, und Anna wurde es warm ums Herz, während er laut über den Abend nachdachte.

»Wissen sie alle, wo du herkommst?«, fragte er. Harry hatte eine kurze Bemerkung über Deutschland gemacht.

»Ja, ich habe zuerst John Cotmore davon erzählt«, sagte sie eifrig. »Und er sagte, es sei unrecht, so zu tun, als wäre man jemand, der man nicht ist. Er sagte, die Menschen, auf die es ankäme, würden mich auf jeden Fall akzeptieren, es wäre also unnötig, etwas zu verbergen.«

»Der gefällt mir«, sagte Max.

»Ja, nicht wahr?«, rief Anna. »Nicht wahr?«

Max lachte. »Ich nehme an, du willst, dass ich Mama seinetwegen beruhige. Mach dir keine Sorgen, ich erzähle ihr alles, was sie hören will.«

Sie waren unten angekommen und gingen die Stufen zum Bahnsteig hinunter. Anna nahm seinen Arm. »Hat er dir wirklich gefallen?«, fragte sie.

»Ja«, sagte Max, »wirklich.« Und dann sagte er noch: »Er ist geschieden oder so, nicht wahr?«

Im Frühjahr gab es wieder Luftangriffe. Die Leute nannten diese Angriffe »**Verbrühte Katze**«, denn die Flugzeuge kamen in **geringer Höhe angeflogen,** warfen ihre Bomben ab und machten sich in Höchstgeschwindigkeit wieder davon. **Es waren keine schlimmen Angriffe,** aber sie gingen einem auf die Nerven. Anna musste jedes Mal, wenn die Sirenen Alarm gaben, mit der örtlichen Feuerwehr nach draußen. Sie hatte immer noch Frostbeulen vom Winter her, und es war eine Qual, die Füße wieder in die Schuhe zwängen zu müssen, wenn sie in der Wärme des Bettes geschwollen waren und juckten.

Eines Nachts stand sie wieder einmal mit Mr Cuddeford Wache, als dieser zu ihr sagte: »Wie ich höre, sind Sie künstlerisch tätig.«

Anna bestätigte das, worauf Mr Cuddeford ein erfreutes Gesicht machte und ihr erzählte, dass seine Tante eben gestorben sei. Zuerst war es Anna nicht klar, was dies mit ihr zu tun haben könnte, aber dann kam heraus, dass die Tante auch eine künstlerische Ader gehabt hatte – äußerst künstlerisch, wie Mr Cuddeford es nannte – und dass sie allerlei Utensilien hinterlassen hatte, mit denen niemand etwas anzufangen wusste.

»Wenn etwas darunter ist, das Sie haben möchten, soll es mich freuen«, sagte er zu Anna, und also ging sie sich die Sachen am folgenden Wochenende ansehen.

Die Utensilien stammten fast alle aus dem neunzehnten Jahrhundert, denn die Tante, die dreiundneunzig Jahre alt geworden war, hatte die meisten in ihrer Jungmädchenzeit bekommen. Es waren zwei Staffeleien, mehrere Paletten und ein Stapel von Leinwänden – alles sehr schwer und solide.

Anna war bei ihrem Anblick ganz berauscht. John Cotmore hatte sie schon seit einiger Zeit ermutigt, sich in Ölmalerei zu versuchen, und hier war beinahe alles, was sie dazu brauchte.

»Ich glaube, damit könnte ich schon etwas anfangen«, sagte sie. »Wenn Sie es entbehren können?«

Mr Cuddeford war nur zu froh, das Zeug loszuwerden, und lieh ihr sogar eine Schubkarre, um die Sachen nach Hause zu transportieren.

Das Problem war nun, wo man die Sachen unterbringen sollte. In Annas und Mamas gemeinsames Schlafzimmer passten sie auf keinen Fall hinein.

»Vielleicht könnte ich die Garage benutzen«, sagte Anna.

Die Garage war ein separater Schuppen im Garten, der im Augenblick mit dem alten Rasenmäher und anderem Gerät vollgestopft war.

»Aber du kannst die Staffelei nicht jedes Mal, wenn du malen willst, ins Haus schleppen«, sagte Mama. »Und wo willst du sie aufstellen? Du kannst im Aufenthaltsraum nicht mit Ölfarben hantieren.«

Frau Gruber wusste Rat. Über der Garage befand sich ein kleiner Raum, in dem zur Zeit des Maharadschas wahrscheinlich der Chauffeur geschlafen hatte. Er war staubig und ungeheizt, aber leer, und in einer Ecke befand sich sogar ein Waschbecken mit einem Wasserhahn.

»Der Raum wird nie benutzt«, sagte sie. »Du könntest ihn als Atelier haben.«

Anna war entzückt. Sie brachte ihr Malzeug herauf, wischte ein bisschen an dem Staub herum, denn er störte sie wenig, und sah sich dann genau um. Alles, was sie noch brauchte, war irgendeine Art von Heizung und Farben und Pinsel. Zum Heizen kaufte sie ein gebrauchtes Petroleumöfchen, aber damit war ihr Geld erschöpft. Es war schwer, von ihrem Lohn etwas zurückzulegen, denn die Preise waren gestiegen, ihr Lohn aber nicht.

»Max«, sagte sie, als sie ihren Bruder das nächste Mal sah, »könntest du mir acht Shillings und neun Pennies leihen?«

»Wofür?«, fragte er, und sie erklärte es ihm.

Er holte einen Zehnshillingschein aus der Tasche und reichte ihn ihr.

»Geschenkt«, sagte er, »nicht geliehen«, und als sie ihm dankte, sagte er seufzend: »Ich wollte schon immer Kunstmäzen werden.«

Sie saßen in der Imbiss-Stube im Bahnhof Paddington und warteten auf den Zug, der ihn zu seinem Fliegerhorst zurückbringen sollte. Er kam jetzt oft nach London, sah dann nur kurz bei Mama und Papa herein und schien immer zerstreut. Anna beobachtete, wie er einen leuchtend gelben Gegenstand, der als Gebäck verkauft wurde, nervös auf seinem Teller zerkrümelte.

»Was ist eigentlich mit dir?«, fragte sie. »Warum nimmst du dir dauernd Urlaub, um nach London zu kommen? Du hast doch irgendetwas vor?«

»Ach was«, sagte er hastig. »Ich komme nach London, um dich zu sehen und Sally und Prue und Clarissa und Peggy ...«

Er hatte einen Schwarm von Freundinnen, doch sie glaubte nicht, dass sie der Grund waren.

»Gut«, sagte er schließlich, »aber sag es niemandem. Ich versuche, zu erreichen, dass ich Einsätze fliegen kann.«

»Willst du damit sagen, dass du in einer Kampfstaffel fliegen willst?«

Max nickte.

»Ich habe allerdings schon ein halbes Dutzend Leute hier gesprochen, ohne zum Ziel zu kommen, und daher schien es mir sinnlos, davon zu reden.«

»Das wäre doch sehr gefährlich, nicht wahr?«, sagte Anna.

Max zuckte die Schultern. »Nicht gefährlicher als das, was ich jetzt tue.«

»Aber Max!«, rief sie. Es kam ihr verrückt vor.

»Hör mal zu«, sagte er. »Ich bin jetzt lang genug Fluglehrer gewesen. Es langweilt mich, und wenn ich mich langweile, werde ich unvorsichtig. Neulich – « Er unterbrach sich.

»Was war neulich?«, fragte Anna.

»Nun, ich hätte mich beinahe selbst umgebracht, und einen meiner Schüler dazu.« Er bemerkte plötzlich das Gebäckstück in seinen Fingern und ließ es voller Ekel auf den Teller fallen. »Es war ein blöder Fehler – etwas, das mit Navigation zu tun hat. Ich dachte, wir näherten uns Manchester ... also, ich wäre beinahe in einen walisischen Berg hineingerast.«

»Und was hast du gemacht?«, fragte Anna.

Er grinste. »Sehr schnell links abgedreht.« Als er ihr Gesicht sah, fügte er hinzu: »Mach dir keine Sorgen. Seither passe ich schon auf. Und sag Mama nichts.«

———

Anna kaufte am nächsten Tag während ihrer Mittagspause die Pinsel und die Farbe. Am Abend fragte sie in der Kunstschule John Cotmore, wie sie sie benutzen solle. Er sagte ihr, wie man die Farbe auf die Palette setzt, wie man sie, wenn nötig, verdünnt, erklärte ihr auch, wie man die Pinsel reinigt. Als das Wochenende gekommen war, hatte sie das Gefühl, sie könnte jetzt anfangen zu malen.

Da das erste Bild vielleicht nicht ganz gelingen würde (aber das konnte man ja nie sagen), hatte sie sich entschlossen, nicht die einzige unbenutzte Leinwand zu nehmen. John Cotmore hatte ihr erklärt, dass man eine benutzte Leinwand übermalen kann, und sie hatte eine nicht zu große gewählt.

Wahrscheinlich war es eine der letzten Arbeiten der Tante von Mr Cuddeford gewesen, denn sie war nur halb fertig geworden. Das Bild zeigte einen Rehbock, der mit bekümmerter Miene hinter einem Busch hervorlugte.

Wahrscheinlich hatte die Künstlerin vorgehabt, im Hintergrund noch ein ganzes Rudel Rehe herumspringen zu lassen, aber entweder hatte die Tante Mr Cuddefords den Mut verloren oder das Alter hatte sie überwältigt – jedenfalls war dieser Teil des Bildes kaum skizziert.

Anna nahm ein Stück Zeichenkohle und begann, ohne auf den vorwurfsvollen Blick des Rehbocks zu achten, ihr Bild zu entwerfen. Sie wollte eine Gruppe Menschen im Luftschutzbunker malen. Seitdem die Angriffe erneut begonnen hatten, suchten viele Menschen wieder mit ihren Bündeln und Decken in den Tunnels der Untergrundbahn Schutz, und das Bild sollte nicht nur ihr Aussehen wiedergeben, sondern auch ihre Gefühle. Es sollte ein düsteres und bewegendes Bild werden. Sie skizzierte schnell die Gestalten von drei Frauen, zwei sitzend, die dritte in einer Schlafkoje darüber. Die drei Gestalten füllten das gesamte Bild aus. Nun drückte sie Farbe auf ihre Palette – aber dann wusste sie nicht weiter.

Verdünnte man die Farben mit Terpentin oder Leinöl? Sie war beinahe sicher, dass John Cotmore Terpentin gesagt hatte, aber plötzlich fand sie, es wäre doch sehr nett, mit ihm zu sprechen, bevor sie tatsächlich zu malen anfing.

Sie rannte zur nächsten öffentlichen Fernsprechzelle, schlug seine Nummer im Buch nach, wählte und bekam fast keine Luft vor Aufregung, als sie seine Stimme hörte.

»Hallo?«, sagte er. Es klang, als hätte er geschlafen.

»Hier Anna«, sagte sie, und er wurde sofort wach.

»Ja? Hallo«, sagte er, »was kann ich für Sie tun?«

»Ich will gerade mit Malen anfangen.« Ihr Atem stockte, deshalb fügte sie so kurz wie möglich hinzu: »Nimmt man Terpentin oder Leinöl zum Verdünnen?«

»Terpentin«, sagte er. »Leinöl würde die Farbe klebrig machen.« Es entstand eine Pause, dann sagte er: »War das alles, was Sie wissen wollten?«

»Ja«, sagte sie, und dann, um die Unterhaltung noch ein wenig auszudehnen: »Ich dachte mir, dass Sie Terpentin gesagt hatten, aber ich war nicht mehr ganz sicher.«

»Oh ja, auf jeden Fall Terpentin.«

Wieder entstand eine Pause, dann sagte er: »Jedenfalls ist es schön, Ihre Stimme zu hören.«

Sie nahm ihren ganzen Mut zusammen: »Und Ihre«, sagte sie.

»Wirklich?« Er lachte. »Also dann viel Glück beim Malen!«

Danach fiel ihr nichts mehr ein, und sie musste auflegen.

Sie ging durch den Garten zurück, und es dauerte einige Zeit, bis sie sich so weit beruhigt hatte, dass sie mit der Arbeit beginnen konnte.

Sie brauchte den größten Teil des Tages, um den Rehbock zu übermalen. Es war ihr unmöglich, ihre Komposition genau zu erkennen, solange er aus der Mitte herausstarrte, und weil sie ihn so rasch wie möglich loswerden wollte, malte sie die Hauptfiguren so schnell wie möglich darüber. Am folgenden Morgen konzentrierte sie sich darauf, sie zu verbessern, aber am Nachmittag kamen ihr Zweifel. Sie hatte alles gemalt, bis auf die Koje, die sie länger aufhalten würde, aber das Bild stimmte irgendwie immer noch nicht. Ich gebe es auf, dachte sie. Ich nehme es mir nächstes Wochenende wieder vor, wenn ich frisch bin.

»Wie geht es mit dem Malen?«, fragte John Cotmore sie, als sie ihn in der folgenden Woche in der Kunstschule traf. Es war das erste Mal, dass er ganz allein mit ihr sprach.

»Ich weiß nicht recht«, sagte sie.

Als sie das Bild am folgenden Samstag wiedersah, erschrak sie. Die Farben waren jetzt getrocknet und sahen scheußlich aus; überhaupt schien die ganze Sache misslungen. Durch irgendeinen chemischen Prozess war das Auge des Rehbocks wieder aufgetaucht und glühte undeutlich durch eines der Gesichter.

Wenigstens weiß ich jetzt, was nicht stimmt, dachte sie. Es ist kein Licht in dem Bild. Sie übermalte das Auge des Rehbocks und verbrachte das Wochenende damit, die Farben zu ändern und an verschiedenen Stellen Lichttupfer anzubringen. Es war schwierig, denn, wie sie allmählich merkte, war sie gar nicht sicher, woher das Licht kommen sollte.

Zum Schluss sah das Bild anders aus, aber nicht viel besser – jetzt war es nicht mehr flach, sondern fleckig – und sie war sehr niedergeschlagen.

»Ich habe große Schwierigkeiten mit meinem Bild«, sagte sie John Cotmore. »Darf ich es Ihnen einmal zeigen?«

»Natürlich«, sagte er. Dann fügte er wie nebenbei hinzu: »Hier kann man doch nicht in Ruhe miteinander reden. Bringen Sie es mir doch mal nach Hause. Kommen Sie am Samstag und trinken Sie eine Tasse Tee mit mir.«

Anna war ganz verwirrt.

Ein Mädchen ging nicht allein zu einem Mann in die Wohnung ... oder doch? Andererseits, warum eigentlich nicht? Sie betrachtete ihn, wie er da lässig auf einem Schemel des Zeichensaals hockte. Er schien ganz gelassen, so als habe er etwas Selbstverständliches vorgeschlagen.

»Gut«, sagte sie mit einem seltsamen Gefühl der Erregung, und er schrieb ihr die Adresse auf ein Stück Papier. Dann fügte er die Telefonnummer hinzu. »Für den Fall, dass Sie es sich anders überlegen«, sagte er.

Für den Fall, dass sie es sich anders überlegte? War es also doch nicht so ganz selbstverständlich? Oh, dachte sie, ich wünschte, wir hätten immer nur in ein und demselben Land gelebt, dann könnte Mama mir sagen, was man tut und was man nicht tut, und ich wüsste Bescheid.

Die ganze Woche über war sie in Unruhe. Sie spielte mit dem Gedanken, Mama um Rat zu fragen oder im letzten Augenblick anzurufen und abzusagen, aber die ganze Zeit wusste sie mit steigender Erregung, dass sie gehen würde, dass sie Mama nichts davon sagen würde, und während sie sich immer noch Ausreden ausdachte, um absagen zu können, hatte sie schon entschieden, was sie anziehen würde. Am Samstag erzählte sie Mama – sie hatte immer schon gewusst, dass sie das tun würde –, sie wolle sich mit einem Mädchen aus der Kunstschule treffen, und ging.

John Cotmore wohnte in einer ruhigen Straße in Hampstead. Es war der erste warme Tag des Jahres, und während Anna langsam von der U-Bahn-Station auf das Haus zuging, kam sie an blühenden Bäumen vorbei, an Menschen, die in ihren Gärten arbeiteten, und überall standen die Fenster offen. Sie war früh dran und machte einige Umwege, bevor sie vor seiner Tür stehen blieb. Auf einem Zettel über dem Klingelknopf stand: außer Betrieb. Nach kurzem Zögern betätigte sie den Türklopfer. Nichts geschah, und sie wurde aufgeregt: Hatte er sie vergessen und war ausgegangen? Dann öffnete sich die Tür und er erschien. Zunächst war sie erleichtert, aber gleich überkam sie eine andere Art von Aufregung.

»Hallo«, sagte er. Er trug einen blauen Pullover, den sie nie an ihm gesehen hatte, und hielt in einer Hand einen Löffel.

»Ich war gerade dabei, den Tee zu machen.«

Sie wedelte mit ihrem Bild, das in braunes Papier gepackt war, wie mit einem Ausweis und folgte ihm ins Haus.

Es war hell und leer, und Staubkörnchen tanzten im Licht des großen, unordentlichen Wohnraumes.

»Setzen Sie sich«, sagte er, und sie setzte sich auf einen Stuhl und stellte das Bild neben sich.

Durch die Tür an der gegenüberliegenden Wand konnte sie in sein Atelier sehen, und überall lagen Stapel von Zeichnungen.

»Ich arbeite für eine neue Ausstellung«, erklärte er. »Dies sind einige Arbeiten, die ich kürzlich gemacht habe.«

»Oh«, sagte sie und stand auf, um sie zu betrachten.

Es waren meistens figürliche Darstellungen und ein paar Feder- und Tuschezeichnungen von Landschaften, alle in seiner gewohnten sensiblen Genauigkeit gezeichnet. Es machte sie verlegen, sie zu betrachten, während er zuschaute, aber sie gefielen ihr wirklich, und es gelang ihr, etwas Vernünftiges dazu zu sagen. Ein Blatt war ganz besonders gut, eine Tuschezeichnung von Bäumen mit einem weiten Himmel darüber, das ein solches Gefühl von Feuchtigkeit und Frühling vermittelte, dass sie alle ihre sorgfältig bedachten Formulierungen vergaß und stattdessen ausrief: »Wie wunderschön!«

Er betrachtete das Bild kritisch über ihre Schulter hinweg.

»Meinen Sie, dass ich es in die Ausstellung aufnehmen soll?«

»Oh ja«, rief sie, »unbedingt – es ist so schön.«

Er stand ganz nahe hinter ihr, und einen Augenblick lang spürte sie seine Hand auf ihrem Arm.

»Sie sind sehr süß.« Und dann sagte er: »Ich muss den Wasserkessel aufsetzen«, verschwand und ließ sie ein wenig schwindelig zurück.

Sie konnte ihn in der nahen Küche rumoren hören – er musste mehr zu tun haben, als nur den Kessel aufzusetzen – und nach einer Weile begann sie einen anderen Stapel Zeichnungen durchzusehen, der auf dem Sofa lag. Es waren meist unfertige oder vielleicht aussortierte Blätter, aber eine hob sich von den anderen ab. Die Zeichnung stellte einen Mann dar, der eine Maschine bediente. Er wirkte sehr stark, und jedes Teil der Maschine, bis zur winzigsten Schraube, war sorgfältig gezeichnet und schattiert. Sie betrachtete überrascht dieses Bild, als sie hinter sich seine Stimme hörte:

»Das ist nicht von mir«, sagte er, »es ist von meiner Frau.« Er schien ärgerlich zu sein, und sie ließ das Blatt fallen, als hätte sie sich daran verbrannt.

»Ich habe mich schon gewundert, warum es so anders ist«, sagte sie hastig und zu ihrer Erleichterung lächelte er.

»Ja, erstaunlich – all diese Nieten und Schrauben.« Er legte das Blatt zurück und warf ein paar andere darüber. »Aber sehr präzise. Sie sucht immer einen sozialen Bezug, während ich ...« Er wies mit der Hand auf seine eigenen Arbeiten, und Anna nickte Einverständnis. Wie schrecklich für einen Mann von seiner Sensibilität, an jemanden gebunden zu sein, der sich so sehr an Nieten und Schrauben begeistern konnte.

»Es ist leichter, seit wir getrennt leben«, sagte er. »Jeder geht seinen eigenen Weg – in aller Freundschaft.«

Sie wusste nicht, was sie darauf sagen sollte, und er fuhr fort: »In Ihrem Alter weiß man wohl von solchen Dingen nichts, aber Menschen begehen Fehler und Ehen gehen in die Brüche. Es ist sinnlos, einem Partner allein die Schuld dafür zu geben.«

Sie nickte wieder, gerührt von seiner Großmut.

»Aber jetzt«, sagte er, »wollen wir Tee trinken.«

Die Küche war noch unordentlicher als das Wohnzimmer, aber er hatte zwischen Töpfen und Kannen und ungewaschenem Geschirr Platz für ein Tablett gemacht, auf dem für zwei gedeckt war. Sie half ihm, es ins Wohnzimmer zu tragen, das plötzlich nicht mehr so strahlend hell war, denn die Sonne war um eine Ecke verschwunden. Er entzündete die Gasheizung und rückte zwei Sessel dicht daran. Sie sah zu, wie er Tee in zwei Tassen von verschiedener Form goss, und dann saßen sie nebeneinander vor dem blassen Schein des Gasfeuers.

»Ich habe in letzter Zeit viel gearbeitet«, sagte er und fing an, von seiner Arbeit zu erzählen, von seinem Rahmenmacher und der Schwierigkeit, in Kriegszeiten das richtige Papier zu finden. Allmählich wurde es wärmer im Zimmer. Sie bemerkte, wie sein Pullover an den Ellbogen Falten warf, wie seine kurzen Finger sich um die Tasse schlossen.

Eine tiefe Zufriedenheit erfüllte sie. Das Plätschern seiner Stimme war angenehm, und sie hatte schon lange aufgehört, auf die Worte zu achten, als sie plötzlich merkte, dass er überhaupt nichts mehr sagte.

»Wie?«, fragte sie. Sie hatte das Gefühl, dass er eine Frage gestellt hatte.

»Wie ist das mit Ihrem Bild?«

»Mein Bild?«

Schuldbewusst sprang sie auf und holte es.

Als sie es aus seiner Papierumhüllung nahm, kam es ihr schlimmer vor denn je, und sein Gesichtsausdruck ließ keinen Zweifel daran, wie er es fand.

»Es ist scheußlich«, sagte sie. »Ich weiß, dass es scheußlich ist, aber ich dachte, Sie könnten mir helfen.«

Er starrte das Bild schweigend an. Dann zeigte er auf einen unbestimmten Flecken, der in der Mitte sichtbar geworden war. »Was ist das?«

»Ein Rehbock«, sagte sie.

»Ein Rehbock?«, fragte er überrascht.

Plötzlich überwältigten sie Zorn und Scham, weil sie den Nachmittag mit ihrem schrecklichen Bild verdorben hatte.

»Ja«, rief sie, »ein verdammter dicker Rehbock, der immer wieder durchkommt, und ich weiß nicht, wie man mit den grässlichen Farben fertigwerden soll. Ich glaube, am besten ist, ich höre ganz damit auf.«

Sie starrte ihn finster an. Er sollte nur ja nicht wagen zu lachen, aber er legte den Arm um ihre Schulter.

»Na, na«, sagte er. »So schlimm ist es doch gar nicht. Was Sie versucht haben, ist ganz in Ordnung. Sie müssen nur noch viel lernen.«

Sie sagte nichts.

Er legte das Bild auf einen Stuhl, ließ aber seinen Arm, wo er war.

»Ich will Ihnen etwas sagen«, meinte er. »Man hat mir noch eine Abendklasse angeboten. Vielleicht machen wir keinen Zeichen-, sondern einen Malkursus daraus – wie wäre das?«

Es schoss ihr durch den Kopf, dass sie, wenn ein Malkursus eingerichtet wurde, ihm das Bild ja in der Schule hätte zeigen können, statt zu ihm nach Hause zu kommen, aber sie schob diesen Gedanken beiseite.

»Das wäre herrlich«, sagte sie leise.

Sein Gesicht war ihr sehr nahe.

»Ich wollte nur wissen«, murmelte er, »was Sie davon halten.« Und dann – und sie hatte immer schon gewusst, dass er das tun würde – legte er auch den anderen Arm um sie und küsste sie sanft, langsam und zärtlich auf die Lippen.

Ich werde geküsst!, dachte sie und stellte gleichzeitig entsetzt fest, dass sie über seine Schulter hinweg in den Spiegel über dem Kamin blickte, um zu beobachten, wie das aussah. Ihre Hände waren hinter seinem Nacken verschränkt, sie löste sie hastig und legte sie auf seine Schultern. Aber gleichzeitig rührte sich etwas in ihr, das sie nie zuvor gefühlt hatte, und die Freude, die sie seit so langer Zeit erfüllte, steigerte sich zu einem Höhepunkt. Das ist es, dachte sie. Das war es, worum sich alles drehte. Dies war das herrliche Ereignis, von dem sie immer gewusst hatte, dass es eintreten werde.

Es dauerte lange, bis er sie losließ.

»Verzeihen Sie«, sagte er, »das wollte ich nicht.«

Sie saß plötzlich und wusste nicht recht, wie sie auf den Stuhl gekommen war.

»Macht nichts«, sagte sie. Sie wollte hinzufügen: »Ich habe nichts dagegen«, aber es schien nicht passend.

Er saß dicht neben ihr auf dem anderen Stuhl, und lange Zeit war nichts da als das Zimmer und das Feuer und ihre eigene überwältigende Freude.

»Ich muss ganz ernsthaft mit Ihnen sprechen«, sagte er schließlich.

Sie sah ihn an.

»Wirklich, es ist mir ernst«, sagte er. »Sie sind sehr jung.«

»Achtzehn«, sagte sie. Aus irgendeinem Grund konnte sie nicht aufhören zu lächeln.

»Achtzehn.« Er nickte. »Und du bist glücklich. Nicht wahr?«

»Oh ja«, sagte sie, »natürlich.«

»Nun – wie soll ich es sagen – ich möchte dich nicht verwirren.« Warum musste er so viel reden? Sie wäre es zufrieden gewesen, nur dazusitzen. Und was sollte das heißen, sie verwirren? Wenn ich nur eine Engländerin wäre, dachte sie, dann wüsste ich, was es bedeutet.

»Mich verwirren?«, sagte sie.

»Wenn ich dich jetzt liebte ...« Er wartete. »Das wäre dir gewiss nicht recht, oder?«

Verwirren ... nicht recht. Was sollte denn das heißen? Sie fand es überhaupt nicht verwirrend, wenn er sie küsste und ihre Hand hielt. Aber was meinte er mit: wenn ich dich jetzt liebte?

Um ihre Unsicherheit zu verbergen, sagte sie obenhin: »Nicht unbedingt.«

Er sah erstaunt drein. »Es wäre dir also nicht unangenehm?«

Ein englisches Mädchen würde wissen, was er eigentlich meint, dachte sie verzweifelt, sie würde es genau wissen. Warum war sie nicht in diesem Land geboren und aufgewachsen wie alle anderen?

Er wartete auf ihre Antwort. Schließlich zuckte sie die Schultern.

»Nun«, sagte sie schließlich in einem möglichst gelassenen Ton: »Das eben hat mich nicht verwirrt, noch war es mir unangenehm.«

Er ließ sich plötzlich in seinen Sessel zurückfallen.

»Hättest du gern noch etwas Tee?«, fragte er.

»Nein.«

Aber er goss sich selbst noch eine Tasse ein und trank sie langsam aus. Dann stand er auf und nahm sie bei der Hand.

»Komm«, sagte er. »Ich bringe dich jetzt nach Hause.«

»Jetzt?«

»Ja, jetzt.«

Bevor sie sich von ihrer Überraschung erholt hatte, brachte er ihren Mantel und half ihr wie einem Kind, ihn anzuziehen. Dann reichte er ihr das Bild, das wieder verpackt war.

»Da«, sagte er. »Du wirst es gerade noch schaffen, vor der Verdunkelung nach Hause zu kommen.«

»Aber mir ist es egal …«, sagte sie, während er sie sanft aus dem Zimmer hinausschob, »ich meine, die Verdunkelung.«

Sie waren an der Haustür angekommen, und der Rest des Satzes war ihr schon entfallen, weil er sie wieder küsste.

»Du verstehst doch«, murmelte er. »Es ist nur, weil ich nicht möchte, dass du jetzt etwas tust, nur weil du verwirrt bist.« Sie nickte, bewegt, weil seine Stimme so vertrauenerweckend klang. Er schien noch etwas zu erwarten, deshalb sagte sie: »Danke schön.«

———

Auf dem ganzen Heimweg in der Untergrundbahn dachte sie darüber nach, wie wunderbar er doch war. Denn er musste wohl vorgehabt haben … Aber er liebte sie zu sehr, er achtete sie zu sehr, um die Situation auszunutzen, dachte sie. Der Ausdruck kam ihr köstlich und komisch zugleich vor. Langsam ließ sie den Nachmittag wieder an sich vorüberziehen, jeden Blick, jedes Wort, jede Geste. Er liebt mich, dachte sie und konnte es doch nicht glauben. John Cotmore liebt mich! Sie hatte das Gefühl, man müsse ihr das irgendwie ansehen, sie müsse sich dadurch verändert haben. Sie starrte auf ihr Spiegelbild, das im Fenster neben ihr undeutlich die Tunnelwände entlangglitt, und stellte überrascht fest, dass sie aussah wie immer. Er liebt mich, dachte sie wieder, ich sitze hier in der Bakerloo-Linie, und er liebt mich. Dann dachte sie: Diesen Augenblick darf ich nie vergessen. Denn wenn mir auch nie wieder etwas Gutes widerfährt – allein wegen dem, was ich jetzt empfinde, hat es sich dann schon zu leben gelohnt.

19 Es war ein **elender Sommer,** aber Anna bemerkte es kaum. Sie hatte nur **John Cotmore** und ihre Malerei im Kopf. **Der Malkursus** war auf den Freitag festgesetzt worden, sie sah ihn also jetzt **viermal in der Woche.** In der Schule und auch nachher im Café behandelte er sie wie alle anderen – natürlich muss er das tun, dachte sie. Aber wenn sie sich allein im Korridor befanden oder er sie zur Untergrundbahn brachte, küsste er sie, wie er sie in seinem Atelier geküsst hatte, und zerstreute alle Zweifel, die ihr, was seine Gefühle für sie betraf, gekommen sein mochten. Hinterher machte er sich immer Vorwürfe wegen seiner Schwäche, und das bewies, fand Anna, was für ein herrlicher Mensch er war, und sie bewunderte ihn desto mehr.

Sie lebte von montags bis freitags in einem Glückstaumel (mit einer kleinen Abkühlung am Mittwoch, wo kein Abendkursus stattfand), und irgendwie kämpfte sie sich durch die trostlose Wüste der Wochenenden, bis der Montagabend wieder in Sicht war.

Ich bin verliebt, dachte sie.

Sie hatte sich oft gefragt, ob ihr das jemals zustoßen würde, und sie war zufrieden, dass es nun geschehen war. Wenn die Leute es nur wüssten, dachte sie, während sie Wolle verpackte und Uniformstücke registrierte. Wenn ich ihnen nun plötzlich ins Gesicht sage, ich bin in meinen Zeichenlehrer verliebt! Dann dachte sie: Wie kitschig – die Mädchen der viktorianischen alten Zeit verliebten sich immer in ihre Zeichenlehrer. Aber war sie nicht wirklich großartig, zu merken, dass es kitschig war? Und andererseits: Wie seltsam, dass die Erkenntnis, es sei kitschig, an ihren Gefühlen nichts änderte.

Sie schwelgte in der ganzen Skala dieser komplizierten neuen Gefühle, während sie marineblaue Wolle an invalide alte Damen verschickte, die extra nur fliegerblau bestellt hatten. Dann spürte sie einer anderen Vorstellung nach. Wie verwegen, dachte sie – in einen verheirateten Mann verliebt!

Glücklicherweise beeinträchtigten ihre neuen Gefühle ihre Arbeit in der Kunstschule nicht. Im Gegenteil, sie schien eine neue Feinfühligkeit zu entwickeln, und ihre Zeichnungen, ja sogar ihre neuen Malkünste verbesserten sich sichtlich von Woche zu Woche.

»Sie scheinen eine Glückssträhne erwischt zu haben«, sagte der walisische William, und sie lächelte heimlich, weil sie den Ausdruck in mehr als einer Hinsicht zutreffend fand.

Sogar mit dem Krieg ging es endlich besser. Die britische Armee hatte die Schlacht um Nordafrika gewonnen, und im August begannen die Russen, die Deutschen auf ihre eigenen Grenzen hin zurückzudrängen. Viele Leute glaubten, in einem Jahr werde alles vorbei sein.

Nur zu Hause war alles eher schlimmer als besser. Frau Gruber, die immer versucht hatte, möglichst wenig zu berechnen, hatte schließlich doch den Preis für Kost und Logis um wöchentlich fünf Shillings erhöhen müssen. Anna konnte dies eben noch von ihrem Lohn bezahlen, aber Papa und Mama konnten plötzlich nicht mehr für ihren Unterhalt aufkommen.

Mama bat in ihrer Verzweiflung ihren neuen Arbeitgeber um eine Lohnerhöhung. Er war selber Emigrant und betrieb ein kleines Konfektionsatelier in einer Nebenstraße des Oxford Circus. Er sprach nur schlecht Englisch, und Mama tippte nicht nur seine Briefe, sondern verbesserte sie auch. Aber das Geschäft warf nur wenig Gewinn ab, und als sie ihm von Geld sprach, hob er nur die Arme und sagte: »Tut mir leid, meine Liebe, aber mehr ich kann nicht.«

Zuerst tröstete sie sich damit, dass sie mit Anna über seine komische Ausdrucksweise lachte, aber sie wussten beide, dass es katastrophal stand. Es bedeutete, dass wieder einmal jede Tube Zahnpasta, jede Schuhreparatur eine Krise hervorrufen würde, dass Mama, wie sehr sie auch knapste und sparte, am Ende der Woche die Rechnung nicht würde bezahlen können.

»Meinst du nicht, dass vielleicht Max …?«, sagte Anna, aber Mama schrie: »Nein! Auf keinen Fall!«

Max war es endlich gelungen, Einsätze fliegen zu dürfen, und Mama war krank vor Sorge um ihn. Er hatte das Küstenkommando überredet, ihn zu nehmen. Sein Argument war gewesen: Wenn die Vorschriften es auch untersagten, dass er über feindlichem Territorium eingesetzt wurde, so war doch nichts dagegen einzuwenden, dass er über der See flog. Bis jetzt war er noch im Training, aber bald würde er sein Leben drei-, vier-, fünfmal in der Woche aufs Spiel setzen.

»Nein«, sagte Mama, »ich werde Max nicht um Geld bitten.« Schließlich kam ihnen wie immer Tante Louise zu Hilfe. Sie gab Mama zwanzig Pfund, und da das wöchentliche Defizit nur einige Shillings betrug, würde das für Monate reichen. »Sie ist wirklich eine gute Freundin«, sagte Mama. Sie fand es besonders rührend, dass Tante Louise ganz bescheiden gefragt hatte, ob Papa ihr wohl einen Gefallen tun und sich etwas, das der Professor geschrieben hatte, ansehen würde. »Es würde ihm so viel bedeuten«, hatte sie gesagt, »die Meinung eines großen Schriftstellers zu hören.«

Papa sagte seufzend, er könne sich nicht vorstellen, dass der Professor je etwas schreibe, außer vielleicht einem medizinischen Fachbuch.

»Der Himmel möge verhüten, dass es Gedichte sind«, sagte er, und Mama antwortete gereizt: »Was immer es auch ist, du musst etwas Nettes dazu sagen.«

Wie sich herausstellte, hatte der Professor weder Gedichte noch ein medizinisches Buch geschrieben, sondern seine Memoiren. Er diktierte sie auf dem Land seiner Sekretärin. Zwei Kapitel waren schon fertig.

»Wie sind die Memoiren?«, fragte Anna Papa.

Papa zuckte die Schultern.

»Er kann nicht schreiben«, sagte er, »aber manches ist ganz interessant. Ich wusste zum Beispiel nicht, dass der Justizminister der Weimarer Republik Magengeschwüre hatte.«

Anna konnte das nicht sehr interessant finden.

»Was wirst du tun?«, fragte sie.

Er verzog das Gesicht. »Ich werde mit ihm darüber reden müssen.«

Der Professor fühlte sich sogar durch Papas vorsichtig formulierte Bemerkungen hoch ermutigt. Er hörte nur mit halbem Ohr Papas Ratschlägen zu, die darauf hinausliefen, die Sätze kurz zu halten und die Adjektive auf ein Mindestmaß zu beschränken.

»Warte, bis du die beiden nächsten Kapitel über mein gesellschaftliches Leben siehst«, rief er. Viele seiner Patienten in Berlin waren prominente Leute gewesen, und er hatte all ihre Partys besucht.

»Ich fürchte, er schreibt wieder einen Haufen Unsinn zusammen«, sagte Papa, als er zurückkam, aber Mama meinte: »Es schadet ja nichts, wenn du es dir ansiehst.«

Die nächsten beiden Kapitel gingen ihm offenbar nicht so leicht von der Hand, denn es dauerte eine Weile, ohne dass weitere Manuskriptteile für Papa eintrafen.

Anna ging in ihr Büro und zu den Abendkursen und träumte von John Cotmore. Es wurde ihr schwer, sich für ihre Arbeit als Sekretärin zu interessieren, und einmal löste sie eine Krise im Nähsaal aus, als sie in ihrer Zerstreutheit den Stoff zum Zuschneiden auf Miss Potters Platz legte, statt auf den von Miss Clinton-Brown. Miss Potter hatte drei Schlafanzughosen zugeschnitten, ehe man ihr Einhalt gebieten konnte, und das Ergebnis waren sechs rechte Beine, während die linken Beine fehlten. Als Mrs Riley sie auf den Fehler aufmerksam machte, weinte sie und musste zu ihrem Wellensittich nach Hause gehen, und Miss Clinton-Brown war so wütend, dass sie Gott um Geduld anflehen musste; sie tat es ohne viel Erfolg.

In der Abteilung für getragene Offizierskleidung gab es nicht viel zu tun. Es wurden weniger Schiffe versenkt, und es kamen jetzt im Gegensatz zu früher nur selten Seeleute, die gänzlich neu ausgestattet werden mussten. Es schien tatsächlich kaum genug junge Männer zu geben, um sowohl Mrs Hammond als auch Mrs James beschäftigt zu halten, und um ihre Kunden nicht durch ihre vereinten Bemühungen in Verlegenheit zu bringen, waren sie zu der schweigenden Übereinkunft gekommen, sie abwechselnd zu bedienen. Das bedeutete, dass beide viel freie Zeit hatten. Mrs Hammond benutzte diese, um mehr Briefe zu diktieren oder mit den alten Damen im Nähsaal zu plaudern, aber Mrs James schien einfach zu schrumpfen. Sie saß in ihrem improvisierten Büro und starrte mit großem leeren Blick auf die Kleiderstapel der Toten, und manchmal bemerkte sie nicht einmal, wenn Anna zu ihr kam. »Sie macht mir Sorgen«, sagte Mrs Hammond, aber sobald ein junger Mann auftauchte, der etwas brauchte, lebte Mrs James auf.

Eines Tages erledigte Anna in Mrs Hammonds Büro einige Schreibarbeiten. Mrs Hammond hatte gerade einen Fliegerleutnant ausgestattet, der seine Kleidung bei einem Luftangriff verloren hatte. Er war besonders dankbar gewesen, und Mrs Hammond wollte seinem Kommandeur schreiben, um ihre Hilfe noch einmal allen anzubieten, die sie benötigten. Sie hatte kaum begonnen, den Brief zu diktieren, als die Tür aufging und Mrs James erschien. Sie sah noch grauer und knochiger aus als sonst, und ohne auf Anna zu achten, starrte sie Mrs Hammond an. »Ich will mich nicht beklagen«, sagte sie, »aber ich war an der Reihe, den jungen Mann zu bedienen.«

»Aber Sie haben sich doch um den Fliegerleutnant gekümmert, der heute Morgen gekommen ist«, sagte Mrs Hammond überrascht.

Mrs James blieb einfach stehen und starrte sie mit ihren großen Augen an, und Mrs Hammond machte Anna ein Zeichen, sie möge sich in das Nähzimmer zurückziehen. Während sie noch auf dem Weg war, begann Mrs James wieder zu sprechen. »Der Fliegerleutnant wollte nur eine Mütze. Das zählt nicht.« Die alten Damen hatten mit Nähen aufgehört, als Mrs James auftauchte.

»Sie schritt an diesen Schlafanzügen vorbei wie Lady Macbeth«, erklärte Mrs Riley.

»Sie sah ganz elend aus«, sagte Miss Potter, und Miss Clinton-Brown murmelte: »Komische Art, sich zu benehmen.«

Sie alle spitzten die Ohren, aber aus dem Büro drang nur Murmeln.

Anna hatte sich eben entschlossen, das Teewasser aufzustellen, als die Stimmen lauter wurden.

»Es ist ungerecht«, schrie Mrs James, »ich kann nicht mit jemandem arbeiten, der nicht gerecht ist!«

Die Tür wurde aufgerissen, und Mrs James kam herausgestürzt. »Besonders da ich zuerst diese Idee gehabt habe!«, schrie sie und rannte auf den Lagerraum zu. Mrs Hammond lief hinter ihr her. Sie versuchte, die Tür hinter sich zu schließen, aber es misslang ihr, und Anna sah, wie Mrs James beim Anblick der Uniformstücke stutzte und dann anfing, sie im Halbdunkel zu betasten.

»Ich muss Ihnen das erklären«, sagte Mrs James mit einer Stimme, die zugleich vernünftig und erschreckend klang. »Die Zahl der jungen Männer, die gefallen sind, übertrifft die der noch lebenden bei Weitem. Darum haben wir all diese Kleider, die niemand braucht.«

Mrs Hammond sagte etwas wie »Nein« oder »Unsinn«, aber Mrs James hörte ihr gar nicht zu.

»Und da nur noch so wenig junge Männer übrig sind«, sagte sie in einem merkwürdigen Ton, »müssen sie ganz gerecht verteilt werden. Und die einzig gerechte Weise ist, dass ich doppelt so viele versorge wie Sie.«

Mrs Hammond hatte irgendwelche beruhigenden Laute von sich gegeben, aber dieser letzte Satz erstaunte sie so, dass sie rief: »Um Himmels willen, warum denn?«

Mrs James drehte sich um, und Anna konnte einen Augenblick ihr Gesicht sehen, Wahnsinn stand darin.

»Aber das ist doch wohl klar«, sagte sie. »Sie haben nur einen Sohn verloren, ich aber zwei.«

Als Mrs Hammond sie verwundert anstarrte, sagte sie in ganz nüchternem Ton: »Ich wusste, dass Sie das nicht verstehen würden. Es hat keinen Sinn, dass wir weiter zusammenarbeiten.«

———

Nachher sagte Mrs Hammond zu Anna, Mrs James habe einen nervösen Anfall erlitten, und sie hoffe, alles wieder ins Lot zu bringen, wenn sie ruhiger geworden sei. Aber Mrs James tauchte nie mehr im Büro auf. Ein paar Tage später kam der Mann mit dem Mopsgesicht mit einem Brief, Mrs James werde die Sammelstelle für Offizierskleidung allein an einer anderen Stelle betreiben.

Da es ursprünglich ihr Einfall gewesen war, konnte man dagegen nichts machen. Der Mann lud all die Uniformen, Schuhe und Hemden, die Taschenbücher und die einzelnen Golfschläger und Schreibmappen, mit denen niemand etwas hatte anfangen können, in seinen Wagen und fuhr davon. Mrs Hammond blieb im leeren Lagerraum zurück.

Viele Wochen später hörte Anna, dass Mrs James zu krank sei, um weiterzuarbeiten, und dass ihr Lager von einer Wohlfahrtsorganisation übernommen worden war.

»Wie kommt es, dass sie nach all der Zeit so plötzlich zusammengebrochen ist?«, fragte Anna verwundert.

»Vier Jahre Krieg«, sagte Mrs Hammond, »und die Tatsache, dass die Nachrichten besser werden.«

Als Anna sie verständnislos ansah, sagte sie ungeduldig: »Der Gedanke an den Frieden, und dass er zu spät kommt.«

Nach der Auflösung der Kleiderstelle war es sehr still geworden. Eine Zeit lang kam Mrs Hammond noch jeden Tag, als müsse sie beweisen, dass das keinen Unterschied machte, aber es gab wirklich nicht mehr viel für sie zu tun, und allmählich blieb sie einmal, zweimal und schließlich drei- oder viermal in der Woche zu Hause. Die Tage wurden Anna wieder lang.

Erst neun Uhr, dachte sie immer, wenn sie morgens ins Büro kam. Wie sollte sie diese Stunden überstehen, die vor ihr lagen, bevor sie in die Kunstschule gehen konnte? Der einzige Lichtblick war die Mittagspause, und Anna konnte es gar nicht erwarten, dass die alten Damen zusammenpackten, damit sie selber auch aus dem Haus gehen konnte. Bei feuchtem Wetter setzte sie sich in eine Lyons Teestube und zeichnete jeden, den sie erwischen konnte, aber bei schönem Wetter aß sie schnell etwas und wanderte dann durch die Straßen. Sie entdeckte die Ställe hinter dem Kaufhaus »Army and Navy«, wo die Maulesel untergebracht waren, die während des Krieges die Lieferwagen zogen, und sie verbrachte einige Wochen damit, ihre düsteren, seltsam proportionierten Gesichter zu zeichnen. Einmal entdeckte sie auf dem Vincent Square ein paar Mädchen in Airforce-Uniform, die sich mit einem Fesselballon abmühten, und zeichnete auch sie.

Manchmal fand sie nichts zu zeichnen, oder die Zeichnungen gelangen nicht so, wie sie es gewünscht hätte, dann kehrte sie niedergeschlagen und schuldbewusst an ihre Schreibmaschine zurück und der Nachmittag wurde ihr noch länger als sonst.

Der Mittwoch war der schlimmste Tag, denn an seinem Ende stand nicht einmal eine Zeichenstunde. Der Mittwoch wurde nur erträglich durch kleine Einkäufe – ein Bleistift, der mit gelber Vorkriegsfarbe lackiert war aus einem geheimen Vorrat, den sie in einem Laden in der Victoria Street entdeckt hatte, dreißig Gramm eines unrationierten Brausepulvers, an dem sie heimlich während des Nachmittags leckte, ein Päckchen Süßstoff für John Cotmore, der seinen Tee gern sehr süß trank und es schwer fand, genug Süßstoff aufzutreiben. Schon dieses Päckchen in der Tasche tröstete sie, denn es war ein Beweis, dass sie ihn bald wiedersehen würde.

Eines Mittwochs kam sie nach Hause und traf Tante Louise vor der Tür. Sie verabschiedete sich gerade von Mama und Papa und schien bester Laune.

»Ich bin sicher«, sagte sie, »dass wir alle mit dieser Regelung sehr zufrieden sein werden.«

Dann sah sie Anna, die einen uralten Rock und Pullover unter ihrem alten Schulmantel trug, denn Mittwoch war ein so schrecklicher Tag, dass es sich nicht lohnte, etwas Besseres anzuziehen.

»Oh, hallo«, sagte sie, und ihre Augenbrauen hoben sich beim Anblick der schrecklichen Kleider. Dann wandte sie sich wieder an Mama. »Für Anna wird es auch gut sein.«

»Was für eine Regelung?«, sagte Anna, nachdem Tante Louise in ihr großes blaues Auto gestiegen und davongefahren war.

»Louise hat mich gebeten, Sams Memoiren zu überarbeiten«, sagte Papa.

»Sie werden uns noch einmal zwanzig Pfund geben«, sagte Mama.

Anna schaute von einem zum andern. »Wirst du es tun?«, fragte sie.

Papa sagte vorsichtig: »Ich habe versprochen, mir die Sache anzusehen.«

Beim Abendessen an diesem Abend war Papa sehr still. Um sich die Zeit zwischen dem Hauptgang – Rübenauflauf – und dem Nachtisch zu vertreiben, versuchte Mama das Kreuzworträtsel der »Times« zu lösen. Miss Thwaites hatte sie darauf gebracht, und Mama konnte es nicht nur sehr gut, sondern kam sich dabei auch sehr englisch vor. Sie las die Fragen vor und verkündete triumphierend die Lösung. Ab und zu fragte sie Anna um Rat, und Anna fiel auf, wie isoliert sich Papa dabei vorkam.

»Wie sind denn die Memoiren des Professors?«, fragte Anna auf Deutsch.

Er verdrehte die Augen und sagte: »Unglaublich.«

Mama ließ sofort ihr Kreuzworträtsel liegen.

»Aber du wirst sie doch überarbeiten!«, rief sie.

In diesem Augenblick kam die Kellnerin mit dem Nachtisch, und Papa sagte: »Wir wollen oben darüber sprechen.«

Später in seinem Zimmer blätterte er die neuesten Versuche des Professors durch.

»Das Zeug ist unglaublich schlecht«, sagte er. »Hört euch das an: ›Er hatte durchdringende Augen in einem Gesicht, das von einem mächtigen grauen Bart umrahmt wurde.‹ Das ist der Dramatiker Hauptmann.«

»Aber das ist doch nicht so schlecht«, sagte Mama.

»Warte!«, rief Papa. »Hier kommt etwas über Marlene Dietrich.«

Er blätterte und las vor: »›Sie hatte durchdringende Augen in einem Gesicht, das von kornblonden Locken umrahmt war.‹ Und hier –«, er machte eine Handbewegung, um Mama zum Schweigen zu bringen. »›Ich war überrascht von den durchdringenden Augen in dem Gesicht, das von einem kleinen Schnurrbart umrahmt wurde.‹ – In diesem Fall handelt es sich um Einstein. Ich begreife, dass Sam überrascht war. Wahrscheinlich wäre es Einstein auch, wenn er sähe, wohin sein Schnurrbart verrutscht ist.«

»Nun, er hat eben keine Erfahrung mit …«, fing Mama an, aber Anna fiel ihr ins Wort.

»Warum will der Professor, dass du dieses Zeug überarbeiten sollst?«, rief sie. »Er muss doch wissen, dass niemand es drucken wird!«

»Davon verstehst du überhaupt nichts«, sagte Mama wütend. »Einer seiner Patienten ist Verleger, und Louise meinte, er werde es bringen. Er hat sogar schon einen Übersetzer vorgeschlagen.«

»Klatschgeschichten«, sagte Papa. »Das wollen die Leute lesen!«

Anna erinnerte sich plötzlich an den Text, den Papa vor langer Zeit im Internationalen Schriftstellerclub vorgelesen hatte. Da hatte jedes Wort gestimmt. Anna hatte das sehr beeindruckt, und alle Zuhörer hatten begeistert Beifall geklatscht.

»Ich finde, du solltest dich darauf nicht einlassen«, riet sie. »Ich finde das unmöglich, jemand, der schreiben kann wie du … und so ein widerlicher Blödsinn. Ich finde, du solltest dich einfach weigern.«

»So?«, rief Mama, »und kannst du mir vielleicht auch einen Vorschlag machen, was ich Louise sagen soll? Dass wir für alle ihre Hilfe in der Vergangenheit dankbar sind, dass wir diese Hilfe ohne Zweifel wieder brauchen werden, aber dass Papa sich weigert, wenn es einmal darum geht, ihnen einen Gefallen zu tun?«

»Nein, das natürlich nicht«, rief Anna, »aber es muss doch eine andere Möglichkeit geben.«

»Ich wüsste gern, welche«, sagte Mama. Anna überlegte.

»Nun, irgendwie musst du das doch fertigbringen können«, sagte sie und fügte hinzu: »Es kommt nur auf ein bisschen Takt an.«

Mama war rasend.

Sie explodierte, und es dauerte einige Zeit, bevor es Papa gelang, den Strom wütender Worte zu unterbrechen, indem er sagte, dies gehe

Anna wirklich nichts an, und es wäre am besten, wenn er und Mama die Sache allein besprächen.

Anna stürzte hinaus und schloss sich im Badezimmer ein. Endlich einmal gab es heißes Wasser. Sie ließ sich in der riesigen Wassermenge weichen und starrte trotzig auf die Linie zehn Zentimeter über dem Boden der Wanne, die die Wassermenge markierte, die in Kriegszeiten erlaubt war. Das ist mir jetzt ganz egal, dachte sie, aber auch das Bad brachte ihr keine Erleichterung.

Später erklärte Mama in ihrem gemeinsamen Schlafzimmer mit vorsichtiger Stimme, dass sie und Papa sich auf einen Kompromiss geeinigt hätten. Papa würde die schlimmsten Entgleisungen des Professors verbessern, alle weiteren Veränderungen sollten vom Verlag vorgenommen werden, falls die Memoiren ins Englische übersetzt würden.

»Ich verstehe«, sagte Anna in ebenso beherrschtem Ton, und dann tat sie, als schliefe sie sofort ein. Während sie in dem engen dunklen Zimmer wach lag, konnte sie Mama einen Meter entfernt von sich leise weinen hören.

»Mama …«, sagte sie, von Mitleid überwältigt. Aber Mama hörte nicht, und sie war plötzlich von dem Wunsch erfüllt, einem Wunsch, der ebenso stark war wie ihr Mitleid: die Geräusche, die vom anderen Bett her drangen, nicht zu hören, nichts damit zu tun zu haben, irgendwo anders zu sein. John …, dachte sie.

Am Abend zuvor hatte John Cotmore in der Kunstschule ihr Skizzenbuch Barbara gezeigt. »Ein begabtes kleines Ding, nicht wahr?«, hatte er gesagt, und später, als sie zur Untergrundbahn gingen, hatte er sie heimlich hinter einem Pfeiler geküsst. Sie wünschte, sie könnte jetzt bei ihm sein, sie könnte immer bei ihm sein. Wenn ich mich ihm hingäbe …, dachte sie, und etwas in ihr war von Liebe und Kühnheit entflammt, während etwas anderes über diesen Romanausdruck kicherte. Aber wie fing man so etwas an? Sie stellte sich vor, wie sie etwa sagte: »Ich bin dein.« Und was dann? Wenn er nun ein verlegenes Gesicht machte oder zögerte? Und selbst wenn er genau das Richtige sagte, zum Beispiel »Ich liebe dich« oder »Mein Liebling« – wie ging es dann weiter? Und wo würden sie es tun, dachte sie plötzlich erschrocken. Sie hatte sein Schlafzimmer nicht gesehen, aber wenn es so ähnlich war wie die Küche …

Die Geräusche von dem anderen Bett her waren verstummt. Mama musste eingeschlafen sein.

Morgen Früh söhne ich mich wieder mit ihr aus, dachte Anna. Und während sie selbst in Schlaf versank, wünschte sie, Papa solle plötzlich eine große Menge Geld verdienen, dass sie den Rosenbergs nicht mehr verpflichtet wären und eben alles ganz, ganz anders wäre.

20 »Ich finde, **es wird Zeit,** dass Sie sich mal etwas vornehmen«, sagte John Cotmore ein paar Wochen später zu Anna. »**Ich meine, mehr tun,** als nach einem Modell zeichnen und **Skizzenbücher zu füllen.**« Er saß mit dem walisischen **William und Barbara** auf der Kante des Podiums für das Modell. Die beiden nickten zustimmend.

»Was denn?«

Er machte eine unbestimmte Geste. »Etwas Eigenes. Illustrieren Sie ein Buch – bemalen Sie eine Wand – irgendetwas.«

»Eine Wand!« Der Gedanke gefiel ihr sofort. Aber wo sollte sie eine Wand finden?

»Ich habe einmal in einer Schule eine Wand bemalt«, sagte Barbara. »Es hat riesigen Spaß gemacht. Sie brauchen nur Tempera und Pinsel.«

»Heutzutage gibt's aber nicht mehr allzu viele Wände«, sagte der walisische William.

Das Jahr 1944 hatte mit den schwersten Luftangriffen seit Jahren begonnen – es war wie ein böses Vorzeichen.

John Cotmore winkte ab. »Umso mehr Grund, sie zu bemalen.«

———

Die Idee mit dem Wandgemälde hatte sich in Annas Kopf festgesetzt, und sie ertappte sich dabei, dass sie jede senkrechte Fläche daraufhin betrachtete, wie sie sich bemalen ließe. Sie dachte kurz an den unbenutzten Krankensaal, in dem die Offizierskleider gestapelt gewesen waren, verwarf diesen Plan wieder. Der Raum war dunkel, und niemand würde das Bild je sehen. Das hatte keinen Zweck.

Auch im Hotel war nichts, aber dann fand sie eines Tages den genau passenden Ort. Es regnete in Strömen, und statt zu der ziemlich weit entfernt gelegenen Lyons Teestube zu gehen und sich unterwegs durchweichen zu lassen, entschloss sie sich, ihren Mittagsimbiss in einem Café in der Victoria Street einzunehmen. Die Tische waren von dunstenden Körpern umlagert, und sie bestellte ein russisches Steak (ein Hacksteak, das früher Wiener Steak geheißen hatte und das man aus patriotischen Gründen umbenannt hatte). Sie hatte das angenehme Gefühl, sich etwas zu leisten.

Während sie wartete, sah sie sich um und stellte plötzlich fest, dass das Café genau das war, was sie suchte. Es bestand aus mehreren Räumen, die man durch das Herausnehmen von Mauern in einen großen Raum verwandelt hatte. Die unter verschiedenen Winkeln zulaufenden Wände waren alle cremefarben gestrichen und bis auf ein paar Spiegel völlig schmucklos. Unwillkürlich zählte sie ab. Neun. Neun Wände, die geradezu danach schrien, bemalt zu werden. Sie betrachtete sie gierig, während sie das russische Steak verspeiste und den Nachtisch, der weder Zucker noch Ei enthielt. Hier könnte ich wirklich etwas machen, dachte sie.

Am folgenden Mittag ging sie wieder in das Café, obwohl sie danach für den Rest der Woche pleite sein würde. Danach trug sie den Gedanken noch tagelang mit sich herum, bevor sie den Mut fand, etwas zu unternehmen. Schließlich ging sie eines Abends nach der Arbeit zweimal an dem Café vorbei, spähte durch die Fenster und trat endlich ein. »Wir haben geschlossen«, sagte ein stämmiger Mann, der Messer und Gabeln auf den leeren Tischen verteilte.

»Oh, ich wollte auch nicht essen.«

»Was dann?«

Sie hielt die Rede, die sie drei Tage lang geprobt hatte. »Ich bin Malerin«, sagte sie, »und ich spezialisiere mich auf Wandbilder. Hätten Sie nicht Lust, mich Ihr Restaurant ausmalen zu lassen?«

Bevor der stämmige Mann antworten konnte, erklang aus dem Souterrain eine Stimme.

»Albert«, rief sie. »Mit wem redest du da?«

»Kleines Mädchen«, rief Albert zurück. »Will hier was malen.«

»Was denn malen?«, rief die Stimme.

»Ja, was eigentlich?«, sagte Albert.

»Dekorationen«, sagte Anna, so als wäre das gar nichts. »Gemälde. Auf Ihre Wände.«

»Gemälde«, schrie Albert. Da kam die Eigentümerin der Stimme gerade nach oben: »Hab's gehört«, sagte sie.

Es war eine riesige Frau mit einem blassen Gesicht und kleinen, dunklen Igelaugen. Sie trug ein Tablett mit Gläsern. Sie stellte das Tablett auf einen Tisch und ließ ihren Blick zwischen Anna und der Wand hin und her wandern.

»Und was wollen Sie denn draufmalen?«, fragte sie.

Anna war auf diese Frage vorbereitet.

»Ich habe mir gedacht«, sagte sie, »weil es ja Restaurant Victoria heißt, würden Szenen aus der Zeit der Königin Victoria gut passen. Männer mit Zylindern, Kinder, die mit Reifen spielen – so etwas.«

»'n bisschen großartig, was?«, sagte Albert.

»Weiß nich – könnte ganz nett sein«, sagte die dicke Frau. »Wenn es nett gemacht wäre.« Sie betrachtete Anna. »Sie sehen mir nicht sehr alt aus.«

Anna überhörte diese Bemerkung geflissentlich. »Natürlich würde ich Ihnen zuerst Skizzen zeigen«, sagte sie. »Ich würde erst alles auf Papier zeichnen, damit Sie sehen können, wie es wird.«

»Skizzen«, sagte die Frau. »Das wäre nett. Meinst du nicht, das wäre nett, Albert?«

Albert machte ein zweifelndes Gesicht, und Anna hätte ihn umbringen können. Er suchte nach Einwänden und hatte schließlich einen gefunden: »Und was wird mit den Spiegeln? Die Spiegel nehme ich nicht herunter.«

»Die junge Dame würde drum herummalen, nicht wahr, Herzchen«, sagte die Frau voller Vertrauen.

Anna hatte eigentlich nicht die Absicht gehabt. »Nun –«, sagte sie.

»Die kann er nicht runternehmen«, sagte die Frau. »Ich meine, Albert hat 'n gutes Stück Geld für die Spiegel bezahlt. Was, Albert? Die kann er nicht wegwerfen.«

Neun Wände, dachte Anna. Was machten da ein paar Spiegel? »Also gut«, sagte sie und fügte, um ihre Würde zu wahren, hinzu: »Ich werde sie in meine Komposition einbeziehen.«

»Das wäre nett«, sagte die Frau, »was, Albert?«

Dann standen die beiden da und sahen Anna schweigend an. War es entschieden? Sie entschloss sich, es einfach anzunehmen.

»Gut«, sagte sie so gelassen wie möglich. »Morgen um diese Zeit komme ich und vermesse die Wände.«

Niemand erhob einen Einwand.

»Auf Wiedersehen bis morgen«, sagte sie, und sie brachte es fertig, aus dem Lokal hinauszugehen, als sei nichts geschehen.

»Ich male ein Restaurant aus«, rief sie triumphierend, sobald sie John Cotmore sah.

Er gab ihr jede Menge Ratschläge, und zum Schluss küsste er sie hinter dem Farbenschrank.

Erst als sie nach Hause kam, fiel ihr ein, dass sie ganz vergessen hatte, von Geld zu reden.

Während der nächsten drei Wochen beschäftigte sie sich nur mit den Entwürfen. In einem Buch, das sie in der Bibliothek bekam, fand sie alles, was sie über die viktorianische Mode wissen musste, und sie arbeitete an allen Wochenenden und an manchen Abenden. Manchmal versäumte sie sogar das Aktzeichnen, um ihre Skizze fertig zu bekommen.

Die Spiegel waren gar nicht so hinderlich, wie sie gedacht hatte. Sie hatten alle verschiedene Formen und Größen, und Anna bezog sie immer in einen größeren Gegenstand ein, der von Menschen umgeben war. Ein senkrecht stehender Spiegel bildete den Unterbau eines Puppentheaters. Über den oberen Rand schauten Punch und Judy – das Kasperle und seine Gefährtin – und zu beiden Seiten standen Kinder, die nach oben blickten. Ein lang gestreckter, schmaler Spiegel wurde mit Schilf umgeben und verwandelte sich in einen Teich. Wenn sie den Entwurf für eine Fläche fertig hatte, befestigte sie ihn an der Wand des kleinen Ateliers über der Garage, und Mama und Papa bewunderten das Werk. Schließlich rollte sie alle Blätter zusammen und brachte sie ihren Auftraggebern. Die Entwürfe bedeckten mehr als die Hälfte der Tische im Café. Die Besitzer standen davor und starrten sie schweigend an.

Schließlich sagte die Frau: »Ja, ja, das ist ganz nett. Findest du nicht auch, Albert?«

Albert schaute düster auf die Bilder und dann auf seine sauberen cremefarbenen Wände.

»Was ist das da?«, sagte er und zeigte auf das Kasperletheater. »Das ist Ihr Spiegel«, sagte Anna. »Ich male diese Sachen einfach drum herum.«

Albert betrachtete die entsprechende Wand.

»Ja«, sagte er.

»Der Spiegel ist der Mittelpunkt des Bildes«, erklärte Anna.

Das schien Albert zu gefallen. »Ja«, sagte er, »ja, tatsächlich.«

»Ich finde es richtig schön«, sagte seine Frau mit Wärme. Albert fasste einen Entschluss.

»Ja«, sagte er, »also gut, Sie können das Lokal ausmalen.«

Anna hatte sich den Kopf zerbrochen, wie sie das Gespräch auf die Bezahlung bringen könnte, aber er kam ihr zuvor.

»Was hatten Sie sich denn so gedacht, was soll es kosten?«, sagte er, und sie bekam einen solchen Schreck, dass sie die erstbeste Summe nannte, die ihr in den Kopf kam.

»Fünfzehn Pfund«, sagte sie und hätte sich gleich darauf ohrfeigen können, denn bestimmt hatte sie mit ihrer übertriebenen Forderung alles verdorben.

Aber Albert blieb ruhig.

»Gut«, sagte er, »in Ordnung.«

———

Anna verfiel in eine fieberhafte Geschäftigkeit. Das Café würde nach dem Mittagessen am Samstag von zwei Uhr an übers Wochenende geschlossen bleiben. Albert hatte eine Stehleiter besorgt, und Anna verbrachte die ersten beiden Wochenenden damit, ihre Entwürfe mit Kreide auf den Wänden zu skizzieren. Es gab keine Heizung, und der Frühling kam verspätet, so zog Anna zwei Paar Socken und mehrere Pullover übereinander an, die sich beim Zeichnen immer mehr mit Kreidestaub bedeckten. Immer wieder kletterte sie von der Leiter herunter, um ihre Arbeit aus einem Abstand heraus zu betrachten, dann kletterte sie wieder hoch, um sie zu verbessern.

Es war seltsam, so viele Stunden allein mit ihren Ideen zu verbringen, die allmählich um sie herum sichtbar wurden, und am Ende der zweiten Woche war sie ganz schwindlig davon.

Sie hatte die letzte Figur zu ihrer Zufriedenheit gezeichnet und saß erschöpft mitten auf dem Fußboden. Die weißen Umrisse der Figuren waren überall, drängten sich um das Puppentheater, beobachteten die Enten im Teich, und an den Wänden entlang bewegte sich eine fröhliche Prozession von Damen mit Sonnenschirmen, Herren auf Hochrädern und Kindern mit Reifen und Kreiseln. Manche erschienen noch einmal in den Spiegeln auf der gegenüberliegenden Seite, und die Wirkung hatte etwas vage Traumhaftes.

Es sieht genauso aus, wie ich es mir erhofft hatte, dachte Anna, und eine große Freude stieg in ihr auf. Sie unterdrückte dieses Gefühl aber sofort, um abwechselnd jede Wand einzeln zu betrachten und nach Fehlern in der Komposition oder den Proportionen Ausschau zu halten.

Sie war so vertieft, dass sie das Klopfen überhörte, und erst als es immer eindringlicher wurde, merkte sie erschrocken, dass jemand an der Tür war.

Wenn es nur nicht Albert ist, der es sich anders überlegt, dachte sie und ging aufmachen. Aber es war nicht Albert – es war Max in seiner Airforce-Uniform. Er strahlte vor Herzlichkeit und Energie.

»Nun«, sagte er, indem er sich umsah, »du scheinst dein richtiges Ambiente gefunden zu haben.«

»Was ist ein Ambiente?«, fragte sie, und er grinste.

»Das, was du gefunden hast.«

Sie führte ihn herum, und er betrachtete die Wände und ihre Skizzen und war voller Begeisterung und Verständnis. Aber die Partien, die ihm besonders gefielen, waren nicht immer die besten, und sie stellte mit Befriedigung fest, dass wenigstens auf diesem Gebiet ihr Urteil besser war als seins.

»Ich wusste nicht, dass du in die Stadt kommst«, sagte sie schließlich.

»Bist du zu Hause gewesen?«

Er nickte. »Ich habe fünf Tage Urlaub. Ich habe meinen Kursus beendet.«

Das bedeutete, dass er jetzt in eine Einsatzstaffel versetzt wurde.

»Schon?«, sagte sie so leichthin wie möglich.

»Ja«, sagte er, »und Mama und Papa haben auf genau die gleiche Weise ›schon‹ gesagt, auf die gleiche tragisch-tapfere Weise. Ich tue nichts anderes als tausend andere auch.«

»Oh, ich weiß«, sagte Anna.

»Ich habe vor, für immer in diesem Land zu bleiben«, sagte Max. »Ich muss die gleichen Risiken tragen wie alle anderen.«

»Alle anderen«, sagte Anna, »fliegen schließlich auch nicht Kampfflugzeuge.«

Max blieb ungerührt. »Leute wie ich doch«, sagte er.

Sie begann aufzuräumen, rollte ihre Zeichnungen zusammen und rückte Tische und Stühle an ihren Platz.

»Wie fandest du Mama und Papa?«, fragte sie.

Er antwortete nicht sofort. Dann sagte er: »Es geht ihnen nicht allzu gut, nicht wahr?«

Sie schüttelte den Kopf. »Wenn man sie jeden Tag sieht, gewöhnt man sich daran.«

Max zog einen der Stühle heran, den sie gerade an seinen Platz gestellt hatte, und setzte sich.

»Was mir Sorgen macht«, sagte er, »ist, dass ich mir gar nichts vorstellen kann, was ihnen helfen würde, selbst wenn man es arrangieren könnte. Ich meine, Geld würde natürlich helfen. Aber dann weiß ich immer noch nicht, wie sie sich ihr Leben hier einrichten wollten.«

»Ich habe niemals über das Geld hinaus gedacht«, sagte Anna. Auf einer Seite des Puppentheaters war ein Kreidefleck, der sie ärgerte, und sie wischte ihn mit ihrem Ärmel weg.

»Vielleicht nach dem Krieg …«, sagte sie vage.

»Wenn nach dem Krieg«, sagte Max, »in Deutschland überhaupt noch die Möglichkeit besteht, Bücher zu drucken, und wenn es dann noch Menschen dort gibt, die sie lesen wollen, wird man Papas Arbeiten wahrscheinlich wieder auflegen – mit der Zeit. Aber er würde trotzdem nicht dort leben wollen.«

»Nein«, sagte Anna. Es würde unmöglich sein nach all dem, was geschehen war. Sie hatte eine Vision von Mama und Papa, wie sie in einer Art Vorhölle schwebten.

»Seltsam«, sagte sie, »als ich klein war, fühlte ich mich bei ihnen immer so sicher. Ich weiß noch, ich dachte, solange ich bei ihnen wäre, würde ich mir nie wie ein Flüchtling vorkommen. Erinnerst du dich noch an Mama in Paris? Sie war doch großartig.«

»Das ist sie immer noch«, sagte Max. »Sie macht alles, sie hält alles am Laufen – aber die lange Anspannung war zu viel. Ich weiß, es ist manchmal schwierig, mit ihr auszukommen.«

Er folgte mit den Augen den Kreidegestalten, die die Wände entlang-promenierten. »Ich bin so froh über all das hier«, sagte er zu Anna. »Und über die ganze Sache mit der Kunstschule. Du gehörst jetzt hier-her, genau wie ich. Aber Papa und Mama ...«

Sie beobachtete seine halb lächelnde, halb zweifelnde Miene, die er im-mer aufsetzte, wenn etwas schwierig war, und plötzlich erinnerte sie sich, wie oft sie so miteinander geredet hatten, die Sorgen ihrer entwur-zelten Kindheit in vier verschiedenen Ländern miteinander besprochen hatten.

»Oh Max!«, rief sie und schloss ihn in ihre Arme. »Um Gottes willen, pass auf dich auf.«

»Aber, aber«, sagte er und tätschelte ihren Rücken – vorsichtig wegen des Kreidestaubs auf ihren Kleidern. »Mir wird nichts passieren.« Und als sie sich immer noch an ihn klammerte, fügte er hinzu: »Sonst würde Mama mir das nie vergeben.«

———

Anna brauchte noch fünf Wochenenden, um ihre Wandbilder fertig-zustellen. Auf Barbaras Rat benutzte sie weiße Tempera, die sie mit Pulverfarben mischte, um die gewünschten Töne zu erhalten. Die Zahl der alten Büchsen und Töpfe, in denen sie sie anrührte, wurde immer größer. Die Arbeit in dem kalten Raum war anstrengend, aber Anna war glücklich dabei. Die Wandbilder sahen immer noch so aus, wie sie es sich erhofft hatte, und wenn eine Wand nach der anderen fertig be-malt war, und sie dann mit Kreide und jetzt auch mit Farbe beschmiert davor stand, stieg die gleiche Freude wieder in ihr hoch wie an dem Tag, als sie die Skizzen fertig hatte. Wenn sie zu Hause an die Bilder dachte, stellte sie sich vor, dass sie vielleicht einen schrecklichen Fehler übersehen haben könnte, und am nächsten Tag stürzte sie dann in aller Frühe zu dem Café, um durch die Fenster hindurchzuspähen und sich zu vergewissern. Aber immer war alles in Ordnung, und nicht nur Albert und seiner Frau, auch den Kunden schien es zu gefallen.

Max war bei seiner Einheit angekommen und schrieb bald darauf, er habe jetzt schon mehrere Einsätze geflogen, und alles sei gut gegangen. »Und wenn wir zurückkommen, gibt es jedes Mal Eier mit Speck«, schrieb er. »Ich habe mich also in jeder Hinsicht verbessert.« Niemand nahm das so ganz ernst, aber Mama mochte irgendeine andere Möglichkeit gar nicht erst in Erwägung ziehen und bestand darauf, es müsse wahr sein.

Im Mai war Anna endlich mit ihren Bildern fertig. Albert zahlte ihr die fünfzehn Pfund, und da sie jetzt etwas Geld besaß, beschloss sie, zuerst einmal Mama und Papa und dann ihre Freunde aus der Kunstschule zum Essen in das Café einzuladen. Mama und Papa waren voller Bewunderung, und Anna saß in einem neuen Pullover zwischen ihnen und betrachtete glücklich ihre Arbeit aus halb geschlossenen Augen und fragte sich nur gelegentlich, ob nicht diese oder jene Hand hätte noch besser gezeichnet werden können, oder ob die eine Gestalt nicht an einer anderen Stelle besser zur Wirkung gekommen wäre.

»Aber das ist ja ganz professionell«, rief Mama, und Papa sagte: »Es ist entzückend!«

Es machte ihr riesigen Spaß, mit welchem Erstaunen die beiden sie betrachteten, und auch das Bezahlen der Rechnung am Ende machte Spaß.

Aber das wirklich Wichtige war die Einladung an die Kunstschule. Während der Arbeit an den Wandbildern war Anna kaum in den Abendkursen gewesen – sie hatte nicht die Zeit dazu gehabt – und nun erwartete sie aufgeregt das Wiedersehen mit John Cotmore. Er wird mich vermisst haben, dachte sie. Es schien ihr plötzlich, als hätte sie die Bilder im Café nur darum gemalt, um sie ihm zeigen zu können, und dass, wenn er sie gesehen und den ganzen Abend mit ihr verbracht hätte, sich etwas ändern und zwischen ihnen etwas ganz Außerordentliches und nie da Gewesenes geschehen werde. Er wird feststellen, dass ich erwachsen bin, dachte sie, mehr seinesgleichen, und dann wird er vielleicht ... Sie wusste selber nicht genau, was er tun würde. Aber er würde ein Zeichen geben, sich verraten, ihr zeigen, dass von nun an zwischen ihnen alles anders sein würde.

Als er schließlich eintraf, war sie in einem Zustand fieberhafter Erwartung.

In einer Ecke beobachtete sie, hinter der Speisekarte versteckt, wie er einen Augenblick in der Tür stehen blieb und mit einer plötzlichen Konzentration im Gesicht ihre Wandmalereien betrachtete. Er prüfte jede Wand einzeln, machte langsam die Runde und kam zweimal zu seinem Ausgangspunkt zurück.

Schließlich entdeckte er sie und setzte sich neben sie.

»Nun«, sagte er, »Sie sind wirklich erwachsen geworden.«

Es war genau das, was sie gewünscht hatte.

»Ich habe gehofft, dass es Ihnen gefällt«, sagte sie, und dann hörte sie ihm in seliger Verwirrung zu, wie er die Komposition lobte, die Zeichnung und die Feinheit der Farbgebung.

»Ich hatte etwas Gutes erwartet«, sagte er. »Aber dies ist eine Überraschung.«

Sie konnte nur dasitzen und lächeln und ihn beobachten, während sein Blick sich wieder ihrer Malerei zuwandte und dann ihr selbst. »Das hier haben Sie also gemacht, statt zur Kunstschule zu kommen«, sagte er.

Alles war genau so, wie sie es sich erträumt hatte. Sie nickte und lächelte und sah in dem Blick, mit dem er sie ansah, einen neuen Ernst ... und dann waren die anderen da.

»Es ist bezaubernd«, rief Harry vom Eingang her. »Findest du es nicht bezaubernd, John?«

Hinter Harry kam der walisische William und setzte sich neben sie.

»Ich hatte Angst, es wären Damen in Krinolinen«, sagte er. »Wissen Sie, solche, die ohne Füße herumstehen, so wie man sie früher auf Pralinenschachteln sah. Wie kann ich etwas essen, habe ich mich gefragt, wenn meine Mahlzeit von Damen bezahlt wird, die in Krinolinen ohne Füße herumstehen? Aber jetzt –«, er machte eine respektvolle Geste zu den Bildern hin –, »jetzt habe ich ein reines Gewissen.«

»Erinnert mich an Winterhalter oder Berthe Morrisot«, sagte Barbara ernst, und Anna wurde rot vor Freude.

Dies war der schönste Abend, den sie je erlebt hatte. Sogar das Essen – Omelette aus Eipulver, Spamfritter* und Gemüseauflauf – kam ihr

---

* gepresstes Schweinefleisch aus Dosen, das in Teig gebacken wurde

köstlich vor. Sie sonnte sich im Lob ihrer Freunde und hörte sich ihre Neuigkeiten an – Barbara hatte eine neue Stelle, und der walisische William hatte eine Zeichnung verkauft, sollte aber bald einberufen werden; sie bestellte Speisen und aß und warf verstohlene Blicke auf ihre Wandbilder und beobachtete John Cotmores Gesicht, und die ganze Zeit wuchs ihre Erregung, denn sie wusste, dass noch mehr geschehen würde, dass der beste Teil des Abends noch bevorstand. Schließlich waren alle Speisen verzehrt, und der Kaffee war ausgetrunken. Albert hatte ihr die Rechnung präsentiert, und sie hatte sie mit Schwung bezahlt, und dann standen sie alle in der frühen Abenddämmerung vor dem Café auf der Straße.

»Nun –«, sagte John Cotmore.

Anna wartete.

»Danke für den wunderschönen Abend«, sagte er. »Und danke, dass Sie so gute Wandbilder gemalt haben.« Er nahm ihre Hand und wandte sich plötzlich an Harry. »Ich denke, es ist doch erlaubt, eine Lieblingsschülerin zu küssen, oder nicht?« Und bevor sie Zeit hatte zu denken, hatte er sie förmlich auf die Wange geküsst.

»Gratuliere«, sagte er. »Ich hoffe, Sie werden noch viele gute Wandbilder malen.«

Dann wandte er sich ab, rief etwas, das »Gute Nacht« oder »Adieu« heißen konnte, und ging in Richtung Westminster davon, Harry und Barbara folgten ihm.

Anna konnte nicht glauben, was geschehen war. Sie stand da, immer noch ein Lächeln auf dem Gesicht, ihre Hand immer noch bereit, seinen Arm zu nehmen, und der Staub der Victoria Street wirbelte um ihre Füße.

»Ein bisschen plötzlich, nicht wahr?«, sagte der walisische William, und sie sahen beide der schnell kleiner werdenden Gestalt nach, die die Straße hinuntereilte.

»Na?«, sagte der walisische William endlich, »kommen Sie?«

Sie raffte sich auf und ging, immer noch benommen, neben ihm zur U-Bahn-Station. Er redete ununterbrochen, aber sie hörte kein Wort.

Sie konnte nur an John Cotmore denken. Was in aller Welt war passiert? Warum hatte er sie auf diese Weise geküsst und war davongestürzt? Und war es »Gute Nacht«, was er gerufen hatte, oder »Adieu«?

21 **Während der nächsten Wochen** schwankte Anna zwischen **Glück** und tiefer **Niedergeschlagenheit,** und der Krieg schien ihre Gemütsverfassung widerzuspiegeln.

Im Juni **war die zweite Front** endlich Wirklichkeit geworden. Die **britischen und amerikanischen Truppen** waren gemeinsam in Nordfrankreich gelandet, und dies war der erste Schritt zur Befreiung der Länder, die vor Jahren von den Nazis überrannt worden waren.

Für Anna, die sich an den schrecklichen Sommer 1940 erinnerte, bedeutete dies viel mehr als irgendwelche Siege in Afrika oder Russland, und als es erst klar wurde, dass die Alliierten festen Fuß gefasst hatten, begann sie mit zaghaftem Staunen daran zu denken, dass das Ende des Krieges wirklich in Sicht sein könnte.

Aber kaum war man allgemein zuversichtlich geworden, als diese Zuversicht schon wieder durch das Auftauchen der V 1 zerstört wurde. Sie waren Hitlers neue Geheimwaffe – unbemannte Flugzeuge, die mit großen Ladungen Sprengstoff über den Kanal geschickt wurden. Wenn ihr Treibstoff zu Ende ging, fielen sie herunter, und alles im weiten Umkreis ging in die Luft. Ihre Flugbahn war meist so berechnet, dass sie in London einschlugen.

Als Anna zum ersten Mal eine dieser Bomben sah, hatten weder sie noch Mr Cuddeford eine Ahnung, was das war. Sie hörten ein tuckerndes Geräusch und sahen einen dunklen, abgerundeten Gegenstand, aus dessen hinterem Ende Flammen schlugen, sich langsam über den Himmel bewegen. Plötzlich verschwand das Ding, das Tuckern hatte aufgehört, und einen Augenblick später hörte man eine sehr starke Detonation.

»Das muss ein Flugzeug gewesen sein«, sagte Anna, aber Mr Cuddeford schüttelte den Kopf.

»So eins habe ich noch nie gesehen«, sagte er.

Die Luftwarnung dauerte bis zum Morgengrauen, später stand die Erklärung in allen Zeitungen.

Zuerst kamen nur wenige V 1 herüber, und die Leute lachten darüber, sprachen davon, wie komisch sie aussähen, wenn sie so dahergebrummt kamen, und erfanden komische Namen für sie: Summbomben oder Brummkäfer. Aber bald kamen sie zahlreich, bei Tag und bei Nacht. Es ging einem auf die Nerven, während der Arbeit auf das Geräusch der Maschinen zu horchen, das jeden Augenblick aussetzen konnte. Man flehte, dass die Brummbombe weiterbrummen möge, aber man tat es mit schlechtem Gewissen, weil sie dann ja einem andern auf den Kopf fallen musste. Und die Aussicht, dass der Krieg vielleicht bald vorüber war, ließ alle umso verzweifelter wünschen zu überleben.

Die Leute fingen wieder an, ihr London zu verlassen. Die vertrauten Schlangen von Kindern mit Schildern um den Hals tauchten wieder auf den Bahnhöfen auf, und jeden Tag wurden zwischen den alten Ruinen neue Bombenschäden sichtbar. Da die Bomben zu jeder Tages- und Nachtzeit kamen, war es sinnlos, einen Luftschutzkeller aufzusuchen, und die Leute, die in London blieben, stürzten einfach in die nächste Haustür oder unter das nächste Möbelstück, wenn sie hörten, dass das Brummen einer Bombe über ihren Köpfen aussetzte. Anna staunte täglich über die Beweglichkeit der alten Damen. In einem Augenblick saßen sie noch an ihren Maschinen und arbeiteten, was das Zeug hielt, im nächsten lagen sie schon unter dem Tisch. Miss Potters fest bespanntes Hinterteil ragte an der einen Seite unter der Tischplatte hervor und Miss Clinton-Browns Riesenfüße an der anderen. Nur Mrs Riley gelang es immer – dies war vielleicht die Folge ihres früheren akrobatischen Trainings – ihren ganzen Körper unterzubringen.

Anna hatte nicht mehr so viel Angst wie während des Luftkrieges, und manchmal war ihr die Aufregung, die die fliegenden Bomben verursachten, ganz willkommen, weil sie sie von ihrem anderen Kummer ablenkte. John Cotmore war seit jener Einladung in ihr Restaurant unerklärlich zurückhaltend gewesen, und sie hatte das Gefühl, als sei ihr der Boden unter den Füßen weggezogen worden. Dann dachte sie daran, dass Max Einsätze flog, sie wusste nicht, wie oft in der Woche, und widersinnigerweise stellte sie sich vor, sie könnte dadurch, dass sie sich in Gefahr befand, einen Teil der Gefahren, die ihn bedrohten, abwenden. Mama war noch abergläubischer. Sie wurde peinlich pflichtbewusst, so als könne sie eine höhere Macht, die sie beobachtete, dadurch milde stimmen. Früher hatte sie zum Beispiel ihr Fahrgeld auf dem Bus nur bezahlt, wenn sie dazu aufgefordert wurde, jetzt überraschte Anna sie einmal dabei, wie sie das Geld dem Schaffner buchstäblich in die Hand drückte. Als sie Annas Blick begegnete, sagte sie: »Ich finde, man sollte kein Risiko eingehen.« Und fügte trotzig hinzu: »Wo Max fliegt und das alles.« Seltsamerweise konnte Mama gleichzeitig nicht zugeben, dass Max sich in Gefahr befand, und sie wurde wütend, wenn Papa es aussprach.

»Aber sie schießen auf ihn«, sagte Papa, und Mama rief: »Nicht direkt auf ihn! Und überhaupt, Max würden sie nie treffen!«

———

Trotz der V 1 wurden die Abendkurse weiter abgehalten, und Anna lebte immer noch von jeder Stunde zur nächsten, aber meistens war sie hinterher deprimiert und verwirrt. Nichts war so wie früher. Sie sprach nur mit John Cotmore, wenn er in seiner Eigenschaft als Lehrer über ihre Arbeit sprach. Wegen der Bomben eilten alle sofort hinterher nach Hause, und nur ein einziges Mal gingen sie ins Café. Dies war, als der walisische William einberufen wurde. Er war gekommen, um sich in seiner Soldatenuniform zu zeigen, und man plauderte und trank Kaffee wie in alten Tagen. Aber William machte einen verlorenen Eindruck, viel zu jung, um in den Krieg zu ziehen, und eigentlich waren alle froh, als der Abend vorbei war.

Was war eigentlich mit ihnen allen geschehen? Noch vor Kurzem hatte alles so hoffnungsvoll ausgesehen – der Krieg fast zu Ende, und ... und überhaupt, dachte Anna. Sie war nicht gewillt, das, was sie von John Cotmore erwartet hatte, auch nur anzudeuten. Und jetzt war es, als hätte der totale Luftkrieg wieder begonnen, und das Leben kam ihr trostlos vor. Als Ende Juli die Kunstschule in Ferien ging, war das wie das Ende einer Ära.

———

Mrs Hammond gab ihr eine Woche Ferien, die sie bei den Rosenbergs auf dem Land verbrachte. Der Professor hatte seine Memoiren nach dem sechsten Kapitel aufgegeben (die ganze Aufregung war also umsonst gewesen) und war jetzt damit beschäftigt, Gemüse anzubauen. Tante Louise führte ihren üblichen Kampf mit den Mädchen, und Anna verbrachte viel Zeit damit, Fräulein Pimke in einer Ecke ihrer Küche zu malen. Wenn sie nicht malte, half sie im Gemüsegarten und merkte, wie sie dabei braun und gesund wurde.

Nur des Abends gab es nichts zu tun, und dann dachte sie über John Cotmore nach. Sie erlebte noch einmal den Besuch in seinem Haus und die Augenblicke, da er den Arm um sie gelegt, sie geküsst oder etwas Zärtliches gesagt hatte. Sie rechnete sogar nach, wie oft er sie geküsst hatte. Es war elfmal gewesen, nicht gerechnet der förmliche Wangenkuss nach dem Essen in ihrem Restaurant. Man würde doch bestimmt nicht einen Menschen elfmal küssen, wenn man es nicht ernst meinte, tröstete sie sich. Aber warum dieses seltsame Benehmen in den letzten Wochen? Vielleicht hatte er ein schlechtes Gewissen – wegen seiner Frau. Während sie langsam in den Schlaf glitt, stellte sie sich die unwahrscheinlichsten Situationen vor, die ihn dazu bringen würden, ihr seine Liebe zu erklären. Zum Beispiel, nachdem sie eine herrliche Aktstudie gezeichnet hatte. Oder er fand sie nach einer Bombenexplosion halb verschüttet, verletzt, aber ihren Schmerz tapfer ertragend und natürlich ohne entstellende Wunden. Ein andermal waren sie beide unter den Trümmern der Kunstschule begraben, und sie war es, die ihn durch ihren Mut und ihre Zuversicht rettete. Obwohl sie diesen Gedanken nie ganz ausspann, verstand es sich von selbst, dass eine andere V 1, dank eines glücklichen Zufalls, seine Frau getroffen hatte. Etwas in ihr empfand Verachtung wegen dieser Fantastereien, aber einem anderen Teil ihres Selbst schienen sie als ein großer Trost.

————

Bei ihrer Rückkehr nach London fand sie einen Brief von Barbara, die ein Treffen vorschlug, und sie ergriff begierig diese Möglichkeit, mit jemandem über John wenigstens zu sprechen. Sie aßen eine bescheidene Mahlzeit im »Lyons Corner House«, und Anna pries lang und breit

seine Fähigkeiten und Tugenden, während Barbara mit einem freundlichen, stillen Lächeln zuhörte und nickte. Das tat Anna sehr wohl, und
sie trafen sich noch zweimal, einmal, um in einen Film, und einmal, um
ins Konzert zu gehen.

Aber dann hatte Barbara keine Zeit mehr, um sie zu treffen, und Anna
fühlte sich einsamer als zuvor.

Als sie eines Tages gelangweilt hinter ihrer Schreibmaschine saß, rief
Harry an. Er hatte ein ganzes Bündel Konzertkarten geschenkt bekommen – Beethoven und Mozart, ganz klassisch, wie er sagte – und fragte,
ob sie mitkommen wolle.

»Bringen Sie noch jemanden mit«, sagte er. »Ich habe jeden gefragt,
der mir einfiel, aber ich habe immer noch Karten übrig.« Unter denen,
die Harry eingefallen sind, muss auch John Cotmore sein, dachte Anna
und ihre Lethargie fiel von ihr wie eine alte Haut.

»Ich komme schrecklich gern!«, rief sie und überraschte ihn mit ihrer
Begeisterung. Sie machte sofort Pläne, was sie anziehen sollte, wie sie
aussehen, was sie sagen würde.

»Morgen Abend bin ich nicht da«, verkündete sie Mama und Papa
beim Abendessen. »Ich gehe in ein Konzert.«

»Mit wem denn?«, fragte Mama.

Anna ärgerte sich über Mamas Neugier. »Mit niemand Besonderem«,
sagte sie. »Mit ein paar Leuten aus der Kunstschule. Sie haben eine
Menge Karten, aber es ist fast nur Beethoven, und manche finden das
ziemlich altmodisch. Es kann also sein, dass nicht viele kommen.«

Frau Gruber kam, um die Teller abzuräumen.

»Keinen Appetit heute?«, fragte sie Papa, der den größten Teil seiner
Portion Gemüseauflauf hatte liegen lassen. Er lächelte und schüttelte
den Kopf.

»Beethoven«, sagte er, und Anna bemerkte, wie blass er war. »Was
spielen sie denn?«

Sie erzählte es ihm – die Siebente Sinfonie und noch etwas, an das sie
sich nicht erinnern konnte, und er nickte.

Mama wollte etwas über das Essen sagen, aber er unterbrach sie.

»Ich würde sehr gern mitkommen«, sagte er.

»Zu dem Konzert?«, rief Anna.

Es war unmöglich.

»Es sind keine richtigen Sitze«, sagte sie schnell. »Nicht wie die, die ihr in Berlin hattet. Die Plätze sind auf der Galerie, eigentlich sind es nur Stufen, auf denen man sitzt – da gehen nur Studenten hin.«

Papa nickte. »Trotzdem«, sagte er, »würde ich sehr gern mitkommen.«

Sie starrte ihn entsetzt an.

»Willst du das wirklich?«, fragte Mama. »Es klingt ein bisschen spartanisch.«

Anna wartete hoffnungsvoll, aber Papa schüttelte den Kopf.

»Die Sitze sind unwichtig«, sagte er. »Ich möchte die Musik hören.«

Darauf gab es keinen Einwand mehr.

Nachdem Anna umsonst nach einem Einwand gesucht hatte, murmelte sie so etwas wie ein Einverständnis und verbrachte den Rest der Mahlzeit in tiefster Verzweiflung.

Zum ersten Mal seit Wochen würde sie vielleicht John Cotmore sehen, und ausgerechnet dabei hatte sie Papa auf dem Hals. Während der unausgefüllten Stunden im Büro hatte sie sich einen Plan zurechtgelegt, halb erträumt und halb berechnet, wie sie ihn allein zu fassen bekäme. Vielleicht würde sie ihn sogar offen heraus fragen, was los sei, und dann würde er es erklären und vielleicht sagen ... Aber jetzt machte Papa das alles unmöglich.

Sie redete sich ein – wenn auch die Erfahrung dagegen sprach – dass er seine Absicht im letzten Moment noch ändern werde, aber als sie am folgenden Abend ins Theater kam, war Papa schon da. Er betrachtete ein Plakat im Foyer, und in seinem schäbigen, unenglischen Mantel hatte er etwas Trauriges an sich, das sie mit einer Mischung von Liebe und Gereiztheit erfüllte.

»Hallo«, sagte sie, aber bevor sie weitersprechen konnte, tat ihr Herz einen Sprung: Sie sah John Cotmore an sich vorbei zum Galerieaufgang eilen. Er war also gekommen! Sie zog Papa hastig mit zu Harry, der die Eintrittskarten hatte, und konnte ihre Ungeduld kaum verbergen, während Harry Papa begrüßte und seine Freude bekundete, Papa kennenzulernen, worauf Papa in seinem stockenden Englisch antwortete. Als sie den Galerieaufgang erreichten, war John Cotmore längst außer Sicht. Papa machte sich heiter an den langen Aufstieg, aber es ging nur langsam, und unterwegs wurden sie von mehreren Kunststudenten überholt.

Sie werden sich alle um John herumsetzen, dachte Anna, denn die Galeriesitze waren nicht nummeriert, man konnte sich hinsetzen, wo man wollte.

Tatsächlich, als sie und Papa aus dem Treppenhaus in die abschüssigen Ränge unter dem Dach des Theaters traten, waren die Plätze in der Nähe von John Cotmore alle schon besetzt. Auf der einen Seite saß ein bärtiger Mann, in dem Anna einen anderen Kunstlehrer erkannte, auf der anderen Barbara, und sie waren von einem Schwarm von Studenten umgeben.

Sie stand da und betrachtete sie mit düsterer Miene, während Papa die Luft durch die Nasenlöcher zog.

»Wunderbar«, sagte er, »dieser Geruch! Ich bin seit Jahren nicht in einem Theater gewesen, aber der Geruch ändert sich nie.« Er lief plötzlich los.

»Sollen wir uns hierher setzen?«, fragte er und wies auf eine leere Stelle neben dem Durchgang. »Oder«, fügte er hinzu, »möchtest du lieber bei deinen Freunden sitzen?«

Anna betrachtete die Gruppe um John Cotmore herum mit düsterem Blick.

»Es ist mir hier ganz recht«, sagte sie.

Sie bekam sehr wenig von dem Konzert mit.

Es begann mit einem etwas zu wohl ausgewogenen frühen Mozart, der sie in ihren Gedanken nicht störte. Vielleicht werde ich in der Pause mit ihm sprechen, dachte sie. Aber als die Lichter zur Pause heller wurden, rührte John Cotmore sich nicht von seinem Platz, und auch der Studentenschwarm blieb um ihn herum. Nur Barbara kam herüber, um sich Papa vorstellen zu lassen. Sie führten ein ausgedehntes Gespräch miteinander, und Anna wurde wohler zumute, als Barbara am Ende in ihrer herzlichen Weise sagte: »Anna, dein Vater gefällt mir sehr – ich hoffe sehr, du bringst mich wieder einmal mit ihm zusammen.«

Vielleicht würde Barbara es John Cotmore sagen, und dann würde auch er Papa kennenlernen wollen – vielleicht nach dem Konzert …

»Reizend«, sagte Papa, während er Barbara nachsah, »wirklich reizend!«

Als Anna sein kluges, feinfühliges Gesicht sah, schämte sie sich plötzlich, dass sie nur unter dem Gesichtspunkt von Nützlichkeitserwägungen an ihn gedacht hatte. Sie rückte auf der harten Stufe näher an ihn heran.

Trotzdem, dachte sie, warum sollte ich ihn eigentlich John Cotmore nicht vorstellen? Das wäre die natürlichste Sache der Welt, und Papa würde sich wahrscheinlich freuen. Sie würde nach dem Konzert zu ihm gehen ...

Das Orchester war schließlich zu Beethovens Siebenter Sinfonie gekommen, und eine Weile wurde sie von dem großartigen Klang mitgerissen. Herrlich, dachte sie, während im langsamen Satz der Trauermarsch dahindonnerte. Aber der nächste Teil war weniger eindrucksvoll, und sie verlor sich allmählich wieder in ihre Gedanken.

Sie musste John Cotmore abfangen, bevor er die Galerie verließ, sonst war er weg, bevor sie mit Papa die Treppe hinunter war. Sie würde sagen: »John, ich würde Sie gern meinem Vater vorstellen.« Aber sie musste schnell sein, sie musste ihn schnappen, bevor er die Treppe an ihnen vorbei war ... instinktiv schob sie sich auf der Stufe nach vorn, und dabei fiel ihr Blick auf Papa.

Er saß ganz still, das Gesicht ein wenig nach oben gewandt, die Hände über dem Mantel gefaltet. Seine Augen waren halb geschlossen, und dann entdeckte Anna, dass sie voller Tränen standen, und dass Tränen still seine Wangen hinunterliefen.

»Papa«, sagte sie. Alles andere war vergessen.

Er versuchte, etwas zu antworten, konnte es aber nicht, schüttelte den Kopf, um sie zu beruhigen und flüsterte schließlich etwas, von dem sie nur verstand »die Musik«.

Besorgt legte sie ihre Hand auf seine und rückte an ihn heran. Die Musik umbrauste sie und kam dann zum Ende. Überall klatschten die Leute, standen auf und zogen ihre Mäntel an.

»Alles in Ordnung?«, flüsterte sie.

Er nickte. »Einen Augenblick.«

Sie blieben sitzen, während die Galerie sich zu leeren begann.

»Es tut mir leid, wenn ich dich erschreckt habe«, sagte er schließlich.

»Es ist nur –«, er hob die gespreizten Hände. »Ich hatte es seit Jahren nicht mehr gehört.«

Er stand auf, und sie gingen langsam hinter den anderen her. An der frischen Luft war er bald wieder der Alte. Es war beinahe dunkel. Während sie sich durch die Menge drängten, warf er einen Blick zurück auf das im Dunkel verschwimmende Theater und murmelte: »Wundervoll.« Aus den Augenwinkeln sah Anna John Cotmore mit Barbara und Harry in einer Gruppe und einen Augenblick überlegte sie – aber nein, es hatte keinen Sinn. Sie nahm Papas Arm, und sie gingen auf die U-Bahn-Station zu. Sie kauften gerade die Fahrscheine, als er plötzlich stehen blieb.

»In der Aufregung«, sagte er, und sie musste lachen, »habe ich meinen Hut liegen lassen.«

»Ich hole ihn!«

Sie rannte durch die Dämmerung zum Theater zurück, und wieder erwachte in ihr eine wilde Hoffnung, dass sie vielleicht John Cotmore doch noch treffen würde, dass der Abend doch noch ganz anders werden könnte.

Der Eingang zur Galerie war schon geschlossen, und als sie zum Foyereingang herumging, sah sie ihn plötzlich.

Er stand nur ein paar Meter von ihr entfernt, eine undeutliche Gestalt in einem Eingang, den Rücken ihr zugekehrt. Es war noch jemand bei ihm, so nahe, dass die Gestalt beinahe hinter ihm verschwand. Die beiden hielten sich umschlungen, und noch bevor Anna sie sprechen hörte, wusste sie, wer es war.

»Was sollen wir jetzt tun?«, fragte John Cotmore, und Barbaras Stimme antwortete aus der Dunkelheit: »Lass uns nach Hause gehen.«

22 **Anna wusste** später **nicht mehr genau,** wie sie nach Hause gekommen war. Irgendwie war sie an den **beiden Gestalten vorbeigehuscht,** hatte Papas Hut gefunden und war mit Papa in der U-Bahn **nach Hause gefahren.** Die Tatsache, dass er sie brauchte, half ihr, und beim Anblick seines Gesichts, das seine gewöhnliche ironische Gefasstheit noch nicht ganz wiedererlangt hatte, beruhigten sich ihre Gefühle einigermaßen.

Also Barbara, dachte sie. Sie hätte es verstehen können, wenn es seine Frau gewesen wäre. Wie lange dauerte das schon? Seit den Ferien? Oder schon seit dem letzten Semester? Und wusste Barbara von ihr?

Hatten sie und Cotmore vielleicht über sie gesprochen, und über Annas idiotische Verehrung für John miteinander gelacht?

Sie hatte ihm alle ihre Zeichnungen gezeigt, in ihrer Mittagspause Süßstoff für ihn gekauft … Jeder neue Gedanke schmerzte mehr als der vorhergehende, etwas in ihr wäre am liebsten in Tränen ausgebrochen und hätte alles Papa erzählt, ihr anderes Ich aber wusste, dass sie es nicht ertragen würde, darüber zu sprechen.

»Ist dir ganz wohl?«, fragte Papa. »Du bist so blass.«

Sie nickte. »Und wie fühlst du dich?«

Er saß neben ihr in der Untergrundbahn und massierte nervös eine Hand mit der anderen.

»Meine Hand ist eingeschlafen«, sagte er, und nach all dem Gefühlsüberschwang kam ihr das so komisch vor, dass sie lachte, und gleichzeitig traten ihr Tränen in die Augen. Sie lehnte sich an ihn und rief: »Oh, Papa! Oh, lieber Papa!«

»Na, na«, sagte er und legte ihr den Arm um die Schulter. »Es tut mir leid, dass ich dich erschreckt habe.«

Sie schüttelte den Kopf. »Das war es nicht.«

Einen Augenblick fürchtete sie, er werde sie fragen, was denn los sei, aber er sagte nur wieder: »Na, na«, und dann sehr zärtlich: »Was es auch immer ist, es wird vorübergehen.«

Der nächste Tag war schrecklich. Im Büro gab es nichts zu tun. Mrs Hammond kam nicht, und Miss Clinton-Brown und Miss Potter waren in Urlaub.

Anna verbrachte den Morgen allein mit ihren Gedanken an John Cotmore, während sie so tat, als beschäftigte sie sich mit Karteikarten und Wollsträngen.

Es ist mir nichts geblieben, dachte sie. Nichts, was ich tun möchte, niemand, den ich sehen möchte. Sie suchte nach Worten, um sich zu trösten. Verschmäht? Verlassen? Unglückliche Liebe? Die Worte waren kitschig, aber sie konnte nicht darüber lachen. Sie schützten sie nicht vor den demütigenden Erinnerungen, wie sie ihm zugelächelt und an seinen Lippen gehangen hatte, wie sie damals nach der Feier im Restaurant seinen Arm hatte nehmen wollen – und die ganze Zeit schon hatten er und Barbara … er und Barbara …

Nach der Mittagspause erschien Mrs Riley mit einem großen Album.

»Mein Leben auf den Brettern, die die Welt bedeuten«, sagte sie. »Ich wollte es Ihnen einmal zeigen.«

Da sie nichts Besseres zu tun hatte, verbrachte Anna den Nachmittag mit Mrs Riley neben sich bei der Betrachtung von Fotos aus dem Leben der alten Frau. Mrs Riley 1891 in einem Flitterkleid; Mrs Riley 1902 in einem Netztrikot; Mrs Riley mit Schäferstab und einem ausgestopften Lamm; Mrs Riley im Badekostüm. Und die ganze Zeit schrie etwas in ihr nach John Cotmore, flehte darum, der vergangene Abend möge nicht wahr sein, alles möge so sein, wie es gewesen war.

Sie kam spät nach Hause, denn es hatte ebenso wenig einen Sinn, nach Hause zu gehen wie anderswo hin. Sie war völlig überrascht, als eine verzweifelte Gestalt auf sie zustürzte.

»Anna«, rief Mama und umklammerte sie, aufgelöst in Tränen. »Oh, Anna.«

»Großer Gott«, sagte Anna, auf das Schlimmste gefasst, »ist etwas mit Max?«

Es war nicht Max, es war Papa. Mama zog sie ins Haus, blieb dann stehen und umklammerte sie wieder.

»Ich fand ihn, als ich nach Hause kam«, sagte sie. »Er lag in seinem Zimmer auf dem Boden. Er hatte schon stundenlang da gelegen. Seine Stimme ist ganz fremd, und mit einer seiner Hände stimmt etwas nicht.«

Sie starrten einander an.

»Sam kommt nach ihm sehen. Gott sei Dank ist er in der Stadt.«

Mama ließ Annas Hand los. »Er wird wissen, was zu tun ist.«

»Kann ich zu ihm gehen?«

Sie gingen zusammen zu seinem Zimmer hinauf.

Papa lag auf dem Bett. Frau Gruber hatte Mama geholfen, ihn hineinzuheben. Sein Gesicht sah gedunsen aus und wie im Halbschlaf. Aber als er Anna sah, bewegte er die Lippen, als versuchte er zu lächeln.

»Papa«, sagte sie.

Seine Lippen bewegten sich wieder. »Tut mir – leid …« Seine Stimme klang undeutlich, und er konnte die Worte nicht finden. Die eine Hand machte hilflose Gesten, während die andere schlaff auf der Decke lag.

»Papa«, sagte Anna wieder und setzte sich auf den Bettrand. Sie berührte seine starr daliegende Hand und lächelte ihn an. Sie sagte nichts, damit er nicht zu antworten brauchte.

»Sam wird bald hier sein«, sagte Mama vom Fußende des Bettes her. Papa schien zu nicken; er schloss die Augen. Nach einer Weile machte Mama Anna ein Zeichen und ging hinaus.

Anna blieb sitzen und betrachtete ihn. Schlief er? Seine Augen blieben geschlossen, und sein Gesicht war ruhig. Das lockige graue Haar an den Seiten seines Kopfes (oben auf dem Kopf hatte er keins gehabt, solange Anna sich erinnern konnte) hatte sich ein wenig auf dem Kissen ausgebreitet. Plötzlich fiel ihr ein, wie sie früher mit Max eine Art Quartett gespielt hatte; sie war damals noch klein, und sie wohnten noch in Berlin. Sie hatte meistens verloren, weil sie alles opferte, um eine bestimmte Karte zu bekommen – einen Bäcker, der ein schmales Gesicht und eine beginnende Glatze hatte. »Er sieht so schön aus«, hatte sie Max erklärt, »genau wie Papa.«

Jetzt lag Papa da, sein Hemdkragen stand offen, und er atmete langsam. Natürlich war er ziemlich alt. Einundsiebzig? Zweiundsiebzig? Anna hatte das immer gewusst, aber es hatte nichts bedeutet. Er war ihr noch nie alt vorgekommen.

Er war anders als andere Väter, aber nicht wegen seines Alters – sondern weil er ein besonderer Mensch war. Während sie ihn so betrachtete, öffnete er plötzlich die Augen und sah sie direkt an.

»An-na«, sagte er ganz langsam. Sie drückte seine Hand und sagte: »Sprich nicht«, aber er wollte etwas sagen.

»An-na«, sagte er noch einmal, und dann mit großer Anstrengung: »Das Kon-zert ...«

Sie nickte und lächelte, und obwohl es ihn offenbar schrecklich anstrengte, bewegte sich sein Gesicht, seine Lippen streckten sich, und er lächelte zurück. »Es war ...« Das Wort entwischte ihm, aber er verfolgte es und fing es ein. »Sch-ön!«, sagte Papa triumphierend.

Der Professor bestätigte, was Mama und Anna schon vermutet hatten. Es war ein Schlaganfall.

»Wie schlimm?«, fragte Mama.

Er zuckte die Schultern. »In ein paar Tagen werden wir mehr wissen.«

Papa durfte nicht allein gelassen werden, Mama blieb immer bei ihm und schlief auf einem provisorischen Bett in seinem Zimmer. Wenn Anna von der Arbeit kam, löste sie sie für ein paar Stunden ab. Es war klar, dass Papa wusste, was mit ihm geschah, aber er schien keine

Angst zu haben. Am dritten Tag, als ihm das Sprechen leichter fiel, sagte er plötzlich: »Seltsam.«

»Was ist seltsam?«, sagte Anna.

Papa zeigte auf sich selbst, das Bett, das schäbige Krankenzimmer. »Dies«, sagte er. Er fügte, beinahe bewundernd, hinzu: »Eine erstaunliche Erfahrung!«

Als der Professor kam, um wieder nach ihm zu sehen, schien er erfreut über die Fortschritte, die der Kranke gemacht hatte. »Diesmal haben wir Glück gehabt«, sagte er zu Mama. »Wahrscheinlich erholt er sich sehr schnell.«

»Vollständig?«

Er nickte.

»Gott sei Dank.«

»Aber was hat er sich nur gedacht?«, sagte der Professor. »Ein Mann in seinem Zustand – auf die Galerie eines Theaters hinaufzuklettern?«

Mama lachte erleichtert. »Sie wissen doch, wie er ist«, sagte sie. »Und natürlich wusste er nicht – er hatte keine Ahnung – « Plötzlich fiel ihr etwas ein.

»Oder doch?«, fragte sie.

Er schaute sie mit seinen traurigen schwarzen Augen an.

»Vor drei Wochen«, sagte er, »kam er mit den klassischen Symptomen zu mir. Kopfschmerzen, eingeschlafene Glieder, sehr hoher Blutdruck. Ich habe ihn gewarnt, ihm gesagt, er solle vorsichtig sein. Und was tut er gleich darauf? Er schleppt sich tausend Stufen hinauf, um Beethoven zu hören.«

Mama starrte ihn an. »Er wusste es«, sagte sie.

Anna dachte an Papa während der Siebenten Sinfonie.

»Ich glaube«, sagte sie, »deswegen hat er es getan.«

Sie saßen im Garten.

Endlich einmal war es warm. Die Wildtaube mähte den Rasen, die Poznanskis zankten sich auf Polnisch, und Frau Gruber enthülste Erbsen über einer Schüssel.

»Vorhin haben Sie gesagt«, sagte Mama, »diesmal haben wir Glück gehabt. Was sollte das heißen?«

»Genau das«, sagte der Professor.

»Aber – diesmal?«

Der Professor schien ein wenig ungehalten. »Meine Liebe«, sagte er, »Ihr Mann hat einen Schlaganfall gehabt, der hätte tödlich sein können. Stattdessen wird er sich wahrscheinlich vollständig erholen. Seien Sie also dankbar.«

»Das bin ich doch«, sagte Mama. »Aber was wollten Sie damit sagen?«

»Um Himmels willen –«, der Professor warf Anna einen beunruhigten Blick zu. »Sie müssen doch wissen, wie das ist. Wenn man erst einen Schlaganfall gehabt hat, kann leicht ein zweiter kommen. Vielleicht dauert es Jahre ... aber Ihr Gatte ist kein junger Mann. Und das nächste Mal«, er hob die gespreizten Hände, »das nächste Mal«, sagte er traurig, »haben wir vielleicht weniger Glück.«

———

Papa erholte sich schnell.

Schon nach einer Woche war seine Sprache normal. Seine Hand machte ihm noch Schwierigkeiten, aber als Max auf Urlaub kam, durfte er bereits aufstehen, und Max war sehr erstaunt, wie wenig Spuren die Krankheit hinterlassen hatte.

»Er wirkt nur ein bisschen abgespannt«, sagte er.

Aber sie wussten alle, dass Papa von jetzt an auf Abruf lebte. Anna konnte es sich einfach nicht vorstellen.

»Mach dir keine Sorgen«, sagte Papa und warf einen Blick zur Decke. »Der alte Rabbi dort oben ist auf meiner Seite.«

Anna betrachtete ihn über den Frühstückstisch hinweg, die Augen, die jetzt auf die Zeitung gesenkt waren, die Hände (die eine noch etwas unbeholfen), die mit Messer und Gabel auf dem angeschlagenen Teller hantierten, und sie versuchte sich vorzustellen, dass das eines Tages nicht mehr sein würde. Es schien unmöglich.

Sie verbrachte so viel Zeit mit ihm, wie sie nur konnte, immer von dem Gedanken verfolgt, dass er eines Tages nicht mehr da sein werde.

Wenn sie seine eckige Handschrift sah, die beschriebenen Blätter, von denen sein Schreibtisch immer überquoll, wo immer sie auch in den letzten Jahren gelebt hatten, dann fiel ihr plötzlich ein, dass diese Blätter sich eines Tages nicht mehr vermehren würden. Sie hatte sogar den verrückten Einfall, ihn zu bitten, er möge doch wieder etwas schreiben, sehr viel schreiben, damit es nicht so schlimm war, wenn er einmal ganz aufhörte.

Sie versuchte, sein Porträt zu malen. Er saß ihr geduldig in dem kleinen Atelier über der Garage, aber es gelang nicht. Es war zu viel, was sie ausdrücken wollte. Jedes Mal wenn sie etwas auf die Leinwand gebracht hatte, überkam sie der Wunsch, es auszukratzen und neu anzufangen.

Und die ganze Zeit kamen gute Nachrichten von den Fronten. Paris wurde befreit, dann der größere Teil Frankreichs. Es kamen Briefe von französischen Freunden, die die deutsche Besetzung überlebt hatten. – Anna schien es ein Wunder. All diese Jahre hatte man darauf gewartet, und jetzt beachtete man es kaum. Wenn Papa nur keinen neuen Schlaganfall bekam, wenn nur Max nichts zustieß, wenn einem nicht noch eine V 1 auf den Kopf fiel ...

Eines Tages fragte Papa: »Warum gehst du überhaupt nicht mehr zur Kunstschule?«

»Oh«, sagte sie. Das alles schien so weit weg. »Ich hatte Krach mit meinem Zeichenlehrer.«

»Und das ist alles?«

»Nein.« Sie saßen nach dem Abendessen in seinem Zimmer. Mama spielte Bridge. »Ich weiß nicht«, sagte sie. »Vielleicht war ich nur an ihm interessiert. Ich scheine überhaupt nicht mehr zeichnen zu können. Ich habe nicht einmal Lust dazu.«

»Das geht vorüber«, sagte er. Sie schüttelte den Kopf.

»Hat das Semester schon angefangen?«

Sie lächelte über seine Weltfremdheit. »Vor sechs Wochen.«

»Dann musst du wieder hingehen. Du darfst deine Arbeit nicht aufgeben, nur weil du mit jemandem Krach gehabt hast.«

»Es war mehr als nur Krach«, rief sie, aber er hob die Hand.

»Bitte«, sagte er. »Ich wünsche, dass du wieder hingehst. Bitte geh morgen.«

––––

Sie fand die Schule sehr verändert. Es waren Schüler hinzugekommen, und der bärtige Mann, der mit John Cotmore im Konzert gewesen war, hatte einen Teil des Unterrichts übernommen. John und Barbara zeigten ganz offen, dass sie zueinander gehörten, und alle Studenten wussten, dass sie zu ihm ins Haus gezogen war und erst einmal drei Tage gebraucht hatte, um seine Küche aufzuräumen.

»Wo haben Sie gesteckt?«, fragte John Cotmore Anna, und sie antwortete vorsichtig: »Mein Vater war krank.«

Sie hatte seit Wochen nicht mehr gezeichnet und wartete angespannt auf den Beginn des Unterrichts. Vielleicht würde sich beim Anblick des Modells etwas in ihr wieder beleben. Das Modell war untersetzt und saß angelehnt auf dem Stuhl, eine Hand auf dem Knie. Es war keine schlechte Pose, aber als Anna das Modell betrachtete, sah sie keinen Grund, warum sie es zeichnen sollte. Sie fühlte sich wie tot. Was tue ich hier, dachte sie. Wie soll ich den Abend hinter mich bringen?

Um nicht ganz untätig dazusitzen, machte sie schließlich ein paar Bleistiftstriche, die vage dem, was sie sah, ähnelten, aber ganz gehaltlos waren. Als John Cotmore zu ihr kam, drehte sie das Zeichenbrett um, aber er schien es gar nicht zu bemerken.

»Ich freue mich, dass Sie wieder da sind«, sagte er. »Ich wollte mit Ihnen sprechen.«

Plötzlich fühlte sie sich wieder lebendig. Er würde erklären. Barbara war in Wirklichkeit seine Schwester ... seine Kusine ... seine Tante.

»Würden Sie gern ein Stipendium haben?«

»Ein Stipendium?« Sie war vollends verwirrt.

»Ja – ein volles Stipendium für die Kunstschule für drei Jahre. Keine Gebühren und eine Beihilfe zum Lebensunterhalt.«

Sie starrte ihn an.

»Wie? Wann?«

»Sie müssten, auf Empfehlung Ihres Lehrers, Ihre Arbeiten einem Auswahlkomitee vorlegen. Wenn Sie Glück haben, könnten Sie im September anfangen.«

Sie wusste nicht, was sie sagen sollte.

»Die Prüfung würde erst im Frühjahr stattfinden«, sagte er. »Aber es sieht so aus, als ginge der Krieg bald zu Ende. Die Leute fangen an, sich über den Frieden Gedanken zu machen. Es stehen nur wenige solcher Stipendien zur Verfügung, und ich möchte Sie für eines empfehlen.«

»Aber ...« Sie konnte es immer noch nicht fassen. »Ich kann doch gar nicht zeichnen!«

»Was soll das heißen?« Er fing an, sich über ihren Mangel an Begeisterung zu ärgern.

»Genau das. Ich habe seit Monaten keine anständige Zeichnung zuwege gebracht.«

Er lachte kurz auf. »Eine Pechsträhne. Passiert jedem mal.«

»Das bezweifle ich.«

»Um Himmels willen«, rief er, »Sie haben seit Jahren an nichts anderes gedacht – was ist denn los?«

Sie ließ ihren Blick hilfesuchend im Raum umhergehen – das Modell, die Schüler, die sich über ihre Arbeit beugten, Barbara, die mit gerunzelter Stirn ein Stück Zeichenkohle betrachtete. Während ihr Blick auf Barbara ruhte, schaute diese auf, und ihre Blicke trafen sich. Das Stirnrunzeln verschwand, und sie lächelte. Anna lächelte unsicher zurück. Dann nickte Barbara, warf einen bedeutungsvollen Blick auf John Cotmore und machte ihr ein ermutigendes Zeichen mit dem hoch gestreckten Daumen.

Was sollte das bedeuten? Wusste sie, wovon sie sprachen? Plötzlich war ihr alles klar. Natürlich hatten Barbara und John Cotmore darüber gesprochen. Es war alles abgekartet – ein Trostpreis. Die arme, kleine Anna, sie wird sich so grämen, lass uns ihr wenigstens ein Stipendium besorgen.

Sie wandte sich wieder John Cotmore zu.

»Ich will es nicht«, sagte sie.

»Sie wollen das Stipendium nicht?«

»Oh, lassen Sie mich in Frieden!«, sagte sie. »Ich weiß nicht, was ich will.«

Sie ging weiter in die Kurse, hauptsächlich Papa zuliebe, aber es kam nicht viel dabei heraus. Einige Zeichnungen waren besser, andere schlechter, aber sie hatten alle etwas Mühsames, und sie war sehr bedrückt von ihrer Unfähigkeit. Sie hatte Angst vor der Heimfahrt in der Untergrundbahn, wo sie nichts anderes vorhatte, als über die Misserfolge des Abends nachzudenken. Sie trug deshalb immer ein Buch bei sich. Solange sie las, konnte sie nicht grübeln. Es war gleich, was sie las – Tolstoi, Jack London, Agatha Christie – solange es sie nur ablenkte. Wenn sie ein Buch ausgelesen oder es vergessen hatte, geriet sie in panische Angst, die sich nur durch den Kauf einer Zeitung verscheuchen ließ. Sie trug ihre ältesten Kleider und vergaß, ihr Haar zu waschen. Weswegen auch. Es war ja doch alles sinnlos.

Und dann kam zu alledem noch Mamas Grippe. Anna fand sie eines Abends im Bett vor, fiebernd und mit rotem Gesicht, und Papa saß auf ihrem Bettrand. Mama hatte das riesige alte Thermometer aus Paris unter den Arm geklemmt, und zwischen den beiden war ein lächerlicher Streit über Papas Arbeit im Gange. Papa sagte, das Beste, das er geschrieben habe, sei seine Prosa, aber Mama bestand darauf, die Gedichte seien besser.

»Ach, Lyrik, Gedichte ...!«, sagte Papa, »das ist leicht.«

»Unsinn!«, rief Mama, und das Thermometer zitterte.

Papa schüttelte den Kopf. »Die Prosa wird länger bleiben. Ich habe sie schließlich geschrieben und sollte es wissen.«

»Aber du weißt es nicht!« Mama setzte sich halb auf. »Nur weil du Gedichte schreiben leicht findest, unterschätzt du die Lyrik. Niemand sonst kann Gedichte schreiben wie du.«

Papa wurde ganz böse.

»Ich ziehe die Prosa vor«, sagte er. »Wenn etwas von mir jemals wieder gedruckt werden sollte, möchte ich, dass die Prosa neu gedruckt wird, nicht die Gedichte. Ich werde dann nicht mehr hier sein. Du wirst dich also darum kümmern müssen.«

Es war wie eine Tür, die sich schließt.

Mama nahm das Thermometer heraus und sah, dass es 41 Grad anzeigte.

»Ach, um Himmels willen«, rief sie. »Geh von meinem Bett weg, sonst steckst du dich auch noch an!«

Eine Woche lang war sie ziemlich krank.

Es war bitterkalt, und Heizmaterial war knapp. Um wenigstens an den Abenden ein dürftiges Feuer im Salon zu unterhalten, musste Anna mit Frau Gruber und der Wildtaube jeden Tag zu einer Verteilungsstelle gehen und in einem provisorischen Schubkarren Kohlen holen. Als sie von einer dieser Expeditionen zurückkam, traf sie Tante Louise. Sie war gekommen, um Mama zu bedauern, die jetzt in ihrem Morgenrock in einem Sessel saß, und sie war über die Kälte im Hotel entsetzt.

»Du musst hier raus«, sagte sie. »In diesem Eiskeller kannst du dich nicht erholen.«

Mama widersprach, aber Tante Louise ließ sich nicht abweisen und am folgenden Tag erschien sie mit ihrem Auto, wickelte Mama in eine riesige Decke und nahm sie mit aufs Land.

»Anna wird schon für ihren Vater sorgen, nicht wahr, mein Herzchen?«, sagte sie.

»Es ist ja gar nichts zu tun«, sagte Anna unhöflich, und sie und Papa winkten vom Fenster des eisigen Salons aus dem Wagen nach.

23 »Es ist **schrecklich kalt**«, sagte Papa in der Woche darauf. »Glaubst du wirklich, du müsstest bei diesem Wetter **bis nach Golders Green hinaus?**«

»Doch, **es ist besser**«, sagte Anna.

Tante Niedlich hatte sie **zwei Tage zuvor angerufen,** um mitzuteilen, dass Viktor, dem es seit Monaten immer schlechter ging, endlich gestorben war. Da Mama nicht da war, hatte Anna versprochen, zum Begräbnis zu kommen.

»Du hast deinen Großonkel kaum gekannt«, sagte Papa. »Tante Niedlich würde es bestimmt verstehen.«

»Nein, ich gehe hin«, sagte Anna.

Es war nicht nur, dass Tante Niedlich ihr leidtat, es war auch die Hoffnung, dass – ja was eigentlich? Sie hoffte, es könnte etwas geschehen, das sie verstehen lehrte, wie sie mit der schrecklichen Angst fertigwerden sollte, die immer auftauchte, wenn sie versuchte, sich eine Welt ohne Papa vorzustellen.

»Ich komme sofort zurück«, versprach sie, und bevor sie ging, sorgte sie dafür, dass er es sich vor dem Gasfeuer bequem machte. Sie hatte ihre wärmsten Sachen angezogen, aber als sie in Golders Green aus der U-Bahn stieg, ging ihr der Wind durch Mark und Bein.

Sie hatte die Fahrzeit falsch eingeschätzt, und als sie auf dem Friedhof ankam, hatte die Beisetzungsfeier schon begonnen. Sie sah es schon vom Tor aus; ein paar schäbig gekleidete Leute, die verloren in der Kälte herumstanden. Tante Niedlich trug einen riesigen, gestrickten schwarzen Schal, war blass, aber gefasst. Sie sah Anna an und nickte ihr zu. Anna stellte sich neben eine Frau mit einem Federhut und wusste nicht, was sie tun sollte. Der Sarg stand schon im offenen Grab – war Onkel Viktor wirklich darin, fragte sie sich mit Schaudern. Ein Mann mit einem Buch in der Hand hielt eine Rede über ihn, aber der Wind trug die Worte davon, und sie konnte sie nicht verstehen. Sie beobachtete die frierenden Gesichter der Trauergäste, versuchte, ihre eisigen Füße ruhig zu halten, und dachte an gar nichts.

In ihren Ohren war ein summendes Geräusch, sie fror an den Händen, und sie fragte sich, ob es respektlos wäre, sie in den Taschen zu behalten. Dann merkte sie, dass das summende Geräusch stärker wurde, und dass nicht nur sie es wahrnahm. Die Frau mit dem Hut hatte es auch gehört, und ihr Blick, der Anna traf, war verlegen und ängstlich zugleich.

Der Ton wurde lauter, und man musste einfach nach oben schauen, sogar der Mann, der die Rede hielt, hob die Augen vom Buch, um die V 1 zu beobachten, die über den Himmel zog. Sie schien genau auf sie zuzukommen, und Anna, die feststellte, dass es nirgends in der Nähe irgendwelchen Schutz gab, entschloss sich, einfach zu bleiben, wo sie war. Die anderen Trauergäste schienen zu dem gleichen Schluss gekommen zu sein, denn niemand rührte sich. Nur das Murmeln unverständlicher Worte, das vom Redner ausging, bekam mehr Nachdruck. Sein Mund bewegte sich schneller, seine Arme gestikulierten über dem Grab, er schien eine Art von kurzem Segen zu sprechen, dann war er zu Ende gekommen.

Als er aufhörte, verstummte auch das tuckernde Geräusch, und die V 1 stürzte vom Himmel herab. Den Bruchteil einer Sekunde lang überlegte Anna, ob sie in das Grab springen sollte, um sich zu schützen, aber dazu konnte sie sich doch nicht entschließen. Alle duckten sich oder warfen sich zu Boden, und dann explodierte die Bombe – aber doch in einiger Entfernung.

Es herrschte Schweigen, während sich die Trauergäste aufrappelten und einander ansahen, und dann erhob Tante Niedlich plötzlich ihre Faust drohend gegen den Himmel.

»Sogar bei seinem Begräbnis!«, schrie sie. »Selbst bei seinem Begräbnis lassen sie ihn nicht in Ruhe!«

Der Empfang hinterher in Tante Niedlichs Kellerwohnung hatte beinahe etwas von einem Fest. Die Paraffinöfen strahlten Wärme aus, und

Tante Niedlich servierte heiße Schokolade, die mit echtem Zucker gesüßt war. Den Zucker hatte Otto aus Amerika geschickt.

»Er ist jetzt in den Staaten«, sagte die Tante stolz. »Seine Arbeit ist so wichtig, dass sogar Präsident Roosevelt darüber ständig unterrichtet wird.«

Auf dem Boden lagen handgeknüpfte Brücken. Teppichknüpfen war Tante Niedlichs neueste Liebhaberei und zwei Frauen, Damen, die an denselben Abendkursen teilnahmen, betrachteten sie mit Interesse. Die anderen Trauergäste waren entweder Hausbewohner oder Nachbarn. Sie saßen auf Tante Niedlichs selbst gemachten Kissen und bewunderten die Zimmerausstattung. Tante Niedlich trug Tassen hin und her und schien ganz erfreut, so viele Menschen gleichzeitig zur Gesellschaft zu haben. Sie stellte Anna einem ihrer Untermieter vor, einem kleinen Mann mit klugen Augen, der begeistert die Arme hochwarf, als er hörte, wer sie war.

»Aber ich kenne doch Ihren Vater!«, rief er. »Ich kenne ihn von Berlin her! Wir haben einmal einen herrlichen Abend zusammen verbracht.«

»Wirklich?«, sagte Anna.

Tante Niedlich erzählte gerade einem ihrer Gäste von Otto. »Sogar Einstein«, sagte sie. »Otto bespricht sich dauernd mit ihm.«

»Ein wirklich unvergesslicher Abend«, sagte der alte Mann. »Ich lernte ihn bei einem Freund kennen – bei dem Dichter Meyer in der Trompetenstraße – wissen Sie noch?«

Anna schüttelte den Kopf. »Ich war noch klein«, sagte sie.

Der alte Mann nickte bedauernd.

»Ihr Vater hatte ein Buch von mir gelesen – er äußerte sich recht zustimmend darüber. Ich weiß noch, es war ein schöner Sommerabend, und Ihr Vater – er sollte zu einer Theateraufführung gehen und nachher zu einer Party, es war ganz wichtig. Aber plötzlich – wissen Sie, was er da sagte?«

»Was denn?«, sagte Anna.

»Er sagte: ›Lass uns mit dem Dampfer zur Pfaueninsel fahren.‹ Sie kennen doch die Pfaueninsel?«, fragte der alte Mann eifrig, »eine Insel in einem See in der Nähe von Berlin, wo es Pfauen gibt.«

Anna erinnerte sich schwach an einen Schulausflug. War das die Pfaueninsel gewesen?

Tante Niedlich sagte gerade: »Sie haben ihm ein Haus zur Verfügung gestellt und einen Wagen ...«

Der alte Mann wartete auf ihre Antwort, also nickte Anna. Er schien erleichtert.

»Auch das Restaurant war sehr gut«, sagte er voller Genugtuung. »Wir fuhren also hin, nur Ihr Vater und ich und zwei andere, und wir aßen, und tranken einen sehr guten Wein, und wir redeten, und Ihr Vater war so unterhaltend und witzig. Und als wir aus dem Lokal kamen, saßen die Pfauen alle beieinander in den Zweigen eines großen Baumes und schliefen – Ihr Vater fand das bemerkenswert. Und dann fuhren wir mit dem Dampfer im Mondlicht nach Berlin zurück. Wundervoll!«, sagte der alte Mann.

Anna lächelte. Sie erinnerte sich nur noch an das Haus in Berlin, an den Garten und ihre Schule. »Es muss herrlich gewesen sein«, sagte sie.

Die Knüpffanatikerinnen hatten sich sattgesehen und bereiteten voller Bedauern ihren Abschied vor.

»Es war ganz reizend bei Ihnen«, sagte die eine, die den Anlass vergessen zu haben schien, und die andere versuchte, es wieder gutzumachen, indem sie hinzufügte: »Wenn man die Umstände bedenkt.«

Eine Nachbarin sagte, sie müsse jetzt zu ihrem kleinen Jungen zurück, und auch Anna entschuldigte sich. Während sie den Mantel anzog, dachte sie, dass sie eigentlich gar nicht hätte zu kommen brauchen. Sie hatte nichts gefühlt, nichts gelernt, weder Trost noch Einsicht gewonnen. Tante Niedlich brachte sie zur Tür.

»Grüße deine Eltern«, sagte sie.

Anna war bis dahin nicht mit ihr allein gewesen, und es fiel ihr plötzlich ein, dass sie gar nicht kondoliert hatte.

»Es tut mir so leid«, sagte sie unbeholfen, »das mit Onkel Viktor.«

Tante Niedlich nahm ihre Hand.

»Kein Grund, seinetwegen traurig zu sein«, sagte sie mit ihrer warmen, belegten Stimme. »Mich kannst du bedauern, denn ich habe ihn geliebt. Aber für ihn – « Sie schüttelte den Kopf auf den massigen Schultern, als wollte sie etwas abwehren. »Für ihn wäre es besser gewesen, es wäre schon vor Jahren passiert.«

Sie küsste sie, und Anna trat auf die eisige Straße hinaus. Tante Niedlich hat Recht, dachte sie, während sie die Schultern hochzog, um sich gegen den Wind zu schützen. Es wäre besser gewesen, wenn Onkel Viktor schon eher gestorben wäre. Was hatte er denn von diesen letzten Jahren in England noch gehabt? Sie schlurfte auf dem vereisten Pflaster dahin, als ihr bewusst wurde, dass diese Vorstellung eigentlich noch niederdrückender war als die Tatsache seines Todes. Wie weiterleben, wenn man es selbst gar nicht mehr will, wenn es eigentlich sinnlos ist … Wie ich, dachte sie. Selbstmitleid überkam sie, und sie war schockiert von ihrem Mangel an Mut. Dummes Zeug, dachte sie, mit meiner Lage lässt sich das überhaupt nicht vergleichen. Aber wie ist das mit Papa? Sie sah ihn plötzlich vor sich in dem armseligen Zimmer mit seiner Schreibmaschine, die nicht mehr richtig funktionierte, mit seinen Manuskripten, die keiner veröffentlichen wollte, in einem Land, dessen Sprache nicht die seine war. Wie fühlte sich eigentlich jemand wie Papa? Ein paar Schneeflocken wirbelten vom Himmel, weiße Flecken zeigten sich auf den Mauern, den Büschen und dem Pflaster.

Hatte Papas Leben vor ihm selbst einen Sinn? Wenn er an Berlin dachte, musste er nicht angesichts dieses schäbigen Lebens voller Verzweiflung unter Fremden seine Existenz sinnlos finden? Musste er sich nicht wünschen, all dies nie durchlebt haben zu müssen? Würde der Tod nicht auch für ihn so etwas wie eine Erlösung bedeuten? Sie versuchte, bei diesen Gedanken Trost zu finden, aber sie fühlte sich nur noch elender. Es gibt nichts, dachte sie, während der Schnee trieb und wirbelte, gar nichts …

Sie musste lange auf den Zug warten, und bis sie heimkam, war sie völlig durchgefroren. Sie ging gleich hinauf, um nach Papa zu sehen. Als sie an der Tür klopfte, antwortete niemand. Drinnen sah sie, dass er im Stuhl eingenickt war. Die Gasheizung war am Ausgehen – man würde einen Shilling in den Münzapparat einwerfen müssen –, und Papas Papiere waren auf den Boden gefallen. Im Zimmer war es kalt und düster. Sie sah all dies entmutigt in dem Halbdunkel. Warum sollte jemand so leben wollen? Noch dazu jemand wie Papa, der viel gereist war, der Ansehen genossen hatte, dessen Leben, ehe Hitler kam, immer die Wahl zwischen verschiedenen Arten von Erfüllung zugelassen hatte.

Sie musste eine unbedachte Bewegung gemacht haben, denn Papa wachte auf.

»Anna!«, sagte er, und dann, »na, wie war's denn?«

»Schrecklich«, sagte Anna, »fast wäre uns eine V 1 auf den Kopf gefallen, und Tante Niedlich brüllte los.«

»Du siehst halb erfroren aus«, sagte Papa. Er nahm ein Geldstück aus der Zinnbüchse, auf der die Aufschrift »Shillings« stand, und nach einem Augenblick flammte das Gas gelb auf.

In jenem Teil des Raumes, der in der Nähe des Ofens lag, wurde es etwas wärmer.

»Möchtest du etwas essen?«

Sie schüttelte den Kopf.

»Dann komm und wärme dich.«

Er gab ihr eine gefaltete Decke – es gab nämlich nur einen Stuhl –, und sie hockte sich zu seinen Füßen vor die Heizung. Obwohl er nun einen Shilling eingeworfen hatte, schien sie kaum Wärme abzugeben.

»Mama hat geschrieben«, sagte Papa, »sie hat sich ganz gut von ihrer Grippe erholt. Sie will zum Wochenende heimkommen.« Er sah Anna ängstlich an. »Ich hoffe, du hast dir nichts geholt.«

»Nein«, sagte Anna, aber es war seltsam: Die Kälte wich nicht aus ihrem Körper.

Sie sah ihm ins Gesicht. Was er wohl denken mochte.

Konnte man je begreifen, was in einem anderen Menschen vorging?

»Papa«, sagte sie, »hast du es je bedauert ...?«

»Was?«, fragte er.

Sie machte eine unbestimmte Geste gegen das Zimmer hin. »Diese letzten Jahre. Hier und im Hotel Continental. Ich meine ... aus Berlin her wart ihr doch etwas ganz anderes gewöhnt?«

Sie sah ihn aufmerksam an.

»Wenn du meinst, ob ich lieber so weiter gelebt hätte wie zuvor ... freilich wäre mir das lieber gewesen. Man hatte einfach viel mehr Möglichkeiten. Außerdem«, fügte er hinzu, »hatte ich mir vor allem gewünscht, Mama, Max und dir eine größere Hilfe sein zu können.«

Aber das war es nicht, was sie wissen wollte.

»Ich meine«, sagte sie, »hast du dich je ... hast du dich nie gefragt, ob es überhaupt noch einen Sinn hat ...«

»In diesen letzten Jahren?«

Sie nickte. Ihr Kopf dröhnte. Sie hatte die seltsame Vorstellung, es werde ihr warm werden, sofern ihr Papa nur Mut mache.

»Nun, gewiss hat es einen Sinn gehabt.«

Papa war aufgestanden und sah sie erstaunt an.

»Es muss doch schrecklich sein«, sagte Anna, »seine Sprache zu verlieren, nie Geld zu haben ... mit Mama, die immer so elend dran ist, und all deine Arbeit ... deine Arbeit!«

Entsetzt merkte sie, dass sie weinte. Was hat er schon an mir, dachte sie. Papa beugte sich nieder und berührte ihr Gesicht.

»Du hast einen heißen Kopf«, sagte er, »ich glaube, du wirst auch krank.«

»Aber ich will es wissen!«, rief sie.

Er suchte herum und brachte eine Schachtel mit der Aufschrift »Fieberthermometer«.

»Gleich«, sagte er.

Sie schob es unter die Achsel, und er setzte sich wieder auf den Stuhl.

»Das Entscheidende in diesen letzten, wie ich zugeben will, elenden Jahren«, sagte er, »ist, dass es unendlich besser ist, am Leben zu sein als tot. Und dann: Hätte ich sie nicht durchlebt, ich hätte nie gewusst, wie man sich dabei fühlt.«

»Wie man sich fühlt?«

Er nickte.

»Nun ja, wie man sich eben so fühlt, wenn man arm und am Rand der Verzweiflung in einem kalten, nebligen Land lebt, dessen Eingeborene, wenngleich freundlich, Angelsächsisch zu gurgeln pflegen ...«

Sie lachte unsicher.

»Ich bin ein Mensch, der schreibt«, sagte er, »als Schriftsteller muss man *wissen*. Hast du das noch nicht gemerkt?«

»Ich bin kein Schriftsteller«, sagte Anna.

»Vielleicht wirst du eines Tages auch schreiben. Aber selbst ein angehender Maler ...«, er zögerte einen Augenblick.

»Es gibt da etwas in mir«, sagte er vorsichtig, »völlig getrennt von allem anderen. Es ist wie ein kleiner Mann, der hinter meiner Stirn sitzt. Und was immer auch geschehen mag, er beobachtet es. Selbst wenn es etwas Schreckliches ist. Er beobachtet, wie ich mich fühle, was ich sage, dass ich aufschreien möchte, dass meine Hände anfangen zu zittern. Und er sagt: Wie interessant! Wie interessant, doch zu wissen, dass es so ist.«

»Ja«, sagte Anna. Sie wusste, dass sie auch so einen kleinen Mann wie Papa besaß, aber in ihrem Kopf drehte sich jetzt etwas, und verwirrt stellte sie sich vor, der kleine Mann laufe dort oben immer und immer im Kreise.

»Er ist der beste Schutz gegen Verzweiflung«, sagte Papa. Er nahm das Thermometer heraus und sah darauf.

»Du hast die Grippe«, sagte er, »geh ins Bett.«

Sie schlich über den eisigen Flur in ihr Zimmer und kroch unter die kalten Laken, aber kurz darauf kam Papa. Verlegen trug er eine Wärmflasche aus Steingut herbei. »Ist es so recht?«, fragte er, und sie umarmte dankbar die Wärmflasche. Er zündete die Gasheizung an und zog die Verdunklungsrollos. Dann stand er unsicher am Fuß ihres Bettes.

»Möchtest du nicht etwas essen?«, sagte er, »ich habe noch etwas Brot und Fischpaste.«

»Nein!«, sagte sie.

»Du musst bei Kräften bleiben«, beharrte er, etwas beleidigt, und der Gedanke, dass ihr die Fischpaste Kräfte geben könne, während die Zimmerdecke um sie kreiste und ihr Kopf vor Schmerzen fast auseinanderzubrechen schien, kam ihr so komisch vor, dass sie lachen musste.

»Ach Papa!«, rief sie.

»Was ist denn?«, sagte er und setzte sich auf den Rand des Bettes.

»Ich habe dich sehr lieb.«

»Und ich dich auch.« Er nahm ihre Hand und sagte: »Diese letzten Jahre sind gar nicht so schlimm gewesen, weißt du. Du und Max ... ihr habt uns viel Freude gemacht. Und ich habe immer Mama gehabt.« Es entstand eine Pause, und dann sagte er:

»Ich habe über diese Jahre geschrieben. Eine Art Tagebuch. Wenn du es einmal liest, wirst du hoffentlich finden, dass es das Beste ist, was ich je zustande gebracht habe. Eines Tages werden meine Arbeiten vielleicht wieder gedruckt werden, und dann wird dieser Text darunter sein.«

»In Deutschland?«

Er nickte. »Mama wird dafür sorgen.«

Er berührte ihr heißes Gesicht.

»Also verstehst du, solange ich denken und schreiben kann, bin ich dem alten Rabbi dort oben für jeden Tag dankbar, den er mich auf diesem außergewöhnlichen Planeten erleben lässt.«

Sie fühlte sich jetzt besser, aber etwas war immer noch nicht in Ordnung. Etwas versteckte sich und war doch da. Eine Art von Schrecken. Sie stellte sich vor, es kauere am Fußende ihres Bettes. Es hatte mit Onkel Viktor zu tun, und es war sehr wichtig, darüber zu reden.

»Papa?«, sagte sie.

»Was ist?«

Sie konnte nicht denken. Denken und schreiben – das hatte er gesagt, denken und schreiben.

Aber Onkel Viktor war nicht mehr fähig gewesen zu denken und zu schreiben. Er hatte nur dagelegen ... Hirnschaden, hatte Tante Niedlich gesagt. Er kann sich nicht erinnern. Es wäre besser gewesen, wenn er schon vor Jahren gestorben wäre. Aber hatte ein Schlaganfall nicht dieselbe Wirkung, würde nicht Papa ...

»Papa!«, rief Anna und umklammerte seine Hand, »aber wenn du nun nicht mehr denken könntest ...?«

Sein Gesicht verschwamm, während sie versuchte, ihn anzuschauen, aber seine Stimme klang klar und ruhig.

»Dann freilich würde ich auch nicht mehr leben wollen. Mama und ich haben darüber gesprochen.«

»Aber wie?«, rief sie, »wie könntest du ...?«

Sie strengte sich sehr an. Sie erkannte nun sein Gesicht wieder scharf. Sie sah seine Augen. Sie lächelten so zuversichtlich.

Dann sagte er: »Mama«, sagte er, »wird sich dann schon etwas ausdenken.«

24

Als **Mama** vom Land **zurückkam,** war die Kältewelle vorüber. **Anna erholte sich** in dem blassen Sonnenschein von ihrer Grippe, und die Welt sah **plötzlich wieder hoffnungsvoller** aus. Der Professor verkündete, dass Papas Gesundheit **sich gebessert habe.** Die Nachwirkungen des Schlaganfalls waren fast verschwunden.

»Ich habe es ja gesagt«, sagte Papa. »Der alte Rabbi da oben ist auf meiner Seite.«

Der Krieg lief allmählich aus.

Es kamen immer noch V 1, man konnte also immer noch umkommen, aber es waren nicht mehr so viele. Die Nachrichten im Radio waren immer gut und zum ersten Mal seit 1939 brannte in London gedämpft die Straßenbeleuchtung. Eines Tages erschien Max und verkündete, dass sein Geschwader aufgelöst werde.

»Es ist aus mit dem Fliegen«, sagte er mit leichtem Bedauern, worüber Mama sich ärgerte. »Jetzt wird es wirklich bald zu Ende sein.«

So wie die Armeen vorrückten, erschienen in den Zeitungen und in der Wochenschau Bilder zerstörter deutscher Städte. Hamburg, Essen, Köln – Anna hatte diese Orte nie gesehen und sie bedeuteten ihr nichts. Nur einmal, als sie in den Nachrichten hörte, dass der Grunewald brannte, regte sich etwas in ihr. Der Grunewald war in der Nähe ihrer alten Heimat. Vor langer Zeit, als sie und Max noch klein waren, in einer Vergangenheit, an die sie nie mehr dachte, hatten sie dort im Winter gerodelt. Ihre Schlitten hatten Spuren im Schnee hinterlassen, und es hatte nach Frost und Tannennadeln gerochen.

Im Sommer hatten sie in den Sonnenflecken unter den Bäumen gespielt, ihre Füße waren am Ufer des Sees tief in den Sand eingesunken – und hatten sie nicht auch einmal ein Picknick veranstaltet?

Aber das alles war früher gewesen.

Der Grunewald, der brannte, war nicht der, in dem sie gespielt hatte. Es war ein Wald, in den man jüdische Kinder nicht hineinließ, wo Nazis die Hacken aneinanderschlugen, mit dem Hitlergruß grüßten und sich wahrscheinlich hinter Bäumen versteckten, um Leute niederzuknüppeln. Sie hatten Gewehre und scharfe Hunde und Hakenkreuze, und wenn ihnen jemand in die Quere kam, schlugen sie ihn nieder, hetzten die Hunde auf ihn, schickten ihn in ein Konzentrationslager, wo er hungerte, gequält und getötet wurde …

Aber das hat jetzt nichts mehr mit mir zu tun, dachte Anna. Ich gehöre hierher, nach England.

Als Max später zu ihr sagte: »Hast du von dem Feuer im Grunewald gehört?«, nickte sie und sagte mit unbewegtem Gesicht: »Da haben wir ja noch mal Glück gehabt.«

Als es Frühling wurde, fing sie wieder an zu zeichnen. Es begann eines Tages während der Mittagspause. Sie ging ziellos durch die kleinen Straßen nahe der Vauxhall Bridge Road, als sie ein Kind sah. Es war schon das vierte Kind, das sie an diesem Mittag entdeckte, und sie dachte, wenn die Kinder zurückkommen, muss der Krieg wirklich zu Ende gehen. Dies hier war ein zehnjähriger Junge, der auf einem Trümmerhaufen saß und mit heiterer Miene zum Himmel hinaufblickte. Er ist wohl froh, wieder zu Hause zu sein, dachte Anna.

Etwas an ihm beeindruckte sie – die Art, wie er seine knochigen Knie umschlungen hielt, die Art, wie der zu große Pullover ihm lose von den Schultern hing, die Art, wie er ins Licht blinzelte. Plötzlich spürte sie den dringenden Wunsch, ihn zu zeichnen. Sie hatte kein Skizzenbuch bei sich, aber sie fand einen alten Brief in der Handtasche. Fieberhaft begann sie, auf der Rückseite zu zeichnen. Sie war so sehr bedacht, den Jungen aufs Papier zu bringen, bevor er sich bewegte oder aufstand und wegging, dass sie keine Zeit hatte, lange zu überlegen. Sie dachte nur, diese Linie läuft so und diese so, und da ist Licht auf seinem Gesicht und auf seinen Knien, und da unter dem Kinn ist ein Schattenfleck … und plötzlich war die Zeichnung fertig, sie hatte es geschafft, und es sah genau richtig aus.

Sie ging ganz benommen zum Büro zurück. Es ist wieder da, dachte sie. Ich kann es wieder! An diesem Abend machte sie in der Kunstschule zwei gute Zeichnungen, und als sie in der Untergrundbahn nach Hause fuhr, hatte sie zum ersten Mal seit Monaten keine Lust zu lesen, sondern zeichnete einen alten Mann, der auf seinem Platz eingeschlafen war. Auch diese Skizze gelang ihr.

Plötzlich konnte sie gar nicht mehr aufhören. Sie kaufte sich ein neues Skizzenbuch und füllte es in wenigen Tagen. An den Wochenenden arbeitete sie in ihrem Atelier über der Garage an einem Bild von Menschen im Luftschutzraum. Diesmal plante sie es sorgfältiger, und es hatte wenigstens etwas von der Stimmung, die sie hineinbringen wollte. Sie malte auch ein Porträt von Mama. Mama saß vor Annas Petroleumöfchen und sah wie immer niedergeschlagen und zugleich energisch aus, und Papa sagte, es sei eins der besten Bilder, die Anna je gemalt habe. Schließlich sammelte sie alle Arbeiten in einer Mappe und legte sie John Cotmore vor.

»Sie hatten etwas von einem Stipendium gesagt«, sagte sie. Er schien sich zu freuen. »Ich hoffte, dass Sie sich bewerben würden.«

Anna warf einen Blick zu dem bärtigen Mann hinüber, der in der Nähe stand. »Meinen Sie, dass er meine Arbeiten auch sehen möchte?« Sie wollte das Stipendium nicht allein Cotmores Empfehlung verdanken.

»Natürlich«, sagte er nach kurzem Zögern.

Der bärtige Mann kam herüber, und er und John Cotmore gingen die Mappe gemeinsam durch. John Cotmore sagte mehrmals »Gut« und »Das gefällt mir«, aber der bärtige Mann sagte nichts.

Verdammt noch mal, dachte Anna, die sich plötzlich nichts auf der Welt so sehr wünschte, wie drei Jahre zur Kunstschule gehen zu dürfen, warum konnte ich mich nicht mit John Cotmore zufriedengeben?

John Cotmore war fertig.

»Nun«, sagte er, »was meinen Sie?«

Der Bärtige schenkte ihr keine Beachtung. Es waren noch zwei Blätter da, die er nicht gesehen hatte, und er betrachtete sie langsam und methodisch eines nach dem andern. Er kam aus dem Norden und hatte es nicht gern, wenn man ihn drängte. Schließlich wandte er sich an Anna, und sie stellte mit Schrecken fest, dass er ganz ärgerlich aussah.

»Stellen Sie sich nicht so dumm, Mädchen«, sagte er, »Sie wissen doch genau, dass Sie das Zeug dazu haben, alles zu bekommen, was Sie wollen.«

Nachdem er gegangen war, lächelte John Cotmore. »Nun«, sagte er, »das wär's also. Jetzt liegt die Welt vor Ihnen.«

Sie lächelte etwas unsicher zurück.

»Sie werden Ihr Stipendium bekommen«, sagte er, »und es wird Frieden geben, und alle jungen Männer werden heimkommen.«

Sie zuckte die Schultern. »Oh«, sagte sie, »die jungen Männer …«

»Die werden viel besser für Sie sein, als ich es je war. Außer für Ihr Zeichnen.«

Sie legte die Blätter in die Mappe zurück, und ihr Blick fiel auf eine der Zeichnungen. Sie war wirklich gut.

Plötzlich sagte sie impulsiv: »Ich danke Ihnen, dass Sie mich zeichnen gelehrt haben.«

Sie fühlte, wie sehr er sich freute. Die Luft um sie flirrte von dieser Freude.

»Sie waren immer meine Lieblingsschülerin«, sagte er, und fast unwillkürlich ließ er seine Hand auf ihrer Schulter ruhen. Sie spürte ein seltsam flattriges Gefühl von Wärme. (Unglaublich, notierte der kleine Mann hinter ihrer Stirn), und dann war Barbara bei ihnen. Ihr gelassener Mund bildete einen festen Strich, und sie hatte seine Mappe und seinen Dufflecoat bei sich.

»Komm, John«, sagte sie. »Wir machen doch heute Kaninchenbraten.« Er nahm seine Hand schnell weg.

»Es brät schon seit Stunden«, sagte sie. »Und dann musst du die Zeichnungen für deine Ausstellung raussuchen.«

Er stand seufzend auf.

»Da sehen Sie es, Anna«, sagte er, »die ganze Welt liegt offen vor Ihnen, während alte Leute wie wir nach Hause gehen und Kaninchen essen müssen.«

»Bitte mich nicht einzuschließen«, sagte Barbara. Sie warf einen Blick auf die Zeichnungen, die Anna einpackte. »Wirst du dich um dieses Stipendium bewerben?«

Anna nickte.

»Das solltest du wirklich«, sagte Barbara.

Im April überrannten die Briten und Amerikaner die ersten Konzentrationslager, und entsetzliche Berichte kamen in der Presse und im Radio. Anna war über die Reaktion der Leute erstaunt. Warum waren alle so überrascht? Sie hatte seit ihrem neunten Lebensjahr von Konzentrationslagern gewusst. Jetzt werden die Engländer endlich verstehen, wie es war, dachte sie. Sie sah die Wochenschauen, abgestoßen, aber nicht überrascht.

Die Gaskammern, die Haufen von Leichen, die mitleiderregenden, zum Skelett abgemagerten Überlebenden – es ist alles schrecklich, dachte sie, schrecklich. Aber nicht schrecklicher als das, was sie seit Jahren versucht hatte, sich nicht vorzustellen. Während die furchtbaren Tatsachen ans Tageslicht kamen, während um sie herum die Entrüstung sich Luft machte, konnte sie nur eines denken: Endlich, endlich ist es vorüber.

Berlin fiel Anfang Mai. Hatte man um ihr Haus herum, in ihrem Garten gekämpft?

Sie schob den Gedanken schnell beiseite. Es war egal. Es ist vorbei, dachte sie, und ich brauche nie mehr daran zu denken.

Ein paar Tage lang gingen Gerüchte um und unbestätigte Berichte. Hitler war tot, er war gefangen genommen, er hielt aus, er hatte sich ergeben – und dann kam endlich die offizielle Nachricht.

Der Krieg in Europa war zu Ende.

An dem Tag, der für die offizielle Freudenfeier bestimmt war, gingen Anna, Mama und Papa zum Mittagessen zu den Rosenbergs. Sie lebten wieder in ihrer Stadtwohnung in der Harley Street, und Tante Louise machte sich schon Sorgen wegen des Friedens.

»Hör mal«, sagte sie zu Mama, »sag Fräulein Pimke nicht, dass der Krieg vorbei ist.«

»Warum denn nicht?«, fragte Mama überrascht.

»Weil sie dann die ganze Zuteilung verbrauchen wird und wir nichts mehr zu essen haben. Sie meint nämlich, sobald der Krieg aus ist, gibt es sofort wieder Lebensmittel in Hülle und Fülle.«

»Aber hör mal ...«, meinte Mama.

Tante Louise winkte ab.

»Es ist ja auch gar nicht wichtig für sie«, sagte sie, »und sie ist alt und fast taub und spricht kein Wort Englisch. Sie wird es also von niemandem sonst erfahren. Wenn wir vorsichtig sind«, – Tante Louise wurde plötzlich ganz munter –, »besteht überhaupt keine Gefahr, dass sie vom Frieden erfährt.«

Max kam rechtzeitig zum Essen, und der Professor schlug einen Toast vor.

»Auf uns!«, sagte er. »Wer hätte vor fünf Jahren gedacht, dass wir Adolf Hitler überleben würden?«

»Und auf die Engländer«, sagte Papa. »Sie haben den Krieg gewonnen.«

Tante Louise bat alle aufzustehen, um auf die Engländer anzustoßen. Sie fragte sich, ob sie nicht eigentlich hinterher ihr Glas auf dem Boden zerschmettern müsse. (»Wir haben nur noch so wenige«, sagte sie.) Aber Max beruhigte sie.

»Ein herrlicher Wein«, sagte Papa.

Der Professor zeigte ihm die Flasche.

»Schloss Johannisberg«, sagte er, »aus dem Rheingau. Ich habe ihn für diesen Augenblick aufbewahrt.«

Sie sahen einander an.

»Eines Tages vielleicht ...«

»Vielleicht«, sagte Papa.

Fräulein Pimke hatte ein köstliches Essen gemacht, obgleich sie gar nicht wusste, was gefeiert wurde.

»Und du, Max?«, fragte Tante Louise nachher. »Wirst du nach Cambridge zurückgehen?«

»Wenn ich entlassen bin«, sagte Max. »Ich hoffe, das wird zum nächsten Semester sein.«

»Und dann wirst du Rechtsanwalt«, sagte der Professor. »Vielleicht wirst du auch einer von diesen Richtern mit Pudelperücke und einem langen pelzbesetzten Talar. Ohne Hitler hättest du das nie geschafft.«

Max grinste. »Ich habe ihm viel zu verdanken.«

»Anna hat ein Stipendium für die Kunstschule bekommen«, sagte Papa, und der Stolz in seiner Stimme machte ihr das Herz warm. »Auch sie fängt im nächsten Semester an.«

»Wirklich?«, sagte der Professor.

Anna sah ihn an. Er saß mit dem Rücken zum Fenster, die Arme über der Brust verschränkt. Die Farben in seinem Gesicht, seinen Kleidern und dem Stuhl, auf dem er saß, glühten dunkel und tief in den Schatten des Zimmers. Vor dem Rechteck des erleuchteten Fensters hinter ihm bildete das alles eine merkwürdige, komplizierte Form. Das möchte ich malen, dachte sie, während das Gespräch an ihr vorbeirauschte, und sie begann zu überlegen, wie sie das Bild anlegen würde.

»... stimmt das etwa nicht?«, fragte Max.

»Was?«, sagte sie erstaunt, und er lachte.

»Ich erklärte gerade«, sagte er, »dass du die Einzige von uns bist, der die Emigration nichts angehabt hat. Ich meine, wenn Hitler nicht gekommen wäre, hättest du nie drei Sprachen gelernt, vielleicht hättest du ein bestimmtes Maß an Sorgen nicht gehabt, aber am Ende wärest du genauso geworden, wie du jetzt bist. Du wärest mit einem vagen Gesichtsausdruck herumgegangen und hättest nach Dingen Ausschau gehalten, die du zeichnen kannst. Ganz gleich, ob du in Deutschland wärst oder in Frankreich oder in England.«

»Wahrscheinlich«, sagte Anna.

Sie dachte an ihr Stipendium, an John Cotmore, an Mrs Hammond und ihre alten Damen, an einen Polizisten, der ihr einmal einen Shilling geliehen hatte; sie erinnerte sich an das Wacheschieben in Putney, an den Trafalgar Square in der Dämmerung und den Blick auf die Themse vom 93er-Bus aus.

»Aber es gefällt mir hier«, sagte sie.

Ein wenig später stand Max auf, um zu gehen.

»Bring mich zur U-Bahn, Anna«, sagte er.

Papa stand auch auf und umarmte ihn.

»Auf Wiedersehn, mein Sohn«, sagte er. »Mögest du im Frieden so erfolgreich sein, wie du es im Krieg gewesen bist.«

»Und ruf an, sobald du etwas hörst«, sagte Mama, »über Cambridge und wann du entlassen wirst. Und vergiss nicht, ihnen zu sagen, dass du ein Stipendium hast.«

Anna und Max fuhren schweigend im Lift nach unten. Der Portier hielt ihnen die Tür auf, von der Straße draußen drang Gesang herein. Er warf einen Blick auf Maxens Uniform.

»Das ist ein Tag«, sagte er. »Junge Engländer wie Sie haben ein Recht darauf, stolz zu sein.«

Sie grinsten einander an.

In den Straßen waren überall britische Flaggen. Ein paar Mädchen mit Papierhüten tanzten zur Musik eines Akkordeons, und ein Soldat saß auf dem Bordstein, neben sich eine Flasche. Die Geschwister schlängelten sich zwischen den Leuten hindurch.

»Nun«, sagte Max, wie schon so oft, »wie geht es denn so?«

»Ganz gut«, sagte Anna. »Papa scheint sich ganz wohlzufühlen, findest du nicht? Und sie sind beide sehr froh über mein Stipendium. Aber Mama wird bald wieder ihre Stelle verlieren.«

»Warum?«, fragte Max.

»Es scheint, dass ihr Chef die Stelle seiner Nichte versprochen hat, sobald diese aus der Land Army* entlassen wird. Mama macht sich bisher keine großen Sorgen darüber. Sie sagt, es wäre ja ohnehin nur ein Notbehelf gewesen, und sie möchte auch lieber für Engländer arbeiten.

---

* Land Army = weibliche Hilfskräfte in der Landwirtschaft

Aber ich weiß nicht, wenn erst alle aus der Armee entlassen werden, wird es noch schwerer für sie, Arbeit zu finden.«

Max nickte. »Es sieht nicht so aus, als würde es im Frieden für sie leichter werden.« Sie waren am Oxford Circus angekommen, aber Max machte keine Anstalten, die U-Bahn-Station zu betreten, und sie gingen die Regent Street hinunter.

»Vielleicht«, sagte Anna, »werden eines Tages auch Papas Arbeiten in Deutschland wieder erscheinen.«

»Das wird noch lange dauern«, sagte Max.

»Und wahrscheinlich werden wir jetzt, da der Krieg vorbei ist, alle naturalisiert.«

Sie mussten beide lächeln, als sie sich Papa als Engländer vorstellten.

»Mama kann es gar nicht erwarten«, sagte Anna. »Sie wird Tee mit Milch trinken. Sie wird Tiere lieben, und sie wird zu Cricketspielen gehen. Es gibt kaum etwas, was ihr nicht zuzutrauen ist.«

Max lachte. »Aber es wird nichts ändern«, sagte er.

»Wirklich nicht?«

Er schüttelte den Kopf.

»Du und ich, für uns ist das schon recht, aber Mama und Papa werden nie so ganz hierher gehören.« Er zog eine Grimasse. »Wahrscheinlich gehören sie nie wieder irgendwo so ganz dazu.«

Die Menge war dichter geworden, und sie blieben einen Augenblick stehen, um einen Mann, der ein Kind auf den Schultern trug, vorbeizulassen. Jemand grüßte Max, und er musste zurückgrüßen.

»Weißt du noch«, sagte er, »was du in Paris immer gesagt hast? Solange Mama und Papa bei dir wären, würdest du dir nicht wie ein Flüchtling vorkommen?«

Sie nickte.

»Ich glaube, jetzt ist es umgekehrt.«

»Wie meinst du das, umgekehrt?«

Max seufzte. »Ich glaube«, sagte er, »heutzutage kommen sich Papa und Mama nur dann nicht als Flüchtlinge vor, wenn sie mit uns zusammen sind.«

Anna betrachtete die Szene um sich herum – die Fahnen, den Lärm, die entspannten, glücklichen Gesichter –, und sie dachte an Papa und Mama, die jetzt mit der U-Bahn nach Putney zurückfuhren.

»Wir müssen eben alles für sie tun, was wir können«, sagte sie.

Am Piccadilly Circus verabschiedete sich Max, und sie tauchte in die Menge ein. Der Platz wimmelte von Menschen, von allen Seiten war sie umgeben, alte Männer, Männer in Uniform, Paare, die sich bei der Hand hielten, Frauen mit Kindern. Einige tanzten oder sangen, einige tranken, aber die meisten gingen wie sie einfach umher. Kein Festzug, dachte sie, kein Fahnenschwenken. Ein Matrose hatte einen Laternenpfahl erstiegen. Ein kleiner Junge schrie »Uiiiii ...« und dann machte er den krachenden Laut einer Explosion nach. »Nein«, sagte die Frau, die bei ihm war, »jetzt gibt's keine Bomben mehr.«

Als sie die Mitte des Platzes erreichte, kam die Sonne heraus und plötzlich glänzten alle Farben auf. Das Wasser des Springbrunnens funkelte, ein Flieger, dessen Uniform sich plötzlich nicht mehr grau, sondern blau ausnahm, spritzte ein paar Tropfen auf ein lachendes Mädchen in einem rosa Kleid. Eine Flasche, die von Hand zu Hand ging, blitzte auf. Zwei Frauen in gemusterten Blusen, die »Roll out the Barrel« sangen, schienen aufzublühen. Tauben kreisten. Der Himmel leuchtete.

Am Fuß des Brunnenbeckens lehnte ein Soldat. Er schlief fest. Halb saß er, halb lag er, der Kopf ruhte auf dem Stein, die eine Hand umklammerte den Kleidersack, die andere lag schlaff auf dem Pflaster. Erschöpft streckte er lässig die Beine von sich. Seine Art zu schlafen hatte etwas Triumphierendes. Wenn er nur nicht aufwacht, dachte Anna. Sie holte ihren Skizzenblock heraus und begann zu zeichnen.

Eine Art
Familientreffen

Der Teppich hatte genau **die richtige rote Farbe** –
nicht zu gelblich und **nicht zu bläulich**; es war ein

warmer, **leuchtender Ton** genau dazwischen, der
so schwer aufzutreiben war. **Er würde wunderbar** ins
Esszimmer passen.

»Den hätte ich gern«, sagte Anna. Heute war ganz offenbar ein Glücks-
tag.

Während der Verkäufer sie zur Kasse führte, warf sie einen kurzen
Blick auf ihr Spiegelbild in der Scheibe des Schaukastens, in dem Tisch-
wäsche ausgestellt war. Der grüne Tweedmantel – nicht von Bekannten
abgelegt, sondern mit selbst verdientem Geld gekauft – hing ihr salopp
von den Schultern. Der bedruckte Seidenschal, das gut geschnittene
dunkle Haar und der recht zuversichtliche Ausdruck, das alles passte
gut zum Status dieses Warenhauses. Eine wohlbetuchte junge Engländerin, die ihre Einkäufe machte. Nun, dachte sie, dahin habe ich's nun
inzwischen gebracht.

Während sie einen Scheck ausfüllte und der Verkäufer ihren Namen
notierte und die Adresse, an die der Teppich geliefert werden sollte,
stellte sie sich vor, wie sie Richard davon erzählen würde. Der Teppich
würde die Wohnungseinrichtung fast komplettieren. Es fehlten jetzt
nur noch einige kleinere Dinge wie Kissen und Lampenschirme, und
sobald Richard mit seinem Drehbuch fertig war, würden sie sie zusammen aussuchen.

Sie merkte, dass der Verkäufer beim Lesen ihrer Unterschrift auf dem
Scheck stutzte.

»Verzeihen Sie, wenn ich frage, gnädige Frau«, sagte er, »aber Sie sind
nicht vielleicht mit dem Herrn verwandt, der fürs Fernsehen schreibt?«

»Das ist mein Mann«, sagte sie und merkte, wie sich wieder dieses alberne Grinsen auf ihrem Gesicht ausbreitete, dem anzusehen war, dass sie sich selbst dazu beglückwünschte, mit einem solchen Mann verheiratet zu sein. Lächerlich, dachte sie. Ich sollte doch inzwischen daran gewöhnt sein.

»Tatsächlich?« Das Gesicht des Verkäufers wurde rosa vor bewundernder Freude. »Das muss ich meiner Frau erzählen. Wir sehen alle seine Stücke, müssen Sie wissen. Wo nimmt er nur immer seine Einfälle her, gnädige Frau? Helfen Sie ihm manchmal beim Schreiben?«

Anna lachte. »Nein«, sagte sie. »Er hilft mir.«

»Tatsächlich? Schreiben Sie denn auch?«

Warum habe ich nur damit angefangen, dachte sie. »Ich arbeite beim Fernsehen«, sagte sie. »Aber meist ändere ich nur Kleinigkeiten an den Stücken anderer Leute. Und wenn ich nicht mehr weiterweiß, frage ich zu Hause meinen Mann.«

Der Verkäufer überlegte einen Augenblick und ließ es dann, Gott sei Dank, dabei bewenden. »Als im vergangenen Jahr diese große Serie Ihres Mannes lief«, sagte er, »sind meine Frau und ich extra deswegen jeden Samstag daheimgeblieben. Fast alle Leute in unserer Nachbarschaft haben sich die Serie angesehen. Es war so aufregend – ganz anders als das, was man sonst so vorgesetzt bekommt.«

Anna nickte und lächelte. Es war Richards erster großer Erfolg gewesen.

»Auf diesen Erfolg hin haben wir geheiratet«, sagte sie.

Sie dachte an das Standesamt in Chelsea, gleich neben der orthopädischen Klinik. Richards Eltern waren aus Nordengland gekommen, Mama aus Berlin, ihre persönlichen Freunde aus der BBC waren da gewesen und Vetter Otto, der beim Empfang umkippte – angeblich wegen der Hitze, aber in Wirklichkeit hatte er ganz einfach zu viel Champagner getrunken. Und dann war das Taxi gekommen, sie und Richard waren davongefahren und hatten sie alle zurückgelassen.

»Für uns war es auch ganz aufregend«, sagte sie.

Als sie aus dem Kaufhaus in die Tottenham Court Road trat, stürzten Lärm und Licht auf sie ein, als explodiere die Welt. Nebenan wurde ein neues Gebäude hochgezogen, und der Sonnenschein schien zu erzittern vom Getöse der Presslufthämmer. Einer der Arbeiter hatte trotz der Oktoberkühle sein Hemd ausgezogen und zwinkerte ihr zu, als sie an ihm vorüberging. Hinter ihm zerbröckelten die letzten Reste eines zerbombten Hauses, Ziegel, Putz und daran haftende Tapetenreste, unter den Stößen eines Bulldozers. Bald würde von den Bombenschäden in London nichts mehr zu sehen sein. Es wird auch Zeit, dachte sie, elf Jahre nach dem Krieg.

Um dem Lärm zu entgehen, wechselte sie auf die andere Straßenseite. Hier waren die Läden fast unverändert – schäbig und zufällig, mit Waren, von denen man sich kaum vorstellen konnte, dass jemand so etwas kaufte.

Auch »Woolworth« war fast noch so, wie sie es in Erinnerung gehabt hatte. Sie war mit Mama hier gewesen, als sie eben erst in England angekommen waren, und Mama hatte sich für einen Shilling ein Paar Seidenstrümpfe gekauft. Später, als Papa nichts mehr verdiente, hatte Mama sich jedes Mal nur einen Strumpf zu Sixpence kaufen können, und obgleich alle Strümpfe angeblich dieselbe Farbe hatten, hatten sie doch nie so ganz genau zueinander gepasst.

»Wenn ich mir doch nur ein einziges Mal zwei Strümpfe auf einmal kaufen könnte!«, hatte Mama gerufen.

Und nun kaufte Anna teure Teppiche, und Mama verdiente in Deutschland Dollars, als hätte es diese elenden Zeiten nie gegeben. Nur Papa hatte es nicht mehr miterlebt, wie sich alles verändert hatte.

Einen Augenblick lang überlegte sie, ob sie versuchen sollte, die Pension wiederzufinden, die ihr erstes Heim in England gewesen war und hier irgendwo in der Nähe liegen musste. Aber dann entschloss sie sich doch, es nicht zu tun. Das Haus war in der Zeit der schweren Bombenangriffe getroffen worden und würde sowieso nicht mehr zu erkennen sein. Sie hatte einmal Richard die andere Pension in Putney zeigen wollen, in die sie umzogen, nachdem sie ausgebombt worden waren, aber das alte Haus war durch drei mickrige Einfamilienhäuser ersetzt worden mit dem gleichen baumlosen Rasen und den gleichen Bruchsteinwegen davor. Geblieben war lediglich die Bank am Ende der Straße, wo Papa manchmal in der Sonne gesessen und die Pfeife geraucht hatte. Er hatte den Tabak mit getrocknetem Laub und Rosenblättern gestreckt, und zu Mittag hatte er Brot gegessen, das er über dem Gaskocher toastete, um es dann mit genau einem Siebentel des Inhalts einer Dose Fischpaste zu bestreichen. Wenn er doch all das noch hätte erleben können, dachte

Anna, als sie an einem Spirituosenladen vorbeikam, der bis unter die Decke mit Flaschen gefüllt war – wie hätte er das genossen.

In der Oxford Street drängten sich die samstäglichen Käuferscharen. Sollte sie noch bei »Libertys« vorbeigehen und sich nach Lampen umschauen? Aber als sie an der Haltestelle vorbeikam, hielt dort gerade ein Bus der Linie 73; sie sprang auf, kletterte aufs Oberdeck und setzte sich hin. Während der Bus sich langsam durch den Verkehr quälte, dachte sie an Möbel, an das Mittagessen, an ein Drehbuch, das sie bis zur nächsten Woche kürzen musste.

Vor dem Kaufhaus »Selfridges« starrten die Menschen zu einer bunten Gipsfigur hinauf. »Kommt und besucht Onkel Holly und seine Zwergengrotte«, verkündeten Plakate in den Schaufenstern. Mein Gott, dachte sie, sie sind schon bei den Weihnachtsvorbereitungen.

Im Hydepark marschierte eine kleine Gruppe unter den Bäumen her, die schon ihr Laub verloren, ganz offensichtlich auf die »Speaker's Corner« zu. Die Demonstranten trugen selbst gemachte Transparente mit der Aufschrift »Russen raus aus Ungarn«, einer hatte die Morgenzeitung auf ein Stück Pappe geheftet. Sie zeigte das Bild von russischen Panzern und die Schlagzeile »Stählerner Ring um Budapest«. Die meisten der Demonstranten sahen wie Studenten aus, und die paar bieder gekleideten älteren Leute waren wahrscheinlich Ungarn, die vor der Besetzung des Landes durch die Nazis nach England geflohen waren.

Eine Frau, die auf einem der vorderen Plätze im Bus saß, war auch aufmerksam geworden. »Ist das nicht schrecklich mit diesen armen Menschen in Ungarn«, sagte sie zu ihrer Nachbarin. »Warum tun wir nichts, um ihnen zu helfen?«

»Was würdest du denn vorschlagen«, sagte die Freundin. »Sollen wir einen dritten Weltkrieg anfangen?«

In Knightsbridge ließ der Verkehr etwas nach, und als der Bus an Kensington Gardens vorbeifuhr, konnte Anna das Laub auf den Rasen unter den Bäumen fallen sehen, wo Gruppen von Schulkindern, angetrieben von ihrem Lehrer, Fußball und Schlagball spielten.

Sie stieg am Ende der Kensington Church Street aus und machte sich auf den Heimweg durch die von Bäumen gesäumten Wohnstraßen am Fuß von Camden Hill. Hier gab es kaum Autos und nur wenige Fußgänger, sie war daher, als sie an der niedrigen Mauer eines Vorgartens vorüberging, überrascht, dass jemand ihren Namen rief. Es war niemand zu sehen außer einem Baby, das in seinem Kinderwagen im Eingangstor stand und die Welt mit ernster Miene betrachtete. Sie fragte sich, ob es etwa das Kind gewesen sei, als sich eine schlanke hübsche Frau hinter der Mauer aufrichtete, eine welke Pflanze in den erdverschmierten Händen.

»Elizabeth«, sagte Anna, »ich wusste gar nicht, dass Sie hier wohnen.« Sie und Richard hatten Elizabeth Dillon vor ein paar Wochen auf einer Party kennengelernt. Sie arbeitete bei einer Filmgesellschaft, bei der man gerade überlegte, ob man die Rechte an einem von Richards Stücken kaufen solle. Ihr Mann war beim Überseesender, und zu viert hatten sie einen großen Teil des Abends zusammen verbracht.

»Man kommt kaum damit durch«, sagte Elizabeth, so, als hätten sie ihr Gespräch von damals gar nicht unterbrochen, »alles zu erledigen, was an so einem Wochenende erledigt werden muss.« Sie ließ überdrüssig die Pflanze auf die Erde fallen. »Kommen Sie herein und trinken Sie einen Schluck.«

Anna zögerte. Bei der Party hatte Richard den größten Teil des Gesprächs bestritten, und sie hatte Angst, dass Elizabeth sie ohne ihren Mann langweilig finden könnte. »Ich weiß nicht recht –«, begann sie, aber Elizabeth sagte mit solcher Herzlichkeit »Kommen Sie doch«, dass es töricht gewesen wäre, abzulehnen.

»Vielen Dank«, sagte sie, und Elizabeth führte sie an dem Kinderwagen vorbei in die enge Diele, wo sie sich mit geübter Geschicklichkeit an einem Roller und einem zerzausten Teddybären vorbeischlängelte. Aus dem oberen Stockwerk hörte man den Lärm von zwei Blockflöten, vermischt mit wildem kindischen Gekicher.

»Sie scheinen nie über die erste Lektion hinauszukommen«, sagte Elizabeth und schoss seitwärts in eine Küche, die mit Wäschegirlanden drapiert war und wo ein kleiner Junge sich mit einem Meerschweinchen eine Schüssel Cornflakes teilte.

»Mein Schatz, vergiss nicht, Patricia wieder in ihren Käfig zu tun, bitte!«, sagte Elizabeth, während sie sich rasch die Hände im Spülbecken wusch. Dann schüttete sie schnell ein paar Eiswürfel aus dem Kühlschrank in eine Schüssel und fügte noch hinzu: »Du weißt doch, wie traurig du warst, als Papa neulich fast auf das Meerschweinchen getreten ist.« Sie waren schon halbwegs zur Tür hinaus, als das Kind vorwurfsvoll antwortete: »Papa muss eben besser aufpassen.«

In einem L-förmigen Wohnzimmer im ersten Stock saß Elizabeths Mann, das römische Imperatorengesicht noch unrasiert, im Schlafrock und trank Kaffee.

»James ist erst um vier ins Bett gekommen«, sagte Elizabeth. »Wegen dieser Sache mit Ungarn. Willst du einen Schnaps, Liebes?«

James schüttelte den Kopf und nippte an seinem Kaffee. Anna sagte: »Was meinen Sie, was geschehen wird?«

»Nichts«, sagte James düster. »Wenn nicht ein Wunder geschieht. Wahrlich, diese armen Schlucker in Ungarn versuchen alles, um etwas zustande zu bringen. Zivilisten gegen Panzer. Man muss sich das einmal vorstellen! Mein Tipp: Der Westen wird reden, aber nichts tun.«

»Niemand will einen neuen Weltkrieg«, sagte Elizabeth.

»Aber nun gar nichts zu tun, das scheint mir auch fragwürdig. Schon bei Hitler war das das falsche Rezept.« Sie reichte Anna ein Glas. »Aber wem sage ich das. Wie alt waren Sie eigentlich, als Sie Deutschland verließen?«

»Neun«, sagte Anna. Sie redete nicht gern über ihre Kindheit in der Emigration, aber Elizabeth strahlte eine solche Herzlichkeit aus, dass sie dennoch darauf einging. »Ich habe keine Gräuel miterlebt«, sagte sie. »Als das anfing, waren wir schon raus.«

»Und Sie sind gleich hierher gekommen?«

»Nein.« Sie erklärte, dass sie zuerst in der Schweiz und dann in Frankreich gelebt hätten. »Meinem Bruder und mir hat das sogar gefallen«, sagte sie, »all diese verschiedenen Schulen und verschiedenen Sprachen. Aber für meine Eltern war es natürlich schrecklich – besonders für meinen Vater, der Schriftsteller war.«

Elizabeth nickte: »Und Sie treten nun in seine Fußstapfen.«

»Nun – das wohl kaum.«

»Oh, ich dachte doch?« Elizabeths graue Augen blickten überrascht. »Ich dachte, Sie arbeiten doch für die BBC – haben Sie nicht den Wunsch, ernsthaft zu schreiben?«

Das kann sie doch unmöglich interessieren, dachte Anna. Sie überlegte, wie sie das Thema wechseln könnte, aber Elizabeth sah sie so erwartungsvoll an, dass sie schließlich sagte: »Eigentlich habe ich zuerst zeichnen wollen. Ich habe jahrelang hart daran gearbeitet. Es war Richard – er meinte, ich solle schreiben, so habe ich ein paar kleine Sachen für die BBC gemacht, und dann habe ich diese Redakteurstelle bekommen. Aber ich bin wirklich nicht sicher –«

Zu ihrer großen Erleichterung ließ sich in diesem Augenblick von der Tür her eine Stimme vernehmen. »Mami.« Der Junge war wieder da, das Meerschweinchen in den Händen. »Darf Patricia einen Kartoffelchip haben?«

»Mag sie denn Kartoffelchips?«, fragte Elizabeth.

»Ich weiß es auch nicht.« Auf seinem kleinen Gesicht zeigten sich Falten, während er nach dem richtigen Wort suchte. »Es ist ein Experiment«, sagte er, um einen präzisen Ausdruck bemüht.

Elizabeth nahm aus einer Schüssel auf dem Tisch einen Kartoffelchip, alle schauten zu, wie das Meerschweinchen ihn beschnüffelte und ihn schließlich auffraß.

»Sie mag ihn«, sagte das Kind entzückt.

»Geh und hol ein Schüsselchen«, sagte Elizabeth, »dann kriegt ihr ein paar für euch und könnt sie gemeinsam in der Küche essen.«

»Gut.« Er schnappte sich das Meerschweinchen und lief hinaus. In dem kurzen Schweigen, das entstand, konnte Anna die beiden Blockflöten oben hören, die jetzt das Gleiche spielten.

»Wie alt ist er?«, fragte sie.

»Sechs«, sagte Elizabeth. Er war offenbar ihr Ein und Alles.

»Er hat eine merkwürdige Beziehung zu dem Meerschweinchen«, sagte James. »Er spinnt sich lange Geschichten darüber zurecht und schreibt sie sogar auf. Nicht wahr?«, fügte er, an das Kind gewandt hinzu, das inzwischen wieder aufgetaucht war.

»Was ist?« Der Junge beobachtete, wie seine Mutter Kartoffelchips in die Untertasse schüttete, die er ihr gebracht hatte.

»Du schreibst Geschichten?«

»Aber nur über Patricia. Weil Patricia –« Er suchte wieder nach dem richtigen Wort. »Patricia ist *wichtig*«, sagte er schließlich, froh, das Wort gefunden zu haben. »Manche Leute«, sagte er gewichtig, »zum Beispiel meine Lehrerin, Miss Shadlock, die wollen, dass ich über andere Sachen schreibe, zum Beispiel ›an der See‹ oder ›meine Großmutter‹. Aber ich mag nur über Patricia schreiben.«

In Annas Erinnerung regte sich etwas. »Ich wollte immer nur über Katastrophen schreiben«, sagte sie. »Meiner Lehrerin gefiel das auch nicht.«

»Katastrophen?«, sagte das Kind und ließ das Wort über die Zunge rollen.

»Ja, weißt du – von Schiffbrüchen, Erdbeben und solchen Sachen.«

Er nickte. »Aber für mich ist Patricia am wichtigsten.« Er nahm das Schüsselchen mit den Chips. »Komm, Patricia«, sagte er, »jetzt geben wir …« Er zögerte, aber als er draußen vor der Tür war, hörte Anna ihn ganz glücklich sagen: »ein Bankett.«

Einen Augenblick schauten ihm alle lächelnd nach. Dann fiel Elizabeth etwas ein.

»Es muss doch seltsam für Sie sein, in einer fremden Sprache zu schreiben«, sagte sie zu Anna. »Ich meine«, fügte sie eilig hinzu, »ich weiß, dass es nicht wirklich eine Fremdsprache für Sie ist. Aber Sie müssen doch zuerst Deutsch gesprochen haben. Ich meine, Sie haben doch Englisch erst *lernen* müssen.«

Anna hatte keine Lust, sich über dieses Thema auszulassen. »Ich habe seit meiner Kindheit fast kein Deutsch mehr gesprochen«, sagte sie. »Ich könnte in dieser Sprache unmöglich schreiben – praktisch habe ich den Wortschatz einer Neunjährigen.«

Durch die offene Tür konnten sie den Jungen sehen, der auf dem Flur das Meerschweinchen mit Chips fütterte. »Eins für dich und eins für mich …«

»Ach so«, sagte Elizabeth, »das ist ja interessant.« Dann fügte sie hinzu: »Eine Art eingeweckte Kindheit.«

Die Blockflöten waren verstummt, und es war plötzlich sehr still. Vielleicht sollte ich jetzt gehen, dachte Anna, aber da setzte James seine Kaffeetasse ab und streckte sich. »Und was macht Richard?«, fragte er. Dies war so leicht zu beantworten, dass sie sich in ihrem Sessel zurücksinken ließ. Sie erzählte ihnen über Richards neue Serie, und dann sprachen sie über das Stück, das vielleicht verfilmt werden sollte. (»Er hat eine ungewöhnliche Einbildungskraft«, sagte James.) Dann kamen sie darauf, wie sie und Richard sich kennengelernt hatten, zu einer Zeit, als sie sich einsam und mutlos fühlte. (»Mein Vater starb, kurz nachdem ich die Kunstschule verlassen hatte.« Sie fügte, damit es sich nicht so tragisch anhörte, hinzu: »Er war schon sehr alt, viel älter als meine Mutter.«) Sie und Richard hatten sich auf einer Party kennengelernt – sie hatten beide schwer zu kämpfen, wohnten beide in möblierten Zimmern, sie unterrichtete halbtags, um ihre Miete bezahlen zu können, und Richard schrieb, obwohl er schon einen der großen Literaturpreise gewonnen hatte, Dialoge für Fernseh-Trickfilme. »Irgendwas zu machen – was auch immer –, ist besser als Stunden geben«, hatte er ihr gesagt. Über diesen Punkt waren sie in Streit geraten, und dann hatten sie plötzlich festgestellt, dass sie miteinander redeten, als hätten sie sich immer schon gekannt.

»Und dann?«, fragte Elizabeth, so als wollte sie es wirklich wissen.

»Dann?« James hob seine extravaganten Augenbrauen. »Dann lebten sie glücklich, und wenn sie nicht gestorben sind, so leben sie noch heute.«

Anna lachte, aber er hatte Recht – von dem Augenblick an war es bergauf gegangen mit ihnen: Richard war über Nacht als Fernsehautor berühmt geworden, sie selber hatte, wenn auch in viel bescheidenerem Maße, in der Redaktion Erfolg gehabt, und jetzt hatten sie sogar eine eigene Wohnung.

»Wir haben uns jetzt *Möbel* gekauft«, sagte sie, als wäre das das Überraschendste, was man tun könne. Sie wollte gerade erklären, dass sie, seit sie Berlin verlassen hatte, nicht mehr in einer eigenen Wohnung gelebt hatte, da kam ein etwa zehnjähriges Mädchen mit dem Säugling auf dem Arm herein.

»Er hat geschrien«, sagte das Mädchen, während der Kleine, immer noch mit Tränen in den Augen und die Finger im Mund, sich umschaute.

»Es kann doch nicht schon wieder Zeit zum Füttern sein«, sagte Elizabeth. Anna erhob sich schnell.

»Es tut mir leid«, sagte sie, »ich halte euch auf ...« Aber Elizabeth rief: »Unsinn, es war reizend.« Man sah ihr so deutlich an, dass sie es ehrlich meinte, also machte sich Anna wegen ihres langen Bleibens keine Sorgen mehr.

»Kommen Sie doch einmal zum Essen«, sagte James. »Eisen Sie Richard mal von seinem Schreibtisch los.«

»Ja«, sagte Elizabeth, »wie wäre es mit Donnerstag?«

Anna sagte, Donnerstag würde gut passen, und Elizabeth begleitete sie mit dem Säugling auf dem Arm ans Gartentor.

»Gegen acht«, rief sie ihr noch nach, und Anna drehte sich um und winkte zustimmend.

Elizabeth stand im Wind, und das Kind, die Ärmchen fest um den Hals der Mutter gelegt, schaute einem Vogel nach. Fallendes Laub wirbelte um die beiden, und während Anna durch Sonnenschein und spielende Schatten heimwärts ging, blieb dies Bild ihr vor Augen.

Der Häuserblock, in dem sie wohnten, war nagelneu, und sobald sie ihn von der Straßenecke aus sah, beschleunigte sie den Schritt.

Dies tat sie immer: Sie wusste, es war albern, nachdem sie doch schon über ein Jahr verheiratet war, hatte sie immer noch diese Angewohnheit. Während sie über eine Terrasse ging, die mit städtischen Blumenkübeln geschmückt war, wäre sie beinahe auf dem schlüpfrigen Laub unter ihren Füßen ausgeglitten. Neben dem Lieferanteneingang sprach der Hausmeister gerade mit einem Jungen auf einem Fahrrad. Als er sie sah, winkte er ihr zu und rief etwas, das sie nicht verstand, aber sie hatte es zu eilig, um stehen zu bleiben.

Der Fahrstuhl war nicht unten, und statt auf ihn zu warten, lief sie die zwei Treppen hoch, öffnete die Wohnungstür mit ihrem Schlüssel, und da war Richard.

———

Er saß vor seiner Schreibmaschine, fast in derselben Haltung wie vor ein paar Stunden, als sie ihn verlassen hatte. Vor ihm auf dem Tisch lag ein ordentlich aufeinandergelegter Stapel Blätter, der Papierkorb neben ihm floss über von zerknüllten Seiten. Hinter ihm sah sie den winzigen Wohnraum mit dem neuen gestreiften Sofa, dem roten Sesselchen, das sie in der vergangenen Woche gekauft hatte, und den Vorhängen, deren Muster sie selber in ihrer Zeit auf der Kunstschule entworfen hatte. Vor dem Hintergrund der lebhaften Farben hob sich sein dunkles Haar und das blasse, nervöse Gesicht ab; da starrte er mit gerunzelter Stirn auf das Blatt und tippte wie rasend mit zwei Fingern.

Für gewöhnlich würde sie ihn nicht unterbrochen haben, aber heute war sie zu glücklich, um zu warten. Sie ließ ihn die Zeile zu Ende schreiben, dann rief sie: »Es war so schön – die Dillons haben mich hereingebeten. Und ich hab einen Teppich fürs Esszimmer gefunden.«

»Wirklich?« Er kehrte langsam aus der Welt zurück, über die er gerade geschrieben haben mochte. »Die Dillons? Ach, die Leute von der Party.«

»Ja, sie wohnen nur ein paar Straßen von hier. Sie haben vier Kinder, ich weiß nicht, wie sie das bei ihrem Beruf schafft, aber ich habe einen der Jungen kennengelernt, er ist herzig. Sie wollen, dass wir nächste Woche zum Essen kommen, sie sind wirklich so nett –« Plötzlich fand sie es unmöglich, die Dillons in ihrer ganzen Nettigkeit zu beschreiben, darum sagte sie: »Weißt du, sie haben ein Meerschweinchen, das Cornflakes frisst.«

Er lächelte. »Wann gehen wir hin?«

»Donnerstag. Ich dachte mir, dann solltest du dir schon mal eine Pause gönnen.« Sie sah, wie er einen Blick auf die eingespannte Seite warf, wie er sich zögernd entschloss, sich für den Augenblick davon zu trennen.

»Und was ist mit dem Teppich?«

Sie wollte gerade anfangen, darüber zu berichten, als es an der Tür klingelte. »… genau das richtige Rot«, sagte sie, während sie die Tür öffnete. Draußen stand der Hausmeister.

»Ein Telegramm«, sagte er und reichte es ihr. Es war für sie. Sie war davon überzeugt, es müsse eine gute Nachricht sein … an einem solchen Tag! Sie machte es schnell auf.

Dann schien einen Augenblick lang die Welt stillzustehen.

Merkwürdigerweise sah sie mit einem Teil ihres Bewusstseins Richard ganz deutlich, obgleich sie den Blick auf die gedruckten Worte gerichtet hielt. Sie hörte ihn sagen: »Was ist?« Und nach einer Weile, die ihr wie eine ungeheure Zeitspanne vorkam, an die sie später keine Erinnerung mehr hatte, die aber in Wirklichkeit nur ein paar Sekunden gedauert haben konnte, drückte sie ihm das Papier in die Hand.

»Das verstehe ich nicht«, sagte sie. »Mama ist nie krank.«

Er strich das Papier auf dem Tisch glatt, und sie las es noch einmal. Vielleicht hatte sie sich beim ersten Mal verlesen.

DEINE MUTTER ERNSTHAFT AN LUNGENENTZÜNDUNG ERKRANKT STOPP BITTE BUCHE FÜR ALLE FÄLLE FÜR MORGEN EINEN FLUG STOPP WERDE HEUTE ABEND ACHT UHR ANRUFEN.

Unterzeichnet hatte es Konrad.

»Sie hat doch außer Grippe nie etwas gehabt«, sagte Anna. Wenn sie es nur mit ganzer Kraft wollte, würde die ganze Sache sich in Luft auflösen. Sie sagte: »Ich will nicht nach Berlin.«

»Vielleicht brauchst du ja gar nicht hin.« Sie setzte sich, und Richard setzte sich neben sie. »Er spricht ja nur von einer provisorischen Buchung. Wenn er heute Abend anruft, geht es ihr vielleicht schon besser.« Natürlich, dachte sie, natürlich. Konrad war sehr verantwortungsbewusst. Er hatte kein Risiko eingehen wollen. Heute Abend saß Mama vielleicht schon in ihrem Bett, und ihre blauen Augen würden vor Empörung sprühen. »Um Himmels willen, Konrad«, würde sie rufen, »warum in aller Welt musstest du den Kindern telegrafieren?«

»Was sollen wir tun?«, sagte sie. »Buchen?«

»Soll ich mit dir fliegen?«

»Nach Berlin?« Sie war gerührt, aber auch entsetzt. »Natürlich nicht. Nicht, wo du mitten in deiner Arbeit bist. Du könntest ja auch gar nichts tun.«

Er machte ein besorgtes Gesicht. »Wenn ich nur Deutsch könnte.«

»Das ist es nicht. Aber du weißt, es wäre schrecklich für dich, die Arbeit jetzt zu unterbrechen. Und für Mama bin ja ich verantwortlich.«

»Wahrscheinlich.«

Sie rief Pan Am an; die Leute dort waren sehr hilfsbereit, als sie ihre Situation erklärt hatte, und versprachen, ihr einen Platz zu reservieren. Dies schien die ganze Sache fast endgültig zu machen, und sie fand sich plötzlich ganz ohne Grund den Tränen nahe.

»Komm«, sagte Richard. »Du brauchst was zu trinken.«

Er goss ihr von dem Whisky ein, den sie eigentlich für Besucher vorrätig hielten, und dann machten sie sich, da die Mittagszeit schon vorbei war, Kaffee und Butterbrote. Anna trug alles ins Wohnzimmer, und sie saßen in der vorwurfsvollen Gegenwart von Richards halb fertigem Manuskript.

»Ich verstehe es immer noch nicht«, sagte sie und umklammerte Trost suchend den heißen Kaffeebecher. »Wenn jemand heute Lungenentzündung bekommt, dann pumpen ihn die Ärzte doch einfach mit Penicillin voll. Oder ob es das in Deutschland noch nicht gibt?«

»Das gibt es bestimmt.«

»Die Amerikaner haben es auf jeden Fall. Und für die arbeitet sie doch.« Es war alles sehr verwirrend. »Und wie hat sie sich die Lungenentzündung überhaupt zugezogen?«

Richard dachte darüber nach. »Hat sie in ihrem letzten Brief nicht etwas von Segeln geschrieben? Vielleicht haben sie einen Unfall gehabt und wenn sie sehr nass und kalt geworden ist und die Kleider nicht gewechselt hat ...«

»Dafür würde Konrad schon sorgen.«

Einen Augenblick lang hatten sie eine gemeinsame Vision: der solide und vernünftige Konrad, und Mama, die lachte und schrie: »*It's only a bit of water.*« Sie sagte immer »*bit of water*« – das war einer der wenigen Fehler, die sie im Englischen immer machte. Aber vielleicht sprachen sie und Konrad Deutsch miteinander, wenn sie allein waren. Anna stellte erstaunt fest, dass sie das nicht wusste.

»Ich will mal sehen, ob ich den Brief noch finde«, sagte sie, und plötzlich fiel ihr etwas ein. »Ich glaube, ich habe ihn gar nicht beantwortet.«

»Aber es ist noch nicht so lange her, dass wir ihn bekommen haben.«

»Ich weiß nicht.«

Als sie den Brief ausgegraben hatte, fanden sie, dass er genauso war wie die meisten von Mamas Briefen – begeisterte Berichte über die kleinen Erfolge in ihrer Arbeit und ihrem gesellschaftlichen Leben. Im Zusammenhang mit ihrer Arbeit war sie für ein paar Tage nach Hannover geschickt worden, und sie und Konrad waren von einem amerikanischen General zum Erntedankfest eingeladen worden. Vom Segeln hieß es nur, dass das Wetter jetzt zu kalt dazu sei und dass sie und Konrad stattdessen viel Bridge spielten. Der Brief war genau einen Monat alt.

»Jetzt mach dir keine unnötigen Sorgen«, sagte Richard. »Du wirst ja heute Abend mit Konrad sprechen, und wenn es wirklich ernst ist, wirst du deine Mutter morgen sehen.«

»Ich weiß.« Aber sie konnte sich nicht beruhigen. »Ich wollte ihr die ganze Zeit schreiben«, sagte sie. »Aber die Wohnung und dann die neue Stelle –« Sie hatte die Vorstellung, dass ein Brief Mama davor bewahrt hätte, Lungenentzündung zu kriegen.

»Na also, vom Bridgespielen bekommt man keine Lungenentzündung«, sagte Richard. »Nicht einmal deine Mutter.« Sie musste lachen. Mama übertrieb alles.

Plötzlich und ganz ohne ersichtlichen Grund fiel ihr ein, wie Mama, als sie gerade in England angekommen waren, versucht hatte, ihr ein Paar Stiefel zu kaufen. Mama war mit ihr die ganze Oxford Street entlanggegangen, von der Tottenham Court Road bis zum Marble Arch, und sie waren in jedes einzelne Schuhgeschäft hineingegangen. Anna hatte bald gemerkt, dass die verschiedenen Filialen von Dolcis, Lilley und Skinner und Mansfield alle die gleichen Modelle führten, aber Mama hatte sich nicht davon abbringen lassen, dass irgendwie irgendwo ein Paar Stiefel sich versteckt hielten, die einen Bruchteil besser oder billiger waren als die übrigen. Schließlich kauften sie ein Paar, das fast genau dem ersten Paar glich, das sie angesehen hatten, aber Mama hatte gesagt: »Nun, wenigstens wissen wir jetzt, dass wir nichts versäumt haben.«

Mama hatte immer Angst, irgendetwas zu versäumen, ob das nun ein billigeres Paar Stiefel war oder ein sonniger Tag.

»Sie ist romantisch«, sagte Anna. »Sie ist es immer gewesen. Ich glaube, Papa war es auch, aber auf eine andere Weise.«

»Was mich immer überrascht hat, ist, dass sie unter dem Flüchtlingsdasein so viel mehr gelitten hat als er«, sagte Richard. »Wenigstens nach dem zu urteilen, was du mir erzählt hast. Schließlich hatte er als Schriftsteller doch alles verloren. Geld, sein Ansehen und die Sprache, in der er schrieb.« Er machte ein bekümmertes Gesicht, wie immer, wenn er von Papa sprach. »Ich weiß nicht, wie er damit fertiggeworden ist.«

Einen Augenblick lang sah Anna Papa ganz deutlich vor sich: Er saß vor einer klapprigen Schreibmaschine in einem schäbigen Zimmerchen und lächelte liebevoll und ironisch und ohne eine Spur von Selbstmitleid. Widerstrebend trennte sie sich von dem Bild.

»Es mag seltsam klingen«, sagte sie, »aber ich glaube, auf seine Weise fand er es interessant. Und natürlich war es für Mama so schwer, weil sie mit den praktischen Dingen fertigwerden musste.«

Als Papa kein Geld mehr verdiente, hatte Mama die Familie damit durchgebracht, dass sie Büroarbeit machte. Obgleich sie weder Stenografie noch Maschineschreiben gelernt hatte, war es ihr doch stets gelungen, annähernd wiederzugeben, was man ihr diktiert hatte. Sie hatte es überlebt, aber es war ihr verhasst gewesen. Des Nachts hatte sie in dem Schlafzimmer, das sie in der Pension mit Anna teilte, von all den Dingen gesprochen, die sie in ihrem Leben hatte tun wollen und die sie nun wohl nie würde tun können. Manchmal, wenn sie sich des Morgens auf den Weg zu ihrer langweiligen Arbeit machte, war sie so voller Zorn und Verzweiflung, dass diese Gefühle sie wie eine Aura umgaben. Anna erinnerte sich, dass einer ihrer Arbeitgeber, ein Mann mit geschniegeltem Haar, der mit drittklassiger Konfektion handelte, sie entließ, weil er angeblich Erschöpfungszustände davon bekam, sich zusammen mit ihr in einem Raum aufhalten zu müssen.

Mama war weinend nach Hause gekommen, und Anna hatte sich hilflos und schuldig gefühlt, als hätte sie in der Lage sein müssen, etwas daran zu ändern.

»Was für ein Pech, dass sie jetzt krank werden muss«, sagte sie zu Richard, »gerade jetzt, wo sich für sie endlich alles zum Besseren gewandt hat.«

Während Richard anfing, wieder in seinem Manuskript zu blättern, räumte sie das Geschirr weg und suchte ein paar Kleidungsstücke zusammen, die sie einpacken wollte, falls sie wirklich nach Berlin würde fliegen müssen. Aus irgendeinem Grund erfüllte sie der Gedanke daran mit Schrecken. Warum eigentlich, dachte sie. Warum ist es mir so zuwider? Sie konnte nicht glauben, dass Mamas Krankheit wirklich gefährlich war. Das war es nicht. Es war eher die Angst davor, zurückzugehen. Zurück nach Berlin? Zurück zu Mama? Wie dumm, dachte sie. Sie können mich ja nicht dort festhalten.

Als sie ins Wohnzimmer trat, hatte Richard wieder eine Seite zusammengeknüllt und in den Papierkorb geworfen.

»Es hat keinen Zweck«, sagte er. »Das wirkliche Leben ist aufregend genug.« Er schaute auf die Uhr. »Es dauert noch Stunden, bis Konrad anruft. Sollen wir nicht ein bisschen nach draußen gehen?«

Sie musste einiges zum Essen einkaufen, nahm ihre Einkaufskarre, und sie liefen zur Portobello Road, wo der Markt in vollem Betrieb war. Der Himmel hatte sich bezogen, und obgleich es noch nicht fünf Uhr war, flackerten an den meisten Ständen gelbe Gasflammen und beleuchteten die billigen Äpfel und Kartoffeln, die unverpackten, hausgemachten Süßigkeiten und den Trödel, der nie einen Käufer zu finden schien.

Sie drängten sich auf dem engen Bürgersteig durch die Käufer, erstanden Karotten und Lauch, kauften eine Lammkeule beim Metzger,

Orangen, Äpfel und späte Brombeeren, Nudeln und ein langes französisches Brot, und schließlich war Annas Einkaufskorb voll.

Diese Menge von Lebensmitteln hatte etwas Tröstliches.

»Besser, du fährst morgen nicht nach Berlin«, sagte Richard, »ich kann das alles unmöglich allein aufessen.«

An einem der Trödelstände entdeckte er eine kleine Blechdose, auf deren Schraubdeckel ein Union Jack gemalt war. Die Flagge steckte zwischen den Zähnen eines verblassten Löwen. An ein paar Stellen war die Farbe abgeblättert, was zur Folge hatte, dass der Löwe auf eine rührend ängstliche Weise zu lächeln schien. Dieses Lächeln gefiel ihnen beiden so sehr, dass sie die Dose für Sixpence kauften und dann anfingen, erwartungsvoll die anderen Trödelstände in der Nähe zu durchstöbern. Als sie beim letzten angekommen waren, war es beinahe dunkel, und man fing schon an abzubauen. Planen wurden zusammengerollt, Bremsklötze entfernt, Lichter gelöscht, und die ersten Karren rumpelten schon in die Seitenstraßen hinein.

»Lass uns gehen«, sagte Anna.

Es war kalt, als sie sich jetzt durch die vertrauten Straßen auf den Heimweg nach Nottinghill Gate machten.

Sie hatte einmal hier in der Nähe zusammen mit ihrem Bruder Max gewohnt. »Ob wohl Konrad auch Max ein Telegramm geschickt hat?«, sagte sie.

Richard gab keine Antwort, und sie merkte, dass er sie gar nicht gehört hatte. Sein Gesicht hatte den verschlossenen, abwesenden Ausdruck, an dem zu erkennen war, dass er an sein Manuskript dachte. Sie trottete neben ihm her, die Dose mit dem Löwen und dem Union Jack fest in der Hand.

Als Papa gestorben war, hatte man auf seinen Sarg einen Union Jack gelegt. Das wurde immer so gemacht, hatte man ihr gesagt, wenn ein Untertan der britischen Krone im Ausland starb. Es war ihr komisch vorgekommen, denn Papa war in Hamburg gestorben, und nur während des letzten Jahres seines Lebens war er britischer Staatsbürger gewesen. Sie erinnerte sich an die eisige Halle und wie die deutschen Musiker die Siebente von Beethoven gespielt hatten, die Papa so sehr liebte, und an die Soldaten der Britischen Kontrollkommission, die zusammen mit Max und einem deutschen Journalisten den Sarg getragen hatten.

»Der arme Papa«, hatte Max gesagt, »wie hätte ihn all das amüsiert«, und Anna, die nicht begreifen konnte, dass Papa tot war, hatte gedacht, ich muss ihm unbedingt darüber schreiben. Papa war nach Deutschland gefahren, um über das Theater zu schreiben – sein erster offizieller Besuch nach fünfzehn Jahren Exil. Er war zum ersten Mal in seinem Leben geflogen, und als er in Hamburg aus dem Flugzeug kletterte, hatten Reporter und Fotografen ihn erwartet. Man hatte ein Essen für ihn gegeben, eine Stadtrundfahrt mit ihm gemacht, und als er am Abend das Theater betrat, war das Publikum aufgestanden und hatte applaudiert. Und in der Nacht hatte er in seinem Hotelzimmer einen Schlaganfall erlitten.

Es ist acht Jahre her, dachte Anna. Es kam ihr viel kürzer vor. Er war erst nach einigen Wochen gestorben, und erst als sie und Max ganz verstört zum Begräbnis kamen, hatte Mama ihnen die näheren Umstände seines Todes erzählt.

»Sein Zustand besserte sich nicht«, sagte sie. »Er war gelähmt, hatte Schmerzen und hatte das Gefühl, nicht mehr klar denken zu können. Ich hatte ihm oft versprochen, dass ich ihm in einem solchen Fall helfen würde, und das habe ich getan.« Sie hatte es in einem so sachlichen Ton gesagt, dass Anna zuerst nicht begriff.

»Er hat es so gewollt.« Mama hatte sie mit weißem, entschlossenem Gesicht angestarrt.

Anna konnte sich nicht erinnern, was sie darauf geantwortet hatte, wohl aber wusste sie: Sie war damals völlig davon überzeugt gewesen, dass Mama richtig gehandelt hatte.

»Woran denkst du?«, fragte Richard.

»Oh«, sagte sie, »an Papa …«

Er nickte. »Ich wünschte, ich hätte ihn gekannt.« Als sie in Nottinghill Gate einbogen, gerieten sie plötzlich in einen kleinen Menschenauflauf. Leute versuchten, über den Kopf des Vordermanns hinwegzusehen, weiter auf den Park zu gingen zwei Polizisten am Rand des Bürgersteigs hin und her.

»Was ist los?«, sagte Richard, aber da sahen sie schon in der Dunkelheit über den Köpfen die weißen, handgeschriebenen Transparente.

»Sie demonstrieren für Ungarn«, sagte Anna. »Ich sah heute Morgen schon im Hydepark eine andere Gruppe.«

»Sie scheinen auf dem Weg zur russischen Botschaft zu sein.«

Sie sahen die Spitze des Zuges vor der Millionaires Row haltmachen und einen Polizisten auf die Fahrbahn treten. Er hielt den Verkehr an, damit die Demonstranten die Straße überqueren konnten. Die Menge, in der Anna und Richard sich befanden, bewegte sich langsam weiter, bis auch sie zum Stillstand kam. Zur gleichen Zeit kam eine Gruppe von Leuten aus einer Kneipe, und es entstand ein Gedränge. Eine dicke, scheinbar angetrunkene Frau wäre beinahe über Annas Einkaufswagen gestolpert und brach in ein wüstes Geschimpfe aus.

»Was zum Teufel ist hier los?«, sagte sie und versuchte, die Aufschriften der Plakate zu entziffern, und ihr Begleiter sagte: »Diese verdammten Ungarn.«

Einer der Demonstranten, ein älterer Mann in einem schäbigen schwarzen Überzieher, glaubte wohl auf Interesse für seine Sache gestoßen zu sein, denn er begann mit starkem ungarischen Akzent zu erklären, was in seinem Heimatland vor sich ging.

»Unsere Leute werden umgebracht«, sagte er. »Jeden Tag sterben Tausende. Sie müssen uns helfen, uns gegen die russischen Mörder zu wehren.«

Die Frau hörte ihm mit misstrauischer Miene zu, dann rief sie: »Wovon redet der überhaupt? Glaubt ihr, wir wollen wieder einen Krieg? Ich lasse meinen Kindern keine Bomben mehr auf den Kopf werfen, und das nur wegen ein paar verdammten Ausländern.«

In ihrer Wut schwankte sie auf ihn zu, stieß wieder gegen den Einkaufswagen, stürzte auf Anna und hätte sie beinahe unter ihrem schweren, nach Schweiß und Bier stinkenden Körper erdrückt. Einen Augenblick lang sah Anna ein Paar kleine, rot geränderte Augen ganz nah vor ihrem Gesicht, und eine trunkene Stimme kreischte dicht an ihrem Ohr: »Macht, dass ihr dahin zurückkommt, wo ihr hergekommen seid.«

Dann riss ihr Begleiter sie hoch und stellte sie wieder auf die Füße. Anna fühlte erleichtert die frische und kühle Luft an ihrem Gesicht.

»Tut mir leid«, sagte der Mann, »sie hat ein paar Glas zu viel gehabt.«

Anna versuchte zu nicken und es leichtzunehmen, musste aber feststellen, dass es sie wütend gemacht hatte. Während sie noch versuchte, sich zu fassen, kam wieder Bewegung in die Menge. Der Demonstrant rief trotzig »Es lebe Ungarn!« und folgte den andern. Im Strom des

Verkehrs vor ihnen hatte sich eine Lücke gebildet, und Anna und Richard flüchteten über die Fahrbahn in die Kensington Church Street hinein.

»Alles in Ordnung?«, fragte Richard.

»Ja, natürlich.« Ihr Zorn ließ langsam nach. »Das Komische ist, dass mir noch nie jemand gesagt hat, ich solle dahin zurückgehen, wo ich hergekommen bin. Nicht einmal während des Bombenkrieges.«

Vor sich sahen sie den geordneten Zug der Demonstranten mit ihren Transparenten die Fahrbahn überqueren und sich am Eingang der Privatstraße sammeln, die zur russischen Botschaft führte.

»Glaubst du, dass irgendjemand ihnen zu Hilfe kommen wird?«, sagte sie.

Er zuckte die Schultern. »Alle werden reden. Aber ich glaube nicht, dass jemand etwas tun wird.«

»So wie man über die Nazis geredet hat. Oh Gott«, sagte sie plötzlich, »ich hasse den Gedanken, nach Berlin gehen zu müssen, auch wenn es nur für ein paar Tage ist.«

Sie gingen schweigend weiter. Dann sagte er: »Ich kann nicht verstehen, wie deine Mutter es in Deutschland aushält.«

Aber Mama war im Gefolge der Amerikaner wie eine Siegerin zurückgekehrt.

»Mama hat sich hier nie zu Hause gefühlt. Sie hat es versucht, aber nie geschafft. In Deutschland dagegen erinnern sich die Leute noch an Papa. Ihre Arbeit gefällt ihr, und sie hat Konrad.« Sie war jetzt wieder ganz ruhig und manövrierte den Einkaufskarren den Bordstein hinunter und auf der anderen Seite wieder hinauf. »Es ist zu komisch«, sagte sie, »aber sie scheint dort richtig glücklich zu sein. Ich vermute, sie und Konrad holen Versäumtes nach – dieses Segeln, auf Partys gehen, die Ferien in Italien. Weißt du, dass sie vor ein paar Jahren sogar noch versucht hat, Skilaufen zu lernen? Sie ist über fünfzig – und er muss beinahe sechzig sein. Ich hoffe, dass diese Krankheit ihr nicht alles verdirbt.«

Sie hatten den Wohnblock erreicht, und er half ihr, den Korb die Treppe hinaufzuziehen.

»Weißt du, warum ich hauptsächlich solche Angst habe, nach Berlin zu fahren?«, sagte sie plötzlich. »Ich weiß, es ist dumm, aber ich fürchte, die Russen könnten plötzlich einmarschieren und die Stadt besetzen, und dann säße ich in einer Falle. Hältst du das nicht für möglich?«

Er schüttelte den Kopf. »Nein, denn es würde Krieg mit Amerika bedeuten.«

»Ich weiß. Aber ich habe trotzdem Angst.«

»Hattest du auch solche Angst, als ihr aus Deutschland geflohen seid?«

»Das ist eben das Komische«, sagte sie. »Ich bin mir erst viel später klar darüber geworden, was das alles bedeutete. Ich weiß noch, dass ich beim Grenzübergang eine idiotische Bemerkung machte und Mama mir den Mund verbieten musste. Mama brachte es fertig, dass uns alles ganz normal vorkam.« Unter den Rädern des Korbes raschelten Blätter. »Hätte ich doch wenigstens ihren Brief beantwortet«, sagte sie.

———

Als sie wieder in der Wohnung waren, wurde sie ganz sachlich. »Wir braten das Lamm heute noch«, sagte sie. »Falls ich morgen wirklich weg sein sollte, kannst du es kalt essen. Und ich werde eine Liste aufstellen, was alles erledigt werden muss. Zum Beispiel wird der Teppich doch geliefert. Und du musst bei der BBC Bescheid sagen – es ist zu blöd, dass ich fehlen muss, wo ich doch die neue Stelle erst angetreten habe. Und das Essen bei den Dillons. Aber bis dahin werde ich doch wohl zurück sein, meinst du nicht auch?«

Sie machte die Liste und kochte, und dann aßen sie und tranken eine Flasche Wein zum Essen, und als es auf acht Uhr zuging, fühlte sie sich stark genug, mit allem, was auf sie zukommen würde, fertigzuwerden. Sie saß neben dem Telefon, ging alle Fragen durch, die sie Konrad stellen wollte, und wartete auf den Anruf. Er kam pünktlich um acht Uhr. Man hörte zuerst ein Gewirr von deutschen Lauten und dann seine wohltuend ruhige Stimme.

»Wie geht es Mama?«, fragte sie.

»Ihr Zustand ist unverändert«, sagte er, und dann folgte eine Reihe von Sätzen, die er offenbar vorbereitet hatte. »Ich fände es richtig, wenn du morgen kommst. Ich finde, einer ihrer Verwandten sollte hier sein.«

»Natürlich«, sagte sie. Sie nannte ihm die Nummer ihres Fluges, und er sagte, er werde sie abholen.

Richard, der neben ihr stand und zuhörte, sagte: »Was ist mit Max?«
Max war irgendwo in Griechenland.

»Oh ja«, sagte sie, »was ist mit Max?«

Konrad sagte, er habe Max noch nicht benachrichtigt – das bedeutet
doch wohl, dass keine unmittelbare Gefahr besteht, dachte Anna –,
aber er werde es morgen Früh tun, falls es sich als notwendig herausstellte. Dann sagte er in seiner besorgten Emigrantenstimme: »Mein
liebes Kind, ich hoffe, du machst dir nicht allzu viele Sorgen. Es tut
mir leid, dass ich die Familie auseinanderreißen muss. Wenn wir Glück
haben, ist es nicht für lange.«

Sie hatte vergessen, dass er von ihr und Richard immer als von der
»Familie« sprach. Es hatte etwas Liebes und Tröstliches und sie fühlte
sich plötzlich viel besser.

»Schon gut«, sagte sie. »Richard lässt grüßen.« Sie hatte noch etwas
fragen wollen, konnte sich aber im Augenblick nicht mehr erinnern,
was das gewesen war. »Ach ja«, sagte sie schließlich, »wie hat sich
Mama denn diese Lungenentzündung überhaupt zugezogen?«

Es kam keine Antwort, sodass sie zuerst glaubte, er habe sie gar nicht
verstanden. Dann hörte sie seine Stimme, und selbst durch die Verzer-
rung, die die weite Entfernung bewirkte, bemerkte sie den veränderten
Ton. »Tut mir leid«, sagte er nüchtern, »aber deine Mutter hat eine
Überdosis Schlaftabletten genommen.«

Sonntag **Annas Füße** waren so schwer, dass sie nur mühsam
gehen konnte. **Es war heiß,** und auf der Straße war
niemand zu sehen. **Plötzlich eilte Mama vorüber.** Sie
trug ihren blauen Hut mit dem Schleier und rief Anna
zu: »Ich kann mich nicht aufhalten – ich bin mit den Amerikanern zum
Bridgespielen verabredet.« Dann verschwand sie in einem Haus, das
Anna bis dahin noch nicht bemerkt hatte. Sie war traurig, dass Mama
sie so hatte auf der Straße stehen lassen, und es wurde immer heißer,
und die Luft wurde immer drückender.

So früh am Morgen kann es doch nicht so heiß sein, dachte sie. Sie
wusste, dass es früh am Morgen war, denn Max schlief noch. Er hatte

die vordere Wand seines Hauses entfernt, damit die Hitze entweichen konnte, und sie konnte ihn in seinem Wohnzimmer mit geschlossenen Augen sitzen sehen. Neben ihm in einem Sessel saß seine Frau Wendy mit dem Säugling auf dem Arm und blinzelte schläfrig. Sie sah Anna an und bewegte ihre Lippen, aber die Luft war so dick, dass Anna nichts hören konnte, so ging sie weiter, die heiße, leere Straße entlang, den heißen, leeren Tag vor sich.

Wie kommt es, dass ich so allein bin, dachte sie. Es muss doch jemanden geben, zu dem ich gehöre. Aber es fiel ihr niemand ein. Die Luft war so drückend, dass sie kaum atmen konnte. Sie musste sie mit den Händen wegschieben. Und doch *muss* da jemand sein, dachte sie, da bin ich ganz sicher. Sie versuchte, sich an seinen Namen zu erinnern, aber er fiel ihr nicht ein. Sie konnte sich an nichts mehr erinnern, weder an seinen Namen, noch an sein Gesicht, noch an seine Stimme.

Ich muss mich erinnern, dachte sie. Sie wusste, dass er existierte, in irgendeiner Falte ihres Hirns verborgen war, dass ohne ihn alles sinnlos war, nie wieder einen Sinn haben würde. Aber die Luft war so schwer. Sie bedrängte sie von allen Seiten, lag ihr schwer auf der Brust, drückte auf ihre Augen, ihre Nase und ihren Mund. Bald würde es selbst zu spät sein, sich zu erinnern. »Da war jemand!«, schrie sie. Es war ihrer Stimme gelungen, durch die dicke Luft zu dringen. »Ich weiß, da war jemand!«

Sie fand sich im Bett wieder, in die zerwühlten Laken und Decken verwickelt, das Kopfkissen halb über dem Gesicht, neben sich Richard, der sagte: »Ist doch schon gut, ist doch schon gut.«

Einen Augenblick blieb sie still liegen, fühlte seine Nähe und spürte, wie der Schrecken verebbte. Halb sah sie, halb fühlte sie den vertrauten Raum, die Form eines Sessels, die ganze Kommode, einen Spiegel, der in der Dunkelheit matt glänzte.

»Ich habe geträumt«, sagte sie schließlich.

»Ich weiß. Du hast mich fast aus dem Bett gefegt.«

»Es war der schreckliche Traum, in dem ich mich nicht mehr an dich erinnern kann.«

Er legte die Arme um sie. »Ich bin hier.«

»Ich weiß.« Im Schein der Straßenlaterne vor dem Fenster konnte sie sein müdes und besorgtes Gesicht erkennen.

»Es ist ein fürchterlicher Traum«, sagte sie. »Was meinst du, warum ich so träume? Es ist, als hätte die Zeit sich verschoben, und ich könnte nicht mehr zurück.«

»Vielleicht ein Trick des Gehirns. Du weißt doch – der eine Hirnlappen erinnert sich, und der andere nimmt das Signal den Bruchteil einer Sekunde später auf. Es ist wie déjà vu, nur andersherum.«

Das tröstete sie nicht.

»Und wenn man nun stecken bleibt?«

»Du kannst nicht stecken bleiben.«

»Aber wenn ich es täte. Wenn ich mich wirklich nicht mehr an dich erinnern könnte. Oder wenn ich sogar an einer früheren Stelle stecken bliebe, da, wo ich noch nicht Englisch sprechen konnte. Dann könnten wir nicht einmal miteinander reden.«

»Na«, sagte er, »in dem Fall hätten wir auch noch andere Probleme. Du wärest noch keine elf Jahre alt.«

Jetzt musste sie lachen, und der Traum, der schon verblasste, löste sich in Harmlosigkeit auf. Sie spürte jetzt, wie ihr vor Schlafmangel alles wehtat, und jetzt erst fiel ihr der vergangene Tag wieder ein. »Oh Gott«, sagte sie, »Mama.«

Er drückte sie fester an sich. »Wahrscheinlich hat dieser ganze Kummer Erinnerungen in dir wachgerufen, die du fast vergessen hattest. Erinnerungen an den Verlust von Menschen – von Menschen und Orten –, als du klein warst.«

»Die arme Mama. Weißt du, damals war sie fabelhaft.«

»Ich weiß.«

»Ich wünschte zu Gott, ich hätte ihr geschrieben.« Der Himmel, den man in der Lücke zwischen den Vorhängen sah, war schwarz. »Wie spät ist es?«

»Erst sechs Uhr.« Sie sah, wie er sie im Dunkeln besorgt betrachtete. »Ich bin sicher, dass es nichts geändert hätte, wenn du ihr geschrieben hättest. Es muss etwas ganz anderes sein. Irgendetwas muss sie gequält oder ganz aus der Fassung gebracht haben.«

»Meinst du?« Sie hätte ihm gern geglaubt.

»Und dann hat sie vielleicht an deinen Vater gedacht – daran, wie er gestorben ist –, und sie hat gedacht, warum soll ich es nicht ebenso machen.«

Nein, so war es nicht gewesen.

»Bei Papa war es etwas anderes«, sagte sie. »Er war alt und hatte zwei Schlaganfälle hinter sich. Während Mama ... Oh Gott«, sagte sie, »es muss doch Leute geben, deren Eltern auf natürliche Weise sterben.« Sie starrte in die Dunkelheit. »Weißt du, das Schlimme ist: Max hat ihr wahrscheinlich auch nicht geschrieben, oder wenn er geschrieben hat, ist sein Brief aus Griechenland nicht angekommen.«

»Das wäre immer noch kein Grund, Selbstmord zu begehen.«

Draußen auf der Straße klirrten Flaschen, dann hörte man das Pferd des Milchmanns zum Nachbarhaus trotten. In der Ferne startete ein Auto.

»Du musst das verstehen«, sagte sie, »wir hielten doch damals so fest zusammen. Wir konnten gar nicht anders; wir zogen von Land zu Land, und alles war gegen uns. Mama sagte immer, wenn Max und ich nicht wären, würde es sich nicht lohnen weiterzumachen – und sie hat uns ja durchgebracht; sie hat die Familie zusammengehalten.«

»Ich weiß.«

»Ich wünschte, ich hätte ihr geschrieben«, sagte sie.

———

Richard fuhr mit ihr im Bus zum Flughafen. Sie verabschiedeten sich in der dröhnenden Halle, in der es nach Farbe roch, und sie trennte sich von ihm, wie sie es sich vorgenommen hatte: gefasst.

Aber als sie dann an der Kontrolle ihren Pass herausholte, überkam sie plötzlich eine Welle der Verzweiflung.

Entsetzt bemerkte sie, dass Tränen ihr übers Gesicht rannen, ihre Wangen, ihren Hals und sogar den Kragen ihrer Bluse nässten. Sie konnte sich nicht rühren, stand da wie blind und wartete darauf, dass er ihr zu Hilfe kam.

»Was ist denn?«, rief er, aber sie konnte es auch nicht sagen.

»Es ist nichts«, sagte sie, »wirklich.« Sie war entsetzt, dass sie ihn so erschreckt hatte. »Es ist, weil ich nicht geschlafen habe«, sagte sie, »und ich kriege meine Tage. Du weißt doch, dass ich immer heule, wenn ich meine Tage kriege.«

Ihre Stimme kam ziemlich laut aus ihr heraus, und ein Mann mit einem steifen Hut drehte sich um und sah sie überrascht an. »Soll ich nicht doch mitkommen?«, fragte Richard. »Ich könnte heute mit einem späteren Flug oder morgen kommen.«

»Nein, nein, natürlich nicht. Es ist wirklich alles in Ordnung.« Sie küsste ihn. Dann nahm sie ihren Pass und rannte. »Ich schreibe dir«, rief sie ihm noch zu.

Sie wusste, es war zu dumm – aber sie hatte das Gefühl, ihn für immer zu verlassen.

Als sie erst im Flugzeug saß, fühlte sie sich besser.

Sie war erst zweimal in ihrem Leben geflogen und fand es immer noch aufregend, auf eine Welt von Puppenhäusern und -feldern und winzige kriechende Autos hinunterzuschauen. Es war eine Erleichterung, von allem abgeschnitten zu sein und zu wissen, dass Berlin erst in Stunden auftauchen würde. Sie schaute aus dem Fenster und richtete ihre Gedanken fest auf das, was sie dort sah. Als sie dann die Nordsee halb überquert hatten, trieben Wolken heran, und bald war nichts zu sehen als die graue Decke unten und oben der strahlend helle, leere Himmel. Sie lehnte sich zurück und dachte an Mama.

Komisch, dachte sie, in welcher Lage man sich Mama auch vorstellt, man denkt sie sich immer in Bewegung: die blauen Augen unter gerunzelten Brauen, die Lippen sprechend; Mama ringt ungeduldig die Hände, zupft ihr Kleid zurecht, betupft ihr winziges Stupsnäschen heftig mit der Puderquaste. Immer hatte Mama Angst, etwas an ihr könne in Unordnung geraten, falls sie nicht ständig alles überprüfte, und auch dann hatte sie das Gefühl, irgendetwas könne immer noch verbessert werden.

Anna erinnerte sich, wie Mama bei einem ihrer Besuche in England Konrad zum Mittagessen in Annas kleine möblierte Wohnung mitgebracht hatte. Anna hatte das einzige Gericht gemacht, das sie kochen konnte: eine große Portion Reis mit allen Zutaten, die gerade zur Hand waren. Bei dieser Gelegenheit hatte zu den Zutaten klein geschnittene Wurst gehört, und Konrad hatte höflich gesagt, die Wurst sei gut. Sofort hatte Mama gesagt: »Ich suche dir noch welche«, hatte zu Annas Ärger die Schüssel ergriffen, darin herumgestochert und ihm die Wurststückchen auf den Teller geschoben.

Wie konnte jemand, der sich mit solcher Besessenheit mit den Kleinigkeiten des täglichen Lebens befasste, plötzlich seinem Leben ein Ende machen wollen? Natürlich hatte Mama oft davon geredet. Aber das war in den letzten Jahren in Putney gewesen, als es ihr und Papa so schrecklich elend erging, und sogar damals hatte es niemand ernst genommen. Sie hatte so oft gerufen: »Ich wünschte, ich wäre tot!«, und »Warum soll ich denn noch weitermachen?«, dass beide, Anna und Papa, bald gelernt hatten, sie zu ignorieren.

Von dem Augenblick an, da es ihnen besser ging, in dem Augenblick, da die endlose Sorge ums Geld von ihr genommen war, war ihre Lebenslust zurückgekehrt. Sie beide, Anna und Papa, waren überrascht gewesen, wie schnell das gegangen war. Sie hatte aus Deutschland lange, begeisterte Briefe nach Hause geschickt. Sie war überall hingegangen und hatte sich alles angesehen. Sie hatte für die Amerikaner der Kontrollkommission so gut übersetzt, dass sie bald befördert worden war – von Frankfurt nach München, von München nach Nürnberg. Sie hatte es fertiggebracht, mit amerikanischen Truppentransportern mitgenommen zu werden, und sie war beladen mit Geschenken heimgekommen – mit amerikanischem Whisky für Papa, Nylonstrümpfen für Anna, Krawatten aus echter Seide für Max. Und sie hatte sich so gefreut, als die britische Kontrollkommission beschlossen hatte, auch Papa zu einem offiziellen Besuch nach Deutschland zu schicken.

Hamburg, dachte Anna. Ging der Flug nach Berlin über Hamburg? Sie schaute auf das flache Land hinunter, das jetzt immer öfter zwischen den Wolken sichtbar wurde. Es war seltsam, sich vorzustellen, dass irgendwo dort unten Papa begraben lag. Wenn Mama stirbt, würden sie sie wohl neben ihm begraben. Wenn Mama stirbt, dachte sie plötzlich fast gereizt, werde ich das Kind zweier Selbstmörder sein.

Es klickte; etwas wurde auf den Klapptisch vor ihr hingestellt, und Anna bemerkte eine Stewardess neben sich.

»Ich dachte mir, ein Kaffee würde Ihnen vielleicht guttun«, sagte sie. Anna trank ihn dankbar.

»Es tut mir so leid«, sagte das Mädchen mit amerikanischem Tonfall, »ich habe gehört, dass Sie einen Krankheitsfall in der Familie haben.« Anna dankte ihr und starrte dann wieder in den strahlenden Himmel und die sich auflösenden Wolken unten. Was erwarte ich eigentlich?, fragte sie sich. Konrad hatte nur gesagt, dass Mamas Zustand unverändert sei, über den Zustand selbst hatte er nichts gesagt. Und das war gestern Abend gewesen. Aber jetzt ... Nein, dachte Anna, sie ist nicht tot. Das würde ich spüren.

Als sie sich dem Ziel näherten, versuchte sie sich vorzustellen, wie es sein würde, Konrad wiederzusehen. Jedenfalls würde es nicht schwer sein, ihn zu erkennen, er war so groß und dick. Er überragte die anderen Leute. Er würde sich auf seinen Spazierstock stützen, wenn er wieder Rückenbeschwerden hatte, was häufig der Fall war; sein seltsam unproportioniertes Gesicht würde sie anlächeln, und er würde etwas Tröstliches sagen. Er würde gelassen sein. Man musste gelassen sein, wenn man unter Hitler in Deutschland blieb, um als jüdischer Anwalt andere Juden zu verteidigen.

Er war sogar gelassen geblieben, als man ihn in ein Konzentrationslager geschickt hatte. Er hatte sich ruhig und unauffällig verhalten und hatte so mehrere Wochen überlebt, bis es seinen Freunden gelang, ihn freizubekommen. Es war ihm nichts allzu Schlimmes geschehen, aber er sprach nie über das, was er gesehen hatte. Er sagte nur: »Du hättest mich sehen sollen, als ich herauskam«, und dann klopfte er sich auf seinen Bauch und setzte sein schiefes Lächeln auf: »Schlank – wie ein griechischer Jüngling.«

Er hatte bestimmt dafür gesorgt, dass Mama die beste ärztliche Versorgung zuteilwurde. Er war sehr praktisch. Anna erinnerte sich, wie Mama ihr erzählt hatte, dass er in England seine Frau und zwei Töchter durch Fabrikarbeit ernährt hatte. Die Töchter waren jetzt erwachsen, aber er schien nicht sehr an ihnen zu hängen und fuhr selten nach Hause.

»Wir nähern uns jetzt dem Flughafen *Tempelhof*«, sagte die Stewardess, und die Vorschriften über Sitzgurte und Zigaretten leuchteten auf.

Anna schaute zum Fenster hinaus. Sie waren immer noch hoch, und der Flughafen war noch nicht in Sicht. Wahrscheinlich gehört das alles noch zu Ostdeutschland, dachte sie, während sie auf die Felder und die kleinen Häuser hinuntersah. Sie sahen nicht anders aus als anderswo, und wahrscheinlich hatten sie unter den Nazis genauso ausgesehen. Hoffentlich landen wir nur auf der richtigen Seite, dachte sie.

———

Als sie das letzte Mal in Berlin gelandet war, war Richard bei ihr gewesen. Sie waren kurz entschlossen herübergekommen, um Mama mitzuteilen, dass sie heiraten würden. Es hatte eine eigentümlich gespannte Stimmung geherrscht, obwohl sie so glücklich gewesen war. Sie war ungern nach Berlin gekommen, und teils lag es auch an Mama. Nicht, dass Mama gegen ihre Heirat gewesen wäre – im Gegenteil, sie war entzückt gewesen. Aber Anna wusste, dass Mama jahrelang im Geheimen den Traum gehegt hatte, sie würde jemanden heiraten, der ganz anders war. In Putney, als Papas Gesundheit sich immer mehr verschlechterte und alles so hoffnungslos schien, hatte Mama ständig von dieser Heirat fantasiert. Es würde ein Lord sein – ein sehr vornehmer Lord mit einem großen Gut auf dem Land. Anna würde bei ihm in seinem Schloss wohnen und Mama auf dem Witwensitz (es gehörte immer ein Witwensitz zum Schloss, wie sie Anna erklärte). Eine apfelwangige Haushälterin würde Muffins backen, die Mama vor ihrem Kaminfeuer verzehrte, und an schönen Tagen würde Mama auf einem Schimmel durch den Park reiten.

Natürlich hatte sie das nicht ernst gemeint. Es war nur ein Scherz gewesen, um sie beide aufzuheitern, und im Übrigen konnte Mama, wie Anna ihr öfter vorgehalten hatte, doch gar nicht reiten. Und trotzdem, als sie Mama von Richard erzählte, wusste sie, dass Mama voller Bedauern von einem Bild in ihrem Hinterkopf Abschied nahm, das sie selbst hoch zu Ross zeigte, umgeben von Reitknechten oder Hunden oder was immer sie sich vorgestellt hatte, und dabei war es Anna unbehaglich geworden.

Und es war noch etwas anderes: Mama konnte sich unter Richards Arbeit nichts Richtiges vorstellen. Den größten Teil ihrer Informationen über England bezog sie von Max, der ihr als aufstrebender junger Anwalt eine zuverlässigere Quelle schien als Anna mit ihren künstlerischen Interessen, und Max hatte ihr gesagt, dass er keinen Fernsehapparat besitze, sie aber planten, einen für das Au-Pair-Mädchen anzuschaffen. Anna hatte Angst gehabt, Mama könne etwas Unpassendes zu Richard sagen oder etwas über ihn, wenn er in der Nähe war: Mamas Stimme war so laut.

Das war natürlich dumm, denn Richard konnte sehr wohl für sich selbst einstehen. Aber sie war Konrad dankbar gewesen, der Mama an gefährlichen Themen vorbeisteuerte. Sobald Mama anfing, über Literatur oder Theater zu sprechen (sie gab sowieso nur Papas Ansichten wieder, und das nicht einmal immer korrekt), sobald sie also mit diesen Themen anfing, hatte er sie mit seinem lieben schiefen Lächeln angesehen und gesagt: »Es hat keinen Zweck, in meinem Beisein darüber zu sprechen. Du weißt ganz genau, dass ich keine Bildung habe.«

Das Flugzeug kippte nach einer Seite. Über den Flügel hinweg konnte Anna plötzlich Berlin und den Flughafen dahinter ganz nah sehen. In einer Minute werden wir unten sein, dachte sie, und ganz plötzlich hatte sie Angst.

Was würde Konrad ihr sagen? Würde er ihr vorwerfen, dass sie Mama so lange nicht geschrieben hatte? Und wie würde sie Mama vorfinden? Bei Bewusstsein? Unter einem Sauerstoffzelt? Im Koma?

Während der Erdboden auf sie zukam, war es wie damals, als sie in der Schule zum ersten Mal vom Zehnmeterbrett gesprungen war. Ich stürze hinein, dachte sie. Jetzt muss es sein. Sie sah mit Bedauern, dass nicht einmal ein Wolkenschleier sie aufhielt. Der Himmel war klar, die Mittagssonne brannte auf das Gras unten und auf den Asphalt der Landebahn, die auf sie zugestürzt kam. Dann setzten die Räder auf, sie rasten kurz über die Landebahn und blieben dann zitternd stehen. Es war nichts mehr zu machen. Sie war da.

———

Konrad stand neben dem Eingang der Ankunftshalle und stützte sich auf seinen Spazierstock, so wie sie es erwartet hatte. Sie ging durch das Gebraus deutscher Stimmen auf ihn zu, und als er sie erkannt hatte, kam er ihr entgegen.

»Hallo«, sagte er, und sie bemerkte, dass sein großes Gesicht erschöpft und wie ausgelaugt aussah. Er umarmte sie nicht, wie er es sonst tat, er lächelte sie nur an und schüttelte ihr förmlich die Hand. Sie ahnte sofort Schlimmes.

»Wie geht es Mama?«, fragte sie.

Er sagte: »Unverändert.« Dann sagte er ohne Umschweife, dass Mama im Koma liege, dass der Zustand der Gleiche sei seit Samstagmorgen, als man sie gefunden hatte, und dass die Behandlung schwierig war, weil man lange nicht wusste, was für Tabletten sie genommen hatte.

»Ich habe heute Morgen an Max telegrafiert«, sagte er.

Sie sagte: »Sollen wir zum Krankenhaus fahren?«

Er schüttelte den Kopf. »Es hat keinen Sinn. Ich komme gerade von dort.«

Dann drehte er sich um und ging auf seinen Wagen zu. Trotz der Rückenbeschwerden und des Spazierstocks ging er rascher als Anna, so, als wolle er ihr entkommen. Sie eilte in immer größerer Angst durch den Sonnenschein hinter ihm her.

»Was sagen denn die Ärzte?«, fragte sie, damit er sich umdrehen musste, und er sagte mit müder Stimme: »Immer das Gleiche. Sie wissen es nicht.« Damit ging er weiter.

Das war schlimmer als alles, was sie erwartet hatte. Sie hatte erwartet, er würde ihr Vorwürfe machen, weil sie ihrer Mutter nicht geschrieben hatte, aber dass er nichts mehr mit ihr zu tun haben wollte, darauf war sie nicht gefasst gewesen. Mit Schrecken stellte sie sich vor, dass sie all das Schwere, das auf sie zukam, ohne seinen Beistand würde durchstehen müssen. (Wenn nur Richard hier wäre, dachte sie – aber sie verscheuchte den Gedanken gleich wieder, es hatte keinen Sinn.)

Als sie beim Auto ankamen, hatte sie ihn eingeholt und ihn gestellt, bevor er den Schlüssel ins Schloss stecken konnte.

»Es war meinetwegen, nicht wahr?«, sagte sie. »Weil ich nicht geschrieben hatte.«

Er ließ die Hand mit dem Schlüssel sinken und sah sie fassungslos an.

»Es wäre natürlich gut, wenn du deiner Mutter öfter schriebest«, sagte er, »und wenn auch dein Bruder das täte. Aber das ist nicht der Grund, warum sie versucht hat, sich umzubringen.«

»Aber warum dann?«

Es entstand eine Pause. Er wandte den Blick von ihr ab, schaute über ihre rechte Schulter, als hätte er plötzlich in der Ferne jemanden entdeckt, den er kannte. Dann sagte er steif: »Sie hatte Grund anzunehmen, dass ich ihr nicht treu war.«

Ihr erster Gedanke war: Das ist unmöglich, er macht mir etwas vor. Das sagt er nur, um mich zu trösten, damit ich mir keine Vorwürfe mache, falls Mama stirbt. Um Himmels willen, dachte sie, in ihrem Alter! Aber dann dachte sie: Bei klarer Überlegung konnte ich ja wohl nicht annehmen, dass Mamas Beziehungen zu Konrad völlig platonisch seien. Aber das!

Sehr vorsichtig sagte sie: »Liebst du jemand anderen?«

Er gab eine Art von Schnauben von sich: »Nein!«, und dann sagte er im gleichen steifen Ton: »Ich hatte eine Affäre.«

»Eine Affäre?«

»Es war nichts.« Er schrie jetzt beinahe vor Ungeduld. »Ein Mädchen in meinem Büro. Nichts.«

Sie versuchte, darauf eine Antwort zu finden, aber es gelang ihr nicht. Völlig ratlos kletterte sie ins Auto.

»Du musst sicher etwas essen.«

Er schien so erleichtert, die Sache mit der Affäre ausgespuckt zu haben, dass sie dachte, es muss wohl doch wahr sein. Während er den Wagen startete, sagte er: »Ich möchte dir deinen Aufenthalt hier so angenehm wie möglich machen. Soweit es die Umstände erlauben. Ich weiß, dass deine Mutter das wünschen würde. Wenn möglich, sollte es sogar ein kleiner Urlaub sein. Ich weiß, dass du diesen Sommer nicht weggekommen bist.«

Um Gottes willen, dachte sie.

Er machte eine ungeduldige Geste. »Ich verstehe natürlich, dass du alles darum geben würdest, nicht hier zu sein, sondern daheim bei Richard. Ich wollte nur sagen, wenn du nicht im Krankenhaus bist – und im Augenblick kannst du dort nicht viel tun –, dann solltest du es so angenehm haben, wie es nur geht.«

Er warf ihr einen Blick zu, und sie nickte, da er einen solchen Wert auf ihre Zustimmung zu legen schien.

»Also gut«, sagte er, »dann wollen wir damit beginnen, dass wir in ein nettes Lokal essen gehen.«

———

Das Restaurant lag zwischen den Kiefern des Grunewalds, ein beliebter Ausflugsort, der an diesem schönen Sonntag überfüllt war. Einige Gäste saßen sogar an kleinen Tischen im Freien, in Mäntel und Schals verpackt, denn die Luft war kühl.

»Erinnerst du dich an das Lokal?«, fragte er.

Eine ferne Erinnerung hatte sich in ihr geregt – die Form des Gebäudes, die Farbe der Steine kamen ihr bekannt vor.

»Vielleicht bin ich schon mit meinen Eltern hier gewesen. Nicht um zu essen, nur um etwas zu trinken.«

Er lächelte. »*Himbeersaft.*«

»Stimmt.« Natürlich Himbeersaft. Das tranken deutsche Kinder immer. Drinnen waren die Fenster beschlagen vom Atem der vielen Gäste, die es sich schmecken ließen, deren Mäntel an Haken an der braunen Täfelung nebeneinander hingen. Darüber prangten zwei Hirschgeweihe und das Bild eines Jägers mit Gewehr. Die lauten fröhlichen Stimmen übertönten das Geklirr von Messern und Gabeln, und Anna war gerührt und gleichzeitig misstrauisch, wie immer, wenn sie den Berliner Akzent hörte, der ihr von der Kindheit her so vertraut war.

»Diese Sache mit deiner Mutter hat sich über fast drei Wochen hingezogen«, sagte Konrad auf Englisch, und die Stimmen, die die zwiespältigen Assoziationen auslösten, wichen in den Hintergrund. »So lange hat sie es gewusst.«

»Wie hat sie es herausbekommen?«

»Ich habe es ihr gesagt.«

Warum, dachte sie, und als ob er sie gehört hätte, fuhr er fort: »Wir bewegen uns in einem so engen Kreis. Ich hatte Angst, sie würde es von jemand anders hören.«

»Aber wenn du diese Frau nicht liebst – wenn alles vorüber ist?«

Er zuckte die Schultern. »Du weißt, wie deine Mutter ist. Sie sagte, es könne nie wieder zwischen uns so werden wie zuvor. Sie sagte, sie hätte zu oft in ihrem Leben neu angefangen, sie hätte genug, und du und Max, ihr wärt erwachsen und brauchtet sie nicht mehr.« Er schwenkte die Hand, um all die anderen Dinge anzudeuten, die Mama gesagt hatte und die Anna sich nur zu gut vorstellen konnte. »Sie hat seit fast drei Wochen von Selbstmord gesprochen.«

Aber er hatte nicht ausdrücklich gesagt, dass zwischen ihm und der anderen Frau alles aus sei.

»Die Affäre ist natürlich vorbei«, sagte er.

Als das Essen kam, sagte er: »Nach dem Essen gehen wir ins Krankenhaus. Dann kannst du deine Mutter sehen und vielleicht mit einem der Ärzte sprechen. Aber erzähl mir jetzt von dir und von Richard.«

Sie erzählte ihm von Richards Serie, von der Wohnung und ihrer neuen Arbeit.

»Heißt das, dass du am Ende auch noch unter die Schriftsteller gehst?«

»Wie Richard, meinst du?«

»Oder wie dein Vater.«

»Ich weiß nicht.«

»Warum weißt du es nicht?«, fragte er beinahe ungeduldig.

Sie versuchte es zu erklären. »Ich weiß nicht, ob meine Begabung ausreicht. Und selbst dann ... es hat mich so viel Zeit und Arbeit gekostet, Zeichnen zu lernen. Ich weiß nicht, ob ich das alles noch einmal auf mich nehmen will.«

»Ich könnte mir vorstellen, dass du wirklich gut schreiben wirst.« Dann fügte er sofort hinzu: »Aber natürlich verstehe ich nichts davon.«

Sie versuchten, über allgemeine Themen zu sprechen: Ungarn, aber sie hatten beide am Morgen kein Radio gehört und kannten die letzten Nachrichten nicht, der wirtschaftliche Aufstieg in Deutschland; wie lange es dauern würde, bis Max einen Flug von Griechenland hierher bekam. Aber allmählich schlief das Gespräch ein, und endlich verstummten sie ganz. Die Geräusche der essenden und plaudernden Berliner wurden wieder hörbar. Vertraute, längst vergessene Wörter und Sätze.

»Bitte ein Nusstörtchen«, bestellte ein dicker Mann am Nebentisch.

Das habe ich auch immer gegessen, als ich klein war, dachte sie. Ein kleiner Kuchen mit Zuckerguss und einer Nuss obendrauf. Und Max hatte immer einen Mohrenkopf bestellt, der mit Schokolade überzogen und mit Creme gefüllt war. Sie hatten ihre Vorliebe nie geändert und hatten schließlich beide geglaubt, dass das eine Gebäck nur für Mädchen und das andere nur für Jungen wäre.

»Ein Nusstörtchen«, sagte der Kellner und stellte den Kuchen vor den Mann auf den Tisch. Den Bruchteil einer Sekunde lang war Anna selbst jetzt noch überrascht, dass der Mann das Törtchen vom Kellner tatsächlich bekam.

»Du isst gar nicht«, sagte Konrad.

»Verzeihung.« Sie spießte ein Kartoffelstückchen auf die Gabel.

»Versuch zu essen. Es ist besser. Die nächsten Tage werden schwer genug sein.«

Sie nickte und aß, während er sie beobachtete.

»Deine Mutter liegt in einem deutschen Krankenhaus. Es ist in diesem Fall ebenso gut wie das amerikanische, und es lag näher. Und ich dachte mir auch, wenn deine Mutter sich wieder erholt, wird es für sie leichter sein, wenn die Amerikaner nichts von ihrem Selbstmordversuch wissen.« Er wartete auf ihre Zustimmung, und sie nickte wieder.

»Als ich sie fand …«

»Du hast sie gefunden?«

»Natürlich.« Er schien überrascht. »Du musst wissen, ich hatte Angst, dass dies geschehen könnte. Ich blieb bei ihr, so viel es mir möglich war. Aber am Abend davor schien sie ganz in Ordnung, und ich ließ sie allein. Aber am nächsten Tag hatte ich so ein seltsames Gefühl … Ich ging in ihre Wohnung und fand sie. Ich stand da und schaute sie an und wusste nicht, was ich tun sollte.«

»Was meinst du damit?«

»Vielleicht …«, sagte er, »vielleicht war es das, was sie wirklich wollte. Sie hatte immer wieder gesagt, dass sie müde sei. Ich weiß nicht … ich weiß immer noch nicht, ob das, was ich dann tat, richtig war. Aber ich dachte an dich und an Max, und ich fand, dass ich die Verantwortung nicht übernehmen könne.«

Als sie nicht mehr essen konnte, stand er auf.

»Komm«, sagte er, »wir gehen zu deiner Mutter. Versuch, es dir nicht allzu sehr zu Herzen zu nehmen.«

———

Das Krankenhaus war ein freundliches altes Gebäude in einem baumreichen Park. Ein Mann rechte Laub zusammen und ein anderer lud es in eine Schubkarre. Schon als sie sich dem Eingang näherten, krampfte sich ihr der Magen zusammen, wehrte sich gegen die Mahlzeit, die sie widerwillig gegessen hatte, und sie fürchtete einen Augenblick lang, sie müsse sich übergeben.

In der Eingangshalle wurde sie von einer sehr properen Schwester in gestärkter Schürze empfangen. Ihr Gesicht war gespannt und sie sah die beiden missbilligend an, so, als gebe sie ihnen die Schuld für das, was mit Mama geschehen war.

»Bitte kommen Sie mit«, sagte sie auf Deutsch.

Anna ging voraus, Konrad lief hinter ihr. Das Haus wirkte eher wie ein Sanatorium – holzgetäfelte Wände und Läufer statt Kacheln und Linoleum. Es sieht nicht wie ein Krankenhaus aus, eher wie ein Sanatorium, sagte sie sich, um nicht an das denken zu müssen, was sie erwartete. Korridore, Treppen, wieder Korridore, dann eine große Diele voller Schränke und medizinischer Geräte. Plötzlich blieb die Schwester stehen und zeigte auf einen Apparat unter einer Schutzhülle; dahinter stand ein Bett. Jemand lag regungslos darin. Warum war Mama nicht in einem Zimmer? Warum hatte man sie hier auf einen Flur geschoben? »Was ist passiert?«, rief sie so laut, dass sie alle drei zusammenschraken. »Gar nichts«, sagte Konrad, und die Schwester erklärte in pikiertem Ton, dass nichts Besonderes geschehen war: Da Mama dauernd beobachtet werden musste, war dies der beste Ort für sie. Alle paar Minuten kam ein Arzt oder eine Schwester hier vorbei, und so konnte man sie im Auge behalten. »Sie wird sehr gut versorgt«, sagte Konrad. Sie traten an das Bett und betrachteten Mama.

Man konnte nicht viel von ihr sehen. Nur das Gesicht und einen Arm. Alles andere war mit Laken bedeckt. Das Gesicht war sehr blass. Die Augen waren geschlossen – nicht auf eine normale Weise geschlossen, sondern fest zugedrückt, so, als hielte Mama sie absichtlich zu. Aus ihrem Mund ragte etwas heraus, und Anna sah, dass es das Ende einer Röhre war, durch die Mamas Atem dünn und unregelmäßig kam. Eine andere Röhre führte vom Arm zu einer Flasche, die neben dem Bett an einem Ständer hing.

»Es scheint sich nichts geändert zu haben«, sagte Konrad.

»Man muss sie aus dem Koma herausholen«, sagte die Schwester. »Am besten ruft man sie beim Namen.« Sie beugte sich über das Bett und tat es. Nichts geschah. Sie zuckte die Schultern. »Na«, sagte sie, »eine vertraute Stimme ist immer besser. Wenn Sie sie ansprechen, hört sie vielleicht.«

Anna blickte auf Mama und die Röhren hinunter.

»Auf Englisch oder Deutsch?«, fragte sie, und gleich darauf wunderte sie sich, dass sie etwas so Dummes hatte sagen können.

»Das müssen Sie selbst entscheiden«, sagte die Schwester. Sie nickte steif und verschwand zwischen den verhüllten Apparaturen.

Anna sah Konrad an.

»Versuch es«, sagte er. »Man kann nie wissen. Vielleicht hilft es.« Er blieb einen Augenblick stehen und blickte auf Mama hinunter. »Ich warte unten auf dich.«

Anna war mit Mama allein. Der Versuch, mit Mama zu sprechen, kam ihr ganz unsinnig vor.

»Mama«, sagte sie zaghaft auf Englisch. »Ich bin's, Anna.«

Mama rührte sich nicht. Sie lag da wie zuvor mit der Röhre im Mund und den fest geschlossenen Augen.

»Mama«, sagte sie lauter, »Mama!«

Sie fühlte sich seltsam befangen. Als ob es in diesem Augenblick auf meine Gefühle ankäme, sagte sie sich schuldbewusst. »Mama! Du musst aufwachen, Mama!«

Aber Mama gab kein Zeichen, ihre Augen blieben hartnäckig geschlossen, ihr Geist schien entschlossen, nichts mit dieser Welt zu tun haben zu wollen.

»Mama«, rief sie. »Mama! Bitte wach auf!«

Mama, dachte sie, ich hasse es, wenn du deine Augen geschlossen hältst. Du bist eine böse Mama. Sie war auf Mamas Bett geklettert, Mamas großes Gesicht auf dem Kissen, sie hatte versucht, die Lider mit ihren winzigen Fingern zu öffnen. Mein Gott, dachte sie, damals muss ich höchstens zwei Jahre alt gewesen sein.

»Mama! Wach auf, Mama!«

Eine Schwester mit Betttüchern auf dem Arm trat hinter sie und sagte auf Deutsch: »So ist's richtig.« Sie lächelte, als wolle sie Anna bei einer Art Sport antreiben. »Auch wenn keine Reaktion erfolgt«, sagte sie, »dringt Ihre Stimme vielleicht durch.«

Anna fuhr also fort zu rufen, während die Schwester die Betttücher in einen Schrank ordnete und wieder wegging. Sie rief auf Englisch und auf Deutsch. Sie sagte Mama, dass sie nicht sterben dürfe, dass ihre Kinder sie brauchten, dass Konrad sie liebe, dass alles wieder gut werde. Und während sie rief, fragte sie sich, ob irgendetwas davon wahr sei und ob es recht sei, Mama so etwas zu sagen, auch wenn sie es wahrscheinlich nicht hörte.

Zwischen ihren Anrufen betrachtete sie Mama und stellte sie sich vor, wie sie in der Vergangenheit gewesen war. Mama zupft an einem Pullover und sagt: »Findest du ihn nicht hübsch?« Mama in der Pariser Wohnung: Sie triumphiert, weil es ihr gelungen ist, Erdbeeren zum halben Preis zu kaufen. Mama wehrt ein Rudel Jungen ab, die Anna in der Schweiz von der Dorfschule nach Hause verfolgt hatten. Mama isst, Mama lacht, Mama zählt ihr Geld und sagt: »Irgendwie werden wir schon zurechtkommen.« Und die ganze Zeit beobachtete ein winziger Teil ihrer selbst die Szene und stellte die Ähnlichkeit mit etwas in der Fernsehserie »Dr. Kildare« fest und wunderte sich, dass etwas so Niederschmetterndes gleichzeitig so kitschig sein konnte.

Schließlich konnte sie es nicht mehr ertragen und suchte die Schwester, die sie zu Konrad zurückbrachte.

———

Im Auto wurde ihr wieder schlecht, und sie nahm das Hotel, in dem Konrad sie untergebracht hatte, kaum wahr. Sie hatte einen Eindruck von Schäbigkeit, jemand führte sie eine Treppe hinauf, und Konrad sagte: »Ich hole dich zum Essen ab«, und dann lag sie auf einem breiten Bett unter einer großen, deutschen Steppdecke in einem fremden, halb verdunkelten Raum.

In der Stille legte sich das Gefühl der Übelkeit allmählich. Die Anspannung, dachte sie. Sie hatte ihr Leben lang so reagiert. Sogar als sie noch ganz klein war und Angst vor Gewittern hatte. Sie hatte im Bett gelegen und gegen ihre Übelkeit angekämpft, während der Donner grollte und Blitze zuckten. Dann hatte Max ihr aus der Schublade ein frisch gebügeltes Taschentuch geholt, das sie sich auf den Bauch legte. Aus irgendeinem Grund hatte das sie immer geheilt.

Sie hatten unter deutschen Steppdecken wie dieser hier geschlafen, nicht unter Laken und Wolldecken wie in England. Die Steppdecken hatten in Bezügen gesteckt, die an einem Ende zugeknöpft waren, und um ein längst vergessenes, eingebildetes Missgeschick zu vermeiden, hatten sie vor dem Einschlafen immer gerufen: »Knöpfe nach unten.« Viel später, nach Papas Tod, hatte sie es Max gegenüber in dem Hamburger Hotel erwähnt, aber er hatte sich nicht daran erinnern können.

Damals waren sie zum letzten Mal alle zusammen gewesen, sie und Max und Mama und Papa – auch wenn Papa tot war. Denn Papa hatte so viele Notizen und Botschaften hinterlassen, dass sie eine Zeit lang das Gefühl gehabt hatten, er sei noch bei ihnen.

»Ich habe ihm doch *gesagt*, das soll er nicht tun«, hatte Mama gesagt, so, als hätte Papa an einem regnerischen Tag ohne Überschuhe ausgehen wollen. Sie hatte nicht gewollt, dass Papa Abschiedsbriefe schrieb, denn sie wusste nicht, was geschehen würde, wenn es bekannt wurde. »Als ob das nicht nur ihn selbst etwas anginge«, sagte sie.

Sie hatte Papa eines Abends allein gelassen und hatte gewusst, dass er die Tabletten nehmen würde, die sie ihm gebracht hatte, und dass sie ihn nicht mehr lebend wiedersehen würde. Was hatten sie einander an diesem letzten Abend gesagt? Und Papa – was würde er zu dem sagen, was jetzt geschehen war? Er hatte so sehr gewünscht, dass Mama glücklich sein sollte. »Du sollst keine Witwe sein«, hatte er in seinem letzten Brief an sie geschrieben. Und Max und ihr hatte er geschrieben: »Kümmert euch um Mama.«

Ein Luftzug hob die Vorhänge, und ein Lichtschimmer fiel ins Zimmer. Die Vorhänge waren aus einem groben, schweren Stoff, und wenn sie sich bewegten, bildeten die Fäden des Gewebes fließende und sich verschiebende Muster aus winzigen Horizontalen und Vertikalen. Sie folgte ihnen mit den Augen, während vage, unzusammenhängende Bilder durch ihr Bewusstsein trieben: Papa in Paris, auf dem Balkon der engen möblierten Wohnung, in der sie zwei Jahre verbracht hatten. Papa sagt: »Man kann den Arc de Triomphe sehen, das Trocadero und den Eiffelturm!« Sie ist auf dem Heimweg und begegnet Papa auf der Straße. War das in London? Nein, in Paris, in der Rue Lauriston, wo später, während des Krieges, die Deutschen ihr Gestapo-Hauptquartier hatten. Papas Lippen bewegen sich, ohne dass er sich der Vorübergehenden bewusst wäre, formen sie Worte und Sätze, und plötzlich sieht er sie und lächelt.

Die Pension in Bloomsbury an einem heißen, sonnigen Tag. Sie findet Mama und Papa auf dem Streifen Bleidach vor dem offenen Zimmerfenster, Papa auf einem steiflehnigen Stuhl, Mama auf einer alten Decke ausgestreckt. »Wir nehmen ein Sonnenbad«, sagte Papa mit seinem leisen ironischen Lächeln, aber vom Londoner Himmel trieben Rußflocken und schwärzten alles, was man anfasste. »Man kann nicht einmal mehr sonnenbaden«, sagte Mama; Rußkörnchen hatten sich auf ihr und Papa niedergelassen, und ihre Kleider, ihre Hände und Gesichter waren mit schwarzen Punkten übersät. Sie vermischten sich mit den Mustern des Vorhangs, immer noch saßen Mama und Papa da, und die Rußflocken schwebten herab, und auch Anna schwebte, schwebte und fiel. »Das Wichtigste beim Schreiben«, sagte Richard, aber das Flugzeug landete mit solchem Lärm, dass sie nicht mehr hörte, was so wichtig war, und Papa kam ihr auf dem Landesteg entgegen. »Papa«, sagte sie laut und fand sich in dem fremden Bett wieder und wusste einen Augenblick lang nicht, ob sie geschlafen oder gewacht hatte.

Wie auch immer – sie konnte nur ganz kurz geschlafen haben, denn das Licht hatte sich nicht verändert. Es ist Sonntagnachmittag, dachte sie. Ich liege in einem fremden Zimmer in Berlin, und es ist Sonntagnachmittag. Wieder teilte die Zugluft die Vorhänge, und kleine Lichtflecke tanzten über die Steppdecke, über die Wand und verschwanden wieder. Es musste draußen noch sonnig sein. Sie stand auf, um nachzusehen.

Vor dem Fenster lag ein Garten mit Bäumen und Büschen, im langen Gras lag Herbstlaub. In der Nähe des schadhaften Holzzauns regte sich etwas, etwas leuchtend Gelbrotes sprang, hing an einem wild wippenden Zweig, beschrieb eine Spirale um den Stamm, saß oben und schaukelte im Wind. Ein rotes Eichhörnchen. Natürlich. In Deutschland gab es viele rote Eichhörnchen. Sie beobachtete, wie das Tierchen sich putzte, während der Wind das Schwanzhaar auseinanderblies. Es war ihr überhaupt nicht mehr übel.

Papa hätte das schaukelnde Eichhörnchen gefallen. Er hatte nichts mehr von Richard erfahren oder davon, dass Max eine kleine Tochter hatte und dass die Welt sich nach Jahren des Schreckens und des Elends wieder in einen so erfreulichen Ort verwandelte.

Aber ich lebe, dachte sie plötzlich. Was auch immer geschieht, ich lebe noch.

———

Konrad holte sie um sechs Uhr ab. »Wir verbringen den Abend mit Freunden«, sagte er. »Ich hielt es für das Beste. Sie hatten deine Mutter und mich zum Bridge eingeladen, sie erwarten mich also auf alle Fälle. Natürlich wissen sie nur, dass sie eine Lungenentzündung hat.«

Anna nickte.

Während sie durch die dämmrigen, baumreichen Straßen fuhren, hatte sie wieder das Gefühl, dass alles ihr irgendwie vertraut war. Gelbe Lichter schimmerten durch die Bäume, die schwankende Schatten auf das Pflaster warfen.

»Dies ist das Grunewaldviertel«, sagte Konrad. »Hier habt ihr gewohnt. Erinnerst du dich noch?«

Sie erinnerte sich nicht an die Straßen, wohl aber an das Empfinden, das sie gehabt hatte, wenn sie früher durch sie ging. Sie erinnerte sich: Es war schon dunkel, und sie ging mit Max nach Hause. Während sie von einer Straßenlaterne zur anderen sprangen und schlitterten, versuchte jeder, auf den Schatten des anderen zu treten. Sie dachte: Das ist das beste Spiel, das wir uns je ausgedacht haben. Wir werden es immer, immer, immer spielen ...

»Es hat kaum unter den Bomben gelitten«, sagte Konrad. »Vielleicht hättest du Lust, dich morgen in der Umgebung deines alten Zuhauses umzusehen.«

Sie nickte.

Eine Reihe von Läden, unerwartet hell erleuchtet, warf rechteckige Lichtflecken auf den Bürgersteig. *»Apotheke«, »Papiergeschäft«, »Blumenladen«* stand in Leuchtschrift über einem Schaufenster, und während sie das deutsche Wort las, hatte sie das Gefühl, plötzlich sehr nahe am Boden zu sein, umgeben von großen Blättern und überwältigenden Düften. Riesige, leuchtende Blumen nickten und schwankten über ihr auf Stängeln, so dick wie ihr Handgelenk, sie klammerte sich an eine riesige Hand an einem riesigen Arm, der sich in den Dschungel über ihrem Kopf erstreckte. *Blumenladen*, dachte sie zögernd. *Blumenladen.* Dann verschwand der Laden in der Dunkelheit, und sie saß wieder ein wenig benommen neben Konrad im Auto.

»Wir sind fast da«, sagte er auf Englisch, und sie nickte wieder.

Er bog in eine Seitenstraße ein, fuhr durch eine Gruppe von Bäumen hindurch und hielt vor einem Holzhaus, einem aus einer Gruppe gleicher Häuser, die ziemlich nah beieinander standen, durch dürftige Rasenstücke getrennt.

»Amerikanische Behelfswohnungen«, sagte er. »Die Goldblatts sind eben erst hier eingezogen.«

Sie stiegen eine Treppe hinauf, und als Hildy Goldblatt die Tür öffnete, war es Anna, als sei sie wieder während des Krieges in England, denn mit dem gekräuselten Haar, den sorgenvollen dunklen Augen, der Stimme, die klang, als ob jemand darauf gesessen hätte, kam Hildy ihr wie der Inbegriff aller Emigranten vor, die sie je kennengelernt hatte.

»Da ist sie ja«, rief Hildy und breitete die Arme aus. »All the way from London, um ihre kranke Mama zu besuchen. Und wie geht es ihr heute?«

Konrad antwortete hastig, dass Mamas Lungenentzündung sich ein wenig gebessert habe – dies stimmte, er hatte vor dem Weggehen das Krankenhaus angerufen –, und Hildy nickte. »... wird schon wieder werden.«

Ihr Mann, mager, klein und grauhaarig, war neben ihr in der Diele erschienen. »Heutzutage ist Lungenentzündung nicht schlimm. Ganz anders als früher.«

»Früher – na ja.« Sie hoben die Hände und die Augenbrauen und lächelten einander an, erinnerten sich nicht nur an die Gefährlichkeit von Lungenentzündung, sondern auch an all die anderen Fährnisse, die sie in der Vergangenheit überstanden hatten. »Heutzutage ist alles anders«, sagte sie.

Während Hildy sie zu einem üppig gedeckten Tisch führte (»Let's eat«, sagte sie, »dann haben wir's hinter uns.«), wunderte Anna sich, dass die Goldblatts in all den Jahren in England und auch jetzt, wo sie bei den Amerikanern in Deutschland arbeiteten, sich nie entschieden hatten, ob sie eigentlich Englisch oder Deutsch sprechen wollten. Aber die Mischung kam ihr liebenswert vertraut vor, und sie hätte auch die Mahlzeit, die Hildy auftischte, fast in jeder Einzelheit voraussagen können. Im London der Kriegszeit wäre es eine Knödelsuppe gewesen, gefolgt von Apfelkuchen. In Berlin, wo man Zugang zum Laden der amerikanischen Truppe hatte, gab es zusätzlich einen Gang, der aus Steak und Bratkartoffeln bestand.

Während Hildy ihr den Teller volllud, glitt die Konversation zwischen den beiden Sprachen hin und her, und es hatte, wie sie fand, etwas Beruhigendes. Erwin Goldblatt arbeitete mit Konrad zusammen bei der JRSO, der Wiedergutmachungsbehörde, wo sie die Ansprüche der Millionen Juden bearbeiteten, die unter den Nazis ihre Familien, ihre

Gesundheit und ihren Besitz verloren hatten. »Natürlich kann man sie nicht wirklich entschädigen«, sagte Erwin. »Nicht mit Geld.« Und Konrad sagte: »Man tut, was man kann.« Sie sprachen von der Arbeit, von den alten Zeiten in London (»Ich kann euch sagen, Finchley im Jahre 1940, das waren keine Sommerferien!«), von Kollegen in Nürnberg, wo sie sich alle kennengelernt hatten.

»Und Ihr Bruder?«, fragte Hildy. »Was macht er? Er ist in Griechenland, wie Ihre Mutter sagte.«

»Er hat einen wichtigen Fall, er vertritt einen griechischen Reeder«, sagte Anna. »Er musste wegen einer Besprechung hinfahren, und der Reeder hat ihm anschließend für sich und seine Familie ein Ferienhaus zur Verfügung gestellt. Leider ist es auch noch von Athen weit weg auf einer kleinen Insel. Er wird bestimmt einige Zeit brauchen, um herzukommen.«

Hildy machte ein überraschtes Gesicht. »Der Max kommt auch. Ist es denn so ernst?«

Ich hätte das nicht sagen sollen, dachte Anna.

Konrad kam ihr zu Hilfe. »Lungenentzündung ist kein Spaß, auch heutzutage nicht, Hildy. Ich fand es besser, ihn zu verständigen.«

»Ja, ja.« Aber sie hatte etwas erraten. Ihre klugen Augen suchten kurz die ihres Mannes, dann wandten sie sich wieder Konrad zu. »Such a lot of worries«, sagte sie vage.

»Ach, always worries.« Konrad seufzte und bot Anna Kuchen an. »Aber dieser junge Mann«, sagte er, und sein Gesicht erhellte sich, »seit Kurzem erst Anwalt, und schon stellen ihm Reeder ihre Landhäuser zur Verfügung. Er macht Karriere!«

»Du weißt doch, wie sie über ihn spricht«, rief Hildy. »The wonder boy. Er bekam ein Stipendium für Cambridge.«

»Und ein Stipendium für sein Jurastudium«, sagte Anna.

Hildy tätschelte ihr die Hand. »Da sehen Sie«, sagte sie. »Es wird alles wieder gut. Ganz gleich, wie krank sie ist, wenn die Mutter ihren Sohn sieht, steht sie aus ihrem Bett auf und wandelt.«

Alle lachten. Und sie hat ganz Recht, dachte Anna. Mama würde für Max alles tun. Etwas in ihr dachte gleichzeitig: Was in Gottes Namen tue ich denn hier? Aber sie unterdrückte diesen Gedanken schnell wieder.

Hildy ging in die Küche und kam gleich darauf mit der Kaffeekanne zurück. »Das Mädele sieht müde aus«, sagte sie, während sie Anna eine Tasse reichte. »Was können wir für Sie tun?«

Erwin sagte: »A drink«, aber Hildy schüttelte den Kopf. »Einen Drink gibt es hinterher. Für jetzt weiß ich was Besseres.«

Sie winkte, und Anna verließ hinter ihr das Zimmer. Sie fühlte, dass sie nahe daran war, die Fassung zu verlieren. Ich will keinen Drink, dachte sie, und keinen Kaffee und Kuchen mehr. Ich will einfach nach Hause. Sie stand jetzt neben Hildy in der Diele. Diese war leer bis auf ein kleines Tischchen mit einem Telefon darauf. Hildy wies auf den Apparat.

»Wollen Sie nicht Ihren Mann mal anrufen?«, fragte sie.

»Meinen Sie?«, sagte Anna. Sie fühlte, wie ihr Tränen in die Augen stiegen, und dachte, ich mache mich lächerlich.

»Aber natürlich.«

»Nun, wenn Sie meinen.« Sie blinzelte, um die Tränen zurückzudrängen. »Ich weiß nicht, was mit mir ist – ich fühle mich so ...« Sie wusste selber nicht, was es war.

Hildy klopfte auf das Telefon.

»Rufen Sie ihn an«, sagte sie und ließ Anna allein.

Als sie ins Wohnzimmer zurückkam, tranken alle Cognac.

»Seht sie euch an«, rief Erwin. »Sie sieht schon ganz anders aus.«

Konrad tätschelte ihr die Schulter. »Alles in Ordnung?«

»Ja.« Allein Richards Stimme zu hören, hatte ihr geholfen.

Um Hildys Telefonrechnung zu schonen, hatten sie nur ganz kurz miteinander gesprochen. Sie hatte ihm erzählt, dass sie Mama gesehen habe – aber nichts über Konrad, der ja im Zimmer nebenan saß –, und er hatte berichtet, dass er versuche, mit dem Drehbuch weiterzukommen, und dass er zu Mittag das kalte Lammfleisch gegessen hatte.

Es war eine Rückverbindung mit einem wesentlichen Teil ihres Selbst gewesen, eine Verbindung, die sich sonst auf gefährliche Weise hätte lockern können. Mittendrin hatte sie plötzlich gefragt: »Spreche ich mit deutschem Akzent?« Er hatte beruhigend gelacht und gesagt: »Natürlich nicht.«

»Entschuldigen Sie«, sagte sie. »Es ist alles ein wenig verwirrend.«

Sie gaben ihr Cognac, den sie trank, und plötzlich wurde der Abend ganz heiter. Erwin erzählte alte Emigrantenwitze, die Anna seit ihrer

Kindheit kannte, aber die sie jetzt aus irgendeinem Grund belustigten. Sie sah, dass auch Konrad sich zurücklehnte und lachte.

»Ach, the worries we've had, the worries we've had.« Hildy hatte noch einen Kuchen gebracht, diesmal einen Schokoladenkuchen, und drängte ihre Gäste, zuzugreifen. »Und am Ende ist doch alles wieder gut geworden, und man denkt sich: Ich hab so viel ge-worried – besser wär's gewesen, ich hätte in der Zeit noch eine Sprache gelernt.«

Alle lachten bei dem Gedanken, dass sich Hildy zu ihrem Flüchtlingsenglisch noch an einer anderen Sprache versucht hätte, und sie tat so, als wollte sie ihnen den Kuchen an den Kopf werfen.

»Ihr könnt lachen«, sagte sie, »aber es stimmt doch. Das meiste kommt doch zu einem guten Ende.« Sie warf Erwin einen Blick zu. »Nicht alles, natürlich. Aber das meiste.«

Erwin sah sie liebevoll an. »Nu, was wollt ihr«, sagte er, »wenigstens ist es besser als früher.«

Als Anna wieder in ihrem Hotelzimmmer war, hatte sie beinahe ein schlechtes Gewissen, weil sie den Abend so genossen hatte. Aber was hätte ich sonst tun sollen, dachte sie. Sie lag im Dunkeln unter ihrer deutschen Steppdecke und hörte im Garten eine Katze schreien. In der Ferne ratterte und rumpelte ein Zug über eine Weiche.

Plötzlich fiel ihr ein, dass sie auch als kleines Mädchen so im Bett gelegen und fernen Zügen gelauscht hatte. Wahrscheinlich ist es dieselbe Strecke, dachte sie. Manchmal, wenn sie wach gelegen hatte, während alle anderen schliefen, hatte das Rattern der Güterzüge, die endlos durch die Nacht rollten, sie getröstet. Nachdem Hitler gekommen war, hatten Güterzüge eine ganz andere Fracht zu ganz anderen Bestimmungsorten gebracht. Sie fragte sich, ob andere deutsche Kinder trotzdem durch das Rattern in der Nacht getröstet worden waren, da sie ja nicht wussten, was die Züge enthielten. Sie fragte sich, was später mit den Zügen geschehen war, ob sie immer noch in Gebrauch waren. Die Katze schrie, und der Wind trug das Rumpeln eines zweiten Zuges zu ihr. Vielleicht geht es Mama morgen besser, dachte sie und schlief ein.

Als sie am Morgen aufwachte, goss es. Noch be-

Montag vor sie die Augen in das **graue Licht des Raumes** öffnete, hörte sie den **Regen gegen die Scheibe** trommeln und über die Dachrinne platschen. Im Garten
war fast alles Laub von den Bäumen gewaschen worden, und sie hoffte,
dass die Katze Unterschlupf gefunden hatte.

Während sie über verschlissene Läufer und vorbei an verblichenen Ta-
peten nach unten ging, bemerkte sie zum ersten Mal, dass dies kein
richtiges Hotel war, sondern ein notdürftig umgebautes Privathaus. Es
schienen nur wenige Gäste da zu sein, denn der Frühstücksraum war
leer bis auf einen älteren Mann, der bei ihrem Eintritt aufstand und
ging. Sie setzte sich an den einzigen Tisch, an dem noch gedeckt war,
und sofort erschien eine kleine krummbeinige Frau, an die sie sich vom
Vortag her erinnerte, mit einem Tablett.

»Jut jeschlafen?«, fragte sie in einem breiten Berlinerisch. »Sie sehen
heute besser aus. Als ich Sie gestern sah, dachte ich, die ist fix und
fertig.«

»Es geht mir jetzt gut, danke«, sagte Anna. Wie gewöhnlich, betonte
sie ihren englischen Akzent und sprach zögernder als nötig. Sie wollte
auf jeden Fall verhindern, dass man sie für eine Deutsche hielt.

»Ich bringe Ihnen Ihr Frühstück.«

Die Frau war in mittlerem Alter, ihr helles Haar war so farblos, man
konnte es für blond oder für grau halten. Sie hatte sehr helle, scharfe
Augen. Während sie auf ihren kurzen Beinen herumwieselte, redete sie
ununterbrochen.

»Der Herr hat angerufen; er kommt Sie gegen neun abholen. Es ist
schrecklich nass draußen. Es regnet Strippen, so nennen wir das in Berlin, denn es sieht aus wie lange Schnüre, nicht wahr? Ich hab richtige
Angst, nach draußen zu gehen, aber ich muss ja einkaufen, es ist sonst
niemand da.«

Während sie redete, brachte sie Anna eine kleine Blechkanne mit Tee,
Butter, Marmelade und Brötchen.

»Danke«, sagte Anna und goss sich Tee ein.

»Ich gebe kein Abendessen, aber wenn Sie wünschen, könnte ich Ihnen
immer mal ein Ei kochen, oder Sie können Hering haben oder etwas
Blumenkohl.«

Anna nickte und lächelte kurz, und die Frau, beeindruckt von so viel englischer Reserviertheit, zog sich zurück.

Sie blickte auf ihre Uhr. Es war erst kurz nach halb neun, sie hatte reichlich Zeit. Wie mochte es Mama gehen? Wahrscheinlich unverändert, sonst hätte Konrad, als er anrief, darauf bestanden, sie zu sprechen. Sie schmierte sich ein Brötchen und nahm einen Bissen. Es schmeckte fast genau wie in ihrer Kindheit.

»Es sind noch mehr Brötchen da, wenn Sie möchten«, sagte die Frau, die den Kopf durch die Küchentür gesteckt hatte.

»Nein, danke«, sagte Anna.

Als sie klein war, hatte es zum Frühstück für jeden immer nur ein Brötchen gegeben. »Wenn ihr noch Hunger habt, könnt ihr Brot essen«, hatte Heimpi, die Haushälterin, immer gesagt, während Anna und Max vor der Schule ihr Brötchen verschlangen. Anna war von der Unumstößlichkeit dieser Regel so überzeugt, dass sie einmal, als sie über die Existenz Gottes grübelte und dabei sehr hungrig wurde, ein Wunder herausforderte.

»Wenn sie mir ein zweites Brötchen geben«, hatte sie zu ihm gesagt, »dann werde ich wissen, dass du existierst.« Und ehrfürchtiges Erstaunen überkam sie, als Heimpi ihr tatsächlich eines hinhielt.

Es war ein schlechter Handel gewesen, wie sie fand, denn monatelang hatte sie der Gedanke bedrückt, dass sie als Einzige in einer Familie von Agnostikern einen Beweis für die Existenz Gottes hatte. Zuerst hatte sie es spannend gefunden, wenn sie dastand und mit Mama und Papa plauderte und gleichzeitig die Hände auf dem Rücken zum Gebet gefaltet hielt und dachte: Die haben ja keine Ahnung, was ich jetzt tue. Aber schließlich war es zu einer solchen Bedrückung geworden, dass Mama sie gefragt hatte, ob sie Sorgen habe. Sie erinnerte sich noch, wie sie Mama angesehen hatte, die im Sonnenlicht stand, das durch das Wohnzimmerfenster schien, wie sie überlegt hatte, was sie ihr antworten könnte.

In jenen Tagen beschäftigten sie recht unterschiedliche Dinge: Sie machte sich Sorgen über Gott wie auch über ein Heft Tombolalose, deren Verkauf sie leichtsinnigerweise in der Schule übernommen hatte und die sich nicht an den Mann bringen ließen. Sollte sie Mama das von den Losen oder von Gott sagen? Sie hatte prüfend Mamas Gesicht betrachtet – die Direktheit der blauen Augen, die kindliche Stupsnase und der energische, unkomplizierte Zug um den Mund –, dann hatte sie sich entschieden. Sie hatte ihr das von den Tombolalosen erzählt. Während sie dasaß und in dem schäbigen Frühstücksraum ihr Brötchen aß, wünschte sie, sie hätte ihr damals lieber von Gott erzählt. Wenn es Papa gewesen wäre, hätte sie es getan.

»Ich gehe jetzt«, sagte die Frau. Sie hatte einen langen unförmigen Mantel angezogen, der ihre Beine versteckte. Auf dem Kopf hatte sie einen Hut mit einem schadhaften Schleier.

»*Auf Wiedersehn*«, sagte sie.

»*Auf Wiedersehn*«, sagte Anna.

Einen Augenblick lang sah sie Mama mit Hut und Schleier vor sich. Der Schleier war blau, er reichte bis an Mamas Nasenspitze, und er war zerknittert, denn Mama weinte. Wo in aller Welt war das gewesen? Sie konnte sich nicht erinnern.

———

Konrad traf pünktlich ein. Er schüttelte Regentropfen von Hut und Mantel.

»Die Lungenentzündung deiner Mutter hat sich etwas gebessert«, sagte er. »Sonst ist ihr Zustand unverändert. Aber es ist mir gelungen, den Arzt ans Telefon zu bekommen; er sagte mir, dass sie es jetzt mit einer anderen Behandlung versuchen.«

»Ach so.« Sie wusste nicht, ob das gut oder schlecht war.

»Jedenfalls wird er im Krankenhaus sein, du kannst also selber mit ihm sprechen. Oh, und Max hat aus Athen angerufen. Er hofft, heute Nachmittag ein Flugzeug nach Paris zu bekommen, dann könnte er heute Abend oder morgen hier sein.«

»Oh gut.« Der Gedanke an Max heiterte sie auf.

»Natürlich weiß er nur von der Lungenentzündung.«

»Nicht von den Schlaftabletten?«

»Er hat nicht danach gefragt, so habe ich nichts gesagt«, sagte Konrad steif.

———

Während sie durch den strömenden Regen fuhren, fiel es ihr wieder auf, wie erschöpft er aussah. Unter seinen Augen lagen dunkle Schatten, und nicht nur sein Gesicht, auch sein mächtiger Körper wirkte eingesunken. Natürlich macht er das alles schon viel länger mit als ich, dachte sie. Aber als sie sich dem Krankenhaus näherten, zog sich ihr beim Gedanken an Mama wieder der Magen zusammen, und sie fühlte Zorn in sich aufsteigen. Wenn Konrad kein Verhältnis mit dieser elenden Stenotypistin angefangen hätte, wäre das alles nicht passiert.

Anders als am Tag zuvor war die Eingangshalle voller Geschäftigkeit. Schwestern eilten hin und her, das Telefon klingelte ohne Unterbrechung, ein Mann in triefendem Regenmantel stand geduldig am Empfangspult, und gleich hinter ihnen wurde eine alte Dame im Rollstuhl, beschützt von mehreren schwarzen Regenschirmen, durch die Tür manövriert. Natürlich, dachte sie, heute ist Montag. Gestern hatte gewiss der größere Teil des Personals seinen freien Tag.

Die Schwester hinter dem Pult meldete ihre Ankunft telefonisch nach oben, und wenige Minuten später kam ein schlanker kleiner Mann mit beginnender Glatze und in weißem Mantel auf sie zugeeilt. Er stellte sich mit einer leichten Verbeugung und einem leisen Zusammenschlagen der Hacken als Mamas Arzt vor und stürzte sich gleich in eine Analyse von Mamas Zustand.

»Also«, sagte er, »die Lungenentzündung macht mir nicht mehr allzu viel Sorgen. Wir haben sie mit Antibiotika vollgepumpt und sie hat gut darauf reagiert. Aber das hilft uns nicht viel, wenn wir sie nicht aus dem Koma holen können. Damit haben wir noch gar keine Fortschritte gemacht. Wir haben ihr jetzt starke Anregungsmittel gegeben und hoffen, dass das hilft. Sie werden finden, dass sie sehr unruhig ist.«

»Unruhig?«, sagte Anna. Das hörte sich so an, als gehe es ihr besser.

Er schüttelte den Kopf. »Leider bedeutet die Unruhe nicht, dass es ihr besser geht. Es ist nur eine Reaktion auf die Medikamente. Aber wir hoffen, dass es schließlich doch zu einer Besserung führt.«

»Ich verstehe«, sagte sie. »Was …?« Sie wusste plötzlich nicht mehr, wie sie es auf Deutsch ausdrücken sollte. »Was glauben Sie, wird geschehen?«

Er breitete die Hände aus und streckte sie ihr entgegen. »Fifty-fifty«, sagte er auf Englisch. »Sie verstehen? Wenn sie aus dem Koma auftaucht – dann ist es kein Problem. Dann ist sie in ein paar Tagen gesund. Wenn nicht ...« Er zuckte die Schultern. »Wir tun, was wir können«, sagte er.

Als sie Mama sah, glaubte sie trotz allem, was der Arzt gesagt hatte, es müsse ihr besser gehen. Als sie den Flur betrat, an dessen anderem Ende Mamas Bett hinter einem umfangreichen Apparat halb verborgen stand, sah sie, wie die Bettdecke sich bewegte, so, als zerre Mama daran. Aber neben dem Bett stand eine Schwester, die irgendetwas mit Mamas Arm machte, und als sie näher kam, sah sie, dass der Arm mit einer Bandage auf einer Schiene befestigt war, wahrscheinlich, damit Mama die Kanüle, die von einer über dem Bett hängenden Flasche in den Arm führte, nicht herausreißen konnte.

So, nur an dem einen Arm gefesselt, warf Mama sich heftig im Bett hin und her, und jedes Mal kam ein merkwürdiger, dunkler Ton aus ihrer Brust, so, als strömte Luft aus einem Akkordeon. Sie hatte kein Rohr mehr im Mund, aber ihre Augen waren immer noch fest geschlossen, und das Gesicht hatte einen gequälten Ausdruck, so, als wäre sie in einem Albtraum gefangen, aus dem sie sich zu befreien versuchte.

»Mama«, sagte Anna und berührte sanft ihr Gesicht, aber Mama warf sich ihr mit einem plötzlichen Ruck entgegen, sodass ihr Kopf beinahe gegen Annas Kinn geschlagen wäre, und Anna wich entsetzt zurück. Sie blickte Trost suchend zu Konrad, aber der starrte ausdruckslos auf das Bett hinunter. »Es sind die Medikamente«, sagte die Schwester. »Die Stimulanzien, die als Gegenmittel gegen die Barbiturate wirken sollen, die sie genommen hat. Sie rufen eine heftige Reaktion hervor.«

Mama warf sich auf die andere Seite, deckte sich dabei auf, und ein Teil ihres rosa Nachthemdes wurde sichtbar. Anna deckte sie wieder zu.

»Können Sie ihr denn nichts geben?«, fragte sie die Schwester. »Sie sieht so – sie muss sich schrecklich fühlen.«

»Sie meinen, ein Beruhigungsmittel?«, sagte die Schwester. »Aber davon hat sie ja schon zu viel. Darum ist sie ja hier.«

Mama bewegte sich wieder und atmete keuchend aus.

»So, fertig«, sagte die Schwester und tätschelte, nachdem sie die Kanüle eingeführt hatte, den bandagierten Arm. »Sie müssen daran denken, dass Ihre Mutter nicht bei Bewusstsein ist«, sagte sie nicht unfreundlich. »Sie merkt nichts von dem, was mit ihr geschieht.«

Sie nickte Konrad zu und ging.

Anna betrachtete Mama und versuchte zu glauben, was die Schwester gesagt hatte, aber Mama sah nicht so aus, als merkte sie nicht, was geschah. Wenn auch ihre Augen geschlossen waren, so sah sie doch so aus wie so oft in der Vergangenheit, als wäre sie über irgendetwas wütend. Über den Tod oder darüber, dass man sie am Leben hielt? Wer konnte das wissen.

Sie hatte gehofft, Konrad werde auch versuchen, Mama anzusprechen, aber er stand nur da, auf seinen Stock gestützt, mit verschlossener Miene. Plötzlich bäumte sich Mama mit aller Gewalt auf, sie stieß mit den Beinen die Bettdecken beiseite und fiel dann mit ihrem seltsamen Stöhnen zurück. Ihr rosa Nachthemd, das sie, wie Anna sich erinnerte, bei ihrem letzten Besuch in London gekauft hatte, war bis unter die Brust hochgerutscht, und so lag sie, peinlich entblößt, auf den zerwühlten Laken. Anna sprang hinzu, zog mit der einen Hand das Nachthemd herunter, während sie mit der anderen versuchte, sie wieder zuzudecken. Die Schwester, die von irgendwoher aufgetaucht war, half ihr.

»Sehen Sie sich diese Beine an«, sagte sie und klopfte auf Mamas Schenkel, als gehöre er ihr. »Eine wundervolle Haut für ihr Alter.« Anna war sprachlos.

Einmal, es war in der Pension in Putney, war Mama ganz außer sich in ihr gemeinsames Schlafzimmer gestürzt. Wie sich herausstellte, hatte sie im Aufenthaltsraum gesessen und ihre Beine auf das spärliche Feuer zu ausgestreckt, um sich ein wenig zu wärmen, und ein ekliger alter Kerl, der ihr gegenübersaß, hatte plötzlich auf seine Nabelgegend gezeigt und gesagt: »Ich kann bis da oben hin gucken.«

Mama hatte sich ganz besonders aufgeregt, weil der alte Mann einer der wenigen englischen Hausgenossen war, was sie viel schlimmer fand, als wenn er nur ein Emigrant gewesen wäre. »Es war entsetzlich«, hatte sie ausgerufen, hatte sich auf ihr Bett fallen lassen und war in Tränen ausgebrochen. Anna war wütend auf den alten Mann gewesen, aber während sie Mama in einer Art wilder Zuneigung tröstete, hatte sie ganz verzweifelt gewünscht, dass Mama sich mit geschlossenen Knien hingesetzt hätte, wie alle anderen; dann hätte das nicht passieren können.

Jetzt, da Mama sich in ihrem Bett hin und her warf und alle dastanden und auf sie hinunterschauten, hatte sie wieder dieses Gefühl, das aus rasendem Zorn und Mitleid gemischt war. Sie versuchte, das Betttuch festzustecken, aber Mama riss es gleich wieder los.

»Ich glaube, im Augenblick hat es keinen Sinn, dass Sie hierbleiben«, sagte die Schwester. »Kommen Sie heute Nachmittag zurück, dann wird sie ruhiger sein.«

Konrad nahm ihren Arm, um sie wegzuführen. Sie riss sich los, aber dann sah sie ein, dass die Schwester Recht hatte, und folgte ihm. Das Letzte, was sie von Mama sah, war ihr Gesicht, die geschlossenen Augen, der Mund, der einen wortlosen Schrei ausstieß. Es hob sich für einen Augenblick über den verhüllten Apparat und fiel dann wieder zurück.

Die Eingangshalle war voller Menschen in nassen Mänteln, und bei dem Geruch wurde ihr wieder übel. Es goss immer noch in Strömen: Man sah das Wasser an den Scheiben hinunterfließen. Konrad blieb am Eingang stehen, wo auch eine kleine dicke Frau auf ein Nachlassen des Regens wartete. »Es tut mir so leid«, sagte er, »aber ich muss in mein Büro.« Seine Stimme war heiser, wie eingerostet, und ihr fiel ein, dass er seit ihrer Ankunft im Krankenhaus kaum ein Wort gesprochen hatte. »Heute Morgen ist eine Sitzung, und man würde es sehr merkwürdig finden, wenn ich nicht auftauchte.«

»Das macht nichts, ich kann schon auf mich aufpassen.«

»Was redest du da. Ich lasse dich doch nicht im Regen stehen. Was meinst du, was deine Mutter dazu sagen würde?«

Die kleine dicke Frau stürzte sich in den Regen hinaus, während sie gleichzeitig ihren Schirm mit einem Ruck öffnete, und verschwand die Stufen hinunter.

Ein frischer, feuchter Luftzug traf Anna, bevor sich die Tür wieder schloss, und sie sog ihn dankbar ein.

»Ich habe mir gedacht, du könntest den Vormittag allein irgendwo verbringen, und wir treffen uns zum Essen wieder. Es gibt eine kleine Ausstellung hier zu Ehren deines Vaters – deine Mutter muss dir darüber geschrieben haben.«

»Ach ja?« Sie hatte keine Lust, eine Ausstellung zu besuchen, am allerwenigsten eine, die sie an Papa erinnerte.

Er sah sie an: »Es hat dich mitgenommen.«

»Ich würde am liebsten ins Hotel zurückgehen. Vielleicht, wenn Max morgen da ist.«

»Natürlich.« Er schaute auf die Uhr. »Ich bringe dich im Wagen hin.«

Ihr Mantel war nicht besonders wasserdicht, schon auf dem kurzen Weg zum Auto wurde sie durchnässt.

Er blickte wieder auf die Uhr, während sie dasaß und das Polster feucht wurde. »In diesem Hotel wirst du deine Sachen nicht trocknen können. Die Frau dreht die Heizung wahrscheinlich tagsüber herunter. Es ist ein miserables Haus, aber ich konnte nichts Besseres finden. Alles ist überfüllt.«

Sie schüttelte den Kopf. »Es macht mir wirklich nichts.«

»Aber ich kann keine zwei Kranken brauchen.« Er startete den Wagen. »Ich bringe dich in meine Wohnung. Da ist es wenigstens warm.«

Der strömende Regen behinderte trotz der Scheibenwischer die Sicht, sein Trommeln auf dem Wagendach übertönte das Motorengeräusch. Ab und zu gelang ihr ein Blick auf überschwemmte Bürgersteige, tropfende Markisen, gebeugte Gestalten, die unter nass glänzenden Schirmen dahineilten. Konrad saß da, nach vorn gebeugt, und versuchte, die Fahrbahn zu erkennen.

»Wann hast du denn deine Sitzung?«, fragte sie.

Er warf einen Blick auf die Uhr. »Hat vor fünf Minuten angefangen. Sie müssen eben warten.«

Seine Wohnung lag in einer Seitenstraße wie die der Goldblatts, und als das Auto vor dem Haus hielt, schoss Wasser aus der Pfütze, die sich in der Gosse gebildet hatte, über den Bordstein und über die Füße eines alten Herrn, der etwas schrie und drohend seinen Schirm schüttelte. Konrad bestand darauf, ihr die Tür aufzuhalten; das Wasser lief ihm dabei von der Hutkrempe. Endlich konnten sie sich über den Bürgersteig ins Trockene retten.

»Jetzt komme ich zurecht«, sagte sie, sobald er sie in die kleine Diele hatte treten lassen, aber er blieb, suchte einen Bügel für ihren Mantel, sagte ihr, sie solle sich Kaffee machen, sah nach, ob die Heizkörper aufgedreht waren.

»Also bis zum Mittagessen«, sagte er, blieb dann aber zögernd in der Tür stehen. »Übrigens«, sagte er, »du wirst sehen, dass ein paar weibliche Utensilien herumliegen. Sie gehören natürlich alle deiner Mutter.«

»Natürlich«, sagte sie überrascht. Sie wäre gar nicht auf den Gedanken gekommen, es könnte anders sein.

»Nun ja.« Er winkte verlegen. »Bis später.«

Als sich die Tür hinter ihm geschlossen hatte, blieb sie in der dunklen Diele stehen und überlegte, was sie tun solle. Dann fühlte sie, wie es ihr feucht den Nacken hinunterlief, und ging in das Badezimmer, um sich das Haar trocken zu reiben.

Wie in der Wohnung der Goldblatts war hier alles neu und modern. Es gab eine Dusche, einen großen Spiegel und eine geblümte Badematte. Auf dem Bord über dem Waschbecken standen zwei blaue Zahngläser, in jedem eine Zahnbürste. Die eine musste Mama gehören.

Konrad hatte Nescafé und Kekse in der Küche für sie hingestellt, und sie goss gerade heißes Wasser in eine Tasse, als sie vom Läuten des Telefons aufgeschreckt wurde. Zuerst fiel ihr nicht ein, wo das Telefon stand. Dann fand sie es in einer Ecke des Wohnzimmers. Sie lief hin, nahm den Hörer auf und stellte fest, dass sie den Mund voller Kekse hatte. Während sie sich bemühte, sie schnell hinunterzuschlucken, hörte sie am anderen Ende eine deutsche Stimme mit wachsender Dringlichkeit sagen: »Konrad? Konrad, ist alles in Ordnung? Ist alles in Ordnung, Konrad?«

»Hallo«, sagte sie mit vollem Mund. »Hallo.« Die Stimme – eine Frauenstimme – klang überrascht.

»Wer ist denn da, bitte?«

Anna erklärte es.

»Oh, ich verstehe.« Die Stimme wurde jetzt sehr nüchtern. »Hier spricht die Sekretärin von Dr. Rabin. Könnten Sie mir sagen, wann Dr. Rabin seine Wohnung verlassen hat? Er sollte zu einer Sitzung hier sein, und man wartet auf ihn.«

Anna sagte es ihr.

»Oh, vielen Dank. Dann wird er bald hier sein.« Eine kleine Pause entstand, dann sagte die Stimme: »Es tut mir leid, Sie gestört zu haben, aber bitte verstehen Sie, seine Kollegen haben sich schon Sorgen gemacht.«

»Natürlich«, sagte Anna, dann wurde der Hörer aufgelegt.

Sie ging wieder zu ihrem Kaffee in die Küche. Das muss sie gewesen sein, dachte sie. Das Mädchen im Büro. Die Stimme hatte sich jung angehört. Irgendwie war es Anna nicht in den Sinn gekommen, das Mädchen könnte noch im Büro sein und für Konrad arbeiten. Das machte alles noch ungewisser. Die arme Mama, dachte sie. Aber ein anderer Teil ihres Bewusstseins prüfte die Situation ganz kühl, als wäre es eine Romanhandlung, und dachte ärgerlich: wie kitschig.

Als sie ihren Kaffee getrunken hatte, ging sie in der Wohnung umher. Sie war aufgeräumt, gut eingerichtet und unpersönlich. Die Vorhänge im Wohnzimmer waren fast die gleichen wie die bei den Goldblatts – offensichtlich stammte alles aus amerikanischen Armeebeständen. Es war ein Bücherbord da mit ein paar Taschenbüchern, fast alles Kriminalromane, und ein Schreibtisch mit dem gerahmten Foto einer Frau in mittleren Jahren mit zwei Mädchen in den Zwanzigern – wohl seine Frau und seine Töchter. Die Frau trug ein geblümtes Kleid, das selbst geschneidert wirkte. Ihr Haar war glatt zurückgestrichen und in einen Knoten gefasst, und ihr Ausdruck war vernünftig und ein wenig selbstzufrieden. Eine richtige deutsche Hausfrau, dachte Anna.

Das Schlafzimmer war nicht ganz so ordentlich wie das Wohnzimmer. Konrad musste sich beim Aufstehen verspätet haben. Die Tür des Kleiderschranks stand halb offen, und Anna konnte darin ein Kleid von Mama zwischen seinen Anzügen sehen. Ihr hellblauer Morgenmantel hing neben seinem an der Tür, und ihre Haarbürste lag auf seinem Frisiertisch. Daneben, in einer Schlinge der Schnur seines Elektrorasierers, stand eine kleine Glasschale, darin Mamas Kette, eine Sicherheitsnadel und ein halbes Dutzend Haarklemmen.

Sie nahm die Kette in die Hand und ließ die Perlen durch ihre Finger laufen. Sie waren aus irisierendem blauen Glas. Mama liebte die Kette und trug sie ständig. Dann dachte sie plötzlich, aber sie benutzt keine Haarklemmen. Mamas Haar war kurz und lockig. Zu kurz, um es feststecken zu müssen. Aber vielleicht hatte sie das Haar nach der Wäsche gelegt und festgesteckt. Das muss es sein, dachte sie. Dass sie Mama nie dabei beobachtet hatte, bedeutete nicht, dass es nie geschah.

Trotzdem – als sie ins Wohnzimmer zurückging, fühlte sie sich plötzlich sehr einsam. Was wusste sie eigentlich über Konrad? Er hatte, so nahm sie an, wegen Mama seine Frau verlassen. Könnte er dann nicht auch jetzt Mama um einer anderen Frau willen verlassen? Und was würde Mama dann tun, selbst wenn sie wieder gesund wurde? Sie verließ sich so sehr auf ihn, nicht nur auf seine Liebe, auch auf seine Fürsorge. Nachdem sie jahrelang versucht hatte, mit den praktischen Problemen einer Familie fertig zu werden (und obgleich Mama praktischer war als Papa, war sie doch, so fand Anna, viel unpraktischer als die meisten Leute), war es ihr wie ein Wunder vorgekommen, dass Konrad bereit war, sich um sie zu kümmern.

»Er ist so gut zu mir«, hatte sie einmal zu Anna gesagt. Anna hatte erwartet, dass sie das näher erklären würde, aber Mama hatte es offensichtlich als schwierig empfunden. »Weißt du«, hatte sie schließlich fast ehrfürchtig gesagt: »Er kann sogar Pakete packen.«

Es regnete immer noch. Durch das Fenster konnte sie auf der anderen Straßenseite die nassen Dächer anderer amerikanischer Wohnblocks sehen, dort lag auch Mamas Wohnung. Woran hatte Mama wohl gedacht, als sie die Schlaftabletten nahm? Hatte sie zum Fenster hinausgeschaut, hatte es geregnet oder war schönes Wetter gewesen, war es dämmrig oder schon dunkel gewesen? Hatte es ihr nicht leidgetan, dass sie den Himmel nicht mehr sehen würde, die Straßenlaternen, die dunklen Bürgersteige, dass sie die fahrenden Autos nicht mehr hören würde? Nein, sie musste das Gefühl gehabt haben, dass all dies ohne Konrad keinen Wert mehr hatte. Aber vielleicht hatte sie auch gar nicht nachgedacht. Vielleicht hatte sie in einem Anfall von Wut die Tabletten geschluckt, hatte gedacht: Ich werd es ihm zeigen! Anders als Papa hatte sie für niemanden eine Nachricht hinterlassen.

Auf Konrads Schreibtisch lag Briefpapier, und sie verbrachte den Rest des Morgens damit, an Richard zu schreiben. Es war eine Erleichterung, ihm alles erzählen zu können, angefangen von Konrads Seitensprung bis zu ihren eigenen Reaktionen. Als sie den Brief beendet hatte, fühlte sie sich besser. Sie klebte den Umschlag zu, zog den Mantel an, der auf dem Heizkörper getrocknet war, schlug die Tür hinter sich zu, wie Konrad ihr gesagt hatte, und ging wie verabredet zum Mittagessen.

——

Sobald sie Konrad sah, wurde sie verlegen – wahrscheinlich wegen der Haarklemmen und des Telefonanrufs. Was soll ich zu ihm sagen, dachte sie. Er erwartete sie in einem kleinen Restaurant in einer Nebenstraße des Kurfürstendamms. Es war neu erbaut, mitten in Ruinen hinein, die noch abgerissen werden mussten. Er stand sofort auf, um sie zu begrüßen.

»Du hast es gefunden«, sagte er. »Ich hätte dich mit dem Wagen abgeholt, aber die Sitzung wollte kein Ende nehmen. Und da es aufgehört hatte zu regnen ...«

»Es war gar nicht schwierig«, sagte sie.

»Ich habe im Krankenhaus angerufen, bevor ich herkam; sie meinen, du solltest deine Mutter irgendwann nach vier besuchen. Sie glauben, dass sie dann besser dran sein wird.«

»Gut.«

»Ich kann mich vor fünf freimachen. Ich könnte dich dann hinfahren.«

»Nicht nötig«, sagte sie. »Ich finde den Weg schon.«

Es entstand ein verlegenes Schweigen, dann sagte er: »Zum Mindesten bist du wieder trocken.«

»Ja – vielen Dank.«

»Heute gibt es gute Nachrichten über Ungarn. Hast du sie schon gesehen?«

Sie schüttelte den Kopf.

»Sie haben die Russen aufgefordert abzuziehn.«

»Wirklich?«

»Ja.« Er zog eine gefaltete Zeitung aus seiner Manteltasche, wurde aber von einem kleinen Mann mit einem Kaninchengebiss angesprochen, der neben ihnen aufgetaucht war.

»Mein lieber Konrad«, rief der kleine Mann, »ich hatte gehofft, dich hier zu treffen.«

»Hallo, Ken«, sagte Konrad.

War er froh oder ärgerlich über die Unterbrechung? Unmöglich, es zu sagen. Höflich wie immer, stellte er den Fremden vor: Ken Hathaway vom British Council.

»Für Dichtung zuständig«, sagte Mr Hathaway, zeigte lächelnd seine Zähne und sah dabei dem Kaninchen aus dem Bilderbuch bestürzend ähnlich. Er wies auf die Zeitung. »Ist das nicht erstaunlich?«, rief er.

»Sie sagen ihnen einfach, dass sie weggehen sollen. Haut ab! Packt euch! Zurück zum Mütterchen Russland! Aber das überrascht mich nicht. Ein feuriges Volk, diese Ungarn.«

»Glaubst du, dass die Russen wirklich gehen werden?«

Konrad zuckte die Schultern. »Es sollte mich sehr wundern.«

Mr Hathaway hatte sich zu ihnen an den Tisch gesetzt, und nach einer Weile bat Konrad ihn, mit ihnen zu essen. (Er findet es wohl auch schwierig, mit mir allein zu sein, dachte Anna.) »Es hat mir so schrecklich leidgetan, von der Krankheit Ihrer Mutter zu hören«, sagte Mr Hathaway, und Konrad brachte seine gewohnten unbestimmten Phrasen über die Lungenentzündung vor. Mr Hathaway brachte es fertig, seine Zähne irgendwie zum Zeichen des Mitgefühls zu senken. »Grüßen Sie sie doch von mir«, sagte er. »Ich bewundere sie so sehr.« Er wandte sich an Anna. »Sie hat einen solchen Enthusiasmus, solche Lebensfreude – die Fähigkeit, das Leben bis ins Letzte auszukosten. Ich denke immer, das ist eine ausgesprochen kontinentale Eigenschaft.«

Ein wenig traurig stimmte Anna dem zu, was er über Mamas Enthusiasmus sagte. Gleichzeitig stellte sie sich vor, wie sich Mama darüber ärgern würde, wenn man von ihr als »kontinental« sprach. Es gab nichts, worauf Mama so stolz war wie auf ihre britische Staatsangehörigkeit. Sie sprach von sich und den Briten immer als »Wir« (während Anna sich immer große Mühe gab, diesen Ausdruck zu umgehen). Einmal hatte Mama sogar in ihrem leichten, aber unmissverständlich deutschen Akzent zur allgemeinen Verwirrung geäußert: »Als wir den Ersten Weltkrieg gewannen.«

»Ihr Kunstverständnis, ihre Liebe fürs Theater – all das wird ja wohl von Ihrem Vater angeregt worden sein. Aber ihre Musik, die gehört ihr. Sie ist der Typ des europäischen Menschen ...« Plötzlich wusste er nicht mehr weiter. »Wie dem auch sei, wir haben sie alle sehr gern«, sagte er mit solcher Überzeugungskraft, dass Anna beschloss, ihn trotz seines Kaninchengebisses und seiner Albernheit nett zu finden.

Es war schon seltsam, Mamas Musik hatte sie ganz vergessen. Als sie klein gewesen war, hatte das Klavierspielen so selbstverständlich zu Mama gehört wie deren Aussehen. Jeden Tag, während Papa in seinem Studierzimmer schrieb, hatte Mama gespielt und sogar komponiert. Recht begabt, sagten die Leute. Aber mit der Emigration hatte das alles aufgehört. Wenn sie weiter Musik getrieben hätte – vielleicht hätte ihr das einen Halt gegeben und sie hätte dann nicht die Pillen geschluckt.

Hatte sie wegen all der endlosen, sie niederdrückenden Sorgen aufgehört? Oder war ihr die Musik vielleicht doch nicht ganz so wichtig gewesen? Nur Teil eines romantischen Image, das sie von sich selbst gehabt hatte. Wer sollte das wissen.

»Wir werden sie am Mittwoch vermissen«, sagte er, und es kam heraus, dass er am Mittwoch eine Party gab, zu der beide, Konrad und Mama, eingeladen gewesen waren. »Hätten Sie vielleicht Lust, an ihrer Stelle zu kommen?«

Er lächelte sie hoffnungsvoll über seine Gabel mit dem aufgespießten Stück Schnitzel hinweg an.

»Oh, das kann ich unmöglich«, sagte Anna.

Es war ihr entsetzlich, an Mittwoch zu denken. Ob Mama dann noch immer im Koma lag? Ob sich ihr Zustand bis dahin verschlechtert hatte? Dann sah sie Mr Hathaways Gesicht und merkte, wie unhöflich ihre Antwort geklungen haben musste.

»Ich meine«, sagte sie, »ich muss es davon abhängig machen, wie es meiner Mutter bis dahin geht.«

»Wir wollen sagen, ich bringe sie mit, wenn ihre Mutter sie entbehren kann«, sagte Konrad und brachte damit alles wieder in Ordnung.

Sie wusste, dass er es um Mamas willen tat, damit es leichter für sie war, wenn sie wieder gesund wurde, aber es beunruhigte sie trotzdem, wie gut er sich aufs Vertuschen verstand.

Vielleicht ist Mama am Mittwoch tot, dachte Anna.

Am Nebentisch aß ein kleiner deutscher Junge Kirschkuchen, und seine Mutter redete dauernd auf ihn ein, er solle die Kerne nicht verschlucken.

»Was passiert denn mit Leuten, die Kirschkerne verschlucken?«, fragte er.

»Was passiert mit Leuten, wenn sie sterben?«, hatte Anna einmal Mama auf Deutsch gefragt, in einer längst vergangenen Zeit, als sie noch ein deutsches Kind war.

»Das weiß niemand«, hatte Mama gesagt. »Aber wenn du groß bist, wirst du vielleicht der erste Mensch sein, der es herausbekommt.« Danach hatte sie sich nicht mehr so vor dem Tod gefürchtet.

Sie musste gegessen haben, ohne es zu bemerken, denn plötzlich bezahlte Konrad die Rechnung.

»Kann ich dich irgendwo hinbringen?«, fragte er. »Es ist noch zu früh, um zum Krankenhaus zu gehen. Was möchtest du tun?«

»Am liebsten würde ich nur umhergehen.«

»Umhergehen?«

»Ja, mich mal in der Gegend umschauen, wo wir früher gewohnt haben. Das ist der einzige Teil von Berlin, an den ich mich erinnere.«

»Natürlich.«

Er setzte sie an der gewünschten Stelle ab, nachdem er sie mit einem Stadtplan versehen hatte und mit genauen Anweisungen, wie sie zum Krankenhaus und von da zum Hotel zurückkommen würde.

»Ich rufe dich nach sechs an«, sagte er. »Pass auf dich auf.«

Sie winkte und sah ihn davonfahren.

———

Sie sah diesen Teil Berlins nicht zum ersten Mal wieder. Vor zwei Jahren war sie hier mit Mama und Richard umhergegangen. Sie hatte Richard die Orte gezeigt, an die sie sich erinnerte, und Mama hatte die Veränderungen erklärt, die seither stattgefunden hatten. Sie hatten unentwegt geplaudert – es war ein wunderschöner Tag gewesen, das wusste sie noch – und sie war so glücklich gewesen, dass Richard und Mama sich so gut verstanden, dass ihr für andere Gefühle kein Raum geblieben war. Jetzt, da sie hier allein im böigen Wind stand, war es ganz anders.

Konrad hatte sie am Ende der Straße abgesetzt, in der sie als Kind gewohnt hatte. Wie durchschnittlich die Straße aussah. Sie musste sich am Namensschild an der Ecke vergewissern, dass es die richtige war.

Als sie klein war, war ihr die Straße immer sehr dunkel vorgekommen. Die Bürgersteige waren von einer dichten Baumreihe gesäumt, und als Mama und Papa ihr gesagt hatten, dass sie hier wohnen würden statt in ihrer alten Etagenwohnung in der hellen Straße, in der es überhaupt keine Bäume gab, da hatte sie gedacht, sie sind verrückt, und sie hatte sich ganz kühl gefragt, welche Torheit ihnen als Nächstes einfallen würde. Das war im Sommer gewesen – sie musste vier oder fünf gewesen sein –, als die Blätter eine Art Baldachin über die ganze Straße hinweg bildeten. Jetzt lagen die meisten Blätter am Boden, waren in der Gosse zu Haufen zusammengekehrt, und der Wind pfiff durch kahle Äste.

Sie hatte das Haus am anderen Ende erwartet, aber sie stand sehr bald davor.

Es war kaum wiederzuerkennen – aber das wusste sie schon von ihrem ersten Besuch her. Die kleine Einfamilienvilla war zu drei luxuriösen Etagenwohnungen ausgebaut worden. Das Giebeldach war flacher geworden, und sogar die Fenster sahen anders aus.

Nur der Garten fiel noch zum Zaun hin ab, wie er es früher getan hatte, und auch die kurze gepflasterte Auffahrt, auf der Max ihr auf seinem Fahrrad das Radfahren beigebracht hatte. (»Kann man das denn nicht einfacher lernen?«, hatte sie ihn gefragt, denn da sie weder bremsen noch den Boden mit den Füßen erreichen konnte, war sie wiederholt in das Tor am Ende hineingekracht. Aber er hatte gesagt, es ginge nicht anders, und sie hatte ihm wie immer geglaubt.)

Dann bemerkte sie, dass noch etwas unverändert war. Die Stufen, die zur Vordertür hinaufführten – dem jetzigen Eingang zu einer der Wohnungen –, waren noch genauso, wie sie sie in Erinnerung hatte. Die Steilheit, die Farbe des Steins, die etwas bröcklige Oberfläche der Balustrade, sogar der Rhododendronstrauch dicht daneben – das alles war genau, wie es vor zwanzig Jahren gewesen war.

Sie starrte hinüber und erinnerte sich, wie sie nach der Schule da hinaufgestürzt war, an der Klingel gerissen hatte und, sobald sich die Tür öffnete, gerufen hatte: »*Ist Mami da?*«

Einen Augenblick lang erinnerte sie sich genau, was sie damals empfunden hatte. Für den Bruchteil einer Sekunde war sie wieder die kleine wilde, verletzliche Person, die sie einmal gewesen war, mit den Schnürstiefeln und den von Gummibändern gehaltenen Strümpfen, mit der Angst vor Vulkanen und einem Tod in der Dunkelheit, mit ihrem Glauben, dass man von Rost Blutvergiftung bekam und dass Lakritze aus Pferdeblut gemacht wurde und dass es nie mehr Krieg geben würde, und mit ihrer unerschütterlichen Überzeugung, dass es kein Problem in der Welt gab, das Mama nicht mit Leichtigkeit lösen konnte. Die kleine Person sagte nicht: »Is mama home?« Sie sagte: »*Ist Mami da?*«

Sie sprach kein Wort Englisch und brachte mit ihrem plötzlichen Auftauchen Anna für einen Moment aus der Fassung.

Sie ging ein paar Schritte am Gartenzaun entlang und versuchte, um die Hausecke herumzuspähen. Es hatten dort einmal Johannisbeersträucher gestanden, und hinter ihnen – sie glaubte, die unterste Stufe zu erkennen – hatte eine Holztreppe zur Terrasse vor dem Esszimmer hinaufgeführt.

Bei warmem Wetter hatte sie, oder die kleine Person, die sie einmal gewesen war, auf der Terrasse gesessen und gezeichnet. Sie hatte eine runde Blechdose gehabt mit Buntstiften verschiedener Länge darin, mit alten Bleistiftspänen und anderem Krimskrams, und wenn man die Dose aufmachte, hatten diese Dinge einen ganz besonderen, angenehmen Geruch ausgeströmt.

Einmal, während ihrer religiösen Phase, hatte sie sich entschlossen, eine ihrer Zeichnungen Gott zu opfern. Zuerst hatte sie daran gedacht, sie zu zerreißen, aber das hatte ihr dann leidgetan – sie wusste ja nicht einmal, ob Gott das Bild überhaupt haben wollte. Sie hatte es also mit geschlossenen Augen in die Luft geworfen und dabei gesagt – natürlich auf Deutsch –: »Hier, Gott. Das ist für dich.« Nachdem sie Gott reichlich Zeit gelassen hatte, sich zu bedienen, wenn er überhaupt wollte, hatte sie die Augen wieder aufgemacht und das Bild auf dem Boden gefunden. Sie hatte es ganz ruhig wieder in ihr Zeichenheft gelegt. Später – vielleicht war es auch bei einer ganz anderen Gelegenheit gewesen – war sie durch die Verandatür ins Speisezimmer getreten und hatte dort Mama mit einem großen weißen Hut auf dem Kopf vorgefunden. Als sich ihre Augen an den dunkleren Raum gewöhnt hatten, als die Vorhänge, die Tischdecke und die Bilder an den Wänden wieder Farbe angenommen hatten, hatte sie gedacht: Wie schön ist das alles, besonders Mama. Sie hatte voller Überraschung Mamas Gesicht betrachtet, denn sie hatte es nie zuvor auf diese Weise gesehen.

Hinter der Terrasse, auf der Rückseite des Hauses, die man nicht sehen konnte, lag der Rest des Gartens. War er jetzt bepflanzt und gepflegt? Damals war es eine graslose Wüste gewesen, die Mama vernünftigerweise den Kindern überlassen hatte. Dort hatten sie Fußball gespielt (sie selbst im Tor, ohne recht zu wissen, wo die vorgestellten Torpfosten sein sollten, und ohne Interesse, die Bälle zu stoppen), sie hatten sich hier gebalgt und Schneemänner gebaut und Löcher in den Boden gegraben in der Hoffnung, den Mittelpunkt der Erde zu erreichen.

Einmal, im Sommer, hatte sie mit Heimpi im Schatten des Birnbaums gesessen und zugeschaut, wie diese ihrem Lieblingstier, einem rosa Plüschkaninchen, neue Augen stickte, weil die Glasaugen ausgefallen waren.

Als sie vor den Nazis geflohen waren, war das rosa Kaninchen mit seinen komischen Augen zusammen mit all den anderen Sachen zurückgelassen worden, und auch Heimpi, die sie nicht mehr bezahlen konnten. Sie fragte sich, was aus beiden geworden war.

Der Wind sang in den Zweigen über ihrem Kopf, und sie ging weiter, vorbei an der Stelle, wo sie immer ihre Schildkröte fand, wenn diese versuchte, aus dem Garten zu entkommen, vorbei an der Stelle, wo ein Mann auf einem Fahrrad sich einmal vor ihr entblößt hatte. (»Auf einem Fahrrad?«, hatte Papa erstaunt gesagt, aber Mama hatte gesagt – sie konnte sich nicht erinnern, was Mama gesagt hatte, aber was es auch war, danach war alles wieder in Ordnung gewesen, und sie hatte sich von dem Vorkommnis nicht mehr bedrückt gefühlt.)

An der Straßenecke, wo sie und Max sich immer mit ihrer Bande zum Spielen trafen, blieb sie überrascht stehen.

»Wo ist denn die Sandkiste?«

Sie war sich nicht sicher, wer das plötzlich auf Deutsch gesagt hatte, sie oder die kleine Person in Schnürstiefeln, die plötzlich sehr nahe schien. Die Sandkiste, die städtischen Sand enthielt, mit dem bei Schnee die Straße gestreut wurde, war der Mittelpunkt ihrer Spiele gewesen. Sie war die Grenze zwischen Räubern und Gendarmen gewesen, der Ausgangspunkt beim Versteckspielen, sie hatte anstelle des Netzes gedient, wenn sie mit einem Gummiball und selbst gemachten Holzschlägern Tennis spielten. Wie hatte man sie nur einfach wegnehmen können? Anna und die kleine Person in Schnürstiefeln konnten nicht darüber hinwegkommen.

Aber die kleinen Bäume auf beiden Seiten des Bürgersteigs waren noch da. *Vogelbeeren* hießen sie auf Deutsch, und als Mama einmal die roten Beeren reifen sah, hatte sie voller Bedauern ausgerufen: »Schon.« Als Anna fragte warum, hatte Mama gesagt, es bedeute, dass der Sommer zu Ende ging.

Ein Auto fuhr vorbei, zog eine Fahne von Abgasen hinter sich her, und die Straße schien plötzlich leer und öde. Anna ging langsam zur Hauptstraße zurück.

Da war der Schreibwarenladen, wo sie ihre Zeichenblocks und ihre Stifte, die Hefte und das blaue Umschlagpapier gekauft hatte, in das diese eingeschlagen werden mussten. Sie war bei ihrem vorigen Besuch mit Mama hineingegangen, aber der Inhaber hatte gewechselt, und niemand erinnerte sich an sie. Das Gemüsegeschäft daneben war verschwunden, aber der Kiosk an der alten Straßenbahnhaltestelle war noch da und bot immer noch gebrannte Mandeln in winzigen Pappschächtelchen zum Verkauf an, wenn auch keine Straßenbahn mehr dort hielt, sondern nur Busse.

Dann kam das Café, und um die Ecke der Lebensmittelladen, zu dem immer noch vom Bürgersteig zwei Stufen hinunterführten; dorthin hatte Heimpi sie manchmal zum Einkaufen geschickt. Bitte ein *Brot von gestern.* Warum hatte Heimpi immer darauf bestanden, dass das Brot von gestern war? Vielleicht, weil es leichter zu schneiden war. Die Nummern der Straßenbahnen waren 76, 176 und 78. Die 78 hatte etwas Unzuverlässiges: Sie hielt manchmal nicht lange genug. Einmal hatte Max, als sie nicht anhielt, ein Paar gymshoes auf das Trittbrett gestellt – *Turnschuhe* hießen sie auf Deutsch – und hatte sie erst zwei Tage später zurückbekommen.

Hagenplatz. Fontanestraße. Königsallee.

Hier war sie zur Schule abgebogen, begleitet von ihrer besten Freundin Marianne, die älter war und Ohren von vorn zeichnen konnte. »*Quatsch!*«, hatte sie gerufen, wenn sie mit etwas nicht einverstanden war, und Marianne hatte zurückgerufen: »*Du blödes Schaf.*«

Ein Schwarm von Blättern – *Herbstlaub* – segelte vor ihr her über den Bürgersteig, und sie kam sich plötzlich verloren vor. Was tue ich eigentlich hier?, dachte sie auf Deutsch. Die Mama wartet doch auf mich. Aber wo wartete Mama? Hinter der Tür am Kopf der ausgetretenen Steintreppe? Wollte sie hören, wie es heute in der Schule gewesen war? Oder wartete sie im Krankenhausbett, stöhnend und sich unter den Decken hin und her werfend?

Sie hatte das Gefühl, von etwas bedroht zu werden. Der dräuend graue Himmel schien sie zu erdrücken. (*Die Wolken*, dachte sie auf Deutsch in

Zeitlupentempo wie in einem Traum.) Das Pflaster und das Laub schienen unter ihren Schritten wegzusacken. Hinter ihr war eine Mauer. Sie lehnte sich an. Ich werde doch nicht etwa ohnmächtig, dachte sie. Aber da drang aus dem gleitenden Himmel eine Stimme zu ihr, die unverkennbar war.

»Liebes Kind, Sie sehen ja ganz bleich aus«, sagte die Stimme, und ein Gesicht unter krausem Haar schob sich vor den Rest der Welt.

Sie nahm die Freundlichkeit wahr, noch ehe ihr der Name einfiel. Hildy Goldblatt von gestern Abend. Natürlich, dachte sie, sie wohnen ja hier in der Gegend.

Sie fühlte, wie sie am Arm genommen wurde. Nasses Pflaster und Bäume glitten vorüber, und aus dem Nichts kam Hildys Stimme wie die des lieben Gottes. »What you need is a cup of tea«, sagte sie, »auch wenn es hier natürlich keinen richtigen gibt.«

Eine Tür öffnete sich und entließ einen plötzlichen Strom warmer Luft, und dann fand Anna sich hinter einem der Tischchen des Cafés wieder, vor sich eine Tasse mit heißem Tee.

»Na also«, sagte Hildy. »Geht's jetzt wieder?«

Anna trank den Tee und nickte.

Hatte sie nicht einmal mit Mama an diesem Tisch gesessen und Kuchen gegessen? Aber das ganze Lokal, das in gelbes Neonlicht getaucht war, hatte sich zu sehr verändert.

»Es tut mir leid«, sagte sie. »Es war alles ein bisschen überwältigend.«

»Natürlich.« Hildy tätschelte ihr die Hand. »Und dann die Sorge um die arme Mama. Wenn Mütter sich wegen ihrer Kinder Sorgen machen, dann ist das gar nichts. Sie sind schließlich dran gewöhnt. Aber umgekehrt, das ist immer schlimm.« Vor sich hatte sie einen Teller mit Kuchen stehen, und Anna sah ihr zu, wie sie ein Stück in den Mund schob. »Gehen Sie nachher ins Krankenhaus?«

»Nur für einen Moment.« Sie hatte Angst, Hildy würde mitkommen wollen, aber Hildy nickte nur.

»All right«, sagte sie. »Trinken Sie Ihren Tee, und vielleicht nehmen Sie ein Stück Kuchen – Nein? Wirklich nicht? –, und ich werde versuchen, nicht so viel zu plappern – das hält Erwin mir immer vor –, und wenn Sie sich dann besser fühlen, setze ich Sie in ein Taxi. Was meinen Sie?«

Anna nickte dankbar.

Hinter Hildy sah sie durch das Caféfenster hindurch auf den Bürgersteig der Königsallee. Hier waren sie und Max jeden Tag auf dem Schulweg entlanggegangen. Seltsam, dachte sie, man sollte denken, wir hätten irgendeine Spur hinterlassen. So viele Male. Allein ... mit Mama und Papa ... mit Heimpi ...

Die Kellnerin blieb zögernd neben ihrem Tisch stehen. Hildy füllte ihre Tasse nach. »Ach ja, bitte noch ein Stückchen Kuchen.« Und dann kam es auch, diesmal war es mit Äpfeln, und Hildy aß es.

»Ich habe Ihre Mutter erst vor zwei Wochen gesehen«, sagte Hildy. »Sie zeigte mir Fotos aus ihren Ferien.« Und plötzlich waren sie an der See, sie war noch ganz klein, und Mamas Gesicht stand über ihr, groß und lächelnd gegen den Sommerhimmel.

»Mami, Mami, Mami!«, quietschte sie mit ihrer deutschen Kinderstimme. Sie spürte Sand zwischen ihren Zehen, und ihr wollener Badeanzug klebte ihr an den nassen Beinen und am sandigen Körper, um den Mama sie jetzt gefasst hielt.

»Hoch, Mami, hoch!«

Sie flog in den Himmel. Die See stand wie eine Mauer am Rande des Strandes, und Mamas Gesicht war plötzlich unter ihr, lachte aus dem leuchtenden Sand herauf.

»Sie genießt immer alles so sehr«, sagte Hildy.

»Ja«, sagte Anna.

Sie sah Mama immer noch vor sich, die strahlenden blauen Augen, den lachenden Mund und dahinter den Strand in der Sonnenglut. Wie eine Vision, dachte sie. Und dann verblasste das Bild, und ihr gegenüber am Tisch saß Hildy und machte eine besorgte Miene.

»Ich will nicht, dass Mama stirbt«, sagte sie kindisch, als ob Hildy das arrangieren könnte.

»Nun, aber natürlich nicht.« Hildy füllte ihre Tasse neu und rührte den Zucker darin um. »Trink«, sagte sie.

Anna trank.

»Ich glaube nicht, dass Ihre Mutter sterben wird«, sagte Hildy. »Wie auch immer die Sache jetzt aussieht, es bleibt ihr noch viel, um das es sich lohnt zu leben.«

»Meinen Sie?« Der heiße süße Tee hatte sie durchwärmt, und sie fühlte sich besser.

»Natürlich. Sie hat zwei nette Kinder, ein Enkelkind – und vielleicht werden es noch mehr. Sie hat einen Job, eine Wohnung, und sie hat Freunde.«

Anna nickte. »Es ist nur – sie hat es so schwer gehabt.«

»Hören Sie mal!« Hildy sah sie über die Teetassen hinweg an. »Mein Erwin hat in Nürnberg gearbeitet. Ich weiß, was mit den Juden geschehen ist, die hier geblieben sind. *Die* haben es schwer gehabt.« Und als Anna sie überrascht ansah: »Wenn Sie Ihren Tee ausgetrunken haben, gehen Sie ins Krankenhaus, und ich hoffe, dass Ihre Mutter – ich hoffe, dass es mit der Lungenentzündung nicht so schlimm ist. Und wenn sie Sie hören kann, dann sagen Sie ihr, dass es an der Zeit ist, wieder gesund zu werden.«

»Ja, gut.« Zum ersten Mal musste sie lachen, denn Hildy machte alles so einfach.

»That's right.« Hildy tupfte die letzten Krumen von ihrem Teller auf. »Die Menschen«, sagte sie, ohne zu erklären, wen genau sie damit meinte, »die Menschen sollten nicht so leicht aufgeben.«

———

Im Krankenhaus wurde sie von der Schwester empfangen, die am Morgen Dienst getan hatte. »Ihre Mutter ist jetzt ruhiger«, sagte sie und führte Anna durch die vertrauten Flure und Treppen. Die Vision, die sie von Mama auf dem Strand gehabt hatte, stand ihr noch vor Augen, und es überraschte sie einen Moment lang, sie grauhaarig und in mittleren Jahren vor sich zu sehen. Sie lag ruhig unter ihrer Decke, ihr Atem ging fast normal, so, als schlafe sie. Nur manchmal wandte sie den Kopf unruhig hin und her, und die nicht gefesselte Hand zuckte.

Anna setzte sich ans Bett und betrachtete sie. Sie ist sechsundfünfzig, dachte sie. Mamas Augen waren fest geschlossen, zwischen ihnen standen tiefe Falten, und zwei weitere Falten liefen von den heruntergezogenen Mundwinkeln nach unten. Das Kinn hatte etwas von seiner Festigkeit verloren, es war jetzt eher etwas schwammig als rund. Das Haar lag zerwühlt auf dem Kissen, aber in der Mitte von dem allen war die Nase, winzig, aufgestülpt und unerwartet kindlich reckte sie sich hoffnungsvoll aus dem alternden Gesicht.

Als ich klein war, dachte Anna, hatte ich auch eine solche Nase. Alle hatten gesagt, ihre Nase sei genau wie die von Mama. Aber dann, als sie heranwuchs, war auch ihre Nase gewachsen – wenn es auch ganz gewiss keine jüdische Nase war, wie Mama gesagt hatte, so war sie doch gerade und von normaler Länge. Irgendwie hatte Anna immer das Gefühl gehabt, dass sie zusammen mit ihrer Nase Mama beim Erwachsenwerden überholt hatte. Ihre Nase war eine ernste, eine Erwachsenennase, eine Nase mit einem Gespür für die Wirklichkeit. Jemand, der eine Nase hatte wie Mama, um den musste man sich kümmern. Mama rührte sich. Der Kopf hob sich ein wenig vom Kissen und fiel wieder zurück, die geschlossenen Augen hatten sich ihr zugewandt.

»Mama«, sagte Anna. »Hallo, Mama.«

Etwas wie ein Seufzer kam zwischen den Lippen hervor, und einen Augenblick lang glaubte Anna, dies sei eine Antwort auf ihre Stimme, aber dann wandte Mama den Kopf ab, und sie merkte, dass sie sich getäuscht hatte.

Sie legte die Hand auf Mamas bloße Schulter, und Mama musste es spüren, denn sie zuckte ganz leicht zurück.

»Mama«, sagte Anna wieder. Mama rührte sich nicht, gab auch kein Zeichen des Erkennens von sich.

Anna wollte sie noch einmal anrufen, als sich tief in Mamas Brust ein Laut zu bilden begann. Er schien langsam in die Kehle hochzusteigen und quälte sich schließlich rau und undeutlich durch Mamas halb geöffnete Lippen.

»Ich will«, sagte Mama auf Deutsch, »ich will.«

Anna wusste sofort, was Mama wollte. Mama wollte sterben. »Du darfst nicht!«, schrie sie. Sie war so entschlossen, es nicht zuzulassen, dass es eine Weile dauerte, bis ihr bewusst wurde, dass Mama tatsächlich gesprochen hatte. Sie starrte überrascht und irgendwie zornig auf Mama hinunter. Mama versuchte, den Kopf abzuwenden, und der seltsame Laut stieg wieder in ihr hoch.

»Ich will«, sagte sie.

»Nein!«

Warum musste sie sich ausgerechnet jetzt an den Bleistiftspitzer erinnern, den Mama bei Harrods gestohlen hatte? Es war ein doppelter Spitzer in einem kleinen Schweinsledertui, und Mama hatte ihn ihr zum vierzehnten oder fünfzehnten Geburtstag geschenkt. Anna hatte natürlich sofort gewusst, dass Mama ihn unmöglich bezahlt haben konnte. »Sie hätten dich schnappen können«, hatte sie geschrien. »Sie hätten die Polizei rufen können.« Darauf hatte Mama einfach gesagt: »Ich wollte aber, dass du ihn hast.«

Wie konnte jemand so hoffnungslos, so hilflos verbohrt sein, dass er Bleistiftspitzer stahl und jetzt sterben wollte?

»Mama, wir brauchen dich!« (War das wirklich auch nur teilweise wahr? Das schien jetzt nicht wichtig.) »Mama! Bitte, Mama!« Ihre Augen und Wangen waren jetzt tränennass und sie dachte: dieser verdammte Doktor Kildare. Dann rief sie auf Deutsch: »Du darfst nicht sterben! Ich will es nicht! Du musst zurückkommen!«

Nichts. Das Gesicht zuckte ein wenig, das war alles.

»Mami!«, schrie sie. *»Mami! Mami! Mami!«*

Dann kam wieder ein kleiner Laut aus Mamas Kehle. Es war absurd, sich einzubilden, dass in der tonlosen Stimme, die aus ihrem Innern kam, ein Ausdruck lag, aber Anna fand, dass sie entschlossen klang, Mama klang wie jemand, der entschlossen ist, eine Sache, die getan werden musste, zu erledigen.

»Ja, gut«, sagte Mama.

Dann seufzte sie und wandte das Gesicht ab.

Anna verließ den Flur, auf dem das Bett ihrer Mutter stand, in einem Zustand verwirrten Glücksgefühls. Es war alles gut. Mama würde leben. Dein kleiner Bruder wird wieder Geige spielen, dachte sie und stellte noch einmal überrascht fest, wie abgedroschen das alles war.

»Ich habe mit meiner Mutter gesprochen, und sie hat mir geantwortet«, sagte sie der Schwester. »Sie wird wieder gesund.«

Die Schwester schürzte die Lippen und murmelte etwas von der Meinung des Herrn Doktor.

Aber Anna nahm keine Notiz davon. Sie wusste, dass sie Recht hatte.

Sogar Konrad war vorsichtig.

»Es war ein großer Fortschritt«, sagte er am Telefon. »Morgen werden wir wohl mehr wissen.« Er hatte von Hildy Goldblatt von ihrem Schwächeanfall in der Königsallee gehört und wollte wissen, wie es ihr ging. »Ich werde dich zum Abendessen abholen«, sagte er, aber sie wollte ihn nicht sehen und sagte, sie sei zu müde.

Stattdessen aß sie Rühreier an einem etwas schmuddeligen Tisch im Frühstücksraum und dachte an Mama.

Die krummbeinige Wirtin machte sich in der Nähe zu schaffen und redete – über die Nazis (sie behauptete, mit ihnen nie etwas zu tun gehabt zu haben), über die Konzentrationslager, von denen sie nichts gewusst haben wollte, und über die schlimmen Zeiten gleich nach dem Krieg. Nichts zu essen – und die schrecklich schwere Arbeit. Sogar die Frauen hatten die Trümmer forträumen müssen.

Ihre Berliner Stimme – ein wenig klang sie wie Heimpis Stimme und wie alle Stimmen aus Annas Kindheit – dröhnte fort und fort, aber obgleich Anna wenig von dem glaubte, was sie da erzählt bekam, wollte sie doch nicht, dass die Stimme schwieg. Sie antwortete ihr auf Deutsch und wunderte sich, dass sie es, wenn sie sich Mühe gab, fast fehlerfrei sprach.

»Is doch schön, dass es der Frau Mutter 'n bisschen besser geht«, sagte die Frau. Auch Anna war froh. »Sehr schön«, sagte sie.

Sie fühlte sich weich und entspannt und unendlich glücklich, als wäre sie jetzt endlich nach Hause gekommen.

Dienstag

Der Dienstag begann mit einem Anruf von Konrad. **Anna lag noch zu Bett,** als es an der Tür klopfte. Sie warf sich den **Mantel über das Nachthemd** und lief zum Telefon in die Diele hinunter. Die Kälte stieg ihr aus dem bröckligen Linoleum in die bloßen Füße, während sie »Hallo?« in den Hörer hineinsagte.

»Hallo, Konrad?«

»Mein liebes Kind«, Konrads Stimme klang viel fester. »Es tut mir leid, dich zu wecken. Aber ich dachte, du solltest es gleich erfahren. Ich habe mit dem Arzt gesprochen, und er sagt, dass deine Mutter wieder ganz gesund wird.«

»Oh, ich bin so froh.« Obgleich sie es gewusst hatte, strömte jetzt eine Woge der Erleichterung über sie weg. »Ich bin so froh.«

»Ja – nun – ich auch.« Er lachte ein wenig. »Wie du dir vorstellen kannst.«

»Ja.«

»Nun, ich wollte es dir nur eben sagen. Damit du in Ruhe frühstücken kannst. Ich treffe dich um halb zehn im Krankenhaus.«

»Gut.« Es schien ihr, als solle sie ausgehen. Zu einer Party, zu einer Feier. »Und vielen Dank, Konrad. Danke, dass du es mir gesagt hast.« Sie rannte in ihr Zimmer zurück, um sich anzuziehen. Sie war kaum fertig, als sie schon wieder ans Telefon gerufen wurde. Diesmal war es Max, der vom Flughafen aus anrief. »Max«, rief sie, »es ist alles gut. Mama wird wieder gesund.«

»Ich weiß.« Er war wie immer Herr der Lage. »Ich habe eben mit dem Krankenhaus gesprochen.«

»Haben sie dir gesagt –?«

»Die Überdosis? Ja.« Er schwieg eine Weile. »Es ist komisch«, sagte er dann, »ich habe jetzt zwei Tage in Flugzeugen und Flughäfen herumgesessen und nichts tun können, als über Mama nachzudenken, aber diese Möglichkeit ist mir nicht in den Sinn gekommen. Ich habe mich nur gefragt, ob ich sie noch lebend antreffen würde.«

»Ich weiß.« Sie konnte ihn durchs Telefon hindurch atmen hören – schnelle, flache Atemzüge. Er musste todmüde sein.

»Weißt du, warum sie es getan hat?«

»Konrad«, sagte sie. »Er hatte was mit einer andern.«

»Konrad? Du lieber Himmel.« Er war genauso überrascht, wie sie es gewesen war. »Ich dachte, es hätte etwas mit uns zu tun. Ich hatte ziemlich lange nicht geschrieben.«

»Ich weiß. Ich auch nicht.«

»Du lieber Himmel«, sagte er noch einmal, dann wurde er sachlich. »Hör mal, ich weiß noch nicht, wie ich von hier wegkomme, aber ich komme ins Krankenhaus, so schnell ich kann. Ich sehe dich dort.«

»Gut.« Das seltsame Gefühl, dass sie etwas feiern würden, überkam sie wieder, als sie sagte: »Bis nachher dann.«

»Bis nachher«, sagte er und legte auf.

Sie beeilte sich mit dem Frühstück und gab der Pensionswirtin, die entschlossen war, die gestrige Unterhaltung fortzusetzen, nur einsilbige Antworten. Trotzdem – als sie im Krankenhaus ankam, war Max schon da. Er sprach mit der Schwester am Empfang, und sie erkannte nicht nur seinen Rücken, sondern auch den Ausdruck auf dem Gesicht der Schwester – dieses ganz besondere Lächeln, das nicht nur Vergnügen ausdrückte, sondern auch Bereitwilligkeit, alles für ihn zu tun: Gefühle, die er, seit er siebzehn war, bei fast allen Menschen, die ihm begegneten, hatte erwecken können.

»Max«, sagte sie.

Er wandte sich um und kam auf sie zu.

Er sah müde aus, aber sein eleganter Anzug zeigte keine Spuren der langen Reise, und die meisten Besucher und Patienten sahen interessiert hinter ihm her.

»Hallo, kleiner Mann«, sagte er, und bei diesem Kosewort aus ihrer gemeinsamen Kindheit wurde ihr warm ums Herz, und sie begegnete ihm mit dem gleichen Lächeln wie die Schwester. Er küsste sie und sagte: »Was für eine Mühe uns die Erziehung unserer armen Mama macht.«

Sie nickte lächelnd. »Hast du mit Konrad gesprochen?«

»Nur ganz kurz. Er hat mir deine Nummer gegeben. Er sagte, dass er die volle Verantwortung übernimmt oder so was. Ich konnte mir nicht denken, was er damit meinte.«

»Das Ganze tut ihm sehr leid.«

»Nun, das sollte es auch. Aber vielleicht ... Es ist ja nicht so leicht mit Mama.« Max seufzte. »Oh, ich weiß nicht. Hat er was davon gesagt, was er nun tun will?«

»Nicht genau. Aber er sagte, diese Affäre bedeute ihm nichts – alles sei vorüber.«

»Das ist wenigstens etwas.«

»Ja.«

Es entstand eine Pause. Sie war sich der anderen Leute und der Schwester am Empfang, die sie beobachteten, bewusst. »Er kommt um halb zehn her«, sagte sie. »Willst du auf ihn warten oder gleich zu Mama gehen?«

»Gehn wir zu Mama«, sagte er, und ihr fiel ein, wie viel leichter es sein würde hinaufzugehen, jetzt, da es Mama besser ging, und mit Max an ihrer Seite.

Sie gingen den Flur entlang, der wie immer nach Desinfektionsmitteln und Bohnerwachs roch, aber diesmal wurde ihr überhaupt nicht übel. »Heute fühle ich mich ganz wohl«, sagte sie. »Sonst wurde mir immer übel, wenn ich herkam.«

Er lächelte. »Du hättest dir ein sauberes Taschentuch auf den Bauch legen sollen.« Sie war überrascht und gerührt, denn für gewöhnlich hatte er wenig Erinnerungen an die Vergangenheit.

»Ich glaube, das hat nur gewirkt, wenn du mir das Taschentuch aus der Schublade geholt hast«, sagte sie.

Sie hatten die Treppe erreicht, und sie wollte hinaufgehen, aber er führte sie vorbei, in einen anderen Flur hinein.

»Zimmer 17«, sagte er. »Die Schwester hat es mir gesagt.«

»Zimmer 17?« Dann hatte sie begriffen. »Sie haben sie verlegt, weil sie außer Gefahr ist. Dann müssen sie sich ganz sicher sein.«

Er nickte. »Die Schwester sagt, dass sie sehr müde sein wird. Wir sollen nur einen Augenblick bleiben.«

»Bis jetzt hat ihr Bett auf dem Flur gestanden.« Aus irgendeinem Grund schien es wichtig, es zu erklären. »Wo jeder sie sehen konnte. Und natürlich hat sie sich herumgeworfen und gestöhnt, und ich habe geschrien und versucht, zu ihr durchzudringen. Es war wirklich schrecklich.«

Aber sie hatten jetzt Mamas Tür erreicht, und er hörte gar nicht richtig zu. »Soll ich?«, sagte er mit der Hand auf der Klinke. Sie war überrascht, wie hübsch das Zimmer war, voller Licht, mit pastellfarbenen Wänden und einem großen Fenster, durch das man auf den Park hinaussah. Die Vorhänge waren geblümt, es gab einen Sessel, und auf dem Boden lag ein flauschiger Teppich.

Mama lag in einem sauberen weißen Bett, ohne Fesseln, ohne Schläuche, die eine Hand unter das Kopfkissen geschoben, die andere entspannt auf der Bettdecke, so wie Anna sie oft in der Pension in Putney hatte liegen sehen, und sie schien friedlich zu schlafen.

Max stand schon neben dem Bett. »Mama«, sagte er.

Mamas Augenlider flatterten, dann senkten sie sich wieder und öffneten sich dann ganz normal. Einen Augenblick lang war ihr Blick verwirrt, dann hatte sie ihn erkannt.

»Max«, flüsterte sie. »Oh Max.« Ihre blauen Augen, so blau wie die seinen, lächelten und schlossen sich beinah wieder. Als sie sie dann öffnete, waren sie voller Tränen. »Es tut mir so leid, Max«, flüsterte sie. »Dein Urlaub ... Ich wollte doch nicht ...« Auch ihre Stimme klang jetzt wie immer.

»Das macht doch nichts, Mama«, sagte Max. »Jetzt ist alles wieder gut.«

Ihre Hand schob sich über die Decke in die seine.

»Max«, murmelte sie. »Lieber Max ...« Ihre Lider senkten sich, und sie schlief wieder ein.

Anna wusste zuerst nicht, was sie tun sollte, dann trat sie neben Max ans Bett.

»Hallo, Mama«, sagte sie leise an Mamas Ohr.

Mama, fast schon eingeschlafen, reagierte kaum. »Anna ...« Ihre Stimme war kaum zu hören. »Bist du auch hier?«

»Ich bin seit Sonntag hier«, sagte Anna, aber Mama hörte sie schon nicht mehr. Ihre Augen blieben geschlossen, und nach einer Weile machte Max seine Hand frei und sie gingen hinaus.

»Ist das in Ordnung?«, fragte er. »Hat sich ihr Zustand seit gestern sehr verändert?«

»Sie hat drei Tage lang im Koma gelegen«, sagte Anna. »Sie ist erst gestern Abend, während ich bei ihr war, zu sich gekommen.« Sie wusste, es war töricht, aber sie fühlte sich gekränkt, weil Mama sich nicht daran zu erinnern schien. »Man hat mir gesagt, dass ich sie immer wieder anrufen soll. Ich habe es getan, und schließlich hat sie reagiert.«

»Es tut mir leid«, sagte Max. »War es schlimm?«

»Ja, es war schlimm. Wie in einem dieser grässlichen Kitschfilme.«

Er lachte ein wenig. »Ich wusste gar nicht, dass man es immer noch so macht – dass man die Angehörigen bittet, sie zu rufen. Ich dachte, man macht das heute mit Medikamenten. Wahrscheinlich hast du ihr das Leben gerettet.«

Für Anna war das eine Gewissheit, aber sie hütete sich, es auszusprechen. »Vielleicht hat das etwas mit der deutschen Vorliebe für dramatische Lösungen zu tun«, sagte sie. »Ich kann mir nicht vorstellen, dass man in England so verfahren würde, nicht wahr? Ich meine, sie würden einen dort überhaupt nicht ins Krankenzimmer lassen.«

In der Nähe des Treppenhauses begegneten sie der säuerlichen Schwester vom ersten Tag, die eine Bettpfanne trug. Bei ihrem Anblick – oder vielmehr bei Maxens Anblick, wie Anna dachte – verzog sich ihr Mund zu einem Lächeln. »Na«, sagte sie befriedigt. »Die Frau Mutter ist von den Schatten zurückgekehrt.«

Anna, die sich inzwischen wieder an die deutsche Ausdrucksweise gewöhnt hatte, brachte es fertig, sich das Lachen zu verbeißen, aber für Max war es, zusammen mit der Bettpfanne, zu viel. Er platzte los, stotterte etwas Zustimmendes und flüchtete um die nächste Ecke. Anna folgte ihm in der Hoffnung, dass die Schwester das Ganze für einen Ausbruch von Rührung gehalten hatte.

»Sie reden alle so«, kicherte sie, als sie ihn eingeholt hatte. »Hattest du das vergessen?«

Er konnte nur den Kopf schütteln. »*Von den Schatten zurückgekehrt* ... Wie hält Mama das nur aus?«

Sie sah ihn an und fing dann auch zu lachen an. »*Die Frau Mutter* ...«, keuchte sie. Sie wusste, dass dies alles gar nicht so komisch war, aber sie konnte sich nicht fassen. Sie lehnte sich an die Wand und hielt sich an seinem Arm fest. Als die Schwester wieder vorbeikam, diesmal ohne die Bettpfanne, taten sie so, als suchten sie etwas in Annas Tasche, um hinterher sofort wieder loszuplatzen.

»Oh Max«, rief Anna schließlich, ohne genau zu wissen, was sie damit meinte, »du bist doch der Einzige.«

Es hatte mit ihrer Kindheit zu tun. Damit, dass sie dreisprachig aufgewachsen waren. Um sich über all die Sorgen wegen Mama und Papa hinwegzuhelfen, hatten sie in drei verschiedenen Sprachen Scherze gemacht, die andere nicht verstanden.

»Nun, nun, kleiner Mann«, sagte Max und tätschelte ihren Arm, »das bist du auch.«

———

Immer noch etwas lachend kamen sie in die Eingangshalle, in der sich jetzt noch mehr Menschen befanden. Konrad sprach in einer Ecke mit dem Arzt, die Schwester am Empfang deutete lächelnd auf die beiden, um auf Max und sie aufmerksam zu machen, und Konrad, der sie wohl erwartet hatte, kam ihnen gleich entgegen und drückte Max herzlich die Hand.

»Wie gut, dich zu sehen, Max«, sagte er. »Es tut mir leid, dass wir dich holen mussten, aber bis heute Morgen hätte es mit deiner Mutter so und so ausgehen können.«

»Natürlich«, sagte Max. »Vielen Dank, dass du dich um alles gekümmert hast.«

»Nu«, sagte Konrad in einem Ton, der an die Goldblatts erinnerte. »In meinem Alter hat man gelernt, mit allem fertigzuwerden.« Es entstand eine verlegene Pause, dann wandte Konrad sich mit sichtlicher Erleichterung an Anna. »Du siehst jetzt schon wieder viel besser aus.«

»Ich habe dir doch gesagt, dass Mama durchkommen wird«, sagte sie fröhlich. Sie hatten inzwischen den Arzt erreicht, Konrad stellte ihm Max vor, und Max dankte ihm für alles, was er für Mama getan hatte.

»Wie ich höre, haben Sie eine lange Reise hinter sich«, sagte der Arzt, Max sagte ein paar Worte dazu, brachte das Gespräch aber schnell wieder auf Mama.

»Wir haben Glück gehabt«, sagte der Doktor. »Ich habe Ihrer Schwester gesagt –«, er spreizte die Finger, wie er es am Tag zuvor getan hatte, »fifty-fifty. Erinnern Sie sich?«

Anna nickte. Es schien lange her.

»Ja«, sagte der Arzt. »Fifty-fifty. Natürlich weiß man in einem solchen Fall nicht immer, was der Patient gewünscht hätte. Aber man muss annehmen … hoffen …« Es wurde ihm bewusst, dass seine Finger immer noch in der Luft schwebten, und er ließ sie sinken.

Hinter ihm sah Anna eine alte Dame, die mühsam an einem Stock ging, und einen kleinen Jungen, der den Arm in der Schlinge trug. Sie nahm den wolligen Geruch wahr, den Konrads Mantel ausströmte, die Wärme des nahen Heizkörpers, das Gewirr der deutschen Stimmen, das sie umgab, und sie fühlte sich plötzlich müde und weit weg von allem. Mama wird wieder gesund, dachte sie, alles andere ist unwichtig. Aus irgendeinem Grund sah sie Mama wieder vor sich, wie sie weinte in ihrem blauen Hut mit dem Schleier. Der Schleier war ganz nass gewesen und zerknitterte immer mehr, während Mama sich die Augen mit der Hand wischte.

Wann in aller Welt war das gewesen?

Konrad hustete und trat von einem Fuß auf den anderen. »… können Ihnen nicht genug danken …«, sagte Max in seinem tadellosen Deutsch, und Konrad nickte und sagte: »… zutiefst dankbar …« – »… noch ein paar Tage in der Klinik, bis sie wieder ganz hergestellt ist …« Der Doktor machte eine Geste, und es schien eine Frage in der Luft zu hängen.

Da sagte Konrad laut und fest: »Natürlich werde ich mich danach um sie kümmern.«

Anna schaute ihn an, um zu sehen, ob es ihm ernst sei. Seine Miene war entschlossen.

Der Doktor war offensichtlich erleichtert, ebenso Max, der jetzt, wie sie feststellte, ziemlich blass war und plötzlich sagte: »Ich habe seit gestern Mittag nichts gegessen. Glaubst du, ich könnte hier irgendwo Frühstück bekommen?«

Daraufhin trennte sich die Gruppe.

Sie dankten alle dem Arzt noch einmal, dann ging Anna mit Max, gefolgt von Konrad, die Treppe hinunter zum Auto, und Konrad sagte: »Ihr müsst daran denken, den Deutschen die Hand zu schütteln, sonst meinen sie noch, ihr verachtet sie, weil sie den Krieg verloren haben.«

Das kam ihr so absurd vor, dass sie glaubte, sich verhört zu haben, aber dann fing sie Maxens Blick auf und schaute schnell weg, um nicht wieder einen Lachanfall zu bekommen.

Während Konrad chauffierte und verschiedene Abmachungen mit Max traf, starrte sie zum Fenster hinaus. Es war kalt, aber das Wetter war schön.

Sie kam erst wieder an einem Tisch im Café ganz zu sich, umgeben von Kaffee- und Würstchendüften. Max hatte offenbar schon zum zweiten oder dritten Mal gesagt: »Willst du wirklich nichts essen?«

Er selbst war dabei, einen Riesenteller mit Würstchen und Bratkartoffeln zu verputzen. Vor ihr stand eine Tasse Kaffee, sie nahm einen Schluck und schüttelte dann lächelnd den Kopf.

»Konrad ruft von seinem Büro aus das Theater an«, sagte Max. »Sie erwarten uns also.«

»Das Theater?«

»Wo diese Ausstellung über Papa ist.«

»Natürlich.« Sie hatte es ganz vergessen.

»Sie ist eigentlich schon geschlossen. Konrad glaubt, dass sie vielleicht schon angefangen haben abzubauen. Aber die Sachen sind bestimmt noch da, und Konrad will mit dem Hausmeister sprechen, damit er uns hereinlässt.«

Er sah wieder ganz normal aus, und sie fragte: »Geht's dir wieder besser?«

Er nickte mit vollem Mund. »Es war nur die Reaktion. Nichts zu essen und nicht genügend Schlaf.«

Sie freute sich sehr, dass sie die Ausstellung gemeinsam besuchen würden. Das war jetzt genau das Richtige. »Es wird schön sein, etwas zu sehen, das mit Papa zu tun hat«, sagte sie.

Sie mussten mit der U-Bahn fahren. Konrad hatte Max den Weg erklärt und ihm auch einen Stadtplan gegeben. Wenn man zu weit fuhr, brachte einen die Bahn aus dem Westteil in den Russischen Sektor, und Anna, die das für eine wirkliche Gefahr hielt, zählte ängstlich die Stationen, und als sie die richtige erreichten, stand sie schon an der Tür, bereit auszusteigen.

»Sie warnen einen, bevor man an die Grenze kommt«, sagte Max, während sie die Treppe zur Straße hinaufstiegen. »An der letzten Station davor stehen riesige Schilder, und man wird über Lautsprecher gewarnt. Man kann unmöglich versehentlich hinüberkommen.«

Sie nickte, glaubte es aber nicht so ganz. Einmal, wenige Monate nachdem sie aus Deutschland entkommen waren, waren sie mit Papa auf der Fahrt nach Paris in Basel umgestiegen. Sie hatten schon ihr Gepäck im Abteil verstaut, als sie merkten, dass sie im falschen Zug saßen.

»Erinnerst du dich noch an Basel«, sagte sie, »als wir schon in einem Zug saßen, der nach Deutschland fuhr? Wir hatten nicht einmal mehr Zeit, das Gepäck herauszuholen, und du hast geschrien, bis jemand es uns zum Fenster hinausgeworfen hat.«

»Wirklich?«, sagte Max. Er war über seine damalige Aktivität erfreut, konnte sich aber an nichts erinnern.

Das Theater lag in einer verkehrsreichen, ihr unbekannten Straße, aber alle Straßen, außer den wenigen um das alte Haus und die Schule herum, waren ihr ja unbekannt. In der Nähe des Theaters sah man noch schwere Bombenschäden, aber das Gebäude selbst war entweder unversehrt geblieben oder sorgfältig restauriert.

Sie gingen die Eingangsstufen hinauf, klopften und warteten. Lange Zeit geschah nichts. Dann sahen sie durch die Scheibe in der Tür, wie ein alter Mann aus den Schatten des Foyers langsam auf sie zukam.

Ein Schlüssel knirschte im Schloss, die Tür öffnete sich, und er wurde im Licht der Straße deutlich sichtbar, sehr alt, sehr gebeugt, mit einem langen grauen Gesicht, das aussah, als ginge er nie an die Luft.

»Komm' Se rein, komm' Se rein«, sagte er ungeduldig, genau wie die Hexe, dachte Anna, die Hänsel und Gretel ins Pfefferkuchenhaus lockte. Dann führte er sie langsam über den dicken roten Teppich des Foyers auf die gewundene Treppe zu.

Während er vor ihnen hertrottete, sprach er unaufhörlich. »Ik kann die Lichter nich anmachen«, sagte er, »nich am Morgen. Det is gegen die Vorschrift.« Er blieb plötzlich stehen und deutete auf einen Kandelaber über ihren Köpfen. »Schauen Sie sich det an. Da wären Sie platt, wenn der brennen würde. Reines Jold.«

Er trottete weiter und murmelte wieder etwas von den Vorschriften, die ihm offenbar zu schaffen machten, aber dann hatte er eine befriedigende Lösung des Problems gefunden. Während er mit unendlicher Langsamkeit, Stufe für Stufe, die Treppe hinaufklomm, sagte er: »Ik mach die Herrschaften oben Licht. Det haben se verjessen in die Vorschrift zu erwähnen.«

Auf dem Absatz in der Mitte der Treppe blieb er wieder stehen, um Atem zu holen. Anna sah Max an, aber da war nichts zu machen, sie mussten warten.

»Ik war nämlich früher hier Kontrollöhr«, sagte der alte Mann. »Vor die Nazizeit.« Er warf Max einen Blick zu. »Verstehen Sie, wie ik dat meine?«

Max sagte ja, er verstehe.

Der alte Mann nickte befriedigt. »Ik hab immer unten jestanden, und an mir hamse alle vorbeijemusst«, sagte er. »All die Herrschaften in die Smokings und die Damen in ihrem Tüll. Scheen war det damals.«

Er seufzte und setzte seinen langsamen Aufstieg fort. Ein Plakat mit Papas Namen und dem Wort »Ausstellung« tauchte aus dem Halbdunkel auf. »Der große Schriftsteller und Kritiker« stand darunter.

»Den kenn ik ooch«, sagte der alte Mann und wies mit dem Finger auf das Plakat. »Der war oft hier.«

»Wirklich?«, sagte Anna. »Sie haben ihn wirklich gesehen?«

Er dachte wohl, dass sie ihm nicht glaubte. »Na wat denken Sie denn«, sagte er. »Ik hab ihn doch immer uff seinen Platz jeführt. Immer in die

Mitte von die dritte Reihe, und am nächsten Tag hat dann wat von ihm in die Zeitung jestanden. Da jab's Leute, sag ik Ihnen, die haben jezittert vor dem. Einmal hab ik nach die Vorstellung 'ne Taxe jerufen, und als er fort war, kommt unser Herr Direktor und sagt: ›Herr Klaube‹, sagt er, ›von dem Mann hängt es ab, ob die Leute sich ein Stück ansehen oder nicht.‹ Det war ein wirklich feiner Mensch, hat sich immer bedankt und mir 'nen Jroschen zujesteckt.«

Anna sah Maxens halb gerührtes, halb amüsiertes Gesicht. Sie hätte so gern gehabt, dass der alte Mann noch mehr von Papa erzählte, aus dieser Zeit, an die sie sich nicht mehr erinnern konnte, sie war damals noch zu jung gewesen. Sie suchte verzweifelt nach einer Frage, die sie ihm hätte stellen können.

»Wie –«, sagte sie schließlich, »wie sah er denn aus?«

Man sah ihm an, wie töricht er diese Frage fand. »Na ja, junge Frau«, sagte er, »wat soll ik sagen, er sah eben aus, wie damals alle ausjesehen haben. Er hatte so einen Umhang und einen Spazierstock und einen Zylinder.« Vielleicht spürte er ihre Enttäuschung, denn er fügte hinzu: »Och, sehn Sie sich doch drin man die Bilder an.«

Sie waren an einer Tür angekommen, an der ein noch größeres Plakat hing, der Alte schloss sie auf und knipste die Lichter an, während Max ihm eine Münze in die Hand drückte.

»Vielen Dank, mein Herr. Da werd ik mir erlauben, ein Glas auf Ihr Wohl zu trinken«, sagte er, wie er es vielleicht vor mehr als dreißig Jahren zu Papa gesagt hatte.

Der Raum, den er ihnen geöffnet hatte, war das Buffet des ersten Ranges, und jetzt, da die Lichter brannten, sah sie, dass nicht nur die Wände des Erfrischungsraumes, sondern auch die des Ganges davor mit Fotografien und Reproduktionen behängt waren. Da war Papa mit Einstein, Papa mit Bernard Shaw, Papa, wie er eine Rede hielt, Papa in Amerika mit Wolkenkratzern im Hintergrund, Papa und Mama an Bord eines Ozeandampfers. Die meisten der Bilder waren ihr bekannt, und auf keinem davon sah Papa so aus, wie sie ihn in Erinnerung hatte, denn Papa hatte beim Fotografieren immer eine besonders würdige Miene aufgesetzt.

Zeitungsausschnitte waren gerahmt und mit Erklärungen versehen. »Der Artikel, der im Jahr 1927 eine solche Kontroverse hervorrief«,

»Der letzte Artikel vor seiner Ausreise aus Deutschland im Jahr 1933«. Es gab Zeichnungen und Karikaturen, eine Zeitschrift, die Papa herausgegeben hatte (»Davon wusste ich gar nichts«, sagte Anna.), gerahmte Manuskriptseiten mit seiner vertrauten, spinnenbeinigen Handschrift mit endlosen Korrekturen.

Gerührt und verwirrt betrachtete sie dies alles. »Ist es nicht seltsam«, sagte sie. »In der Zeit, während er all das gemacht hat, haben wir ihn kaum gekannt.«

»Ich weiß noch, dass ich in der Schule immer nach ihm gefragt wurde«, sagte Max.

»Und weißt du noch ... der Besuch. Da war doch mal so ein Mann, der hat uns zwei Marzipanschweinchen mitgebracht. Ich weiß noch, wie Mama sagte, er sei sehr berühmt. Vielleicht ist es Einstein gewesen.«

»Ich glaube, an Einstein würde ich mich erinnern«, sagte Max, der sogar die Marzipanschweinchen vergessen hatte.

Eine Vitrine mit Exemplaren aller Bücher, die Papa geschrieben hatte, war schon abgehängt. »Als er Deutschland verließ, besaß er nicht einmal eine vollständige Sammlung seiner eigenen Werke«, sagte eine erklärende Notiz. »Er musste sich bei ihrer Beschaffung auf die Hilfe von Freunden verlassen.« In einer anderen Vitrine standen die beiden neuen dicken Bände mit seinem gesammelten Werk, um dessen Neuauflage Mama sich im vergangenen Jahr so sehr bemüht hatte.

»Ich wünschte, er hätte das alles noch erlebt«, sagte Anna, und Max nickte. Sie hatten es beide so oft gedacht.

Vom hinteren Ende des Raumes führten Stufen zu einem anderen Flur. Hier waren die Ausstellungsstücke schon abgenommen und mit der Vorderseite zur Wand gedreht. Sie zog auf gut Glück einen der Rahmen heraus. Er enthielt eine Vergrößerung eines kürzlich erschienenen Artikels über Papas Werk. Sie las: »... einer der glänzendsten Geister seiner Generation. Die Bücher, Klassiker ihrer Art, befinden sich in jeder Universitätsbibliothek.« Natürlich wusste sie das, aber in England, wo niemand je etwas von Papa gehört hatte, war es schwer, sich das vorzustellen.

»Sieh dir das an«, sagte Max. Er hatte eine Fotografie gefunden, die sie alle vier im Garten in Berlin zeigte, Papa wie gewöhnlich in Autorenpose, Mama mit einem strahlenden Lächeln, sie selber und Max in den gleichen gestreiften Pullovern, Max mit Pagenfrisur auf einem Roller, sie, Anna, mit einem Dreirad.

»Ich weiß noch, wie das aufgenommen wurde«, sagte sie. »Ich weiß noch, ich hatte das Dreirad eben bekommen und versuchte so auszusehen wie jemand, der mit einem Dreirad um Ecken fahren kann.«

Max überlegte. »Ich finde, es ist dir nicht ganz gelungen«, sagte er. Dann fügte er hinzu: »Wirklich, du siehst genau aus wie Papa.«

Dann hingen da keine Bilder mehr – sie waren ans Ende der Ausstellung gelangt.

»Das wär's«, sagte Max. »Es ist eigentlich nicht viel, nicht wahr?«

Sie gingen zum Ende des Ganges, traten durch eine Tür und befanden sich in der hintersten Reihe des ersten Ranges, einem Halbrund leerer roter Sitze, die sich in Reihen nach unten hin senkten. Im weiten dämmrigen Raum unter der Decke hing der vertraute Theatergeruch von Leim und Putz, und aus der Tiefe des Parketts kam das Summen eines Staubsaugers. Anna schaute nach unten und entdeckte die verkürzte Gestalt, die die Gänge entlang staubsaugte. Sie suchte mit dem Blick die Mitte der dritten Reihe und versuchte, sich Papa dort vorzustellen, aber es gelang ihr nicht.

»Die Ausstellung ist nur etwas zum Anschauen während der Pause«, sagte Max neben ihr. »Aber ich glaube, sie war wirklich informativ, bevor man die Hälfte abgehängt hat.«

Sie nickte und wandte sich zum Gehen – und da, zwischen zwei Ausgängen, fast wie ein Heiliger in einer Nische, stand, beinahe lebensgroß, Papa. Er trug seinen alten grauen Hut und den schäbigen Wintermantel, den er getragen hatte, solange sich Anna erinnern konnte, und er schien gerade etwas zu sagen. Seine Augen waren voller Interesse auf etwas oder jemanden gleich neben der Kamera gerichtet, er wirkte angeregt und voller Leben.

Sie kannte natürlich dieses Bild, hatte es aber noch nie in einer solchen Vergrößerung gesehen. Es war von einem Pressefotografen gemacht worden, als Papa an jenem längst vergangenen Tag in Hamburg aus dem Flugzeug stieg – das letzte Bild vor seinem Tod. Papa hatte nicht gewusst, dass der Fotograf dort stand, und hatte keine Zeit gehabt, sein Fotografiergesicht aufzusetzen, er sah genauso aus, wie Anna ihn im Gedächtnis hatte.

»Papa«, sagte sie, jetzt zum ersten Mal gerührt.

Max, der ihrem Blick gefolgt war, blieb mitten auf der Treppe stehen, und sie betrachteten das Bild gemeinsam.

»Es war eine sehr gute Idee, es hier aufzuhängen«, sagte sie schließlich. »Es überschaut das ganze Theater.«

Sie schwiegen. Das Geheul des Staubsaugers drang immer noch aus dem Parkett nach oben.

»Seltsam«, sagte Max, »aber dies Bild ist das einzige hier, das mir wirklich etwas bedeutet. Ich meine, das andere ist alles sehr interessant, aber das hier ist für mich Papa. Was ich so seltsam finde ist, dass er für alle anderen Menschen jemand ganz anders war.«

Sie nickte. »Ich habe nicht einmal alles, was er geschrieben hat, gelesen.«

»Ich auch nicht.«

»Das Wesentliche ist –« Wie sollte sie es nur ausdrücken, was war das Wesentliche? Es hatte etwas damit zu tun, dass sie Papa geliebt hatte, als er alt und erfolglos war und dennoch interessanter als irgendein anderer Mensch, den sie kannte.

»Er hat sich nie selbst bemitleidet«, sagte sie, aber das war es nicht, was sie hatte sagen wollen.

»Das Wesentliche ist«, sagte Max, »dass es gar nicht darauf ankommt, was er getan hat. Wesentlich ist, was für ein Mensch er war.«

Während sie die Wendeltreppe wieder hinunterstiegen, bemerkten sie, dass es im Foyer jetzt lebendiger zuging. Die Türen zur Straße standen offen, jemand saß hinter der Glasscheibe des Billettschalters, und ein älterer Mann versuchte, eine Vorbestellung zu machen. Sie hatten den Fuß der Treppe erreicht, als plötzlich eine schlaksige junge Frau vor ihnen stand, die etwas von *Kulturbeziehungen* sagte und ihnen herzlich die Hand schüttelte.

»Hat es Ihnen gefallen?«, rief sie. »Es tut mir so leid, dass ich Sie nicht empfangen konnte. Ich hoffe, dass der Pförtner – wissen Sie, er erinnert sich noch an Ihren Vater. Ihre Mutter war natürlich hier, als die Ausstellung eröffnet wurde, sie schien zufrieden, aber man weiß nie so recht. Wissen Sie, wir hätten das Zehnfache an Material aus dem Archiv haben können, aber da so wenig Platz war, musste leider stark ausgewählt werden.«

»Ich fand es ausgezeichnet«, sagte Max, und sie blühte unter seinem Lächeln auf, wie es die Leute immer taten, und sah auch gar nicht mehr so hager aus.

»Wirklich?«, sagte sie. »Tatsächlich? Man hofft immer so sehr, es recht zu machen.«

»Oh ja«, sagte Anna. »Ich finde, das ist Ihnen gelungen.«

Nachher, beim Mittagessen in einem kleinen Restaurant, sprachen sie über Mama.

»Es ist schwer zu fassen«, sagte Max, »wenn man diese Ausstellung gesehen hat, bedenkt, was für eine Persönlichkeit Papa war und welches Leben sie an seiner Seite geführt hat. Und jetzt versucht sie, sich wegen eines Menschen wie Konrad umzubringen.«

»Er hat ihr Sicherheit gegeben«, sagte Anna.

»Oh, ich weiß, ich weiß.«

»Ich mag Konrad«, sagte Anna. »Was ich so erstaunlich finde, ist, wie Mama über die Dinge spricht, die sie gemeinsam unternehmen. Du weißt – ›wir haben im Bridge drei Dollar gewonnen‹, und ›der Wagen hat in anderthalb Stunden hundertdreißig Kilometer gemacht‹. Es ist alles so langweilig und alltäglich.«

Max seufzte.

»Wahrscheinlich ist es das, was ihr daran gefällt. Sie hat früher nie Gelegenheit für so etwas gehabt.«

»Wahrscheinlich.«

Max seufzte wieder. »Papa war ein großer Mann. Es ist gar nicht so leicht, sich seiner würdig zu erweisen. Mit ihm verheiratet und dazu ein Flüchtling zu sein – da würde jeder sich nach ein bisschen Alltäglichkeit sehnen. Ich glaube, irgendwie haben wir es alle getan.«

Anna erinnerte sich einer Zeit im englischen Internat, als sie sich nichts so sehr gewünscht hatte, wie Pam zu heißen und gut im Lacrosse zu sein. Aber das hatte nicht lange gedauert.

»Vielleicht empfindet man es nicht so sehr«, sagte Max, »wenn man den Wunsch hat, zu malen oder zu schreiben, dann ist es vielleicht nicht so wichtig, dass man anders ist als die anderen. Aber ich –«

»Unsinn«, sagte Anna. »Du bist immer anders gewesen als die anderen.«

Er schüttelte den Kopf. »Was die Leistungen, den Erfolg angeht ... vielleicht: bester Student, Stipendiat, glänzender junger Anwalt, von dem man munkelt, dass er der jüngste Kronanwalt sein wird ...«

»Stimmt das?«

Er grinste.

»Vielleicht. Aber bei all dem kommt es auf Anpassung an, nicht wahr? Was ich in Wirklichkeit tue: Ich setze alles daran, zu erreichen, dass ich mich in nichts von der obersten Schicht der englischen Normalbürger unterscheide. Manchmal habe ich mich gefragt, was gewesen wäre, wenn wir keine Flüchtlinge gewesen wären ...«

»Du hättest auch dann Jura studiert. Da liegt deine Begabung.«

»Wahrscheinlich. Aber vielleicht wären meine Motive ein wenig anders gewesen.« Er verzog das Gesicht. »Nein, ich kann durchaus begreifen, warum Mama ein gewöhnlicher Mensch sein will.«

Eine Weile saßen sie schweigend da. Schließlich sagte Anna: »Was glaubst du, wie es jetzt weitergehen wird?«

Er zuckte die Schultern. »Konrad versichert immer wieder, dass er sich um sie kümmert ... mit allem, was das heißt. Ich weiß nicht, ob er sich vorstellt, sie könnten so weiterleben wie früher, so, als ob gar nichts geschehen wäre. Vielleicht äußert er sich mal dazu, wenn wir heute Abend zusammen essen.«

»Ja.« Sie sah Mama plötzlich ganz deutlich vor sich, mit ihren verletzlichen blauen Augen, dem entschlossenen Mund, der kindlichen Stupsnase. »Sie wird verzweifelt sein, wenn er es nicht tut.«

»Nun, ich denke, er wird es tun. Jedenfalls glaube ich, dass er die Absicht hat. Ich möchte nur nicht den Eindruck entstehen lassen, dass wir das für selbstverständlich hielten und ihn mit dem Problem allein lassen. Ich glaube, er braucht etwas Unterstützung.«

»Die könnten wir ihm doch geben, nicht wahr?«

Eine Weile lang sagte er gar nichts. Dann sah er sie an. »Ich habe Wendy mit dem Kind auf einer abgelegenen griechischen Insel zurückgelassen. Ich kann nicht lange bleiben.«

»Ach so.« Sie hatte nicht daran gedacht; eine plötzliche Mutlosigkeit überfiel sie. »Vielleicht könnte ich ohne dich noch etwas länger bleiben.« Aber in Wirklichkeit hatte sie keine Lust, etwas in dieser Richtung zu unternehmen.

»Wenn du das könntest, das wäre wunderbar.«

»Ich muss es mir überlegen. Weißt du, ich habe erst kürzlich diese Stellung als Redakteurin angetreten.« Die Stelle und Mama verquickten sich zu einem hoffnungslosen Gewirr. Zurück zu Mama, dachte ein Teil ihres Bewusstseins, und wie immer überkam sie Panik bei diesem Gedanken; ein anderer Teil dachte an Richard, aber der schien weit weg. »Ich müsste erst mit Richard darüber sprechen.«

»Aber natürlich«, sagte er.

Als jetzt die Kellnerin die Rechnung brachte, war er wieder sehr blass. Er sagte: »Hast du etwas dagegen, wenn wir ins Hotel zurückgehen? Ich habe die letzten zwei Nächte kaum geschlafen und bin plötzlich sehr müde. Konrad sagte, er habe mir ein Zimmer bestellt.«

Während er schlief, lag sie auf ihrem Bett und starrte auf die gemusterten Vorhänge, die sich leise im Luftzug bewegten. Sie wünschte, sie hätte nichts vom Längerbleiben gesagt. Jetzt wird es schwerer sein wegzukommen, dachte sie und kam sich gemein vor. Und doch, dachte sie, warum muss immer ich es sein? Schließlich hatte sie sich noch nicht festgelegt, und schlimmstenfalls würden es ja nur ein paar Tage sein. Länger bleibe ich auf keinen Fall, dachte sie trotzig. Einen Moment spielte sie mit dem Gedanken, Richard anzurufen. Aber es war besser, zuerst mit Konrad zu sprechen. Da Mama jetzt außer Gefahr war, wollte er vielleicht gar nicht, dass jemand dabliebe.

Die gemusterten Vorhänge blähten sich und sanken zurück. Plötzlich stand alles ganz scharf in ihrem Bewusstsein: sie selber, das schäbige deutsche Haus, das sie umgab, Max, der im Nebenzimmer ruhte, Konrad in seinem Büro, seine Sekretärin, die ihn beobachtete, Mama, die endlich richtig aus ihrer langen Betäubung erwachte, und Richard, der in London an seinem Manuskript arbeitete und auf sie wartete, und hinter allem, in der Vergangenheit, stand Papa.

Genau so ist es, dachte sie.

Sie hatte das Gefühl, alles sehen zu können, jede Einzelheit in der Beziehung zum Übrigen, dass sie die Gedanken eines jeden kannte und seine Gefühle, dass sie sie haargenau gegeneinander abwägen konnte. Ich könnte über all das schreiben, dachte sie. Aber dieser Gedanke kam ihr so kaltblütig vor, dass sie erschrak und sich einzureden versuchte, sie habe ihn gar nicht gedacht.

———

Am späten Nachmittag gingen sie zum Krankenhaus, und als sie die Tür zu Mamas Zimmer öffneten, war Konrad schon da. Er saß auf ihrem Bett, und Mama, mit verkrampftem Gesicht und den Tränen nahe, hielt seine Hand. Ihre blauen Augen waren fest auf seine gerichtet, und sie hatte Lippenstift aufgelegt, der in ihrem erschöpften Gesicht seltsam grell wirkte.

»Nu«, sagte Konrad, »da sind deine Kinder, die aus allen Ecken der Welt gekommen sind, um dich zu besuchen, also verlasse ich dich.«

»Geh nicht.« Mamas Stimme war immer noch schwach. »Musst du gehn?«

»Yes, ma'am, ich muss«, sagte Konrad. Er stemmte sich mit Anstrengung vom Bett hoch und lächelte sein schiefes Lächeln. »Ich werde einen Spaziergang machen; das ist gut für mich, und deshalb tue ich es so selten. Danach komme ich zurück und lade deine Kinder zum Essen ein. Und du musst inzwischen brav sein.«

»Geh nicht zu weit.«

»No, ma'am«, sagte er, und Anna sah, wie es um Mamas Mund zuckte, als er das Zimmer verließ.

»Er nennt mich immer ma'am«, sagte sie mit zittriger Stimme, als wäre damit alles erklärt.

Sie hatten Blumen mitgebracht, und Anna ordnete sie in eine Vase, die schon einen viel prächtigeren Strauß von Konrad enthielt, und Max setzte sich auf Konrads Platz aufs Bett.

»Nun, Mama«, sagte er mit seinem warmen Lächeln, »ich bin so froh, dass es dir besser geht.«

»Ja«, sagte Anna, die noch an der Vase hantierte. Sie hatten beide Angst, Mama würde anfangen zu weinen.

Sie schien immer noch ziemlich benommen. »Wirklich?«, sagte sie, und dann fügte sie fast mit ihrer üblichen Lebhaftigkeit hinzu: »Ich nicht. Ich wünschte, sie hätten mich in Ruhe gelassen. Es wäre für alle viel einfacher gewesen.«

»Unsinn, Mama«, sagte Max, und daraufhin füllten sich ihre Augen mit Tränen.

»Das Einzige, was mir leidtut«, sagte sie, »ist, dass ich dir deine Ferien verdorben habe. Das wollte ich nicht – wirklich nicht. Aber es war so schrecklich –« Sie schnüffelte durch ihr Stupsnäschen und suchte unter dem Kopfkissen nach einem Taschentuch. »Ich hab versucht, es nicht zu tun«, rief sie. »Ich hab versucht, wenigstens zu warten, bis du wieder in London warst, aber jeden Tag – ich konnte es einfach nicht länger aushalten.« Sie hatte das Taschentuch gefunden und putzte sich ausgiebig die Nase. »Wenn sie mich nur hätten sterben lassen«, sagte sie, »dann hättest du erst zum Begräbnis zu kommen brauchen, und bis dahin wären deine Ferien vielleicht zu Ende gewesen.«

»Ja, Mama«, sagte Max, »aber ich hätte sie wahrscheinlich nicht sehr genossen.«

»Nicht?« Sie sah sein Gesicht, und ihre Stimme belebte sich, sie kicherte beinahe. »Was ist schließlich schon eine alte Mutter?«

»Stimmt, Mama. Aber zufällig hänge ich an meiner, und Anna auch.«

»Ja«, sagte Anna durch die Blumen hindurch.

»Oh, ich weiß nicht, ich weiß nicht.« Sie ließ sich zurücksinken und schloss die Augen, Tränen quollen unter ihren geschlossenen Lidern hervor und netzten die Wangen.

»Ich bin so müde«, sagte sie.

Max tätschelte ihr die Hand. »Bald wird's dir wieder besser gehen.« Aber sie schien ihn nicht zu hören.

»Hat er euch gesagt, was er getan hat?«, sagte sie. »Er hatte ein anderes Mädchen.«

»Aber es bedeutete ihm nichts«, sagte Anna. Sie hatte sich neben das Bett hingehockt. Sie sah jetzt Mamas tränennasses Gesicht auf der gleichen Höhe wie ihr eigenes, so wie sie es so oft neben sich im Bett in der Pension in Putney gesehen hatte, und das gleiche Gefühl wie damals stieg in ihr auf: Sie konnte es nicht ertragen, Mama unglücklich zu sehen, dem musste irgendwie ein Ende gemacht werden.

Mama sah sie an. »Sie war jünger als ich.«

»Ja, aber Mama –«

»Du weißt nicht, wie das ist«, rief Mama. »Du bist selber jung und du hast deinen Richard.« Sie wandte ihr Gesicht zur Wand und weinte.

»Warum konnten sie mich nicht sterben lassen? Man hat doch auch Papa in Frieden sterben lassen – dafür hab ich immerhin gesorgt. Warum haben sie mich nicht gelassen?«

Anna und Max sahen sich an.

»Mama –«, sagte Max.

Anna waren die Beine eingeschlafen, und sie stand auf. Sie wollte sich das Bein nicht reiben, weil sie fürchtete, es könnte gleichgültig wirken, deshalb trat sie ans Fenster, stand da unglücklich herum und bog und streckte das Knie.

»Hör mal, Mama, ich weiß, dass es schlimm für dich gewesen ist, aber ich bin überzeugt, es wird alles wieder gut werden. Schließlich seid ihr beiden, Konrad und du, schon lange Zeit zusammen.« Max sprach in seinem vernünftigen Anwaltston.

»Sieben Jahre«, sagte Mama.

»Siehst du. Und diese Affäre, was immer es war, hat ihm nichts bedeutet. Er hat es selber gesagt. Und wenn Menschen ein so langes und gutes Verhältnis zueinander gehabt haben wie ihr beide, dann lassen sich noch viel größere Schwierigkeiten überwinden.«

»Es war wirklich ein gutes Verhältnis«, sagte Mama. »Wir waren ein gutes Gespann. Alle haben das gesagt.«

»Da siehst du.«

»Weißt du, dass wir Zweitbeste im Bridgeturnier waren? Unter einer ganzen Reihe amerikanischer und englischer Paare, die alle sehr erfahrene Spieler waren. Eigentlich hätten wir mit dem Paar, das gewann, gleichziehen müssen, nur gab es da diese blöde Regel –«

»Ihr wart immer ein wunderbares Ehepaar.«

»Ja«, sagte Mama. »Sieben Jahre lang.« Sie sah Max an. »Wie konnte er das alles zerstören? Wie konnte er nur?«

»Ich glaube, es ist ihm einfach so passiert.«

Aber sie hörte gar nicht zu. »Die Ferien, die wir zusammen verbracht haben«, sagte sie. »Als das Auto ganz neu war und wir nach Italien fuhren. Er fuhr, und ich las die Karte. Und wir fanden diesen reizenden kleinen Ort an der See – ich habe euch doch Fotos geschickt, nicht wahr? Wir waren so glücklich. Und nicht nur ich – er war mindestens so glücklich. Er hat es mir gesagt. Er sagte: ›Noch nie im Leben bin ich so glücklich gewesen wie jetzt.‹ Weißt du, seine Frau war sehr langweilig. Sie unternahmen nie etwas, gingen nirgendwo hin. Alles, was sie wollte, war, immer mehr Möbel kaufen.«

Max nickte, und Mamas Augen, die auf ein fernes Erinnerungsbild gerichtet waren, wandten sich ihm plötzlich wieder zu.

»Dieses Mädchen«, sagte sie, »mit dem er etwas hatte. Wusstest du, dass sie eine Deutsche ist?«

»Nein«, sagte Max.

»So ist es aber. Eine kleine deutsche Sekretärin. Ungebildet, spricht sehr schlechtes Englisch, und sie ist nicht einmal hübsch. Nur –« Mamas Augen wurden wieder feucht. »Nur jünger ist sie!«

»Oh, Mama. Ich bin sicher, dass es gar nichts damit zu tun gehabt hat.«

»Womit sonst soll es denn zu tun haben? Es muss doch an etwas liegen. Man zerstört nicht sieben Jahre Glück ohne irgendeinen Grund.«

Max nahm ihre Hand. »Mama, es gab bestimmt keinen Grund. Es ist einfach so passiert. Er hat es gar nicht wichtig genommen, bevor er sah, wie du reagiertest. Aber er ist doch hier gewesen. Hat er es dir nicht selber gesagt?«

»Ja«, sagte Mama mit dünner Stimme. »Aber wie soll ich wissen, dass es wahr ist?«

»Ich glaube, es ist wahr«, sagte Anna. »Ich bin jetzt zwei Tage lang mit ihm zusammen gewesen, und ich glaube, es ist wahr.« Mama warf ihr einen kurzen Blick zu und wandte sich dann wieder an Max.

»Ich glaube das auch«, sagte Max. »Ich sehe ihn ja noch. Ich werde mit ihm sprechen und feststellen, was er wirklich denkt. Und ich verspreche dir, ich werde es dir ehrlich sagen. Aber ich bin sicher, dass alles gut werden wird.«

Mama, deren Augen jetzt überströmten, ließ sich in ihre Kissen zurückfallen.

»Oh, Max«, sagte sie. »Ich bin so froh, dass du da bist.«

———

Dann saßen sie wieder im Auto, und Anna sah im Licht der Straßenlaternen die Trümmer und die halb fertigen Gebäude draußen vorbeifliegen und fragte sich, wie das alles noch enden solle. Konrad lenkte den Wagen, vorsichtig und geschickt wie immer, und sie wurde sich plötzlich bewusst, dass sie nicht die geringste Vorstellung davon hatte, was er dachte. Er schien, mit Max neben sich, eine kurze Stadtrundfahrt mit ihnen zu machen und wies sie von Zeit zu Zeit auf Sehenswürdigkeiten hin.

»Kurfürstendamm ... Leibnizstraße ... Gedächtniskirche ... Potsdamer Platz ...«

Sie sahen Soldaten, eine Art Barriere und darüber ein hell erleuchtetes Schild: »Sie verlassen jetzt den amerikanischen Sektor.« Es war kalt und dunkel. Ein paar junge Leute, die in einer Gruppe beieinander standen, schlugen mit den Armen und stampften mit den Füßen. Die meisten trugen Transparente, und während sie noch hinschaute, bewegten sie sich plötzlich auf die Barriere zu und riefen im Chor: »Russen raus! Russen raus! Russen raus!«

Konrad fing ihren Blick im Rückspiegel. »Sie demonstrieren für Ungarn«, sagte er. »Viel nützen wird das nicht, aber es ist doch schön, dass sie es versuchen.«

Sie nickte. »In London gibt es auch viele Demonstrationen.«

Der Potsdamer Platz blieb hinter ihnen zurück.

»Schlagen die Russen jemals zurück?«, fragte Max.

»Nicht, indem sie Schlagwörter brüllen. Sie haben wirksamere Methoden. Zum Beispiel verschärfen sie die Straßenkontrollen nach und von Berlin. Das bedeutet, dass alles die doppelte Zeit braucht, um durchzukommen.«

Immer noch hörte man in der Ferne leise: »Russen raus!« Einen Augenblick lang kam eine Gruppe marschierender amerikanischer Soldaten, bewaffnet und mit Stahlhelm, ins Gesichtsfeld und verschwand wieder in der Dunkelheit.

»Ist es nicht manchmal bedrückend, so eingekesselt zu sein?«, sagte Anna. »Ich meine, wenn nun die Russen angreifen?« Es sollte nüchtern klingen, aber das misslang.

Max grinste sie über die Schulter hinweg an: »Mach dir keine Sorgen, kleiner Mann. Ich verspreche dir, dass sie dich nicht kriegen.«

»Wenn die Russen angriffen«, sagte Konrad, »so könnten sie Berlin in zehn Minuten besetzen. Jeder, der hier lebt, weiß das. Aber sie greifen nicht an, weil sie wissen, dass sie sich dann sofort im Krieg mit Amerika befänden.«

»Ach so.«

»Und nicht einmal, um dich zu schnappen, kleiner Mann«, sagte Max, »würden sie einen dritten Weltkrieg riskieren.«

Sie lachte etwas gequält. Es war kalt hinten im Wagen, und als Konrad um eine Ecke bog, wurde ihr plötzlich wieder übel. Doch nicht schon wieder!, dachte sie.

Konrad beobachtete sie im Rückspiegel.

»Noch drei Straßen weiter«, sagte er, »dann gibt's Abendessen. Ich habe uns in einem Restaurant einen Tisch bestellt, in dem du schon einmal gewesen bist – ich hoffe, es ist dir recht, denn damals hat es dir gefallen.«

Es stellte sich heraus, dass es das Lokal war, wo sie ihre Verlobung mit Richard gefeiert hatten, und sobald sie es erkannte – die warme, verräucherte Atmosphäre, die mit roten Tüchern gedeckten Tische, die durch die hohen Holzlehnen der Bänke voneinander getrennt waren –, fühlte sie sich besser.

»Etwas zu trinken?«, fragte die dicke Wirtin.

(Das letzte Mal hatte Mama ihr stolz erklärt, was da gefeiert wurde, und sie hatte ihnen einen Schnaps ausgegeben.)

Konrad bestellte Whisky, und als sie ihn brachte, sagte sie lächelnd auf Deutsch: »Ein Familientreffen?«

»So könnte man es nennen«, sagte Konrad. Es war lächerlich, aber so kam es ihnen auch vor.

Konrad saß zwischen ihnen und half ihnen wie ein lieber und freigebiger Onkel, auf der Speisekarte die Gerichte zu wählen, besprach sich mit Max über den Wein, war bemüht, es ihnen behaglich zu machen, und füllte ihre Gläser nach.

Währenddessen sprach er über allgemeine Themen – das zweifelhafte russische Versprechen, aus Ungarn abzuziehen, sobald die Ungarn die Waffen niederlegten, die Unruhen in Suez, wo die Israelis nun doch Ägypten angegriffen hatten. (»Ich hoffe, Wendy macht sich nicht allzu viel Sorgen«, sagte Max. »Schließlich ist Griechenland nicht weit davon entfernt.«)

Dann, als sie mit dem Hauptgericht fertig waren, lehnte Konrad sich zurück, soweit das einem so beleibten Mann in einer so engen Bank möglich war, und wandte sich an Max.

»Deine Schwester wird dir einen ungefähren Begriff davon gegeben haben, was hier geschehen ist«, sagte er. »Aber ich vermute, du möchtest es genau wissen.«

»Ja«, sagte Max.

»Natürlich.« Er legte Messer und Gabel genau nebeneinander auf den Teller. »Ich weiß nicht, ob deine Mutter es in ihren Briefen erwähnt hat, aber sie fuhr neulich für ein paar Tage nach Hannover. Es war ein besonderer Auftrag und bedeutete für sie so etwas wie eine Auszeichnung. Während sie weg war – knüpfte ich eine Beziehung zu einer anderen Frau an.«

Sie sahen ihn beide an. Was sollte man darauf sagen?

»Dieses – vorübergehende Verhältnis war nichts Ernsthaftes. Es ist jetzt endgültig vorbei. Ich habe eurer Mutter davon erzählt, weil ich nicht wollte, dass sie es von dritter Seite erfuhr. Ich dachte, sie wäre verständig genug, es in der richtigen Perspektive zu sehen …« (Nun mach aber einen Punkt, dachte Anna. Bis jetzt hatte sie ihm folgen können, aber wenn er das wirklich glaubte … Wie hatte er nur annehmen können, dass Mama es ruhig hinnehmen würde?)

»… schließlich sind wir beide keine Kinder mehr.«

Sie sah ihn an. Sein freundliches, gereiftes Gesicht wirkte jetzt seltsam verschlossen. Wie ein kleiner Junge, dachte sie, der darauf besteht, die Uhr könnte unmöglich dadurch beschädigt worden sein, dass er sie auseinandergenommen hatte.

»Aber Konrad –«

Sein Gesicht verlor an Gelassenheit.

»Ich finde, sie *hätte* es verstehen müssen. Die Sache war ohne jede Bedeutung. Ich habe ihr das gesagt. Ihr wisst doch, eure Mutter ist eine intelligente, vitale Frau. Sie liebt das Leben. Sie möchte so viel wie möglich daraus machen, und auch ich habe das in den vergangenen Jahren von ihr gelernt. Was wir alles geteilt haben – die Freundschaften, die Urlaubsreisen, sogar einige der beruflichen Positionen, die ich innegehabt habe –, das hätte ich alles ohne sie nie gemacht. Dagegen dies andere Mädchen – sie ist eine kleine Sekretärin. Sie ist nie irgendwo gewesen, hat nichts unternommen, sie lebt zu Hause bei ihrer Mutter, kocht und flickt, spricht kaum …«

»Aber dann – warum?«, fragte Max.

»Ich weiß nicht.« Er runzelte die Stirn, grübelte. »Wahrscheinlich«, sagte er schließlich, »konnte ich mich bei ihr ein bisschen ausruhen.«
Es klang so komisch, dass sie lachen musste. Sie fing Maxens Blick auf, und auch er lachte. Es lag nicht nur an dem Ton, in dem Konrad es gesagt hatte, es war auch, dass sie beide sofort wussten, was er meinte. Mamas Intensität war manchmal erschöpfend. Nie konnte man ihre Gegenwart einen Augenblick vergessen, auch nicht, wenn sie zufrieden war. »Ist das nicht *herrlich*?«, konnte sie sagen, und man wagte nicht zu widersprechen. »Findest du nicht auch, dass dies ein ganz *wunderschöner* Tag ist?« Oder ein ganz wunderschöner Ort oder ein Gericht oder was immer sie glücklich gemacht hatte. Mit rücksichtsloser Energie war sie hinter dem her, was sie für das Vollkommene hielt; sie kämpfte um den besten Platz am Strand, den richtigen Job, einen zusätzlichen Urlaubstag.
Sie tat es mit einer Entschlossenheit, die die meisten Leute schließlich mürbe machte.
»Es ist nicht die Schuld eurer Mutter«, sagte Konrad. »Sie ist einfach so.« Er lächelte schwach. »Immer mit dem Kopf durch die Wand.«
»Das hat Papa ihr auch immer gesagt«, sagte Anna.
»Wirklich?«, fragte Konrad. »Das hat sie mir nie erzählt. Aber natürlich hatte das damals seinen Sinn. Euch beiden eine Ausbildung zu verschaffen, wo doch kein Geld da war. Ohne Qualifikation einen Job zu finden. Ich glaube, ohne ihre Gewohnheit, mit dem Kopf durch die Wand zu gehen, hättet ihr beiden die Emigration nicht so gut überstanden.«
»Ja, natürlich.« Sie wussten es beide auch, ohne dass es so ausdrücklich betont wurde.
Es entstand eine kurze Pause. »Aber dies andere Mädchen – die Sekretärin«, sagte Max schließlich. »Was hält sie denn von all dem? Glaubt sie, dass alles vorbei ist?«
Konrad setzte wieder seine verschlossene Kleine-Jungen-Miene auf. »Ich habe es ihr gesagt«, sagte er. »Ich bin ganz sicher, dass sie es versteht.«
Aus dem Qualm und dem Gewirr der deutschen Stimmen tauchte plötzlich die Wirtin mit Kaffee und drei kleinen Gläsern auf.
»Ein Schnäpschen«, sagte sie, »zum Familientreffen.«

Sie dankten ihr, und Konrad machte einen Scherz über die Lasten eines Familienvaters. Sie brach in Lachen aus und verschwand wieder im Dunst.

Konrad wandte sich an Max.

»Und jetzt?«, sagte Max. »Wie geht es jetzt weiter?«

»Jetzt?« Der Kleine-Jungen-Ausdruck war verschwunden, und man sah plötzlich wieder, was Konrad wirklich war – ein ziemlich gewöhnlicher älterer Jude, der viel mitgemacht hat. »Jetzt lesen wir die Scherben auf und fügen sie wieder zusammen.« Er hob das kleine Glas und setzte es an die Lippen. »Auf das Familientreffen«, sagte er.

———

Später kam der Rest des Abends Anna wie eine Party vor. Sie fühlte sich verwirrt, aber glücklich, so, als wäre sie betrunken, nicht so sehr vom Schnaps, sondern von der Überzeugung, dass alles wieder gut werden würde. Mama würde ihren Kummer überwinden. Konrad würde dafür sorgen, wie er bisher für alles gesorgt hatte. Und sie alle zusammen – ganz besonders aber Anna – hatten Mama davor bewahrt, eines törichten, sinnlosen Todes zu sterben, in einem Zustand von Verzweiflung zu sterben, für den sie sich ewig schuldig gefühlt hätten. Auch Max und Konrad schienen viel entspannter. Ohne die Verlegenheit, die sonst oft zwischen ihnen herrschte, tauschten sie juristische Anekdoten aus. Als Anna von der Toilette zurückkam (einem sehr nüchternen Ort, der beinahe ganz von einer dicken Frau ausgefüllt wurde, die gerade einen steifen Filzhut auf ihrem eisengrauen Haar befestigte), fand sie die beiden, wie sie wie alte Freunde schallend miteinander lachten.

Erst als Konrad sie nach Hause fuhr, flaute die Stimmung ab. Vielleicht lag es an der Kälte und dem Anblick der erst halb wieder aufgebauten Straßen mit den patrouillierenden Soldaten. Wahrscheinlich hatte es aber auch damit zu tun, dass Anna festgestellt hatte, dass es beinahe Mitternacht und somit zu spät war, um Richard noch anzurufen. Jedenfalls fühlte sie sich plötzlich niedergeschlagen und hatte Heimweh, und sie war entsetzt, als Konrad an der Hoteltür auf einmal sagte: »Ich bin so froh, dass du noch einige Zeit in Berlin bleiben kannst. Das wird eine große Hilfe sein.«

Sie war zu überrascht, um sofort darauf zu antworten, erst als er weg war, wandte sie sich zornig an Max. »Hast du Konrad gesagt, dass ich noch bleiben würde?«, fragte sie.

Sie standen in dem kleinen Frühstückszimmer, das auch als Empfangsraum diente, und ein verschlafenes halbwüchsiges Mädchen, ohne Zweifel eine Verwandte der Besitzerin, suchte nach ihren Schlüsseln.

»Ich weiß nicht – es ist möglich«, sagte Max. »Aber du hast doch gesagt, du würdest bleiben.«

»Ich habe nur gesagt: vielleicht.« Sie verlor plötzlich die Fassung. »Ich habe nichts Bestimmtes gesagt. Ich habe gesagt, ich wollte zuerst mit Richard sprechen.«

»Nun, das kannst du Konrad doch erklären. Ich verstehe nicht, warum du dich so aufregst.«

Auch Maxens Stimmung war offenbar umgeschlagen. Sie standen sich gegenüber und starrten sich wütend an.

»Zimmer fünf und sechs«, sagte das Mädchen und schob ihnen die Schlüssel und einen Zettel hin. »Und ein Telefonanruf für die Dame.«

Der Anruf war natürlich von Richard. Er hatte angerufen und sie nicht angetroffen. Der Zettel enthielt nur seinen Namen, der auf groteske Weise entstellt war. Er hatte nicht einmal eine Nachricht hinterlassen können, weil niemand im Hotel Englisch sprach.

»Oh, verdammt, verdammt, verdammt!«, schrie sie.

»Um Himmels willen«, sagte Max. »Er ruft doch bestimmt morgen Abend wieder an.«

»Morgen Abend bin ich auf dieser verdammten Party«, schrie sie. »Konrad hat das arrangiert. Jeder hier scheint zu entscheiden, was genau ich zu jeder gegebenen Zeit zu tun habe. Vielleicht könnte man mich wenigstens gelegentlich fragen. Vielleicht könntest du das nächste Mal, bevor du langfristige Verabredungen für mich triffst, dich erst mal bei mir erkundigen, ob es mir auch passt.«

Max war starr. »Was denn für eine Party?«

»Das ist doch ganz gleich, was für eine Party. Irgend so ein grässliches British-Council-Unternehmen.«

»Hör mal.« Er sprach sehr ruhig. »Du siehst das Ganze völlig falsch. Wenn du willst, erkläre ich Konrad die Sache. Das ist doch überhaupt kein Problem.«

Aber natürlich stimmte das nicht. Jetzt, wo Konrad glaubte, sie würde bleiben, war es sehr viel schwieriger, ihm zu erklären, dass es nicht so war.

———

Später, als sie im Bett lag, dachte sie an Richard und stellte entsetzt fest, dass sie sich sein Gesicht nicht mehr genau vorstellen konnte. Ihr Magen zog sich zusammen. Die schon vertraute Übelkeit überkam sie, und lange lag sie unter der großen Steppdecke in der Dunkelheit und hörte in der Ferne die Züge dahinrattern. Schließlich konnte sie es nicht mehr aushalten. Sie stand auf, kramte ein sauberes Taschentuch aus ihrem Koffer, stieg wieder ins Bett und breitete es über ihrem Bauch aus.

Max hatte wohl auch **nicht gut geschlafen;** **Mittwoch** beim Frühstück waren sie beide **schlecht gelaunt.** Sie mussten **auf ihren Kaffee warten,** denn der kleine Frühstücksraum war voll besetzt. Es waren sechs oder sieben Gäste da, die wohl am Abend zuvor angekommen waren, und die Wirtin war so konfus, dass sie nicht einmal mithilfe des jungen Mädchens mit dem Bedienen zurande kam.

»Wann, meinst du, wirst du abreisen?«, fragte Anna Max in kühlem Ton. Er machte eine ungeduldige Geste. »Ich weiß nicht. Aber ich muss bald nach Griechenland zurück. Begreif das doch«, sagte er. »Niemand dort versteht ein Wort Englisch, und Wendy spricht kein Wort Griechisch, und sie hat einen zehn Monate alten Säugling.«

Einen Augenblick lang sagte sie nichts. Sie konnte den Groll, der in ihr hochstieg, nicht unterdrücken und sagte: »Ich sehe nur nicht ein, warum immer ich es bin, an der alles hängen bleibt.«

»Du bist es nicht immer.« Er versuchte vergeblich, die Aufmerksamkeit der Wirtin auf sich zu lenken. »Du weißt ganz genau, dass ich sogar während des Krieges, als ich bei der Luftwaffe war, und später in Cambridge, als ich vor Arbeit nicht wusste, wo mir der Kopf stand, immer wieder nach Hause gekommen bin. Ich bin immer gekommen, wenn es eine Krise gab, und auch sonst, sooft ich konnte, nur so zur moralischen Unterstützung.«

»Du bist gekommen«, sagte sie. »Aber du bist nicht geblieben.«

»Nein, natürlich bin ich nicht geblieben. Ich musste dies verdammte Flugzeug fliegen. Ich musste mein juristisches Examen mit Auszeichnung bestehen, ich musste eine Karriere machen und der Familie eine Stütze sein.«

»Oh, ich weiß, ich weiß.« Sie hatte plötzlich das Streiten satt. »Es ist nur – du kannst dir nicht vorstellen, wie es war, die ganze Zeit dabei zu sein. Die Frustration, nie etwas für Papa tun zu können, und Mamas Depressionen. Weißt du, schon damals hat sie dauernd von Selbstmord gesprochen.«

»Aber sie hat nur geredet, sie hat doch nie etwas dergleichen getan«, sagte Max. »Ich meine, dies hier *ist* ja wohl etwas anderes.«

Plötzlich sah sie Mama wieder in ihrem blauen Hut vor sich, mit tränennassem Gesicht. Mama sagte: »Ich kann nicht mehr. Ich kann einfach nicht mehr.« Irgendwo auf der Straße – wahrscheinlich in Putney. Warum fiel ihr das immer wieder ein? War es wirklich geschehen, oder bildete sie es sich nur ein?

»Also«, sagte Max. »Wenn du wirklich nach London zurückwillst, dann musst du eben fahren. Wenn ich auch nicht gedacht hätte, dass ein paar Tage mehr oder weniger so viel ausmachten.«

»Oh, lass uns abwarten«, sagte sie erschöpft. »Lass uns abwarten, wie es Mama heute Morgen geht.«

Max war es endlich gelungen, die Wirtin auf sich aufmerksam zu machen, sie kam gereizt an ihren Tisch gelaufen.

»Schon gut, schon gut«, sagte sie. »Hier ist ja kein Krieg, nicht?«

Während er das Frühstück bestellte, beschloss Anna, sich den Ausdruck zu merken – wahrscheinlich eine Berliner Redensart, die selbst Heimpi nie benutzt hatte. Ein Deutscher am Nebentisch hatte es auch gehört und grinste. Dann lächelte er Anna an und wies auf seine Zeitung. »Rule Britannia, nicht wahr?«, sagte er. Sie warf einen Blick auf die Titelseite und las die Schlagzeile: ENGLISCHER ANGRIFF IN SUEZ.

»Um Himmels willen, Max«, sagte sie. »Sieh dir das an. Wir haben Krieg.«

»Was?«

»Bitte, bitte«, sagte der Deutsche und reichte ihnen die Zeitung hinüber.

Es stimmte. Britische Fallschirmjäger unterstützten die Israelis in Ägypten. Außer der Schlagzeile stand nicht viel in der Zeitung – offenbar waren die näheren Einzelheiten noch nicht bekannt –, aber in einem längeren Artikel wurde über die Wirkung spekuliert, die die neue Entwicklung auf die Lage in Ungarn haben könnte. Eine ebenso dicke Schlagzeile wie die über Suez sagte: »Die Russen bieten Rückzug ihrer Truppen aus Ungarn, Rumänien und Polen an.«

»Was hat das zu bedeuten?«, fragte Anna und versuchte, der Panik, die in ihr aufstieg, Herr zu werden.

Max bekam seinen wachsamen Juristenblick, so, als hätte er sich schon ein Urteil über die Lage gebildet.

»Eines ist sicher«, sagte er. »Ich muss Wendy holen.«

»Und ich? Wie wird es mit mir hier in Berlin?«

»Ich glaube nicht, dass sich hier etwas ändern wird. Wenigstens nicht für den Augenblick. Aber ruf lieber Richard heute Abend an. Vielleicht kann er die Sache besser beurteilen.«

»Die Russen –«

Max wies auf die Zeitung. »Sie scheinen im Augenblick ganz versöhnlich. Ich glaube, sie haben im Augenblick andere Sorgen. Hör mal, kümmere du dich um das Frühstück, ich versuche inzwischen, bei der BEA anzurufen. Gott weiß, wie lange ich brauche, um nach Athen zu kommen.«

Sie saß allein an dem schäbigen kleinen Tisch, und als der Kaffee kam, nippte sie nervös daran.

»Bitte«, sagte der Deutsche und zeigte auf die Zeitung, und sie gab sie ihm zurück.

Dann kehrte Max, berstend vor Tatendrang, an den Tisch zurück. »Ich soll vor Mittag vorbeikommen«, sagte er. »Vielleicht gibt es morgen einen Flug, der Anschluss hat. Wenn ich da einen Platz kriege und meinen Reeder telefonisch erreiche, kann der vielleicht dafür sorgen, dass ich in Athen weiterkomme.«

»Max«, sagte sie, »könnte ich nicht versuchen, Richard jetzt anzurufen?« Er setzte sich. »Das geht leider nicht«, sagte er. »Alle Gespräche nach London haben eine Wartezeit von drei Stunden.«

»Ach so.«

»Hör mal, es kommt gar nicht infrage, dass du hier bleibst, falls irgend-welche Gefahr besteht. Beim geringsten Anzeichen setzt du dich ins Flugzeug und fliegst heim. Dafür wird Konrad sorgen. Aber ehrlich, ich glaube, dass du heute hier so sicher bist wie eh und je.«

Sie nickte ohne Überzeugung.

»Ruf auf jeden Fall heute Abend Richard an. Und sprich mit Konrad. Wenn wir uns beeilen, treffen wir ihn vielleicht noch im Krankenhaus.«

———

Aber Konrad hatte eine Nachricht hinterlassen, dass er zu einer drin-genden Sitzung müsste und Mama während seiner Mittagspause besu-chen werde. Mama war äußerlich beinahe die Alte, aber sie wirkte sehr gespannt. Die Schwester holte gerade das Frühstückstablett (wie Anna mit Erleichterung bemerkte, hatte Mama alles aufgegessen), und Mama wartete nicht einmal, bis sich die Tür hinter ihr geschlossen hatte, be-vor sie fragte: »Na? Was hat er gesagt?«

»Was hat wer gesagt?« Max wusste es natürlich genau, aber er ver-suchte, sie zu beschwichtigen.

»Konrad. Was hat er gestern Abend zu euch gesagt? Was hat er über mich gesagt?« Ihre blauen Augen blitzten. Ihre Hände trommelten ner-vös auf der Bettdecke. Ihre Spannung hing fast greifbar im Raum.

Max brachte es fertig, ganz gelassen zu sprechen. »Mama, er hat genau das gesagt, was ich erwartet hatte und was er dir auch schon gesagt hat. Diese Geschichte ist vorbei. Er will dich zurückhaben. Er will alles vergessen, was passiert ist, und von Neuem da anfangen, wo ihr beide aufgehört habt.«

»Oh.« Sie entspannte sich ein wenig. »Aber warum ist er dann heute Morgen nicht gekommen?«

»Er hat es dir doch sagen lassen. Er hat eine Sitzung. Vielleicht hat es etwas mit dieser Suez-Geschichte zu tun.«

»Suez? Oh, das.« Die Schwester wird es ihr erzählt haben, dachte Anna. »Aber damit hat Konrad doch nichts zu tun.«

Max konnte seine Gereiztheit kaum verbergen. »Vielleicht hat Kon-rad nichts damit zu tun. Aber ich habe etwas damit zu tun. Ich muss so bald wie möglich nach Griechenland zurück und Wendy und das Kind holen. Wahrscheinlich morgen. So lass uns doch wenigstens heute aufhören, uns über jede Äußerung und jede Geste von Konrad Gedanken zu machen; lass uns vernünftig miteinander sprechen.«

»Wendy und das Kind? Aber warum musst du sie holen? Warum können sie sich nicht allein ins Flugzeug setzen?«

Jetzt gibt's Krach zwischen ihnen, dachte Anna.

»Um Himmels willen, Mama. Sie sind auf einer weit entlegenen Insel. Wendy spricht kein Wort Griechisch. Sie kann unmöglich in dieser Situation allein zurechtkommen.«

»Wirklich nicht?« In Mamas Ärger mischte sich ein gewisser Triumph.

»Nun, ich könnte es. Als ihr klein wart, du und Anna, habe ich euch beide ohne jede fremde Hilfe aus Deutschland herausgebracht. Und davor habe ich zwei Wochen lang Papas Flucht geheim zu halten gewusst, mehr noch, ich habe euch dazu gebracht, dass ihr den Mund hieltet – und ihr wart damals erst zwölf und neun. Ich habe das ganze Haus aufgeräumt und unser ganzes Hab und Gut zusammengepackt, und dann habe ich euch beide rausgebracht, vierundzwanzig Stunden, bevor die Nazis kamen, um uns die Pässe abzunehmen.«

»Ich weiß, Mama, das hast du großartig gemacht. Aber Wendy ist anders.«

»Wieso anders? Ich wäre auch gern anders gewesen, sodass alle sich um mich gekümmert hätten. Stattdessen musste ich mich immer um alle kümmern.«

»Mama –« Aber es war zwecklos.

»Als wir in Paris wohnten, habe ich gekocht und geputzt. Und als Papa dann nichts mehr verdiente, habe ich eine Stelle angenommen und euch alle unterhalten. Ich habe dich in dein englisches Internat gebracht –«

»Nicht ganz allein, Mama. Ich habe wohl auch etwas dazu getan.«

»Du weißt, was ich meine. Und dann, als wir das Schulgeld nicht mehr bezahlen konnten, ging ich zum Schulleiter –«

»Und er gab mir eine Freistelle. Ich weiß, Mama. Aber für uns andere war es auch nicht leicht. Für Papa war es kein Spaß, und auch ich und Anna hatten unsere Probleme.«

Mamas Hände zerknüllten das Betttuch. »Aber ihr wart jung«, rief sie. »Da macht es einem nicht so viel aus. Ihr hattet euer ganzes Leben noch vor euch. Während ich ... Während all der Jahre, die ich in miesen Pensionen verbrachte, in ewigen Geldsorgen, wurde ich immer älter. Es hätte die beste Zeit meines Lebens sein sollen, stattdessen musste ich jeden Pfennig umdrehen und mich zu Tode sorgen um Papa und Anna und dich. Und jetzt hatte ich endlich jemanden gefunden, der mich umsorgte, mit dem ich all das nachholen konnte, was ich verpasst habe, und da muss er hingehen – da muss er hingehen und sich mit einer blöden, blassen kleinen deutschen Stenotypistin einlassen.« Ihre Stimme brach, und sie weinte wieder. Anna wusste nicht, ob sie etwas sagen sollte, entschloss sich dann, es nicht zu tun. Es hätte ihr sowieso niemand zugehört.

»So war es gar nicht, Mama. So einfach ist das alles nicht.« Max sah aus, als hätte er das schon seit Jahren einmal sagen wollen. »Du machst immer alles zu einfach.«

»Aber ich hab das doch alles getan. Ich hab alles in Gang gehalten. Als wir nach England kamen und am Anfang noch etwas Geld hatten, war ich es, die dich auf eine gute Schule schickte, und ich hatte Recht – ohne diese Schule wärst du nie geworden, was du geworden bist.«

»Es wäre vielleicht etwas schwieriger gewesen.«

»Und der Direktor deiner Schule sagte mir – ich erinnere mich immer noch daran, was er über dich sagte. Er sagte: ›Er hat einen ausgezeichneten Kopf, er arbeitet und hat Charme. Es gibt nichts, was er nicht erreichen kann. Wenn er will, kann er noch Ministerpräsident werden!‹«

»Das kann er gar nicht gesagt haben.« Max konnte ein Grinsen kaum unterdrücken. »Der alte Chetwyn – das war doch nicht sein Stil.«

»Aber er hat es gesagt. Er hat es gesagt. Und er hat gesagt, was für eine gute Mutter ich sei. Und ich erinnere mich an Weihnachten, als ich noch die gute Stelle bei Lady Parker hatte und sie mich fragte, was ich mir zu Weihnachten wünsche, und ich sagte: ›Ich hätte gern ein Radio für meinen Sohn‹, und sie sagte: ›Möchten Sie nicht etwas für sich selbst, ein Kleid oder einen Mantel?‹, und ich sagte: ›Es ist das Einzige, was ich mir wünsche. Wenn ich ihm das schenken kann, dann ist mir das lieber als alles andere‹, und sie sagte –«

»Oh, ich weiß, Mama, ich weiß –«

»Und während des Krieges, als du interniert warst, wollte Papa einfach alles laufen lassen, aber ich *zwang* ihn, sich an die Presse zu wenden, ich war es, die dich freibekam. Wenn ich nicht gewesen wäre, wärst du viel länger im Lager geblieben. Und ich war es, die die kaufmännische Schule für Anna fand, und als du dann in der Luftwaffe warst und mit diesem Mädchen Schwierigkeiten kriegtest, da hab ich die Sache in die Hand genommen, ich bin zu ihr gegangen –«

»Ich weiß, Mama, es stimmt ja alles –«

Mamas Gesicht war gerötet und nass von Tränen wie das eines ganz kleinen Kindes. »Ich *war* eine gute Mutter«, rief sie. »ich weiß es. Alle haben gesagt, was für eine gute Mutter ich sei.«

»Natürlich warst du das«, sagte Max.

Plötzlich war es still.

»Aber warum denn«, sagte Mama, »warum ist dann jetzt alles so schrecklich?«

»Ich weiß nicht«, sagte Max, »vielleicht, weil wir jetzt erwachsen sind.«

Sie sahen einander mit ihren ganz gleichen blauen Augen an, und Anna dachte daran, wie oft sie in Putney, in Bloomsbury, sogar in Paris solche Szenen miterlebt hatte.

Die Argumente waren jedes Mal andere gewesen, aber bei allem Geschrei, bei allen Zornesausbrüchen hatte man immer gespürt, wie nahe sich die beiden waren, es war eine Nähe, die für niemand anderen Raum ließ. Wie jetzt war sie immer schweigend am Rande geblieben, hatte Mamas Gesicht beobachtet, hatte (damals schon?) die genauen Worte ihrer Beschuldigungen und Maxens Antwort darauf registriert. In jenen Tagen allerdings war Papa da gewesen, der verhinderte, dass sie sich völlig ausgeschlossen fühlte.

»Weißt du«, sagte Max, »irgendwie war alles genau so, wie du sagst. Aber es war auch ganz anders.«

»Wie denn«, schrie Mama. »In welcher Weise? Wie konnte es denn anders sein?«

Er runzelte die Stirn. Suchte nach den rechten Worten. »Nun, es stimmt natürlich, dass ich Erfolg hatte und dass ich es ohne dich viel schwerer gehabt hätte.«

»Sehr viel schwerer«, sagte Mama, aber er achtete nicht auf sie.

»Aber gleichzeitig war das alles nicht nur für mich. Ich meine, weil das Leben so schwer für dich war, brauchtest du vielleicht einen erfolgreichen Sohn.«

Mama trommelte gereizt auf ihrer Bettdecke. »Warum denn auch nicht? Was ist denn schlimm daran, wenn man Erfolg hat? Um Himmels willen, erinnere dich doch daran, wie wir lebten. Ich hätte alles getan – alles –, um Papa in jenen Tagen wenigstens ein bisschen Erfolg zu verschaffen.«

»Nein, du verstehst mich nicht. Ich will doch sagen – weil du es so sehr brauchtest, musste jede Kleinigkeit, die ich unternahm, irgendwie zu einem Triumph werden. Ich hörte, wie du über mich sprachst. Du sagtest zum Beispiel: ›Er geht zu Besuch bei Freunden, die ein Gut auf dem Land haben.‹ Das war aber nicht so. Es war ein Junge, den ich sehr gern hatte, aber er wohnte in Esher in einem Reihenhaus. Das einzige Mal, wo ich während meiner Schulzeit in einem feinen Haus zu Besuch war, platzte mein Koffer, als der Butler ihn auspacken wollte, und der Vater des Jungen, ein Sir Sowieso, musste mir einen von seinen Koffern geben, was er sehr ungern tat. Es war alles sehr peinlich, aber bei dir hörte es sich dann so an: ›Diesem Lord gefiel Max so sehr, dass er darauf bestand, ihm einen seiner eigenen Koffer zu schenken.‹«

Mamas Gesicht war verwirrt und bestürzt. »Na, was macht das denn schon – das sind doch Kleinigkeiten. Und wahrscheinlich hat er dich wirklich gemocht, alle Leute mögen dich.«

Max seufzte. Er war am Ende seiner Geduld. »Aber es waren auch noch andere Dinge. Du sagtest immer: ›Selbstverständlich bekommt er ein Stipendium, selbstverständlich kriegt er eine Eins.‹ Nun, ich habe sie gekriegt, aber es war gar nicht so selbstverständlich. Ich musste schwer arbeiten, und oft hatte ich Angst, ob ich es schaffen würde.«

»Vielleicht – das ist ja möglich.« Mamas Mundwinkel waren trotzig nach unten gezogen. »Aber ich sehe immer noch nicht ein, was das soll.«

»Was das soll! Es machte es schwer für mich, die Dinge so zu sehen, wie sie sind. Und im Augenblick machst du es genauso. Du biegst dir die Dinge zurecht, wenn sie dir nicht passen. Alles ist schwarz oder weiß. Keine Ungewissheiten, keine Fehlschläge, keine Fehler.«

»Unsinn«, sagte Mama. »Das tue ich überhaupt nicht.« Sie war jetzt müde, und ihre Stimme wurde schrill. »Du weißt nicht, wie ich hier lebe«, rief sie. »Alle haben mich gern, alle sprechen gern mit mir, fragen mich sogar um Rat. Sie finden nicht, dass ich alles schwarz-weiß sehe. Die Leute kommen mit ihren Problemen zu mir, mit Liebesge-schichten, mit allen möglichen Dingen.« Jetzt brach sie in Tränen aus. »Du weißt überhaupt nichts von mir!«, schrie sie.

Früher oder später läuft es immer darauf hinaus, dachte Anna. Sie war erleichtert, als in der Tür eine Schwester mit einer Tasse Bouillon er-schien.

Mama schnüffelte und putzte sich die Nase. Sie alle beobachteten die Schwester, wie sie den Raum durchquerte, die Tasse auf den Nacht-tisch stellte, *Gute Besserung* wünschte und wieder hinausging. »Und doch habe ich Recht gehabt«, sagte Mama, noch bevor sich die Tür geschlossen hatte. »Es ist doch alles so gekommen, wie ich es gesagt habe. Du kennst jetzt doch wirklich alle möglichen Lords und solche Leute, und du machst jetzt doch wirklich eine große Karriere.«

»Ja, Mama.« Auch Max war erschöpft. Er tätschelte ihren Arm. »Ich muss bald gehen«, sagte er. »Ich muss etwas wegen meiner Flugkarte unternehmen.«

Sie klammerte sich an seine Hand. »Oh, Max!«

»Aber, aber, Mama. Du bist eine sehr gute Mutter, und alles wird wie-der in Ordnung kommen.« Sie lächelten einander vorsichtig mit ihren ganz gleichen blauen Augen an.

Anna lächelte auch, nur so, um mit dabei zu sein, und überlegte, ob sie mit Max gehen oder bei Mama bleiben und auf Konrad warten sollte. Was sollte man sagen, dachte sie. Nach der Aufregung mit Max musste alles, was sie sich einfallen ließ, enttäuschend sein. Andererseits konnte sie, wenn sie blieb, mit Konrad über ihre Rückreise sprechen.

Mama hielt immer noch Maxens Hand. »Wie war es in Griechen-land?«, fragte sie.

»Einfach wundervoll.« Er fing an, ihr von dem Fall zu erzählen, den er gerade bearbeitete, und von dem Strandhaus des Reeders. »... gleich am Strand dieser winzigen Insel, mit Koch und wer weiß wie vielen Dienstboten. Es gehört ihm alles – die ganze Insel. Er hat Olivenhaine und eigene Weinberge, alles unglaublich schön, und es stand uns alles zur Verfügung. Der einzige Nachteil – Wendy machte sich etwas Sor-gen wegen des fetten Essens für das Kind.«

»Seid ihr geschwommen?«

»Dreimal am Tag. Die See war so warm und klar –«

Aber unerwartet füllten sich Mamas Augen wieder mit Tränen. »Oh, Max, es tut mir so leid«, rief sie. »Ich wollte dir doch deinen Urlaub nicht verderben. Ich wollte dich nicht von dort weg nach Berlin zerren.« Anna überkam ein kindischer Zorn. »Und was ist mit mir?«, fragte sie. Alle waren überrascht, denn sie hatte lange keinen Ton gesagt. »Mich hast du auch nach Berlin gezerrt.«

»Du?« Mama machte ein überraschtes und bestürztes Gesicht. »Ich dachte, du würdest ganz gern kommen.«

»Ganz gern …?« Anna war sprachlos.

»Ich meine, du hattest doch nichts Besonderes vor, und ich wusste, dass du diesen Sommer nicht verreist warst.«

In Mamas Stimme klang die Spur einer Frage mit, gewohnheitsgemäß antwortete Anna. »Ich habe eine neue Stelle angetreten, und Richard ist mitten in einer Fernsehserie.« Es klang so wenig überzeugend, dass sie nicht weiterreden konnte. Ein heftiger Zorn überkam sie. Nach allem, was ich getan habe, dachte sie. Nachdem ich an ihrem Bett gesessen und sie aus dem Koma geholt habe. Aber noch während sie das dachte, registrierte ein anderer Teil ihres Bewusstseins ganz kühl Mamas genaue Worte, so wie sie den größten Teil des Gesprächs registriert hatte. Wenn man wirklich darüber schreiben wollte, dachte sie schuldbewusst, das wäre ein wunderbarer Dialog.

———

Schließlich verließ sie zusammen mit Max das Krankenzimmer und wartete in der Eingangshalle auf Konrad. Durch eines der Fenster beobachtete sie, wie er seinen Wagen in der Auffahrt parkte, zögerte, ob er seinen Stock mitnehmen sollte, und schließlich ohne Stock auf den Eingang zukam. Er manövrierte seinen schweren Körper durch die Schwingtür und lächelte, als er ihrer ansichtig wurde.

»Hallo«, sagte er, »wie geht's eurer Mutter?«

»Ich weiß nicht«, sagte sie, »wir hatten Krach.«

»Nu«, sagte er, »wenn ihr Krach hattet, dann muss es ihr besser gehen.« Er sah sie an. »War es ernst?«

»Nicht wirklich. Es war hauptsächlich mit Max, und das macht ihr nie so viel aus, glaube ich. Ich kam erst zum Schluss mit hinein.«

»Ach so. Und hast du darum hier auf mich gewartet?«

»Nein.« Sie entschloss sich, den Stier bei den Hörnern zu packen. »Es ist diese Geschichte mit Suez. Max macht sich Sorgen wegen Wendy und dem Kind. Er ist losgefahren, um sich um den Rückflug zu kümmern. Und ich fragte mich –«

»Was denn –«

Eine Frau mit einer verbundenen Hand sagte »Verzeihung« und schob sich an ihnen vorbei, so blieb ihr Zeit, ihre Worte zu überlegen.

»Was glaubst du?«, sagte sie. »Könnte es hier zu Schwierigkeiten kommen? Ich meine, ich vermute, dass dies doch eine Wirkung auf die Russen haben muss.« Bevor er antworten konnte, fügte sie schnell hinzu: »Richard hat mich gestern Abend angerufen, aber ich war nicht da. Ich denke, dass er sich auch Sorgen macht.«

»Ja«, sagte er und sah sie nachdenklich an. »Das mag schon so sein.«

»Natürlich will ich nicht sofort abreisen oder so etwas. Es ist nur – es scheint unmöglich, während des Tages nach London durchzukommen«, sagte sie. »Glaubst du, ich könnte Richard heute Abend von der Party aus anrufen? Nur um zu hören, was er denkt.«

»Aber natürlich«, sagte er. »Da gibt es überhaupt keine Schwierigkeit.«

»Oh, gut.«

Es entstand eine Pause.

»Ich glaube nicht, dass sich die Sache mit Suez im Augenblick irgendwie auf Berlin auswirken wird«, sagte er schließlich. »Aber ich verstehe, dass du auch noch andere Dinge bedenken musst.«

»Es geht mir um Richard«, sagte sie. »Ich möchte nicht, dass er sich Sorgen macht.«

Er nickte. Er sah erschöpft aus. »Ich gehe wohl besser jetzt zu deiner Mutter hinauf. Du rufst heute Abend Richard an, und dann sprechen wir noch mal darüber.«

Mit schlechtem Gewissen saß sie im Bus zum Kurfürstendamm, wo sie Max zum Mittagessen treffen sollte. Aber ich habe doch nicht gesagt, ich reise ab, sagte sie sich, ich wollte doch nur einen Rat von ihm.

Trotzdem konnte sie sein erschöpftes Gesicht nicht vergessen. Während sie auf Max wartete, betrachtete sie die Schaufensterauslagen eines neuen Geschäftshauses, in dem bunt karierte Stoffe ausgestellt waren. »Echt englische Tartans« stand auf einem Schild. Die Muster waren mit Windsor, Eton und Dover bezeichnet, einer hieß sogar Sheffield. Das würde Richard amüsieren, dachte sie. Aber statt auch darüber zu schmunzeln, quälte sie sich weiter wegen Konrad. Ich will abwarten, dachte sie. Ich warte ab, was heute Abend passiert. Max war wie immer voller Energie und Zuversicht und zog sie in ein Café in der Nähe. »Ich habe einen Flug gebucht«, verkündete er, noch bevor sie sich gesetzt hatten. »Er hat Anschluss an einen Flug von Paris nach Athen. Ich habe es auch erreicht, dass ich ihr Telefon benutzen durfte; ich habe mit meinem Reeder gesprochen; er wird jemanden schicken, der mich am Flughafen abholt.«

»Da bin ich froh«, sagte Anna.

»Ja.« Er fügte noch hinzu: »Mein Reeder fand auch, dass es unbedingt richtig ist, Wendy und das Kind rauszuholen.«

Sie nickte. »Wann fährst du?«

»Um ein Uhr in der Nacht.«

»Was – heute Nacht?«

»Ja. Es macht doch auch keinen Unterschied mehr«, sagte er. »Selbst wenn ich bis zum Nachmittag bliebe, ich könnte ja Mama morgen nur noch einmal sehen. Und das wäre zu spät. Ich dachte mir, ich besuche sie heute Nachmittag noch einmal und bleibe, so lange es erlaubt ist, womöglich, bis sie schläft. Und danach – nun, ich könnte zu dieser Party kommen und von dort aus gleich zum Flughafen fahren.«

»Ja, das ginge wohl.« Wie so oft bei Max, war sie nicht so rasch mitgekommen und dachte noch über etwas nach, was für ihn längst beschlossene Sache war. »Hast du es Konrad gesagt?«

»Noch nicht, aber er wird wohl von Mama erfahren haben, dass ich wahrscheinlich abreise. Hattest du Gelegenheit, mit ihm zu sprechen?«

»Nur ganz kurz.« Sie wollte nicht ins Einzelne gehen. »Er sagte, wir würden uns noch heute Abend darüber unterhalten.«

»Gut. Und du wirst Richard anrufen?«

»Ja.«

Er lächelte sein zuversichtliches, herzliches Lächeln. »Na«, sagte er, »dann gehe ich wohl besser und packe meine Sachen.«

———

Maxens letzter Abend mit Mama verlief sehr harmonisch. Mamas Gesicht war rosig und entspannt. Konrads Besuch am Mittag hatte sie beruhigt – er war beinahe zwei Stunden geblieben, und sie hatten sich offenbar ausgesprochen – und danach hatte sie geschlafen. Als Max und Anna ankamen, war sie eben wach geworden, lag noch tief in den Kissen und schaute unter ihrer großen weißen Steppdecke hervor wie ein Säugling aus einem Bettchen.

»Hallo«, sagte sie lächelnd.

Ihr Lächeln war so herzlich wie das von Max, aber ohne dessen Zuversicht. Kein erwachsener Mensch, dachte Anna, dürfte so verletzlich aussehen.

Die Nachricht von Maxens Abreise regte sie weniger auf, als sie gefürchtet hatten, und die dramatischen Umstände dieser Reise machten ihr sogar Vergnügen.

»Du gehst vorher noch zu der Party?«, sagte sie immer wieder voller Bewunderung, und als die Schwester hereinkam, um ein schmutziges Handtuch zu holen, bestand sie darauf, ihn ihr vorzustellen und zu sagen: »Er fliegt heute Abend nach Athen.«

»Und wie ging es mit Konrad?«, fragte Max, nachdem die Schwester gegangen war.

»Oh –« Mamas Lächeln wurde weich, und sie schnüffelte gefühlvoll. »Ich glaube wirklich, dass alles wieder in Ordnung kommt. Wir haben stundenlang geredet. Er hat mir noch einmal alles erklärt – das mit dem Mädchen. Es hat ihm wirklich nichts bedeutet. Es war nur, weil er mich vermisst hat. Offen gesagt, ich glaube, die Sache ist hauptsächlich von ihr ausgegangen«, sagte Mama. »Das scheint mir eine ziemliche Draufgängerin zu sein.«

»Ich bin so froh, dass alles wieder in Ordnung ist.«

»Ja, nun, das müssen wir natürlich noch abwarten.« Aber ihre Augen strahlten. »Er will mit mir irgendwohin in Urlaub fahren«, sagte sie. »Sobald es mir besser geht. Der Arzt meint, dass ich noch ein paar Tage hier bleiben soll, und dann noch vielleicht eine Woche in ein Sanatorium.« Sie verzog das Gesicht. »Der Himmel weiß, wie viel das alles kosten wird. Aber dann – wir dachten nicht an Italien zu dieser Jahreszeit, wir wollten vielleicht irgendwohin in die Alpen.«

»Das hört sich gut an.«

»Ja.« Ihre Lippen zuckten einen Augenblick. »Ich glaube, ich habe es auch nötig. Es war ja alles ein Schock.«

»Natürlich.«

»Ja. Der Arzt sagt, ich muss sehr stark sein, dass ich das überstanden habe. Er sagt, ich wäre beinahe gestorben.« Sie zuckte die Schultern. »Ich glaube immer noch, dass es das Beste gewesen wäre.«

»Unsinn, Mama«, sagte Max.

Mama sah plötzlich ganz stolz aus.

»Offenbar«, sagte sie, »hätte es kaum ein anderer überlebt.« Später kamen sie wieder auf die Vergangenheit zu sprechen. »Wisst ihr noch?«, sagte Mama, und sie erinnerte sich daran, wie sie in Paris immer halb verfaulte Erdbeeren fast umsonst bekommen hatte; sie hatte die schlechten Stellen abgeschnitten und aus dem Rest einen köstlichen Sonntagspudding gemacht. Wie eine Bombe ihre Pension in Bloomsbury zerstört hatte. Die letzten Jahre in Putney.

»Du hattest einen blauen Hut mit einem Schleier«, sagte Anna.

»Das stimmt. Den hatte ich bei C & A gekauft, und alle dachten, er wäre aus der Bond Street.«

»Diese Frau, die Pensionswirtin – sie schlug immer ein Feldbett für mich auf, wenn ich zu Besuch kam, und berechnete nie etwas dafür«, sagte Max. »Das war eine gute Seele.«

»Sie heiratete am Ende einen der Gäste, einen Polen. Weißt du noch, den, der Vogelstimmen nachmachen konnte. Wir nannten ihn immer die Wildtaube.«

»Es war wirklich alles ganz komisch«, sagte Anna, aber das wollte Mama nicht wahrhaben.

»Es war grässlich«, sagte sie. »Es war die schrecklichste Zeit meines Lebens.«

———

Als die Schwester das Abendbrot brachte, aß sie es in ihrer Gegenwart und versuchte immer wieder, ihnen einen Bissen aufzudrängen. »Möchtest du nicht ein Stückchen Fleisch nehmen?«, sagte sie. »Oder wenigstens eine Möhre?«

Sie versicherten ihr beide, dass sie auf der Party etwas zu essen bekommen würden, und sie schien zu bedauern, dass sie nicht mitgehen konnte. »Da werden viele interessante Leute sein«, sagte sie. »Fast alle vom British Council.«

Aber als es dann ans Abschiednehmen ging, brach ihre ganze neu gewonnene Gelassenheit zusammen. Sie klammerte sich tränenüberströmt an Max.

»Ich warte am Eingang«, sagte Anna. Sie küsste Mama. »Ich sehe dich morgen Früh«, sagte sie mit der ganzen Munterkeit, die sie aufbringen konnte. Mama starrte sie abwesend durch ihre Tränen hindurch an. »Natürlich«, murmelte sie, »du bleibst ja noch hier, nicht wahr, Anna?« Dann wandte sie sich wieder Max zu, und das Letzte, was Anna beim Verlassen des Zimmers hörte, war ihre verzweifelte Stimme: »Oh, Max – ich glaube, ich kann nicht mehr.«

Die Lichter auf den Korridoren draußen waren schon abgeblendet. Obgleich es erst neun Uhr war, war niemand zu sehen, man hatte das Gefühl, es wäre Mitternacht. In der Eingangshalle brannte nur die abgeschirmte Lampe auf dem Pult, an dem der Pförtner Zahlen in ein Buch schrieb. Er schaute nicht einmal auf, als Anna kam. Nicht nur die Lichter, auch die Heizung schien heruntergedreht worden zu sein; Anna fror plötzlich.

Sie fand einen Stuhl, setzte sich, horchte auf die kratzende Feder des Pförtners und dachte an Mama. Mama, die weinte, Mama, die sagte: »Ich kann nicht mehr.« Mama mit dem blauen Hut …

Draußen fuhr ein Wagen über den knirschenden Kies. Die Stühle des Wartezimmers warfen wandernde Schatten auf die Wände. Hinter der Scheibe des Kiosks, wo während des Tages Blumen und Süßigkeiten verkauft wurden, fiel das Licht auf einen Vogel aus Silberpapier auf einer Pralinenschachtel, und er blitzte auf.

Und dann fiel es ihr plötzlich wieder ein. Sie wusste wieder, wann Mama mit dem blauen Hut und dem Schleier auf dem Kopf geweint hatte. Es fiel ihr nicht allmählich ein, sondern stand plötzlich so klar vor ihr, als wäre es in diesem Augenblick geschehen, und ihr erstes Gefühl war das des Erstaunens darüber, dass sie es je hatte vergessen können.

Es war – wenn es überhaupt geschehen war – passiert, als sie im ersten Jahr zur Kunstschule ging. Alle hatten geglaubt, wenn der Krieg erst vorüber wäre, würde alles besser, aber für Mama und Papa war es nur schlimmer geworden. Papa ging es gesundheitlich schlechter, und da so viele junge Leute aus dem Krieg zurückgekommen waren, konnte Mama nicht einmal mehr die drittrangigen Bürostellen finden, die sie bis jetzt über Wasser gehalten hatten.

Anna teilte immer noch das Zimmer mit Mama und war voller Mitgefühl. Aber zum ersten Mal, seit sie erwachsen war, tat sie das, was sie wirklich tun wollte: Zeichnen. Sie hatte für ihr Studium nur drei Jahre zur Verfügung, und sie war entschlossen, dass nichts sie daran hindern sollte. Immer noch führte sie mit Papa lange Gespräche über Malerei und Schriftstellerei – Dinge, die sie beide interessierten. Aber wenn Mama mit ihren Geldsorgen und der Aussichtslosigkeit der Zukunft anfing, kam ein Punkt, wo Anna nicht mehr zuhörte. Sie nickte heuchlerisch mit dem Kopf, flüchtete sich aber in Gedanken an ihre Arbeit und ihre Freunde, und Mama, die natürlich immer merkte, was mit ihr los war, nannte sie kalt und hartherzig. Dann, eines Tages – es musste ein Samstag gewesen sein, denn sie hatte in der Putney High Street eingekauft – war diese merkwürdige Sache passiert.

Sie hatte gerade eben einen Bus nach Hause bestiegen und stand noch draußen auf der Plattform, als sie von einer scheinbar körperlosen Stimme ihren Namen rufen hörte. Nachdem sie bis spät in die vergangene Nacht hinein so getan hatte, als hörte sie Mama zu, war sie müde und nervös, und einen Moment lang war sie über die Stimme wirklich erschrocken.

Dann hatte sie Mamas blasses und abgespanntes Gesicht gesehen, das vom Bürgersteig her zum vorbeifahrenden Bus aufschaute, sie war an der Verkehrsampel abgesprungen und zurückgelaufen.

»Was ist denn los?«, hatte sie gefragt, und noch jetzt konnte sie Mama deutlich vor Woolworth stehen sehen und rufen hören: »Ich will nicht mehr! Ich kann nicht!«

Anna hatte sich wütend und zugleich hilflos gefühlt. Aber bevor sie etwas sagen konnte, hatte Mama gerufen: »Es hat nicht gewirkt. Ich habe es wirklich versucht, aber es hat nicht gewirkt.«

»Was hat nicht gewirkt?«, hatte sie gefragt, und Mama hatte gesagt: »Die Pillen des Professors.« Dann hatte sie Anna fest in die Augen gesehen und gesagt: »Ich habe sie genommen.«

Zuerst, so erinnerte sich Anna, hatte sie nicht gewusst, wovon Mama redete. Sie hatte Mama nur angestarrt, die da in ihrem blauen Hut vor einem Schaufenster voll Osterküken von Woolworth stand. Und dann, plötzlich, hatte sie begriffen.

Der befreundete Professor hatte Papa 1940 die Tabletten gegeben, als letzte Zuflucht, falls Papa und Mama in die Hände der Nazis fallen sollten. Es war ein Gift, das sofort wirkte.

Sie hatte Mama entsetzt angestarrt und geschrien: »Wann hast du sie genommen?«, und Mama hatte gesagt: »Vorige Nacht, als du eingeschlafen warst. Ich habe eine genommen, und es ist nichts passiert, und dann dachte ich, vielleicht wirken sie später, und habe gewartet, aber es ist nichts passiert, es ist überhaupt nichts passiert!« Sie hatte angefangen zu weinen, und dann hatte sie Annas entsetztes Gesicht bemerkt und gesagt: »Ich habe sie im Badezimmer genommen. Du hättest mich also nicht tot neben dir im Bett gefunden.«

Anna war sich plötzlich sehr alt vorgekommen – vielleicht hat das alles damals angefangen, dachte sie – und böse, weil Mama sie so erschreckte, und gleichzeitig hatte sie ein überwältigendes Mitleid mit ihr empfunden. Sie war sich des Pflasters unter ihren Füßen bewusst gewesen, der Käufer, die an ihr vorbei bei Woolworth ein- und ausgingen, sie hatte Mama betrachtet, wie sie vor den Osterküken stand und weinte, und schließlich hatte sie gesagt: »Es hätte natürlich viel ausgemacht, dich statt im Bett tot im Badezimmer zu finden.«

Mama hatte geschnüffelt und gesagt: »Ich dachte, das Mädchen würde mich vielleicht finden.«

»Um Himmels willen«, hatte Anna geschrien, »das Mädchen oder Papa oder ich – wo ist da der Unterschied?«, und Mama hatte mit dünner Stimme gesagt: »Na, ich wusste natürlich, dass du dich darüber aufgeregt hättest.« Sie hatte so absurd ausgesehen mit ihrer Stupsnase und dem blauen Schleierhut, dass Anna plötzlich angefangen hatte zu lachen. Mama hatte gefragt: »Was ist da so komisch?«, aber dann hatte sie auch gelacht, dann hatten sie beide den eisigen Wind gespürt, der die Putney High Street entlangfegte, und waren zu Woolworth hineingegangen, um sich kurz zu wärmen.

Sie wusste nicht mehr genau, was dann geschehen war. Sie waren im Woolworth herumgegangen – ihr schien, Mama hatte Stopfgarn gekauft –, und sie hatten über die erstaunliche Tatsache gesprochen, dass sich die Pillen des Professors als unschädlich herausgestellt hatten.

(»Ich hätte mir ja denken können, dass sie nicht wirken würden«, sagte Mama, »ich habe ihn immer für einen Scharlatan gehalten.«) Anna erinnerte sich noch, dass sie sich überlegt hatte, was der Professor wohl getan hätte, wenn es wirklich eine Nazi-Invasion gegeben hätte. Ob er die Pillen dann durch wirksame ersetzt hätte? Aber vielleicht, sagte Mama, waren die Pillen doch in Ordnung gewesen, hatten aber ihre Wirksamkeit mit den Jahren verloren. Nach dem, was ihr von den Chemiestunden in der Schule noch in Erinnerung war, schien sie das für möglich zu halten.

Schließlich hatten sie bei Lyons Tee getrunken, und da Mama ihr gesund und munter am Tisch gegenübersaß, war es Anna so vorgekommen, als sei in Wirklichkeit nichts geschehen.

———

Und war denn etwas geschehen, fragte sich Anna im Halbdunkel des Krankenhauses. Das Geräusch des Motors verklang in der Ferne; irgendwo schloss jemand eine Tür; die Feder des Pförtners hörte nicht auf, über das Papier zu kratzen.

In jenen Tagen war so viel von Selbstmord gesprochen worden. Vielleicht war dies Reden darüber für Mama ein Sicherheitsventil gewesen. Vielleicht hat sie die Pillen überhaupt nicht genommen, dachte Anna, oder sie hat die ganze Zeit gewusst, dass sie nicht wirken würden. Wenn Mama sich wirklich hätte umbringen wollen, dachte sie, dann hätte ich es bestimmt nicht vergessen. Sie konnte sich nicht einmal erinnern, mit Max oder Papa darüber gesprochen zu haben. Aber vielleicht hatte sie es auch einfach verdrängt, weil sie ihr eigenes Leben leben wollte. Sie grübelte immer noch darüber nach, als jemand sie berührte. Sie fuhr erschrocken hoch. Es war Konrad, beruhigend und geduldig.

»Eben kommt dein Bruder«, sagte er. »Lass uns zu dieser grässlichen Party gehen, damit du deinen Richard anrufen kannst.«

———

Ken Hathaway lebte in einer altmodischen Etagenwohnung, die mit schweren deutschen Möbelstücken vollgestopft war. Er schien übermäßig erfreut, sie zu sehen, und begrüßte sie mit einem entzückten Kaninchenlächeln.

»Wie schön, einmal neue Gesichter zu sehen«, rief er. »Die alten verschleißen sich schnell in einer so kleinen Gruppe – findest du nicht, Konrad?«

Auf dem Tisch stand ein großes Silbergefäß, das eine helle Flüssigkeit enthielt, in der Obststückchen herumschwammen. Ein blonder junger Deutscher füllte damit die Gläser.

»Eine deutsche Bowle«, sagte Ken stolz. »Günthers eigenes Gebräu. Der Himmel weiß, was er alles hineingetan hat.«

Nach dem fröhlichen Lärm der Gäste zu urteilen, dachte Anna, hat er ziemlich viel hineingetan.

Als Ken sie herumführen wollte, um sie bekannt zu machen, hielt Konrad ihn zurück. »Könnte Anna wohl, bevor wir uns unter die Gäste mischen, ihren Mann in London anrufen?«

»Nur ganz kurz«, sagte sie.

Ken machte eine großzügige Geste. »Mein liebes Kind«, sagte er, »bedienen Sie sich. Der Apparat steht im Schlafzimmer. Aber Sie haben Glück, wenn Sie durchkommen. Es hat den ganzen Tag Verzögerungen gegeben – diese elende Suez-Geschichte wahrscheinlich.«

Im Schlafzimmer hatten alle ihre Mäntel abgelegt. Sie setzte sich dazwischen auf den Bettrand. Es dauerte lange, bis das Amt sich meldete, und als sie London verlangte, schnaubte der Telefonist nur verächtlich.

»Bis zu zwei Stunden Wartezeit«, sagte er. Er war nur schwer dazu zu bewegen, das Gespräch überhaupt anzumelden.

Als sie aus dem Schlafzimmer heraustrat, hatten sich Max und Konrad schon ins Gewühl gestürzt. Konrad sprach mit einem kahlköpfigen Mann im dunklen Anzug, und Max hatte eine Blondine in mittleren Jahren gefunden, die mit jenem benommenen Entzücken zu ihm aufstarrte, das Anna schon so lange vertraut war. Die Blonde sah aus, als hätte sie soeben einen Haufen Goldstücke in der Tiefe ihrer Handtasche entdeckt. Dann kam Ken auf sie zu, ein Glas in der Hand, einen ernst blickenden Mann an der Seite, der sich als irgendein Akademiker herausstellte.

»Ich interessiere mich für mittelalterliche Geschichte«, schrie er über das englisch-deutsche Stimmengewirr hinweg, »hier arbeite ich an –«

Sie kam nie dahinter, woran er arbeitete, denn eine grauhaarige Dame neben ihr stieß einen spitzen Schrei aus.

»Suez! Ungarn!«, schrie sie. »Was für ein Gewese wird darum gemacht. Wir hier in Berlin sind an Krisen gewöhnt. Waren Sie während der Zeit der Luftbrücke hier?«

Ihr Partner, ein kleiner Büromensch, hatte das dummerweise versäumt, und sie wandte sich voller Verachtung von ihm ab, aber ein dicker Deutscher mit Brille lächelte ihr zustimmend zu. »Berlin can take it«, schrie er in bemühtem Englisch. »Wie London die Bombardierung, nicht wahr?«

Anna fiel darauf keine Antwort ein, sie machte eine abwesende Miene und dachte an Richard, während die Stimmen um ein weiteres Dezibel anstiegen.

»... den dritten Weltkrieg auslösen«, rief ein unsichtbarer Stratege, dann erhoben sich die gemessenen Töne des Akademikers für einen Augenblick. »Ein altes und ein neues Weltreich, beide halten an ihren Eroberungen fest ...«

»Noch etwas Bowle«, sagte Günther und füllte die Gläser nach.

Jemand hatte die Schlafzimmertür geschlossen, und sie fragte sich, ob sie das Telefon würde läuten hören. Aus dem Augenwinkel sah sie, wie Ken Max der Blonden entführte, wie diese ihm traurig mit dem Blick folgte und wie Ken Max einem großen Herrn mit Pfeife vorstellte.

»Sie könnten Berlin in zehn Minuten einnehmen«, sagte die grauhaarige Frau, und jemand gab zu bedenken: »Aber die Vereinigten Staaten von Amerika ...«

Dann war Ken wieder bei ihr und zog sie mit sich in eine andere Ecke des Raumes, wo verschiedene Leute sie nach Mama fragten und ihre Freude darüber äußerten, dass sie die Lungenentzündung gut überstanden habe. Konrad war es offenbar gelungen, diese Version allen glaubhaft zu machen.

»Sie fehlt uns wirklich«, sagte ein amerikanischer Colonel, und es war von ihm ehrlich gemeint. »Ein so enger kleiner Kreis wie der unsere ...«

Eine Frau mit einer Ponyfrisur sagte: »Sie ist die beste Übersetzerin, die wir haben«, und ein Mädchen mit Sommersprossen und einem Pferdeschwanz meinte: »Irgendwie merkt man immer gleich, wenn sie da ist.«

Noch etwas Bowle – diesmal schenkte ihr Ken ein. Eine Gruppe in der

Nähe brach plötzlich in ein Gelächter aus, dem eine Art Klingeln folgte, sodass Anna einen Augenblick dachte, es wäre das Telefon, aber sie stießen nur mit den Gläsern an.

»Entschuldigung«, sagte sie.

Sie schlängelte sich durch die Menge, ging ins Schlafzimmer und kam wieder heraus, ließ die Tür halb offen. Sie kam an Max vorbei, der wieder mit der Blonden und mehreren anderen Leuten zusammenstand, und sie hörte einen davon mit bewundernder Stimme sagen: »Wirklich? Nach Athen? Heute Nacht?« Konrad sah sie und winkte, und sie überlegte gerade, ob sie sich zu ihm durchkämpfen sollte, als sie auf Deutsch angeredet wurde und Günther neben sich fand.

»Ich muss mit Ihnen darüber sprechen«, sagte er, »ich habe die Bücher Ihres Vaters gelesen.«

»Ach ja?«

Er nickte, sein frisches Gesicht stand rosig unter seinem blonden Haar. Er kann höchstens neunzehn sein, sagte sie sich.

»Ich wusste gar nicht, dass es sie gibt«, sagte er, »ein Freund hat mich darauf aufmerksam gemacht, er hat sie in der Bibliothek entdeckt. Es war wie eine neue Welt.«

»Ich freue mich, dass sie Ihnen gefallen haben.«

»Also wirklich, diese Gedichte ... aber auch die Prosastücke. Ich habe mir überlegt ...«

»Was?«

Er stellte den Krug ab, um sich besser konzentrieren zu können, und ihr Blick fiel auf die Uhr an seinem Handgelenk. Elf Uhr. Was soll ich nur machen, dachte sie, wenn der Anruf für Richard nicht durchkommt und wir gehen müssen.

»Ich habe mir überlegt ...«, er sah sie erwartungsvoll an, »ich habe mit dem Studium begonnen. Ich meine, vielleicht könnte ich meine Doktorarbeit ...«

»Freilich, das wäre sicher interessant.«

»Aber es gibt da so viel, was ich gern wissen möchte.«

In seiner Aufregung war er näher an sie herangekommen, und sie fand sich zwischen ihm und dem Tisch, auf dem der Krug stand, eingesperrt. Wenn jetzt der Anruf kommt, dachte sie, muss ich eben unter dem Tisch durchkriechen.

»Zum Beispiel«, sagte Günther, »... als Ihr Vater zum ersten Mal Sarah Bernhardt traf ...«

»Da war ich noch gar nicht auf der Welt«, sagte sie.

»Nun ja, aber das müssen Sie doch wissen. Er wird doch davon erzählt haben.«

Umittelbar neben ihnen kreischten zwei Frauen laut auf vor Lachen. Der Lärm um sie herum war noch lauter geworden, und die Party erschien ihr plötzlich verrückt und unwirklich. »Nein«, rief sie über die anderen Stimmen hin, »er hat nie etwas von Sarah Bernhardt erzählt.« Sie hatte ein nicht weiter begründbares Verlangen, hier herauszukommen, hinter dem Tisch hervor, als könne sie damit dazu beitragen, dass das Gespräch mit Richard endlich komme.

»Aber er muss Ihnen doch von der Duse erzählt haben und über das Moskauer Ensemble unter Stanislawsky?«

Da tauchte zu ihrer großen Erleichterung Hildy Goldblatt in der Menge hinter ihm auf. Sie schaute sie eindringlich an und winkte. Hildy winkte zurück und kam auf sie zu.

»Entschuldigen Sie mich«, sagte sie. Er trat zur Seite und ließ sie vorbei. Er schaute etwas deprimiert drein.

»Versuchen Sie es in den Archiven«, sagte sie schuldbewusst, während sie auf Hildy zuging, »Sie finden sehr viel über ihn in den Archiven.«

Dann spürte sie Hildys Hand auf ihrem Arm. »Mein liebes Kind«, sagte Hildy, »ist das nicht grässlich. Ich habe gesehen, dass es nebenan etwas zu essen gibt. Lassen Sie uns hingehen und in Ruhe miteinander reden.«

Anna folgte ihr, nachdem sie sich vergewissert hatte, dass alle Türen offen standen, damit sie das Telefon hören konnte, dann setzten sie sich in der Nähe des geplünderten Buffets hin.

»Also«, sagte Hildy und biss in ein Wurstbrot, »Ihrer Mama geht es viel besser. Ich habe Ihnen doch gesagt, dass alles wieder all right wird. Aber Ihr Mann muss sich Ihretwegen Sorgen machen: Ungarn, und jetzt auch noch Suez. Wann fahren Sie nach Hause?«

Anna sah Hildy an, deren krauses Haar wirr um das kluge, warmherzige Gesicht herumstand. Wie viel mochte sie erraten haben?

»Ich weiß nicht«, sagte sie vorsichtig. »Ich erwarte einen Anruf von ihm.«

Hildy nickte und kaute.

»Ich möchte nach Hause«, sagte Anna. »Nur – Max muss heute schon fahren, und ich weiß nicht ...«

»Ob Ihre Mama ohne Sie beide fertigwird?«

»Ja.«

»Ja.« Hildy schob den Rest der Wurst in den Mund. »Ich kann nicht lange bleiben«, sagte sie. »Erwin geht es nicht gut – es ist etwas mit dem Magen. Außerdem sollte man nie einen Rat erteilen. Aber wenn es Ihnen hilft –« Sie zögerte. »Es ist nur, was ich denke«, sagte sie. »Aber ich denke, dass Konrad sich um das kümmern wird, was getan werden muss. Ich glaube – ich glaube, dass man ihm vertrauen kann. Sie verstehen, was ich meine?«

»Ja«, sagte Anna.

»Er ist ein gütiger Mensch. Und wie auch immer«, sagte Hildy, »Sie sollten jetzt bei Ihrem Mann daheim sein. Ich weiß, es ist uns oft ein Schrecken eingejagt worden, und in der letzten Minute haben die Politiker immer einen Rückzieher gemacht, aber in solchen Zeiten sollten die Menschen nicht getrennt sein.« Sie zog sich aus ihrem Sessel hoch. »Jetzt muss ich wirklich gehen. Mein armer Erwin. Er hat erbrochen, wissen Sie, und das ist bei ihm ganz und gar nicht normal.«

Als sie wieder ins Nebenzimmer traten, schien die Gesellschaft etwas ruhiger geworden zu sein. Eine Reihe von Gästen war schon gegangen, die anderen hatten sich nach Möglichkeit einen Sitzplatz gesucht, einige auf dem Boden.

Sie unterhielten sich in gedämpftem Ton.

»Immer dieselben Gesichter«, sagte Hildy. »Was finden sie noch miteinander zu reden?«

Konrad kam eilig auf sie zu. »Gehst du, Hildy? Wir sollten auch gehen, um Max zum Flughafen zu bringen.«

»Aber ich warte immer noch auf mein Gespräch mit Richard«, sagte Anna, und in diesem Augenblick schellte das Telefon. Sie rief: »Das ist er sicher«, umarmte Hildy in aller Eile und lief ins Schlafzimmer. Jemand hatte die Tür wieder geschlossen. Sie riss sie auf und stand vor einem Mädchen, das das Kleid geöffnet und halb über die Schultern heruntergezogen hatte. Hinter ihr stand ein Mann mit hochgezwirbeltem Schnurrbart, der so tat, als ob er sich die Krawatte über dem aufgeknöpften Hemd zurechtzupfte. Das Telefon klingelte immer noch.

»Entschuldigung«, sagte sie, schlängelte sich an den beiden vorbei und nahm den Hörer auf. Zuerst schien niemand da zu sein, dann kam ein Summton, und eine sehr weit entfernte Stimme sagte etwas Unverständliches. Der Mann und das Mädchen, das das Kleid inzwischen geschlossen hatte, betrachteten sie mit unsicheren Blicken.

»Hallo?«, sagte Anna. »Hallo?«

Die Stimme verklang, aber das Summen blieb. »Hallo«, sagte Anna noch lauter. »Hallo. Hallo. Hallo.«

Nichts geschah, aber der Schnurrbart erschien plötzlich dicht vor ihrem Gesicht. Er roch nach Alkohol.

»Schau – nur – nach – ih – rer – Hand – ta – sche«, erklärte sein Besitzer. Er sprach die einzelnen Silben mit großer Sorgfalt aus und hob einen der Mäntel, um zu zeigen, was er meinte.

Sie nickte ungeduldig und scheuchte ihn mit der Hand weg. »Hallo?«, schrie sie ins Telefon. »Hallo? Richard, bist du das?«

In unendlich weiter Ferne hörte sie Richards Stimme. »Hallo, mein Liebes. Ist alles in Ordnung?« Und sofort schmolzen ihre Ängste und ihre Unruhe dahin.

»Ja«, rief sie. »Und du?«

Er sagte etwas, das sie nicht verstand, und sie schrie: »Mama ist außer Gefahr.«

Plötzlich hörte sie Richards Stimme ganz laut und deutlich. »Was?«, sagte er.

»Mama ist außer Gefahr. Sie wird wieder ganz gesund.«

»Oh, da bin ich froh.«

Aus dem Augenwinkel sah sie, wie das Mädchen verlegen sein Haar ordnete und, gefolgt von dem Mann, den Raum verließ. Gott sei Dank, dachte sie.

»Richard, es ist wunderbar, dich zu hören.«

»Und dich. Wann kommst du heim?«

»Nun, was meinst du? Was hältst du von dieser Suez-Geschichte?«

»Es ist schwierig –« Das Summen fing wieder an und verschlang den Rest seiner Worte.

»Ich kann dich nicht hören«, rief sie.

Er wiederholte, was er gesagt hatte – aber das Einzige, was sie verstand, waren die Worte »wenn möglich«.

»Willst du, dass ich nach Hause komme? Richard? Möchtest du, dass ich sofort komme?« Sie schrie, so laut sie konnte.

Es klickte. Das Summen hörte auf, und eine deutsche Telefonistin sagte laut und klar: »Amt Charlottenburg. Kann ich Ihnen helfen?«

»Sie haben mich unterbrochen!«, schrie sie. »Ich spreche mit London, und Sie haben mich unterbrochen. Bitte verbinden Sie mich sofort wieder.«

»Tut mir leid«, sagte die Stimme. »London hat eine Wartezeit von drei Stunden, und wir nehmen keine Gespräche mehr an.«

»Aber ich hatte die Verbindung. Ich habe gesprochen, und Sie haben mich mittendrin unterbrochen.«

»Es tut mir leid. Aber ich kann da nichts machen.«

»Bitte!«, rief Anna. »Ich habe den ganzen Tag auf diesen Anruf gewartet. Es ist wirklich wichtig.« Es war lächerlich, aber sie weinte.

Aber natürlich war es sinnlos.

Nachdem sie den Hörer aufgelegt hatte, blieb sie einen Moment zwischen den Mänteln sitzen und kämpfte gegen einen fast unwiderstehlichen Drang, etwas zu zertrümmern, zu erbrechen, geradewegs hinauszugehen und das nächste Flugzeug nach London zu nehmen. Dann stand sie auf und ging zu den andern zurück.

»Hat's geklappt?«, sagte Konrad. Er erwartete sie schon mit Maxens Köfferchen in der Hand. »Los, Max«, rief er, bevor sie antworten konnte. »Wir müssen wirklich gehen.«

Max hatte einige Schwierigkeit, von der Blondine loszukommen, die sich offenbar erboten hatte, mit nach Athen zu fliegen. Hinter ihm hatte jemand den Teppich aufgerollt, und ein paar Leute, meist mittleren Alters, tanzten zur Radiomusik.

»Ich komme«, sagte Max, der der Blonden endlich entwischt war. Ken reichte ihnen die Mäntel, und sie eilten auf die Tür zu.

»Wie schade, dass Sie schon gehen müssen ... Grüße an die Mama ...«

Zähne entblößten sich beim Lächeln, Händeschütteln, deutsche Stimmen, die Auf Wiedersehen riefen, dann waren sie draußen in der Dunkelheit, und Konrad fuhr mit hohem Tempo in Richtung Tempelhof.

»Hast du Richard erreicht?«, fragte Max. Er wandte sich in seinem Sitz um, während die Schatten von Bäumen und Laternenpfählen über sie hinweghuschten.

Sie schüttelte den Kopf. »Ich konnte ihn nicht verstehen. Und dann wurden wir unterbrochen.« Wenn ich nicht aufpasse, dachte sie, dann breche ich in Tränen aus.

Er verzog das Gesicht. »Mach dir keine Sorgen. Beim geringsten Anzeichen dafür, dass die Lage kritisch wird, fliegst du sofort nach Hause. In Ordnung?«

»In Ordnung.«

Konrad saß über das Steuer gebeugt, und der Wagen raste durch die Nacht. »Hoffentlich schaffen wir es«, sagte er, ohne den Blick von der Fahrbahn zu wenden.

Max sah auf seine Uhr. »Um Himmels willen«, sagte er, »ich wusste nicht, dass es schon so spät ist.«

Er fing an, mit den Fingern auf die Armlehne zu trommeln und gespannt in die Dunkelheit zu starren.

Sie saß im Rücksitz, fest in den Mantel gewickelt, und fühlte sich allein. Das Kinn in den Mantelkragen, die Hände tief in die Taschen vergraben, versuchte sie, an nichts zu denken. Dann spürte sie etwas unter ihren Fingern, etwas Dünnes und Knisterndes – ein Stück Papier. Sie zog es heraus, und indem sie es sich dicht vor die Augen hielt, konnte sie am oberen Rand eben noch das gedruckte Wort »Heals« erkennen. Es musste die Rechnung für den Esszimmerteppich sein.

Es kam ihr vor wie etwas aus einer anderen Welt, aus einer fernen Vergangenheit, die nie wiederkommen würde. Sie umschloss den Zettel mit ihrer kalten Hand, und Verzweiflung stieg in ihr auf. Ich sollte gar nicht hier sein, dachte sie, überall sind Russen, und es könnte einen Krieg geben. Ich gehöre nicht hierher. Ich sollte zu Hause bei Richard sein. Wenn ich nun nie mehr nach Hause komme? Wenn ich ihn nun nie wiedersehe? Sie starrte in die dunkle, unbekannte Landschaft, die am Fenster vorbeiflog, und dachte entsetzt: Vielleicht muss ich für immer hier bleiben.

Endlich sahen sie Lichter. Der Wagen kurvte und bremste. »Ich sehe dich in London, kleiner Mann«, sagte Max und war draußen, bevor der Wagen richtig hielt.

Sie sah ihn auf den Flughafeneingang zulaufen, sein Schatten sprang wie wild neben ihm her. Blendendes Licht fiel nach draußen, als er die Tür aufriss; dann war er verschwunden.

»Ich denke, er wird es gerade noch schaffen«, sagte Konrad. Sie warteten für alle Fälle, aber er kam nicht wieder raus. Die Tür blieb geschlossen. Anna kam es so vor, als hätten sie eine Ewigkeit da gestanden, bis sie endlich auf den Vordersitz kletterte und Konrad langsam ins Stadtzentrum zurückfuhr. Es war ein Uhr morgens und sehr kalt.

»Es tut mir leid, dass du nicht mit Richard sprechen konntest«, sagte Konrad nach einigen Kilometern.

Sie war so niedergeschlagen, dass sie nur nicken konnte. Das Gefühl kam ihr plötzlich vertraut vor. Natürlich, dachte sie. Die vielen Male, wenn Max nach Cambridge oder zur Luftwaffe zurückgefahren war. Damals hatte sie das Gleiche empfunden. Es schien gar nicht so lange her. Zurückgeblieben mit Mama, dachte sie. In der Falle. Ringsumher konnte sie die Russen beinahe spüren.

»Weißt du, ich bin völlig einer Meinung mit Max«, sagte Konrad. »Beim ersten Anzeichen einer Verschlechterung der Lage nimmst du ein Flugzeug nach London.«

Sie konnte sein Gesicht sehen, im matten Schimmer des Armaturenbretts wirkte es graugrün. Undeutliche dunkle Schatten zogen durch sein Spiegelbild in der Scheibe.

»Ich wünschte –«, sagte sie.

»Dass du zu Hause bei Richard wärst, statt am frühen Morgen in Berlin herumzukutschieren.«

»Nicht nur das. Ich wünschte, Mama wohnte in einem Haus. Ich wünschte, sie würde gern kochen und Riesenmahlzeiten herstellen, die niemand essen kann, dass sie sich Sorgen um den Appetit der Leute machte und den Putzteufel hätte.«

Einen Augenblick lang konnte sie sich sogar einreden, dass dies möglich wäre.

»Wo sollte das sein?«, fragte Konrad.

»Irgendwo.« Sie wusste, dass es Unsinn war. »Nicht in Berlin.«

Sie waren jetzt von der Hauptverkehrsader in laternenbeleuchtete Seitenstraßen eingebogen – hier fingen die Vorstädte an. »Sie ist nie eine begeisterte Hausfrau gewesen«, sagte Konrad. Loyal fügte er hinzu: »Gott sei Dank.«

»Wenn sie doch nur das Leben so nehmen könnte, wie es nun einmal ist. Wenn sie doch die Gabe hätte, aus allem das Beste zu machen. Das wäre besser als dieses ewig Romantische, die Ablehnung von allem, was nicht genauso ist, wie sie es sich erträumt hat. Es gibt doch schließlich noch andere Möglichkeiten, seine Probleme zu lösen, als Selbstmord zu begehen.«

Seine Augen wandten sich für einen Augenblick von der Fahrbahn ab und ihr zu. »Urteilst du nicht etwas hart über sie?«

»Ich glaube nicht. Schließlich habe ich viel länger mit ihr zusammengelebt als du.« Der Ärger und die Enttäuschungen des Tages überwältigten sie. »Du weißt nicht, wie das war«, sagte sie und war selbst überrascht, wie laut sie gesprochen hatte. Sie erreichten eine vertraute Reihe von Häusern und Läden. Das Auto bog um eine Ecke, dann um die nächste, und sie waren in der Straße, in der das Hotel lag.

»Ich glaube, ich kann es mir vorstellen«, sagte er. »Sie hat mir oft davon erzählt. Die schlimmste Zeit ihres Lebens nannte sie es. Ich weiß, sie übertreibt gern, aber es muss sowohl für sie als auch für dich sehr schwierig gewesen sein.«

Er hielt vor dem Hotel, stellte den Motor ab, und sie blieben noch einen Augenblick sitzen, ohne zu sprechen. In der Stille war ein schwaches, weit entferntes Grollen zu hören. Donner, dachte sie, und ihr Magen zog sich zusammen.

»Das ist, was mich am meisten bedrückt«, sagte er.

»Was?«

Er zögerte. »Nun, schau mich an. Ich bin nicht gerade ein Filmstar. Mit meinem Bauch, meiner verrutschten Bandscheibe und einem Gesicht wie die Rückseite eines Busses. Kaum die Sorte Mann, um dessentwillen eine Frau Selbstmord begeht. Und doch habe ich deine Mutter dazu getrieben ...«

Der Donner kam näher. Sie konnte die Erschöpfung in seinem Gesicht erkennen. Im Licht der Straßenlaterne war es sehr blass.

»... ich habe sie zu etwas getrieben, das ihr sogar während der schlimmsten Periode ihres Lebens nie in den Sinn gekommen wäre.«

»Wie willst du das wissen?«

»Dass ich sie dazu gebracht habe?«

»Nein.« Ein Teil ihrer Selbst war zu wütend, um nachzudenken, aber ein anderer wusste genau, was sie sagte. »Dass es ihr nie zuvor in den Sinn gekommen ist.«

Er starrte sie im Dämmer des Wagens an, und sie starrte zurück. Wieder hörte man dieses Donnergrollen – seltsam, im November, dachte sie – und dann merkte sie, dass es überhaupt kein Donner war.

»Hör mal!« Sie konnte es kaum über die Lippen bringen. »Geschützfeuer.« Er dachte immer noch über das nach, was sie gesagt hatte, und schien nicht zu begreifen.

»Das sind die Russen!« Einen Moment lang war es, als schlüge das Wasser über ihrem Kopf zusammen. Dann wurde sie ganz ruhig. Lebt wohl, dachte sie. Leb wohl, Richard. Leb wohl, alles, was ich im Leben tun wollte. Mama und Berlin für immer. Es hatte sie endlich eingeholt, wie sie es schon immer erwartet hatte.

»Die Russen?«, sagte Konrad ganz überrascht.

Sie mühte sich mit dem Fenster ab und bekam es schließlich auf. »Hörst du es nicht?«

»Mein liebes Kind«, sagte er. »Das ist gar nichts. Du darfst nicht so erschrecken. Das sind nicht die Russen, das sind die Amerikaner.«

»Die Amerikaner?«

Er nickte. »Eine Artillerieübung. Jeden zweiten Donnerstag – wenn auch meist nicht so früh am Morgen.«

»Die Amerikaner.« Sie musste den Atem angehalten haben, denn sie hatte das Gefühl, dass ihre Lungen fest zusammengepresst würden. Jetzt öffnete sie den Mund, und ein Luftstrom stürzte in sie hinein. »Verzeih«, sagte sie und fühlte, wie sie rot wurde. »Für gewöhnlich gerate ich nicht so schnell in Panik.«

»Das war ganz natürlich.« Sein Gesicht wirkte jetzt noch erschöpfter. »Ich hätte es dir vorher sagen sollen. Aber wenn man ständig hier lebt, vergisst man es.«

»Jedenfalls ist ja jetzt alles wieder in Ordnung. Ich gehe wohl besser zu Bett.« Sie wollte aussteigen, aber er streckte die Hand aus.

»Ich habe nachgedacht«, sagte er.

»Über was?«

»Über Verschiedenes. Zunächst: Ich finde, dass du nach Hause fahren solltest.«

Ihr Herz tat einen Sprung. »Aber was ist mit Mama?«

»Nun, sie ist nicht mehr ernsthaft krank. Natürlich wäre ich froh gewesen, noch für eine Weile deine Unterstützung zu haben, aber ich hatte mir nicht klargemacht, wie schwierig dies alles für dich gewesen ist. Könntest du noch über den morgigen Tag hinaus bleiben?«

»Aber natürlich.«

»Gut. Dann werden wir einen Flug für Freitag buchen, und ich schicke Richard ein Telegramm, dass du kommst.«

Plötzlich war ihr nicht mehr kalt. Sie spürte, wie ihr das Blut in Finger und Zehen strömte und sie wärmte. Ihr ganzer Körper glühte vor Erleichterung. Sie schaute in Konrads blasses, schweres Gesicht und empfand fast so etwas wie Zärtlichkeit für ihn.

»Bist du sicher?«, fragte sie und wusste, dass sie es ohne Angst tun konnte.

»Absolut.«

Übermorgen, dachte sie. In Wirklichkeit morgen, denn es war ja schon Donnerstag. Dann merkte sie, dass Konrad immer noch sprach.

»Verzeih, dass ich dich noch einmal frage«, sagte er. »Aber du verstehst gewiss, dass es wichtig für mich ist, das zu wissen. Schließlich bin ich sehr betroffen.«

Was wollte er denn wissen?

Er zögerte, suchte nach Worten. »Hat deine Mutter jemals früher ... Hat sie je zuvor versucht, sich zu töten?«

Was hatte das jetzt noch für eine Bedeutung, jetzt, da sie nach Hause fuhr. Sie wünschte, sie hätte es nie erwähnt. »Ich weiß nicht«, sagte sie. »Ich weiß es wirklich nicht.«

»Aber du hast vorhin gesagt –«

Ich könnte es einfach leugnen, dachte sie, aber er sah sie mit einem so gequälten Blick an, er machte sich solche Vorwürfe. Sie wollte nicht, dass er sich so schuldig fühlte.

»Da war einmal etwas«, sagte sie schließlich zögernd. »Aber ehrlich, ich glaube nicht, dass es ernst war. Ich hatte es selber ganz vergessen, erst heute fiel es mir wieder ein.«

»Was ist geschehen?«

So leichthin wie möglich erzählte sie ihm von den Tabletten des Professors. »Ich glaube, sie wusste, dass sie nicht wirken würden«, sagte sie. »Ich glaube, sie musste nur einfach irgendetwas unternehmen, und da hat sie sich selbst etwas vorgemacht. Wenn sie wirklich versucht hätte, sich umzubringen, hätte ich es doch nie vergessen.«

»Glaubst du?«

»Natürlich nicht. Es wäre viel zu schrecklich gewesen, um es zu vergessen.«

»Oder zu schrecklich, um sich daran zu erinnern.«

Unsinn, dachte sie.

»Hör mal«, sagte er, »ich will dir doch gar nicht mit Psychologie kommen und hier den Amateurpsychiater spielen. Aber diese Tabletten sollten doch Gift enthalten, und deine Mutter hat sie schließlich genommen.«

»Nicht einmal in diesem Punkt bin ich so ganz sicher.«

»Ich glaube, sie hat sie genommen«, sagte Konrad. Sie hatte gewünscht, dass er sich weniger schuldig fühlen sollte, aber er schien geradezu zu frohlocken. Seine Stimme hatte eine Schärfe, die sie bis jetzt noch nicht gehört hatte, und sie fragte sich plötzlich, was sie da wohl angerichtet hatte.

Donnerstag Während der noch **übrigen Nachtstunden** schlief sie nur mit Unterbrechungen. **Immer wieder träumte** sie von **Mama** – Mama, **die über einen Berghang wanderte,** die durch Straßen irrte, durch die Räume eines immer größer werdenden Hauses, und immer war sie auf der Suche nach Konrad. Manchmal fand sie ihn und manchmal sah sie ihn nur für einen Augenblick, bevor er wieder verschwand. Einmal fand Anna ihn für sie, und Mama umarmte sie auf einem Strand und lachte glücklich, und hinter ihr fiel die Sonne auf den Sand. Ein andermal entkam er ihnen im Woolworth, während Anna für Mama einen Hut kaufte.

Unwohl und bedrückt erwachte sie viel später als sonst. Das Frühstückszimmer war verlassen, nur ein paar benutzte Tassen und Teller standen auf den Tischen herum. Die Besitzerin, die dabei war, sie träge abzuräumen, blieb bei Annas Anblick stehen.

»Haben Sie es schon gehört?«, sagte sie. »Die gehn.« Als Anna sie verdutzt anschaute, wiederholte sie in ihrem Berliner Dialekt: »Die gehn, die Russen, die ziehn aus Budapest ab.« Sie brachte eine Zeitung herbei, um es zu beweisen.

Während Anna las, trippelte die Frau hin und her, klapperte mit dem benutzten Geschirr und drehte die fleckigen Tischtücher um. Es war unglaublich, aber wahr. Anna konnte es kaum fassen. Warum?, fragte sie sich. Der Westen musste gehandelt haben. Eine geheime Botschaft aus dem Weißen Haus, die keinen Zweifel ließ. Alle freien Länder gemeinsam, einig, wie sie es gegen die Nazis erst gewesen waren, als es zu spät war. Sie suchte nach Neuigkeiten über Suez, fand aber nur eine kleine Spalte. Dort schien sich nicht viel zu tun.

»Heute werden sie sich in Budapest freuen«, sagte die Frau und stellte Kaffee und Brötchen vor sie hin. »Sie tanzen auf den Straßen, sagen sie im Radio. Und sie haben ein großes Stalin-Denkmal umgestürzt – was glauben Sie, werden die damit anfangen? Und sie werden alles ändern und alles genau so machen, wie sie es haben wollen.«

Anna trank ihren Kaffee und fühlte sich plötzlich besser. Alles würde gut werden. Man würde den Russen, anders als den Nazis, nicht alles durchgehen lassen. Mama lebte und war beinahe wieder gesund. Sie selbst würde nach Hause fahren – Konrad hatte es gesagt. Wenn bloß nichts dazwischenkommt, dachte sie.

»Ich kann mir vorstellen, wie denen in Ungarn zumute ist«, sagte die Frau, die mit dem leeren Tablett am Tisch stehen geblieben war. »Wenn ich daran denke, wie die Russen es hier getrieben haben ...« Und dann erzählte sie mit vielen Umschweifen eine lange Geschichte von einem Soldaten, der sechs Schüsse auf einen Gartenzwerg in ihrem Vorgarten abgegeben hatte. »Und die ganze Zeit schrie er: Nazi, Nazi«, sagte sie empört. »Schließlich war der Zwerg ja kein Nazi.« Sie dachte einen Augenblick nach und fügte dann hinzu: »Und ich natürlich auch nicht.«

Anna hatte Mühe, sich das Lachen zu verkneifen, und schlang eilig ihr gebuttertes Brötchen hinunter. Sie wollte nicht zu spät zu Mama kommen, besonders da sie am kommenden Tag abreisen würde. Trotzdem verpasste sie ihren gewohnten Bus und musste auf den nächsten warten. Es war kalt, aus treibenden Wolken entluden sich immer wieder kurze Schauer, und als sie endlich im Krankenhaus ankam, umhüllte sie die Wärme der Eingangshalle wie ein Kokon. Die Schwester am Empfang lächelte ihr zu – ich gehöre fast schon hierher, dachte Anna –, und Mamas kleines Zimmer, gegen dessen Doppelfenster der Regen trieb und dessen Heizkörper auf Hochtouren liefen, war gastlich und gemütlich.

»Hallo, Mama«, sagte sie, »ist das mit Ungarn nicht prima?«
»Unglaublich«, sagte Mama.

Sie saß in einem frischen Nachthemd im Bett, die Zeitung neben sich, und sah viel munterer aus. Sofort begann sie, nach der Party und nach Maxens Abreise zu fragen. »Konrad hat ihn also im Auto von der Party direkt zum Flughafen gebracht«, sagte sie, als Anna ihr alles erzählt hatte. Diese Einzelheit schien sie am meisten zu freuen.

Auf ihrem Tisch stand ein frischer Blumenstrauß, dazu eine üppige Schachtel Pralinen aus ihrem Büro und eine bunte Karte mit *»Get well soon, honey«* darauf und vielen Unterschriften. Konrad hatte angerufen, während sie im Bad war, hatte aber sagen lassen, er werde wieder anrufen. Sie legte sich in die Kissen zurück, entspannt.

»Übrigens«, sagte sie in dem herzlichen, aber vernünftigen Ton, an den sich Anna aus ihrer frühen Kindheit erinnerte: »Die Schwester hat mir erzählt, was du getan hast, als ich im Koma lag – dass du die ganze Zeit an meinem Bett gesessen und mich gerufen hast. Es tut mir leid, dass ich das nicht wusste. Weißt du, man erinnert sich nicht.« Dann fügte sie in einem seltsam förmlichen Ton hinzu: »Sie sagt, dass du mir wahrscheinlich das Leben gerettet hast. Ich danke dir.«

Anna war selbst überrascht, wie gerührt sie war. Sie suchte nach einer Antwort, aber da ihr nichts Passendes einfiel, grinste sie nur und sagte: »Jederzeit zu Diensten, Mama – gern geschehen«, und Mama kicherte und sagte: »Du bist schrecklich – du bist genauso schrecklich wie dein Bruder.« Das war aus Mamas Mund wahrscheinlich das größtmögliche Kompliment. Da Mama fast wieder die Alte schien, entschloss sich Anna, die Frage ihrer Abreise anzuschneiden. »Mama«, sagt sie, »ich bin jetzt fast eine Woche hier. Ich möchte jetzt wirklich nach Hause. Wenn ich morgen fliegen könnte, wäre dir das recht?«

Sie wollte noch hinzufügen, dass man ja in Verbindung bleiben würde, dass sie nur reisen würde, wenn Mama ganz sicher war, sie entbehren zu können, aber da sagte Mama schon im gleichen nüchternen Ton: »Es geht mir jetzt wirklich viel besser, und im Übrigen sind es ja nur noch zehn Tage, bis ich mit Konrad in Urlaub fahre. Ich denke, ich komme zurecht.« Dann sagte sie: »Aber ich werde dich vermissen.« Sie berührte Annas Hand zart mit den Fingerspitzen. »Ich habe ja kaum mit dir gesprochen.«

»Du hast mit Max gesprochen.«

»Ich weiß«, sagte Mama. »Aber ich sehe ihn so selten.« Dann sagte sie noch einmal: »Ich werde dich vermissen.«

»Ich werde jeden Tag schreiben«, sagte Anna. Sie hatte sich das schon früher vorgenommen. »Auch wenn es nicht sehr interessant ist. Wenn du also deprimiert bist oder Konrad sehr viel zu tun hat oder so, dann weißt du, dass du wenigstens *etwas* erwarten kannst.«

»Das ist nett«, sagte Mama. Sie dachte einen Moment nach. Dann sagte sie: »Es tut mir leid – ich verstehe ja, dass ich euch allen viel Mühe gemacht habe, aber, weißt du, ich sehe immer noch nicht ein, warum ich es nicht hätte tun sollen.«

Anna war peinlich überrascht.

»Um Himmels willen, Mama.«

»Nein, hör mir zu – wir wollen uns nichts vormachen. Sprechen wir ehrlich darüber.« Mama war sehr ernst. »Ich bin sechsundfünfzig, und ich stehe allein. Ich habe alles getan, was ich tun musste. Ich habe dich und Max aufgezogen, euch während der Emigration durchgebracht, ich habe für Papa gesorgt, habe es erreicht, dass seine Bücher wieder aufgelegt werden, wie ich es ihm versprochen hatte. Niemand braucht mich mehr. Warum sollte ich nicht sterben, wenn ich es wünsche?«

»Natürlich brauchen wir dich«, sagte Anna, aber Mama winkte ungeduldig ab.

»Ich habe gesagt, wir wollen ehrlich zueinander sein. Ich will nicht sagen, dass ihr euch nicht freuen würdet, mich gelegentlich zu sehen, etwa Weihnachten oder so, aber ihr *braucht* mich nicht mehr.« Sie sah Anna herausfordernd an. »Sag mir«, sagte sie, »sag mir ehrlich, was hätte es dir ausgemacht, wenn ich gestorben wäre?«

Anna wusste sofort, was es ihr ausgemacht hätte. Sie hätte sich für den Rest ihres Lebens Vorwürfe gemacht, dass sie Mama keinen Grund gegeben hatte weiterzuleben. Aber man konnte niemanden bitten, am Leben zu bleiben, nur damit man sich keine Vorwürfe machte.

»Wenn du gestorben wärest«, sagte sie nach einer Weile, »wäre ich das Kind zweier Selbstmörder gewesen.«

Mama wies das ohne Zögern von sich. »Unsinn«, sagte sie. »Papas Selbstmord zählt nicht.« Sie funkelte Anna an, Widerspruch herausfordernd.

»Also dann eines Selbstmörders«, sagte Anna. Sie kam sich lächerlich vor.

Sie starrten einander an, dann fing Mama an zu kichern.

»Ehrlich«, sagte sie, »kannst du dir vorstellen, dass andere Leute solch eine Unterhaltung miteinander führen?«

»Eigentlich nicht«, sagte Anna, und irgendwie war es wieder wie in Putney, in Bloomsbury, in der engen Pariser Wohnung, in dem Schweizer Dorfgasthaus – eine Familie, die fest zusammenhält, umgeben von Menschen, die anders waren als sie. Als dieses vertraute Gefühl sie überkam, wusste Anna plötzlich, was sie sagen musste.

»Ich will dir sagen, was es für mich bedeutet hätte«, sagte sie. »Obgleich du den Grund vielleicht nicht für ausreichend halten wirst. Aber bei allem, was ich erlebe, ob ich nun eine neue Stelle kriege oder auch bei ganz unwichtigen Sachen, zum Beispiel, wenn ich zu einer Party gehe oder mir ein neues Kleid kaufe, dann ist immer mein erster Gedanke: Das muss ich Mama erzählen. Ich weiß, dass ich das nicht immer tue. Ich schreibe nicht immer, und wenn wir uns dann sehen, habe ich es vielleicht vergessen. Aber ich denke es immer. Und wenn du tot wärst, könnte ich es nicht mehr denken, und was dann passiert, ganz gleich, was es ist, wäre nicht mehr halb so viel wert.«

»Das ist sehr lieb von dir«, sagte Mama. »Aber es ist kein Grund zum Weiterleben.« Sie schnüffelte, und ihre Augen waren plötzlich wieder feucht. »Aber trotzdem, es ist sehr lieb von dir«, sagte sie.

Danach wussten beide nicht mehr recht, was sie tun sollten, bis Mama schließlich nach der Pralinenschachtel griff und sagte: »Möchtest du nicht eine Praline?«

Anna suchte sich umständlich eine aus, und Mama erzählte ihr währenddessen die alte Geschichte von der Erzieherin, die sie als Kind gehabt hatte und die aus Sauberkeitsgründen darauf bestanden hatte, dass sie die Praline sofort ganz in den Mund steckte. »Man konnte also nie sehen, was drin war«, sagte Mama; sie war empört wie immer, wenn sie sich an die Geschichte erinnerte.

Sie waren gerade dabei, jede eine zweite Praline zu wählen, als das Telefon auf dem Nachttisch klingelte.

»Das wird Konrad sein«, sagte Mama, und während sie den Hörer ans Ohr hob, konnte Anna hören, wie er sagte: »Good morning, ma'am.«

»Grüß ihn«, sagte sie und ging zum Fenster, damit nicht der Eindruck entstand, sie höre zu.

Draußen regnete es immer noch. Sie konnte die Wipfel der Bäume sehen, die sich, fast ganz entblättert, im Wind bogen. Man hatte versucht, die sorgfältig angelegten Gartenwege frei zu fegen, aber schon wurde das Laub vom Rasen darüber hingeweht.

»Oh ja«, sagte Mama in ihrem Rücken, »es geht mir viel besser.« Dann fuhr sie fort zu erzählen, was sie gegessen, was der Doktor gesagt hatte. Ein paar Vögel – wahrscheinlich Spatzen – hatten ein Stück altes Brot entdeckt und pickten darauf los, zankten sich und trieben einander weg. Sie konnte ihr Gefieder im Regen glänzen sehen, aber der Regen schien sie nicht zu stören.

»Hast du die Sache mit deinem Urlaub geregelt?«, fragte Mama. »Denn wenn wir die Zimmer im Hotel vorbestellen wollen –«

Einer der Vögel hatte das Stück Brot erwischt, flog auf und landete einen Schritt weit entfernt wieder auf dem Boden, die anderen flatterten und hüpften hinterher.

»Was meinst du damit?« Mamas Stimme klang plötzlich verändert. »Was meinst du damit: erst sehen, was im Büro los ist?«

Anna versuchte vergeblich, ihre Aufmerksamkeit auf die Spatzen zu richten, die das Brot jetzt in zwei Stücke gerissen hatten.

»Aber du hast doch gesagt – du hast versprochen!« Mamas Stimme wurde schrill. Anna warf einen Blick auf sie und sah, dass ihr Gesicht gerötet und beunruhigt war.

»Ich bin ja schließlich auch krank gewesen. Verdiene ich denn keine Rücksichtnahme? Um Himmels willen, Konrad, was erwartest du von mir?«

Oh Gott, dachte Anna. Sie tat einen Schritt auf Mama zu, wollte sie zu trösten versuchen, aber als sie ihr Gesicht sah, verschlossen für alles außer für das Knistern aus dem Telefon, gab sie es auf.

»Ja, ich weiß, dass die Arbeit wichtig ist, aber der Gedanke an den Urlaub ist das Einzige, was mich aufrechthält. Erwin könnte doch bestimmt fertigwerden. Warum machst du dir plötzlich solche Sorgen um ihn?« Mama verbiss sich die Tränen, konnte aber ihre Stimme kaum beherrschen. »Woher weißt du denn, dass es ernst ist? Bist du sicher, dass du dir um Erwin Sorgen machst und nicht um jemand ganz anderen?« Im Telefon knackte es, und sie schrie: »Nein, ich glaube dir nicht. Ich weiß nicht, was ich glauben soll. So viel ich weiß, ist sie jetzt bei dir oder hört sogar am Nebenanschluss mit.«

»Mama –«, sagte Anna, aber Mama war nicht aufzuhalten.

»Ich bin nicht hysterisch«, kreischte Mama. »Ich bin krank gewesen, und ich wäre beinahe gestorben, und ich wünschte bei Gott, ich wäre gestorben.« Sie weinte jetzt, wischte sich die Tränen ärgerlich mit der Hand ab. »Ich wollte sterben. Du weißt, dass ich sterben wollte. Warum, um Himmels willen, hast du mich nicht gelassen?«

Das Telefon knackte, und ihr Gesicht wurde plötzlich starr.

»Was sagst du?«, rief sie. »Konrad, was sagst du?«

Aber er hatte aufgelegt.

Anna trat ans Bett und setzte sich vorsichtig auf den Rand. »Was ist geschehen?«, sagte sie und bemühte sich, so sachlich wie möglich zu sprechen. Sie fühlte sich plötzlich sehr müde.

Mama atmete halb schluchzend ein. »Er hat keinen Urlaub beantragt«, brachte sie schließlich heraus. »Er weiß nicht, ob er sich freimachen kann.« Sie wandte den Kopf ab. »Ich habe es immer gewusst«, murmelte sie in die Laken hinein. »Ich habe immer gewusst, dass es keinen Sinn hat – dass es nicht wieder gut werden kann.«

»Mama«, sagte Anna, »was hat er denn genau gesagt?«

Mama sah sie mit ihrem gekränkten blauen Blick an. »Ich weiß nicht«, sagte sie. »Irgendetwas von Erwin. Er soll krank sein –«

»Erwin *ist* krank«, sagte Anna. »Er war schon gestern krank. Hildy hat es mir gesagt.« Aber Mama hörte nicht zu.

»Und dann am Ende sagte er so etwas: Es ware nicht das erste Mal. Ich sagte, ich hätte sterben wollen, und er sagte – ich konnte es schlecht verstehen, aber ich bin sicher, er sagte: ›Nun, es war ja nicht das erste Mal, nicht wahr.‹« Sie starrte Anna an, ihr Gesicht zuckte nervös. »Wieso, um Himmels willen, hat er das gesagt?«

Anna hatte das Gefühl, ein schwerer Felsbrocken komme auf sie zugerollt und sie könne ihm nicht ausweichen. »Ich weiß nicht«, sagte sie, »vielleicht war es die Erregung.«

»So hat es sich nicht angehört.«

»Oh Gott, Mama, wie soll ich wissen, was er gemeint hat?« Sie wollte plötzlich mit dem allem nichts mehr zu tun haben, nicht mit Mama, nicht mit Konrad, mit keinem von ihnen. »Das geht mich nichts an«, schrie sie. »Ich bin hergekommen, weil du krank warst, und ich habe mein Bestes getan, um dich gesund zu machen. Mehr kann ich nicht tun. Es ist zu kompliziert für mich. Ich kann dir nicht sagen, wie du dein Leben führen sollst.«

»Das hat ja auch keiner verlangt.« Mama starrte sie wütend an, und sie starrte wütend zurück, konnte es aber nicht durchhalten. »Was ist los mit dir?«, fragte Mama.

»Nichts«, sagte sie, und dann klopfte es zu ihrer Erleichterung an die Tür, und die Schwester kam herein.

»Entschuldigen Sie«, sagte sie. (Es war die freundliche.) »Ich möchte nur mal eben nach Ihrem Telefon schauen.«

Sie beide sahen zu, wie sie an den Nachttisch trat, und hörten das leise Ping, mit dem sie den Hörer auflegte. »So«, sagte sie. »Die Schnur hatte sich verklemmt.« Sie lächelte Mama an. »Dr. Rabin hat angerufen. Wir konnten nicht zu Ihrem Zimmer durchkommen, da hat er eine Nachricht hinterlassen. Er ist auf dem Weg hierher.«

»Jetzt?«, sagte Mama.

»Ja. Ich habe ihm gesagt, dass er nicht lange bleiben kann, weil Sie schon bald Ihr Mittagessen bekommen, und danach müssen Sie schlafen. Recht so?«

»Ja«, sagte Mama verwirrt. Sobald die Schwester gegangen war, wandte sie sich an Anna und sagte: »Mit dem Wagen ist es nicht weit. Er kann jeden Augenblick hier sein.«

»Ich gehe.«

»Könntest du wohl – ich möchte mir eben das Gesicht waschen.«

»Natürlich.«

Sie kletterte aus dem Bett und sah jetzt genauso aus wie des Morgens in Putney, das rosa Nachthemd hatte sich um ihre nicht mehr jungen Beine gewickelt (sie waren kurz und stämmig wie die Annas), ihre Kinderaugen blickten besorgt. Während sie sich mit den Händen Wasser ins Gesicht goss und nervös das widerspenstige graue Haar kämmte, zog Anna die Laken glatt. Dann half sie ihr zurück ins Bett und steckte die Decken um sie fest.

»Gut so?«, sagte sie. »Du siehst wirklich nett aus.«

Mama biss sich auf die Lippen und nickte.

»Ich bin sicher, es wird alles gut.« Sie suchte nach Worten, die Mama Mut geben, die ihr helfen würden, das Richtige zu Konrad zu sagen, und die zur gleichen Zeit sie, Anna, irgendwie entlasteten – aber ihr fiel nichts ein.

»Ich seh dich nachher«, sagte sie. Dann lächelte sie scheinheilig und ging.

Während sie durch die Eingangshalle ging, sah sie Konrad die Außentreppe heraufkommen. Einen Moment lang dachte sie daran, ihn abzufangen. »Bitte sag Mama nichts davon, was ich dir gesagt habe ...« Aber was hatte es für einen Sinn. Stattdessen stellte sie sich hinter eine Gruppe von Leuten, die am Kiosk Blumen kauften, und er stapfte mit seinem Stock vorbei, ohne sie zu sehen. Sie wagte erst aufzublicken, als er vorüber war. Von hinten sah er mit dem schütteren Haar, das der Wind zerzaust hatte, alt aus – zu alt, dachte sie, um noch in eine Liebesgeschichte verwickelt zu sein, ganz zu schweigen von einem Dreiecksverhältnis.

———

Draußen herrschte eine beißende Kälte, und sie ging so schnell sie konnte die breite, windige Straße hinunter. Es regnete nicht mehr, aber die Temperatur musste um einige Grad gefallen sein, ihr Mantel schien ihr plötzlich zu dünn. Der Wind blies hindurch, pfiff um ihre Schultern und fuhr die Ärmel hinauf, und da sie sowieso nicht wusste, wohin sie gehen sollte, bog sie in eine Seitenstraße ein, um dem Wind zu entkommen.

Hier war es geschützter, und sie verlangsamte ihren Schritt ein wenig, aber immer noch hielt sie ihre Aufmerksamkeit auf ihre Umgebung gerichtet, achtete auf jeden Schritt, den sie tat. Sie wollte nicht an Mamas Krankenhauszimmer denken, nicht darüber nachdenken, was sie und Konrad einander wohl sagen würden.

»Ich kann mich nicht um das alles kümmern«, sagte sie laut. Niemand hörte sie außer einem Hund, der in der Gosse schnüffelte. Kein Mensch. Sie sind wohl alle bei der Arbeit, dachte sie, und bauen Deutschland auf. Nur zwei oder drei Autos standen am Straßenrand, ein Junge auf einem Fahrrad kam vorbei, und ein alter Mann, dick in Jacken und

Schals verpackt, schnippelte an der verwilderten Hecke eines Vorgartens herum.

Was soll ich tun, dachte sie und vergrub das Kinn tief in den Mantelkragen. Sie konnte nicht ewig so herumlaufen. Früher oder später musste sie zu Mama zurück – und was würde dann geschehen? Ich muss Konrad fragen, was er ihr gesagt hat, dachte sie, aber bei dieser Vorstellung sank ihr der Mut.

Am Ende der Straße wurde der Ausblick frei. Eine Hauptverkehrsstraße führte zu einem Platz mit Läden und Bussen und einem Taxistand. Roseneck stand auf einem Schild. Sie war überrascht. Als sie noch klein war, war sie einmal in der Woche hierher zur Tanzstunde gekommen. Sie war mit der Straßenbahn gekommen, das Fahrgeld im Handschuh, und wenn der Schaffner die Haltestelle ausgerufen hatte, war sie abgesprungen und quer über die Straße gelaufen. Wohin?

Die Straßenbahnen fuhren hier nicht mehr, der Platz war zerstört gewesen und wieder aufgebaut worden, und sie erkannte nichts wieder. Sie stand verstört im eisigen Wind und versuchte, sich vorzustellen, wo die Straßenbahnhaltestelle gewesen war, damit sie nicht zu überlegen brauchte, was Mama in diesem Augenblick wohl von ihr dachte. Aber es hatte alles keinen Sinn. Es ist alles schiefgelaufen, dachte sie, und sie meinte damit beides: die Sache mit Mama und die Umgebung, die nicht wiederzuerkennen war. Sie sehnte sich nach einem vertrauten Ort, der ihr Sicherheit geben konnte. Auf einem Straßenschild stand *Richtung Grunewald*, und sie wusste plötzlich, was sie wollte.

Es war ein seltsames Gefühl, dem Taxifahrer die alte Adresse zu nennen, und sie hätte beinahe erwartet, er werde ein überraschtes Gesicht machen. Aber er wiederholte nur »Nummer zehn« und fuhr los.

Hagenstraße – hier fuhren jetzt Busse statt der Straßenbahn, Königsallee, wo der Wind die Zweige bog und an den Markisen der Läden rüttelte. Sie bogen nach rechts in eine baumbestandene Seitenstraße, und schon waren sie da.

Es war sehr schnell gegangen.

»Das ist das Haus«, sagte der Fahrer, da sie zögernd auf dem Bürgersteig stehen blieb. Offenbar war er erstaunt, dass sie nicht hineinging, und fuhr nur zögernd davon. Sie sah ihm nach, bis er um die Ecke verschwunden war. Dann machte sie ein paar Schritte – es war niemand zu sehen. Sie lehnte sich an einen Baum, starrte zum Haus hinüber und wartete darauf, dass sich etwas in ihr regte.

Das Haus starrte zurück. Es sah wie ein ganz gewöhnliches Haus aus, und sie fühlte sich seltsam enttäuscht. Dort sind die Stufen, die ich immer hinaufgelaufen bin, sagte sie sich. Dort waren früher die Johannisbeersträucher. Da ist die kleine Steigung, wo Max mir auf seinem Rad das Radfahren beibrachte. Nichts. Das Haus stand da wie jedes andere. Eins der Fenster hatte einen Sprung, in einem Blumenbeet froren ein paar gelbe Chrysanthemen, irgendwo drinnen bellte schrill ein Hund.

Aber ich habe mich doch neulich an alles erinnert, dachte sie. Sie wollte wieder fühlen, was sie damals gefühlt hatte, sie wollte wieder mit dieser geisterhaften Klarheit fühlen, wie es gewesen war, klein zu sein, nur Deutsch zu sprechen und sich im Wissen um Mamas Existenz vollkommen sicher zu fühlen. Es schien ihr, wenn sie das könnte, würde alles wieder gut werden. Zwischen ihr und Mama würde alles wieder so sein wie früher.

Ich trug braune Schnürstiefel, dachte sie. Ich hatte einen Ranzen auf dem Rücken, und nach der Schule lief ich immer diese Stufen hinauf und rief: »*Ist Mami da?*«

»*Ist Mami da?*«, sagte sie laut.

Es hörte sich nur dumm an.

Auf der gegenüberliegenden Straßenseite war eine Frau mit Einkaufstasche aus einem Haus getreten und schaute zu ihr herüber. Sie begann langsam die Straße hinunterzugehen. Das Nebenhaus war völlig neu aufgebaut. Seltsam, dachte sie, dass ich es neulich nicht bemerkt habe. An das Haus daneben konnte sie sich überhaupt nicht mehr erinnern. Dann kam sie an die Ecke und blieb wieder stehen.

Wenigstens hier sah es noch aus wie früher. Die Vogelbeerbäume waren jetzt ganz kahl, und da war auch die Stelle, wo der Sandkasten gestanden hatte. Sogar der Laternenpfahl stand noch da, den Max einmal bei einem Piratenspiel hinaufgeklettert war. Beim vorigen Mal hatte sie ihn nicht bemerkt. Sie stand lange da und betrachtete das alles. Hier hat einmal jemand gespielt, dachte sie, aber sie hatte nicht das Gefühl, dass sie das gewesen war.

Schließlich spürte sie den Wind im Rücken und ihre eisigen Füße. Das ist vorbei, dachte sie, ohne genau zu wissen, was sie damit meinte. Sie wandte sich um und ging schnellen Schrittes die Straße wieder hinauf, eine junge Engländerin in einem leichten Tweedmantel. Es war kalt, es würde wohl bald schneien. In der Königsallee fand sie ein freies Taxi und bat den Fahrer, sie zu Konrads Büro zu bringen.

———

Die JRSO, die Wiedergutmachungsbehörde, war in einem nagelneuen Gebäude nicht weit vom Kurfürstendamm untergebracht. Es gab zwei Empfangsdamen, eine amerikanische und eine deutsche, die über einen Haufen von Formularen und Merkblättern herrschten, auf denen erklärt wurde, wie man Wiedergutmachung beanspruchen konnte für alles, das einem von den Nazis geraubt worden war, einschließlich der engsten Anverwandten. Ein paar Leute saßen an den Wänden entlang und warteten darauf, vorgelassen zu werden. Ein Plan zeigte die verschiedenen Abteilungen und Pfeile wiesen den Weg zu ihnen.

Sie bemerkte, dass die Nennung von Konrads Namen Respekt auslöste, aber erst, als sie im Lift zu seinem Büro hinauffuhr, fiel ihr seine Sekretärin ein.

Um Himmels willen, dachte sie. Sie wird sicher da sein. Was wird sie wohl sagen? Aus irgendeinem Grund stellte sie sich einen ganzen Schwarm von Mädchen vor – vielleicht werde ich nicht einmal herausbekommen, welche es ist, dachte sie –, aber als sie die Tür des Vorzimmers öffnete, war nur eine da. Sie saß hinter der Schreibmaschine und sprach mit einem Mann in einem schäbigen Überzieher. Sie schien froh über die Unterbrechung.

»Guten Tag«, sagte sie mit dem förmlichen Neigen des Kopfes, das sogar Frauen in Deutschland an sich hatten. »Kann ich Ihnen helfen?«

Sie war nur ein paar Jahre älter als Anna, mager, ein klein wenig altjüngferlich, mit reizlosen, aber nicht unangenehmen Zügen. War dies Mamas tödliche Rivalin? Anna stellte sich vor, und es wurde sofort deutlich, dass sie es wirklich war. Sie erstarrte und sagte steif: »Ich glaube, ich habe neulich am Telefon mit Ihnen gesprochen.« Dann sagte sie: »Ich bin froh, dass es Ihrer Mutter besser geht«, und fügte hinzu: »Das alles hat Dr. Rabin große Sorgen bereitet.«

Konrad schien noch nicht zurück zu sein.

»Er musste überraschend zu einer Sitzung«, sagte das Mädchen. Offenbar glaubte sie es. Anna setzte sich nervös, um zu warten, während das Mädchen sich wieder dem alten Mann im Überzieher zuwandte.

Sie war noch nie in Konrads Büro gewesen, und während der alte Mann etwas murmelte, was sich wie eine lange Liste von Namen anhörte, betrachtete sie die Karteikästen in den Regalen, die die Wände bis zur Decke hinauf bedeckten – Abrahams, Cohen, Levy, Zuckerman waren die Kästen beschriftet –, sie sah die Stapel von Briefen auf dem Pult des Mädchens, hörte hinter der halb geöffneten Tür das Geräusch einer Schreibmaschine.

»Ich weiß«, sagte das Mädchen mit leichtem Berliner Akzent. »Aber es ist wirklich nicht nötig. Sie haben Dr. Rabin schon heute Morgen all diese Informationen gegeben.«

Der alte Mann schien betrübt, beharrte aber auf seinem Vorhaben. Er steckte seine zitternde Hand immer wieder in einen großen braunen Umschlag, um nach etwas zu tasten. »Es ist der Geist, wissen Sie«, sagte er. »Die Namen – nun, es sind nur Namen, nicht wahr? Namen, Alter, die letzte bekannte Adresse – ich fand, man sollte sehen …« Er hatte den Faden verloren, und Anna sah jetzt, dass seine Hand mit den knotigen Gelenken und der runzligen Haut alte Fotografien hielt.

»Es sind die Gesichter«, sagte er. »Ohne die Gesichter kann man es nicht verstehen.« Plötzlich legte er die Fotografien auf den Tisch und breitete sie mit zittriger Hand aus, verschob dabei einen Bleistift und einige Papiere. Das Mädchen zuckte ein wenig zurück.

»Mein Vetter Samuel«, sagte er und wies auf ein Bild. »Er war Elektriker bei der Post. 36 Jahre alt. Letzte Adresse Treblinka. Mein Schwager Arnold, 32. Meine Nichte Marianne und ihr Bruder Alfred –«

»Ich weiß, Herr Birnbaum.« Das Mädchen wusste offenbar nicht, was es tun sollte. »Aber wissen Sie, es ist nicht nötig. Solange wir die Information auf den Formularen haben, geht das mit der Entschädigung in Ordnung.« Ihre Hand schob sich auf die Fotografien zu, sie wollte sie ihm zurückgeben, wagte es aber nicht recht. »Wir haben alle Angaben, die nötig sind«, sagte sie. »Die Sache wird bearbeitet.« Offensichtlich hatte sie es gern, wenn alles seinen richtigen Weg ging.

Der alte Mann sah sie mit seinem erschöpften Blick an. »Der Herr, den ich heute Morgen gesehen habe –«

»Er ist nicht hier«, sagte das Mädchen, aber er unterbrach sich nicht. »Ich glaube, er hat es verstanden. Bitte –« Er berührte eins der Bilder. »Ich möchte, dass er sie sieht.«

Das Mädchen zögerte. Dann, vielleicht, weil sie sich an Annas Gegenwart erinnerte, schob sie sie zu einem Stapel zusammen. »Ich werde sie ihm auf den Schreibtisch legen«, sagte sie.

Er beobachtete sie, wie sie die Tür zum Chefbüro öffnete und die Bilder hineintrug. Als sie zurückkam, konnte sie sich nicht verkneifen zu sagen: »Es ist aber wirklich nicht nötig.« Man sah, dass sie aus der Fassung gebracht war. Aber über das Gesicht des alten Mannes breitete sich ein zittriges Lächeln.

»Danke«, sagte er. »Es wird jetzt leichter sein.« Er hatte offenbar immer noch das Gefühl, es nicht ausreichend erklärt zu haben. »Es scheint das Mindeste, was man tun kann«, murmelte er, »dass man sie sieht.« Dann nahm er den leeren Umschlag an sich und schlurfte zur Tür.

Nachdem er gegangen war, sah das Mädchen Anna an. »Er war schon heute Morgen hier und hat eine ganze Stunde mit Dr. Rabin gesprochen«, sagte sie. Vielleicht hatte sie Angst, Anna könnte sie für ungeduldig halten. »Und es ist nicht eigentlich Dr. Rabins Sache. Es gibt eine besondere Abteilung, die sich mit Fällen wie seinem befasst, aber er ließ sich nicht abweisen ...« Sie strich sich über das Haar, das zu einem gefälligen Knoten aufgesteckt war und der ordnenden Hand gar nicht bedurfte. »Dr. Rabin hilft den Leuten immer«, sagte sie, »aber er verausgabt sich dabei.«

»Er ist ein sehr gütiger Mensch«, sagte Anna.

Das Gesicht des Mädchens leuchtete auf. »Oh ja«, sagte sie, »das ist er wirklich.« Offenbar hatte sie eine ganze Reihe von Beispielen von Konrads Güte parat, aber sie merkte wohl, dass Anna kaum die richtige Vertraute für sie war, und nahm einige Papiere von ihrem Schreibtisch auf. »Wenn Sie mich jetzt entschuldigen wollen, dann mache ich mich wieder an meine Arbeit.« Sie spannte einen Bogen in ihre Maschine und begann zu schreiben.

Anna beobachtete sie verstohlen – die breiten, tüchtigen Hände bewegten sich flink über die Tasten (Mama könnte niemals so tippen, dachte sie), die adrette Bluse, der ernste, pflichtbewusste Ausdruck. Sie erinnerte Anna an jemanden, aber es fiel ihr nicht ein, an wen. Es war schwer, sie sich als Mamas Rivalin vorzustellen, und doch, dachte sie, wenn man sehr erschöpft wäre ...

»Vielleicht ist Dr. Rabin direkt zum Essen gegangen«, sagte das Mädchen. »Möchten Sie lieber später noch einmal wiederkommen?«

Aber bevor Anna antworten konnte, öffnete sich die Tür, und Konrad humpelte herein. Bei ihrem Anblick fuhr er zurück, fing sich aber gleich wieder.

»Ich bin froh, dass du gekommen bist«, sagte er mit einer Stimme, die wahrscheinlich seine amtliche Stimme war. »Ich wollte dich sprechen.«

Er fügte hinzu: »Ich sehe, du hast dich mit meiner Sekretärin Ilse bekannt gemacht.«

Ilse hatte ihm schon Mantel und Stock abgenommen. »War die Sitzung interessant?«, fragte sie, als sei ihr das wirklich wichtig.

Er wich Annas Blick aus. »Ganz interessant«, sagte er und stürzte sich auf eine Liste mit Telefonaten, die sie für ihn notiert hatte. Er hörte sich seufzend ihren Bericht über Birnbaum und seine Fotografien an. »Schon gut«, sagte er, »es wird mir schon etwas einfallen, was man damit tun kann.« Dann sah er auf die Uhr. »Es ist Zeit, dass Sie zum Essen gehen. Und vielleicht lassen Sie uns ein paar belegte Brote heraufschicken. Oh, und Ilse, vielleicht würden Sie nachher noch kurz mit Schmidt von der Wohlfahrt sprechen. Ich habe ihn eben im Lift getroffen, und ich habe mit ihm über Ihre Mutter gesprochen –«

Anna hörte nicht auf die Einzelheiten, aber die Regelung, die Konrad im Hinblick auf die Mutter vorschlug, schien sehr willkommen.

Er winkte ab, als Ilse sich bedanken wollte. »Und jetzt weg mit Ihnen«, sagte er. »Und vergessen Sie die Brote nicht.«

Sie zögerte einen Augenblick in der Tür. »Schinken?«, sagte sie, errötete ein wenig und lächelte. Es war offenbar ein alter Scherz. Er begriff nicht gleich. Dann lachte er laut. »Ganz richtig«, sagte er, »Schinken«, und sie ging.

In seinem Büro winkte er Anna, Platz zu nehmen, und sank mit einem Seufzer in seinen Sessel. »Es tut mir leid«, sagte er. »Es war ein schwieriger Vormittag. Wie du dir vorstellen kannst.« Er nahm abwesend die Fotografien auf seinem Schreibtisch in die Hand. »Du brauchst dir wegen deiner Mutter keine Sorgen zu machen«, sagte er. »Ich habe sie beruhigt. Ich habe ihr gesagt, dass ich auf alle Fälle innerhalb der nächsten vierzehn Tage eine kurze Reise mit ihr machen werde. Sie war damit ganz zufrieden.«

Anna war sehr erleichtert. »Und wie steht es mit Erwins Krankheit?«, fragte sie.

»Oh –« Er machte eine ungeduldige Geste. »Hildy rief mich heute Morgen ganz aufgeregt an. Sie haben offenbar gestern Abend den Arzt holen müssen, und er sagte, es könnte Hepatitis sein. Wahrscheinlich ist es das aber gar nicht. Erwin scheint es schon besser zu gehen. Aber natürlich muss ich seine Arbeit übernehmen, und Ilse kriegte einen kleinen Anfall – deswegen und auch aus anderen Gründen –, und dann der arme kleine Birnbaum ... Es war alles ein bisschen viel für mich.« Er nahm eine der Fotografien auf und zeigte sie ihr. Ein schmales, dunkeläugiges Gesicht, verblasst und undeutlich. »Rachel Birnbaum, sechs Jahre alt; kein Wunder, dass er ein bisschen verrückt ist.«

»Hat er seine ganze Familie verloren?«

Er nickte. »Vierzehn Verwandte, einschließlich Frau und drei Kindern. Er ist der einzige Überlebende. Das Seltsame ist: Er will keine Entschädigung. Wir haben ihm schon eine ziemliche Summe geschickt. Er hat das Geld einfach in eine Schublade gelegt.«

»Was will er denn?«

Er hob ironisch die Augenbrauen. »Er will, dass sie begreifen, was sie getan haben«, sagte er. »Nur das.«

Es klopfte an die Tür zum Vorzimmer, und ein Junge erschien mit den belegten Broten. Konrad verteilte sie auf zwei Pappteller und legte zu jedem eine Papierserviette.

»Also«, sagte er, während sie zu essen begannen, »ich habe deinen Flugschein. Dein Flugzeug geht morgen Früh um neun Uhr. Ich bringe dich natürlich zum Flughafen.«

Sie war fast erschrocken. »Aber ... wird es auch mit Mama gehen?«

»Doch, doch!«

»Aber was ist mit –«

»Wenn du die Sache mit den Tabletten des Professors meinst, auf die ich dummerweise am Telefon angespielt habe: Ich habe ihr eingeredet, dass sie selbst es mir erzählt hat.«

»Und sie hat es geglaubt?«

Er nickte beinahe bedauernd. »Oh ja«, sagte er, »sie hat mir geglaubt.«

Sie war verwirrt und nicht ganz überzeugt.

»Es ist wirklich alles in Ordnung«, sagte er, »vergiss, dass du es mir je erzählt hast. Es war sowieso nicht wichtig. Aber du hast mir das Gefühl gegeben, weniger schuldig zu sein, und dafür bin ich dankbar.«

»Und du wirst dich um sie kümmern?«

»Selbstverständlich.«

»Denn ohne dich –« Sie war immer noch nicht ganz beruhigt.

»Ohne mich kann sie nicht existieren. Ich gebe ihr das Gefühl der Sicherheit.« Er seufzte. »Ich gebe allen das Gefühl der Sicherheit. Ihr. Ilse. Meiner Frau und meinen Töchtern. Oh mein Gott«, sagte er, »ich gebe sogar Ilses Mutter das Gefühl der Sicherheit.«

Sie lachte ein wenig, wusste nicht, was sie sagen sollte. »Was wirst du denn mit ihr tun?«, fragte sie schließlich.

»Mit Ilses Mutter?«

»Nein.«

»Hör mal«, sagte er, »ich kann nur mein Bestes tun. Ich habe eine neue Stelle für sie gefunden. Wo sie besser bezahlt wird. Sie fängt da in vierzehn Tagen an.«

»Und sie wird sich damit zufriedengeben?«

Er wurde plötzlich abweisend. »Wie ich gesagt habe«, sagte er, »ich kann nur mein Bestes tun.«

———

Nachdem sie gegessen hatten, nahm er eine Akte aus einer der Schubladen und sagte in seinem amtlichen Ton: »Du weißt natürlich, dass deine Familie eine Entschädigung bekommt. Ich habe deine Mutter bei ihrem Antrag beraten – vielleicht möchtest du ihn sehen.«

Sie hatte es gewusst, aber vergessen, und jetzt kam ihr die Sache ganz unwirklich vor. Die Akte trug Papas Namen, und er sah ihren Blick darauf ruhen.

»Weißt du, ich habe ihn einmal getroffen«, sagte er.

»Ach ja?« Sie war überrascht.

»Bei einer Versammlung von Emigranten in London. Natürlich kannte ich deine Mutter damals nicht. Ich habe ihn sehr bewundert.«

»Wirklich?«, sagte sie gerührt.

»Er war so witzig und interessant. Und was er alles wusste. Und seine Begeisterungsfähigkeit – genau wie bei deiner Mutter. Sie passten sehr gut zusammen. Sowohl emotional wie intellektuell«, sagte Konrad gewählt. »Ich war nicht so ganz ihre Schuhnummer.«

»Aber Konrad –«

»Nein«, sagte er, »es ist wahr, und ich weiß es. Ich habe keinen Sinn für Natur, ein Western ist mir immer lieber als eine Oper, und besonders heutzutage ermüdet mich alles.«

»Aber sie liebt dich.«

»Ich weiß«, sagte er. »Ich gebe ihr das Gefühl von Sicherheit. Und das verwirrt mich am meisten, denn wie du wohl bemerkt haben wirst, bin ich ein recht unzuverlässiger Bursche.«

Die Worte »unzuverlässiger Bursche« hörten sich in seinem Emigrantenenglisch seltsam an.

»Das bist du nicht«, sagte sie und lächelte, um alles ins Scherzhafte zu ziehen.

Er sah sie nur an.

»Aber du wirst dich um sie kümmern?«

»Das habe ich gesagt«, sagte er und schlug die Akte auf.

Sie sahen die Papiere gemeinsam durch. Eine Entschädigung wurde beantragt wegen ihrer und Maxens unterbrochener Ausbildung und einer ganzen Reihe von Punkten, die Papa betrafen: Verlust von Eigentum, Verdienstausfall – er erklärte ihr alles, warum er die Anträge in dieser statt in einer anderen Weise gestellt hatte und wie viel Geld sie erwarten konnten. »Ist denn nichts für Mama da?«

Er zeigte sich einen Moment betroffen, da er sich kritisiert fühlte. »Sie stellt die Ansprüche im Namen deines Vaters«, erklärte er. »Als seine Witwe wird ihr all dies Geld zukommen. Es wird ihr sehr helfen. Warum? Hätte sie noch irgendwelche Ansprüche, von denen sie mir nichts gesagt hat?«

»Ich weiß nicht.« Sie kam sich plötzlich dumm vor. »Verlust von Vertrauen vielleicht?«

»Nun.« Er breitete beide Hände aus. »Wenn wir dafür Wiedergutmachung verlangen könnten, dann würden wir alle Anträge stellen.«

Er bestand darauf, mit ihr im Aufzug nach unten zu fahren und ihr ein Taxi zu holen, und als sie durch die breiten Glastüren des Gebäudes traten, kam Ilse gerade herein. Sie trug eine Thermoskanne und sah verdattert aus, als sie die beiden sah. »Sie haben schon gegessen«, rief sie, »und ich habe Ihnen die hier gebracht. Sie ist von zu Hause – im Café gegenüber habe ich sie mit Kaffee füllen lassen.«

»Wunderbar«, sagte Konrad. »Ich werde ihn gleich trinken.«

»Sie brauchen ihn bei diesem Wetter«, sagte Ilse. »Ich habe auch etwas Zucker in der Tasche. Und ich weiß, wo ich eine richtige Porzellantasse borgen kann.«

Sie streichelte die Thermoskanne mit einem hausmütterlichen und ein wenig selbstzufriedenen Gesicht, und Anna wusste plötzlich, an wen sie sie erinnerte. Wenn sie auch sehr viel jünger war, so glich sie doch erstaunlich Konrads Frau.

———

Als sie vor dem Krankenhaus aus dem Taxi stieg, war es noch kälter geworden, und sie musste ein paar Minuten warten, bevor sie zu Mama hineinkonnte.

»Die Schwester ist bei ihr«, sagte eine Pflegerin, und als sie schließlich eintrat, saß Mama in einem Sessel. Sie trug den geblümten Morgenrock, den sie kurz nach ihrer Ankunft in Deutschland gekauft hatte, und stellte eine Art Liste auf. Obgleich es noch früher Nachmittag war, wurde es schon dunkel, und im Licht der Tischlampe sah Mama zarter aus als im Bett.

»Sie wollen mich in der nächsten Woche ins Sanatorium verlegen«, sagte sie. »Und danach fahre ich mit Konrad weg. Ich muss mich um meine Kleider kümmern.«

»Es ist also alles in Ordnung?«

»Oh ja.« Aber Mama wirkte nervös. »Es war nur diese blöde Sache mit Erwins Krankheit. Und Konrad – ich sehe ja ein, dass das alles ihn sehr mitgenommen hat. Und natürlich hat er Schwierigkeiten mit dem deutschen Mädchen. Er hat eine andere Stelle für sie gefunden.«

»Ja«, sagte Anna.

»Er bestellt heute Nachmittag unsere Zimmer. Das Hotel ist ganz oben in den Bergen. Wir sind schon einmal dort gewesen – es wird bestimmt sehr schön.«

»Das ist gut.«

»Und die Schwester meint, ich sollte ab und zu kurze Zeit aufstehen, besonders, da ich ja bald in das Sanatorium komme.« Plötzlich füllten sich ihre Augen wieder mit Tränen.

»Mama – was ist denn, Mama?« Anna legte die Arme um sie und hatte das Gefühl, dass sie kleiner geworden war. »Willst du denn nicht ins Sanatorium? Passt dir das nicht?«

»Oh doch, es soll ganz nett sein.« Mama blinzelte und schnüffelte. »Es ist nur – der Gedanke an die Veränderung. Wieder woanders hinkommen. Die Schwester sagt, es gibt dort einen Pingpongtisch«, sagte sie unter Tränen.

»Nun, das wird dir doch gefallen.«

»Ich weiß. Ich bin einfach dumm.« Sie trocknete sich die Augen. »Ich glaube, diese Art von Vergiftung – es ist eine Art Vergiftung, der Doktor hat es gesagt – man ist danach etwas verwirrt. Weißt du, Konrad hat von etwas gesprochen, das ich ihm einmal erzählt habe, und ich konnte mich überhaupt nicht mehr daran erinnern. Ich meine, daran, dass ich es ihm erzählt hatte. Aber –«, sie schnüffelte wieder, »es war sowieso nicht wichtig.«

»Sicher nicht.«

»Nein. Nun, ich muss ein paar Sachen zum Waschen und Reinigen geben.« Sie schrieb weiter an ihrer Liste. »Ich denke, ich bitte Hildy darum.«

»Mama«, sagte Anna, »wenn du aus den Ferien zurück bist und dich immer noch nicht besser fühlst, oder auch sonst, wenn du plötzlich Lust dazu hast – dann komm doch einfach nach London.«

»Nach London?« Mama machte ein erschrockenes Gesicht. »Was soll ich denn in London? Weihnachten komme ich doch sowieso nach London, nicht wahr?«

»Ja, natürlich. Ich dachte nur, wenn es dir plötzlich hier alles zu viel wird.«

»Oh, ich verstehe. Du meinst, wenn die Sache mit Konrad nicht gut geht.«

»Nicht unbedingt –«

»Wenn die Sache mit Konrad nicht gut geht«, sagte Mama, »werde ich mich bestimmt nicht dir und Max an den Hals hängen.«

Sie schwiegen eine Weile. Anna sah etwas am Fenster vorbeitreiben. »Ich glaube, es fängt an zu schneien«, sagte sie. Sie schauten beide hinaus.

»Hör mal, Mama«, sagte Anna schließlich. »Ich bin sicher, dass mit Konrad alles gut gehen wird. Aber wenn es aus irgendeinem Grund nicht der Fall sein sollte, dann ginge deswegen die Welt auch nicht unter. Ich meine, du hättest immer noch Max und mich, und deine Arbeit, wenn sie dir Spaß macht. Du könntest auch leicht eine neue Stelle in einem anderen Teil Deutschlands bekommen. Du hast es oft genug geschafft.«

»Aber jetzt wäre es etwas anderes.«

»Nun, es ist jedes Mal etwas anderes – aber – hör mal, Mama, ich bin kein Kind mehr. Ich weiß, wie es ist.« Plötzlich erinnerte sie sich mit großer Klarheit, was sie selbst empfunden hatte, als sie vor Jahren von einem Mann, den sie liebte, abgewiesen worden war. »Du glaubst, dein Leben sei zu Ende, aber es ist nicht so. Eine Zeit lang ist es schrecklich. Man hat das Gefühl, dass nichts mehr etwas taugt, man will nichts mehr sehen, nichts mehr hören, man will nicht einmal mehr an etwas denken. Aber dann, besonders, wenn man eine Arbeit hat – wird es allmählich besser. Man trifft neue Menschen, es geschieht etwas, und plötzlich, wenn es auch nicht so ist wie früher, ist es wieder möglich zu leben. Nein, wirklich«, sagte sie, als Mama sie unterbrechen wollte, »für jemanden wie dich, mit einer interessanten Arbeit, ohne Geldsorgen, und uns –«

»Du hast es sehr gut beschrieben«, sagte Mama. »Aber da ist etwas, das du nicht weißt. Du weißt nicht, wie es ist, wenn man sechsundfünfzig Jahre alt ist.«

»Aber ich kann es mir vorstellen.«

»Nein«, sagte Mama, »das kannst du nicht. Es ist wahr, ich könnte all die Dinge tun, von denen du sprichst. Aber ich habe jetzt oft genug neu angefangen. Ich habe genug Entscheidungen getroffen. Ich will keine mehr treffen. Ich will nicht einmal«, sagte Mama mit zuckenden Lippen, »in dieses verdammte Sanatorium mit dem Pingpongtisch gehen.«

»Aber das ist doch nur, weil du nicht wohl bist.«

»Nein«, sagte Mama. »Es ist, weil ich sechsundfünfzig bin und die Nase voll habe.«

Vor dem Fenster trieb immer noch der Schnee.

»Gestern hat einer der Ärzte mit mir gesprochen«, sagte Mama. »Weißt du, sie haben auch hier diese grässliche Psychologie, sogar hier in Deutschland. Er meinte, wenn jemand versucht, sich umzubringen, sei das ein Hilferuf – so nannte er es. Nun, ich weiß nur, dass ich mich, als ich diese Pillen geschluckt hatte, vollkommen glücklich fühlte. Ich lag auf meinem Bett – weißt du, es dauert eine Weile, bis sie wirken – und es wurde draußen dunkel, und ich schaute zum Himmel auf und dachte: Es gibt nichts mehr, was ich tun muss. Es ist nichts mehr wichtig. Ich werde nie, nie mehr eine Entscheidung treffen müssen. Nie im Leben habe ich einen solchen Frieden gefühlt.«

»Ja, aber jetzt – jetzt hat sich alles geändert, und du fährst in Urlaub und –« Anna brachte dies nur schwer über die Lippen –, »jetzt, wo mit Konrad alles wieder im Lot ist, bist du da nicht trotzdem froh?«

»Ich weiß nicht«, sagte Mama. »Ich weiß nicht.«

Sie runzelte die Stirn und versuchte angestrengt, sich klar zu werden.

»Weißt du, wenn ich gestorben wäre, dann wüsste ich wenigstens, woran ich bin.«

Sie hatte gar nicht bemerkt, dass sie etwas Komisches gesagt hatte, und sie schaute erstaunt auf, als Anna lachte. »Warum findest du mich immer so komisch?«, sagte sie erfreut, wie ein Kind, das, ohne es zu wollen, die Erwachsenen zum Lachen gebracht hat. »Ich bin doch ein ganz ernster Mensch.« Ihre Stupsnase wirkte absurd unter den müden blauen Augen, sie saß da in ihrem geblümten Morgenrock, ein Mensch, um den man sich kümmern muss.

Später brachte die Pflegerin ihren Tee mit kleinem Gebäck. (»Plätzchen«, sagte Mama. »Weißt du noch, wie Heimpi sie immer buk?«) Konrad rief an, um zu sagen, dass er die Hotelzimmer bestellt habe, und er erinnerte Anna daran, dass er sie am nächsten Morgen abholen werde.

Danach ging Mama ganz zufrieden wieder ins Bett, und obgleich es jetzt draußen ganz dunkel war, ließen sie die Vorhänge offen, damit sie dem Schneetreiben zusehen konnten. Natürlich war der Schnee noch zu nass, um liegen zu bleiben, aber, sagte Anna, in den Alpen würde das anders sein. Mama fragte nach Annas neuer Stellung, und als Anna ihr alles erklärt hatte, sagte sie: »Papa hat immer gesagt, du solltest schreiben.« Doch dann verdarb sie die Sache ein bisschen, indem sie hinzufügte: »Aber diese Arbeit ist ja nur fürs Fernsehen, nicht wahr?« Gegen sieben kam die Schwester und sagte, Mama habe einen sehr anstrengenden Tag gehabt und Anna solle nicht zu lange bleiben. Danach fanden sie es nicht mehr so leicht, miteinander zu reden.

»Also –«, sagte Anna schließlich.

Mama schaute vom Bett zu ihr auf. »Es war heute so schön«, sagte sie, »genau wie früher.«

»Ja«, sagte Anna, »mir hat es auch Freude gemacht.«

»Ich wünschte, du könntest länger bleiben.«

Eine Schrecksekunde.

»Ich kann nicht«, sagte sie viel zu hastig. »Ich muss an meine Arbeit zurück. Und Richard.«

»Oh, ich weiß, ich weiß«, sagte Mama. »Ich meinte nur –«

»Natürlich«, sagte Anna. »Ich wünschte auch, ich könnte bleiben.«

Dann ließ sie sie mit der Schwester, die das Abendbrot gebracht hatte, allein. »Ich werde jeden Tag schreiben«, sagte sie, während sie Mama umarmte.

Mama nickte.

»Und pass auf dich auf. Und viel Vergnügen in den Alpen. Und wenn dir danach ist, komm nach London. Ruf einfach an und komm.«

Mama nickte wieder. »Auf Wiedersehn, mein Liebes«, sagte sie sehr gerührt.

Anna warf von der Tür aus noch einen Blick zurück. Mama lehnte im Bett, so wie sie sie so oft in der Pension in Putney gesehen hatte, das graue Haar auf dem Kissen ausgebreitet, die blauen Augen tapfer und schrecklich verletzlich, die lächerliche Stupsnase.

»Auf Wiedersehn, Mama«, sagte sie.

Sie war fast aus dem Zimmer, als Mama hinter ihr herrief: »Und grüß mir Max noch mal.«

Zum letzten Mal trat sie aus dem Krankenhaus, und plötzlich wusste sie nicht, was sie nun anfangen sollte. Der Schnee bildete Inseln auf dem unsichtbaren Gras, bildete eine dünne Decke auf der Auffahrt und verbreitete in der Dunkelheit einen matten Schimmer. Ein Taxi fuhr vor, weiße Flocken wirbelten im Strahl der Scheinwerfer. Eine Frau stieg aus. »Wollen Sie irgendwohin?«, fragte der Fahrer.

Es war noch nicht acht, und es kam ihr unerträglich vor, jetzt ins Hotel zurückzukehren. »Ja, bitte«, sagte sie und gab dem Fahrer Goldblatts Adresse.

Sie fand Hildy in bester Stimmung. Erwin ging es viel besser. Der Arzt, der gerade gegangen war, hatte ihr versichert, dass er keine Hepatitis hatte, sondern an einer milden Form der grassierenden Magen- und Darmgrippe litt.

»Wir begießen diese Nachricht gerade mit einem Drink«, sagte Hildy und reichte Anna ein Glas Cognac. »Wir trinken auf die Hepatitis, die Erwin nicht erwischt hat.«

»Und auch auf die tapferen Ungarn, die den Russen getrotzt haben«, rief Erwin durch die halb offene Tür.

Sie konnte ihn im Bett sitzen sehen, das Cognacglas in der Hand, das bauschige Federbett mit Zeitungen bedeckt, die bei jeder Bewegung raschelten.

»Sehen Sie sich das an«, rief er. »Haben Sie es schon gesehen?«

»Ach, die arme Anna – von einem Krankenbett zum andern«, sagte Hildy, aber er streckte ihr die illustrierte Zeitung mit solchem Eifer entgegen, dass Anna zu ihm hineinging, um sie anzuschauen. Das Bild zeigte einen dicken, erschrockenen Mann, der, die Hände über dem Kopf, aus einem Haus kam. »Ungarische Zivilisten verhaften ein Mitglied der verhassten Geheimpolizei«, stand darunter. Auf einem anderen Bild war, wie der Begleittext erklärte, ein erschossener Geheimpolizist zu sehen, auf seiner Brust lag das offene Notizbuch, in dem die Namen seiner Opfer eingetragen waren. Man sah Bilder politischer Gefangener, die eben befreit worden und noch ganz benommen waren, von Kindern, die auf eroberten russischen Panzern herumkletterten, Bilder der ungarischen Flagge, aus der Hammer und Sichel herausgerissen worden waren. Die Flagge flatterte über einem Paar Riesenstiefeln, dem Einzigen, was von dem Stalin-Denkmal übrig geblieben war.

»Die haben's ihnen gezeigt!«, rief Erwin. »Herrlich … welch ein Volk!« Er hob das Cognacglas an seine Lippen. »Ich trinke auf sie«, rief er und leerte sein Glas. Anna konnte sich nicht vorstellen, dass es gut für ihn sei. Aber auch sie war bewegt und froh, an etwas anderes denken zu können als an Mama.

Sie lächelte und leerte auch ihr Glas. Es war überraschend, wie viel wohler sie sich sofort fühlte.

»Wundervoll«, murmelte Erwin und füllte beide Gläser aus der Flasche auf seinem Nachttisch nach, aber da nahm Hildy die Sache in die Hand. »Jetzt ist es aber genug«, sagte sie. »Du wirst sie nur anstecken.«

Sie nahm die Flasche und schleppte sie und Anna in die Küche, wo sie gerade Gemüse für die Suppe schnitt. »Also«, sagte sie und schob Anna einen Schemel hin. »Was gibt es Neues?«

Anna wusste nicht recht, womit sie anfangen sollte. »Ich fahre morgen nach Hause«, sagte sie schließlich.

»Gut«, sagte Hildy. »Und was ist mit Ihrer Mama?«

Die Cognacdünste mischten sich mit den Dünsten von Hildys gehackten Zwiebeln, und Anna hatte plötzlich keine Lust mehr, diplomatisch zu sein.

»Ich weiß nicht«, sagte sie und sah Hildy fest an. »Ich glaube, es ist alles in Ordnung, wenn Konrad bei ihr bleibt. Wenn nicht … Ich weiß nicht, was dann geschieht.«

Hildy erwiderte ihren Blick ebenso offen.

»Was wollen Sie machen?«, fragte sie. »Sie mit Leim aneinanderkleben?«

»Natürlich nicht. Aber –« Sie brauchte so dringend Trost und Stütze. »Es kommt mir einfach nicht richtig vor, sie so auf sich allein gestellt hier zu lassen«, sagte sie schließlich. »Aber ich kann es nicht länger aushalten. Und ich glaube, ich habe es durch meine Anwesenheit nur schlimmer gemacht. Denn ich habe Konrad erzählt – ich habe ihm etwas über Mama erzählt. Er sagt zwar, dass es ohne Bedeutung ist, aber das glaube ich nicht.«

Hildy fegte die Zwiebeln in einen Topf und machte sich an die Möhren. »Konrad ist alt genug, um zu wissen, ob es von Bedeutung ist oder nicht«, sagte sie. »Und Ihre Mutter ist alt genug, um zu wissen, ob sie leben oder sterben will.«

Diese Vereinfachung kam Anna absurd vor, und sie wurde plötzlich wütend. »So einfach ist das nicht«, sagte sie. »Es ist leicht, darüber zu reden, aber wenn man damit fertigwerden muss, ist es etwas ganz anderes. Ich glaube, wenn Ihre Mutter versucht hätte, sich umzubringen, würden Sie anders denken.« Es entstand eine Pause, denn Hildy hatte aufgehört, Gemüse zu putzen. »Meine Mutter war ganz anders als Ihre«, sagte sie. »Sie war nicht so klug und nicht so hübsch. Sie war eine dicke Frau mit einer dicken jüdischen Nase, die Zimmerlinden liebte – Sie wissen doch, diese Zimmerpflanzen. Sie hatte eine, die sie um das ganze Wohnzimmerfenster herumgezogen hatte, sie nannte sie ›die grüne Prinzessin‹. Und 1934, als Erwin und ich Deutschland verließen, weigerte sie sich mitzukommen, denn sie sagte, wer würde dann die Pflanze versorgen?«

»Oh, Hildy, verzeihen Sie«, sagte Anna. Sie wusste, was jetzt kommen würde, aber Hildy blieb sachlich.

»Wir glauben, dass sie in Theresienstadt starb«, sagte sie. »Wir wissen es nicht genau – es waren ja so viele. Und vielleicht haben Sie Recht, was ich sagte, war zu einfach. Aber mir scheint, Ihre Mutter hat Glück, sie kann wenigstens selbst bestimmen, ob sie sterben oder leben will.«

Sie fing wieder an, Möhren zu schneiden. Anna sah, wie das Messer beim Schneiden blinkte.

»Was wollen Sie schon tun?«, sagte Hildy. »Wollen Sie jeden Morgen zu Ihrer Mutter gehen und sagen: ›Bitte, Mama, bleib noch einen Tag am Leben?‹ Glauben Sie, ich habe nicht auch oft an meine Mutter gedacht, und dass ich sie hätte zwingen sollen, mit uns auszuwandern? Zimmerlinden hätte sie schließlich auch in Finchley züchten können. Aber damals wussten wir natürlich nicht, was alles kommen würde. Und man kann Menschen nicht zwingen – sie wollen selbst über sich entscheiden.«

»Ich weiß nicht«, sagte Anna. »Ich weiß einfach nicht.«

»Ich bin ein paar Jahre jünger als Ihre Mutter«, sagte Hildy. »Aber sie und Konrad und ich – wir gehören zur selben Generation. Seit die Nazis gekommen sind, gehören wir nirgendwo mehr hin – eben nur unter andere Emigranten. Und was soll man da tun? Ich koche Suppen und backe Kuchen. Ihre Mutter spielt Bridge und zählt sich ab, wie viele Kilometer Konrads Auto macht. Und Konrad – der hilft gerne den

Leuten und möchte dann, dass sie ihn gernhaben. Das ist kein wunderbares Leben, aber es ist besser als Finchley und sehr viel besser als Theresienstadt.«

»Wahrscheinlich.«

»Das ist nicht wahrscheinlich. Es ist sicher. Und was können Sie im Übrigen daran ändern? Können Sie die Nazis ungeschehen machen? Können Sie uns alle nach 1933 zurückversetzen? Und wenn Ihre Mutter mit ihrem Temperament behauptet, dass dieses Leben für sie nicht gut genug ist, wollen Sie sie dann zwingen, gegen ihren Willen weiterzuleben?«

»Ich weiß nicht«, sagte Anna noch einmal.

»Sie weiß es nicht«, sagte Hildy zu den Möhren. »Hören Sie mal, können Sie denn nicht verstehen, dass es Sie überhaupt nichts angeht?« Sie fegte die Möhren zu dem übrigen Gemüse in den Topf und setzte sich an den Tisch. »Möchten Sie etwas essen?«

»Nein«, sagte Anna. »Ich wollte sagen, vielen Dank, ich bin nicht hungrig.«

Hildy schüttelte den Kopf. »Sie sehen ganz grün aus.« Sie nahm die Cognacflasche und goss ihr ein. »Hier, trinken Sie. Und dann nach Hause und ins Bett.«

Anna überlegte, wie viele Gläser Cognac sie schon getrunken hatte, aber es war zu schwierig, und so trank sie auch dieses noch.

»Ich möchte nur gern –«, sagte sie, »ich möchte nur gern wissen, dass sie zurechtkommen wird.«

»Nun, das wissen Sie doch. Konrad ist ein guter Mensch, und sie sind schon so lange zusammen. Er wird bestimmt bei ihr bleiben, mindestens für eine Weile.«

»Und dann?«

»Dann?« Hildy hob beide Handflächen in der uralten jüdischen Geste. »Dann? Wer wird sich darüber groß bekümmern? Dann kommt ja doch alles immer anders, als man denkt.«

Als das Taxi Anna ins Hotel zurückbrachte, war das Schneetreiben noch dichter geworden. Sie lehnte sich zurück und schaute benommen in das flimmernde Weiß, das am Fenster vorbeijagte. Im Licht des Autos glitzerte es, löste sich in Wirbel auf, verschwand. Wie aus dem Nichts kommend, trafen die Flocken die Scheibe und schmolzen. Hinter dem Treiben war nichts zu erkennen. Ich könnte irgendwo sein, dachte sie.

Ihr Kopf drehte sich, sie hatte zu viel Cognac getrunken. Sie drückte die Stirn gegen die Scheibe, um sie zu kühlen. Vielleicht, dachte sie, liegt da draußen eine andere Welt. Vielleicht war da draußen, wie Hildy sagte, nichts von dem allem geschehen. Da draußen saß Papa immer noch in der dritten Parkettreihe, Mama lächelte am Strand, und Max und die kleine Person, die sie einmal gewesen war, rannten immer noch die Stufen hinauf und schrien: »*Ist Mami da?*«

Da draußen hatten die Güterzüge nie etwas anderes befördert als Güter. Es hatte keine Fackelzüge gegeben und keine braunen Uniformen. Vielleicht stickte da draußen Heimpi immer noch schwarze Augen auf ihr rosa Kaninchen. Hildys Mutter pflegte immer noch ihre Pflanzen. Und Rachel Birnbaum, sechs Jahre alt, lag wohlbehalten daheim in ihrem Bett.

Freitag   **Sie erwachte früh,** und noch bevor sie richtig die **Augen geöffnet hatte,** war sie **aus dem Bett** und am Fenster. **Sie wollte sehen,** wie das Wetter war.

Sie war in der Nacht immer wieder wach geworden und hatte sich Sorgen gemacht, ob das Flugzeug bei dem schweren Schneefall überhaupt starten könnte. Aber als sie jetzt in den Garten hinausschaute, war der Schnee fast geschmolzen. Nur ein paar Flecken Weiß lagen noch auf dem Gras und schimmerten blass im Morgenlicht. Der Himmel war fast klar – grau mit ein paar rosa Streifen –, und es schien fast windstill.

Dann werde ich also doch wegkommen, dachte sie. Sie schlug die Arme um sich, weil sie fror – ihr war plötzlich ganz komisch. Ich kann das Glas riechen, dachte sie. Ich kann das Fensterglas riechen. Gleichzeitig krampfte sich ihr Magen zusammen, alles in ihr kam hoch, sie konnte gerade noch zum Waschbecken stürzen, bevor sie sich übergab.

Es geschah ganz plötzlich und war vorbei, noch bevor es ihr richtig zum Bewusstsein gekommen war. Einen Augenblick blieb sie zitternd stehen, ließ das Wasser aus den Hähnen laufen und spülte sich den Mund. Das ist nicht die nervöse Anspannung, dachte sie. Oh Gott, ich habe Erwins Magen-Darm-Grippe gefangen. Dann aber dachte sie: Es ist mir ganz gleich – ich fahre auf jeden Fall nach Hause.

Sie hatte Angst, sich wieder ins Bett zu legen, vielleicht würde sie nicht wieder aufstehen können. Also zog sie sich langsam und sorgfältig an, öffnete den Koffer, warf ihre Sachen hinein und setzte sich dann auf einen Stuhl. Der Raum um sie herum wollte sich heben und senken, sie musste alle Anstrengung darauf verwenden, dass es aufhörte.

Vielleicht, dachte sie, ist es doch nur der Cognac. Sie hielt den Blick fest auf die Vorhänge gerichtet, die Gott sei Dank heute ganz still hingen, konzentrierte sich auf das komplizierte geometrische Muster. Als sie den sich überschneidenden eingewebten Linien des dunklen Untergrundes mit den Augen folgte, wich langsam die Übelkeit. Nach unten, quer, nach unten, quer, nach unten, quer. Gleich, dachte sie, werde ich nach unten gehen können und frühstücken.

Dann merkte sie plötzlich, was sie da betrachtete.

Das Muster löste sich in eine Masse von rechten Winkeln auf, die sich durchkreuzten. Es bestand ganz aus winzigen Hakenkreuzen, die sich teilweise überdeckten.

Sie war so überrascht, dass sie ihre Übelkeit vergaß. Stattdessen überkam sie ein Gefühl, das gemischt war aus Abscheu und Belustigung. Ich habe doch schon immer vermutet, diese Frau war Nazi, dachte sie. Sie war natürlich schon vorher in Deutschland auf Hakenkreuze gestoßen – auf dem Besteck in Restaurants, eingeschnitten in hölzerne Stuhllehnen und Zeitungsständer in Cafés. Aber der Gedanke war ihr widerwärtig, dass sie in einem Zimmer mit Hakenkreuzen gelebt, dass sie sie angeschaut hatte, während sie an Papa und Mama dachte.

Gott sei Dank fahre ich heute ab, dachte sie. Sie lenkte den Blick von den Vorhängen auf das Fenster und stand ganz langsam auf. Sie ging ins Frühstückszimmer hinunter und trank zwei Tassen schwarzen Kaffee. Danach fühlte sie sich besser. Aber der Tisch war wie immer unsauber, in der Küche schrie eine deutsche Stimme, und plötzlich konnte sie es nicht erwarten, hier herauszukommen.

Sie ging ihren Koffer holen und zog den Mantel an. Zu ihrer Erleichterung war die Besitzerin nirgendwo zu sehen, so brauchte sie sich nicht von ihr zu verabschieden. Sie lächelte dem jungen Mädchen zu, das zu Ende des Dritten Reiches höchstens drei oder vier Jahre alt gewesen sein und also nicht verantwortlich gemacht werden konnte. Dann trug sie den Koffer auf die Straße, obgleich es noch viel zu früh war, setzte sich darauf und wartete in der Kälte, bis Konrad sie holen kam.

»Du siehst grässlich aus«, sagte er, als sie nebeneinander im Flughafen standen. »Was ist denn los mit dir?«

»Ich glaube, ich habe gestern Abend zu viel Cognac getrunken. Als ich heute Morgen aufstand, war mir schlecht. Aber jetzt geht es wieder.«

Es stimmte nicht ganz. Sie litt immer noch unter Übelkeit, dazu unter einem seltsam intensivierten Geruchssinn. Die Ledersitze in Konrads Auto waren fast zu viel für sie gewesen und sie hatte während der Fahrt immer wieder die Nase zum Fenster hinausgesteckt.

»Es geht mir durchaus gut genug, um zu reisen«, sagte sie. Sie hatte plötzlich Angst, er könnte dies irgendwie verhindern.

»Ich würde mich auch auf keinen Fall trauen, dich zurückzuhalten«, sagte er. »Besonders, da ich Richard ein Telegramm geschickt habe, er soll dich abholen.«

Sie lächelte und nickte.

Eine Pause entstand. Sie konnte seinen Mantel riechen, Bohnerwachs, die Kartoffelchips, die jemand aß, aber sonst fühlte sie sich wohl – ihr war nicht mehr übel.

»Na«, sagte er, »das ist doch jetzt was anderes als bei deiner Ankunft. Zum Mindesten haben wir deine Mutter durchgebracht.«

»Ja.« Sie zögerte. »Hoffentlich wird es jetzt nicht zu schwierig für dich. Mit – mit deiner Sekretärin und allem.«

»Ich komme schon zurecht«, sagte er. »Es ist klar, dass man einen Menschen nicht einfach fallen lassen kann. Aber ich werde schon zurechtkommen.«

»Und hoffentlich habt ihr schöne Ferien in den Alpen.«

»Ja«, sagte er, »das hoffe ich auch.«

»Und wenn ihr zurückkommt –«, sie hatte plötzlich ein verzweifeltes Verlangen, es von ihm zu hören, »du wirst dich um Mama kümmern, nicht wahr?«

Er seufzte und lächelte sein müdes, schiefes Lächeln. »Du solltest mich inzwischen kennen«, sagte er. »Ich kümmere mich immer um alle.«

Sie wusste nichts mehr zu sagen. Der Geruch der Kartoffelchips wurde plötzlich überwältigend, die Übelkeit war wieder da, aber es gelang ihr, sie zu unterdrücken.

»Und viel Glück bei der Arbeit«, sagte Konrad. »Ich freue mich schon darauf, deinen Namen auf dem Bildschirm zu sehen. Und grüß Richard von mir.«

»Das werde ich.«

»Vielleicht sehe ich euch beide zu Weihnachten. Ich werde dann in London sein, um meine Familie zu besuchen.«

»Das wäre schön.« Der Teil ihres Bewusstseins, der nicht mit den Chips beschäftigt war, stellte fest, dass er in diesem Augenblick seine Familie besser nicht erwähnt hätte, aber sie gab eine Antwort, die noch weniger angebracht war: »Dann wird Mama auch da sein.«

Sie sahen einander an, und zu ihrer Erleichterung wurde jetzt ihr Flug aufgerufen.

»Auf Wiedersehen«, rief sie, und unversehens hatte sie ihn umarmt. »Pass auf dich auf. Und vielen Dank.«

»Für was?«, rief er hinter ihr her; er hatte Recht, sie wusste es auch nicht. Weil er Mama in der Vergangenheit glücklich gemacht hatte? Weil er ohne rechte Überzeugung gesprochen hatte, sich in Zukunft um sie zu kümmern? Oder nur, weil sie selbst jetzt endlich nach Hause fuhr? Sie wandte sich an der Passkontrolle um und winkte, und er winkte zurück. Dann sah sie, wie er sich durch die Menge in der Eingangshalle drängte - ein großer, dicker, ältlicher Mann mit schütterem Haar und einem Stock. Der große Liebhaber, dachte sie, und es kam ihr sehr traurig vor.

———

Als das Flugzeug abhob, musste sie sich beinahe wieder übergeben – aber hier würde man es einfach für Luftkrankheit halten. Sie versicherte sich, dass die für diesen Fall vorgesehene Papiertüte an ihrem Platz war. Aber als das Flugzeug höher stieg, weg von den Trümmern und den Baustellen, von den Güterzügen und den noch verdächtigeren Menschen, die behaupteten, nichts von ihnen gewusst zu haben, weg von den bedrohlichen Russen und den Exnazis, denen sie so sehr glichen, weg vom Grunewald und der deutschen Sprache und von Mama und all ihren Problemen, da schien es, als hätte sie ihre Übelkeit mit all dem anderen hinter sich gelassen.

Sie blickte in den strahlenden Himmel, und eine tiefe Erleichterung überkam sie. Ich habe es geschafft, dachte sie, so, als habe es sich um eine Art von Flucht gehandelt. Sie war plötzlich hungrig, und als die Stewardess ihr Frühstück brachte, verschlang sie eine doppelte Portion bis auf die letzten Krumen. Später schrieb sie ein Briefchen an Mama, das sie im Londoner Flughafen einwerfen würde. Dann würde Mama es morgen haben. Sie hätte dann wenigstens etwas, um Depressionen abzuwehren. Als sie den Umschlag verschlossen hatte, lehnte sie sich zurück und starrte in den Himmel.

»Wir haben jetzt die Ostzone von Deutschland verlassen und fliegen über die Westzone«, sagte die Stewardess durch ihr kleines Mikrofon. »In wenigen Minuten sehen Sie zu Ihrer Linken die Stadt Bremen.«

Der Mann neben ihr, ein Amerikaner in mittleren Jahren, reckte sich und lächelte. »Wahrscheinlich ist es dumm, aber ich bin immer froh, wenn wir diesen Punkt erreicht haben.«

Sie lächelte zurück: »Ich auch.«

Die Zeit in Berlin begann schon zu verblassen und Vergangenheit zu werden. Ich habe dort nicht viel erreicht, dachte sie, aber ihr Gefühl blieb unbeteiligt, so, als beträfe es jemand ganz anderen. Dann dachte sie: Was für eine merkwürdige Sache. Bilder tauchten vor ihrem inneren Blick kurz auf und zerflossen wieder – Mama, die unter ihrem Kopfkissen nach einem Taschentuch suchte; der genaue Ton von Konrads Stimme, als er sagte: »Die Affäre ist natürlich vorbei.« Vielleicht werde ich eines Tages wirklich darüber schreiben, dachte sie, und diesmal schien der Gedanke nicht so ungehörig. Wenn ich es richtig täte, dachte sie – es so erzählte, wie es wirklich war. Wenn ich Mama wirklich beschreiben könnte.

Aber als sie in Gedanken alle Ereignisse durchging, hatte sie das Gefühl, etwas vergessen zu haben. Etwas, was sie nicht hätte vergessen oder tun sollen, etwas ganz Gewöhnliches, aber doch Wichtiges, das hätte geschehen sollen, aber nicht geschehen war. Wenn ich mich doch nur daran erinnern könnte, dachte sie. Aber sie war müde, und es war schön, keine Übelkeit mehr zu spüren, und nach einer Weile schob sie den Gedanken von sich.

Was würde Papa von alldem halten, fragte sie sich. Während seiner letzten Jahre, als ihr Deutsch immer mehr verblasste und sein Englisch unzureichend blieb, hatten sie sich einen Spaß daraus gemacht, einander in förmlichem Französisch anzureden ... *Qu'en pensez-vous, mon père?*, dachte sie, und erst am erstaunten Blick ihres Nachbarn merkte sie, dass sie laut gesprochen hatte.

»Verzeihung«, sagte sie, «ich glaube, ich habe geträumt.«

Sie schloss die Augen, damit es überzeugender aussehen sollte, sperrte alles aus außer dem Pochen der Motoren. Falls man wirklich darüber schriebe, dachte sie, müsste man das doch auch erwähnen. Die verschiedenen Sprachen und die verschiedenen Länder. Und die Koffer. So viele Male gepackt und wieder ausgepackt. In den Speicher- und Kellerräumen der verschiedenen schäbigen Pensionen untergestellt, bei den Zugfahrten von einem vorübergehenden Zuhause zum andern gezählt und wieder gezählt.

»Wir fahren mit der Eisenbahn«, sagte Mama.

Es hörte sich sogar an wie das Geräusch, das der Zug machte, der durch Deutschland ratterte. Das Abteil war schmutzig, und Max hatte schwarze Knie bekommen, als er seinen Fußball unter der Bank suchte. »Da kommt die Passkontrolle«, sagte Mama und legte den Finger auf die Lippen, denn Anna sollte sich daran erinnern, sie nicht an die Russen zu verraten. Sie konnte die Russen in einer endlosen Reihe der Grenze entlang stehen sehen. »Etwas zu verzollen?«, sagte Konrad, und sie vergaß sich und erzählte ihm von den Tabletten des Professors, aber Mama schrie: »Ich bin sechsundfünfzig Jahre alt«, und der Zug fuhr weiter, über die Grenze, mitten durch Paris und die Putney High Street hinauf.

»Ich habe die Kinder durchgebracht«, sagte Mama zu Papa, der in seinem schäbigen Zimmer hinter seiner Schreibmaschine saß. Er lächelte herzlich, ironisch und ohne eine Spur von Selbstmitleid. »Solange wir vier nur zusammen sind«, sagte er, »ist alles andere unwichtig.«

»Papa«, rief Anna und blickte in ein fremdes Gesicht. Es war ihr ganz nahe, sorgfältig zurechtgemacht und von dauergewelltem blonden

Haar umgeben. Darunter saßen eine frische blaue Bluse und ein maß-
geschneiderter Trägerrock.

»Wir landen gleich auf dem Londoner Flughafen«, sagte die Stewardess. »Bitte schließen Sie den Gurt.« Sie betrachtete Anna genauer. »Sie
sind sehr blass. Fühlen Sie sich nicht wohl?«, fragte sie.

»Doch, danke.« Sie musste automatisch geantwortet haben, sie war
noch zu sehr im Traum befangen, um zu wissen, was sie sagte.

»Werden Sie am Flughafen abgeholt?«

»Oh ja.« Aber einen endlosen schrecklichen Augenblick lang konnte
sie sich nicht erinnern von wem. Von Papa? Von Max? Von Konrad?

»Es geht schon«, sagte sie endlich. »Ich werde von meinem Mann abgeholt.«

»Also, wenn ich noch etwas für Sie tun kann –« Die Stewardess lächelte
und ging weiter.

———

Sie tauchten durch die Wolken, und unten regnete es. Alles war nass,
die Fußböden im Flughafengebäude waren schmutzig von den vielen
Füßen.

Britische Pässe zur Rechten, die andern zur Linken. Sie schritt durch
den Durchgang zur Rechten und hatte dabei mehr noch als sonst das
Gefühl, jemanden betrogen zu haben, aber der Mann lächelte ihr zu, als
gehörte sie hierher. »Kein schönes Wetter zum Heimkommen«, sagte er.
Die Zollbeamten in ihren blauen Uniformen waren freundlich und gelassen wie immer. »Was? Gar nichts?«, sagten sie. »Nicht einmal eine
Flasche Schnaps für den Freund?«

»Gar nichts«, sagte sie, und da sah sie auch schon hinter der Absper-
rung Richard.

Er schaute an ihr vorbei auf eine Gruppe von Leuten, die gerade herein-
kamen, und einen Augenblick lang beobachtete sie ihn, als wäre er ein
Fremder. Ein schmalgliedriger, dunkelhaariger Mann, sorglos gekleidet,
mit einem lebhaften, intelligenten Gesicht. Englisch. Nun – eigentlich
eher irisch. Aber kein Emigrant. Er machte einen unabhängigen und un-
beschwerten Eindruck. Er hat sein ganzes Leben hier verbracht, dachte
sie. Er hat nie etwas anderes gesprochen als Englisch. Papa war schon

jahrelang tot, bevor ich ihn kennengelernt habe. Sie fühlte plötzlich, wie die Erinnerungen, Worte, Orte und Menschen aus der Vergangenheit schwer auf ihr ruhten. Konnte sie wirklich zu jemandem gehören, der so unbelastet war?

Der Zollbeamte machte ein weißes Kreidezeichen auf ihren Koffer, und im gleichen Augenblick drehte Richard sich um und erblickte sie.

»Anna!«

Sie packte ihren Koffer und rannte auf ihn zu. Als sie ihn erreichte, sah sie, wie müde und bekümmert er war. Sie ließ den Koffer fallen und stürzte in seine Arme. Er roch nach Speck, nach Papier und Farbband.

»Darling«, sagte sie.

Er sagte: »Gott sei Dank, du bist zurück.«

Zum ersten Mal, seit sie ihn verlassen hatte, fühlte sie sich nicht mehr hin und her gerissen. Es gab keinen Zweifel mehr. Hierher gehörte sie. Sie war daheim.

———

»Ich bekam es allmählich ein bisschen mit der Angst zu tun«, sagte er, als sie nebeneinander im Flughafenbus saßen.

»Die Sache mit Suez?«

»Und Ungarn.«

»Aber ich dachte, da wäre alles wieder in Ordnung?« Er sah sie erstaunt an. »In Ordnung?«

»Geklärt.«

»Es steht in allen Zeitungen. Das musst du doch gehört haben.«

»Nein.« Aber von seinem Gesichtsausdruck her war klar, was passiert war. »Haben die Russen …?«

»Das Ganze war nur ein Riesenbetrug. Als die Russen sagten, sie zögen ab, da warteten sie nur auf Verstärkung. Jetzt haben sie Verstärkung, und sie haben zugeschlagen. Budapest von Panzern eingekesselt. Sie haben die ungarischen Führer festgenommen. Sie sperren die Grenzen und schmeißen die Westpresse hinaus.«

Ihr war plötzlich übel. »Und all diese Menschen.«

»Jawohl«, sagte er. »Gott weiß, was mit denen geschieht. Tausende fliehen, solange es noch möglich ist.«

Schon wieder, dachte sie, und Zorn stieg in ihr auf. »Aber irgendeiner muss doch etwas tun«, sagte sie, »man kann sie doch nicht im Stich lassen.«

Er sagte nichts.

»Oder etwa doch?«

Er lächelte verdrossen vor sich hin. »Die Labour Party veranstaltet eine riesige Protestversammlung auf dem Trafalgar Square.«

»Wegen Ungarn.«

»Nein, wegen uns. Wie böse wir sind, dass wir wie Imperialisten in Suez einmarschieren. Und während wir uns mit unserem eigenen kleinen Fiasko beschäftigen, tun die wahren Imperialisten, was sie wollen.«

Ganze Straßenzüge völlig gleicher roter Backsteinhäuser zogen im Regen am Busfenster vorüber.

»Ich glaube, alle haben Angst«, sagte er. »Man kann es ihnen ansehen. Sehr leicht könnte alles explodieren.«

Noch mehr Häuser, eine Fabrik, ein Pferd auf einer struppigen Wiese. Was ist mit Mama, dachte sie. »Glaubst du, dass es in Berlin schwierig wird?«

Er verzog das Gesicht. »Ich denke, wenn es zu einem Knall käme, wäre es nicht mehr wichtig, wo man gerade ist. Aber ich bin froh, dass du wieder da bist.«

»Ich auch. Oh, ich auch.«

Sein Mantel war feucht, sie konnte die Wolle riechen, gemischt mit dem Gummigeruch von Regenmänteln.

»Wird deine Mutter zurechtkommen?«, fragte er. »Ich meine, mit Konrad?«

»Ich weiß nicht«, sagte sie. Sie wollte ihm darüber berichten, fühlte sich aber plötzlich zu erschöpft. »Es ist sehr kompliziert«, sagte sie.

»Konrad schien immer so viel Verantwortungsbewusstsein zu haben.«

»Das ist ja das Komische«, sagte sie, »ich glaube, das hat er auch.«

Der Bus setzte sie an der Haltestelle der Fluggesellschaft in der Kensington High Street ab, danach standen sie mit ihrem Gepäck am Bordstein und versuchten, ein Taxi anzuhalten. Wie immer, wenn es regnete, schienen alle besetzt zu sein, und Anna stand da in der Nässe, sah die Autos und die Busse durch die Pfützen platschen. Sie war völlig erschöpft.

Er betrachtete sie besorgt. »Geht es noch?«

Sie nickte. »Ich glaube, ich habe gestern Abend zu viel Cognac getrunken. Und dann sehr wenig geschlafen. Da ist eins!« Ein Taxi bog um die Ecke, leer, und sie winkte es heran.

»Du Arme«, sagte er. »Und dazu hattest du noch deine Tage.«

Das Taxi kam auf sie zu, sie beobachtete, wie es sich unendlich langsam näherte. Das war es also, dachte sie, was ich vermisst habe, die Sache, die in Berlin eintreten sollte und nicht eintrat. Sie konnte das Gesicht des Fahrers unter seiner Wollmütze erkennen, das feuchte Glänzen von Metall, das Wasser, das unter den Rädern wegspritzte – das alles sah sie wie in einem Film in Zeitlupe. Sie konnte fast die Tropfen zählen und sie dachte: Du lieber Himmel. Mir! Es ist mir passiert! Das Taxi hielt.

»Nein«, sagte sie.

Er starrte sie an. »Nicht?«

»Nein.« Sie konnte fühlen, wie ihr Gesicht vor Glück strahlte, und sah, wie sich dieses Glück auf dem seinen spiegelte.

»Du lieber Gott!«, sagte er.

Der Fahrer hinter dem Steuerrad beobachtete sie. »Also brauchen Sie das Taxi?«, fragte er betont ironisch.

»Natürlich.« Richard nannte die Adresse, und sie kletterten hinein.

»Bist du sicher?«, sagte er. »Es könnte ja auch von der Überanstrengung kommen.«

»Nein«, sagte sie, »heute Morgen habe ich mich auch übergeben. Und dann ist da noch etwas Komisches – ich rieche dauernd etwas.« Sie suchte nach den Worten. »Ich bin schwanger.« Sie lachte glücklich, und er lachte auch. Sie saßen dicht beieinander und dachten darüber nach, während das Taxi sich durch den Verkehr quälte.

In der Nähe der Kensington Church Street stoppte sie ein Polizist und ließ einen kleinen Demonstrationszug die Straße überqueren. Menschen mittleren Alters, einige mit Schirmen, trugen Plakate. »Rettet Ungarn!« stand darauf, aber es waren nicht viele, und sie waren bald vorbei. Dann ging es die Church Street entlang, durch die baumbestandenen, jetzt fast laublosen Seitenstraßen, am Haus der Dillons vorüber.

»Was wird es wohl werden?«, sagte Richard. »Hast du einen bestimmten Wunsch?«

»Nicht eigentlich.« Aber sie stellte sich eine kleine Tochter vor. Ein kleines Mädchen, das rannte, lachte, plapperte ... »Es wird wohl kein Deutsch sprechen.«

»Du könntest es ihm beibringen.«

»Nein«, sagte sie. »Nein, ich glaube nicht.« Es wäre ja doch nicht das Gleiche.

Viel später, als es schon dunkel wurde, saßen sie in dem kleinen Wohnzimmer auf dem neuen gestreiften Sofa und hörten die Nachrichten. Sie hatte ausgepackt, die BBC angerufen – aber jetzt würde sie wohl die neue Arbeit nur so lange tun können, bis das Kind geboren war –, und sie hatte Richard alles über Mama erzählt. Sie hatte den Teppich im Esszimmer besichtigt, er sah dort genau richtig aus, würde sich aber wohl nicht für ein Kinderzimmer eignen, und sie hatten beschlossen, dass das Kind, falls es ein Junge war, Thomas heißen sollte. Aber auf einen Mädchennamen hatten sie sich noch nicht einigen können.

Auf dem Tisch stand zwischen Richards Schreibmaschine und dem Radio die kleine Dose, die sie in der Portobello Road gekauft hatten, die Dose mit dem Löwen darauf, der sich ängstlich an die britische Flagge klammerte – und wie die Dinge laufen, ist das kein Wunder, sagte Richard –, und daneben lag ein Briefchen von Elizabeth Dillon, die sie für die kommende Woche zum Essen einlud.

Es war, als wäre sie nie weg gewesen. An Berlin konnte sie sich kaum noch erinnern, nicht einmal an die Zeit, als sie noch nicht wusste, dass sie schwanger war.

Die sorgfältige Sprechweise des Nachrichtensprechers füllte den Raum. Die ägyptische Armee war zurückgeschlagen worden, ein britisches Kriegsschiff hatte eine Fregatte versenkt, britische und französische Infanterie standen bereit zum Einmarsch.

»Willst du das wirklich hören?«, fragte Richard besorgt. Er hatte Gläser aus der Küche geholt und schenkte ihr ein.

Sie nickte, und die gepflegte Stimme fuhr fort. »In Ungarn sind die Russen in voller Stärke wieder einmarschiert ...«, er reichte ihr das Glas und setzte sich neben sie, »... niemand weiß, was jetzt mit der tapferen Bevölkerung von Budapest geschehen wird ... die Geheimpolizei, die auf eine schreckliche Rache sinnt ... Flüchtlinge, darunter viele Kinder, strömen über die Grenze ...«

Sie nippte an ihrem Glas, aber es half nicht.

»... nie wieder«, sagte der Sprecher, »wird der Westen solchen Zusicherungen Glauben schenken können ...«

Sie merkte, wie ihr Tränen über das Gesicht liefen.

Richard streckte die Hand aus, es klickte, und die Stimme brach ab.

»Man wird ganz weinerlich«, sagte sie, »schwanger sein macht einen weinerlich.«

»Dich macht alles weinerlich«, sagte er. Er hob sein Glas und sagte mit heftiger Zärtlichkeit: »Auf unser Kleines.«

»Auf unser Kleines.« Sie wischte sich die Augen und schnüffelte. »Es ist nur –«, sagte sie, »es ist kaum die richtige Zeit, um ein Kind in die Welt zu setzen, nicht wahr?«

»Ich glaube, das ist es nie.«

»Nein, wahrscheinlich nicht.«

Er legte den Arm um sie. »You'll be a lovely mum.«

Das Wort überraschte sie. »A mum?«, sagte sie zweifelnd.

Er lächelte. »A lovely, lovely mum.«

Sie lächelte zurück.

Irgendwo weit entfernt lief eine kleine Person in Schnürstiefeln eine Treppe hinauf und rief: »*Ist Mami da?*«

Wie werde ich dabei abschneiden, dachte sie. Ich bin neugierig, wie ich dabei abschneiden werde.